착하게 살려고 했습니다만

키아르네 장편소설

fioret

착하게 살려고 했습니다만 4

초판 1쇄 인쇄 2022년 9월 13일
초판 1쇄 발행 2022년 10월 4일

지은이 키아르네
발행인 오광백
편집 편집부
표지·내지디자인 Mull
내지편집 오정인
제작 조하늬

펴낸 곳 (주)삼양출판사 · 피오렛
주소 서울시 강북구 도봉로 173
대표 전화 02-980-2112 / **팩스** 02-983-0660
편집부 전화 02-987-9393 / **팩스** 02-980-2115
블로그 blog.naver.com/dan_gul
출판등록 1999년 3월 11일 제9-00046호

ISBN 979-11-283-7189-9 (04810) / 979-11-283-7185-1 (세트)

+ 이 도서의 국립중앙도서관 출판시도서목록(CIP)은 서지정보유통지원시스템홈페이지(http://seoji.nl.go.kr)와 국가자료종합목록 구축시스템(http://kolis-net.nl.go.kr)에서 이용하실 수 있습니다.

fiøret 은 (주)삼양출판사의 로맨스 판타지 문학 브랜드입니다.

착하게 살려고 했습니다만

키아르네 장편소설

4

Contents

30. 007

31. 049

32. 091

33. 149

34. 193

35. 227

36. 263

37. 321

38. 373

39. 449

40. 491

30

"오웬 씨가 이자를 내렸대."

점심 식사를 하러 온 수잔이 식탁 앞에서 새로 알아온 정보라며 말을 꺼냈다. 오웬? 쉘리 오웬?

나는 후추로 범벅을 한 고기를 먹다가 고개를 들었다. 여기 고기 요리는 대부분 후추나 민트를 발라서 굽는다. 고기 누린내를 잡기 위해서.

그래서 후추와 민트, 시나몬 같은 향신료가 비싸다.

"얼마나?"

나는 후추를 너무 많이 뿌려서 매운 고기를 씹어 삼키며 물었다. 얼마 전에 길버트가 돼지고기를 주고 갔다. 자신과 이웃들의 삶을 원래대로 되돌려 준 것에 대한 고마움의 표시라고 하던데 난 해야 할 일을 한 것뿐이라 오히려 미안한 마음이 들었다.

"네 이자보다 좀 더 낮아."

수잔은 후추를 뿌린 고기를 먹으며 쉘리가 사람들에게 제시한 이자를 말해 주었다. 확실해 내가 시작한 대환 대출의 이자보다 낮다. 그 정도면 다들 다시 쉘리의 은행으로 갈아타려 하지 않을까.

그렇게 생각하는데 카렌 역시 나와 똑같은 생각을 했는지 내게 물었다.

"그럼 다들 다시 오웬 은행으로 돌아가지 않을까요?"

"그렇진 않을 거 같아요."

수잔은 내가 대답하기 전에 불쑥 입을 열더니 아차 하는 표정으로 나를 쳐다봤다. 자신이 대답해도 되냐는 표정에 아는 고개를 끄덕였다.

마을 사람들에 대해서는 나보다 수잔이 더 잘 알겠지.

"전에도 처음엔 이자가 그리 높지 않았대요. 그러다가 사람들이 대출을 받기 시작하니까 이자를 올렸다고 하더라고요. 그래서 다들 오웬을 안 믿는 눈치예요."

전에도 그랬다면 이번에도 그럴 수 있기 때문이다. 나는 고개를 끄덕이다가 문득 이상한 부분을 생각하고 인상을 썼다.

그리고 션을 쳐다보며 물었다.

"원래 이자라는 게 그렇게 은행 마음대로 중간에 올릴 수 있는 거야?"

"안 되지."

션은 그렇게만 말하고 고기를 씹어 삼켰다. 응? 그게 끝이야? 나는 그가 뭔가를 더 말할 거 같아 기대하고 쳐다봤지만 션은 더 이상 아무 말도 하지 않았다.

은행이 마음대로 이자를 올릴 수 없는데 쉘리는 어떻게 올린 거지? 나는 어리둥절해서 식탁에 둘러앉은 사람들을 쳐다봤다.

그러다가 곧 션이 왜 아무 말도 하지 않았는지 깨달았다.

은행 마음대로 이자를 올릴 수는 없다. 하지만 영주가 눈감아 준다면 가능하겠지.

"젠장."

입맛이 사라졌다.

헥터와 돈이 이 영지를 관리한 건 어셔 가문이 영주였던 기간에 비하면 얼마 되지 않는다. 하지만 그 짧은 몇 년 동안 헥터는 최선을 다해 영지를 망쳐 놓았다.

영지를 망치는 건 너무 쉬웠는데 그걸 원래대로 돌려놓는 건 너무 어려웠다.

내 자신이 무력하게 느껴졌다. 영지가 원래대로 돌아가려면 얼마나 시간이 걸리지? 내 영지는 아직도 예전의 인구수로 돌아가지 못하고 있었다. 그만큼 멈춰 있는 공방이나 시설이 많았다.

그 이야기는 아직도 영지의 사람들은 가난하다는 말이었다. 내가 먹고 있는 이 후추를 잔뜩 뿌린 돼지고기가 그들에게는 꿈에나 꿀 수 있는 사치라는 말이다.

나는 스스로가 한심스러워서 포크를 내려놓았다.

"에버딘."

션이 걱정스러운 표정으로 나를 불렀다. 나는 수잔과 아이린 아주머니, 크리스틴까지 나를 걱정스럽게 쳐다보고 있다는 것을 깨달았다.

약한 모습을 보여 주면 안 된다. 나는 다시 포크를 잡으며 물었다.

"헛소문은 어때? 그것도 오웬이 퍼트렸을 것 같은데."

"그렇긴 한데 오히려 은행 쪽 사람들은 조용해. 그들한테 들었다는 사람도 없고."

그렇다면 쉘리는 아니라는 말일까? 그럴 리 없다. 지금 이 시점에서 내게 반기를 들고 있는 쉘리 오웬이다. 그리고 그녀의 친척들이겠지.

"폴라는?"

나는 곧이어 쉘리의 친척이자 벌로 식당에서 무급으로 일을 하는 폴라를 입에 올렸다. 하지만 수잔은 곧바로 고개를 저으며 말했다.

"폴라도 조용해. 포목상은 크리스틴이 확인해 봤댔는데……."

쉘리와 폴라의 친척 중에 포목상도 있었던 모양이다. 내가 고개를 돌리자 크리스틴도 고개를 저었다. 진짜로 오웬 쪽은 조용한가 본데.

식사를 마친 뒤 나는 더부룩한 속을 가라앉히기 위해 저택을 나섰다. 뒷마당이라도 걷고 와야겠다.

"남작님."

막 저택을 나가려는데 레슬리가 나를 불러세웠다. 나는 무슨 일인가 하고 고개를 돌렸다가 그녀가 안고 있는 꽃다발을 확인하고 인상을 썼다.

션이 또 꽃을 보냈나 보다. 이 남자는 같이 살면서 왜 하루가 멀다 하고 꽃을 보내는 거람?

그래도 이번엔 꽃다발 하나뿐이라 좀 나아졌다. 나는 그렇게 생각하며 레슬리에게 다가갔다. 그때 밖에서 션이 문을 열고 들어왔다.

"어디 갔다 와?"

분명 같이 식사를 했는데 그는 어느새 밖으로 나갔던 모양이다. 내 질문에 션이 빙그레 웃으며 내게 다가왔다.

아, 이럴 때가 아니지. 나는 레슬리에게 다가가서 꽃다발을 받아 들었다. 그리고 션에게 말했다.

"꽃, 안 줘도 된다니까."

"저, 남작님."

그때 레슬리가 안절부절못하며 나를 불렀다. 응? 내가 고개를 돌리자 그녀는 나를 향해 고개를 천천히 흔들고 있었다.

왜 저래?

"꽃이라고?"

션이 이상하다는 듯 물었다. 나는 다시 그에게 고개를 돌린 뒤 일이 뭐가 잘못되었다는 것을 깨달았다. 이유는 모르겠는데 레슬리와 션의 태도가 심상치 않았다.

설마 이게 꽃이 아닌 건가? 그럴 리 없다. 꽃은 전에 션이 보낸 것보다 약간 크기가 작았지만 향기로운 꽃이었다.

그러다가 나는 꽃다발에 꽂힌 명함 크기의 종이를 발견했다. 설마.

불길한 기분에 종이를 꺼내 보자 반으로 접힌 카드였다. 나는 한 손으로 카드를 열어 안의 내용을 읽었다.

"도미닉 로안."

내 귓가에 아주 낮은 목소리가 들려왔다. 엄마야. 반사적으로 뒷목에 솜털이 솟는 게 느껴졌다. 나는 삐걱삐걱 고개를 돌려 내 뒤에서 허리를 숙여 카드를 들여다보는 션을 발견했다.

"왜 남의 카드를 마음대로 보고 그래."

나는 깜짝 놀라서 카드를 접으며 말했다. 하지만 머릿속이 혼란스러웠다. 도미닉 로안? 누구지?

처음 보는 이름이다. 내가 아는 사람 중에 로안이라는 성을 가진 사람도 없다. 아마도.

나는 퍼뜩 레슬리에게 고개를 돌리며 물었다.

"잘못 온 거예요?"

"아, 아뇨."

레슬리는 션의 눈치를 살피며 대답했다. 그럼 레슬리한테 온 건가? 아니면 크리스틴? 수잔? 도리스? 아이린 아주머니?

이 저택에 사는 사람이 많아서 어쩌면 그중 한 명에게 왔을 수도 있다. 내가 다시 레슬리에게 꽃다발을 내밀자 그녀는 재빨리 받아 들며 속삭였다.

"어디에 둘까요?"

아, 진짜로 나한테 온 건가 본데? 나는 이해할 수가 없어서 물었다.

"나한테 온 거예요? 진짜? 난 이 사람 모르는데?"

"로안 자작의 둘째야."

그때 션이 다시 불쑥 끼어들었다. 엉? 나는 고개를 돌려 그를 쳐다봤다. 그는 아는 사람인가 보다. 나는 레슬리가 들고 있는 꽃다발을 쳐다보며 물었다.

"아, 이거 너한테 온 거야?"

그러자 션의 얼굴이 일그러졌다. 그는 기분 나쁘다는 표정으로 말했다.

"도미닉 로안은 남자야."

남자가 남자한테 꽃을 보낼 수도 있지. 없나? 나는 이해할 수가 없어서 션에게 물었다.

"그럼 나한테 보낸 거야? 그러니까, 로안 경이 지금 나한테 구혼, 아니, 구애하는 건가?"

이상한 소리가 나서 돌아보니 어느새 레슬리는 저만치 도망치고 있었다. 나는 다시 션을 쳐다봤다.

그는 못마땅하다는 표정이었다. 얼마나 기분이 나빠 보이는지 이대로 자리를 떠도 이상하지 않을 것 같다.

하지만 션은 그러지 않았다. 그는 표정을 감추는 것처럼 고개를 돌리더니 곧 내게 팔을 내밀며 말했다.

"산책이나 할까?"

그러려고 나오던 참이긴 했다. 나는 션의 팔 안쪽에 손을 얹고 천천히 저택을 나갔다.

"도미닉 로안은 로안 자작의 둘째고, 자작 위는 그의 형에게 돌아갈 거야. 그의 형은 이미 결혼해서 아이도 있지."

저택 뒤로 돌아갔을 때 션이 이야기를 시작했다. 그래? 나는 나와 상관없는 남의 가정사를 어떻게 들어야 할지 몰라 입을 다물었다.

그러자 션의 이야기가 이어졌다.

"로안 경이 젊고 잘생긴 편이야. 가능하면 작위가 있는 사람과 결혼하고 싶어 하고, 너는 영지를 가진 남작이지."

그래서 나한테 구혼한다는 건가? 로안 경이 내게 구혼한 이유는 알겠다. 하지만 션이 내게 이런 이야기를 하는 이유는 모르겠다.

우리는 외부 창고를 지나 좀 더 멀리 가서 걸음을 멈췄다. 션은 나를 내려다보더니 한숨을 내쉬며 말했다.

"게다가 너는 모든 남자가 뒤돌아볼 정도로 아름답고."

응?

응?

나는 느닷없는 말에 한 박자 늦게 반응했다. 내가 뭘 어쨌다고?

션은 이제 못마땅한 표정이 아니라 어쩔 수 없다는 표정을 짓고 있었다. 아니, 그런 표정 말고. 나는 믿을 수 없어서 그의 손을 잡으며 물었다.

"내가 뭐가 어떻다고?"

"어서 남작이잖아. 네 작위와 영지는 아주 매력적이라는 말이야."

"아니, 그다음에 한 말 말이야."

션은 자신이 무슨 말을 했는지 모르겠다는 표정이었다. 그러다가 이상하다는 듯 물었다.

"네가 젊고 아름다운 여성이라는 거?"

그가 너무 당연하다는 듯 말해서 얼굴이 달아오르지 않았다. 나는 당연한 사실을 말하는 듯한 션의 태도에 멍하니 그를 보다가 눈알을 굴렸다.

뭐라고 말해야 하는 거지? 아름답다고 말해 줘서 고마워? 아니면, 그 정도는 아니야?

모르겠다. 나는 살면서 한 번도 예쁘다는 말을 들어본 적이 없었다. 그래서 아름답다는 말에 뭐라고 반응해야 할지 모르겠다.

"어, 그래?"

내가 예쁜가? 내가 내 몸이 아니라고 생각했을 때 거울로 본 에버딘은 예쁘장하긴 했지만 아름답다는 말을 들을 정도는 아니었다. 약간 창백한 피부와 붉은 머리카락이 매력적이긴 했지만 눈에 확 띄는 미인은 아니었다는 말이다.

눈에 확 띄는 미인은 아네트를 두고 말하는 거다.

하지만 션은 당연하다는 표정으로 한숨을 내쉬며 말했다.

"그래. 가끔은 네가 이렇게까지 아름답지 않았으면 하지만 그건 내가 왈가왈부할 문제가 아니니까."

이 남자가 대체 뭐라는 거야. 션은 부끄럽지도 않은지 멀쩡한 얼굴로 내가 얼마나 아름다운지 이야기하기 시작했다.

나는 입을 딱 벌리고 그의 말을 듣다가 도저히 안 되겠어서 그의 재킷을 잡아당겼다. 그리고 말을 멈춘 션의 목을 잡아당겨 입을 맞췄다.

내 행동에 잠깐 멈칫한 션이 곧바로 몸을 숙였다. 그리고 내 머리를 감싸더니 당연하다는 듯 내 입술을 물었다.

이게 버릇이 되면 안 되는데. 나는 어느새 내 발이 땅에서 떨어진 것을 보고 션을 쳐다봤다. 그는 아깝다는 듯 몇 번 더 내 입술에 입을 맞추더니 천천히 나를 내려놓았다.

그리고 품에서 작은 상자를 꺼냈다.

이런 일이 전에도 있었던 것 같은데? 내가 데자뷔를 떠올리는 사이 션은 내게 보이도록 상자를 열고 있었다. 전과 다른 점이라곤 상자의 크기가 작은 것뿐이다.

"뭐야?"

"꽃은 싫다길래."

아니, 꽃이 싫다는 게 아니라 엄청난 양의 선물이 너무하다는 거였지. 하지만 션은 정말로 내가 꽃이 싫다고 생각했나 보다. 그는 어떠냐는 표정으로 나를 쳐다보고 있었다.

상자 안에 들어 있는 건 꽃 모양의 브로치였다. 금으로 꽃잎을 만들고 그 안을 보석을 박아 넣어 채웠다. 나는 인상을 쓰며 브로치를 쳐다보다가 션을 올려다보며 물었다.

"이제 와서 그냥 꽃이 더 나았다고 하면 안 되는 거겠지?"

"꽃이 더 나아?"

션은 당장이라도 꽃을 주문할 것 같은 태도로 물었다. 이 남자 앞에선 말을 조심해야겠다. 나는 한숨을 내쉬며 말했다.

"설마 내가 갖고 싶다는 건 다 줄 생각이야?"

"갖고 싶은 거 있어?"

완전히 그러겠다는 태도라 나는 아네트와 마틴이 왜 그 모양인지 깨달았다. 알겠다. 션이 응석을 받아 준 거다. 그러니 둘 다 제멋대로지.

"자."

내가 브로치에 손을 대지 않자 션은 브로치를 꺼내 내가 걸친 숄에 달아주었다. 신경 쓰였나 보다. 나는 숄을 고정하는 브로치를 쳐다보고 한숨을 내쉬었다.

예쁘긴 진짜 예쁘다. 그리고 엄청 비싸 보인다. 하지만 선물을 받고 비싸냐고 묻는 건 예의가 아니지.

"고마워. 그런데……."

고마운 건 고마운 거다. 하지만 진짜로 이런 걸 선물해 줄 필요는 없다. 나는 앞으로도 선물은 필요 없다고 말하려 입을 열었다. 하지만 션이 내 말을 자르며 말했다.

"받아. 앞으로 네게 선물이 쏟아질 테니까."

"응?"

선물이 쏟아진다는 게 무슨 소리야? 나는 그에게서 한걸음 물러나며 물었다.

"앞으로 선물을 계속 주겠다는 말은 아니지?"

션의 얼굴이 재수 없는 미소가 떠올랐다. 저렇게 오만하게 웃는 거 보면 진짜 좀 짜증 난다. 하지만 그가 입을 여는 것과 동시에 저택 쪽에서 요란한 소리가 들려왔다.

"어?"

이게 무슨 소리지? 뭔가가 와르르 쏟아지는 소리 같았다. 그러면서 동시에 함성 소리 같은 것도 들려왔다.

"와아아!"

내가 반응하기도 전에 션은 어느새 내 앞에 서서 나를 보호하고 있었다. 나는 그의 옆구리로 고개를 내밀고 저택을 쳐다봤다.

이쪽에서는 무슨 일인지 안 보인다. 션은 반사적으로 자기 허리춤을 더듬더니 작게 혀를 찼다.

“내 뒤에 붙어 있어.”

“왜? 무슨 소리라도 들려?”

나한테는 하나도 안 들린다. 그냥 뭔가가 요란하게 부딪치는 소리뿐이었다. 하지만 그때, 희미하게 누군가의 비명 소리가 들려왔다.

“에버딘.”

그 순간, 션이 나를 불렀다. 응? 내가 고개를 들자 그는 내 쪽으로 손을 뻗으며 말했다.

“뒷문으로 향할 테니 따라와.”

내가 비명 소리를 듣고 뛰어갈까 봐 이러는 모양이다. 이젠 나도 안 그런다. 나 혼자라면 뛰어갔겠지만 지금은 내가 나 혼자가 아니라는 걸 아니까.

하지만 션은?

나는 션의 등 뒤에서 천천히 그를 따라가다가 문득 떠오른 생각에 다시 그의 얼굴을 쳐다봤다.

“잠깐.”

션도 무기 같은 건 가지고 있지 않다. 그가 아무리 힘이 좋다고 해도 지난번처럼 저택이 무너지기라도 하면 할 수 있는 게 없을 거다.

나는 션의 앞으로 나가서 주변을 살폈다. 그러자 저택의 후문 쪽에 몇몇 사람들이 모여 있는 게 보였다.

“뭘 한 거야?”

“주변을 확인했는데? 왜?”

“위험할 수도 있잖아. 내 앞으로 나서지 마.”

이 남자가 또 이러네? 나는 인상을 쓰며 자세를 바로 했다. 그래도 내 키는 그의 가슴에밖에 닿지 않는다. 하지만 상관없다.

“무기 없는 건 너나 나나 마찬가지고, 젊어진 건 우리 둘이 똑같아. 난 너를 내 화살받이로 쓸 생각 없어.”

“그럼 내가 널 화살받이로 써야 한단 말이야?”

“뭐, 서로가 서로의 방패가 되어 줘야 한다는 말이지.”

나만 일방적으로 션의 보호를 받는 게 아니라 그도 어느 정도는 내 보호를 받아야 한다는 말이다. 나는 그렇게 말하고 뒷문에 모여 있는 사람들을 확인했다.

하지만 이번에도 션은 나를 잡더니 억지로 나를 뒤로 밀며 말했다.

“네가 날 보호해 주는 건 마녀의 집에서 해 준 걸로 충분해.”

마녀? 무슨 마녀? 내가 어리둥절해 하는 사이 션은 주변을 둘러보더니 내게 다시 말했다.

“여기서 꼼짝하지 말고 있어.”

“뭐? 넌 어쩌게?”

“내가 오라고 하면 뛰어와.”

어딜? 물어볼 틈도 없었다. 션은 그대로 몸을 낮추더니 놀랄 정도로 빠르게 남자들을 향해 다가갔다. 저 사람들이 위험한 사람들이면 어쩌려고?

나는 여차하면 돌이라도 던지려고 주변에서 돌을 찾았다. 하지만 용병들이 어찌나 돌을 잘 골라냈던지 커다란 돌은 하나도 보이지 않았다.

간신히 외부 창고 쪽까지 가서야 내 주먹만 한 돌을 주워서 돌아오자 션이 혼자 서 있는 게 보였다. 어, 뭐야. 다 어디 갔어?

"어디 갔다 와?"

션이 화를 내며 다가왔다. 아니, 걱정한 건가? 나는 손에 쥔 돌 두 개를 내밀며 말했다.

"여차하면 던지려고."

그러자 그의 얼굴에 어이없다는 표정이 떠올랐다. 그러더니 곧 피식피식 웃기 시작했다. 웃기니? 나는 돌 두 개를 주머니에 넣으며 물었다.

"아까 서 있던 남자들은?"

"처리했어. 내가 준 검은?"

검? 무슨 검? 내가 어리둥절한 표정을 짓자 션은 입을 다물었다가 천천히 말했다.

"전에 준 거 말이야. 네가 찌르면 상대를 마비시켜 버리는 검."

아, 그거. 침실에 있다. 집 안에서 누가 무기를 들고 다닌단 말인가. 내가 그렇게 말하자 션은 내 손을 잡더니 고개를 끄덕이며 말했다.

"반지는 끼고 있군."

그래. 이거 엄청 촌스러운데 끼고 다닌다. 내가 오십 살이 되어도 어울리지 않을 거 같다. 엄청나게 두꺼운 금테에 검은색 보석이 커다란 게 박혀 있다.

어느 정도냐면 보자마자 크리스틴과 수잔은 윽 하고 신음을 내뱉었다. 하지만 반지에 마법이 걸려 있다는 말에 레슬리가 절대 못 빼게 해서 할 수 없었다.

그러고 보니 의외로 조안이 마음에 들어 했지.

“남작님!”

우리가 안으로 들어가자 제일 먼저 만난 것은 레슬리였다. 그녀는 분주하게 돌아다니다가 나와 션을 보자 반색하며 달려왔다.

그러더니 나를 살피며 물었다.

“어떻게, 어떻게 들어오셨어요? 뒤도 누가 막고 있지 않았어요?”

막고 있는 거였나? 나는 션을 쳐다봤다. 그때 이 층에서 내려오던 카렌이 우리를 발견하고 다가왔다.

“어디로 들어오셨습니까?”

“뒷문으로. 무슨 일이지?”

션의 질문에 카렌과 레슬리가 서로를 쳐다보더니 지금 이게 무슨 상황인지 설명했다. 몇 분 전에 갑자기 저택 정문을 누군가 공격하기 시작했다고 한다.

깜짝 놀랄 레슬리는 밖에 나가 있던 사용인들을 전부 불러들였고 카렌과 바네사는 이 층으로 올라가서 상황을 파악한 모양이다.

“일 층과 이 층의 창문은 모두 닫고 커튼을 쳤어요. 하인들이 창문을 막을 만한 걸 찾으러 갔고요.”

벌써? 갑자기 닥친 침입에 비해 행동이 빠르다. 내가 놀란 표정을 짓자 레슬리가 카렌에게 공을 돌렸다.

"고든 씨가 지시했습니다."

"어, 고마워, 카렌."

생각 못 했는데 이런 훈련도 필요하겠다는 생각이 들었다. 내가 살던 나라는 전투나 전쟁이 흔하지 않던 곳이었다. 하지만 여기는 아직도 용병이라는 직업이 있고 꽤 수요가 있다.

뿐만 아니라 화재 같은 재해에도 어떻게 대응할 건지 생각해 봐야 한다.

그렇게 생각하고 있는데 다시 정문 쪽에 뭔가가 와르르 부딪치는 소리가 들려왔다. 마치 우박이 떨어지는 듯한 소리에 나는 깜짝 놀라서 눈을 크게 떴다.

그리고 곧이어 멀리서 누군가 소리치는 소리가 들려왔다.

"어서 남작 나와라!"

날 부르고 있나 본데? 나는 레슬리를 쳐다보고 션에게 고개를 돌렸다. 그는 어느새 내 앞에 서 있었다.

이상하게도 뒷모습만으로도 알 것 같았다. 션이 엄청나게 화가 났다는 게. 지금 그가 밖으로 나가면 션이 아니라 나를 나오라고 한 녀석의 목숨이 위험할 것 같다는 생각이 들었다.

"아이들은요?"

"혹시 몰라서 조안이 뒤쪽으로 데려갔어요."

나는 재빨리 마크와 엘리스의 안전을 확인한 뒤 이 층으로 뛰어 올라갔다. 레슬리가 어디 가냐고 묻는 소리가 들렸다. 그리고 그와 동시에 션이 내 뒤로 따라오며 물었다.

"어디 가?"

"상황 좀 보게."

"위……."

"위험하니까 이 층 창문으로 볼 거야."

할 말 없지? 핫하!

션은 마음에 안 든다는 듯 한숨을 내쉬었지만 조용히 내 뒤를 따라왔다. 그러더니 저택의 정면이 내다보이는 테라스로 나갈 때는 먼저 손을 뻗어 문을 열었다.

"나온다!"

누군가 그렇게 소리치는 게 들렸다. 하지만 다음 순간 다시 조용해졌다.

저들이 기다린 남작이 아니었기 때문이겠지. 보통 내가 션의 뒤에 서 있으면 내 몸은 완전히 그에게 가려진다.

나는 그의 뒤에서 빠져나가려 했지만 션이 그렇게 두지 않았다. 그는 내 몸을 잡은 채 나직하게 말했다.

"수는 꽤 많지만 무기는 변변치 않군. 그래도 혹시 모르니까 내 옆에 붙어 있어."

무기는 변변치 않다는 말보다 수가 꽤 많다는 게 더 신경 쓰인다. 고개를 내밀어 쳐다보자 진짜 션의 말대로 상당히 많은 사람들이 저택에서 약간 떨어진 곳에 몰려와 있는 게 보였다.

"이 마녀!"

처음엔 저들이 무슨 소리를 하는 건가 했다. 하지만 잠시 뒤 나는 마녀라는 게 나를 가리키는 단어라는 것을 깨달았다.

"들었어?"

나는 션을 올려다보며 물었다. 날 보고 마녀라고 했다. 기분이 꽤 괜찮은데? 괜찮은 호칭에 재미있어하는 나와 달리 션은 인상을 쓰고 있었다.

"멍청한 놈들의 멍청한 소리야."

오, 날 위로하고 있네. 나는 션의 말에 눈을 동그랗게 떴다가 웃음을 터트렸다. 그는 최대한 내 마음이 상하지 않도록 하려고 하고 있었다. 멍청한 놈들의 멍청한 소리라.

"에버딘?"

내가 웃음을 터트리자 션이 당황해서 나를 불렀다. 나는 그의 손을 잡으며 말했다.

"왜? 난 마음에 드는데."

"뭐?"

션의 미간에 주름이 생겼다. 나는 내가 충격으로 잠깐 정신이 이상해진 게 아닌지 의심하는 그를 향해 설명했다.

"멋있지 않아? 날 싫어하는 사람이 날 무서워한다는 게."

"뭐?"

"저 사람들은 날 싫어하는 거잖아."

"그렇지."

"그리고 날 마녀라고 부르고 있고."

션은 마녀를 전문 약초사처럼 설명했지만 이 집에서 일하는 사람들은 아니었다. 마녀를 무슨 짓을 할지 모르는 무서운 존재라고 생각하는 게 눈에 보인다.

좀 나아지긴 했지만 여전히 이 집에서 조안이 아이들을 가르치는 것을 불편하게 생각하는 사람들도 있는 모양이다. 나는 사람들이 자신을 어떻게 생각하는지 신경 쓰지 않는 조안을 떠올리고 씩 웃었다.

할머니도 그랬다. 남이야 그러거나 말거나 자신이 행복한 게 최고라고 하셨지.

션은 나를 어이가 없다는 눈으로 쳐다보고 있었다. 나는 어깨를 으쓱하며 말했다.

"좋지 않아? 가능하면 마왕쯤이었으면 더 좋았겠지만."

누군가 날 싫어할 거라면 이왕이면 날 무서워하는 게 좋겠지. 나는 그렇게 말하고 다시 몰려 있는 사람들에게로 시선을 던졌다.

그들은 여전히 나를 마녀라느니, 영지를 말아먹을 거라느니 소리치고 있었다.

"너 때문에 굶어 죽겠다!"

"이 마녀!"

대체 왜 저렇게 생각하는지 궁금해하는데 션이 내 앞으로 손을 뻗으며 말했다.

"걱정 마. 저기서 움직이는 순간 가만두지 않을 테니까."

아, 그렇군. 나는 그제야 저들이 언제든지 저택을 공격하러 올 수 있다는 것을 깨달았다. 그러고 보니 뒷문에서도 저택에 침입하려면 몇몇 사람들이 모여 있었다.

"여기에 침입하려는 걸까?"

"그렇겠지."

"나를 잡아서 뭘 하려고?"

그게 궁금하다. 날 잡아서 뭘 하게? 죽일 수는 없다. 귀족이 아닌 자들이 귀족에게 해를 입히면 귀족사회가 가만히 있지 않을 테니까.

그게 헥터가 안심하고 영지를 핍박한 이유겠지만.

"협박하려는 거겠지."

"무슨 협박?"

"글쎄. 보통은 영주가 불합리한 일을 했다고 생각했기 때문인데."

션의 말에 나는 인상을 쓰며 사람들을 쳐다봤다.

지금 나는 불합리한 일을 한 게 없다. 없나? 적어도 나는 그렇게 생각한다. 하지만 저들도 그렇게 생각할지는 모르는 거지.

"여러분!"

나는 난간으로 다가가며 사람들을 향해 소리쳤다. 그러자 내게 마녀라고 소리치던 사람들의 소리가 멈췄다.

"에버딘!"

션 역시 깜짝 놀라서 내게 다가왔다. 나는 내 어깨를 감싸는 그의 손을 보고 다시 눈앞에 보이는 사람들을 향해 소리쳤다.

"누가 대표죠?"

사람들이 당황하는 게 보였다. 션도 당황했는지 나를 잡아당기며 말했다.

"난간에서 떨어져."

그러지 않아도 떨어지려고 했다. 나는 그가 이끄는 대로 안쪽으로 들어가며 말했다.

"뭐가 불만인지 이야기는 해 봐야 할 거 아냐."

선의 얼굴이 일그러졌다. 그는 말도 안 된다는 듯 말했다.

"저런 식으로 행동하는 녀석들과 이야기를 하겠다고?"

"아니, 뭐 이야기하자고 찾아온 거잖아."

"강제로 말이지."

뭐, 그렇긴 하다. 나와 이야기하고 싶다면 그냥 내 집에 찾아오면 됐다. 나는 어깨를 으쓱하며 말했다.

"그것도 물어볼게."

션은 짜증 난다는 표정을 지었지만 아무 말도 하지 않았다. 내가 그가 오만하게 굴 때마다 재수 없어 하는 것처럼 그도 내가 이럴 때마다 짜증이 나는 모양이다.

이 정도는 되어야지. 나는 히쭉 웃으며 다시 사람들을 내다봤다. 나만 션이 짜증 나면 억울하잖아. 그도 나 때문에 짜증 나는 게 하나쯤은 있어야 한다.

"대표는 왜 물어보죠?"

사람들 사이에서 어떤 여자가 나오며 소리쳤다. 저 여자가 저 무리의 대표인 모양이다. 아니면 진짜 대표는 헥터 같은 놈이라 저 여자를 자기 대신 내보냈거나.

나는 난간에 몸을 내밀며 소리쳤다.

"왜 그러는지 이야기를 들어 볼게요. 집으로 들어와요."

내가 집에 초대할 줄은 몰랐던 모양이다. 집 밖의 사람들이 다시 당황했다. 그러더니 여자가 물었다.

"전부 다?"

그럴 순 없지. 저 사람들은 적어도 서른 명은 돼 보인다. 내가 션을 쳐다보자 그가 무뚝뚝하게 말했다.

"세 명."

저 중에서 세 명 정도는 집 안에 들여도 된다는 말인가 보다. 나는 다시 난간 밖으로 고개를 내밀었다. 그러자 션이 자연스럽게 내 어깨를 끌어안았다.

"세 명만 들어와요!"

다시 사람들이 웅성거리기 시작했다. 잠깐 의논하던 그들은 곧이어 여자가 소리쳤다.

"다섯 명!"

이게 흥정도 아니고. 나는 션을 쳐다봤고 그가 고개를 끄덕이자 다시 소리쳤다.

"네 명!"

뒤에서 션이 큭 하고 웃는 소리가 들렸다. 물론 그와 카렌과 바네사가 다섯 명 정도는 제압할 수 있다는 건 믿는다. 하지만 나는 내 사람들의 피해를 최소한으로 줄여야 한단 말이지.

"어서 와요. 내가 에버딘 어셔 남작이에요."

제일 먼저 나섰던 여자가 세 명의 남자들을 이끌고 저택 앞에 도착하자 나는 그들을 맞이하며 인사했다. 재미있게도 네 명 중에 여자가 제일 어렸다.

나는 약속대로 다른 사람들은 원래 자리에서 그대로 있는지 확인하고 여자에게 시선을 돌렸다. 그녀는 꽤 긴장한 모습이었는데 적의 집에 들어오는 거니 그런 모습인 것도 이해가 된다.

"그레이스, 차 좀 가져다줄래?"

바짝 긴장한 채 우리를 지켜보고 있던 하녀들은 내 지시에 정신을 차린 것처럼 움직이기 시작했다. 나는 레슬리에게 응접실이 아니라 식당으로 안내해 달라고 부탁했다.

"이름이 뭐죠?"

나는 식당으로 가서 내 자리에 앉으며 물었다. 여자를 따라온 남자들은 불안한 표정으로 내 뒤를 쳐다보고 있었다.

왜 저러는지 돌아보지 않아도 안다. 션 때문이겠지.

나는 안 문다고 하려다가 말았다. 솔직히 그건 나도 자신이 없다. 션이 누군가를 공격하는 건 그의 의지고 내가 이래라저래라해서 막을 수 있는 것도 아니다.

"마, 마리 에봇입니다."

밖에서는 그렇게 기세등등하던 사람들이 집 안에서는 조용해졌다. 뭐, 적진이니 당연하다면 당연한가.

나는 마리의 뒤에 서 있는 사람들에게 고개를 돌렸다. 그리고 조용히 말했다.

"앉아요."

정신 사납게 왜 다들 서 있나 모르겠다. 내 말에 마리를 필두로 남자들이 머뭇머뭇 빈 의자에 앉기 시작했다. 나는 고개를 돌려 션에게도 말했다.

"앉기 싫으면 나가도 돼."

그러자 션도 내 옆에 앉았다. 나는 그가 삐딱하게 앉은 것을 보고 뭐라고 한마디 하려다가 여차하면 빠르게 일어나기 위해 그렇게 앉은 것임을 깨닫고 입을 다물었다.

그리고 마리를 향해 말을 걸었다.

“여기 온 이유와 무슨 목적으로 모인 무리인지 말해 주겠어요?”

“우리는…….”

말하기 곤란한지 마리가 망설이기 시작했다. 하지만 그때 주변을 두리번거리던 남자가 자리에서 벌떡 일어나더니 의자를 들어 내 쪽으로 집어 던졌다.

“악!”

남자가 벌떡 일어났을 때 이미 션은 나를 잡아당긴 뒤였다. 그래도 놀라는 건 놀라는 거다.

퍽!

바닥에 의자가 부딪치는 것과 동시에 남자가 소리쳤다.

“이쪽이야!”

무슨 짓을 한 거지? 나는 션의 팔을 끌어안은 채 눈을 동그랗게 뜨고 남자를 쳐다보고 있었다. 그때 여러 명이 식당을 향해 달려오는 소리가 들렸다.

남자는 사람들이 달려오는 소리에 나를 쳐다보며 미소 지었다. 그리고 우쭐해서 말했다.

“이 마녀! 우리를 집 안에 들인 걸 후회하게 해 주지!”

“남작님!”

그의 말이 끝나기가 무섭게 식당 문이 벌컥 열리며 레슬리와 카렌이 들어왔다. 그 뒤로 그레이스와 바네사도 따라 들어오는 게 보인다.

나는 레슬리와 카렌의 얼굴을 보자 남자의 얼굴 위에 떠올라 있던 우쭐한 미소가 사라지는 것을 보고 그가 기대한 게 이게 아니라는 것을 깨달았다.

"잡아."

내 지시에 카렌이 달려들었다. 마리와 남자들이 반항했지만 거기에 하인들과 바네사까지 합세하면 소용이 없었다.

"어쩐지 순순히 들어온다 했어."

나는 묶여서 끌려 나가는 남자들을 쳐다보며 한숨을 내쉬었다. 나라면 그렇게 쉽게 적진에 들어가지 못할 것 같다. 적어도 내 안전을 보장하는 약속이라도 하고 들어갈 거다.

아니면 날 건드리면 내 뒤에 왕이 있다는 협박이라도 하거나.

하지만 저들은 그것조차 하지 않았다. 그게 이상해서 응접실이 아니라 식당으로 안내해 달라고 부탁했다.

식당은 여차하면 식탁 밑으로 숨으면 되잖아. 그리고 싸움이 일어나도 응접실에 비해 장식품이 적어서 피해가 적다.

"목을 효수할까요?"

그때 카렌이 물었다. 뭐? 뭘 해? 내가 어리둥절한 표정을 짓자 그녀가 다시 설명했다.

"좀 보기 흉하겠지만 목을 베어 삼 층 창문에 내걸면 될 겁니다."

"진짜 효수하자는 거였어?"

그게 대체 무슨 미친 짓이야? 나는 기겁해서 말렸다. 왜 남의 머리를 잘라서 내 건단 말인가. 저택 외벽도 더러워지고 보기 안 좋다.

아, 물론 사람을 그렇게 쉽게 죽여서도 안 되지만.

"설마 그냥 풀어 주자는 건 아니겠지?"

션이 말도 안 된다는 듯 물었다. 그건 아니다. 나는 그들을 지하에 가두라고 한 뒤 션에게 말했다.

"말했잖아. 왜 저러는지 이야기를 해 본다고."

진짜로 이야기할 생각이었다. 그들이 소리쳤던 굶어 죽겠다는 말이 신경 쓰였다. 바네사는 이해가 안 된다는 표정이었지만 션은 아니었다. 그는 알겠다는 듯 한숨을 내쉬더니 내게 팔을 내밀었다.

"그런데 저 녀석들, 뭘 믿은 걸까?"

션과 함께 지하로 내려가며 나는 그동안 궁금했던 의문을 입에 담았다. 아까 의자를 집어 던진 남자가 이쪽이라고 소리쳤다.

그건 자기 편에게 위치를 알려 주는 소리였겠지. 문제는 저택에 저들의 편은 없었다는 거다.

대체 무슨 생각이었던 거지? 그렇게 생각하는데 션이 인상을 쓰더니 생각났다는 표정으로 말했다.

"뒷문에 있던 녀석들 말이야."

"응?"

우리가 들어올 때 션이 어디다 치운 그놈들? 그러고 보니 뒷문 쪽에 남자들이 몰려 있었다. 내가 션을 도우려고 돌을 주워서 돌아오니 다 어디로 갔는지 사라지고 없었지.

션은 이제 한심하다는 표정을 짓고 있었다.

"그 녀석들을 부르려 한 거겠지."

그 남자가 무슨 생각이었는지 알겠다. 뒷문으로 침입한 자들이 여기 있는 사람들을 인질로 삼거나 아직 들키지 않았다고 생각한 모양이다.

그래서 네 명만 들어오라는 제안도 받아들인 거고.

“거기 있던 남자들 모두 몇 명이었지?”

“열 명? 글쎄. 수는 안 세어 봐서.”

“네가 때려눕힌 거 맞지?”

나는 자신이 때려눕힌 자들이 몇 명인지도 기억 못 하는 션의 태도가 의심스러워서 물었다. 그러자 그는 어깨를 으쓱하며 말했다.

“그래. 묶어서 가둬 두라고도 했지.”

“그런데 몇 명인지도 기억 못 해?”

“그걸 왜 기억해야 하지?”

션은 당연하다는 태도였다. 이게 뭐람. 나는 어이가 없어서 그를 쳐다보다가 앞서가던 카렌을 쳐다봤다. 그런데 카렌의 표정도 션과 크게 다르지 않았다.

“안녕.”

나는 전에 폴라를 가둬 뒀던 지하 창고로 들어가서 마리에게 인사를 건넸다. 어쩐지 지하 창고가 점점 감옥으로 사용되는 거 같은데.

차라리 감옥을 따로 만들어야 하는 거 아닐까. 그렇게 생각하는데 마리가 나를 노려보며 소리쳤다.

“이 나쁜 년!”

“어허. 말조심해. 난 이야기하러 온 거거든?”

나는 마리의 욕설에 션이 나설까 봐 재빨리 말했다. 그러자 마리가 의심스럽다는 눈으로 쳐다보다가 소리쳤다.

"우릴 가뒀잖아!"

"그야, 너랑 같이 온 남자가 날 공격하려 했잖아. 그리고 지원군을 부르려고 했고."

당연한 거 아냐? 내 지적에 마리도 찔끔한 모양이었다. 그녀는 눈을 부릅뜨고 나를 노려보다가 이를 갈며 말했다.

"무슨 이야기를 하자는 거야?"

"음, 우선은 너희가 뭘 하는 사람들인지 알고 싶어. 마을에 사는 사람들은 아니지?"

그냥 느낌일 뿐이지만 마을에 사는 사람이 아닌 거 같다. 길버트나 멜라니가 여기 있었다면 한 번에 알아차렸겠지만 아직 내게는 무리다.

마리는 내가 그런 질문을 했다는 게 믿기지 않는지 나를 물끄러미 쳐다보다가 말했다.

"살았어. 전에는."

으음. 나는 묶인 채 바닥에 앉아 있는 마리와 시선을 맞추기 위해 쪼그리고 앉았다. 아, 바지 입을걸. 세탁하는 바람에 드레스를 입었더니 밑바닥이 끌리게 생겼다.

"은행 이자가 부담돼서 도망친 거야?"

"이자?"

마리는 코웃음을 치더니 소리쳤다.

"세금 때문이야! 수확물을 다 가져가는데 우린 뭘 먹고 살라는 거야!"

세금이라고? 나는 여기 와서 영지에서 세금을 걷은 적이 없다. 세금을 낼 만한 사람이 없었기 때문이다. 세금의 종류도 여러 가지가 있지만 매달 걷는 세금은 없다.

농사나 공방 같은 곳은 분기별로 걷고 주민세는 일 년에 한 번 걷는다. 나는 이해가 안 돼서 인상을 쓰다가 마리에게 물었다.

"언제 다 가져갔는데?"

"모르는 척하지 마! 작년에도 하나도 남김없이 싹 가져갔잖아!"

아, 작년 이야기구나. 나는 저도 모르게 한숨을 내쉬었다. 돌아 버리겠네. 하나 수습했다 했더니 내가 모르는 사건이 또 있었다.

나는 어떻게 설득해야 할지 고민에 잠겼다. 솔직히 말하면, 내가 그녀라도 날 안 믿을 거 같다. 수확물을 다 가져갔다며.

이번에는 안 그런다고 해서 돌아왔는데 올해도 또 수확물을 다 가져가면 어떻게 하냐고. 결국 노동력만 빼앗긴 거잖아.

"게다가 그걸 다 버린다며? 이 마녀!"

그때 마리가 다시 소리쳤다. 버린다고? 내가? 나는 느닷없는 말에 놀라서 그녀를 쳐다봤다. 그때 내 앞에 뭔가가 쑥 들어와서 내 얼굴을 막았다.

"어?"

"퉤!"

이게 뭐야? 나는 몇 초 뒤에야 내 얼굴을 가린 게 션의 손이라는 것을 깨달았다. 그리고 바네사의 표정이 일그러져 있는 것도.

"이 년이!"

바네사가 바람같이 다가가서 마리를 걷어찼다. 퍽! 하는 소리와 함께 벽까지 밀린 그녀가 작게 신음을 내뱉었다.

뭐야? 무슨 일이 일어난 거야? 션을 쳐다보자 그는 손수건을 꺼내 자신의 손을 닦고 있었다. 나는 이해가 안 돼서 그를 쳐다보다가 물었다.

"설마, 침 뱉었어?"

"그래!"

대답한 건 션이 아니라 바네사였다. 션은 경고하듯 바네사를 한 번 쳐다보더니 내게 말했다.

"별거 아냐."

별 게 아닌 게 아니다. 아, 진짜. 나는 속상한 마음에 내 손수건을 꺼내 그의 손을 감쌌다. 그리고 불쑥 화가 나서 말했다.

"왜 그랬어?"

"뭐?"

"침 좀 맞는다고 안 다쳐. 날 대신해서 맞을 필요 없었단 말이야."

제일 처음 션의 얼굴에 떠오른 건 어이가 없다는 표정이었다. 하지만 그 표정은 금세 화를 참는 표정으로 변했다.

"내가 그냥 지켜만 보고 있었어야 한다는 말이야?"

"그래."

"농담하는 거지?"

아니, 진심이다. 나는 허리에 손을 얹고 완벽하게 진심이라는 것을 표시했다. 그러자 션은 화가 난다는 듯 휙 돌아서서 떠날 것처럼 몇 발자국 걷다가 다시 내게 돌아왔다.

"확실하게 말하지."

그는 내 앞에서 가슴 앞으로 팔짱을 끼고 거만하게 입을 열었다.

또 뭐? 나는 이해할 수 없다는 표정을 짓고 있는 바네사를 확인하고 션을 쳐다봤다.

그는 나를 다른 사람들의 시선에서 가리려는 듯 위치를 바꾸더니 낮은 목소리로 말했다.

"난 네 머리끝 하나라도 상하는 꼴 못 봐."

"뭐?"

"이 건 절대 타협할 수 없어. 네 머리카락 하나 상하느니 내 팔이 잘리는 게 나아."

뭐, 뭐라는 거야. 나는 윽박지르는 듯한 션의 말에 놀라서 멍하니 서 있었다. 그는 한숨을 내쉬더니 바네사에게 말했다.

"지켜."

그러고는 떠나 버렸다. 아, 진짜.

나는 션이 떠나 버린 자리를 쳐다보고 한숨을 내뱉었다. 그때 바네사가 불쑥 말했다.

"가서 사과하시죠."

"뭐?"

"공작님은 당신을 지키려고 한 것뿐이잖습니까. 고맙다고 하지 못할망정 비난한 건 잘못이죠."

그런가? 나는 이해할 수가 없어서 바네사를 쳐다봤다. 그리고 조용히 물었다.

"내가 널 지키겠다고 나서면 나한테 고맙다고 할 거야?"

"뭐?"

바네사는 말도 안 된다는 듯 그렇게 되물었다가 재빨리 다시 말했다.

"뭐라고요?"

"지금 상황과 똑같잖아. 내가 널 지키겠다고 나서면 넌 나한테 고맙다고 할 거냐고."

"절 모욕하는 겁니까?"

"왜 그게 모욕이야?"

나는 이해할 수 없다는 표정을 지었다. 하지만 바네사가 왜 자신을 모욕하는 거냐고 묻는지 알고 있다.

"그건……."

바네사가 차마 말하기 어렵다는 듯 머뭇거리기 시작했다. 나는 바닥에 쓰러진 마리에게 다가가서 그녀를 부축했다. 그리고 바네사에게 물었다.

"내가 너보다 약해서? 내가 널 지키면 넌 모욕당한 건데 나는 네가 날 지키는 걸 감사하게 받아들여야 하는 거야?"

분명 션이 날 보호해 준 건 고맙다. 하지만 난 원하지 않는 도움을 거부할 권리가 있다. 그 권리를 요구했을 때 날 비난하는 건 잘못된 거 아냐?

나는 바네사가 할 말을 찾지 못하는 것을 보고 마리에게 시선을 돌렸다. 그리고 기침을 하는 그녀에게 솔직하게 말했다.

"사과는 안 할 거야."

어쨌든 그녀는 내게 침을 뱉으려 했고 걷어찬 건 내가 아니라 바네사니까. 적어도 적진에 묶인 채로 누군가를 공격하려 했다면 되갚음 당할 것도 각오했어야 한다.

마리는 나를 노려봤지만 아무 말도 하지 않았다. 나는 한숨을 내쉬고 다시 입을 열었다.

"난 수확물을 버린 적 없어. 어디서 그런 소리를 들었는지 모르지만 거짓말이야."

"거짓말하지 마. 네가 차라리 비료로 쓰는 게 낫겠다고 한 걸 똑똑히 들은 사람이 있어."

마리는 조금 기운이 빠진 태도로 말했다. 차라리 비료로 쓰는 게 낫다고 했다고? 내가? 나는 그런 소리를 한 적이 없다.

잠깐.

문득 그런 소리를 한 적이 있다는 게 생각났다. 문제는 그 말을 한 게 내가 아니라는 거지만.

그 말을 한 건 내가 아니라 레슬리였다. 그리고 그 자리에 있던 건 베르트와 나뿐이었다.

주변에 다른 하인들도 없었다. 나는 마리를 물끄러미 쳐다보다가 불쑥 말했다.

"비럭이군."

마리의 표정이 확 굳었다. 정답이었던 모양이다. 그 모자란 놈이 응접실에서 나와 레슬리의 대화를 엿듣고 있었던 모양이다.

나는 그녀의 앞에 다시 쪼그리고 앉았다. 또 침을 뱉을 테면 뱉어봐. 그 정도로는 내게 상처를 입힐 수 없다.

"그 자식이 자기가 얼마에 쌀을 사겠다고 했는지도 말했어?"

당연하게도 비럭에게 그걸 듣지는 못한 모양이었다. 마리의 얼굴에 어리둥절한 표정이 떠올랐다.

나는 그녀를 똑바로 쳐다보며 비럭이 얼마에 쌀을 사겠다고 했는지 말했다. 그리고 동시에 그가 얼마에 밀가루를 팔겠다고 한지도.

"난 수도에서 빵집을 했어."

그게 얼마나 비싼 건지 제대로 가늠하지 못하는 모양이라 나는 수도에서 밀가루를 도매로 얼마에 살 수 있는지도 이야기해 주었다. 마리는 믿을 수 없다는 표정으로 나를 쳐다보기 시작했다.

"분명 전에 영지를 다스렸던 내 아버지는 잘못된 선택을 했어. 나는 그걸 바로잡으려고 노력하는 중이고. 그러니 그런 말도 안 되는 거래도 할 수 없어."

"하지만 비럭은 당신이 앞으로 삼 년간 거래하기로 한 것도 무시했다고……."

"내가 쌀을 더 싸게 팔지 않으면 자신도 밀가루를 팔지 못한다고 하길래 그러라고 한 것뿐이야. 거래를 파기한 것도 그 녀석이지."

고맙게도 말이지. 그 뒤로 베르트가 그를 쫓아낸 걸로 기억한다. 쫓겨난 뒤에 마리 에봇이 사는 곳으로 가서 선동을 한 모양이다.

"하지만 쌀은 쓸모가 없잖아. 좀 싸게 팔면 어때서? 우릴 다 굶겨 죽이려는 거잖아."

마리는 여전히 내 말을 믿을 수 없는 모양이었다. 나는 한숨을 내쉬며 일어났다. 무슨 말을 해도 그녀는 나를 믿지 못할 것이다.

"왜 쓸모가 없어? 얼마나 맛있는데?"

당장 마을 시내에만 가도 식당에서 국밥을 팔고 있다. 떡도 있고 쌀가루로 만든 케이크도 판다.

내 설명에 마리는 여전히 믿을 수 없다는 표정이었다. 나는 허리에 손을 얹고 말했다.

"원한다면 가서 봐."

"날 봐주겠다는 말이야?"

"말도 안 돼!"

마지막 말은 바네사의 외침이었다. 나는 바네사를 한 번 쳐다보고 마리에게 말했다.

"너와 네 부하들은 아무에게도 피해를 입히지 않았잖아. 그렇지?"

마지막 문장은 질문이 아니었다. 누군가를 다치게 했다면 봐주지 않겠다는 의미다. 마리 역시 그 의미를 알아들었는지 굳은 표정으로 고개를 끄덕였다. 그러자 바네사가 내게 따지고 들었다.

"이 계집은 공작님께 침을 뱉었어!"

"말은 바로 해야지."

나는 바네사를 향해 손가락을 들어 올려 그녀를 막았다. 나보다 큰 사람에게 그러기 힘들 것 같지만 션에게 익숙해서 별로 어렵지 않았다.

그리고 마리를 쳐다보며 말했다.

"침은 나한테 뱉은 거고 션이 나서서 맞은 거지. 그리고 네가 션의 복수를 했고. 안 그래?"

바네사는 말도 안 된다는 표정을 지었지만 더 말하지는 않았다. 나는 마리에게 고개를 돌려 그녀에게도 말했다.

"바네사한테 복수할 거야?"

"복수?"

바네사가 말도 안 된다는 듯 비웃었다. 하지만 마리는 진지하게 대답했다.

"아니."

"그럼 이번 일은 끝이야."

션은 나를 대신해서 맞은 거니 내가 고맙다고 말하면 된다. 그가 마리를 때릴 거라는 생각은 들지 않았다.

나는 그렇게 정리하고 레슬리에게 마리와 그녀의 부하들을 놔주라고 말했다. 물론 션이 잡은 놈들은 그에게 처분을 맡기라는 것도 잊지 않았다.

"놔줬다고?"

그사이 바네사가 션에게 달려가서 마리를 놔주기로 한 걸 이야기한 모양이다. 션은 내가 일 층으로 올라오자마자 내게 다가와서 물었다.

"저 사람들을 가둬 둘 곳도 없잖아. 먹을 것도 없고."

나는 지하에서 몇 번 쪼그려 앉는 바람에 더러워진 치마 밑단을 탁탁 치며 대답했다. 그리고 그에게 따라오라고 말한 뒤 이 층으로 올라갔다.

이 층 서재는 창문을 닫아 놔서 어두웠다. 마리 패거리들이 침입할까 봐 막아 둔 모양이다. 나는 창문을 열려다가 남은 침입자가 있을 가능성을 생각해서 램프로 돌아섰다.

하지만 나보다 션이 더 빨랐다. 그는 내가 찾지 못한 성냥을 찾아 능숙하게 램프에 불을 붙이더니 커버를 덮은 뒤 책상 위에 올려놓으며 말했다.

"타협은 없다고 했어."

타협하려는 게 아니다. 아니, 맞나? 나는 책상에 몸을 기대고 션을 쳐다봤다. 그는 여전히 못마땅한 표정으로 가슴 앞에 팔짱을 끼고 서 있었다.

잘생긴 남자랑 사는 게 더 낫다던 말이 생각난다. 잘생긴 남자랑 살면 싸우다가도 얼굴을 보면 화가 풀린다고 하던가. 션의 얼굴을 보자 내가 잘못했다는 생각이 들었다.

하지만 모르겠다. 내가 잘못했나?

"에버딘."

내가 아무 말도 하지 않자 션이 팔짱을 풀며 나를 불렀다. 나는 한숨을 내쉬고 말했다.

"나는 네가 나 때문에 다치는 게 싫어."

"뭐?"

션은 이해가 안 된다는 표정이었다. 뭐, 아직까진 그가 나 때문에 다친 적이 없긴 하지. 하지만 아까 말하지 않았던가.

내 머리카락 하나가 상하느니 자기 팔이 잘리는 게 낫다고.

그게 진심일까. 진심일 거라는 생각이 들었다. 적어도 내가 아는 한 션은 빈말을 하지 않는 타입이다.

"나는 앞으로도 계속 위험한 일에 나설 거야. 책임져야 할 영지가 있고 사람이 있으니까."

조용히 이어진 내 말에 그는 아무 말도 하지 않았다. 이건 어쩔 수가 없다. 내가 영주고 가장 윗사람이다. 이 저택에서 내가 가장 웃어른은 아니겠지만 적어도 이 모든 사람들은 다 내 책임이었다.

심지어 션까지도.

수많은 사람들이 앞으로도 나를 욕할 거다. 어쩌면 마녀보다 더 심한 욕설을 들을 수도 있다. 침보다 더한 것을 맞을 수도 있다.

그건 어쩔 수 없다. 누가 말했던가.

큰 힘에는 큰 책임이 따른다고.

내가 원해서 된 영주는 아니었지만 어쨌든 내 것이고 나는 이걸 놓을 생각이 없다. 어서 남작. 헬름. 이건 죽을 때까지 내게서 그 누구도 빼앗아 갈 수 없다.

그렇다면 나는 감당해야 한다. 앞으로도 나는 에봇 무리들과 같은 자들과 만나고 설득해야 할 것이다.

"그때마다 네가 나서서 나 대신 맞지 않았으면 좋겠어."

그건 너무 속상하다. 내가 받아야 할 비난이나 욕 같은 것을 내가 좋아하는 사람이 맞는다는 게 싫었다. 죄책감이 들었고 내가 아주 나쁜 사람인 것처럼 느껴졌다.

"그 말은."

션은 나를 물끄러미 쳐다보다가 입을 열었다. 그는 내게 한걸음 다가오더니 물었다.

"내가 네게 특별하기 때문인가?"

응?

생각도 못 한 질문이라 나는 션을 멍하니 쳐다봤다. 그가 내게 특별하기 때문에 내가 싫어하는 거냐고?

"그건 당연한 거 아냐?"

좋아하지 않는 사람이라도 나 때문에 욕을 먹거나 맞으면 죄책감이 든다. 그게 좋아하는 사람이라면 아주 당연한 거지.

내 대답에 션은 만족한 것처럼 웃었다. 그러더니 다시 내게 한 걸음 다가오며 물었다.

"내가 네게 특별하단 말이지?"

여기서 너 말고도 크리스틴이나 수잔, 아이린 아주머니와 도리스 역시 특별하다고 말하면 안 되겠지.

나는 한숨을 내쉬고 자세를 바로 했다. 그리고 그를 쳐다보며 말했다.

"난 네가 나 때문에 다치면 죄책감이 들어. 내가 굉장히 안일하고 나쁜 사람인 것 같아."

션은 그런 생각을 해 본 적이 없는 모양이다. 그는 이상하다는 듯 물었다.

"내가 좋아서 그러는 건데도?"

그게 더 문제다. 차라리 내가 싫어하는 사람이 나 때문에 다쳤다면 마찬가지로 죄책감은 들겠지만 이 정도로 내가 나쁜 사람처럼 느껴지지는 않을 거다.

하지만 나를 좋아하는 사람이 나를 대신해서 다친다면, 나는 그 호의를 이용하고 있다는 죄책감이 들 수밖에 없다.

"내가 네 호의를 이용하고 있는 것처럼 느껴져. 그게 불편해."

션은 내가 굉장히 이상한 소리를 했다는 표정을 짓고 있었다. 그는 다시 가슴 앞으로 팔짱을 끼며 말했다.

"그건 당연한 거 아냐?"

"뭐?"

나는 인상을 쓰며 그를 쳐다봤다. 그러자 션이 손을 들어 자기 뺨을 쓸더니 굳은 표정으로 말했다.

"나는 지금 네게 구애를 하고 있어. 네게 내가 가진 모든 것을 보여 주고 있지. 너는 내 호의를 사용할 권리가 있어."

그가 내게 구애를 하는 것과 내가 그의 호의를 이용할 권리가 있다는 게 무슨 관련이 있는지 모르겠다. 혼란스러워하는 내게 션은 다시 말했다.

"다시 말하면, 나는 네게 선택받아야 하고 너는 내가 선택할 만한지 살펴봐야 한다는 거야. 그러기 위해 내 호의를 이용하는 건 당연한 거 아닌가?"

그럴듯한데? 나는 눈을 휘둥그레 뜨고 그를 쳐다보고 있었다. 션은 씩 웃더니 팔을 뻗어 내 뒤에 있는 책상을 짚었다.

아, 이 남자는 웃으면 안 된다. 웃는 순간 심장이 바닥에 떨어졌다가 돌아온단 말이다.

그는 나를 자기 팔 안에 가두더니 몸을 숙이며 말했다.

"가능하다면 미인계도 썼을 거야."

아니, 그 미인계, 충분히 쓰고 있습니다만. 나는 웃느라 휘어진 션의 눈을 보고 멍하니 생각했다.

이게 미인계가 아니면 대체 뭐가 미인계란 말이지?

"에버딘, 나는 너를 원해. 네가 안전하고 무사하길 바라. 그러기 위해서라면 무슨 짓이라도 할 거야."

기분이 좀 이상했다. 나는 홀린 것처럼 그를 쳐다봤다.

살면서 누가 나를 이렇게까지 생각해 줬던가 하는 생각이 들었다.

할머니는 돌아가실 때까지 혼자 남을 나를 걱정하셨다. 그리고 나는 혼자 남는 게 뭐가 문제냐고 생각했다. 살면서 겪는 시련이나 고통 같은 건 어쩔 수 없는 거라고……. 그걸 혼자 이겨 내는 수밖에 없다고 생각했다.

하지만 내가 당연하게 견뎌 내야 한다고 생각하는 것을 그럴 수 없다고, 막아 주기 위해 무슨 짓이라도 하겠다는 사람이 있다는 건 기분이 좋았다.

나는 션의 어깨에 손을 올렸다. 그리고 조심스럽게 말했다.

"전에도 말했지만 난 아무것도 보장해 줄 수도, 보상해 줄 수도 없어."

션은 상관없다는 표정이었다. 그는 한 손을 내 등허리에 대고 가볍게 잡아당겼다.

그리고 내 몸을 자신의 몸에 딱 붙이며 말했다.

"난 너에게 받을 미래의 보상 따위를 생각하지 않아. 네가 무사한 거. 그게 내가 원하는 거야."

한숨이 흘러나왔다. 나는 앞으로 우리가 이런 일로 무수하게 싸우게 될 것이라고 예감했다.

그는 끊임없이 나를 보호하려 할 것이고 나는 날 대신해서 다치지 말라고 화낼 거다.

하지만 지금 당장은 션과 키스하고 싶었다. 나는 그의 목을 끌어안으며 중얼거렸다.

"키스해 줘."

31

저택에 몰려왔던 무리들이 물러가고 저택은 잠시 조용해졌다. 겁에 질렸던 하인들은 안정을 되찾고 저택 앞을 청소했다.

"이 근방에 살고 있을 겁니다."

저택에 박힌 화살을 뽑아 살핀 카렌이 에버딘에게 말했다. 이런 조악한 화살을 생각보다 흔하다. 마을과 마을 사이를 상인을 호위해서 지나다 보면 만나게 되는 산적들이 보통 이런 조악한 화살을 쓴다.

그래서 카렌은 화살의 상태를 보고 그녀를 공격하는 상대의 전투 수준을 짐작하곤 했다. 화살이 조악하면 대부분 오합지졸이다. 반대로 화살이 제대로 제련되어 있다면 그건 뒤에 좀 더 큰 세력이 있다는 뜻이다.

"헬름에서 살다가 도망쳤다는 에봇의 말이 진실이라는 뜻이네."

에버딘은 그렇게 말하며 한숨을 내쉬었다. 그렇다면 세금이 너무 가혹해서 도망쳤다는 말도 사실일 가능성이 크다.

세금 때문에 도망치지 않았다 하더라도 헬름의 세금이 가혹한 건 사실이다. 회의를 하기 전에 에버딘은 레슬리와 저택을 뒤져 그동안 어셔 남작이 영지민에게 부과한 세금을 확인했다.

십여 년 전까지만 해도 소작물의 절반이었던 세금이 몇 년 전부터 확 늘어났다.

작년 세금은 무려 소작물의 구십 퍼센트에 달했으니 가혹하다는 건 오히려 완곡한 표현일 것이다.

세금이 너무 높으면 도망치는 영지민들이 생긴다. 그렇기 때문에 영주는 영지민들이 도망치지 않을 정도로만 세금을 부과한다. 하지만 헥터는 영주가 아니었고 자신의 영지가 아니니 몇 년 안에 이 영지가 영지민들이 도망쳐서 몰락한다 해도 상관이 없었다.

"식당은 보고 갔대?"

지끈지끈거리는 머리를 누르며 에버딘이 카렌에게 물었다. 그녀도 마리와 그 부하들이 마을에 내려가는 건 봤다. 하지만 식당에 들렀는지 확인하고 싶어서 카렌에게 부탁했다.

"네. 오늘 아침에요. 근방도 둘러보고 갔다더군요."

이건 수잔이 알려 줬다. 카렌이 찾아가자 수잔은 그녀가 묻기도 전에 이상한 사람들이 왔다 갔다고 말했다.

근방 내 본 적 없는 사람들인데 식당 안의 손님 몇몇이 아는 눈치였다. 하지만 아는 척하지 않는 게 수잔의 눈에 오히려 어색하게 느껴졌다.

카렌의 말에 에버딘은 고개를 끄덕이고 화살촉을 만지작거리기 시작했다.

자기 눈으로 봤으니 생각이 바뀐다면 찾아오겠지. 영지에서 사는 게 싫다고 도망간 사람들을 잡아 올 수도 없는 노릇이다.

"그들이 정말 영지에 피해를 입힌 적이 없을까?"

에버딘의 질문에 조안의 표정이 굳었다. 에버딘은 회의에 반드시 조안을 불렀다. 영지 일은 이 중에서 가장 잘 안다고 생각했기 때문이다.

조안은 김이 모락모락 나는 찻잔을 만지작거리다가 말했다.

"저들이 헬름을 습격한 적은 없는 걸로 압니다. 아무래도 아직 친척이 사는 사람도 있으니까요."

거기까지 말한 그녀는 이젠 에버딘의 눈치가 아니라 카렌의 눈치를 살피기 시작했다. 그리고 에버딘이 계속 이야기하라고 재촉하자 어쩔 수 없다는 듯 다시 입을 열었다.

"하지만 지나가는 상인들은 몇 번 공격했을 거예요."

"공격했다고요?"

"먹고살아야 하니까요. 지나가는 상인 무리를 몇 번 공격했다고 들었어요."

"피해자는요?"

그건 모른다. 조안은 고개를 저으려다가 자세를 바로 하고 말했다.

"죽은 사람은 없는 걸로 알아요. 제가 알기로는요."

하지만 뭔가를 빼앗겼으니 피해는 피해다. 만약 그들을 받아들일 거라면 에버딘은 피해 보상을 요구하는 상인들과 부딪칠 각오도 해야 한다.

"밀가루 수입 쪽은 어때요?"

에버딘은 이어서 레슬리에게 물었다. 그렇지 않아도 이미 그녀와 레슬리는 밀가루를 저렴하게 수입할 수 있는 상인을 찾고 있었다.

하지만 비럭이 헛소문을 퍼트리고 있다는 것을 안 이상 하루라도 빨리 영지 안에 밀가루를 공급해야 한다.

"몇몇 상인과 조건을 맞추고 있습니다. 자세한 건 만나서 이야기하고 싶어 하고요."

그래서 며칠 안에 수도에 다녀와야 한다. 수도에 다녀와도 괜찮냐는 레슬리의 질문에 에버딘은 고개를 끄덕였다.

원래대로라면 레슬리가 아니라 그 아래의 믿을 수 있는 하인을 보내야 한다. 하지만 아직 이 저택에는 이런 일을 할 만한 사람이 없다.

거래는 물론이고 마을 밖으로 나가 본 경험이 있는 사람도 적었다. 에버딘은 언제든지 편한 날짜에 다녀오라고 말하고 덧붙였다.

"그레이스를 데려가요."

경력자가 없다면 키워야 한다. 레슬리는 에버딘이 무슨 의도로 그레이스를 데려가라고 한 건지 이해하고 고개를 끄덕였다.

"에봇 쪽에서 무슨 행동이 있는지 확인해 줘."

에버딘은 카렌에게 그렇게 말하고 자리에서 일어났다. 회의가 끝났다는 그녀의 태도에 참석자들도 자신의 일을 하기 위해 우르르 일어나 서재를 나섰다.

"아, 그리고요."

조안과 카렌에 이어 서재 밖으로 나가던 레슬리는 에버딘의 부름에 몸을 돌렸다. 에버딘은 레슬리의 뒤를 따라 서재를 나가며 말했다.

"수도에 가서 시간 나면 우드 부부네 아이들이 어떻게 됐는지도 알아봐 줄래요?"

지금쯤이면 그 아이들은 헬름에 왔어야 했다. 하다못해 고아원에서 아이들을 헬름에 보내겠다는 편지라도 보내야 한다.

하지만 아무런 연락이 없었다. 에버딘이 어떻게 되어가고 있냐고 묻는 편지를 보냈지만 마지막으로 받은 편지는 여전히 절차를 밟고 있는 중이라는 내용이었다.

"그러고 보니 너무 오래 걸리네요."

레슬리도 걱정스러운 표정으로 고개를 끄덕였다. 영주의 허가가 있어야 다른 영지로 거주지를 옮길 수 있긴 하지만 그렇다고 그게 굉장히 빡빡한 제도는 아니다.

결혼이나 직장 문제로 거주지를 옮기는 사람은 많다. 레슬리도 원래 다른 영지 사람이지만 수도로 왔다가 헥터를 만나 결혼했다. 그리고 에버딘의 집사가 되어 헬름으로 내려왔고.

물론 특정한 문제가 있다면 허가를 안 내주기도 한다. 쉘리 오웬 같은 경우가 그렇다.

"너무 걱정 마세요. 제가……."

수도에 가서 알아보겠습니다. 레슬리가 그렇게 말하고 있는 와중에 복도 저편에서 마크와 엘리스가 등장했다. 두 사람은 에버딘을 발견하자 반색하며 뛰기 시작했다.

"남작님! 남작님!"

"알았어요! 저희가 알아냈어요!"

신이 나서 에버딘에게 달려오던 두 아이는 뒤돌아 있던 레슬리가 몸을 돌리자 우뚝 멈췄다. 상대적으로 가벼운 엘리스는 금세 멈췄지만 마크는 아니었다. 그의 발이 삐이익 하는 요란한 소리를 내며 미끄러졌고 마크는 그대로 레슬리의 코앞까지 와서 멈출 수 있었다.

"너희들."

엄한 레슬리의 목소리에 엘리스가 고개를 숙였다. 복도에서 뛰면 안 된다는 걸 그녀도 마크도 안다. 하지만 너무 신이 나서 어쩔 수가 없었다.

"죄송해요. 그런데 저희 이야기를 들으시면 이해하실 거예요."

"맞아요! 저희가 알아냈다고요!"

대체 뭘 알아냈길래 이러는 걸까. 에버딘과 레슬리의 시선이 부딪쳤다. 덕분에 자기 자리로 돌아가던 카렌과 조안도 무슨 일인가 하고 다가오기 시작했다.

"공작님에 대한 나쁜 소문 말이에요."

"막 공작님이 우릴 노예로 부릴 거라고 했잖아요! 그렇죠?"

침착한 엘리스에 비해 마크는 흥분해서 정신이 없었다. 카렌은 마크의 머리를 꾹 누르며 조용히 말했다.

"천천히 말해."

그러자 놀랍게도 마크가 숨을 들이쉬며 입을 다물었다. 그 사이, 엘리스가 침착하게 이야기하기 시작했다.

"마을에 돌던 소문이요. 공작님이 나쁜 사람이라는 거. 그거 누가 이야기하고 다니는지 알았어요."

"알았다고?"

카렌과 에버딘은 믿을 수가 없어서 서로를 쳐다봤다. 웨스트 공작이 공포스러운 사람이라는 건 수도에서도 이미 널리 퍼져 있는 이야기다. 그러니 헬름에서 같은 소문이 돈다 해도 소문의 근원지를 찾기는 어려울 거라 생각했다.

수도에서와 마찬가지로 헬름에서도 소문이란 소문은 다 알고 있는 수잔조차도 누가 그런 소문을 이야기하기 시작했는지는 아직도 못 찾고 있지 않던가.

아직 성인도 되지 않은 아이 둘이 알아낼 거라고는 아무도 예상하지 못했다.

"누가 하고 다니는데?"

카렌의 질문에 엘리스가 입을 열었다. 하지만 이번에는 마크가 재빨리 소리쳤다.

"대장장이요!"

가장 중요한 부분을 뺏겼다. 엘리스가 마크를 노려봤지만 마크는 아랑곳하지 않았다. 그는 뿌듯한 표정으로 에버딘에게 말했다.

"엘렌이 그러는데 대장장이가 그렇게 말하고 다닌대요."

"엘렌?"

엘렌이 누구야? 에버딘은 어리둥절한 표정을 짓자 레슬리가 재빨리 설명했다.

"마을에 사는 아이예요."

마크와 엘리스는 할 일이 끝나면 자유 시간을 가질 수 있었다. 덕분에 최근에는 마을에 내려가서 아이들과 어울리기 시작했다.

좋은 일이다. 수도에서 온 두 아이들에게 어울릴 다른 친구가 생겼다는 건. 에버딘은 조만간 친구들을 초대해서 저택 정원에서 놀아도 괜찮다고 말해야겠다고 생각하며 입을 열었다.

"대장장이라니, 이 마을 대장장이를 말하는 거니?"

"네. 허슬 씨라고 했어요."

이번에는 엘리스가 대답했다. 에버딘은 허슬이라는 이름에 레슬리를 쳐다봤다.

허슬이면 이 마을의 유일한 대장장이인 메간의 성이다. 정말 메간이 그런 헛소문을 퍼트리고 다니는 걸까?

"말도 안 돼요."

제일 먼저 레슬리가 입을 열었다. 그녀는 메간을 안다. 수도에서 일을 하다가 가업을 위해 내려와서 힘들게 대장간을 꾸려나가는 젊은 대장장이다.

성실한 사람이다.

"저도 그렇게 생각하긴 하지만요."

에버딘은 그렇게 말하며 엘리스의 어깨를 감싸 안았다. 그녀가 생각하기에도 메간이 그런 소문을 퍼트린다는 건 말이 안 된다.

가업을 잇기 위해 고향으로 내려와서 굳이 고향 영주의 헛소문을 퍼트릴 이유가 없다.

하지만 카렌의 생각은 달랐다.

"메간 허슬 씨라면 수도에 있다가 내려온 사람이죠?"

그렇다면 이 마을에서 웨스트 공작에 대한 소문을 퍼트렸다는 게 말이 된다. 헬름은 수도로 오갈 교통 시설이 열악해서 웨스트 공작에 대한 소문이 그리 퍼지지 않은 곳이다.

메간처럼 수도에서 살았던 사람이야말로 그런 소문을 퍼트릴 수 있는 사람이라는 말이다.

"저기, 그리고요."

복도에서 조용해진 사람들 사이에 마크가 끼어들었다. 그것 말고도 또 있다.

그는 엘리스의 눈치를 보며 에버딘에게 물었다.

"남작님이 자살했다는 게 무슨 소리예요?"

"마크!"

엘리스가 깜짝 놀라서 소리쳤지만 이미 늦었다. 복도 안은 늦은 밤처럼 조용해졌다.

에버딘은 입을 딱 벌리고 마크를 쳐다보다가 엘리스에게 시선을 돌렸다. 그녀가 자살 시도를 했다는 건 딱히 비밀도 아니다. 귀족 사교계에서는 모르는 사람이 없는 이야기니까.

심지어 수잔도 에버딘이 그 장본인인 줄 모르고 웨스트 공작의 악행 중 하나로 이야기하지 않았던가.

그래서 그녀가 놀란 건 그 소문을 마크가 알고 있다는 것보다 몰랐다는 것 때문이었다. 에버딘은 엘리스의 얼굴을 보고 그녀도 몰랐다는 것을 깨달았다.

"누가 그래?"

제일 먼저 입을 연 건 레슬리였다. 그녀는 드물게 마크와 엘리스에게 화를 내기 시작했고 겁을 먹은 마크가 기어들어 가는 목소리로 말했다.

"에, 엘렌이요. 그게, 그 대장장이가, 그렇게 말했다고……."

"그 여자가!"

화가 난 레슬리가 버럭 소리쳤다. 에버딘 어셔가 자살 시도를 했다는 건 수도에서 꽤 유명한 소문이었다. 웨스트 공작에 대한 소문까지 포함하면 그 모든 소문을 아는 사람은 메간밖에 없다.

하지만 그때 엘리스가 어리둥절한 표정으로 물었다.

"여자요?"

"메간 허슬, 대장장이 말하는 거 아냐?"

에버딘의 질문에 이번에는 마크도 어리둥절한 표정을 지었다. 마크와 엘리스는 서로를 쳐다보더니 두 사람을 둘러싼 어른들을 쳐다보며 말했다.

"아뇨. 허슬 씨는 남잔데요."

누굴 말하는 거지? 이번에는 어른들의 얼굴에 어리둥절한 표정이 떠올랐다. 잠시 생각하던 조안이 불쑥 끼어들었다.

"그 집 아들 말하는 건가?"

"아들이 있어요?"

"있어요. 지 애비 닮아서 모, 아니, 칠칠치 못한 놈 하나."

조안이 설명에 에버딘의 미간에 주름이 생겼다. 수도에서 마지막으로 만났을 때 메간은 집안일을 돕게 돼서 고향으로 돌아가게 됐다고 했다. 그 집안일이 대장간 일이라면, 아들은 뭘 하는 거지?

"아들은 대장장이가 아니에요?"

"맞으니까 하는 말이죠. 하는 짓이 아주 지 애비랑 똑같다던데."

거침없는 조안의 말에 마크와 엘리스의 시선이 부딪쳤다. 조안의 말투는 예전에 거리에서 살던 시절 들었던 어른들의 말과 비슷했다.

에버딘과 함께 살게 되고 레슬리의 관리하에 놓이면서 아이들이 제일 먼저 고친 건 말투였다. 덕분에 지금은 전보다 훨씬 나아졌다.

특히 마크가 그랬다. 그는 거리에 있을 때 사용하던 욕이나 거친 말을 거의 사용하지 않고 있었다.

에버딘은 마크와 엘리스의 교육을 위해 재빨리 조안을 잡고 슬쩍 떨어져서 물었다.

"그 아들은 지금 일을 안 해요?"

"대장간을 아들한테 물려준다 어쩐다, 했던 거 같은데. 멍청하지만 어쩌겠어요. 그놈이 첫째인데."

"첫째가 왜요?"

에버딘의 질문에 조안이 모르냐는 표정을 지었다. 노헤임은 기본이 장자상속이다. 몇십 년 전까지만 해도 그 장자상속의 원칙은 훨씬 좁게 해석되었다. 첫째가 아니라 첫째 아들에게만 상속되었기 때문이다.

하지만 몇십 년 전부터 남녀를 가리지 않고 무조건 첫째에게 상속하는 것으로 바뀌었다. 문제는 메간이 첫째가 아니라는 점이고.

조안의 설명에 에버딘은 입을 딱 벌렸다. 그래서 메간이 수도로 일을 하러 갔던 거다.

"하지만 다시 돌아왔잖아요?"

에버딘의 질문에 조안이 짜증 난다는 표정으로 자신의 뺨을 감쌌다. 그리고 자신 없는 목소리로 말했다.

"얼마 전까지만 해도 대장간은 문을 닫고 있었어요."

메간이 돌아와서 다시 문을 열었다. 그간 대장간을 물려받은 첫째가 일을 하지 않았다는 말이다. 가업이 그대로 사라지게 둘 수 없었던 메간이 헬름으로 돌아오기 전까지 닫힌 채였다.

에버딘은 뭐라고 말해야 할지 몰라 멍하니 조안의 이야기를 듣고 있었다. 메간에게 그런 사정이 있는 줄은 몰랐다. 성실하고 실력 있는 사람이 그런 집에서 가업을 지키기 위해 일하고 있다는 게 그녀의 기분을 묘하게 만들었다.

"문제는 메간 허슬이 자기 오빠의 의견에 동의하느냐는 거겠지만요."

조안이 그렇게 말한 덕분에 에버딘은 상념에서 벗어날 수 있었다. 그것도 맞는 말이다. 메간은 에버딘을 위해 일하고 있지만 속으로는 그녀의 오빠와 같은 생각을 하고 있을 수도 있다.

"엘리스."

에버딘은 몸을 돌려 엘리스와 마크를 쳐다봤다. 그리고 두 사람에게 물었다.

"그 이야기를 엘렌에게 들었다고?"

에버딘의 질문에 엘리스와 마크는 자신이 잘못한 게 있을까 싶어 서로를 쳐다봤다. 그리고 자신 없는 목소리로 대답했다.

"네."

"엘렌뿐만 아니라 다른 사람들도 다 알아요."

"맞아요. 다른 아이들도 부모님이 이야기한다고 그랬어요."

아이들이 알 정도면 확실한 거나 다름이 없다. 하지만 에버딘은 확인해야 한다고 생각했다. 그녀는 레슬리를 쳐다보며 부탁했다.

"메간과 이야기를 하고 싶어요."

"저택으로 부를까요?"

"아뇨. 레슬리는 수도로 갈 준비를 해요. 내가 대장간에 가 볼게요."

"제가 수행하죠."

카렌이 나선 덕분에 일은 일사천리로 진행되었다. 에버딘이 옷을 갈아입는 사이 카렌은 바네사에게 마차를 끌라고 지시했다.

"또요?"

바네사의 얼굴이 일그러졌다. 그녀는 용병이지 하녀가 아니다. 그것도 저런 약해빠진 여자의 수행이나 하고 싶지 않았다.

하지만 카렌의 지시는 확고했다. 그녀는 바네사의 얼굴이 일그러지자마자 단호하게 말했다.

"싫으면 당장 수도로 올라가. 부대를 바꿔 주지."

카렌의 부대가 아니라 다른 부대로 바꿔 주겠다는 말이다. 그건 더 싫다. 바네사는 떫은 표정으로 카렌을 쳐다보다가 짜증과 원망이 섞인 표정으로 말했다.

"왜 그렇게 저 여자한테 약하세요?"

이해가 안 된다. 그녀가 존경하는 카렌 고든 부대장은 서쪽 하늘 용병대에서 가장 강한 사람이다. 뿐만 아니라 전 용병대에서도 카렌을 이길 수 있는 자는 한 손을 꼽는다.

바네사는 강한 부대장이 존경스러웠다. 그녀처럼 되고 싶었고 배우고 싶어서 곁에 붙어 있었다.

그런데 이런 시골로 내려오자마자 그녀가 그렇게 존경하던 부대장은 저 약해빠진 여자한테 약해졌다. 빨간 머리 남작이 시키는 거라면 군소리 없이 했고 스스로 도움을 제공하기까지 했다.

공작님이야 그 여자에게 반해 있어서 그런다지만 부대장과 대장까지 이러는 건 이해가 되지 않았다.

"내가 약한 것처럼 보여?"

카렌은 허리에 손을 얹고 물었다. 그녀는 에버딘에게 약한 게 아니다. 서쪽 하늘 용병대는 에버딘에게 피해를 줬고 그 대가를 돌려받았다. 그리고 용서받기도 했지.

라이벌 용병대가 아니라 고작 빵집의 주인이 서쪽 하늘 용병대에 혼자 대항해서 그런 짓을 했다.

카렌은 에버딘이 마음에 들었다. 그녀의 배포가, 책임감이 좋았다. 그런 건 아무나 가질 수 있는 게 아니다. 심지어 난다 긴다 하는 용병들조차도 그런 걸 가지고 있지 못하기도 한다.

하지만 지금 헬름에 바네사와 함께 에버딘 곁에 붙어 있는 건 단순히 에버딘이 좋아서가 아니었다. 카렌은 이해하지 못하는 바네사를 보고 한숨을 내쉬었다. 그리고 설명하려 했을 때였다.

"부대장님."

바네사가 그녀를 부르는 것과 동시에 카렌도 소리를 들었다. 많은 수의 사람이 걸어오는 소리였다.

"준비 다 끝났어요?"

때마침, 옷을 갈아입은 에버딘도 저택에서 막 나오고 있었다. 카렌은 재빨리 그녀에게 팔을 뻗으며 소리쳤다.

"들어가십쇼!"

여러 명의 사람들이 저택으로 다가오고 있는 것이 이젠 육안으로도 보일 정도였다. 걷는 소리 속에는 뭔가 묵직한 무기 같은 게 부딪치는 소리도 들려왔다.

깜짝 놀란 에버딘이 다시 저택 안으로 들어가는 것을 확인한 카렌은 그대로 문을 등지고 상대를 살폈다. 그리고 익숙한 얼굴을 발견했다.

"남작님을 만나러 왔는데."

마리 에봇이었다. 그녀의 뒤로 상당한 수의 사람들이 늘어서 있었다.

이건 또 뭐지? 카렌과 바네사가 바짝 긴장하는 것과 동시에 집 안에서도 선이 이변을 깨닫고 에버딘에게 다가왔다.

"좋은 소식이었으면 좋겠군."

카렌이 그렇게 말하자 마리가 뒤를 돌아보며 고개를 끄덕했다. 그러자 그녀의 뒤에 도열해 있던 사람들이 우르르 허리춤을 풀기 시작했다.

"읏!"

그 행동을 오해한 바네사가 기겁해서 신음을 내뱉었다.

다행히 사람들은 옷을 벗는 게 아니었다. 허리춤에 매달아 놨던 무기를 푸는 행동이었다.

"부탁을 하러 왔어."

마리의 말에 카렌의 눈이 동그래졌다. 동시에 바네사 역시 입을 딱 벌렸다. 항복하러 온 건가?

사람들이 허리춤에 매단 무기가 바닥에 떨어지는 것을 본 에버딘이 문을 열고 고개를 내밀었다.

"남작님."

카렌이 뭐라고 말하기도 전에 마리가 먼저 입을 열었다.

그녀는 에버딘에게서 떨어진 곳에 그대로 서서 뒤를 한 번 돌아보더니 말했다.

"저와 뜻을 함께하기로 한 사람들입니다. 다시 영지로 받아 주십사 찾아왔습니다."

생각하지 못한 행동에 바네사의 입이 딱 벌어졌다. 에버딘은 마리와 뜻을 함께하기로 한 사람들이라는 부분에서 인상을 썼다.

"어, 그럼 너와 뜻이 다른 사람도 있다는 거네?"

에버딘의 지적에 마리의 입이 닫혔다. 그 사이, 에버딘은 션의 팔에 손을 얹고 문밖으로 나오고 있었다.

마리 에봇이 있던 곳은 백 명이 넘는 사람들이 살고 있었다. 대부분 지나가는 사람들을 공격해 금품을 훔쳤고 아주 약간은 밭을 일구기도 했다.

다들 전 영주를 증오했고 그가 죽기를 기도했다. 그렇기 때문에 에버딘과 만나고 마을을 확인한 뒤, 돌아간 마리의 말을 믿지 않거나 듣지 않는 사람들도 많았다. 마리는 조심스럽게 말했다.

"안타깝게도요, 네."

"얼마나 되는데?"

지금 마리를 따라온 사람의 수보다 많다. 하지만 그녀는 그렇게 대답하는 것을 망설였다.

의견이 맞지 않아서 떨어져 나오긴 했지만 저쪽에 있는 사람들과 한때 뜻을 함께했고 친하게 지냈다.

만약 그녀가 영주에게 영지에서 도망쳐서 살고 있는 사람들이 얼마나 되는지 알려 준다면 어떻게 될까.

마리가 만나고 이야기한 영주는 그녀를 이해하고 설득했지만 자신의 설득이 통하지 않은 상대에게는 어떻게 굴지 모른다.

마리가 어떻게 말해야 할지 고민하고 있을 때였다.

어디선가 수많은 사람들이 달려오는 소리가 들려왔다.

동시에 션이 에버딘을 끌어안았다. 그리고 그녀가 입을 열기도 전에 몸을 돌렸다.

"영주를 죽여라!"

깜짝 놀란 카렌과 바네사가 무기를 꺼내 들었지만 상대는 수가 너무 많았다. 마리가 데려온 사람들보다 훨씬 많은 수에 에버딘은 눈을 크게 떴다.

"그만둬!"

마리가 외쳤지만 소용없었다. 그녀와 함께 온 사람들이 허둥지둥 바닥에 떨군 무기를 주워 들었지만 이미 늦었다.

마리와 그 일행들을 몰래 따라온 산적들은 얼마 전까지 동료였던 사람들에게 무기를 휘두르기 시작했다.

"악!"

"안 돼!"

션은 재빨리 에버딘을 집 안으로 들여보내려 했다. 하지만 에버딘은 문을 활짝 열고 마리를 향해 소리쳤다.

"빨리 들어와!"

그 소리에 공격하던 사람들이 에버딘을 알아봤다.

가장 선두에서 몽둥이를 들고 있던 남자가 소리쳤다.

"저 여자다! 빨간 머리! 저 여자를 잡아!"

소란이 아주 잠깐 멈췄다가 다시 이어졌다. 이번에는 에버딘을 향했다. 사람들이 에버딘을 향해 달려오기 시작하자 션은 에버딘의 앞을 막아섰다.

"바네사!"

카렌은 그렇게 소리치며 신호를 보냈다. 그녀가 오른쪽을 맡을 테니 바네사가 왼쪽을 맡으라는 신호였다.

그 신호에 바네사가 왼쪽으로 한 걸음 내딛는 순간이었다.

"악!"

"어?"

에버딘을 향해 달려오면 사람들이 마치 짠 것처럼 우당탕 넘어지기 시작했다. 그 모습을 보고 뒤에서 따라오던 사람들이 걸음을 멈췄지만 이미 늦었다.

그들도 휘청하는 것을 본 카렌과 바네사의 입이 딱 벌어졌다.

"뭐야?"

"누가 잡았어!"

넘어진 사람들이 일어나려 허둥대기 시작하자 카렌은 단번에 상황을 파악했다.

요정이다. 그들은 전에도 에버딘의 욕을 한 용병들을 죄다 넘어트린 적이 있다.

"어서 남작은 요정의 사랑을 받고 있다는 소문도 못 들었나 보지?"

카렌이 앞으로 나가며 소리쳤다. 그런 소문이 있었어?

에버딘은 깜짝 놀랐고 바네사는 사람들을 고소하다는 표정으로 쳐다봤다.

"거짓말!"

공격하던 남자가 소리쳤지만 그들의 눈앞에서 카렌은 멀쩡하게 걸어왔다. 남자가 재빨리 몽둥이를 들었지만 소용없었다.

수가 몇십 배로 차이가 나도 카렌은 혼자서 이들을 다 혼내 줄 수 있었다.

그 전에 다른 사람들이 다친다는 걸 감안한다면 말이다.

하지만 지금은 일 대 일이다. 카렌은 남자의 발목을 퍽 소리가 나도록 걷어찼다.

"악!"

그가 비명을 지르며 바닥에 쓰러지자 주변에 있던 남자들이 달려들었다. 하지만 이번에도 그들은 카렌에게 가기도 전에 바닥에 얼굴을 박는 꼴이 되어 버렸다.

"들어가."

션은 재빨리 에버딘에게 말했다. 에버딘 앞에서 사람 좋은 태도를 하고 있지만 카렌은 용병이고 서쪽 하늘 용병대의 부대장이다.

단순히 실력이 좋고 사람 좋은 걸로 그 자리에 올라온 게 아니다.

그는 카렌이 자신만큼이나 잔인해질 수 있다는 것을 알았고 그녀에게 호감을 가진 에버딘이 그 장면을 보지 않기를 바랐다. 하지만 에버딘은 고개를 저으며 앞으로 나갔다.

그리고 마리를 향해 소리쳤다.

"에봇, 이쪽으로!"

카렌에게 두들겨 맞는 놈들은 두들겨 맞게 내버려 두고 다친 사람들은 치료해야 한다. 에버딘의 부름에 마리가 걱정스러운 표정으로 자리에서 일어났다.

그녀도 방금 같이 넘어졌다. 움직일 수 있는 건가? 그렇게 생각하며 발을 움직이는 데 놀랍게도 걸리는 게 없었다.

"세상에."

마리는 주춤주춤 에버딘에게 다가왔다. 그녀가 별문제 없이 걷는 것을 본 사람들이 걸음을 내딛기 시작했다.

그사이, 에버딘은 하녀를 시켜 조안을 불러오도록 했다. 그녀는 이 마을에서 제일가는 약초사다. 물론 유일한 약초사기도 했다.

"이게 무슨 일이에요?"

하녀의 부름에 저택 밖으로 나온 조안에 석상처럼 서 있는 사람 반, 머뭇거리며 걷는 사람 반을 보고 물었다.

"악!"

석상처럼 서 있던 사람 중 몇몇이 도망치려고 뛰다가 다시 넘어졌다. 에버딘은 혀를 차며 마리에게 다가갔다. 그 옆에서 션이 못마땅한 표정으로 그녀를 보호하고 있었다.

이들은 발을 움직이지 못하는 거지 손도 움직이지 못하는 건 아니다. 그는 만약 누군가 돌이라도 주워서 던지려 한다면 에버딘이 맞을 수도 있다고 생각했다.

하지만 요정들은 그렇게 호락호락하지 않았다.

"아야!"

"악!"

"뭐가 물었어!"

션의 생각대로 돌을 주워 던지려 했던 자들이 손가락을 잡고 팔짝팔짝 뛰다가 다시 넘어지기를 반복했다. 그 와중에 선두에 서 있다가 넘어진 남자가 에버딘을 향해 들고 있던 몽둥이를 집어 던졌다.

"죽어라! 이 마녀!"

허무하게도 그 몽둥이는 마치 빨아들이는 것처럼 션이 공중에서 낚아챘다.

너무 능숙하게 낚아채서 에버딘은 저 몽둥이에 션에게 돌아가는 마법이라도 걸린 게 아닌가 하는 생각을 할 정도였다.

"죽는 건 너야."

카렌은 에버딘이 안전한 것을 확인한 뒤에야 남자를 걷어찼다. 그가 신음도 내지 못하고 웅크리자 다른 사람들도 멈칫했다.

하지만 그걸로 끝나지 않았다. 카렌은 몇 번 더 남자를 공처럼 걷어차기 시작했다. 어찌나 세게 걷어찼던지 남자의 몸이 들썩였다. 그리고 그가 눈을 뒤집고 기절한 다음에야 카렌의 공격이 멈췄다.

"죽은 건 아니지?"

그 사이, 션은 에버딘이 못 보도록 가리고 있었다. 남자가 아랫도리를 흥건하게 적시며 기절한 다음에야 션이 비켜 줬기 때문에 에버딘은 걱정스러운 표정으로 카렌에게 물었다.

"영주를 공격한 놈인데 최소 사형 아닙니까?"

카렌이 여전히 부족하다는 듯 퉁명스럽게 물었다.

고작 몇 번 걷어차였다고 기절하다니, 이런 놈은 손가락을 하나하나 잘라야 한다.

하지만 에버딘은 그래서 물어본 게 아니었다. 그녀는 여전히 걱정스러운 표정으로 대답했다.

"아니, 시체 치우기 싫어서."

집 앞마당에서 시체가 생기면 곤란하다. 에버딘이 아무리 생각해도 이 집안에 시체를 치울 사람이 없다. 하인들은 시체를 보자마자 벌벌 떨게 분명하고 본인 역시 절대 사양이다.

카렌과 션은 생각도 못 한 대답에 어이가 없어서 그녀를 멍하니 쳐다보다가 기절한 남자를 쳐다봤다. 그리고 다시 기절한 남자를 발로 툭 치며 말했다.

"어차피 지하에 더 이상 가둘 곳도 없는데 제일 악질인 몇 명은 깔끔하게 죽이는 게 낫지 않을까요?"

점점 이야기가 잔혹해지고 있었다. 션은 카렌에게 그만하라고 말하려 했지만 잠시 멈칫해 있던 에버딘이 눈살을 찌푸리며 말했다.

“제일 악질을 어떻게 골라?”

“저, 저놈 짓입니다!”

그때 에버딘에게서 그리 멀리 떨어져 있지 않은 남자가 불쑥 소리쳤다. 항복하러 온 사람들을 공격하러 온 자들 중 하나였다.

남자의 외침에 곁에 있던 다른 남자도 소리쳤다.

“맞습니다! 저놈이 우릴 선동했어요!”

“우린 에봇과 함께 오고 싶었는데 저놈이 못 가게 했다고요!”

이 자식들은 또 뭐야? 카렌은 어이가 없어서 기절한 남자에게 다 뒤집어씌우는 남자들을 쳐다봤다. 그때 에버딘이 기다렸다는 듯 말했다.

“저놈들은 밖에 묶어 놔.”

카렌과 조안은 물론 바네사조차도 놀라서 입을 딱 벌렸다. 에버딘은 찔끔해서 입을 다문 남자들을 하나하나 확인한 뒤 안으로 들어가며 다시 지시했다.

“나머지는 묶어서 지하에 가두고.”

“저럴 줄 알았습니까?”

에버딘의 지시에 카렌이 가볍게 감탄하며 물었다. 어떻게 악질을 고르냐고 말하자마자 재빨리 저렇게 뒤집어씌울 줄 알았냐는 말에 에버딘은 어깨를 으쓱하며 말했다.

“나쁜 놈들은 비겁하거든.”

자신에게 불리할 것 같을 때 제일 먼저 손바닥 바꾸듯 입장을 바꾼다. 에버딘은 그렇게만 말하고 션을 돌아봤다. 그리고 그에게 고개를 기울이며 물었다.

"손은 괜찮아?"

"뭐?"

션은 그게 무슨 소리냐는 표정을 지었다. 그러자 에버딘이 여전히 몽둥이를 잡고 있는 그의 손을 쳐다보며 다시 물었다.

"안 다쳤냐고."

안 다쳤다. 션은 그제야 자신이 여전히 몽둥이를 잡고 있는 것을 깨달았다. 그는 나무를 깎아 두꺼운 부분에 쇳조각을 박아 둔 것을 보고 인상을 썼다.

이걸 맞았다면 에버딘은 최소 뇌진탕이다. 그는 표정 변화 없이 기절한 남자의 얼굴을 기억해 둔 뒤 그것을 카렌에게 건네며 말했다.

"안 다쳤어."

에버딘은 재빨리 션의 손을 살펴보고 한숨을 내쉬었다. 커다란 손은 굳은살이 박여 있었다. 날아오는 나무 몽둥이 잡느라 생채기라도 났을 거라고 생각했는데 굳은살 덕분인지 멀쩡했다.

"고마워."

에버딘의 솔직한 감사에 션의 얼굴에 놀란 표정이 떠올랐다. 그녀는 그가 멈칫한 사이에 마리에게 다가가서 물었다.

"괜찮아?"

괜찮다. 마리는 괜찮다고 하려다가 한때 동료였던 적에게 맞아 쓰러져 있는 동료들을 돌아봤다. 이상한 기분이 들었다.

한바탕 전투가 벌어질 줄 알았는데 에버딘이 나서자 갑자기 마법 같은 일이 일어났다.

덕분에 피해는 이 정도로 그칠 수 있었지만 그래서 더 믿겨지지가 않았다.

“진짜로 요정의 사랑을 받고 계신 겁니까?”

마리의 질문에 에버딘은 콧잔등을 찡그리며 주변을 둘러보았다. 그녀도 잘 모르겠다. 요정의 사랑이라는 걸 받을 수 있는 걸까?

요정은 원래 자기 멋대로인 존재들이다. 지금 도움을 받았다고 앞으로도 도움을 받을 거라는 보장은 없다.

에버딘은 감사의 표시로 묵을 잔뜩 쒀서 줘야겠다고 생각하며 말했다.

“그렇게 거창한 건 아니고.”

“하지만 요정들이 영주님을 도운 건 맞죠?”

그건 맞다. 에버딘은 조안을 불러 마리의 상태를 살펴 달라고 부탁한 뒤 대답했다.

“착하게 산 덕분이지.”

에버딘이 카렌을 데리고 대장간을 찾아간 것은 결국 이틀 뒤였다.

그 전에 가고 싶었지만 도저히 그럴 수가 없었다. 영지로 돌아오고 싶어 하는 사람들과 그런 그들을 막고 더 나아가서 에버딘을 공격하려 한 사람들의 처분이 더 급했기 때문이다.

게다가 에버딘은 영지로 돌아오고 싶어 한 사람들을 제약 없이 받아들이려 했지만 조안과 션이 반대하는 바람에 별도 생각해 내야 했다.

한번 영지를 탈출했던 자들이다. 돌아오고 싶어 한다는 이유로 받아 준다면 남아서 버틴 사람들 중 분명 불만이 생기는 사람들도 있을 것이다.

뿐만 아니라 언제든지 영주를 도망쳤다가 다시 돌아와도 된다는 선례가 생기고 만다.

"재산을 뺏는 게 의미가 있을까요?"

에버딘과 함께 마차를 타고 가던 카렌이 불쑥 말했다. 결국 에버딘이 내린 벌은 도망쳤던 사람들의 재산을 박탈하는 거였다. 그러니까 영지에서 가지고 있던 재산 말이다.

영지에서 도망쳤다는 건 살던 집과 가구를 전부 버리고 도망쳤다는 말이다. 에버딘은 돌아온 사람들이 영지에 있는 자신의 재산을 되찾는 것을 허락하지 않았다.

버렸다면 그건 영주의 것이다. 되찾고 싶다면 돈을 벌어서 다시 사야 한다.

"그렇지 않을까? 어떤 벌을 줘도 누군가는 불만을 가질 거 아냐?"

처음엔 참고 살던 사람들의 세금을 대폭 낮춰 주는 걸 생각했다. 하지만 그렇게 하면 장기적으로 새로 이주하는 사람들과 격차가 생겨버린다. 세금이라는 건 단기적으로는 별 차이 없어 보여도 장기적으로는 차이가 나는 거니까.

그렇다고 다시 돌아온 사람들을 폴라처럼 무급으로 노동을 시킬 수는 없다. 그렇지 않아도 가난한 마을의 사람들에게 무급으로 일을 하라는 건 가난에서 벗어나기 어렵게 만든다.

더 나아가서는 기껏 돌아왔는데 일을 해도 손에 쥔 게 하나도 없다는 불만을 가질 수 있다.

세금도 똑같고 일하는 것도 똑같다. 그렇다면 당장 집은 없더라도 손에 들어가는 돈이 있으니 희망이 생긴다. 게다가 어차피 도망치면서 포기한 것들이다. 그걸 돌려주지 않는다고 해서 불만을 가진다면 오히려 마을에서 도망치는 걸 너무 얕봤다는 말이다.

동시에 남아 있던 사람들도 도망친 사람들이 자기 집을 잃었다는 눈에 보이는 벌을 받은 게 되니 불만이 덜할 거다. 남아서 집을 지키길 잘했다는 생각도 들 거고.

"복잡, 하군요."

에버딘의 설명을 들은 카렌은 입을 딱 벌리고 있다가 말했다. 벌 하나를 주는데도 이런저런 상황을 고려해야 한다니, 복잡하다는 말이 절로 나온다.

그녀는 전투에서 잘못을 할 경우 크게 벌을 주지 않았던 용병대를 떠올렸다. 용병대는 전투에서 잘못을 했다고 뭔가를 빼앗거나 하지는 않는다. 자기 목숨이 눈앞에서 사라질 뻔한 경험을 한 걸로 충분하다고 생각하기 때문이다.

"용병대도 비슷하지 않아?"

에버딘의 질문에 카렌은 가만히 생각하다가 고개를 끄덕였다. 용병대는 좀 더 단순하긴 하다. 강한 자가 위에 서고 위에 선 자의 지시를 따른다.

하지만 거기에 용병들의 감정 문제도 확실히 포함되어 있다.

"확실히 좀 특이한 분이네요."

카렌은 솔직하게 말했다. 그녀는 지금까지 많은 귀족들의 호위를 담당했지만 에버딘처럼 영주의 일과 용병의 일을 비슷하다고 말하는 사람은 처음 봤다.

이런 점이 그녀가 바네사를 일부러 헬름에 붙잡아 두고 있는 이유다. 카렌과 베르트도 바네사가 에버딘을, 더 나아가 헬름을 싫어한다는 것을 알았다.

하지만 에버딘의 행동은 바네사가 보고 배울 부분이 충분히, 아니, 아주 많이 있었다.

"내가?"

에버딘이 그게 무슨 소리냐고 묻는 순간 빠르게 달리던 마차의 속도가 확 줄었다. 동시에 마부석에 있던 바네사가 소리쳤다.

"도착했습니다!"

허슬 대장간은 시내에서 약간 떨어진 곳에 있다. 그리고 마을의 유일한 대장간이기도 했다. 시내에도 대장간이 몇 개 있었지만 전부 문을 닫았기 때문이다.

에버딘은 마차에서 내려 문이 닫힌 대장간으로 다가갔다. 아직 해가 떠 있으니 가게 문이 열려 있어야 하는데 닫혀 있다.

"아무도 없나?"

재빨리 에버딘의 곁으로 다가온 카렌이 닫힌 문을 두드리며 물었다. 에버딘은 창문으로 다가가서 안을 들여다보고 말했다.

"잠깐 어딜 간 모양인데. 난로에 불이 남아 있어."

가게 문을 닫았다면 난로의 불을 저렇게 남겨두고 가지 않았을 것이다. 카렌 역시 에버딘의 머리 위로 창문 안을 들여다보고 고개를 끄덕였다.

그동안 바네사는 대장간 주변을 돌아보고 있었다.

"누구냐?"

그때 바네사의 뒤로 웬 남자가 겁도 없이 소리치며 달려들었다. 바네사는 반사적으로 몸을 돌리며 손날로 상대의 목을 후려쳤다.

"억!"

퍽 하는 소리와 함께 목에 강한 충격을 받은 남자가 그대로 주저앉아서 켁켁거리기 시작했다. 뭐야, 이 멍청이는?

상대가 남을 공격할 정도의 실력은 있는 사람이라고 생각했던 바네사는 고작 그 정도의 공격을 피하지 못하고 맞아서 뒹구는 남자를 한심하게 쳐다봤다.

나이가 꽤 들어 보인다. 젊은 혈기에 아무나 시비 걸고 다니는 멍청이는 아니라는 말이다. 늙은 혈기에 아무나 시비 걸고 다니는 더 멍청이라는 말이겠지.

"왜 그래?"

그때, 카렌이 에버딘과 함께 건물 뒤로 돌아왔다. 두 사람은 가게를 살피다가 메간이 잠시 어딘가를 갔다는 결론을 내린 참이었다.

"이상한 사람이 있습니다."

바네사의 말에 카렌과 에버딘의 시선이 주저앉은 남자를 향했다. 어디서 본 것 같은데. 에버딘이 그렇게 생각하는데 주저앉아 있던 남자가 고개를 들었다.

낯이 익다. 에버딘이 눈살을 찡그리는 것과 동시에 남자가 당황하기 시작했다. 그는 벌떡 일어나더니 허둥지둥 몸을 돌려 달아나기 시작했다.

"야, 거기 안 서?"

바네사가 그렇게 소리쳤지만 남자는 뒤돌아보지 않았다. 잠깐. 에버딘이 남자를 어디서 봤는지 알아차린 순간, 남자가 도망치는 방향에서 메간이 나타났다.

"아버지?"

"데이브 아저씨?"

수도에서 봤던 데이브였다. 그때보다 훨씬 살이 찌고 늙은 데다가 얼굴이 붉어져 있어서 바로 알아보지 못했다.

메간은 도망치는 아버지를 발견하고 인상을 쓰며 아버지를 불렀다. 잠깐 배달을 다녀왔다. 그 사이에 아버지가 가게 안의 돈에 손을 댈까 봐 문도 잠가 놨었다.

돈에 손대지도 못했을 텐데 왜 도망치는 거지? 그런 의문을 품으며 고개를 돌린 메간은 카렌과 바네사를 데리고 서 있는 에버딘을 발견했다.

"아버지?"

에버딘은 메간이 데이브를 아버지라고 부른 사실에 놀라 물었다. 데이브가 메간의 아버지였어? 전혀 안 닮았다. 동시에 그녀는 데이브의 성이 허슬이었나 하고 생각하고 있었다.

하지만 아무리 기억을 더듬어 봐도 데이브의 성을 들은 기억이 없다. 그리고 그건 아이린도 마찬가지다.

"남작님."

메간은 재빨리 에버딘에게 허리를 숙여 인사를 건넸다. 그리고 그녀의 질문에 대답했다.

"네, 제 아버지 데이브 허슬 씨예요. 아세요?"

알다마다. 에버딘은 안다고 하려다가 그가 자신의 얼굴을 보고 도망치던 장면을 떠올렸다. 왜 도망친 거지?

"알긴 아는데요. 원래 수도에 있지 않았어요?"

"일 때문에 수도에 계셨어요."

그럼 맞다. 에버딘은 안으로 들어오라는 메간의 안내에 그녀를 따라가며 질문을 던졌다.

"그럼 그동안 이 대장간은 누가 운영했어요?"

"어머니와 오빠가요. 하지만 어머니는 따로 일을 하셔서……."

이건 좀 궁금하다. 에버딘은 너무 호기심을 드러내지 않으려 애쓰며 물었다.

"지금도 어머니와 오빠가 같이 하나요?"

메간의 얼굴이 달아올랐다. 그러지 못해서 자신이 내려온 거다. 그녀는 컵을 꺼내며 말했다.

"아니요. 어머니는 원래 일이 바쁘셨고요. 오빠는……."

머뭇거리는 메간의 태도에서 에버딘과 카렌의 시선이 부딪쳤다. 아픈 건 아니겠지? 차라리 오빠가 아픈 거라면 낫다. 이상한 소문을 퍼트리는 허슬이 그녀의 오빠가 아니라는 거니까.

하지만 한편으로 에버딘은 대장간에 또 다른 허슬이 있다는 사실에 골치 아파하고 있었다. 데이브 허슬. 그가 원래 헬름 사람이었다는 게 신경 쓰인다.

과연 그는 에버딘이 헬름의 영주가 될 사람이라는 것을 몰랐을까.

물론 아무리 영지민이라 해도 자기가 사는 영지의 영주를 다 아는 건 아니다. 영주는 자기 집과 수도를 오가며 살고 영지민을 만나는 건 집사나 영지 관리인이기 때문이다.

"병입니까?"

메간이 머뭇거리는 통에 카렌이 불쑥 물었다. 덕분에 병이라고 거짓말하려던 메간은 깜짝 놀라서 솔직히 대답해 버렸다.

"아뇨, 그건 아니고요."

이상하다. 다시 에버딘과 카렌의 시선이 부딪쳤다. 두 사람은 서로를 쳐다보다가 누가 먼저랄 것도 없이 메간에게 말했다.

"오늘 찾아온 이유는……."

"이상한 소문이 돌고 있거든요."

이상한 소문? 메간의 눈이 동그래졌다. 무슨 소문인지도 궁금했지만 그 소문이 자신과 무슨 관계가 있는지도 궁금했다.

그녀가 아무 말도 하지 않자 카렌과 에버딘은 마을에 도는 소문과 그 소문을 대장장이 허슬 씨가 퍼트리고 있다고 들었다는 이야기를 전했다.

"설마, 제가……."

"아뇨. 내가 의심하는 건, 의심이라니까 좀 웃긴데. 메간이 아니라 메간의 오빠예요."

"남자라고 했거든요."

오빠라는 말에 메간의 입이 딱 벌어졌다. 그래서 오빠가 아프냐고 물은 거구나. 그녀는 뭐라고 해야 할지 몰라 에버딘과 카렌을 번 같아 쳐다봤다.

차라리 아프다고 거짓말을 할 걸 그랬다는 생각이 들었지만 곧 바로 그런 거짓말을 하면 상황이 더 나빠졌을 거라는 생각이 들었다. 어서 남작은 언제든지 메간의 오빠가 아프지 않다는 것을 알 수 있다.

만약, 메간이 거짓말을 했는데 나중에라도 에버딘이 그녀가 거짓말을 한 것을 알게 되면 에버딘은 다시는 그녀를 믿지 않을 것이다.

정직. 그게 가장 중요하다. 그녀는 어머니에게 그렇게 배웠다.

"그런 소문이 돌고 있는 건 알아요. 하지만 오빠는 그런 소문을 퍼트릴 사람은 아니에요."

비록 쓸모가 없고 게으르긴 하지만 겁도 없이 영주의 헛소문을 퍼트릴 놈은 아니다. 메간은 그 부분은 속으로만 생각하고 말을 이었다.

"괜찮으시면 오빠와 이야기해 보시겠어요?"

지금? 에버딘은 괜찮겠냐는 표정으로 카렌을 쳐다봤다. 예정에 없던 이동이니 지금 그녀의 호위를 담당하고 있는 카렌의 허락이 있어야 한다.

하지만 카렌은 에버딘과 똑같은 표정으로 그녀를 쳐다보고 있었다. 지금 허슬의 집에 간다면 일정이 더 늘어난다. 괜찮겠느냐는 카렌의 표정에 에버딘은 메간을 쳐다보며 고개를 끄덕였다.

"그래요. 그럴 수 있다면 좋겠어요."

*   *   *

"아, 아니, 아닙니다. 그, 그런 짓 안 했어요."

당연하게도 메간의 오빠는 에버딘의 헛소문을 퍼트리지 않았다고 주장했다. 그리고 그건 퍽 그럴듯해 보였다.

메간의 오빠는 거리에서 영주에 대한 이야기를 한 적이 있느냐는 말에 어리둥절해 하더니 소문 중 하나를 카렌이 이야기하자 깜짝 놀라며 펄쩍 뛰었기 때문이다.

"그럼 역시 데이브인가."

에버딘은 메간의 오빠를 집 안으로 들여보내며 카렌에게 말했다. 데이브는 그녀가 결혼하기 싫어서 죽으려 했다는 것과 선에 대한 무시무시한 소문을 다 알고 있었으며, 그녀와 방금 만나자마자 도망쳐 버렸다.

아이들도 대장장이 허슬 씨라고 하지 않았던가. 메간의 오빠가 아니라면 메간의 아버지가 된다.

"닮았네요."

카렌은 배가 나오고 머리가 숱이 줄어드는 게 보이는 메간의 오빠를 쳐다보며 말했다. 아까 도망친 데이브도 살이 찌고 머리숱이 적었다. 그거 다 술 때문이다. 용병들 중에도 술을 좋아하는 놈들은 귀신같이 살이 찌고 머리숱이 줄어들었다.

"영주님!"

메간의 오빠가 들어가자마자 이번에는 메간의 어머니가 나왔다. 그녀는 허둥지둥 달려오더니 에버딘의 앞에 서서 간곡하게 말했다.

"메간이 수도에 있을 때부터 이야기를 들었어요. 많이 도와주셨다면서요?”

내가? 당황하는 에버딘과 달리 드니스는 감사하다는 표정을 짓고 있었다. 에버딘이 일거리를 준 덕분에 메간이 돈을 벌 수 있었다.

그리고 헬름에 와서도 그 주문은 이어지고 있다.

덕분에 허슬가는 전보다 훨씬 나아졌다. 감사의 표시를 하고 싶었는데 그 기회가 찾아왔다.

그녀는 앞치마에 손을 닦으며 에버딘에게 조심스럽게 물었다.

“제가 꼭 식사를 대접해 드리고 싶은데 보잘것없지만 드시고 가세요.”

괜찮다. 에버딘은 그렇게 말하려다가 드니스가 간절한 표정을 짓는 것을 보고 입을 다물었다. 그녀는 정말로 에버딘에게 고마워하고 있었다.

게다가 에버딘이 메간을 마음에 들어 하고 있으니 어쩌면 그녀의 아들도 마음에 들어 할지 모른다. 이대로 에버딘의 총애가 딸에게서 아들로 옮겨 가면 계획대로 대장간은 아들에게 물려줄 수 있다.

여기서 영주의 마음을 사로잡아야 한다는 생각에 드니스는 필사적이었다. 결국 에버딘은 카렌을 한번 쳐다보고 고개를 끄덕였다.

“그럼 조금만요.”

됐다. 드니스는 영주가 자신의 집으로 들어오자 뛸 듯이 기뻐하며 재빨리 아들을 불렀다. 메간을 시키고 싶지만 그녀는 다시 일을 해야 한다며 대장간으로 돌아갔다.

“래리, 식탁 좀 닦아 줄래?”

대답이 없다. 드니스는 정신없이 오븐에 익는 고기를 확인하고 냄비에서 끓는 쌀을 젓고 있었다. 에버딘은 어찌해야 할 바를 몰라 다시 카렌을 쳐다봤다.

허슬의 집은 에버딘의 저택에 비하면 엄청나게 작았지만 깨끗했다. 들어올 때 아주 작은 텃밭도 있었지.

에버딘은 이 집안의 실질적인 가장은 드니스라고 생각했다. 음식은 드니스가 가꾸는 텃밭에서 공수할 테고 약간의 수익은 소파에 놓인 바느질감으로 벌어들일 것이다.

어쩐지 그녀의 할머니가 생각났다. 에버딘의 할머니도 세상에서 가장 부지런했고 모든 일을 도맡아 하는 사람이었다.

"래리!"

다시 드니스가 소리치자 안쪽 방에서 래리가 입을 부루퉁하게 내밀고 어기적어기적 걸어 나왔다. 어휴. 누군가의 한숨 소리에 에버딘이 고개를 돌리자 카렌이 작은 목소리로 속삭였다.

"제 부하였으면 딱 죽기 전까지 팼을 겁니다."

심정적으로 이해가 가지 않는 건 아니지만 어쨌든 그녀는 손님이다. 에버딘은 참으라는 의미로 카렌의 손을 잡았다가 놓았다.

그리고 더러운 행주를 빨지도 않고 식탁을 대충 문대는 래리를 쳐다본 뒤 드니스에게 소리쳤다.

"정말 조금만 주세요. 금방 돌아가 봐야 하거든요."

이어서 래리가 다시 방으로 쏙 들어가 버렸다. 드니스는 대충 닦은 식탁을 확인하고 한숨을 내쉬더니 행주를 빨아 다시 깨끗하게 닦았다. 그리고 에버딘과 카렌을 위해 컵을 꺼내 뜨거운 물을 담으며 말했다.

"죄송해요. 저 애가 지금 연구 중이라서요."

"무슨 연구요?"

"농기구를 개선하려고 한다나 봐요."

과연 그럴까. 에버딘과 카렌의 눈이 부딪쳤다. 하지만 그런 두 사람의 행동을 보지 못한 드니스는 신이 나서 설명했다.

"잡초를 캐거나 씨를 심을 때 모종삽을 쓰잖아요? 그걸 좀 더 개선하려고 한 대요."

그게 호미다. 에버딘은 시범 삼아서 메간에게 호미를 만들어 달라고 했던 것을 떠올렸다. 그리고 메간이 완성품을 만들어 왔다는 것도.

설마 호미를 보고 그걸 따라 하려는 건 아니겠지? 에버딘의 머릿속에 그럴듯한 의심이 떠올랐지만 그녀는 그렇게 말하는 대신 웃으며 말했다.

"완성되면 보고 싶네요."

됐다. 드니스는 영주의 관심이 아들을 향하자 가벼운 걸음으로 음식을 날랐다. 그때 카렌이 싱글벙글 웃으며 물었다.

"그러고 보니 허슬 씨도 계시지 않나요?"

"남편이요? 남편은 지금 다른 일을 하고 있어요."

"원래 대장장이였던 거죠?"

맞다. 드니스는 고개를 끄덕이며 접시에 익힌 쌀을 한 주걱씩 얹어 주기 시작했다. 허슬 대장간. 대장장이는 허슬가의 가업이다. 그녀의 남편인 데이브도 대장장이였다.

하지만 마을이 가난해지기 시작하고 메간이 돈을 벌겠다며 수도로 올라가고 일하던 직원도 해고하자 래리와 데이브만 남았다.

문제는 데이브의 눈에 래리가 일하는 게 차지 않았다는 점이다. 두 사람은 끊임없이 싸웠고 드니스가 불안해할 때쯤 데이브가 큰돈을 벌 기회가 생겼다며 수도로 떠나 버렸다.

"한동안 수도에 있었는데 다시 내려왔어요. 거기 일이 시원찮았나 봐요."

큰돈을 벌 기회라더니 돈은 거의 벌지도 못했다. 못 번 건지, 벌었는데 술에 다 쓴 건지.

돌아온 데이브는 헬름에 있던 때보다 더 술꾼이 되어 있었다. 한동안 집 안에서 잠만 자던 그가 다시 돌아다니기 시작한 건 얼마 되지 않았다.

"그럼 지금은 무슨 일을 하나요?"

다시 카렌의 질문이 이어졌다. 에버딘은 말없이 드니스가 내려놓는 접시를 쳐다보고 있었다.

그녀가 오븐을 열었을 때부터 맡은 거지만 고기 누린내가 장난이 아니었다. 에버딘은 몰랐지만 그녀는 영주였고 영주의 저택에서는 훨씬 더 좋은 고기를 쓴다.

게다가 아이린이 후추를 과도하게 쓴 탓에 조금 있는 누린내도 어느 정도 잡혔다. 하지만 여긴 아니었다.

저렴한 고기를 썼고 누린내를 잡아 줄 향신료는 비싸다. 에버딘은 이곳에 와서 처음으로 엄청난 누린내를 맡고 당황하고 있었다.

"다행히 좋은 분을 만나서요. 그분 일을 도와주고 있다고 해요."

"좋은 분이요?"

카렌의 질문에 드니스는 별생각 없이 입을 열었다가 아차 하고 다물었다. 이건 데이브가 말하지 말라고 했다. 그녀는 몸을 돌려 오븐을 정리하며 말했다.

"이름을 까먹었네요. 좋은 분이라고 했는데."

덕분에 에버딘과 카렌의 시선이 부딪쳤다. 두 사람 다, 드니스가 알고 있는데 말하지 않으려 한다는 것을 알았다.

"그럼 이제 대장간은 메간과 래리 둘이 하는 거네요."

주제를 바꾸기 위해 에버딘이 물었다. 드니스는 그녀가 캐묻지 않는다는 사실에 기뻐하며 몸을 돌렸다. 그리고 식탁 위가 너무 조촐하다는 사실에 재빨리 텃밭에서 뜯어 온 채소로 샐러드를 만들며 대답했다.

"지금은요. 하지만 대장간이 잘되면 래리가 직원도 고용하겠죠."

메간이 아니라 래리가? 에버딘의 시선이 닫힌 래리의 방문을 향했다. 바로 일해야 한다며 대장간으로 간 메간과 달리 래리는 방 안에 있지만 나와 보지도 않고 있다.

과연 그가 대장간을 운영할 수 있을까. 에버딘이 그렇게 생각하며 고기를 끄적거리는데 카렌이 작은 목소리로 속삭였다.

"제가 먹을까요?"

카렌은 누린내 때문에 에버딘이 고기를 거의 먹지 못한다는 것을 알고 있었다. 그녀는 용병이고 이것보다 훨씬 저급 고기를 먹으며 버틴 적도 있다. 좋아하는 건 아니지만 먹어야 한다면 먹을 수 있다.

하지만 에버딘은 아니다. 그녀는 굳이 못 먹을 음식을 먹어야 할 필요가 없다. 한 조각씩 잘라서 드니스가 다른 곳을 보고 있을 때 카렌의 입에 넣으면 들키지 않을 거다.

"괜찮아."

에버딘은 카렌의 호의에 감사하며 거절했다. 이 음식은 드니스가 그녀를 위해 내준 것이다. 먹는 게 예의라는 생각이 들었다.

물론 카렌의 생각은 달랐다. 그녀는 에버딘이 음식을 깨작거리는 것을 보다가 다시 작은 목소리로 말했다.

"도움이 될까 싶어 말씀드리는데, 공작님도 입맛이 많이 까다로우신 편입니다."

"션이?"

엄청나다. 카렌은 몰랐냐는 표정으로 웃으며 말했다.

"공작님, 요리 잘하시잖아요?"

션의 요리 실력은 상당한 수준이다. 그는 어지간한 식당의 요리사보다도 잘한다. 물론 귀족가나 왕궁의 요리사 정도는 아니지만.

에버딘의 머릿속에도 능숙하게 요리하던 션이 떠올랐다. 그녀가 뭔가를 시키면 두 번 묻지도 않고 척척 해내던 모습이 신기했었다.

"워낙 입맛이 까다로우시다 보니 저희들이 대충하는 음식으로는 만족을 못 하신 거죠."

훈련이나 가벼운 임무를 맡다 보면 며칠씩 야영을 해야 할 때도 있다. 그럴 때 용병들은 대충 밀가루 반죽을 돌 판에 굽는 빵이나 말린 육포를 물에 불려 먹는 걸로 때우기도 한다.

하지만 션은 맛이 없는 음식을 끔찍해 했다. 카렌은 에버딘의 접시에 있는 고기 한 조각을 다시 날름 집어 재빨리 삼키며 말했다.

"한번은 말입니다. 누가 고기 대신 계란을 잔뜩 구해 온 적이 있거든요."

"어, 그 이야기 알아. 션이 요리 담당이었다면서?"

"딱 두 번 만에 부드러운 오믈렛을 만들어 내시지 뭡니까? 아직도 용병대 안에서는 그 오믈렛이 인생 최고로 맛있는 오믈렛이라는 놈들이 많습니다."

하지만 안타깝게도 용병들은 그 뒤로는 그런 부드러운 오믈렛을 먹은 적이 없다. 물론 애초에 공작이 만든 오믈렛을 먹었다는 것 자체가 더 놀라운 일이긴 하지만.

에버딘은 션의 입맛이 까다롭다는 사실에 놀라 멍하니 카렌의 이야기를 듣고 있었다.

그런 것치고는 그녀가 만든 음식은 상당히 잘 먹었었다. 심지어 에버딘이 직접 만들어 주길 요구한 적도 있지.

에버딘의 머릿속이 복잡해졌다. 그녀의 음식이 입맛에 맞았던 건지, 그때부터 이미 그녀에게 반해 있어서 그랬던 건지 궁금해졌다.

그사이, 카렌은 드니스의 눈을 피해 에버딘의 고기를 전부 먹어치웠다. 드니스가 정리하고 돌아왔을 때 에버딘은 고기 대신 샐러드와 익힌 쌀을 먹고 있었다.

"알아볼까요?"

드니스의 집을 떠나면서 카렌이 물었다. 집 밖에서 대기하던 바네사가 곧바로 마차를 움직이기 시작했다.

"그럼 고맙지만, 괜찮겠어?"

카렌은 에버딘의 부하가 아니다. 이런 식으로 이동할 때 수행을 해 주는 것만으로도 충분히 고마웠다.

하지만 카렌의 생각은 달랐다. 그녀는 별거 아니라는 듯 어깨를 으쓱하며 말했다.

"네. 먹여 주고 재워 주시잖습니까. 밥값은 해야죠."

32

"데이브 허슬?"

식탁에 마주 앉은 아이린 아주머니가 눈을 동그랗게 뜨고 물었다. 나는 방금 막, 여기서 대장장이인 데이브 아저씨를 만났다는 이야기를 한 뒤였다.

아이린 아주머니는 인상을 쓰며 생각하다가 말했다.

"그치 이름이 데이브 허슬이었나? 기억이 안 나네. 헬름 사람인지도 몰랐어."

"몰랐어요?"

아이린 아주머니도 몰랐다는 건 좀 놀랍다. 그래도 나보다는 친하지 않았나? 아이린 아주머니는 고개를 끄덕이며 말했다.

"별로 말을 해 본 적이 없어. 원래 수도 살았냐고 물어봤더니 그런 걸 왜 물어보냐고 했던 건 기억나네."

"두 분이 친하신 줄 알았어요."

데이브 아저씨는 나나 다른 사람들과는 거의 마주치지 않았지만 그래도 아이린 아주머니와는 자주 만난 줄 알았다. 그녀가 술집을 하기도 했고.

하지만 아니었던 모양이다. 아이린 아주머니는 다시 인상을 쓰더니 말했다.

"아냐. 그전까진 이야기한 적도 없어. 안 그래도 그때, 그, 네가 안 좋은 선택을 했을 때 말이야."

"죽으려고 했을 때요?"

아무래도 자살이라는 단어를 입에 올리기가 불편했던 모양이다. 내가 대신 말해 주자 아이린 아주머니는 안도한 표정으로 말을 이었다.

"그래. 그때 갑자기 찾아와서 이상하다고 하더라고. 그때까진 말도 잘 안 하던 사람이 갑자기 그래서 이상하다고 생각했던 게 이제야 생각나네."

갑자기 찾아왔다고? 내가 죽으려 한 날에? 이상하다. 아니, 그럴 수 있나? 나는 이걸 어떻게 생각해야 할지 몰라 고민에 빠졌다.

누가 죽으려고 한다는 데 말리고는 싶고, 혼자 가기는 무서우니 동료를 찾을 수 있지. 하지만 그게 헬름에서 온 대장장이라는 것과 그동안 아무와도 친분을 쌓지 않았다는 점과 합쳐지자 이상하게 느껴졌다.

"에버딘!"

그때 누군가 응접실로 뛰어 들어왔다. 아이고. 레슬리가 없으니 벌써 이러네. 나는 손님이 오면 내게 손님이 왔다고 알려주던 레슬리의 존재를 아쉬워하며 고개를 들었다.

"데이브 아저씨가 이 마을 사람이래!"

수잔이었다. 안 그래도 그 이야기를 하던 참이다. 내가 쳐다보자 그녀는 어라 하더니 물었다.

"알고 있었어?"

"어제 알았어. 대장간에 찾아갔다가 만났거든."

그리고 그 이야기를 지금 아이린 아주머니에게 하던 참이다. 그녀는 한숨을 내쉬더니 내 옆에 풀썩 주저앉았다.

"가게는?"

"가게가 문제야? 그 아저씨가 이상한 소문 퍼트리고 다니는데."

역시 소문은 데이브가 퍼트리고 다니는 모양이다. 내가 아무 말도 하지 않자 수잔은 다른 것 때문에 걱정한다고 생각했는지 나를 위로했다.

"가게는 걱정 마. 이젠 다들 손에 익어서 도리스가 없어도 잘해."

아니, 그걸 걱정한 건 아닌데. 나는 그렇게 말하려다가 말았다. 도리스와 아이린 아주머니가 마을에서 사람을 뽑아 잘 교육시킨 덕분에 이제 식당은 물론 저택의 주방도 잘 돌아가고 있다.

친구들이 수도로 올라갈 날이 며칠 남지 않았다는 것을 생각하자 섭섭하면서 동시에 다행이라는 생각이 들었다. 션에게 공사는 거의 끝나가고 있고 입점할 가게들도 정해졌다고 들었다. 남은 건 내 친구들이 돌아가서 자기 가게를 차리는 것뿐이다.

도리스가 문제인데.

"데이브 아저씨 말이야. 자기가 널 발견했다고 떠들고 다녀."

한참 도리스의 거취를 고민하는데 다시 수잔이 말했다. 그건 사실인데? 내가 쳐다보자 수잔은 답답하다는 듯 다시 입을 열었다.

"네가 어떤 모습이었는지 엄청 자세하게 떠들고 다닌대. 그러니까, 그러니까……."

"자살했을 때?"

수잔도 아이린 아주머니처럼 차마 그 단어는 입에 올리기 어려웠던 모양이다. 그녀는 내 말에 입을 다물더니 죄책감 어린 표정으로 고개를 끄덕였다.

입을 함부로 놀리는 건 데이브 아저씨인데 왜 그녀가 죄책감을 갖는지 모르겠다. 나는 괜히 내게 미안해하는 수잔의 손을 잡으며 말했다.

"뭐, 사실이잖아."

"하지만 너무 자세하게 떠들고 다닌단 말이야."

자세하게 말할 게 있나? 나는 이해가 안 돼서 아이린 아주머니를 쳐다봤다. 두 사람은 내 집 문을 박차고 들어와서 죽은 나를 발견했다. 그리고 끌어 내렸겠지.

하지만 수잔의 말은 달랐다. 데이브 아저씨는 창문으로 내 모습이 보였다느니, 이상한 소리가 들렸다느니 하는 이야기로 시작했던 모양이다.

창문으로 내 모습이 보였다고? 나는 이상한 느낌에 인상을 쓰고 수잔의 말을 듣고 있었다.

"제일 끔찍한 건 네가 죽은 줄 알고 널 끌어내렸을 때를 이야기할 때야. 올라갈 게 없어서 자기가 몇 번을 펄쩍펄쩍 뛰었는지까지 이야기하더라니까."

"응?"

나는 반사적으로 아이린 아주머니를 쳐다봤다. 그녀는 기분 나쁘다는 표정으로 수잔을 쳐다보고 있었다. 하지만 그게 거짓말이라고 외치지는 않았다.

"진짜예요?"

내 질문에 아이린 아주머니가 곤란한 표정을 지었다. 그녀는 끔찍하다는 듯 대답했다.

"사실이긴 해."

"그러니까, 날 내리기 위해 데이브 아저씨가 펄쩍펄쩍 뛰었다고요?"

"그러다가 다칠까 봐 얼마나 걱정했는지 몰라. 손에 칼도 들고 있었거든."

어라? 그럼 그게 진짜야? 나는 믿을 수가 없어서 아이린 아주머니를 향해 몸을 내밀었다. 그리고 다시 물었다.

"딛고 올라갈 의자 같은 게 없었다고요?"

"아마 부엌엔 있었겠지만 나도 너무 놀라서 거기서 가져올 생각을 못 했거든."

이제 아이린 아주머니는 미안하다는 표정을 짓고 있었다. 나는 그녀가 이 이야기에서 전혀 이상한 점을 깨닫지 못했다는 사실에 당황해 하고 있었다.

"왜 그래?"

그때, 선이 등장했다. 그는 신문을 들고 지나가다가 응접실을 노크하더니 그대로 고개를 내밀었다. 아까 수잔이 들어오면서 열어 둔 덕에 응접실 문은 활짝 열려 있었다.

나는 자리에서 벌떡 일어나 그에게 다가갔다. 그리고 그의 키와 내 키를 비교한 뒤 물었다.

"수도에 있는 내 가게 말이야."

"빵집?"

그래, 그거. 그는 내 가게가 아니라 자기 가게라고 고치지 않았다. 그저 '그런데?'라는 표정을 지었을 뿐이다.

"높이가 어느 정도였는지 기억해?"

선은 왜 그런 걸 묻느냐는 표정이었지만 순순히 손을 들었다. 그리고 자기 머리 위에서 머리 하나 정도를 더한 높이에 손을 대며 말했다.

"아마 이 정도쯤이었던 것 같은데."

아마 맞을 거다. 그가 문을 통과할 때마다 발뒤꿈치를 들면 이마가 부딪칠 것 같다고 생각한 적이 있다.

나는 그대로 수잔과 아이린 아주머니를 쳐다봤다. 두 사람은 그때까지도 내가 뭘 이상해하는지 알아차리지 못한 모양이었다.

"이 높이를, 올라갈 것도 없이 줄을 걸었다고요? 내가?"

목을 매려면 적어도 발이 땅에 닿지 않게 줄을 걸어야 한다. 그리고 거기에 닿기 위해선 의자나 뭐, 하여간 그런 건 발밑에 둬야 한다는 말이다.

당연히 아이린 아주머니와 데이브 아저씨가 날 발견했을 때 내 발밑에는 내가 딛고 올라간 게 있었어야 한다. 하지만 데이브 아저씨는 아무것도 없어서 펄쩍펄쩍 뛰어야 했다고 했고 아이린 아주머니도 맞다고 인정했다.

"무슨 소리야?"

션이 인상을 구기며 물었다. 그가 저런 표정을 지으면 솔직히 좀 무섭다. 나는 슬쩍 한 걸음 뒤로 물러나며 말했다.

"내가 죽으려 했을 때 말이야. 내 발밑에 아무것도 없었대."

"뭐?"

션이 그게 무슨 소리냐는 표정을 짓는 것과 동시에 수잔이 벌떡 일어났다. 그리고 곧이어 아이린 아주머니도.

"세상에!"

"맙소사."

아이린 아주머니와 수잔의 신음이 울려 퍼졌다. 션은 곧바로 우리가 무슨 소리를 하는지 이해했다.

"자살 사건이 아니라 살해 사건이었다는 거군."

누군가 날 죽이고 자살로 꾸며 놨었다는 말이다. 누가 그랬을까. 그렇게 생각하는 순간 아이린 아주머니가 물었다.

"누가 그런 짓을?"

"그야……."

입을 열었던 수잔이 내 눈치를 보더니 재빨리 입을 다물었다. 그렇지 않아도 나도 그녀와 같은 사람을 의심하고 있었다.

그러니까 헥터 어셔 말이다.

내가 죽으면 그는 내 재산을 가져갈 수 있다. 그러니 날 죽이고 싶었겠지.

"널 발견한 사람들은 그걸 이상하게 여기지 않았단 말이야?"

그때 션이 못마땅하다는 듯 물었다. 그러자 아이린 아주머니의 얼굴이 새빨갛게 달아올랐다. 나는 그녀의 편을 들기 위해서가 아니라 이 주제에서 벗어나기 위해 재빨리 말했다.

"그래서 지금 이야기하고 있잖아."

다행히 수잔이 합세했다. 그녀는 재빨리 데이브 아저씨가 마을에서 살해된 나를 발견했을 때의 이야기를 하고 다닌다는 것을 설명했다.

그러자 션의 얼굴이 더욱더 안 좋아졌다. 오죽하면 수잔이 이야기하다가 말을 흐리며 뒤로 물러났을 정도다.

"데이브라는 작자는 누군데?"

"내 가게 맞은편에 있던 대장간 주인. 알고 보니 이 마을 사람이더라고."

"맞은편에 있던 건 주점이었잖아?"

"그 옆에 대장간도 있었어."

션은 몰랐던 모양이다. 하기야 데이브 아저씨가 가게를 연 날이 내가 가게를 닫은 날보다 적었다. 나는 그가 뭔가를 깨닫는 것을, 그리고 분노를 참기 위해 내게서 몸을 돌리는 것을 지켜보고 있었다.

"이름이 뭐라고?"

션이 나직하게 물었다. 말하면 안 될 것 같은데. 그렇게 생각하는 데 수잔이 말했다.

“데이브 허슬이요.”

션은 그대로 휙 나가 버렸다. 어지간하면 그냥 두겠는데 그의 표정이 데이브 아저씨를 잡아서 죽여 버릴 것 같았다.

나는 당황해서 그의 뒤를 따라가며 물었다.

“어, 어쩌게?”

아오, 왜 이렇게 빨라. 분명 그는 걷고 있는데 나는 뛰고 있었다. 션은 눈 깜짝할 사이에 현관까지 가더니 나를 발견하고 멈춰 섰다.

그리고 무서운 표정으로 말했다.

“잡아 와야지.”

“잡아 와서 어쩌려고?”

“어쩌다니?”

션은 내가 왜 이런 질문을 하는지 이해할 수 없다는 표정이었다. 그는 허리에 손을 얹더니 말했다.

“그 자식은 너를 제일 먼저 발견했어. 그리고 네가 기억을 잃고 있는 동안 아무 행동도 하지 않았고. 이것만으로 충분히 수상한 것 같은데?”

그건 맞다. 하지만 그게 문제가 아니었다. 나는 그와 똑같이 허리에 손을 얹으며 말했다.

“그리고 이제 와서 내 죽음을 떠들고 다니고 있지. 그동안은 가만히 있다가 딱 너에 대한 나쁜 소문이 퍼질 때 말이야.”

그것도 이상하지 않아? 내 설명에 션의 표정이 변했다. 그는 허리에 얹은 손을 내리더니 미간에 주름을 만들었다. 그리고 낮은 목소리로 말했다.

“그자가 뒤에 있는 거군.”

“쉘리 오웬.”

내가 쉘리의 사업을 방해하자 바로 나와 션에 대한 안 좋은 소문이 마을에 퍼지기 시작했다. 그리고 어제 찾아갔던 메간의 집에서 그녀의 어머니인 드니스는 남편이 좋은 사람을 만나 일을 하고 있다고 했고.

그 모든 것을 합치면 데이브 허슬의 뒤에 쉘리 오웬이 있을지도 모른다는 생각이 들 수밖에 없다. 나는 여전히 허리에 손을 얹은 채 션을 올려다보며 말했다.

“아직 잡아 오면 안 돼.”

아직 안 된다. 지금 당장 데이브를 잡는 건 어렵지 않을 거다. 하지만 그가 내 죽음에 어떤 관련이 있는지, 그리고 그의 뒤에 쉘리가 있다면 그녀 역시 내 죽음에 관련돼 있는지 알아내야 한다.

“젠장.”

션은 한숨을 내쉬며 자신의 이마를 감싸 쥐었다. 그리고 작은 목소리로 물었다.

“어떻게 할 건데?”

“글쎄.”

어떻게 할까. 난 데이브보다 쉘리 오웬을 더 잡고 싶다. 데이브는 그래 봤자 잔챙이잖아. 언제든지 잡을 수 있는 놈이다.

하지만 쉘리는 훨씬 대어고 잡기 위해 준비가 필요하다.

“누명을 씌워 볼까?”

엄밀히 말하면 누명은 아니지만. 내 말에 션이 그게 무슨 소리냐는 표정을 지었다. 나는 그에게 씩 웃어 보이고 다시 응접실로 돌아갔다. 그리고 수잔에게 한 가지 부탁을 했다.

* * *

다음날, 마을에 내려간 수잔과 아이린은 에버딘의 부탁대로 데이브 허슬에 대한 의혹을 제기했다.

“이상한데요? 영주님이 죽으려고 한 걸 어떻게 알고 들어간 거래요?”

“이상한 소리가 나서 들어갔다더라고.”

호사가의 말에 아이린이 끼어들었다.

“아니야, 내가 그때 허슬 씨가 부탁해서 같이 들어갔는데 아무 소리도 안 났어.”

“아주머니는 못 들은 거 아니에요?”

“그럴 리가. 우리 집이 그 아저씨 집보다 더 가까웠는데?”

사람들이 잠시 멈칫했다. 이상한데? 그들 역시 이상하다고 생각했다. 하지만 곧 누군가가 끼어들었다.

“지나가다 들었겠지.”

“하긴, 영주님이 사는 곳이니까 말이야.”

지나가다가 들었을 수도 있다는 주장에 수잔과 아이린은 한보 후퇴했다. 하지만 곧 아이린이 다시 끼어들었다.

“이상하네. 나한테는 아는 사이라고 말 안 하던데.”

"허슬 씨 하고 알고 지냈어요?"

"나뿐만이 아냐. 한 거리에 애랑 영주님까지 다 같이 있었는걸? 우린 영주님이 영주님인 줄도 몰랐지 뭐야."

같은 거리에 살았는데 귀족인 줄도 몰랐다니 흥미롭다. 사람들의 귀가 모였다. 수잔은 아이린에게 자랑스러운 눈빛을 보내고 입을 열었다.

"맞아요, 맞아요. 전 어서 남작님과 허슬 씨가 아는 사이인 줄 전혀 몰랐어요. 영주님도 몰랐다고 하시던걸요."

"응? 허슬 씨는 영주님이 시킨 일을 하러 수도로 올라간 거 아니었나?"

"영주님이요?"

"아, 영주님이 아니지. 영주님의 아버지 말이야."

마지막 퍼즐이 착 하고 빈 곳을 메웠다. 아이린은 수잔을 한 번 쳐다보고 호들갑을 떨며 말했다.

"재산을 노리고 영주님을 죽이려고 한 그분 말이야?"

그 순간, 다시 식당 안에 정적이 찾아왔다. 영주님을 죽이려 한 영주님의 아버지 이야기가 나오자 다들 불편한 기분을 느꼈다.

하지만 그때 다시 아이린이 입을 열었다.

"그러고 보니 이상한 점이 있어."

"뭔데요?"

미리 짠 덕분에 수잔과 아이린의 죽이 착착 맞았다. 은근히 자존심 상해 하던 수잔은 아이린과 의혹을 퍼트리는 데 열중했다.

에버딘에 대한 헛소문을 퍼트리는 사람을 알아내는 건 그녀의 일이었다. 그걸 아이들에게 선두를 뺏겼다는 게 왠지 자존심이 상했던 거다.

그녀는 모르는 척 맞장구를 쳤고 아이린은 모르는 척 어제 에버딘과 한 이야기를 읊기 시작했다.

"허슬 씨가 영주님을 끌어내리려고 팔짝팔짝 뛰었단 말이야?"

"그랬다면서요?"

자극적인 이야기가 시작되자 다시 사람들의 귀가 모여들었다. 아이린은 시치미를 뚝 떼고 말했다.

"보통 사람이 그렇게 목을 매면, 올라갈 게 필요하지 않아? 왜 그땐 그게 없었지?"

"없었어요?"

"없어서 허슬 씨도 팔짝팔짝 뛰었잖아?"

이번에는 불편한 침묵이 이어졌다. 눈치 빠른 사람들은 뭔가 이상하다고 생각하기 시작했다. 하지만 그렇지 않은 사람도 있었다.

눈치 없는 누군가가 불쑥 끼어들었다.

"맞아요. 힘들게 영주님을 구했다면서요? 그런데도 영주님은 허슬한테 고맙다는 말도 안 했다고 하던데요."

그는 데이브를 도우려 한 거였겠지만 그게 오히려 수잔과 아이린에게는 기다리던 무기가 되어 주었다. 두 사람은 고개를 절레절레 흔들며 말했다.

"그럴 기회도 없었어. 허슬 씨가 사라져서."

"맞아요. 항상 어딜 갔나 보이지도 않더니 갑자기 거리에서 사라져서 다들 얼마나 찾았는지 몰라요."

그런데 헬름에 와 있었다. 수잔이 여기서 데이브를 보고 얼마나 놀랐는지 이야기하는 사이, 눈치 빠른 사람들이 따로 모여 이야기하기 시작했다.

"그러니까, 뭐야. 허슬이 자살 시도한 영주님을 제일 먼저 발견했다고? 그리고 바로 사라졌단 말이야?"

"말이 자살 시도지, 자살이 맞기는 해?"

"영주님 아버지가 시킨 일이 있어서 갔다며?"

"그 일이 뭔지 들은 사람 있어?"

없다. 사람들의 수군거림은 점점 퍼지기 시작했다. 수잔과 아이린이 심은 의문이 점점 거대한 의혹이 되었다.

곧 마을 안에 데이브 허슬이 영주님을 죽이고 자살로 위조하려 했던 게 아니냐는 소문이 알음알음 퍼지기 시작했다.

같은 시간, 헬름 저택에 손님이 찾아왔다. 레슬리가 있었다면 한 번 더 알려줬을 테지만 정신없이 일하느라 에버딘은 오늘 손님이 온다는 것을 잊고 있었다.

덕분에 그녀는 하녀가 손님이 왔다고 알렸을 때 대체 누가 오기로 했는지 어리둥절해 하며 일어났다.

"손님이라고?"

"도미닉 로안 경이라고 하는데요."

들은 기억이 없다. 없나? 에버딘의 미간에 주름이 생겼다. 그녀는 자리에서 일어나며 자신의 옷매무새를 확인했다.

그리고 로안 경이 기다리고 있는 응접실로 향했다.

"어서 남작님."

도미닉 로안은 에버딘을 보자마자 자리에서 일어나며 영업용 미소를 지어 보였다. 캐서린 허바드보다 몇 살 더 어리다고 들었다. 그리고 생긴 건 캐서린보다 좀 더 예쁘다.

그는 약간 창백하고 얌전해 보이는 에버딘의 외모를 보고 이쪽이 더 쉽겠다고 생각했다. 로안 자작의 둘째로 태어난 그에게 선택지는 둘뿐이었다.

작위 있는 여자에게 장가를 가거나, 돈 많은 여자에게 장가를 가거나.

가장 좋은 건 작위가 있고 돈이 많은 여자에게 장가를 가는 거다. 그러기 위해 결혼 생각이 없다던 캐서린 허바드 백작과 교제를 이어 갔다. 언젠가는 자신이 그녀의 마음을 돌릴 수 있을 거라 생각하고.

하지만 캐서린은 아무리 기다려도 그에게 결혼하자는 말을 하지 않았고 도미닉은 거기에 어떤 불만도 제기할 수가 없었다.

애초에 그녀가 말하지 않았던가. 그녀의 인생에 남편은 필요 없다고. 연인으로 만족하겠다면 얼마든지 받아 주겠다고 했다. 그걸 듣고도 그녀의 마음을 돌리겠다며 덤벼든 건 도미닉 로안, 그였다.

하지만 이젠 지친다. 그의 나이도 이제 서른이었다. 더 나이가 들기 전에 작위가 있고 돈이 있는 여자를 잡아서 결혼해야 한다.

"음, 도미닉 로안 경?"

에버딘은 자신 없는 목소리로 도미닉의 이름을 불렀다. 그 목소리에는 내가 이 남자와 아는 사이였나? 그런 의문을 품고 있었다.

"무슨 일로 오셨는지 알 수 있을까요?"

곧바로 하녀가 차를 내왔기 때문에 에버딘은 도미닉에게 차를 권하며 물었다. 하녀가 로안 경이 말을 타고 혼자 왔다고 알려줬다. 그러니 뭔가를 팔려고 오거나 주려고 온 건 아닐 거라고 생각했다.

에버딘에게 구혼을 하러 온 도미닉은 아무것도 모르는 에버딘의 태도에 살짝 당황했지만 티 내지 않았다. 모를 리가 없다. 그는 에버딘이 모르는 게 아니라 모르는 척을 하는 거라 생각했다.

“제가 보내드린 꽃을 받으셨는지 궁금해서요.”

고작 꽃을 받았냐고 물어보려고 반나절이나 걸려서 헬름까지 올 리가 없다. 게다가 도미닉이 보낸 꽃은 레슬리가 이미 고맙다는 카드를 보냈다.

하지만 에버딘은 자신이 모르는 사교계의 예법이 있는 모양이라고 생각하며 자리에서 일어났다.

“네, 잘 받았어요. 응접실에 장식해 놨는데 보시겠어요?”

헬름 저택을 구경할 수 있는 좋은 기회였다. 도미닉은 재빨리 일어나며 베르트와 똑같은 짓을 했다. 영업용 미소를 지었다는 말이다.

“이쪽이에요.”

도미닉이 팔을 내밀었지만 에버딘이 그보다 먼저 움직였다. 자신이 예의를 지키지 않았다고 생각해 당황한 그녀는 서둘러 응접실 한쪽에 놓인 꽃병을 가리키며 말했다.

“예쁜 꽃을 보내 주셔서 응접실을 장식하고 있어요.”

안타깝게도 그건 도미닉이 보낸 꽃이 아니었다. 자신이 보낸 것보다 훨씬 크고 비싼 꽃이다. 도미닉이 멈칫하는 것과 동시에 에버딘은 아차 하고 다른 쪽에 놓인 꽃병으로 다가가며 말했다.

"어머, 죄송해요. 이거예요."

도미닉이 보낸 꽃은 몇 개의 화려한 꽃병 사이에 조촐하게 서 있었다. 화려한 색을 뽐내는 다른 꽃병의 꽃과 달리 도미닉의 꽃은 오히려 좀 초라하다 싶었다.

그것을 본 도미닉은 한눈에 보기에도 비싸 보이는 꽃병을 가리키며 말했다.

"최근에 좋은 일이라도 있으셨나 봅니다."

"네? 오, 아니에요. 이건 웨스트 공작님이 보낸 거예요."

이것뿐만이 아니다. 이 저택에 있는 대부분의 꽃은 션이 선물한 꽃이었다.

워낙 많이 보내서 방마다 장식하고 있다. 심지어 하인들의 방에도 하나씩 놓았다.

그중에서 꽃을 가장 많이 놓은 곳이 응접실이었는데 그 사이사이에 다른 남자들이 에버딘에게 보낸 꽃도 놓았다.

도미닉은 자신의 꽃이 초라해 보이는 것을 보고 당황했다. 가난한 영지의 영주다. 심지어 자살 시도를 했다는 수치스러운 소문까지 다 돌았으니 그 외에는 구혼할 남자가 없을 줄 알았다.

"웨, 웨스트 공작이요?"

에버딘은 도미닉이 왜 당황하는지 몰라서 덤덤하게 말했다.

"지금은 수도에 올라갔어요. 아마 내일이나 모레쯤에 돌아올 거예요."

"웨스트 공작이 여기 있습니까?"

"사고가 났을 때 절 도와줬거든요."

그래서 그런 건 아니지만 에버딘은 가장 좋은 손님방을 선에게 내줬다. 침실은 물론 개인 응접실까지 딸린 손님방이었다.

도미닉은 웨스트 공작과 어셔 남작의 사이가 심상치 않다는 사실에 당황해서 아무 말도 할 수가 없었다.

처음 봤을 때는 작고 핏기 없는 얼굴이 좀 촌스럽다고 생각했는데 누군가 공을 들이고 있다고 생각하니 좀 예쁘장하게 보인다.

게다가 기가 센 허바드 백작보다 얌전해 보이는 게 가능성이 있어 보였다. 적어도 웨스트 공작보다는 내가 더 낫지. 도미닉은 그렇게 생각하며 금세 자신감을 찾았다.

웨스트 공작은 말이 없고 음울한 남자다. 거칠고 공격적인 데다가 그의 영지는 변경에 있어서 다들 그리 좋아하지 않는다고 하지 않던가.

그런 남자가 곁에 있다가 사람 좋고 유쾌한 자신과 함께 있으면 분명 어셔 남작도 자신에게 반할 것이다. 도미닉은 그런 근거 없는 자신감으로 입을 열었다.

"오랜 길을 달려와서 그런데 저도 좀 쉬었다가 가도 괜찮겠습니까?"

한마디로 며칠 묵겠다는 말이다. 하지만 에버딘은 그 말을 그대로 받아들였다.

"아, 그렇겠네요. 쉬세요. 필요한 건 하인을 시키시고요. 저도 할 일이 있어서요."

편하게 응접실에 있다 가라는 말에 도미닉은 어이가 없어서 입을 딱 벌렸다. 뭐 이런 여자가 다 있어? 그는 방을 나가려는 에버딘을 붙잡으며 말했다.

"아, 아니 내 말은……."

그와 동시에 에버딘의 눈길이 자신의 팔을 잡은 도미닉의 손을 향했다. 그 눈빛이 얼마나 매서웠던지 도미닉은 저도 모르게 손을 놓았다.

그 순간 도미닉의 본능이 외쳤다. 이 여자는 절대 만만하지 않다. 하지만 안타깝게도 그의 이성이 본능을 묻어 버렸다.

"잠깐 이야기를 하고 싶은데요."

"피곤하지 않아요?"

아까 피곤해서 쉬고 싶다며? 에버딘의 질문에 도미닉은 입을 다물었다. 캐서린도 그보다 한 수 위지만 에버딘은 전혀 다른 의미로 차원이 달랐다.

어쩌면 솔직하게 구혼하러 왔다고 한다면 에버딘의 태도가 달라졌을 것이다. 하지만 도미닉은 자신의 사교계 도련님스러운 이미지를 고수했고 돌려서 말했다.

"제가 꽃을 좋아해서 말입니다. 정원에 꽃이 많이 피어 있던데 구경시켜 주시지 않으시겠습니까?"

이 장면을 크리스틴이나 수잔이 봤다면 '땡!'이라고 소리쳤을 것이다. 에버딘은 느닷없는 요청에 눈을 깜빡이다가 말했다.

"전 꽃은 잘 몰라요. 궁금하다면 제집의 약초사를 소개해 드릴게요."

거짓말이 아니라 진짜로 그녀는 꽃은 잘 몰랐다. 이 저택의 정원을 꾸민 꽃은 대부분 션이 화원에서 사서 보낸 거기 때문이다. 그녀는 먹을 수 있는 식물은 기가 막히게 알아봤지만 장미의 종이나 덤불 같은 건 잘 몰랐다.

"아, 아니, 그게 아니라…."

도미닉은 결국 조금 솔직해지기로 결심했다.

"이야기를 좀 하고 싶은데요."

그제야 에버딘은 그가 그녀와 친해지고 싶어 한다는 것을 깨달았다. 정원을 구경하고 싶다거나 집 안을 안내해 달라는 건 그녀와 단둘이 있기 위한 핑계였던 거다.

그녀는 엄청난 선물 공세를 하는 션의 구혼 방식에 익숙해져 있어서 도미닉이 나름대로 어필하고 있다는 걸 깨닫지 못했다.

에버딘은 서재에 남겨 두고 온 일거리를 떠올리고 인상을 썼다.

레슬리의 편지와 그녀가 보내온 보고서를 확인하다가 내려왔는데.

솔직히 말하면 그녀는 도미닉이 귀찮았다. 에버딘은 지금 결혼이나 후사를 생각할 단계가 아니었다. 영지를 부흥시키는 게 먼저다. 게다가 가장 결정적으로 도미닉은 션보다 키도 작고 왜소하고 잘생기지도 않았다.

물론 어디까지나 션과 비교했을 때 그렇다는 말이다. 도미닉은 표준보다 큰 키와 괜찮은 체격과 얼굴을 가지고 있었다.

"음, 그럼 한 시간 정도만 산책할까요?"

아무래도 집 안에 있는 것보다 정원을 걷는 게 더 나을 것 같아서 그녀는 도미닉과 함께 밖으로 나갔다. 그리고 아직 아무것도 없는 정원을 산책했다.

잡초를 고르고 션이 선물해 준 꽃의 일부와 조경이 될 만한 나무를 심었지만 아직 헬름 저택의 정원은 휑했다. 그걸 볼 때마다 에버딘은 이 정원이 헬름과 똑같다고 생각했다.

잡초와 돌을 골라내고 썩은 것들을 잘라 낸 뒤 아직 살아남은 것이 있는지 겨울이 지난 뒤 확인해야 한다. 헬름 역시 그랬다.

몇몇 일당을 잡긴 했지만 아직도 영지에는 영지민들에게 피해를 주면서 이익을 보는 자들이 남아 있다. 그자들을 뽑아내야 한다. 그리고 남은 영지민들이 다시 자신의 삶을 되찾을 수 있도록 도와야 한다.

“사교 시즌에 수도에서 뵙지 못했는데요.”

천천히 정원을 돌아 건물 측면으로 돌아갈 때쯤 도미닉이 물었다. 사교 시즌이면 다들 수도로 모인다. 성에서 여러 가지 행사가 열리기 때문에 미혼인 귀족들이 배우자를 찾을 수 있는 좋은 기회이기 때문이다.

하지만 이번 시즌에서 에버딘은 사교계에 모습을 보이지 않았다. 물론 원래 그녀는 사교계에 모습을 잘 드러내는 편이 아니기도 했다.

“아, 네. 여러 가지 일이 있어서 헬름으로 먼저 내려왔어요.”

에버딘은 자신이 기억을 잃었었다는 점이나 거리의 빵집을 운영했다는 것을 빼고 적당히 대답했다. 괜히 그런 내밀한 이야기까지 오늘 처음 만난 남자에게 할 생각은 없다.

다행히 도미닉 역시 에버딘이 사교계에 얼굴을 비치지 않은 것에 큰 관심은 없었다. 그는 작위를 가지고 부모도 없는 젊은 여자가 아무의 눈에도 띄지 않았다는 행운에 감사해 하고 있었다.

"교제하시던 분께서 섭섭해 하지는 않으셨나요?"

교제하는 분? 에버딘은 어리둥절한 표정으로 도미닉을 쳐다봤다. 가장 궁금해 하던 부분을 물어본 터라 그는 아닌 척했지만 긴장하고 있었다.

"제가 교제하고 있는 사람이 있다고 말한 적이 있나요?"

"네? 아뇨."

"그럼 제가 누군가와 교제하고 있다고 소문을 들으셨나요?"

그것도 아니다. 도미닉이 당황해하자 에버딘은 그를 똑바로 쳐다보며 물었다.

"그럼 왜 그렇게 물어보시는 거죠?"

아니면 그냥 아니라고 말하면 되지 뭘 이렇게 예민하게 구는지 모르겠다. 도미닉은 인상을 쓰다가 재빨리 표정 관리를 하며 말했다.

"기분 상하게 만들었다면 죄송합니다. 저는 그저 이렇게 예쁜 분이니 교제하는 분이 있으실 거라 생각해서……."

"기분 상한 게 아닌데요?"

오히려 에버딘은 도미닉의 돌리고 돌리는 화법에 익숙하지 않아서 곤란해 하고 있었다. 그녀는 걸음을 멈추고 말했다.

"제게 교제하는 사람이 있다고 생각하신 이유가 뭔지 물어본 거예요. 그런 소문이 났다면 제가 알아야 하니까요. 그렇지 않나요?"

덕분에 도미닉은 할 말을 잃었다. 그는 그냥 에버딘을 떠본 거다. 다시 그의 본능이 그녀에게는 그런 게 통하지 않는다고 외쳤다.

하지만 이번에도 도미닉의 이성이 본능을 누르며 말했다.

“아까 웨스트 공작께서 꽃을 선물해 주셨다고 하시길래요.”

“제게 꽃을 보내신 분들은 많아요.”

고작 꽃을 선물한 걸로 교제 운운하면 곤란하다. 물론 에버딘과 션은 교제에 가까운 관계이기는 하다.

쉬운 여자가 아니네. 도미닉은 그렇게 생각하며 다시 걸음을 옮겼다. 두 사람이 저택의 뒤편으로 돌아가자 그의 코에 역겨운 냄새가 풍겨 오기 시작했다.

“이게 무슨 냄새죠?”

말로 형언하기 어려운 냄새였다. 시골이라 이런 더러운 냄새도 나는 건가? 코를 틀어막는 도미닉을 본 에버딘은 그가 무슨 냄새를 말하는 건지 한 박자 늦게 깨달았다.

“아, 고기를 삶고 있어요.”

“고기 냄새라고요? 이게?”

“고기 냄새는 아니고요.”

정확히 말하면 돼지고기 수육을 하고 있다.

에버딘은 메간의 집에서 그녀의 어머니에게 대접받은 고기 누린내에 충격을 받았다. 그래서 고기 누린내를 줄일 수 있는 방법을 연구하고 있었다.

그녀가 살던 곳에서는 육고기의 누린내나 물고기의 비린내를 잡기 위해 된장을 사용했다. 그리고 에버딘은 얼마 전에 두부를 만들면서 메주도 띄워 놨다.

거기서 얻은 된장과 간장을 지금 시험해 보는 거다. 일부러 저렴한 부위인 돼지 뱃살을 사 와서 한번 가볍게 데쳐 물을 버리고 고기에 된장을 발라 몇 시간 숙성시킨 뒤 팔팔 끓이고 있다.

"굳이 따지면 향신료쯤 되겠네요."

된장을 향신료라고 해도 되는지 모르겠지만. 에버딘은 그렇게 생각하며 콧잔등을 찡그렸다. 도미닉의 반응을 보니 완성품이 좀 걱정이 되긴 한다. 그녀는 수육을 아주 좋아하지만 그건 그녀가 된장이 익숙한 문화에서 살았기 때문이다.

된장이 익숙하지 않은 사람들이라면 역겨운 냄새일 수 있다.

"이만 들어갈까요?"

에버딘은 정확하게 한 시간 정도만 정원을 걸은 뒤 집 안으로 들어갔다. 그러면서 그녀는 경고도 잊지 않았다.

"이 땅엔 요정이 살아요. 그러니 말과 행동을 조심하시는 게 좋을 거예요."

이건 또 무슨 소리람? 도미닉은 에버딘의 주의에 어이없다는 표정을 지었지만 다시 재빨리 표정 관리를 했다. 요정이라고? 이야기 속에나 나오는 존재 아니었나?

"남작님, 남작님."

손님은 도미닉으로 끝나지 않았다. 저녁 식사를 할 때쯤 되자 또 다른 손님이 헬름 저택을 찾아왔다.

왜 이래, 진짜. 에버딘은 혀를 차며 펜을 놓고 자리에서 일어났다. 영지에서 소모되는 밀가루의 양과 그걸 구입해 오기 위한 금액을 계산하던 중이었다. 그녀는 잊지 않도록 숫자 밑에 밑줄을 쳐놓고 서재를 나왔다.

"에버딘 어서 남작님."

이번에 찾아온 남자는 도미닉보다 훨씬 화려하게 차려입은 남자였다. 안타깝게도 외모는 도미닉보다 조금 떨어진다.

에버딘은 깃털이 달린 모자를 벗어 몸동작을 크게 인사를 하는 남자를 보고 눈을 가늘게 떴다.

가벼워 보인다. 그녀의 생각대로 남자는 션은 물론 도미닉보다도 키가 작은데 움직이는 소리가 요란했다. 그는 에버딘에게 다가와 그녀의 손을 잡으며 말했다.

"유진 알란입니다. 알란 상회의 제이미 알란이 제 아버지시죠."

남자는 힘껏 뻐기면서 말했지만 안타깝게도 에버딘은 알란 상회가 어딘지 몰랐다. 하지만 도미닉은 알았다. 수도의 거상 중 하나다.

상당한 부자로 어지간한 귀족보다 부자라고 들었다.

그 정도로 돈을 벌면 다들 원하는 건 귀족이 되는 거다. 그리고 귀족이 되는 가장 쉬운 방법은 혼기가 찬 아들을 여 귀족에게 장가보내는 거다.

"갑자기 찾아와서 죄송합니다. 밀가루가 필요하다는 소식을 듣고 도움이 될까, 하고 달려왔습니다."

유진은 그렇게 말하며 자신의 마차 뒤에 따라온 또 다른 마차를 가리켰다. 마차 가득 밀가루를 실어 왔다.

하지만 안타깝게도 이미 에버딘은 마차 몇 대 분량의 밀가루를 받은 경험이 있다. 그녀에게 마차 한 대 분량의 밀가루는 대단하긴 했지만 놀랄 수준은 아니었다.

"대단히 고맙지만."

에버딘은 유진의 손에서 자신의 손을 쏙 빼며 말을 이었다.

"저는 알란 씨께 도와 달라 한 적이 없는데요."

알란뿐 아니라 어느 누구에게도 그녀는 도와 달라고 한 적이 없다. 밀가루는 레슬리가 홍정을 해서 사 오기로 했다. 그때까지 그녀의 하인들과 영지민들은 쌀을 이용해서 이런저런 요리를 해 먹고 있었다.

가장 대표적인 게 쌀을 익혀서 채소와 볶아 먹는 볶음밥이 있다. 그리고 고기 뼈로 국을 끓여서 밥과 먹기도 하고.

둘 다 에버딘이 식당에서 팔면서 마을 안에 빠르게 전파됐다. 어떤 사람들은 처음부터 쌀을 고기 국물에 걸쭉하게 익혀 먹기도 했다. 에버딘은 몰랐지만 그걸 푹 익히면 죽이 되고 쌀알이 쫀득하게 익히면 리조또가 된다.

"하지만……."

에버딘의 말에 웃는 얼굴로 굳었던 유진은 말을 더듬기 시작했다. 도미닉은 유진의 모습을 보고 어서 남작이 자신에게만 그랬던 게 아니라는 사실에 안도했다.

동시에 유진이 가져온 선물에 질투심을 느꼈다.

그가 보낸 건 고작해야 꽃 한 다발이다. 그 정도면 충분하다 여겼다. 하지만 그의 뒤에 온 라이벌은 밀가루를 마차 하나 가득 싣고 왔다.

이 정도로 공을 들일 여자가 아닌데. 그렇게 생각하던 도미닉은 곧 유진이 귀족이 아니라는 사실을 떠올리고 합리화를 시작했다. 저자는 귀족이 아니다. 그러니 도미닉에 비하면 가치가 낮다.

물론 도미닉에 비해 유진이 훨씬 부자라는 건 계산에 넣지 않은 합리화였다.

"하지만, 가져왔으니 받으시는 게……."

"꽃은 받을게요. 하지만 밀가루는 필요 없어요."

단호한 에버딘의 말에 유진은 어찌할 바를 몰랐다. 그가 밀가루를 마차 가득 싣고 오면 어서 남작이 실내복 차림으로 달려 나올 줄 알았다.

결과적으로 보면 틀린 생각은 아니었다. 갑자기 들이닥친 유진을 맞이하기 위해 에버딘이 실내복 차림으로 나오긴 했으니까.

문제는 유진은 꽃을 가져오지 않았다는 점이다. 그는 헬름에 밀가루가 부족하다는 말을 들었고 꽃보다 밀가루가 더 센스 있는 선물이라고 생각했다.

"가서 저걸 꽃으로 바꿔 오게."

"수도로 다녀오라는 말입니까?"

마부는 유진의 명령에 당황해서 물었다. 여기서 수도까지 가는 데만 반나절이 걸린다. 마부의 지적에 유진도 당황했다.

"이 마을에 가서 바꿔 와."

"알겠습니다."

고개를 숙인 마부가 마차를 끌고 떠났다. 그 모습을 본 도미닉은 혀를 차고 있었다. 괜히 걱정했다. 저런 졸부 따위보다야 품위 있는 귀족인 자신이 훨씬 낫다.

"음, 식사라도 하고 가시겠어요?"

빈손으로 온 거나 다름없지만 에버딘은 손님을 그냥 보낼 수가 없어서 물었다. 하지만 연락도 없이 꽃도 없이 구혼을 하겠다고 왔으니 민폐는 민폐다. 유진은 얼굴이 벌게진 채 고개를 끄덕였다.

"필요한 게 있으면 하인을 부르세요. 전 일이 있어서."

에버딘을 그렇게 말하고 다시 이 층으로 올라갔다. 손님을 상대해 줘야 하지만 그녀는 그럴 시간이 없다. 그게 기분 나빠서 돌아간다고 해도 상관없다.

결국 도미닉과 유진은 응접실에 단둘이 앉아 하인이 내오는 차를 마시며 서로를 탐색했다.

"도미닉 로안 경이라 하셨습니까?"

"로안 남작가의 둘째입니다. 알란 씨는 알란가의 장자였던가요?"

"저도 둘째입니다."

"공통점이 있군요."

두 사람은 동시에 하하하 하고 웃음을 터트렸지만 속으로 똑같이 혀를 차고 있었다. 어디 여자가 없어서 이런 시골까지 기어 내려와?

"시간이 많으신가 봅니다?"

제일 첫 공격은 도미닉이 시작했다. 유진은 빙그레 웃으며 말했다.

"다행히 여유가 있어서 말입니다. 로안 경은 여기 계셔도 괜찮으시겠습니까?"

우리 집은 부잔데 넌 가난해서 여기 있어도 되겠냐는 공격이다. 그 말에 도미닉의 얼굴은 약간 붉어지고 말았다. 그는 상대가 만만치 않음을 깨닫고 자세를 고치고 입을 열었다.

"어휴, 무서워."

한편 아이린은 에버딘이 일하는 이 층의 서재로 들어오며 몸을 부르르 떨었다. 영주님에게 구혼하러 둘이나 왔다길래 궁금해서 들여다봤다가 얼어 죽는 줄 알았다.

그녀의 엄살에 레슬리에게 편지를 쓰고 있던 에버딘이 고개를 들었다.

"왜요? 무슨 일 있어요?"

"밑에 손님들 말이야. 저렇게 붙여 놔도 되겠어?"

어쩔 수 없다. 에버딘은 일을 해야 하고 이 집엔 저자들의 말 상대를 해 줄 만큼 한가한 사람은 없다. 에버딘은 편지의 잉크가 마르도록 손부채질을 하며 말했다.

"일부러 그런 거예요."

"정말? 그 사람들 얼마나 무서운지 알아?"

"왜요? 싸워요?"

싸우다마다. 아이린은 유진과 도미닉이 웃으면서 서로를 향해 가시 돋친 말을 내뱉고 있었다. 저러다 누구 한 명이 욱해서 손을 올리는 거 아닌가 모르겠다.

하지만 에버딘은 상관없었다. 그녀는 편지를 접어 봉투에 넣으며 말했다.

"저렇게 싸우다 알아서 떠나 버리면 좋고요."

"그래도 결혼하자고 온 건데 괜찮겠어?"

"제가 오라고 한 것도 아닌데 뭐 어때요."

그녀는 션에게도 꾸준하게 말했다. 지금은 결혼이나 후계자를 생각할 여력이 없다고. 그는 이해했고 물러났다. 하지만 저들은 아니었다.

에버딘의 의사를 묻지도 않고 몰려왔다. 심지어 에버딘의 기준에 둘 다 탈락이다. 션보다 못생겼고 션보다 키도 작다.

"젠장."

그녀는 어느새 모든 남자의 기준이 션 웨스트가 되어 버린 것을 깨닫고 신음을 내뱉었다.

이러다 진짜 평생 션 웨스트랑만 연애하는 거 아냐? 에버딘은 그런 불길한 생각을 하며 저녁 식사 준비가 끝났다는 아이린의 말에 펜을 놓았다. 손님이 왔으니 그들과 함께해야겠지. 에버딘은 절로 한숨이 나왔다.

"향신료를 넣어 삶은 돼지고기입니다."

하인이 에버딘과 손님들의 앞에 자른 수육을 얹은 접시를 내려놓으며 말했다. 향신료를 넣어 삶았다고? 도미닉은 오후에 에버딘과 산책을 하며 맡았던 냄새를 떠올렸다.

아까 그 음식과 무슨 연관이 있는 건 아니겠지. 제일 먼저 그런 생각이 떠올랐지만 그는 머리를 저었다. 그건 절대 향신료가 아니었다.

"무슨 향신료인가요?"

그때, 유진이 먼저 물었다. 향신료를 넣어 삶았다는 데 익숙하지 않은 향이었다. 에버딘은 손님이 와서 특별히 구운 빵을 집어 들며 말했다.

"후추요."

거짓말은 아니다. 수육을 삶을 때 후추도 넣으니까. 그녀의 대답에 유진과 도미닉은 미심쩍은 표정으로 자신의 접시를 쳐다봤다.

향신료를 넣어 삶아서 그런지 고기는 그냥 살코기뿐이었다. 두 사람은 에버딘이 익숙하다는 듯 고기를 먹자 따라서 조심스럽게 포크로 고기를 찍어 입에 넣었다.

"음?"

제일 처음 느낀 건 고기 자체의 냄새가 거의 나지 않는다는 거였다. 돼지고기라고 해서 돼지 냄새를 걱정했는데 입에 넣고 씹는데도 냄새가 적었다.

유진은 좋은 고기를 사용한 모양이라고 생각하며 안심해서 고기를 먹기 시작했다.

도미닉 역시 마찬가지였다. 그는 생각보다 부드럽게 씹히는 고기의 육질에 만족해서 준비된 소금에 남은 고기를 찍어 먹기 시작했다.

아무도 고기에 대해서 어떤 의문도 제기하지 않았다. 그녀는 이 성공작을 자랑하고 싶었다.

션이었다면 대체 무슨 향신료를 쓴 거냐고 물었을 것이다. 에버딘은 다시 션의 부재를 안타까워했다. 그가 돌아오려면 적어도 하루는 기다려야 한다.

그의 빈자리가 크게 느껴졌다.

"혼자서 영지를 다스리기 힘들지 않으십니까?"

그때 유진이 입을 열었다. 이래서 졸부는 안 된다니까. 도미닉은 속으로 혀를 찼다. 대뜸 영지 이야기부터 하다니, 천박하다.

에버딘 역시 뜬금없는 질문에 잠시 말을 골랐다. 힘들지 않다고 하면 거짓말이지만 힘들다고 하면 무슨 말이 나올지 뻔히 안다.

도와줄 남편이 있어야 하지 않겠냐고 하겠지.

"세상에 어렵지 않은 게 어디 있을까요."

에버딘의 말에 유진과 도미닉이 고개를 끄덕였다. 두 사람도 힘들었다. 이런 시골까지 내려와서 가난한 영지의 영주도 귀족이라고 라이벌과 싸워서 쟁취해야 한다.

둘 다 사는 게 참 힘들다고 생각하고 있었다. 누구는 부모 잘 만나서 부유한 귀족가의 첫째로 태어나 힘들이지 않고 귀족이 됐는데, 두 사람은 이런 여자도 귀족이라고 잘 보여야 한다.

"제가 도와드릴 게 있다면 뭐든 편히 말씀 주십시오."

유진은 그렇게 말하며 웃었다. 알란 상회의 부라면 에버딘의 눈을 휘둥그레지게 만들어 줄 수 있다. 물론 어디까지나 그의 착각이다.

에버딘은 주제 파악 못 하는 유진의 말에 저도 모르게 소리 내어 웃었다. 귀엽기도 하다. 그녀는 빵을 자르며 말했다.

"고마운 이야기네요."

"아니, 진심입니다. 뭐든 말씀하시죠."

그러면서 유진은 도미닉을 쳐다보고 씩 웃었다. 가난한 귀족인 로안가는 절대 할 수 없는 말이다. 그 표정에 도미닉이 이를 갈았다.

에버딘은 아이린에게 미리 두 사람이 기 싸움을 한다는 소식을 들어서 다행이라고 생각했다. 몰랐다면 이게 무슨 상황인가 했을 것이다.

어휴, 무서워라. 그녀는 그렇게 생각하며 물을 홀짝 마셨다.

"그럼 밀가루를 선물하시면 되겠네요."

그때 도미닉이 불쑥 말했다. 밀가루? 유진은 아무 말도 못 할 줄 알았던 도미닉의 공격에 어리둥절해 하며 말했다.

"그렇지 않아도 밀가루를 가져왔는데 남작님께서 원하지 않는다 하시더군요."

그랬다. 두 사람이 쳐다봤지만 에버딘은 아무 말도, 아무 행동도 하지 않았다. 그녀는 모른 척 빵에 잼을 바르며 속으로 노래를 불렀다.

아무나 이겨라. 굿이나 보고 떡이나 먹자.

"그건 고작 마차 한 대뿐이라 그런 거 아니겠습니까?"

다시 도미닉의 공격이 이어졌다. 고작 마차 한 대라고? 유진은 그가 미친 게 아닌가 하고 생각했다. 하지만 도미닉은 진심이었다.

그는 잔을 들어 목을 축인 뒤 에버딘을 쳐다보며 말했다.

"헬름의 영주시니 헬름에 도움이 되는 걸 무엇보다 바라시겠죠. 그러니, 알란 씨. 헬름 전체에 밀가루를 공급하면 어떨까요?"

돈지랄을 할 거면 그 정도는 하라는 공격이었다. 유진은 호기롭

게 외쳤다.

“그 정도는 어렵지 않죠.”

“그럼 당장 해 보면 어떨까요?”

그건 안 된다. 유진은 저도 모르게 입을 다물었다. 그가 에버딘과 결혼해 어셔 남작의 남편이 되고 차기 어셔 남작의 아버지가 된다면 모를까 고작 구혼 정도로 큰돈을 쓰고 싶지는 않다.

유진이 머뭇거리자 도미닉은 비웃음을 흘리며 말했다.

“제아무리 알란 상회라 해도 그 정도는 부담스러운가 봅니다.”

와, 살벌하네. 에버딘은 모른 척 고기를 씹으며 생각했다. 별것도 아닌데 도미닉과 유진은 기 싸움을 하고 있었다.

“부담스럽진 않습니다. 하지만 제가 그렇게 하면 꽃 한 송이도 사기 힘든 가난한 구혼자께서 불공평하다 느끼지 않을까요?”

이번에는 유진이 공격했다. 이쯤 되면 흥미진진하다. 에버딘은 음식을 먹는 것을 잊지 않기 위해 노력해야 했다.

안 그러면 남자들의 기 싸움을 구경하느라 음식을 먹는 것도 잊을 판이다.

유진의 공격에 도미닉의 얼굴이 벌겋게 붉어졌다. 그는 에버딘에게 꽃을 보내긴 했지만 그렇지 않아도 그 꽃이 다른 구혼자들이 보낸 꽃 사이에서 초라하게 보이는 것을 확인했다.

그래서 유진의 공격이 더욱 뼈아프게 다가왔다.

“하지만 상당히 부유한데도 꽃 한 송이 안 가져오는 쪼잔한 사람도 있는 모양이더군요.”

이번에는 도미닉이 유진을 공격하는 거였다. 그가 어셔 남작을 방문하면서 꽃이 아니라 밀가루만 가져왔다는 걸 꼬집는 거다.

심지어 그 밀가루는 에버딘이 거부해서 마부가 마을에 팔러 내려갔다.

에버딘은 지금쯤 마을은 신이 났을 거라고 생각했다. 마부는 최대한 빨리 밀가루를 팔아 꽃을 사야 하니 밀가루에서 이익을 얻기는 어려울 거다. 게다가 아쉬운 건 그쪽이니 마을 사람들은 꽃을 비싸게 팔아넘기겠지.

도미닉의 공격에 유진의 얼굴도 붉어졌다. 에버딘의 식사도 거의 끝났다. 그녀는 밥 먹는 데는 관심 없고 서로를 물어뜯는데 열중하는 두 남자를 바라보고 자리에서 일어날 준비를 했다.

그때, 유진이 감춰 뒀던 회심의 일격을 꺼냈다.

"그러고 보니 로안 경, 허바드 백작님은 잘 지내십니까?"

허바드 백작? 익숙한 이름에 에버딘의 고개가 도미닉을 향해 홱 하고 돌아갔다. 도미닉은 지금까지 에버딘이 본 것 중에서 가장 당황하고 있었다.

그가 캐서린과 교제 중이라는 것은 사교계에서 아는 사람은 다 아는 이야기다. 하지만 도미닉은 에버딘은 모를 거라고 생각했다. 이번 사교 시즌에 모습을 보이지도 않았고 사교 시즌이 끝나기도 전에 헬름으로 내려갔기 때문이다.

게다가 소문에 의하면 어셔 남작과 허바드 백작은 사이가 그리 좋지 않다고 한다. 그 사실에 도미닉은 금세 침착해질 수 있었다.

"글쎄요. 잘 모르겠는데요."

간신히 도미닉이 시치미를 떼고 대답했다. 그러자 유진이 얄밉

게 말했다.

“그렇군요. 전 로안 경이 허바드 백작과 친밀하다고 들어서 안부 인사라도 할까 했지요.”

에버딘은 그쯤에서 자리에서 일어났다. 싸움 구경도 재미있지만 슬슬 두 사람이 한심해지기 시작했다. 서로 할퀴고 꼬집기보다는 그녀에게 잘 보이도록 노력하는 게 더 나을 텐데.

“시간이 늦었으니 묵고 가세요. 하인들에게 방을 준비하라 하죠.”

마음 같아서는 빨리 가라고 하고 싶지만 반나절이나 걸리는 거리를 저녁때 떠나라고 할 수는 없다. 에버딘의 말에 도미닉과 유진의 얼굴이 밝아졌다.

동시에 두 사람은 서로를 쳐다보고 흥 하고 콧방귀를 뀌며 고개를 돌렸다.

“무섭다, 무서워.”

에버딘이 식당을 나오자 구경하던 수잔이 중얼거렸다. 그녀도 구경하러 왔다. 에버딘에게 구혼하러 온 남자들의 기 싸움을.

덕분에 헬름 저택은 오랜만에 있는 가십으로 시끄러워지고 있었다. 하녀들은 저마다 도미닉과 유진의 옷차림과 외모, 행동에 점수를 매겼고 거기에 집안이 더해지자 두 사람의 점수는 막상막하가 되었다.

“주인님이 저 남자들 중 하나를 고를까?”

주방에서 다음날 요리할 양파 껍질을 까던 하녀가 물었다. 맞은편에 앉아서 감자 껍질을 벗기던 하인이 불쑥 말했다.

"저 사람들 다 공작님이 오면 압살 아냐?"

"에이, 그건 또 모르지. 저 둘이 어느 모로 보나 공작님보다 부족하긴 하지만 그래도 공작님보다 나은 게 있잖아."

"뭔데?"

마찬가지로 밀가루로 다음날 내갈 파이를 만들던 아이린이 끼어들었다. 저 남자들이 웨스트 공작보다 나은 게 있다고?

다들 그게 궁금했던지 입을 연 하녀에게 시선을 던졌다. 그러자 하녀는 양파 껍질을 벗기다 말고 당황해서 더듬었다.

"마, 말이 많잖아."

그 순간, 주방 안의 모든 사람들이 웃음을 터트렸다. 그건 그렇다. 확실히 웨스트 공작은 그렇게 말이 많은 편은 아니었다.

하지만 안타깝게도 에버딘에게는 그게 장점이었다.

"시끄러워서 죽는 줄 알았네."

서재로 도망쳐온 에버딘은 소파에 털썩 주저앉으며 한숨을 내쉬었다. 지금 이 집에 션은 물론 레슬리와 그레이스까지 없다는 게 이렇게 불편한 일이 될지 몰랐다.

레슬리가 있었다면 중간에 저 두 남자를 치워 줬을 것이다. 그레이스가 있었다면 에버딘을 꺼내 줬을 테고.

션이 있었다면. 에버딘은 거기까지 생각하다가 고개를 절레절레 흔들었다. 이건 예상이 안 된다. 션이 있었다면 저 남자들과 싸웠을까, 아니면 남자들이 도망쳤을까.

"주인님."

그때 문밖에서 하인이 그녀를 불렀다. 대답하기 싫지만 손님들 때문일 수 있으니 대답하지 않을 수도 없었다.

에버딘은 이게 바로 집주인의 고충이라고 생각하며 문을 열었다. 그러자 하인이 곤란한 표정으로 말했다.

"손님 중 한 분께서 산책을 하고 싶다고 하시는데요."

에버딘은 산책은 개뿔 무슨 산책이냐고 말하려다가 말았다. 하인의 뒤로 유진이 보였기 때문이다.

"시간이 늦었는데……."

"낮에 로안 경과 산책하셨다고 들었는데요."

에버딘이 거절하려는 것 같자 유진이 재빨리 말했다. 도미닉과 산책했으면 자신과도 해야 하지 않느냐는 말에 에버딘은 속으로 한숨을 내쉬며 말했다.

"한 분과 산책을 했다고 다른 분과도 해야 하는 건 아니지 않을까요."

"하지만 둘 다 공평하게 기회를 주셔야죠."

공평은 개뿔. 이래놓고 나중에 어장 관리했다고 하기만 해 봐라. 그녀는 고개를 끄덕이며 서재 소파에 걸어 둔 숄을 꺼내 들었다. 그리고 어깨에 걸치며 말했다.

"그래요."

유진은 재빨리 손을 뻗어 에버딘이 숄을 고정할 수 있도록 브로치를 달아 주었다. 괜찮은 보석이다. 그는 도미닉보다 훨씬 부자고 보석을 보는 눈이 있었다.

덕분에 브로치의 가치가 얼마쯤 하는지 알 수 있다.

그것뿐만이 아니다. 유진은 다시 에버딘이 손에 낀 검은 보석 반지를 힐끔 쳐다보며 물었다.

"마법석입니까?"

"뭐가요? 아, 반지요? 네."

그의 예상이 맞았다. 유독 검은 흑요석이 아니라 마법석이었다. 유진은 그의 아버지가 저것보다도 작은 마법석을 애지중지하던 것을 떠올렸다. 저 정도 크기라면 이 영지 하나쯤은 최소 한 달간 먹여 살릴 수 있을 것이다.

생각보다 가난하지 않나 본데? 그는 그가 밀가루를 선물로 가져왔다고 했을 때 거절하던 에버딘을 떠올리며 생각했다.

그렇다면 더더욱 탐이 난다. 가난한 귀족이라도 생각해서 마음에 차지 않았던 에버딘이 드디어 자신의 수준에 맞게 느껴졌다.

이 정도쯤 되어야 친구들 사이에서도 어깨를 으쓱거리며 자랑할 수 있지. 그는 그렇게 생각하며 에버딘에게 물었다.

"실례지만 아직 마음이 가는 남성분은 없으신 거죠?"

있다. 에버딘은 대뜸 그렇게 말하려다가 입을 다물었다. 그리고 웃으며 말했다.

"글쎄요. 저도 여자라 이상형은 있겠죠."

"이상형이 어떤지 물어봐도 되겠습니까?"

"키가 크고요."

그리고 어깨가 넓었으면 좋겠다. 가슴도 두껍고. 하지만 그렇게 말했다가 살집을 두꺼운 가슴이라고 생각해서 들이대면 곤란하다. 에버딘은 좌르륵 떠오른 생각에 말을 고쳤다.

"힘이 센 사람이요."

에버딘의 머릿속에 션이 한 손으로 그녀에게 덤비던 남자를 들어 올리던 것을 떠올렸다. 하지만 유진이 생각하는 힘이 센 건 좀 달랐다.

그는 씩 웃으며 말했다.

"생각보다 거친 남자를 좋아하시는군요."

"아니죠. 거친 걸 잘 감출 줄 아는 남자를 좋아하는 거죠."

거친 걸 그대로 드러내고 다니면 그건 짐승이지 인간이 아니다. 에버딘은 인간을 좋아하는 거지 짐승을 좋아하는 게 아니라는 말이다.

에버딘의 말에 유진의 말이 막혔다. 그는 뭐가 이렇게 까탈스럽냐고 생각하며 말했다.

"그럼 어셔 경이 말하는 힘이 센 건 뭡니까?"

"알란 씨, 귀족이 아니라 잘 모르시나 본데 나는 어셔 남작이에요. 어셔 경이 아니라."

어디서 기 싸움이야. 에버딘은 표정 변화도 없이 유진에게 주의를 줬다.

귀족이 아니라 모르는 모양이라는 말이 유진의 약점을 공격했지만 그는 도미닉과 달리 찔끔해서 재빨리 말을 고쳤다.

"죄, 죄송합니다, 어셔 남작님."

에버딘의 자신의 권위에 깔짝이려는 건방진 놈들을 용납할 생각이 추호도 없었다. 그녀는 재빨리 굽히는 유진을 보고 용서해 주기로 결심하고 분위기를 바꿔 말했다.

"글쎄요. 사람 하나 정도는 한 손으로 들어 올리는 정도면 좋을 것 같은데요."

그건 기준이 너무 높다. 유진은 깜짝 놀라서 저도 모르게 외쳤다.

"남작의 배우자가 그 정도로 힘이 세야 할 필요가 있습니까?"

무슨 소릴 하는 거람. 다시 에버딘의 눈초리가 싸늘해졌다. 그녀는 유진을 돌아보며 물었다.

"그럼 이상형은 왜 물어본 거죠?"

남작의 배우자로서가 아니라 에버딘의 이상형을 물어본 거 아닌가. 그래놓고 남작의 배우자로서 쓸모가 없다고 하면 앞뒤가 안 맞는다.

다시 유진은 에버딘의 지적에 찔끔해서 입을 다물었다. 그러더니 조심스럽게 물었다.

"그럼 어셔 남작의 남편으로는 어떤 남자를 원하십니까?"

유진의 질문에 에버딘의 표정이 가라앉았다. 어셔 남작의 남편. 그런 쪽으로는 생각해 본 적이 없다.

몇 번이나 이야기했지만 그녀는 아직 배우자나 후계자를 생각할 여유가 없기 때문이다. 하지만 유진의 질문에 답하자니 약간이라도 생각할 수밖에 없었다.

"글쎄요. 우선 잘생겨야겠죠."

생각지도 못한 대답이 에버딘의 입에서 흘러나왔다. 어셔 남작의 배우자가 되려면 가장 중요한 게 외모란 말이야? 깜짝 놀란 유진이 멍청한 소리를 내뱉었다.

"엥?"

에버딘은 그런 유진을 보고 씩 웃으며 말했다.

"제 아버지도 얼굴만은 괜찮았거든요. 어셔 남작가의 전통 같은 거라고 해두죠."

말도 안 되는 소리다. 하지만 유진은 차마 말도 안 된다고는 말할 수가 없었다. 실제로 헥터 어셔는 젊었을 때 꽤 잘생긴 걸로 유명했기 때문이다.

"이만 들어가 볼까요?"

에버딘은 유진이 또 멍청한 질문을 내뱉기 전에 몸을 돌리며 말했다. 하루에 한 시간. 구혼자들에게 할애하는 시간으로 충분했다.

"남작님, 손님이 오셨습니다."

다음날, 점심. 어셔 저택에 또 다른 손님이 찾아왔다. 막 점심 식사를 끝낸 에버딘은 세 번째 구혼자의 등장에 저도 모르게 신음을 내뱉었다.

갑자기 수도에 에버딘 어셔라는 존재가 대두되기라도 한 모양이다. 그렇지 않고서야 몇 달 동안 조용했던 그녀의 영지에 갑자기 구혼자가 셋이나 몰려올 리가 없다.

"프랭크 어반 경이라고요."

에버딘은 하인이 가져온 명함을 읽으며 자리에서 일어났다. 어반. 들어 본 적은 있지만 기억나지 않는다. 그녀는 하인의 안내를 받아 응접실로 향하면서 지나치는 하녀들이 킥킥대는 것을 발견했다.

"좋은 일이라도 있어?"

에버딘의 질문에 하인이 곤란한 표정을 지었다. 그는 뭐라고 말해야 할지 몰라 망설이다가 짧게 대답했다.

"손님을 보시면 아실 겁니다."

손님이 왜? 에버딘의 궁금증은 오래가지 않았다. 그녀가 응접실에 들어서자마자 그녀를 보러 온 구혼자가 자리에서 벌떡 일어나 인사를 건넸기 때문이다.

"연락도 없이 찾아와서 죄송합니다, 어셔 남작님. 저는 어반 백작가의 셋째, 프랭크 어반입니다."

"어, 어반 경."

인사 자체는 문제될 게 없었다. 하지만 에버딘은 저도 모르게 말을 더듬었다. 그리고 아래로 내려가는 시선을 붙잡아 프랭크의 상반신에 고정한 뒤 그가 내민 손을 잡으며 말을 이었다.

"만나서 반가워요."

프랭크 어반은 종아리가 딱 달라붙는 바지를 입고 있었다. 에버딘에게 잘 보이려고 이 저택의 하인들이 입었다가 레슬리에게 호되게 혼이 나고 버렸던 그런 바지였다.

이런 바지를 귀족이 입은 건 처음 봤다. 에버딘의 당황에도 프랭크는 아랑곳하지 않았다. 그는 에버딘의 손을 잡고 그녀에게 바짝 다가가며 말했다.

"꼭 만나 뵙고 싶어서 무례를 불사하고 찾아왔습니다. 사죄의 표시로 작은 선물을 가져왔으니 용서해 주셨으면 좋겠습니다."

그의 말이 끝나기가 무섭게 응접실 안으로 프랭크가 데려온 하인과 마부가 선물을 들고 들어왔다. 이건 또 뭐야? 어리둥절해 하는 에버딘 앞에서 프랭크가 손짓하자 하인과 마부가 들고 온 상자를 열었다.

고운 색을 가진 천이 모습을 드러냈다. 프랭크는 인상을 쓰는 에버딘에게 설명했다.

"제 아버지의 영지는 직조 기술이 우수하죠."

확실히 그랬다. 에버딘은 물끄러미 상자에 담긴 천을 들여다봤다. 염색한 게 아니라 염색한 실로 그라데이션을 만들어 낸 천이었다.

이런 게 있구나. 에버딘은 문득 영지에서 가지고 있는 기술이라는 게 중요하겠다는 생각이 들었다. 그녀가 살던 곳도 지역마다 특산품이 있었다. 빵 하나를 사기 위해 전혀 다른 지방까지 여행 가는 사람도 있었다.

헬름에게 필요한 건 그런 거였다. 계속 외부의 돈이 흘러들어 와야 한다. 밀가루를 사 온다면 헬름의 돈이 밖으로 나간다는 뜻이다. 그렇다면 그만큼 헬름에 들어오도록 해야 한다.

"선물입니다. 만져 보시죠."

프랭크는 그렇게 말하며 잡고 있던 에버딘의 손을 끌어 천에 가져다 댔다. 하지만 그 순간, 다시 하인이 들어와서 에버딘에게 속삭였다.

"웨스트 공작님께서 오셨습니다."

션이 왔다는 말에 에버딘의 마음이 급해졌다. 하지만 그렇다고 프랭크를 홀대할 수도 없다. 그녀는 슬쩍 물러서며 말했다.

"감사하지만 너무 과한 것 같네요. 꽃만 받을게요."

다행히 프랭크는 유진과 달리 꽃도 가져왔다. 하지만 그는 물러나지 않았다.

“제 마음입니다. 거절하지 말아 주세요.”

곤란하다. 에버딘은 다시 인상을 쓰며 천을 쳐다봤다. 지금까지 선물을 모두 거절했는데 프랭크의 선물만 받는 것도 공평성이 어긋난다.

하지만 그녀가 한 가지 간과하는 부분이 있었다.

“남작님, 꽃은 어디에 둘까요?”

션의 존재였다. 에버딘은 하인의 질문에 그게 무슨 소린가 하고 응접실 밖으로 고개를 내밀었다가 용병들이 저택의 홀에 척척 늘어놓는 꽃다발을 보고 할 말을 잃었다.

어마어마한 꽃이 저택의 홀을 잠식하고 있었다. 어디서 아예 화원을 통째로 옮긴 게 아닌가 싶을 정도의 무척이나 많은 양이었다. 에버딘은 당황한 나머지 프랭크와 대화 중이라는 것도 잊고 응접실을 뛰쳐나가 션을 찾았다.

“이건 또 뭐야?”

“잘 지냈어?”

고작 하루뿐이었는데 션은 에버딘을 보자마자 오랜만에 만난 것처럼 반갑게 인사했다. 다른 사람의 눈이 없었다면 그녀를 끌어안았을 것이다.

뭐, 뭐야. 에버딘은 빙그레 웃는 션의 얼굴을 보고 멈칫했다. 어이가 없어서 달려 나왔는데 그녀를 보고 반가워하는 션을 보자 화가 가라앉았다. 그녀는 머뭇거리며 물었다.

"자, 잘 다녀왔어?"

그사이, 응접실에서 갑자기 에버딘이 나가 버리자 프랭크는 그녀의 뒤를 따라 응접실을 나왔다. 그리고 에버딘의 맞은편에 서 있는 거대한 남자를 발견했다.

프랭크보다 머리 하나는 크다. 그는 낯익은 웨스트 공작의 얼굴을 보고 인상을 쓰다가 션과 에버딘 주위로 용병들이 옮기는 꽃을 보고 입을 딱 벌렸다.

그리고 그 장면을 식당에서 막 식사를 끝내고 나오던 유진과 도미닉도 보고 있었다. 두 사람 다 엄청난 꽃 선물에 입을 열지 못하고 있었다.

분명 어셔 남작이 꽃이라면 받겠다고 했다. 그러면서 다른 선물을 다 거절했었지.

유진의 머릿속에 그게 이런 의미였던가 하는 생각이 떠올랐다. 그렇지 않아도 지니고 있는 보석에 비해 구혼자에게 요구하는 선물이 고작 꽃이라니 소박한 여자라고 생각했다.

하지만 아예 화원을 통째로 사들인 듯한 이 꽃의 양을 보니 소박하다는 평가는 아무래도 취소해야 할 모양이었다.

"아, 그리고."

그때, 션이 품에서 뭔가를 꺼냈다. 세 남자의 시선이 그의 손에 집중됐다. 다들 웨스트 공작은 어셔 남작에게 무슨 선물을 할지 기대하고 있었다.

"요즘 수도에 이런 게 유행이라더군."

션은 그렇게 말하며 품에서 꺼낸 상자를 열었다. 저게 뭘까. 멀리서 있어서 구혼자들의 눈에는 잘 안 보인다. 하지만 에버딘의 눈에는 보였다.

"와."

에버딘은 상자 안에서 조각된 새를 보고 감탄했다. 잘 조각한 새였다. 딱히 보석이 박혀 있거나 하지도 않았다. 하지만 어찌나 잘 세공했던지 새는 진짜 살아 있는 것처럼 보였다.

"예쁘네."

에버딘은 새를 집어 들어 이곳저곳을 살피며 말했다. 크기에 비해 무겁다. 속이 안 비어 있나 보지? 그녀가 그렇게 생각하는 것과 동시에 션이 말했다.

"선물이야."

꼭 출장 선물로 특산품을 사다 주는 것 같다. 에버딘은 피식 웃으며 새를 상자 안에 넣었다. 그리고 상자를 품에 안으며 말했다.

"잘 받을게. 고마워."

"뭡니까?"

결국 참다못한 프랭크가 끼어들었다. 션은 그제야 그를 발견했다는 표정으로 프랭크를 쳐다봤다. 그러자 용기를 얻은 유진과 도미닉도 프랭크의 뒤로 따라붙으며 인사를 건넸다.

"여기서 뵐 줄은 몰랐습니다, 웨스트 공작."

"유진 알란입니다."

안다. 가늘어졌던 션의 눈이 다시 프랭크를 향했다. 저 광대는 뭐지? 그의 시선이 프랭크가 입고 있는 종아리가 달라붙는 바지로 향했다.

대체 어느 집 자식이길래 저런 야한 옷을 부끄러운지도 모르고 입고 있는지 모르겠다. 션이 그렇게 생각하는 사이, 프랭크는 그가 자신이 누군지 모른다는 것을 깨닫고 인사를 건넸다.

"프랭크 어반입니다."

"어반 백작이군."

"제 아버지 되시죠."

안다. 션은 고개를 끄덕이며 유진과 도미닉을 천천히 쳐다봤다. 알란 상회는 안다. 그도 몇 번 그쪽에 일을 맡긴 적이 있다.

그리고 도미닉 로안.

션의 시선이 마지막으로 도미닉에게서 멈추자 도미닉은 어찌할 바를 몰랐다. 그가 허바드 백작과 교제하는 사이라는 건 션도 알고 있다. 션은 도미닉에게 허바드 백작에게 안녕을 고하고 온 거냐고 물어보려다가 말았다.

그의 알 바가 아니다. 나중에 에버딘에게만 귀띔해 주면 된다.

"뭘 선물하신 건지 물어도 되겠습니까?"

서로 통성명을 하고 나자 다시 프랭크가 물었다. 그의 질문에 유진이 나섰다.

"남작님께서 저희 선물은 모두 거절하셨거든요. 어떤 선물이기에 받으셨는지 궁금해서 말입니다."

"모두?"

션은 그 말이 사실이냐는 듯 에버딘을 쳐다봤다. 그리고 그녀가 어깨를 으쓱해 보이자 씩 웃었다.

우습게도 이겼다는 승리감이 그를 감쌌다. 도미닉 로안, 유진 알란, 프랭크 어반. 셋 다 하나하나로 따지면 조건에서 션을 이길 수 없다. 하지만 한 군데씩은 션보다 나은 부분이 있다.

예를 들면 도미닉은 여성을 대하는 데 능숙했고 유진은 어렸다. 프랭크는 부끄러운 줄도 모르고 야한 옷을 입고 다녔고.

그래도 프랭크는 이 중에서 가장 나은 구혼자긴 했다. 부유한 귀족이니까.

“새 조각이에요.”

에버딘은 션이 상관없다는 듯 어깨를 으쓱해 보이자 남자들에게 상자를 열어 보이며 말했다. 그녀의 말대로 상자 안에서 주먹만 한 새가 모습을 드러냈다.

“요새 유행하는 거군요.”

프랭크는 그렇게 말하며 조각을 집어 들었다. 겉보기엔 별거 아니다. 보통은 여기에 보석을 붙여 장식한다.

하지만 곧 안심하며 조각을 든 프랭크의 표정이 순간 변했다.

묵직하다. 보통 이런 조각은 속이 비어 있기 마련이다. 프랭크는 반사적으로 조각을 뒤집어 밑을 확인했다.

“좋은 선물이군요.”

그때, 유진이 불쑥 끼어들었다. 그는 그렇게 말하더니 프랭크의 손에서 조각을 빼앗아 상자에 넣었다. 그리고 에버딘에게 건네며 말했다.

“보여 주셔서 감사합니다. 좋은 도움이 되었습니다.”

무슨 도움이 되었다는 건지 모르겠다. 하지만 에버딘이 그게 무슨 소리냐고 묻기 전에 유진은 몸을 돌려 응접실로 들어갔다.

"뭐한 겁니까?"

프랭크가 그의 뒤를 따르며 물었다. 분명 조각 밑 부분에 열 수 있는 장치가 되어 있었다. 그걸 열어 보려던 참이었다.

"우릴 구한 거죠."

유진은 응접실로 들어와서 담담하게 말했다. 엄밀히 말하면 그는 프랭크와 도미닉은 어떻게 되든 상관없다. 그 자신을 위해 한 짓이다.

하지만 프랭크는 전혀 이해하지 못했다. 두 사람을 뒤따라온 도미닉도 마찬가지였다.

멍청한 공작새와 가난한 허세 덩어리. 유진은 그렇게 생각하면 가슴 앞으로 팔짱을 꼈다. 그리고 한심하다는 표정으로 말했다.

"그 안에 뭐가 들었을 것 같습니까?"

"뭐라뇨?"

여전히 프랭크는 이해하지 못하고 있었다. 수도에는 연인에게 선물하는 조각 선물이 유행하고 있다. 귀여운 동물 모양도 있지만 대부분은 션이 에버딘에게 준 것처럼 새 조각이었다.

새처럼 당신을 향해 날아가고 있다는 의미를 품고 있기 때문이다. 하지만 그 유행이 널리 퍼지면서 점점 조각을 개조하는 사람들이 나타났다.

조각의 안이 비어 있다는 것을 이용해서 거기에 편지를 넣거나 초콜릿 같은 것을 넣기도 하는 것이다. 그러다가 부유한 사람들은 보석을 넣어 선물하기도 했다.

"보석이었을 거 아닙니까?"

웨스트 공작이 선물한 꽃의 양으로 보건대 그 보석 역시 상당한 가치를 가졌을 것이다. 그걸 공작은 전혀 티 내지 않고 조각인 척하면서 줬다.

유진의 말에 프랭크는 이해할 수가 없어서 인상을 찡그렸다. 비싼 선물을 하면서 생색을 내지 않는다고? 왜?

안타깝게도 유진도 웨스트 공작이 왜 그런 멍청한 짓을 했는지는 몰랐다. 하지만 만약 안을 열었다가 비싼 보석이 나타나면 웨스트 공작의 점수가 더 올라갈 거라고 생각했다.

비싼 선물을 주면서 생색도 내지 않다니. 웨스트 공작이 이기도록 할 수는 없다.

"전 잠깐 일이 있어서."

"저도."

잠시 침묵하던 유진과 프랭크가 재빨리 흩어졌다. 마부에게 심부름을 시키려는 거다. 수도에 가서 더 좋은 선물을 가져오도록.

그러지 못하는 도미닉만 망연하게 서 있었다.

"저 광대들은 뭐야."

세 남자가 응접실로 들어가자 션은 인상을 쓰며 물었다. 저들이 구혼자라는 건 알겠다. 에버딘에게 그녀가 미혼인 이상 앞으로도 수많은 구혼자가 몰릴 거고 그건 각오하고 있었다.

하지만 프랭크 어반은 예상외였다. 수도에서 저런 야한 바지를 입고 다니는 귀족은 수군거림의 대상 이상이다.

"내 구혼자들을 광대라고 부르는 거야?"

에버딘의 힐난에 션의 한쪽 눈썹이 올라갔다. 그는 반사적으로 그녀의 허리를 끌어안으며 물었다.

"내 구혼자들?"

그걸 그냥 놔둘 에버딘이 아니다. 그녀는 션의 손을 찰싹 때린 뒤 뒤로 물러나며 말했다.

"네 구혼자는 아니잖아."

함부로 그녀의 몸에 손대지 말라는 태도에 션은 두 손을 들어 올렸다. 그의 잘못이다. 누구나 볼 수 있는 공개적인 자리에서 에버딘에게 소유욕을 드러내는 건 그녀에게 도움이 되지 않는다.

그는 주제를 바꾸기 위해 뒤를 돌아보고 존에게 손짓했다. 그리고 에버딘에게 말했다.

"네 집사가 전해 주라더군."

수도에 간 레슬리가 존에게 편지를 맡겼다. 일주일에 한 번 오가는 우편 마차보다 션이 더 빠르기 때문이다. 에버딘은 존에게 편지를 받으며 물었다.

"레슬리는 어때? 건강해 보여?"

레슬리가 헬름을 떠나 수도로 간 지 며칠밖에 안 됐는데 에버딘은 그녀가 걱정이 됐다. 그리고 그레이스도.

올라간 김에 수도의 저택도 확인한다고 했다.

"네, 건강해 보였습니다."

존은 볼을 긁으며 그렇게 말했다. 건강해 보였다. 그리고 즐거워 보이기도 했다.

오랜만에 수도에 와서가 아니었다. 레슬리는 수도에 올라왔음에도 번화가를 구경하거나 공연을 볼 시간이 조금도 없었다. 시간 단위로 상인들을 만나 협상하고 조율해야 했기 때문이다.

하지만 그렇게 바쁜 게 그녀는 상당히 즐거워 보였다. 에버딘은 존의 설명에 고개를 끄덕였다.

다행이다. 그게 레슬리의 적성에 맞는다면 좋은 일이다.

에버딘은 편지를 들고 서재로 돌아가서 봉투를 뜯었다. 그리고 내용을 훑은 뒤 자신의 뒤를 따라온 션에게 물었다.

"상인을 소개시켜 줬어?"

레슬리가 그렇게 써 놨다. 헬름에 있을 때 그녀가 연락해서 만나기로 한 상인들보다 웨스트 공작이 소개해 준 상인 쪽이 훨씬 조건이 좋다고.

션은 별생각 없이 에버딘의 뒤를 따라왔다가 그녀의 질문에 어깨를 으쓱하며 말했다. 레슬리가 그런 것까지 편지에 썼을 줄은 몰랐다.

"웨스트햄튼에서 거래하던 사람이야. 나이가 들어서 웨스트햄튼까지 오기 어렵다고 하길래 소개해 줬을 뿐이야."

그래도 믿을 수 있는 사람이다. 적어도 그 상인은 션과 거래하는 몇 년 동안 그를 속이려 하지 않았다. 누가 감히 웨스트 공작을 속이려 하겠느냐마는 상당히 많은 사람이 속이려 한다는 것을 생각해 보면 괜찮은 사람이다.

물론 그렇다고 해서 에버딘은 속이려 하지 않을 거라는 보장은 없다. 그는 그 부분도 감안해서 레슬리에게 소개해 주었다.

만약 상인이 에버딘을 속이려 한다면 그는 어서 남작이 아니라 웨스트 공작을 상대해야 할 것이다.

"고마워."

에버딘은 션을 향해 빙그레 웃고 다시 편지를 읽기 시작했다. 그것만으로도 션은 보람을 느꼈다. 그리고 광대들을 향해 '내 구혼자'라고 부른 것에 대한 짜증도 사그라들었다.

"젠장."

그때, 에버딘이 작게 욕을 내뱉었다. 레슬리는 편지에 모든 일이 원만하게 잘 진행되고 있다고 써 놨다. 딱 하나, 고아들만 빼고.

원래대로라면 에버딘의 예상대로 지금쯤이면 다들 헬름에 와서 살고 있어야 한다. 하지만 약간의 문제가 있었고 그 문제를 처리하려면 에버딘에게 본인이나 대리인을 보내 달라는 문서를 보냈던 모양이다.

"문서가 수도 저택으로 갔대."

에버딘의 말에 션은 고개를 숙여 그녀가 들고 있는 편지를 가볍게 훑었다. 수도에 있는 하인이 그 문서를 헬름으로 보냈어야 했는데 그게 뭔지 몰라서 그냥 뒀던 모양이다.

에버딘은 자신이 빨리 확인했어야 했는데 그러지 못해 죄송하다는 레슬리의 사과까지 읽고 한숨을 내쉬었다. 레슬리만의 잘못이 아니다. 그녀도 생각을 못 했다.

심지어 고아원 쪽과의 연락은 헬름으로 멀쩡히 잘하고 있어서 더 생각을 못 했다.

"생각을 못 했어."

션은 자책하는 에버딘을 위로하기 위해 입을 열었다. 하지만 그는 위로하는 법을 잘 모른다. 에버딘의 잘못이 아니라고 하기엔 생각을 못 했다는 잘못이 엄연하게 있다.

그렇다고 괜찮다고 하기엔 일정이 늦어진 것만은 사실이다.

결국 그는 한숨을 내쉬고 편지를 잡고 있는 에버딘의 손을 감싸 쥐었다. 그리고 나직하게 말했다.

"잘못을 바로잡는 것도 중요한 거야."

살다 보면, 그리고 영주의 자리에 있다면 그런 게 어려워진다. 자신의 잘못을 인정하고 바로잡는 것.

에버딘은 자신의 잘못을 인정했으니 첫발은 훌륭하게 뗐다. 션의 위로에 에버딘은 한숨을 내쉬었다.

그의 말에 맞다. 그녀는 곧바로 책상으로 돌아가 레슬리를 향해 편지를 쓰기 시작했다. 일이 지체됐으니 최대한 빨리 아이들을 헬름으로 데려와 달라는 부탁과 상인과의 거래는 온전히 그녀에게 맡기겠다는 내용이었다.

"고기가 부드러운데? 뭘 넣었다고?"

그날, 저녁. 아이린은 남은 돼지고기를 요리해서 내놨다. 이번에는 간장을 발라 숙성했다가 삶는 게 아니라 오래 찐 돼지찜이었다.

간장 냄새에 인상을 썼던 션은 고기를 입에 넣자 신기해하며 물었다. 확실하게 돼지고기 냄새가 사라졌다. 사라진 건지 묻힌 건지 모르지만 어쨌든 요리 중에 나서 역한 냄새와 함께 돼지 누린내도 많이 사라졌다.

"간장이야. 콩으로 만든 건데 양념 소스 같은 거야."

처음으로 식사 시간에 요리법에 대한 대화를 하게 된 에버딘은 신이 나서 어떻게 요리했는지 설명했다. 피를 빼기 위해 고깃덩어리는 찬물에 담가 뒀던 것부터 간장에 마늘과 사과를 넣어 고기를 버무린 뒤 숙성했다가 찐 것까지.

거기에 감자와 당근을 같이 삶았더니 감자와 당근이 고깃기름과 간장 양념을 흡수해서 더 맛있어졌다.

부드러운 빵과 함께 내놨더니 손님들은 갈비찜 양념을 빵으로 싹싹 닦아 먹을 정도로 반응이 좋았다. 에버딘은 션이 온 뒤로 어쩐지 말이 별로 없는 구혼자들을 쳐다보고 물었다.

"식사는 입맛에 맞았는지 모르겠네요."

"괘, 괜찮았습니다."

"맛있었습니다."

그건 거짓말이 아니다. 유진과 프랭크, 도미닉은 처음 맛보는 고기 요리에 감탄을 금치 못했다. 고기는 양념이 배어 짭조름하면서 사과 때문에 달고 향이 좋았다. 거기에 오래 쪄서 고기가 얼마나 부드러운지 모른다.

하지만 세 남자는 요리에 대해서는 잘 몰랐다. 세 사람은 에버딘과 요리에 대해 능숙하게 대화를 나누는 션을 보며 요리 공부를 좀 해 놨어야 했다고 후회하고 있었다.

"간장은 콩으로 만든 거라고? 어떻게?"

다시 세 남자가 할 말을 잃자 션이 질문을 던졌다. 에버딘은 션에게 고개를 돌려 간단하게 설명했다. 콩을 삶아 으깨서 치즈처럼 숙성시켜야 한다는 것까지만.

더 자세한 건 말해 줄 수 없다. 된장은 반응이 안 좋았지만 간장은 반응이 아주 좋으니 이걸 헬름의 특산품으로 만들 수도 있겠다는 생각이 들었기 때문이다. 그녀가 살던 곳에서도 된장 문화권이 아닌 곳에서도 간장은 잘 먹었다. 특히나 전 같은 걸 찍어 먹기엔 소금보다는 간장이 최고다.

파로 파전을 한번 해 볼까. 에버딘은 그렇게 생각하고 자리에서 일어났다.

33

이튿날, 헬름으로 어셔 남작에게 보내는 선물이 속속들이 도착했다. 대부분 웨스트 공작의 선물 공세를 본 프랭크 어반과 유진 알란이 마부를 시켜 주문한 선물이었지만 다른 사람이 보내는 꽃이나 편지도 있었다.

"이게 뭐야."

에버딘은 다시 홀에 쌓이는 선물을 보고 신음을 흘렸다. 이걸 좋아해야 할지 모르겠다. 대부분 그녀의 얼굴도 모르고 미혼의 여 남작이라는 이유로 보낸 선물이다.

그래서인지 선물은 대부분 꽃이나 시집이었다. 물론 그중에 어반가에서 보낸 천도 있었다.

"좋으시겠어요."

도착한 선물을 나르던 하인이 선망하는 표정으로 에버딘에게 말했다. 꽃이나 시집은 그에겐 그다지 쓸모가 없지만 그래도 이렇게 많은 구혼을 받는다는 건 부럽다.

에버딘은 부러워하는 하인에게 덤덤하게 말했다.

"내가 누군지도 모르고 작위만 보고 보내는 선물인데?"

이 사람들은 에버딘이라는 사람이 아니라 어셔 남작을 탐내는 거다. 어쩌면 배부른 소리일지도 모르지만 에버딘은 그게 이상하게 느껴졌다.

지금까지는 마음에 들지 않았던 프랭크나 도미닉, 유진이 그래도 낫다는 생각이 들었다. 세 사람은 적어도 그녀를 직접 만나고 선물을 주기 위해 찾아왔으니까.

"누가 뭘 보낸 건지 명단 적어서 서재에 가져다 놔."

에버딘은 그렇게 말하고 몸을 돌렸다. 그녀가 바라지 않던 선물이지만 고맙다는 편지는 보내야 한다. 처음엔 그런 게 어딨냐고 짜증을 냈지만 조금씩 에버딘은 귀족 사교계의 예법에 익숙해져 가고 있었다.

* * *

"그 소문 들었어?"

한편, 마을에서는 수잔과 아이린이 씨앗을 뿌린 소문이 점점 더 자극적으로 퍼지고 있었다. 밀가루가 들어오고 쌀을 소비하기 시작하면서 시내에 조금씩 사람들이 늘기 시작했다.

집에 가서 점심을 먹고 돌아오던 메간은 익숙한 이름이 들리자 저도 모르게 걸음을 멈췄다.

"허슬 말이야."

허슬이라고? 그녀의 성이다. 주위를 두리번거리자 근처 가게에서 손님 둘이 이야기하는 게 보였다. 다행히 둘 다 그녀가 근처에 있다는 것은 깨닫지 못하는 모양이었다.

"영주님이 수도에서 있을 때 이상한 짓을 했다고 떠들고 다니잖아."

"아, 그거. 알지."

그렇게 말하며 손님이 주변을 둘러봤기 때문에 메간은 재빨리 고개를 돌렸다. 무슨 이야기인 걸까. 그녀의 머릿속에 최근 대장간에 오는 손님들의 태도가 이상했던 게 떠올랐다.

다들 아버지는 어떻게 지내는지, 수도에선 무슨 일을 했는지 물어봤다.

안타깝게도 메간은 그녀의 아버지가 수도에서 무슨 일을 했는지는 몰랐다. 그냥 영주님의 아버지가 시킨 일을 하러 갔다고 들었다.

한두 번은 아버지의 대장간에 찾아가기도 했지만 문이 열려 있는 걸 한 번도 못 봤다. 물론 데이브가 찾아오지 말라고 짜증을 부리기도 했고.

"우리 부인이 이상하다고 하더라고."

"뭐가?"

이야기하던 남자가 다시 주변을 살폈다. 누굴 걱정하는 건지는 그도 몰랐지만 이런 이야기를 너무 공공연하게 하는 게 위험하다고 생각했기 때문이다.

그는 다시 목소리를 낮춰 부인에게 들은 이야기를 하기 시작했다.

"허슬이 영주님이 죽으려고 한 걸 봤다고 했잖아?"

"그랬지."

"어떻게 그렇게 딱 맞춰서 갔냐고 하더라고."

그건 그렇다. 하지만 이야기를 듣던 남자는 그럴 리 없다는 표정으로 말했다.

"에이, 무슨 소리를 들었다며?"

"그것도 이상하지. 죽으려는 사람이 무슨 소리를 크게 내겠어?"

점점 메간의 얼굴색이 하얗게 질리기 시작했다. 이런 소문이 퍼지는 줄은 몰랐다. 그때 이야기하던 남자가 다시 입을 열었다.

"게다가 이상한 점은 또 있어."

이제 메간은 머리가 어지러워지기 시작했다. 그녀의 아버지가 영주님에 대한 이상한 소문을 내고 있다는 것도 골치가 아픈데 지금 저 사람들이 하는 이야기는 꼭…….

"영주님의 아버지 말이야, 영주님을 죽이려다가 실패했다는 소문이 있잖아."

"그렇지, 그렇지. 불을 내려고 했다던가?"

"그리고 허슬이 수도에 간 것도 영주님의 아버지가 불러서라며?"

도저히 안 되겠다. 메간은 입을 틀어막고 그 자리를 빠져나가기 위해 발을 움직였다. 입을 틀어막지 않으면 비명이라도 지를 것 같았다.

소문대로라면 그녀의 아버지가 영주님을 살해하는 계획에 일조했다는 말이 된다. 이건 보통 일이 아니다. 영지민끼리 싸움만 해도 문제가 되는데 그녀의 아버지는 살인을, 심지어 죽이려 한 사람은 귀족이다.

"그럴 리 없어. 그럴 리 없어."

메간은 대장간으로 뛰다시피 들어가서 다시 문을 닫았다. 그리고 두 팔을 끌어안고 가게 안을 걸어 다니며 중얼거리기 시작했다.

아무리 그녀의 아버지가 변변치 못한 사람이라고 해도 그런 무시무시한 일에 가담했을 리가 없다. 그녀가 그렇게 생각했을 때 누군가 대장간 문을 벌컥 열며 들어왔다.

"뭐야, 왜 문이 열려 있어."

대장간에 누군가 있다면 문을 열어 둔다. 손님들이 스스럼없이 들어올 수 있도록 하기 위해서다. 하지만 메간은 남의 눈을 피하고 싶어서 문을 닫았고 마침 찾아온 데이브는 메간이 문을 잠그는 걸 잊었다고 생각해서 들어왔다.

잘됐네. 그대로 돈을 넣어 두는 돈통으로 향하던 그는 어두운 가게 안에서 멍하니 서 있는 딸을 발견했다.

"뭐, 뭐야. 깜짝 놀랐네!"

지레 찔린 탓에 데이브의 입에서 험한 말이 튀어나왔다. 하지만 메간의 귀에는 하나도 들려오지 않았다. 그녀는 아버지에게 다가가며 물었다.

"아니죠?"

"뭐, 뭐가?"

제일 먼저 데이브의 머릿속에 떠오른 생각은 당연하게도 돈이었다. 그는 딸이 '설마 돈을 가지러 온 거 아니죠?'라고 묻는 거라 생각했고 버럭 소리쳤다.

"아, 거 얼마나 된다고! 키워 주고 먹여 줬는데 좀 가져간다고 난리야, 난리가!"

당연히 난리다. 그걸로 연료를 사고 재료를 사야 하니까. 데이브가 몰래 들어와서 돈을 훔쳐 가는 바람에 메간이 곤란했던 적이 한두 번이 아니다.

하지만 지금 그녀가 묻는 건 그런 게 아니었다. 그녀는 제발 헛소문이길 바라는 마음에 두 손을 꼭 잡고 물었다.

"수도에 왜 올라갔던 거예요? 진짜로 영주님한테 해를 끼치려고 그런 거 아니죠?"

딸의 질문에 데이브가 멈칫했다. 영주님한테 해를 끼치려고 그런 거냐고? 그는 딸의 건방진 질문에 뭐라고 대답해야 할지 망설였다.

그도 일이 그렇게 될 줄 몰랐다. 전 영주였던 영주의 아버지는 자신이 시키는 대로만 하면 큰돈을 주겠다고 했다. 실제로 수도에 처음 올라갔을 때는 가게도 내주고 충분한 돈도 줬었다.

그가 할 일은 어려운 일이 아니었다. 헥터가 그 집에 있는 동안 누가 접근하지 않는지 감시하다가 그가 떠나고 나면 한 시간쯤 있다가 들어가서 에버딘의 시체를 발견하는 거였다.

하지만 누가 알았겠는가. 한 시간 뒤에도 그 계집이 살아 있을 줄은.

게다가 혼자 시체를 발견해야 한다는 두려움 때문에 주점의 여자를 데리고 들어가는 바람에 아이린이 에버딘을 살려 버렸다.

그것 때문에 그는 헥터에서 더 이상 아무것도 받지 못했다. 헥터는 데이브가 너무 빨리 들어가는 바람에 에버딘이 산 거라고 펄펄 뛰었고 그가 아무리 한 시간이 훨씬 지나서 들어갔다고 해도 소용이 없었다.

"아, 아니야!"

데이브는 벌컥 화를 내며 소리쳤다. 그때 그 계집을 죽여 버렸어야 했다. 그랬다면 이 영지는 쓸데없는 영주가 없이 헥터와 오웬 가문이 차지했을 것이다.

그리고 데이브도 일을 도운 대가로 그 수혜를 받았겠지.

전부 그 계집 때문이다. 쉘리 오웬의 일을 도우며 가라앉았던 데이브의 분노가 되살아났다. 그는 가족을 먹여 살리느라 살인도 눈감았고 영주에 대한 안 좋은 소문도 내고 있다.

그런데 고마움도 모르는 그의 딸이 건방지게 자신을 취조하고 있는 거다.

"건방진 것! 키워 준 고마움도 모르고! 어디 아버지한테 눈을 똑바로 뜨고!"

데이브의 뜬금없는 발작에 메간은 대체 당신이 뭘 어떻게 키워 줬냐고 소리치고 싶은 심정이었다. 데이브는 제대로 한 게 하나도 없다.

대장간이 망하기 전까지도 데이브는 집에 돈을 제대로 가져온 적이 없었다. 허슬가의 가계를 책임진 건 그녀의 어머니였다.

삯바느질로 돈을 벌었고 집 앞에 있는 텃밭을 일궈서 식재료를 충당했다. 데이브는 몇 달에 한 번 선물을 받았다며 고기를 던져 놓고 떠나기만 했다.

"지금 떠도는 소문이 헛소문이라는 거죠? 아버지는 영주님한테 아무 해도 안 끼쳤다는 거죠?"

메간은 울화를 꾹 참으며 침착하게 물었다. 하지만 데이브는 아니었다. 그는 자신의 딸이 자신을 의심한다는 사실에 이성을 잃고 펄펄 뛰기 시작했다.

"길러 줬더니 고마움도 모르고! 이 나쁜 것! 너 따위는 나가 버려!"

"그러니까 헛소문이냐고요."

"아니면 어쩔 건데! 너보단 개가 낫겠다! 어디 자식새끼가 부모한테 눈을 똑바로 뜨고 덤벼, 덤비긴!"

이건 안 된다. 메간은 데이브가 이성을 잃었다는 것을 깨닫고 한숨을 내쉬었다. 그녀의 아버지는 늘 이랬다. 자기가 불리하면 이성을 잃고 펄펄 뛰곤 했다.

그나마 다행인 건 메간이 다 커서 이러기 시작했다는 거다.

"자식새끼 키워 봐야 하나도 소용없다더니, 에잉! 기르는 개도 너보단 충직할 거야!"

웃기고 있다. 메간은 저도 모르게 콧방귀를 뀌었다. 데이브는 개 한 마리도 키울 수 있는 인물이 못 된다. 어떤 개도 데이브와 함께 있다간 금세 도망칠 것이다.

하지만 데이브는 자신의 발악에 전혀 겁먹지 않은 메간을 보고 더욱 이성을 잃었다. 그는 욱해서 손을 들어 올렸고 메간의 뺨을 향해 휘두르는 것과 동시에 그녀가 한 발짝 뒤로 피했다.

탁!

아슬아슬하게 데이브의 손은 메간의 코끝을 때리고 지나갔다. 메간은 코의 욱신거림보다 아버지가 자신에게 손을 올렸다는 사실에 당황해서 말을 잃었다.

그래도 그전까지는 술주정뱅이였지, 폭행자는 아니었다. 메간의 시선이 차가워지는 것을 본 데이브가 부랴부랴 손을 내밀며 말했다.

"아, 아니, 내 말은……."

이게 무슨 일이지? 현실인가? 메간이 혼란스러워하는 사이 데이브는 재빨리 말했다.

"내, 내가 일부러 그런 게 아니고, 네가 그런 눈으로 쳐다보니까……."

방금 전에 자기 딸을 때려 놓고 데이브는 금세 자기 연민에 빠져들었다. 일부러 그런 건 아니었다. 힘들게 살고 있는 자신을 가장 이해해 줘야 할 딸이 그를 비난했기 때문이다.

가족을 먹여 살리느라 자존심도 버리고 힘들게 일을 했는데 돌아온 게 딸의 차가운 눈초리라니 세상이 불공평하게 느껴졌다.

데이브는 여전히 말을 잃은 메간을 향해 다시 이성을 잃고 버럭 소리쳤다.

"너 때문이잖아! 왜 내가 손을 올리게 만들어!"

여전히 메간은 아무 말도 하지 않았다. 아니, 무슨 말을 해야 할지 몰랐다.

대체 무슨 말을 한단 말인가. 아버지가 영주에게 해를 끼치려 했다는 소문이 있고 그게 헛소문인지 물어봤을 뿐인데 발끈해서 이성을 잃고 펄펄 뛰다가 자신을 때렸다.

이 상황에서 그녀가 무슨 말을 할 수 있을까.

하지만 데이브는 그녀가 아무 말도 하지 않자 점점 더 분노가 차오르기 시작했다. 그가 이렇게까지 미안한 티를 냈는데 감히 아무 말도 안 해?

"건방진 것!"

데이브는 그렇게 소리치며 테이블 위를 내리치려 손을 올렸다. 하지만 후려치려는 순간 그는 테이블 위에 있는 것들이 망치나 못 같은 것들이라는 것을 깨달았다.

탁!

결국 데이브는 테이블 끝부분만 살짝 내려치고 돌아섰다. 그리고 후다닥 대장간 밖으로 빠져나가 버렸다.

대체 무슨 일이 일어난 거지. 메간은 이제 욱신거리는 것도 사라진 코를 만지며 멍하니 서 있었다. 그녀의 의심이 맞는 건가? 저렇게 발악하긴 했지만 부인했으니 헛소문이라고 믿어도 되는 걸까.

그 순간, 다시 문이 벌컥 열리며 데이브가 들어왔다.

"앞으로 아버지라고 부르지도 마!"

데이브는 그렇게 말하며 돈통을 들어 올렸다. 그러니까 대장간의 돈을 가져가려고 다시 들어온 거다.

허. 어이없어하는 메간 앞에서 데이브는 돈통을 들어 올리려 애를 쓰고 있었다. 하지만 그건 메간이 얼마 전에 테이블에 딱 붙여 버렸다. 데이브가 지금처럼 통째로 훔쳐 갈 걸 대비해서.

도둑도 아니고 자기 아버지가 돈을 가져갈까 봐 붙여 둔다는 게 서글펐지만 테이블에 딱 붙은 돈통을 가져가려고 애를 쓰는 꼴을 보니 메간은 문득 잘했다는 생각이 들었다.

"이거 왜 안 돼!"

한참을 돈통을 들어 올리려 애를 쓰던 데이브는 다시 벌컥 화를 내더니 테이블을 걷어찼다. 그리고 발을 잡고 끙끙거리다가 돈통을 열어 안에 든 돈을 움켜쥐고 후다닥 도망쳤다.

"하……."

차라리 죽어 버렸으면 좋겠다. 메간은 이마를 감싸 쥐고 한숨을 내쉬었다. 저런 사람이 아버지라니, 차라리 죽어 버리는 게 나을 것 같았다.

마음 같아서는 다 버리고 다시 수도로 올라가고 싶었다. 그러면 이 모든 소문에서 벗어날 수 있지 않을까. 혹시라도 진짜 그녀의 아버지가 영주님에게 해를 끼쳤다 해도 그녀는 피할 수 있을 것이다.

하지만 다음 순간 메간을 붙잡은 건 그녀의 어머니였다. 평생을 메간의 어머니는 허슬가의 생계를 책임져 왔다. 그녀가 수도로 도망치면 무능한 오빠와 알코올 중독에 이젠 손도 올리는 아버지까지 어머니 혼자 건사해야 한다.

그럴 수는 없다.

메간은 그래도 주저앉아 두 손에 얼굴을 감싸 쥐었다. 기껏 삶이 조금 나아졌다고 생각했다. 일은 힘들고 여전히 생활은 가난했지만 그래도 내려온 건 수도에서 혼자 사는 게 너무 외로웠기 때문이다.

조금 덜 외롭고 앞으로 헬름이 좀 더 살기 좋아질 거라는 희망 하나로 내려왔는데 그게 다 무산이 되어 버렸다.

"어떻게 하지?"

흐느낌이 메간의 입에서 흘러나왔다.

* * *

"어서 남작님."

들켰다. 온실에 숨어서 장부를 확인하던 에버딘은 그녀가 숨은 파티션 뒤까지 쫓아온 구혼자들을 보고 애써 미소를 지었다.

도망친 건 맞지만 여기서 들켰다는 표정을 지으면 진짜로 도망친 게 된다. 그녀는 어디까지나 서재가 답답해서 온실에 나와 있었던 척을 해야 한다.

"뭔가 필요하신 거라도 있나요?"

도미닉과 유진의 시선이 부딪쳤다. 두 사람은 에버딘이 그들을 피해 있었다는 것을 눈치채고 있었다. 그리고 그걸 입 밖에 내지 않을 지능이 있었다.

하지만 프랭크는 아니었다. 백작가에서 셋째로 오냐오냐 자란 도련님은 거침없이 물었다.

"설마 저희를 피하신 건 아니겠죠?"

그러자 분명 훈훈했던 온실의 온도가 뚝 떨어졌다. 에버딘은 잠시 프랭크가 모르는 척 떠보는 건지, 정말로 눈치가 없이 하는 말인지 그를 살피다가 말했다.

"제가 굳이 세 분을 모두 피할 이유가 있을까요?"

그건 그렇다. 프랭크는 에버딘의 대답에 금세 기분이 좋아져서 고개를 끄덕였다. 가난한 귀족인 도미닉과 졸부인 유진이면 몰라도 유서 깊은 백작가의 부유한 셋째 아들인 그를 피할 리 없다는 자신감 때문이다.

물론 에버딘이 가장 피하고 싶은 건 프랭크가 맞았지만.

"그래서, 뭔가 필요하신 거라도?"

에버딘은 다시 표정을 관리하며 물었다. 찾는 게 있다면 빨리 줘서 돌려보낼 생각이었다. 마음 같아서는 이 세 명 모두 이만 갔으면 좋겠다.

하지만 온 지 하루밖에 안 된 손님에게 이만 떠나라고 할 수도 없다.

차라리 대놓고 구혼을 하면 거절하기라도 할 텐데 세 명 다 아직은 구혼할 생각이 없어 보였다.

구혼은 먼저 서로를 알아가고 친해지는 게 먼저다. 세 남자는 에버딘과 친해지기 위해 말했다.

"너무 오래 일을 하신 것 같은데, 피곤을 풀 겸 산책을 하시면 어떨까요?"

그렇지 않아도 에버딘도 걷고 싶었다. 하지만 이자들과 함께는 아니었다.

에버딘은 잠시 세 남자를 쳐다보다가 물었다.

"다 함께요?"

그러자 세 명의 구혼자가 동시에 당황했다. 셋 다 자신이 에버딘에게 선택받을 거라고 생각했기 때문이다. 당황하는 남자들을 본 에버딘이 다시 말했다.

"다 함께 걷죠."

이대론 안 된다. 세 남자는 동시에 그렇게 생각했다. 셋이 함께 몰려다니면 어서 남작과 친해질 수가 없다.

게다가 에버딘과 함께 저택 밖으로 나가려던 세 남자를 션이 발견해서 합류했다. 덕분에 세 남자들의 표정은 더욱더 일그러졌다.

"안 추워요?"

그때 에버딘이 불쑥 물었다. 안 춥냐고? 세 남자는 동시에 에버딘의 곁에 바짝 붙어 있던 프랭크를 쳐다봤다. 날이 많이 쌀쌀해져서 에버딘은 숄을 걸치고 있었다.

구혼자들도 마찬가지였다. 그들도 재킷을 걸치고 있었다.

하지만 에버딘이 말한 건 상의가 아니라 하의였다. 발목까지 닿는 치마를 입은 에버딘은 다리도 따듯했지만 남자들은 아니었다.

그중에서 종아리가 달라붙는 바지를 입은 프랭크는 더 추워 보였다.

"네? 이 정도 추위쯤이야. 하하하."

프랭크는 그렇게 말하며 애써 웃어넘겼지만 자신의 옷차림에 에버딘이 고작 하는 말이 안 춥냐는 걱정이라는 점에서 크게 당황했다. 튼튼한 종아리는 정력의 상징이다. 보통 귀족들은 천박하다고 입지 않지만 프랭크는 아니었다.

그는 괜찮은 여자를 잡기 위해서라면 가진 모든 매력을 내보여야 한다고 생각했고 자신의 자랑인 종아리도 얼마든지 드러낼 수 있었다.

물론 에버딘이 이전 생의 기억이 없었다면 먹혔을지도 모른다. 아니면 천박하다고 경멸했을지도 모르고.

하지만 에버딘은 수영복쯤은 검색 한 번으로 볼 수 있는 세상에서 산 사람이다. 고작 종아리가 달라붙은 바지를 야하다고 생각할 리가 없었다.

에버딘은 저 바지를 야하다고 생각하는 걸 이해하지 못했지만 그녀가 살던 곳에서도 어떤 나라는 과거에 남성의 중요 부위에 튀는 색의 천을 따로 붙여 강조하는 패션이 유행했다는 것을 알고 있었다. 그래서 프랭크의 우스운 패션도 그냥 어떤 사람들에게는 유행이겠거니 하고 생각했다.

"수도는 여기보다 더 추울 텐데요."

그때, 도미닉이 말했다. 수도에 가서도 그런 바지를 입고 다닐 거냐는, 알아듣기 어려운 공격에 션이 흥미롭다는 듯 프랭크를 쳐다봤다.

다행인지 불행인지 도미닉의 귀족 화법을 알아들은 건 프랭크와 션뿐이었다. 에버딘은 왜 프랭크의 얼굴이 울그락불그락해지는지 이해하지 못해서 끼어들었다.

"맞아요. 수도는 여기보다 더 춥다면서요? 어반 경의 본가는 어떤가요?"

"제 아버지의 영지는 훨씬 따뜻합니다. 남쪽에 있거든요. 웨스트햄튼은 여기보다 더 춥다죠?"

어느새 공격이 션을 향했다. 하지만 션은 그런 공격에 익숙했고 크게 신경 쓰지도 않았다. 그는 에버딘에게 자신의 영지로 오라고 할 생각이 전혀 없다. 그녀가 원한다면 그녀는 평생 헬름과 수도만 오가고 그가 웨스트햄튼과 헬름을 오가면 된다.

그래서 별거 아니라는 듯 어깨를 으쓱하고 아무 말도 하지 않았다.

그게 다른 구혼자들의 눈에 재수 없게 보였다. 유진은 겁도 없이 말했다.

"웨스트햄튼은 너무 험해서 밭을 갈기가 어렵다고 하던데요."

그걸 프랭크가 받았다.

"맞아요. 그래서 항상 농산물이 부족하다죠?"

이쯤 되자 에버딘도 눈치를 챘다. 이 남자들, 션을 공격하고 있네. 그녀는 션이 뭐라고 할지 궁금해서 그를 쳐다봤다. 그때까지도 션은 에버딘의 구혼자들에게 별 관심이 없다는 태도로 있었다.

하지만 공격을 받으면 상황이 달라진다. 그는 자신이 부유할 뿐 아니라 남들에 비해 신체가 월등하다는 것도 알고 있었다. 그래서 먼저 공격하지 않을 뿐이다.

"그렇지. 그래서 땅에 굴러다니는 보석으로 농산물을 사 온다네."

순간 정적이 찾아왔다. 에버딘은 웃음을 참기 위해 고개를 돌려야 했다. 다른 남자들이 표정을 봤다가 참기 어려울 것 같았기 때문이다.

도미닉과 프랭크는 어이가 없다는 표정으로 션을 쳐다보고 있었다. 션은 유진에게 고개를 까딱하며 말했다.

"자네 집안이 내 영지로 몇 번 실어다 주기도 했지."

덕분에 유진의 얼굴이 확 달아올랐다. 션은 신경 쓰지 않고 프랭크와 도미닉에게 고개를 돌리며 물었다.

"어디에 담아서 실었는지도 설명할까?"

어반 백작 영지의 특산물인 천에 담아 가져온다는 말이다. 수준급 비꼬기였지만 귀족인 도미닉과 프랭크는 알아들었다.

션은 순식간에 얼굴이 벌겋게 달아오르는 프랭크를 보고 코웃음 쳤다. 그는 어린 나이에 공작이 되었고 누구보다도 파란만장한 삶을 살았다.

도미닉처럼 가난한 귀족가라고 멸시받지 않았지만 프랭크처럼 온실 속의 꽃처럼 귀하게 자라지도 않았다. 귀족 어법이든 주먹싸움이든 어디 가서 질 수준이 아니다.

"어디 담아서 실었는데?"

에버딘은 세 남자가 얼굴을 붉히더니 말을 잃고 멀어지자 재빨리 션에게 속삭였다. 굴러다니는 보석으로 농산물을 사 온다는 말은 이해했다. 그만큼 돈이 많으니 걱정 말라는 거겠지.

하지만 어디에 담아서 실어 오는지는 무슨 소린지 이해를 못 했다.

"수레에 실어 오지."

션은 에버딘에게 자신이 그렇게 못되게 말했다는 걸 말하고 싶지 않아서 적당히 둘러냈다. 다른 사람에게라면 어반 백작의 천에 담아 온다는 뜻이라고 설명하거나 질문 자체를 무시했을 것이다.

하지만 에버딘에게는 그러고 싶지 않았다. 그녀만큼은 자신을 좋은 사람이라고 생각했으면 좋겠다.

에버딘이 션의 말이 정확히 어떤 공격이었는지 깨달은 것은 이튿날이었다. 아침 식사를 마치고 서재로 돌아가려는 그녀에게 크리스틴이 다가와서 물었다.

"에버딘, 천은 어떻게 할 거야?"

"천?"

"어반 경이 선물한 거 말이야. 수도로 올라가기 전에 필요한 거 만들어 주고 가려고 하는데. 바지가 좋아, 드레스가 좋아?"

헬름에서 머무는 에버딘의 친구들이 수도로 올라갈 날도 얼마 남지 않았다. 션이 지난번에 수도에 다녀온 이유가 공사가 끝난 것을 확인하기 위해서였기 때문이다.

크리스틴은 떠나기 전에 헬름에 묵게 해 준 대가로 에버딘의 옷을 몇 번 더 만들어 주고 싶었다. 아이린과 도리스는 요리를, 수잔은 온실과 정원을 관리해 줬으니 그녀도 뭔가 도움을 주고 싶었다.

에버딘은 크리스틴의 질문에 그제야 프랭크가 선물한 천을 떠올렸다. 그러고 보니 어반 백작의 영지가 직조 기술이 우수하다고 자랑하며 선물을 줬었다.

"응?"

에버딘의 눈이 동그래졌다. 션이 프랭크에게 어디에 담아서 가져오는지도 알려 주냐고 물었을 때 프랭크의 얼굴이 새빨갛게 붉어졌었다.

"이거 완전 미친놈 아냐?"

투견이 따로 없다. 에버딘은 션의 공격성에 놀라 저도 모르게 피식 웃었다. 그러자 곁에 있던 크리스틴이 무슨 소린가 하고 물었다.

"뭐가?"

"션 말이야."

에버딘은 가볍게 전날 있었던 구혼자들의 싸움을 이야기했다. 어리둥절한 표정으로 이야기를 듣던 크리스틴은 곧 신기하다는 표정에서 경악으로 변화더니 숨이 넘어가게 웃기 시작했다.

"세상에."

"나 같으면 한 대 때렸다, 진짜."

그녀가 프랭크였다면 션을 한 대 때렸을 것이다. 하지만 그랬다면 션은 프랭크를 곤죽으로 만들어 버렸을 거고 그걸 그도 잘 알았다.

에버딘의 투덜거림에 크리스틴은 깔깔대며 말했다.

"웨스트 공작님이라면 그렇게 어려운 일은 아닐 거야."

"남의 영지 특산물로 농산물을 실어 온다는 게 말이야?"

"뭐, 예의적인 문제라면 하면 안 되지만. 내 말은 금액적으로 말이야."

엄청난 사치고 미친 짓이긴 하지만 션은 할 수 있다. 에버딘은 입을 딱 벌리고 크리스틴을 쳐다보다가 고개를 끄덕였다. 그가 그녀에게 주는 선물의 양을 보면 이해가 된다.

"드레스가 나을 거야. 유명하고 좋은 천이니까 초대받았을 때 입고 나가기 좋게."

마지막으로 크리스틴의 권유에 에버딘은 고개를 끄덕였다. 사교 시즌이 지나서 초대받을 일이 없긴 하지만 헬름을 살피는 것만으로도 바빠서 초대받아도 가기 힘들 거다.

하지만 구혼하기 위해 가져올 정도로 좋은 천이라면 혹시 모를 경우를 대비해서 드레스로 만드는 게 나을 거다. 에버딘이 그러자고 하자 크리스틴은 디자인을 생각해 보고 오늘 저녁에 치수를 재기 위해 다시 오겠다며 떠났다.

그리고 그녀와 바톤 터치 하듯 하인이 쫓아와서 말했다.

"남작님, 꼭 남작님과 만나고 싶다는 사람이 있습니다."

손님이 아니라 꼭 만나고 싶다는 사람이라는 말에 에버딘은 상대가 그녀의 구혼자나 귀족이 아닐 거라고 생각했다. 그리고 그녀의 생각대로 에버딘이 응접실로 나가자 드니스 허슬이 초조한 표정으로 응접실을 걸어 다니는 게 보였다.

"어서 와요, 드니스."

응접실을 서성거리던 드니스는 에버딘의 얼굴을 보자 우뚝 멈췄다. 어찌나 긴장했던지 지금 그녀는 에버딘이 입고 있는 게 바지라는 것도 눈에 들어오지 않았다.

그래서 에버딘에게 다가가 털썩 주저앉으며 말했다.

"남작님, 제 남편과 저희는 아무 상관이 없어요."

잠깐 멈칫한 에버딘은 곧 드니스가 무슨 말을 하는 건지 이해했다. 수잔과 아이린이 제기한 의혹이 마을에 잘 퍼진 모양이다. 그리고 드니스는 그제야 그걸 들은 거고.

"정말로 저희는 몰랐어요. 저와 래리는…… 남작님도 보셨잖아요? 래리가 얼마나 순진한지……."

순진? 에버딘은 잠시 자신이 본 래리와 드니스가 말하는 래리가 다른 사람인가 하고 생각했다. 그리고 드니스에게 냉정하게 물었다.

"데이브가 나에 대한 이상한 소문을 내고 다니는 걸 몰랐다고요?"

드니스의 행동이 잠시 움찔했다. 그건 알았다. 주변 사람들이 그녀에게 댁의 남편이 영주에 대한 이상한 이야기를 하던데 그게 사실이냐고 물었기 때문이다.

물론 자세하게 안 건 아니다. 데이브는 드니스가 그게 무슨 소리냐고 물어보면 알 필요 없다고 역정을 내며 나가 버렸으니까.

"모, 몰랐……."

좋아. 그건 넘어가 줄 수 있다. 에버딘은 드니스를 빙 돌아 소파에 가서 앉았다. 그러자 바닥에 주저앉아 있던 드니스가 몸을 돌려 그녀를 쳐다봤다.

안쪽의 눈치를 살피던 하인과 에버딘의 눈이 마주쳤다.

"차를 내올까요?"

하인의 눈치 없는 질문에 에버딘은 레슬리가 그리워지기 시작했다. 계약을 잘 조율했다는 말과 함께 며칠 안에 정리하고 내려가겠다는 편지를 어제 받았다. 레슬리는 심지어 수도에서 뭔가 사 가지고 갈 게 있는지 물어보기까지 했다.

거기에 에버딘은 필요 없으니 구경하거나 사고 싶은 게 있으면 마음껏 보고 오라고 답장을 했었다. 그래도 레슬리는 성실한 사람이니 적당히 하고 내려오겠지만.

"내와. 좋은 걸로."

에버딘은 드니스에게 대접받았던 식사를 떠올리며 대답했다. 그리고 그녀에게 말했다.

"앉아요."

드니스는 없는 살림에 영주님을 대접하기 위해 고기를 내놨다. 그게 에버딘의 마음을 조금 약하게 했다.

물론 그렇다고 데이브를 용서해 줄 생각은 없었다. 에버딘은 가만히 드니스를 쳐다보다가 물었다.

"데이브는요?"

에버딘의 질문에 드니스가 그게 무슨 소리냐는 표정을 지었다. 에버딘은 다시 물었다.

"당신이 여기 온 걸 데이브가 알아요? 그도 동의한 건가요? 자신이 무슨 짓을 한 건지 알고 있어요?"

많은 질문에 드니스는 정신을 차릴 수가 없었다. 하지만 한 가지는 확실했다. 그녀는 자신 없는 표정으로 말했다.

"모, 몰라요."

"그럼 데이브는 여전히 나에 대한 이상한 소문을 퍼트리고 있겠네요?"

그것도 모르겠다. 하지만 드니스가 에버딘에게 애원하러 간다는 걸 모를 테니 여전히 에버딘에 대한 헛소문을 퍼트리고 있겠지.

드니스의 눈동자가 흔들렸다. 데이브가 그러고 있어도 그녀와 래리는 전혀 몰랐다고 하면 봐주지 않을까. 그녀는 그런 희망을 품고 있었다.

에버딘은 그런 드니스를 이해할 수 없어서 물었다.

"나보고 뭘 어쩌라고 찾아온 거예요?"

"저기, 그러니까…… 데이브가 하는 일을 저희는 하나도 몰랐어요. 그러니까 저희는 용서해 주셨으면 해서……."

드니스의 말에 에버딘은 헬름에 연좌제가 남아 있던가 하고 생각했다. 하지만 없는 걸로 안다. 딱 한 가지, 왕족을 해하려 했을 때만 제외하고.

"연좌제는 사라졌을 텐데요."

"연…… 뭐라고요?"

드니스는 그게 무슨 소리냐는 표정으로 물었다. 그녀에게는 너무 어려운 단어였다. 에버딘은 그녀가 연좌제가 뭔지도 모른다는 것을 깨닫고 한숨을 내쉬었다.

그때, 하인이 두 사람을 위해 차를 내왔다. 에버딘은 하인이 차를 내놓고 돌아갈 때까지 기다렸다가 말했다.

"법적으로 남편의 잘못을 부인과 자식들에게 물을 수는 없다고요."

그런가? 드니스는 잘 몰랐다. 하지만 법이 문제가 아니다. 그녀는 머뭇거리다가 말했다.

"하지만 영주님이시라면 다른 이유로 제게 벌을 내릴 수 있으시잖아요……."

그게 걱정이 된다. 분명 벌은 데이브만 받을 것이다. 하지만 남은 가족들을 그냥 둘 리가 없다는 게 드니스의 생각이었다.

헬름에서 어서 남작은 왕이나 다름이 없다. 연좌제가 없다고 해도 다른 이유로 어서 남작은 드니스와 래리를 괴롭힐 수가 있었다. 그녀의 안중엔 메간은 없었다.

"걱정 말아요. 데이브의 잘못으로 허슬 가족을 벌주진 않을 거예요."

에버딘의 부드러운 태도에 약간이지만 안심이 됐다. 그녀는 에버딘을 따라 찻잔을 들어 올려 홀짝 마셨다.

좋은 차로 가져오라고 하더니 정말로 좋은 차였던 모양이다. 향이 부드러웠고 끝맛도 깔끔했다. 드니스는 에버딘이 자신들에게 호의적인 모양이라고 생각했다.

그러면 한 가지 더 부탁할 수 있지 않을까.

"저기, 그러면 영주님."

"네."

에버딘은 찻잔을 내려놓으며 드니스를 쳐다봤다. 그녀는 말해보라는 에버딘의 태도에 머뭇거리며 말했다.

"만약, 만약 데이브를 잡아가신다면, 대장간도 빼앗으실 건가요?"

대장간? 생각도 못 한 질문에 에버딘은 입을 다물었다. 여기서 갑자기 대장간이 무슨 상관이냐는 생각이 제일 먼저 떠올랐지만 드니스의 걱정은 일리가 있었다.

데이브가 에버딘을 살해하는 데 일조했다면 살인 공범으로 벌을 받아야 할 것이다. 그리고 살인 공범이라면 법에 따라 처우가 결정

된다.

그 법이 재산을 박탈하는 거라면 드니스의 걱정도 일리가 있다.

"그건 법에 따라 달렸죠."

에버딘은 냉정하게 말했다. 그게 법이라면 굳이 데이브를 위해 법을 고쳐 달라고 국왕에게 탄원할 생각은 없다. 하지만 이번 기회에 에버딘은 귀족을 해하려 한 자가 어떤 벌을 받는지 확인해 봐야겠다고 생각했다.

그때, 드니스가 다시 벌떡 일어나더니 에버딘의 곁으로 와서 바닥에 주저앉았다. 그리고 그녀의 다리를 잡으며 애원하기 시작했다.

"제발요, 영주님. 대장간만은 빼앗아 가지 말아 주세요."

드니스의 애원에 에버딘은 다시 말을 잃었다. 그녀가 알겠다고 할 수 있는 걸까? 에버딘은 잠시 드니스를 쳐다보다가 물었다.

"하지만 드니스, 당신은 대장간 일을 하지 않잖아요."

그렇게 말하는 에버딘의 머릿속에 메간이 떠올랐다. 확실히 대장간을 빼앗으면 메간이 곤란해지긴 하겠다. 하지만 그녀가 메간을 고용하는 방식으로 계속 일하게 할 수 있지 않을까.

그렇게 생각하는 에버딘의 앞에서 드니스가 눈물로 호소했다.

"하지만 래리가 있잖아요."

응? 생각하지도 못한 이름이 튀어나왔다. 에버딘은 자신의 귀를 의심하며 물었다.

"메간이 아니라요?"

"메간이요?"

드니스는 정말로 메간은 생각도 안 하고 있었다. 그녀는 에버딘이 메간의 이름을 입에 담자 그제야 에버딘이 메간을 마음에 들어 한다는 것을 떠올렸다.

그리고 조심스럽게 말했다.

“그 애는 다시 수도로 올라가도 되잖아요. 영주님께서 자비를 베푸신다면 고용해 주실 수도 있고요.”

마지막 말은 그래도 눈치가 보였는지 에버딘의 눈치를 살피긴 했다. 하지만 떡 줄 사람은 생각도 안 하는데 김칫국부터 마시는 모습에 에버딘은 다시 말을 잃었다.

드니스는 에버딘이 아무 말도 하지 않자 다시 애원했다.

“영주님, 제 얼굴을 봐서라도, 아니, 래리 얼굴을 봐서라도 대장간만은…….”

래리 얼굴? 에버딘은 살집이 올라서 뚱해 있던 래리를 떠올렸다. 심지어 영주가 자기 집에 왔다는 데도 자기 방에만 틀어박혀 있었다.

이해가 안 된다. 그녀가 드니스라면 래리보다는 메간이 더 예뻤을 것 같은데 드니스는 아니었나 보다.

“대장간을 위해서라면 래리보다는 메간이 대장간을 잇는 게 낫지 않아요?”

에버딘의 순수한 질문에 드니스의 눈이 커졌다. 그녀는 에버딘이 그렇게 말할 줄 몰랐다는 표정으로 말했다.

“하지만, 하지만 래리가 첫째잖아요.”

아, 그렇군. 에버딘은 이 나라는 모든 것을 장자에게 물려준다는 것을 떠올렸다. 에버딘이 보기엔 불공평한 방법이었지만 어쩔 수 없는 방식이기도 했다.

지금이야 노헤임이 평화로워지고 사람들의 수명도 많이 늘어났지만 과거에는 전투도 자주 벌어졌고 기대 수명도 낮았다. 부모가 일찍 사망하면 가장 나이 든 장자가 물려받을 수밖에 없는 것이다.

막내에게 물려주려고 해도 형 쪽이 반발해서 부모가 사망한 뒤 막내에게 해를 끼친 뒤 재산과 작위를 모두 차지해 버린 사례는 얼마든지 있었다.

"좋아요."

에버딘은 잠시 생각하다가 입을 열었다. 좋다고? 드니스는 에버딘의 입에서 긍정적인 말이 나오자 눈을 동그랗게 떴다.

좀 더 애원해야 할 줄 알았다. 하지만 어셔 남작은 흔쾌히 좋다고 말했다.

물론 그냥 좋다고 한 건 아니었다. 에버딘은 슬쩍 움직여 드니스에게서 떨어진 뒤 말했다.

"조건이 있어요."

"조건이요?"

"데이브와 아이들을 데려오세요. 그리고 데이브가 왜 그런 짓을 했는지 자백하게 하세요. 그럼 대장간은 손대지 않을게요."

드니스는 순간 멍해서 에버딘이 무슨 소리를 하는 건가 하고 생각했다. 그러니까 지금 그녀에게 자신의 남편을 자백하라고 설득하라는 거다.

"하지만, 하지만 데이브는 그러지 않으려 할 텐데요."

이건 좀 웃겼다. 에버딘은 저도 모르게 소리 내서 웃었다. 그리고 그녀가 왜 웃는지 모르는 드니스를 쳐다보며 물었다.

"오, 그럼 나는 그럴 거 같아서 찾아온 거군요?"

한마디로 남편보다 영주가 더 만만했다는 소리다. 에버딘의 지적에 드니스의 얼굴이 새파랗게 변했다. 그녀는 그런 의미가 아니라고 말하려 했지만 에버딘은 그런 변명을 들어 줄 시간 따윈 없었다.

"데이브를 데리고 와요. 내가 그 자식을 끌고 오기 전에."

한편, 일 층의 서재에서 편지를 쓰고 나오던 션은 존을 찾다가 응접실 문에 다닥다닥 붙어 있는 구혼자들을 발견했다.

또 무슨 한심한 짓을 하는 걸까. 그는 모른 척하려다가 분명 저 안에 에버딘이 누군가와 이야기를 하고 있을 것 같아서 입을 열었다.

"어렸을 때 가정 교사가 없었나 보군."

"헉!"

하고 안의 대화 내용에 집중하느라 세 남자는 션이 다가오는 줄도 몰랐다. 제일 바깥쪽에 있던 도미닉이 깜짝 놀라서 고개를 드는 것과 동시에 프랭크와 유진이 고개를 들다가 턱과 이마가 부딪쳤다.

"악!"

큰 소리가 났다. 당연히 꽤 아플 것이다. 하지만 그 와중에도 세 사람은 방금 전의 소란을 에버딘이 듣지 못했길 바랐다. 션의 말대로 남의 대화를 엿듣지 말라는 건 어릴 때 기본으로 배우는 예의범절이다.

"버넷."

세 구혼자가 광대놀음을 하는 사이, 션은 지나가던 존을 불렀다. 그리고 방금 작성해서 봉투에 넣은 편지를 그에게 건네며 말했다.

"수도로."

수도에 있는 웨스트 공작의 저택으로 보내는 거다. 편지엔 션이 집사에게 지시할 내용으로 채워져 있었다.

하지만 존은 내용에는 관심이 없었다. 그는 웨스트 공작의 지시에 따르기만 하면 된다. 존이 알겠다고 고개를 끄덕하고 물러나자 다시 션은 어정쩡하게 서 있는 세 구혼자를 향해 몸을 돌렸다.

"예의라는 게 어느새 바닥까지 떨어졌나 보군."

션의 가벼운 빈정거림에 유진과 도미닉의 얼굴이 달아올랐다. 하지만 프랭크는 션이 자신을 비난한다는 사실에 짜증을 내고 있었다.

아, 살다 보면 남의 대화를 엿들을 수도 있지. 프랭크는 그렇게 생각하며 말했다.

"대단한 자신감이군요."

뭐라고? 유진과 도미닉의 고개가 프랭크를 향해 휙 돌아갔다. 두 사람 다, 그를 향해 미쳤냐는 눈빛을 보내기 시작했다.

하지만 프랭크는 멀쩡했다. 그는 허리에 손을 얹고 한쪽 눈썹을 들어 올린 션을 보며 속으로 이를 갈았다.

재수 없는 자식.

"어서 남작과 더 가깝다고 생각하는 모양인데, 아직 그녀는 누구와도 결혼을 약속하지 않았거든요."

션은 슬슬 프랭크가 대체 무슨 소릴 하는 건가 하고 생각하고 있었다. 그는 그냥 지나가다가 문에 귀를 대고 엿듣고 있는 걸 보고 주의를 줬을 뿐이다.

하지만 프랭크는 누군가가 자신을 가르치려 했다는 것 자체가 마음에 들지 않았다. 그는 어반 백작가의 막내고 어느 누구도 그에게 이래라저래라하지 않았다.

심지어 이런 바지를 입기 시작했을 때도 조금 과하지 않냐고 물어봤을 뿐 그만두라거나 벗으라는 소리는 들어 본 적이 없다.

그런데 이 냄새나고 코딱지만 한 시골 동네에 온 후부터는 마음에 안 드는 일만 일어나고 있다. 그의 주변에 서 있는 덜떨어진 서민 자식과 가난뱅이도 마음에 안 들었지만 가장 마음에 안 드는 건 바로 그의 눈앞에 있는 션 웨스트 공작이었다.

"아니면, 했습니까?"

프랭크는 이죽거리며 물었다. 결혼 약속을 했다면 어셔 남작이 세 사람에게 자신이 약혼을 했음을 알려야 한다.

하지만 그러지 않았다는 건 어셔 남작과 웨스트 공작이 아무 사이도 아니라는 거다.

프랭크는 션이 차가운 표정으로 자신을 쳐다보는 것을 확인했다. 문득 그는 대체 저 남자는 무슨 자신감으로 자신이 어셔 남작의 약혼자라도 되는 것처럼 구는지 궁금해지기 시작했다.

"그것도 아니면, 그렇게 자신만만할 정도의 선까지 갔나 보죠?"

"어반 경."

그건 사생활이다. 도미닉은 깜짝 놀라서 프랭크를 불렀다. 하지만 질투로 눈이 먼 프랭크의 귀에는 아무것도 들리지 않았다.

"어디까지 갔습니까? 네? 얘기 한번 해 보시죠?"

프랭크는 좋은 집의 버릇없는 아들로 자란 덕에 남의 빈정을 상하게 하는 게 탁월한 능력을 가지고 있었다. 그는 션의 표정이 굳는 것을 보고 이죽이며 말을 이었다.

"손은 잡았습니까? 입은……."

그 순간 '퍽!' 하는 소리와 함께 프랭크가 뒤로 나가떨어졌다. 도미닉과 유진이 본 건 저러다 큰일 나겠다 싶을 때쯤에 프랭크가 뒤로 나가떨어졌고 고개를 돌리자 션이 자세를 바로 하고 있는 거였다.

"어, 어반 경."

먼저 움직인 건 유진이었다. 그는 프랭크에게 다가가 그를 부축하려 했다.

"실례."

모든 정적을 깨고 션이 입을 열었다. 그는 언제나와 같이 다른 사람을 깔보는 표정이었다.

"어릴 때 용병단에서 자라서. 인간 말을 하는 짐승을 만나면 죽이라고 배웠거든."

그의 말 만이 그가 프랭크를 때렸다는 증거인 것처럼 느껴졌다. 션은 언제 사람을 때렸냐는 태도로 유진이 부축하는 프랭크를 바라보며 덧붙였다.

"아니면 짐승 말을 하는 인간이나."

어느 쪽이어도 상관없다. 인간으로 태어났으면 인간의 말을 해야지. 션이 그렇게 생각하고 있을 때 대화를 마친 에버딘이 문을 열고 복도로 나왔다.

그리고 멀지 않은 곳에 서 있는 션과 도미닉을 알아본 다음에 유진과 그가 부축하고 있는 프랭크를 알아차렸다.

"무슨 일이에요?"

에버딘의 질문에 다시 복도 안에 정적이 찾아왔다. 그 정적은 유진의 도움으로 비틀비틀 일어난 프랭크가 끙끙거리는 소리로 깨졌다. 코가 부러졌는지 프랭크의 얼굴은 피로 엉망이었다.

"헉, 괜찮아요?"

에버딘은 프랭크의 얼굴을 보자마자 깜짝 놀라서 물었다. 그리고 재빨리 사람을 불러 조안을 불러오라고 지시했다.

하지만 뼈가 부러진 걸 조안이 해결할 수 있을지 모르겠다. 에버딘은 조안이 오는 것을 기다리며 네 남자에게 물었다.

"무슨 일이에요? 어떻게 된 거죠?"

어쩐지 이번 일에 션이 끼어 있을 것 같다. 에버딘의 직감은 예리했고 그녀는 션을 돌아보고 있었다.

하지만 션은 천연덕스럽게 어깨를 으쓱하더니 말했다.

"모르겠는데. 내가 왔을 땐 이미 저렇게 되어 있었거든."

"무슨……."

유진이 무슨 소리냐고 소리치려 했지만 도미닉이 그의 팔을 잡아 막았다. 이 상황에서 진상을 어서 남작에게 알리는 건 전혀 도움이 되지 않는다.

프랭크는 본인이 들으면 기분이 아주 상할 이야기를 했고 션은 그 입을 닥치게 했다. 누가 봐도 션이 더 멋있어 보일 이야기였다.

"어쩌다 이런 거예요?"

에버딘의 질문에 결국 도미닉과 유진은 치료를 받는 프랭크를 대신해서 거짓말을 하는 수밖에 없었다. 손님과의 대화를 엿들으려던 프랭크가 넘어졌다는 약간의 진실이 섞인 거짓말이었다.

물론 거기서 도미닉과 유진은 프랭크를 말리려 했다는 거짓말도 살짝 섞였다. 그 와중에 프랭크는 조안에게 엄살을 부리며 치료를 받느라 제대로 듣지 못했다.

금세 에버딘의 눈에는 한심하다는 감정이 섞였다. 하지만 그녀는 한심하다고 말하는 대신 완곡하게 말했다.

"헬름은 의사가 없어서 치료가 어려워요. 수도에 가서 치료를 받아야겠네요."

그러니까 그만 가라는 거다. 응접실에 앉아 조안이 피를 닦는 동안 있는 대로 짜증을 부리던 프랭크의 얼굴이 다시 일그러졌다. 하지만 그것도 잠시, 부러진 코 때문에 아팠기 때문에 제대로 된 변명도 할 수가 없었다.

괘씸하다. 프랭크는 자신을 때린 웨스트 공작보다 유진과 도미닉이 더 괘씸하게 느껴졌다. 그들은 어느새 프랭크만 내버려 두고 에버딘의 뒤를 따라 떠나 버린 뒤였다.

"지들이 못 할 말을 해 줬는데 내가 맞는 걸 보고만 있어?"

젠체하는 가난뱅이와 천박한 졸부인 주제에. 프랭크는 조안이 떠난 뒤, 그녀가 코 위에 붙인 반창고와 거즈를 살짝살짝 만져 보다가 다시 인상을 썼다.

두고 봐라. 그 녀석들 모두 깜짝 놀라게 해 줄 테다. 프랭크의 머릿속에 자신을 부러워하는 세 남자가 떠올랐다. 그리고 그의 바짓가랑이를 붙잡고 애원하는 에버딘도.

"그것만은 안 하려고 했는데 할 수 없지."

프랭크는 그렇게 중얼거리며 자리에서 일어났다. 그에게는 숨겨 둔 비장의 방법이 있다.

"집사는 언제 온다고 했지?"

저녁 식사를 마친 뒤, 에버딘은 션과 함께 산책을 하며 대화를 나눴다. 슬슬 추워져서 산책을 하려면 코트가 필요할 것 같다.

모피를 주문해야겠다고 생각하는 션의 머릿속에는 오늘 점심때 있었던 일은 완전히 사라지고 없었다. 멍청한 소리를 한 놈을 한 대 때린 일을 매번 기억할 수는 없다. 그는 자연스럽게 에버딘의 어깨를 끌어안고 자신에게 잡아당겼다.

"내일 아침. 정말 다행이야."

집사의 소중함을 요 며칠간의 일로 절절하게 느꼈다. 레슬리가 없으니 집 안이 아주 엉망이다. 에버딘의 한숨에 션은 나직하게 웃었다.

추워서 에버딘은 션의 허리를 끌어안았다. 그게 션을 기분 좋게 만들었다. 그는 그녀의 가는 팔이 그의 허리를 끌어당기는 것을 느끼고 다시 웃었다.

"정말로 어반 경하고는 아무 일도 없는 거지?"

저택으로 돌아오는 길에 에버딘이 물었다. 그녀의 영지에서, 그녀의 저택에서 손님이 다쳤다. 거기에 또 다른 구혼자가 연루돼 있으면 곤란하다.

다행히 프랭크는 혼자 예의 없는 짓을 하다가 다친 게 돼서 에버딘이 곤란해질 일은 없을 것이다. 하지만 여전히 에버딘은 꽤 합리적인 의심을 하고 있었다.

아무리 재수가 없으면 뒤로 넘어져도 코가 깨진다고 하지만 혼자서 복도에서 넘어졌다고 코가 부러질 수가 있을까.

"물론이지."

션은 어깨를 으쓱하며 천연덕스럽게 대답했다. 거짓말하는 건 그리 어렵지 않다. 그게 에버딘을 위한 일이라면 그는 신의 앞에서도 신의 존재를 부인할 수 있다.

"알았어."

그렇게까지 말한다면야. 에버딘은 한숨을 내쉬었다. 그리고 션이 열어 주는 문을 통해 안으로 들어온 다음 몸을 부르르 떨며 말했다.

"어반 백작에게 아들의 다친 게 내 잘못이 아니라는 편지를 어반 경에게 들고 가게 하면 안 되겠지?"

그건 안 된다. 션은 문을 닫고 잠금장치까지 확인한 뒤 에버딘을 향해 돌아섰다. 그리고 다시 그녀의 어깨를 끌어안으며 말했다.

"보통은 이삼일 뒤에 편지를 보내지."

그럼 그녀도 그렇게 해야겠다. 에버딘은 여전히 추위가 가시지 않아서 선의 옆구리에 딱 붙은 채 계단을 오르기 시작했다.

프랭크가 내일 아침에 떠난다고 해서 다행이다. 솔직히 말하면 그녀는 구혼자들에게 돌아가라고 말할 기회를 엿보고 있었다.

"원래 이렇게 가라고 직설적으로 말해야 하는 거야?"

에버딘의 질문에 선은 다시 어깨를 으쓱했다. 그도 잘 모른다. 그는 누군가에게 구혼해 본 적이 없으니까. 하지만 사교계의 특성상 구혼 거절 역시 직설적으로 하면 안 될 것이다.

"그건 아닐 것 같은데."

보통은 지금의 에버딘과 선처럼 특정한 사람과 사이가 더 좋으면 다른 구혼자들은 눈치껏 빠져 준다. 그게 예의고 보통이다. 가끔 끝까지 미련을 놓지 못하는 자들이 버티기는 하지만 그것도 거절당하기 직전에 물러난다.

그러니 오히려 지금 이 저택의 구혼자들은 진상에 가깝다. 그렇다고 에버딘이 대놓고 거절하면 그것 역시 예의에 어긋난다.

마음 같아서는 그만 가라고 말하고 싶다. 식비며 귀찮음이 정도를 넘어섰다. 에버딘은 그렇게 생각하며 한숨을 내쉬었다. 그러자 선의 걸음이 멈췄다.

"응?"

"들어가."

선은 에버딘에게 돌아서며 그렇게 말했다. 어느새 에버딘의 방 앞에 도착했기 때문이다. 에버딘은 돌아보고 자신의 방 앞이라는 것을 깨닫고 씩 웃었다. 그리고 선의 가슴에 손을 내며 발끝을 들어 올렸다.

그녀가 뭘 하려는지 알았기 때문에 션 역시 자연스럽게 허리를 숙여 주었다. 에버딘이 가볍게 그의 입술에 입을 맞춘 뒤 살짝 물러나며 말했다.

“고마워. 잘 자.”

놀랍게도 그 순간 션의 기분이 아주 좋아졌다. 에버딘을 만난 뒤로 항상 그랬다. 평범하고 그저 그렇다고 생각했던 세상이 꽤, 아니, 상당히 재미있어졌다.

션은 빙그레 웃으며 에버딘을 위해 그녀의 방문을 열어 주었다. 그리고 들어가서 자라고 말하려다 멈칫했다.

낯익은 냄새가 희미하게 풍겨 왔다. 물론 낯익은 냄새라는 건 에버딘의 냄새를 말하는 게 아니다. 그녀의 냄새는 훨씬 기분 좋고 부드러우며 달콤했으니까.

이 냄새는 불쾌했다. 션은 에버딘을 돌아보고 가서 사람을 불러오라고 말하려다 말았다. 대신 솔직하게 말했다.

“안에 누가 있는 것 같은데.”

안에 누가 있다는 말에 에버딘의 눈이 커졌다가 일그러졌다. 누가 있다고? 그녀의 방에?

에버딘이 슬그머니 방 안쪽으로 고개를 들이밀어 봤지만 제일 먼저 나오는 개인 응접실에는 아무도 없었다. 그녀는 다시 션을 돌아보고 작은 목소리로 물었다.

“어디에?”

에버딘의 개인 응접실은 불이 켜져 있다. 그러니 누가 있다면 문을 열자마자 알았을 것이다. 션은 들어가도 되냐는 표정으로 에버딘을 쳐다봤다. 그리고 그녀가 고개를 끄덕인 다음에야 천천히 안으로 들어갔다.

당연히 응접실은 아니다. 그의 시선이 옷장에서 자연스럽게 침실로 향했다.

“잠깐.”

그때 에버딘이 션의 옷을 잡았다. 혹시라도 암살자 같은 걸까 봐 걱정이 된다. 그녀는 누군가가 자신을 죽이려 할 만한 짓은 하지 않았지만, 경험도 있고 그래도 혹시 모르니까.

에버딘은 주변을 두리번거리다가 장식장 위에 올라간 작은 조각을 션에게 내밀었다. 그리고 자신도 다른 조각을 손에 쥐었다.

여차한 순간을 위해 무기가 있어야 한다.

션은 멍하니 에버딘을 쳐다보다가 조각에게 시선을 돌렸다. 그저 나뭇조각이다. 이건 그가 좀 세게 쥐기만 해도 부서질 것 같다. 하지만 에버딘이 그를 생각해서 가져다준 거라 거절할 생각은 들지 않았다.

이 김에 실수인 척 이 조각을 부숴 버리고 더 비싼 걸 선물로 줄까? 그는 그렇게 생각하며 침실 문을 활짝 열었다. 그리고 제일 먼저 정면과 문 뒤쪽을 확인한 뒤 안으로 성큼성큼 들어가 침대 옆에 있는 램프에 불을 밝혔다.

“어! 어, 뭐야!”

침입자는 방 안이 아니라 침대 위에 있었다. 심지어 이불까지 잘 덮고 있다가 션이 램프에 불을 붙이자 그의 얼굴을 보고 벌떡 일어났다.

그 소란에 에버딘도 조각을 들고 안으로 들어갔다. 그리고 침대 위에 있는 프랭크를 발견하고 소리쳤다.

"어반 경?"

프랭크 어반은 에버딘의 침대 위에 있었다. 에버딘이 기겁하는 소리에 저택의 사람들이 하나둘 깨어나기 시작했다.

"뭐 하는 거야?"

에버딘은 더럽다는 표정으로 물었다. 저 남자, 신발도 안 벗고 침대 위에 올라갔다. 더러워! 그녀는 기겁하며 뒤로 물러났다.

그것을 본 프랭크가 허둥지둥 그녀를 향해 팔을 뻗으며 변명하려 했지만 션이 더 빨랐다. 그는 에버딘과 프랭크의 사이를 막으며 물었다.

"뭘 하는 거냐고 물었다."

"아, 아니, 그게……."

무슨 말을 해야 할지 모르겠다. 프랭크는 에버딘과 션의 얼굴을 번갈아 쳐다보다가 허둥지둥 침대 위의 베개를 집어 여차하면 막을 생각으로 끌어안았다.

또 맞고 싶지는 않다. 그렇지 않아도 부러진 코가 아직도 욱신욱신 아프다.

맞을 준비를 먼저 하는 모습에 션은 한쪽 눈썹을 들어 올렸다. 즉, 맞을 만한 짓을 했다는 걸 본인도 안다는 뜻이다. 그의 시선이 자신이 들고 있는 조각으로 향했다. 그리고 프랭크는 그걸 봤다.

"잠깐, 잠깐만요. 제, 제 침실인 줄 알고……."

"당신 침실은 반대쪽이잖아!"

에버딘의 분노에 찬 한마디가 프랭크의 변명을 날려버렸다. 프랭크는 머뭇거리다가 또 다른 변명을 생각해 냈다.

"어, 어셔 남작님과 이야기를 하고 싶어서……."

"그래서 불 꺼진 남의 침실에 들어와서 침대 위에 누워 있었다고?"

이젠 변명도 궁색해진다. 또 다른 변명을 생각해 내는 프랭크에게 에버딘이 소리쳤다.

"일단 나와!"

더러워 죽겠다. 그녀는 무슨 일이냐고 달려온 하녀들에게 침실의 모든 것을 싹 치우라고 지시했다.

"시트랑 이불은 버려 버려!"

마음 같아서는 침대도 불태워 버리고 싶다. 더럽다며 몸을 부르르 떠는 에버딘의 모습을 본 프랭크는 그대로 기가 죽어 버렸다.

그가 생각한 건 이런 게 아니었다. 어셔 남작이 침실에 들어와서 불을 켜면 로맨틱한 눈빛과 말로 그녀를 유혹할 생각이었다.

하지만 그건 로맨틱한 게 아니라 끔찍한 짓이었고 더러운 짓이다. 프랭크는 도저히 자기 방에서 못 자겠다고 다른 방으로 가 버리는 에버딘을 보고 더더욱 기가 죽었다.

그건 어쩔 수가 없다. 시트는 간다고 해도 방에 가득 찬 프랭크의 냄새를 빼기 위해선 밤새도록 창문을 열어 놔야 하기 때문이다.

"허."

소동에 방 밖으로 나온 도미닉은 먼저 나온 유진을 보며 어이없다는 듯 신음을 내뱉었다. 한쪽에선 어셔 남작의 친구들이 자기 방에서 같이 자자고 하는 게 보였다.

"어반 경이 진짜 침실에 있었습니까?"

유진은 겁도 없이 션에게 물어보고 있었다. 여전히 조각을 들고 있던 션은 유진을 힐끔 쳐다봤다가 무슨 일인가 하고 내려온 카렌에게 조각을 내밀며 말했다.

"바퀴."

그것만으로도 카렌은 션이 무슨 말을 하는지 알았다. 그가 조각을 받아 들고 떠나자 션은 자리를 뜨며 말했다.

"다른 사람의 기행을 입에 올리는 건 취미가 아니라서."

이튿날, 프랭크 어반은 올 때와는 반대로 초라하게 헬름을 떠났다. 그의 마차는 아무도 입을 열지 않아 조용했고 빠르게 헬름을 떠나 수도로 향하기 시작했다.

하지만 그것도 잠시, 헬름에서 떠난 지 얼마 되지 않아 어디선가 날아온 나무 조각이 프랭크가 탄 마차의 바퀴에 부딪혔다.

"뭐, 뭐야!"

깜짝 놀란 마부가 마차를 멈추는 것과 동시에 두 번째 나무 조각이 날아와서 바퀴에 부딪혀 박살이 났다. 소동에 놀란 마부와 하인, 프랭크는 산적의 습격이라고 생각해 미친 듯이 말을 몰아 도망치기 시작했다.

하지만 한참을 도망쳐도 아무 일도 일어나지 않았다. 따라오는 소리나 함성도 없었다. 가까스로 마차를 멈춘 마부가 하인과 함께 상황을 확인하기 위해 주변을 둘러보겠다고 나섰다.

"재수가 없으려니까!"

프랭크는 그렇게 투덜거리며 마차 문을 열었다. 그리고 그가 밖으로 나가려고 움직이는 순간, 마차가 기우뚱하더니 그대로 한쪽이 주저앉아 버렸다.

"으악!"

다치진 않았다. 하지만 놀랐다. 프랭크가 깜짝 놀라 숨을 헐떡이는 사이 하인이 달려와서 마차를 확인했다. 아까 뭔가에 부딪힌 바퀴가 금이 갔던 모양이다.

그 뒤로 전속력으로 달렸으니 헐거워져서 망가졌다.

"괘, 괜찮으십니까?"

"내가 괜찮게 생겼어?"

마부는 프랭크의 히스테리에 깜짝 놀라 다른 마차도 확인하겠다며 도망쳤다. 에버딘이 필요 없으니 가져가라고 돌려준 프랭크의 선물이 실린 두 번째 마차가 있다.

"그딴 못생기고 가난한 여자랑 결혼하겠다고 괜히 고생만 했네."

그딴 못생기고 가난한 여자를 유혹하기 위해 수치도 모르고 남의 침실에 몰래 숨어들어 간 주제에 프랭크는 그렇게 투덜거리고 있었다. 그의 앞에서 하인이 부지런하게 차를 끓이기 위해 나무를 모아 불을 피우기 시작했다.

"저, 도련님."

그때 마부가 프랭크에게 다가왔다. 천을 실은 마차는 멀쩡했다. 문제는 여분의 바퀴가 하나뿐이라는 거다.

즉, 뒷 마차로 갈아타고 수도로 가면 된다. 대신 천은 버려야 한다.

"재수가 없으려니까……."

프랭크의 짜증이 튀어나왔다. 물론 그의 재수 없음은 그걸로 끝나지 않았다. 며칠 뒤, 어반 백작가에 어셔 남작가와 웨스트 공작가로부터 각각 공식적이고 비공식적인 항의 편지가 도착했기 때문이다.

34

“남작님.”

서재 문을 노크한 레슬리는 들어오라는 말에 문을 열고 작은 목소리로 말했다.

“허슬 가족이 왔는데요. 어떻게 할까요?”

당연하게도 드니스나 데이브는 오늘 온다고 말한 적이 없다. 내가 드니스에게 알아서 데이브를 설득해서 데려오라고 했지.

나는 가족이라는 말에 놀라서 물었다.

“가족이라고요? 자식들도 다 온 거예요?”

“네, 래리 허슬 씨와 메간 허슬 씨도 왔습니다.”

그러고 보니 내가 데이브 외에도 자식들도 다 와야 한다고 했었다. 그리고 내 앞에서 데이브가 자백하면 대장간을 빼앗는 건 봐주겠다고 했었지.

그 이후로 데이브에게 어떤 벌을 줘야 하는지 알아봤다. 기본적으로 왕족을 해치려 한 자들은 본인과 그 가족까지 전부 사형이다.

하지만 귀족은 좀 달랐다. 귀족을 해치려 한 자는 최소 감옥행이었고 가족들은 공범이 아니라면 벌을 받지 않는다. 문제는 그 가족이 공범이 아니라는 걸 증명할 방법이 없다는 거고.

션에게 물어보고, 이 저택에 있는 자료도 찾아봤는데 귀족을 해치려 한 자들은 대부분 사형이었고 재산을 모두 압류당했다. 그 가족들은 공범이 아니라는 게 확실한 경우에만 감옥에 가지 않았는데 대신 뿔뿔이 흩어지는 모양이다.

그것도 사례가 대부분 수도라 영지는 어떨지 잘 모른다. 영주를 해치려 한 자의 가족이면 죄가 없다고 해도 영지에서 살기 어렵지 않을까.

"가족들의 처우 때문에 고민하시는 거죠?"

레슬리가 걱정스러운 표정으로 물었다. 나는 자리에서 일어나며 고개를 끄덕였다.

나는 메간이 마음에 든다. 그리고 드니스도 조금은 안됐다고 생각한다.

하지만 데이브와 래리는 아니다. 데이브는 죽여 버리고 싶고 래리는 내 알 바가 아니다. 그 넷이 가족이 아니라면 문제가 없겠지만 가족이라 문제다.

"공작님은 뭐라고 하시던가요?"

"션의 영지는 이런 일이 없었대요."

"공작님이라면 어떻게 하겠다는 말도 없으셨어요?"

"뻔하죠, 뭐."

션은 뭐하러 스스로 자백하길 기다리냐고 했다. 잡아 와서 억지로 자백을 받아내면 된다는 거겠지. 그것도 방법이긴 하다. 그러고 싶지 않아서 그렇지.

적어도 내가 살다 온 곳에서는 그런 방식이 사라졌다. 아마도.

나는 레슬리와 함께 허슬 가족이 기다린다는 응접실로 향했다. 어떻게 알았는지 션이 응접실 앞에서 서 있다가 나를 보고 다가왔다.

"같이 들어갈까."

"들어가고 싶으면."

그가 같이 들어가고 싶다면 말리진 않겠다. 나한테 필요한 건 나 대신 기록해 줄 하인이거든.

나는 레슬리를 쳐다보며 물었다.

"글을 쓸 줄 아는 사람이 있을까요?"

"글이요? 문학적 소양을 말씀하시는 거라면……."

"아뇨, 말 그대로예요. 받아쓰기를 아주 빠르게 할 수 있는 사람이면 돼요."

잠시 생각하던 레슬리가 대답했다.

"속도는 모르겠지만 우선 제가 있고요. 그레이스. 루시도 철자가 조금 틀리긴 하지만 쓸 줄은 알아요. 그리고 엘리스도 최근에 배우고 있고요."

엘리스가 배우고 있어? 내가 깜짝 놀란 표정을 짓자 레슬리가 쑥

스러운 표정으로 말했다.

"그레이스와 제가 가르쳐 주고 있어요. 배우고 싶다고 해서요."

"마크는요?"

"남자애들은 그런 쪽으로는 그다지 관심이 없죠."

"남자 하인 중에는 그럼 글을 쓸 줄 아는 사람이 없는 건가요?"

"오, 아니에요. 제 기억에 아마……."

두 명 정도 있다고 한다. 그중 철자를 전부 쓸 수 있는 건 하나뿐이라고.

나는 한숨을 내쉬고 루시와 그레이스를 불러 달라고 부탁했다. 마음 같아서는 레슬리가 들어왔으면 좋겠지만 저택을 총괄하는 사람이 둘이나 한곳에 묶여 있을 수는 없다.

"어서 와요."

나는 그레이스와 루시를 데리고 응접실 문을 열며 인사했다. 열 명 정도가 들어갈 크기의 응접실에 허슬 가족은 이상하게 떨어져 앉아 있었다.

드니스는 래리와 함께, 데이브와 메간은 각각 떨어져서.

이 가족의 분위기가 어떤지 알겠다. 나는 네 사람을 한 번씩 쳐다본 뒤 메간을 향해 미소를 지었다. 그리고 내 자리에 앉으며 물었다.

"다들 자기 의지로 오신 거죠?"

그때, 래리가 뚱하니 대답했다.

"엄마가 오래서 온 건데요."

순간 방 안의 분위기가 얼어붙었다. 내 뒤에 앉은 그레이스와 루시의 표정을 돌아보지 않아도 알 것 같았다.

너 몇 살이야? 나는 래리에게 그렇게 묻고 싶은 것을 참고 드니스에게 물었다.

“저런, 래리는 억지로 끌려왔나 봐요. 드니스의 힘이 생각보다 세군요?”

메간의 얼굴이 달아올랐다. 다행히 이 집에 내 빈정거림을 이해하는 사람이 있긴 하군. 나는 내가 한 말을 이해하지 못하는 다른 사람들을 쳐다보고 한숨을 내쉬었다.

그리고 드니스에게 말했다.

“강압적으로 끌려온 사람이 있다면 가도 좋아요. 난 기회를 주는 거지 자선 사업을 하는 게 아니니까.”

“아니, 아니에요, 영주님.”

내 말에 드니스가 제일 먼저 소리쳤다. 그리고 래리를 돌아보며 말했다.

“왜 그래? 너도 오겠다고 했잖아? 이런 기회가 생겨서 다행이라며.”

“아, 그건 엄마가…….”

가지가지 한다, 진짜. 나는 래리와 드니스를 무시하고 데이브에게 고개를 돌렸다. 그리고 한숨을 내쉬며 말했다.

“말해 봐요.”

“뭐? 아니, 네?”

“왜 그런 짓을 했는지, 무슨 생각이었는지 말해 보라고요. 변명할 기회를 주는 거잖아요.”

데이브의 눈이 데굴 굴렀다. 확실히 수도에서 봤을 때보다 훨씬 늙었다. 내가 수도를 떠난 건 고작해야 반년 전이다. 그런데 데이브는 혼자 몇 년의 세월을 맞은 것처럼 보였다.

"아니, 나, 나는……."

자백하러 온 거 맞아?

나는 의심스럽다는 눈으로 드니스를 쳐다봤다. 그러자 그녀가 데이브에게 애원하듯 말했다.

"당신이 이야기한다며. 영주님한테 피해를 주려고 그런 건 아니라고."

"그, 그래. 피해를 주려고 한 건 아니야."

"크흠."

그때, 그레이스가 헛기침을 했다. 응? 내가 그녀를 돌아보자 그레이스는 데이브를 노려보고 있었다.

아하, 그러니까 데이브에게 주의를 준 모양이다. 하지만 그는 그레이스의 주의를 알아듣지 못했고 계속해서 헛소리를 이어갔다.

"아니, 내가 없는 이야기를 한 것도 아니고. 난 그냥 수도에서 만난 게 반가워서, 어? 자랑한 것뿐이라고."

"내가 자살했다는 이야기를 아주 자세하게 말이지."

데이브가 흠칫했다. 나는 다리를 꼰 채 그의 얼굴을 재미있게 쳐다보기 시작했다.

진짜로 재미있었다. 사람이 이렇게 아둔할 수도 있구나. 내가 들은 게 있고 본 게 있는데 내 앞에서 그런 얄팍한 거짓말로 넘어갈 수 있다고 생각한 게 우스웠다.

"데이브 허슬."

나는 다리를 풀며 천천히 그의 이름을 불렀다. 그래도 나는 그를 걱정했었다. 헬름으로 오기 전에 그가 보이지 않아서.

션이 건물을 모두 무너트리고 다시 짓는 동안 그가 머물 곳이 없을까 봐.

하지만 데이브 허슬은 최소 헥터가 날 죽이려 한 걸 방조했거나 최대 공범이었던 거다. 그런데 그는 내가 그걸 모를 거라고 생각하는 모양이었다.

"난 지금 기회를 주는 거야. 네 목숨과 네 가족들의 생계를 구할 수 있는 기회."

두 번은 없다. 나는 물끄러미 데이브를 쳐다보기 시작했다. 우습게도 그는 내 시선을 받지 못하고 슬쩍 시선을 돌렸다.

"할 말이 그것뿐이라면 돌아가."

나는 자리에서 일어나며 말했다. 그러자 데이브보다 드니스가 안절부절못하기 시작했다. 그녀는 데이브를 쳐다보다가 내게 몸을 기울이며 물었다.

"여, 영주님, 남편을 데려왔으니까, 저기, 대장간은……."

대장간이라는 말에 메간이 눈을 동그랗게 떴다. 오히려 래리는 별 관심이 없어 보였다. 나는 전혀 다른 반응을 보이는 두 사람을 힐끔 보고 냉정하게 말했다.

"자백 안 했잖아요?"

"하지, 하지만, 그럼 래리는요?"

그건 내 알 바가 아니지 않나? 나는 어이가 없어서 드니스를 쳐다봤다. 하지만 시야 한 편에서 메간의 표정이 어두워지는 게 보였다.

아, 이런 건 별론데. 남의 가족사에는 엮이지 않는 게 좋다. 하지만 그렇게 생각하면서도 내 입은 반대로 움직이고 있었다.

"드니스, 당신 아들은 대장간에는 아무 관심이 없어 보이는데요?"

"그건, 그건 이 애가 원래 말수가 적어서 그래요."

말수가 적은 게 아니라 멍청한 거겠지. 션도 말수가 적지만 할 말은 다 한다. 나는 어깨를 으쓱하며 말했다.

"드니스, 허슬가를 유지하려고 하는 건 당신뿐인 것 같네요. 당신 남편과 아들은 별 관심 없고요."

드니스의 얼굴이 확 굳었다. 하지만 그게 남들이 보는 허슬가의 모습이다. 나는 자리에서 일어나 문 쪽으로 다가갔다. 그러자 그레이스가 재빨리 문을 열어 주었다.

"제대로 된 자백을 할 게 아니라면 가 줬으면 좋겠네요."

그제야 데이브가 어쩔 줄 몰라 하기 시작했다. 하지만 이미 늦었다. 나는 기회를 줬고 그가 그 기회를 걷어찼다. 문득 고개를 돌려보니 션이 무표정한 얼굴로 허슬 사람들을 쳐다보는 게 보였다.

그러다가 우리 시선이 부딪치자 션의 얼굴 위에 표정이 떠올랐다. 그는 씩 웃더니 고개를 절레절레 흔들었다.

"메간."

나는 데이브와 드니스, 래리가 문을 나간 뒤 천천히 다리를 끌며 응접실을 나가는 메간을 불렀다. 그리고 멈춰 선 그녀에게 앞서 나간 사람들의 귀에 들리지 않을 정도로 작은 목소리로 말했다.

"도움이 필요하면 찾아와요. 알았죠?"

나는 메간이 좋다. 아직 래리의 실력은 보지 않았지만 게으른 대장장이보다는 성실한 대장장이가 더 낫다고 생각한다.

게다가 메간의 실력은 내가 본 대장장이들 중에서 가장 훌륭했고.

"이제 어쩌려고?"

허슬가의 사람들이 떠나고 나자 션이 다가와서 물었다. 그러게나 말이다. 나는 허리에 손을 얹고 힘없이 웃었다.

"난 데이브 아저씨가 기회를 잡을 거라고 생각했어."

"그래?"

션은 아무 감정이 없는 표정으로 내 어깨를 가볍게 쓸어 주었다. 동정이나 비난이 아니라, 그냥 괜찮다는 태도였다. 그게 조금 안도가 됐다.

나는 내 어깨를 감싼 션의 손등에 뺨을 댔다가 떼며 입을 열었다.

"음. 이젠 어쩔 수 없지. 시간이 알아서 해 줄 거야."

"시간?"

"데이브가 그냥 나갔으니 오웬은 합리적인 의심이 들 거 아냐."

내 대답에 션의 눈이 가늘어졌다. 그는 믿을 수 없다는 표정으로 나를 쳐다보더니 곧 웃음을 터트렸다.

* * *

"이건 뭡니까?"

나 혼자 단체 산책이라고 부르는 웃긴 짓을 하는 와중에 유진이 말을 걸었다. 나는 왼쪽을 쳐다봤다가 유진이 약간 뒤쪽에 있다는 것을 깨닫고 몸을 돌렸다.

이게 바로 내가 이 산책을 단체 산책이라고 부르는 이유다. 구혼자들은 하루에 한 시간씩 나와 시간을 보내게 해 달라고 요청해 왔고 나는 각각 한 시간씩은 불가능하다고 대답했다.

대신 하루에 한 번 하는 산책에 따라다니는 건 상관없다고 했더니 매일매일 유진과 도미닉은 내가 산책만 시작하면 따라다니기 시작했다.

가끔은 션도 있었지만 그는 대부분 참가하지 않았다.

나라도 그럴 거다. 내게는 왼쪽과 오른쪽밖에 없고, 세 번째 사람은 내 뒤통수만 보면서 따라올 수밖에 없거든.

그리고 유진과 도미닉이 얼마나 질투가 심한지 션이 내 곁으로 다가오려고 하면 득달같이 달라붙어서 내 옆을 사수했다.

"뭐요? 아, 저 통이요?"

유진이 가리키는 건 저택 뒤에 세워 둔 나무통이었다. 사실은 항아리를 쓰고 싶었지만 여긴 항아리가 없어서 어쩔 수 없다.

생각해 보니 이상하네. 차를 마실 때 쓰는 찻잔은 도자기인데 왜 항아리는 없지? 나는 이 의문을 누구에게 물어봐야 할지 생각하며 대답했다.

"뭘 좀 하고 있어요."

"소스를 만드시는 건가요?"

다르다. 유진은 전에 내가 만든 된장을 떠올리고 묻는 모양이었지만 저건 소스와는 좀 다른 거다. 나는 뭐라고 대답해야 할지 고민하다가 어깨를 으쓱하며 말했다.

"다르죠. 저건 술이거든요."

"술이라고요?"

이번에는 유진뿐 아니라 도미닉도 놀랍다는 표정으로 물어왔다. 내 바람이다. 술이 되는 거.

사실은 나도 누룩부터 만든 건 처음이라 자신이 없다. 물론 누룩을 만드는 거부터 술을 빚는 것까지 할머니가 하는 걸 보긴 했다. 어떤 단계에서는 내가 도와드리기도 했지.

하지만 여기서도 그게 될지는 모르겠다. 이 세계는 내가 할머니와 살던 곳이 아니고 가장 흔한 술은 소주가 아니라 맥주니까.

"안 될 수도 있어요."

나는 그렇게 말하며 몸을 돌려 저택을 향해 걷기 시작했다. 운이 좋으면 막걸리가 될 테고, 좀 덜 좋다면 식초가 되겠지.

그리고 안 좋다면 그냥 상할 거다.

나도 자신이 없다. 막걸리는 된장보다 훨씬 더 주의가 필요한 작업이다. 누룩부터가 그렇다. 방법은 메주와 비슷하지만 누룩은 메주처럼 염장을 하지 않기 때문에 위생적으로 훨씬 더 조심해야 한다.

"술이라니, 마셔 볼 수 있습니까?"

허둥지둥 내 옆으로 다가온 유진이 꽤나 갈증 난다는 표정으로 물었다. 나는 그를 힐끔 쳐다보고 대답 대신 물었다.

"술을 좋아하시나 보죠?"

생각해 보면 헬름에서 구할 수 있는 술은 밀주뿐이다. 물론 저택에서는 많지 않지만 몇 가지 술이 있긴 하다. 포도주라거나 벌꿀주 같은 거.

하지만 영지 내의 밀주는 위생상의 문제로 금지했고 저택 안에서는 내가 술을 그리 좋아하지 않으니 먹을 일이 없다. 나는 수도에서 아이린 아주머니의 주점에서 용병들이 하루 종일 죽치고 앉아 있던 것을 떠올렸다.

"설마 알코올 중독은 아니겠죠?"

내가 잠시 다른 생각을 하는 사이, 도미닉이 재빨리 끼어들어서 유진에게 농담처럼 한 방을 날렸다. 적당히 좀 해라. 나는 얼굴이 새빨갛게 변하는 유진을 힐끔 보고 한숨을 내쉬었다.

이 남자들은 꼭 참새 같다. 어쩔 땐 나란히 앉아서 친하게 짹짹거리는데 가끔씩 서로를 부리로 쪼아댄다.

"아니, 아닙니다. 가끔 반주 삼아 즐길 뿐이죠."

막걸리가 완성되면 제일 먼저 용병들에게 맛보게 해 줘야겠는데? 나는 당황한 유진의 변명을 들으며 그렇게 생각했다. 부디 용병들이 밀주를 마시고 있지 않길 빈다.

"기회가 되면 로안 경께도 괜찮은 술을 선물해 드리죠. 괜찮은 술 선물 받기 어려우실 테니까요."

이어서 유진이 도미닉을 공격하기 시작했다. 생각해 보니 참새가 아니라 거위 같다. 수틀리면 꽉꽉거리면서 서로를 공격하는 게.

"산책 끝났어?"

싸우는 도미닉과 유진을 내버려 두고 집 안으로 들어오자 션이 나를 반겼다. 그는 셔츠 위에 스웨터를 받쳐 입고 한 손에는 두꺼운 책을 들고 있었는데 공작이라는 걸 몰랐다면 교수나 학자라고 생각할 만한 모습이었다.

“산책이라는 이름의 싸움이지.”

나는 투덜거리며 코트를 벗었다. 그러자 션이 빙그레 웃으며 내 코트를 받아 들었다.

“또 싸워?”

“거위 알아?”

“맛있지.”

거위 고기가 맛있나? 나는 션을 힐끔 쳐다보고 한숨을 내쉬며 말했다.

“거위 같아. 수틀리면 퍼덕거리면서 시끄러운 소리를 내는 게.”

내 표현이 재미있었나 보다. 션은 나직하게 웃음을 내뱉었다. 그래도 그가 웃는 걸 보니 기분이 좀 풀렸다. 션의 웃음소리가 내 기분을 좋게 만들었다.

“남작님.”

그때 레슬리가 내게 다가왔다. 그녀는 자연스럽게 션에게 내 코트를 받아 들더니 조심스럽게 물었다.

“지금 시간 괜찮으세요?”

무슨 일이지? 그렇게 생각하는 순간, 멀리서 수잔이 내게 빠르게 다가와서 말했다.

“에버딘, 이야기 좀 해.”

“급한 거야?”

먼저 온건 레슬리니까 레슬리에게 우선권이 있다. 내가 자신을 힐끔 쳐다보자 레슬리는 한걸음 물러나며 말했다.

"이야기하세요. 전 옷을 정리하고 올게요."

그렇다면. 나는 레슬리에게 고맙다고 말하고 수잔에게 돌아섰다. 대체 무슨 일인 걸까.

수잔은 꽤 심각한 표정을 짓고 있었다. 무슨 일이라도 있는 건 아니겠지. 거리의 공사가 끝나서 네 사람은 며칠 안에 돌아가기로 되어 있다.

나는 네 사람에게 원한다면 헬름에 남아도 괜찮다고 말했다. 사실, 남아 있어 주면 나는 좋다. 아이린 아주머니와 크리스틴, 도리스, 수잔 모두 숙련된 사람들이고 이 저택에서 고작 숙식을 해결해 주는 것만으로도 자신의 능력을 나를 위해 써 주고 있었으니까.

물론 남는다면 정식으로 고용할 생각이었다. 하지만 누군가의 밑에서 안정적으로 일하는 것보다 자기 가게에서 모든 권한을 가지고 싶어 할 수도 있다.

그래서 나는 네 사람이 남을 거라는 기대는 거의 하지 않고 있었다.

"저기, 네 구혼자 말이야."

수잔은 조심스럽게 입을 열었다. 구혼자라고? 내가 반사적으로 션을 향해 고개를 돌리자 수잔은 서둘러 덧붙였다.

"아니, 공작님 말고. 그러니까 저기, 알란 씨 말이야."

"유진 알란?"

알란 상회의 도련님을 말하는 모양이다. 나중에 션과 레슬리에게 물어보고 나서야 알았는데 알란 상회는 상당한 곳이었다.

예전엔 웨스트햄튼과 크게 거래하기도 했다고 한다. 수도에서도 상당히 많은 큰 식당에 식료품을 납품하기도 하고.

즉, 영향력이 있고 부자라는 거다.

"너한테 구혼하러 온 거 맞지?"

이건 또 무슨 소리야. 내게 바짝 다가온 수잔이 작게 묻는 소리에 나는 얼떨떨한 표정을 지었다. 유진이 나한테 구혼하는 것처럼 보이지 않나?

나는 멍하니 수잔을 쳐다보다가 물었다.

"왜? 무슨 소문이라도 들었어?"

수잔은 소문에 있어서는 내가 아는 사람 중에서 가장 훌륭한 재능을 가지고 있다. 많은 이들과 쉽게 친해지고 누구보다 빠르고 누구보다 많은 소문을 수집해 온다.

어쩌면 헬름에 앉아서도 수도의 소문을 수집할 수 있을지도 모른다는 생각이 들었다. 수도에서 유진 알란에 대한 소문이라도 퍼지고 있는 게 아닐까.

"그건 아니고."

잠깐 머뭇거리던 수잔이 주변을 둘러보더니 나를 일 층 서재로 끌고 갔다. 그리고 문을 닫은 뒤, 품을 뒤지기 시작했다.

"여기에 션이 있어도 되는 거야?"

어찌나 깊숙이 넣어 놨던지 치마 주머니를 파헤치다시피 뭔가를 찾는 수잔의 모습에 내가 조심스럽게 물었다. 나랑 단둘이 이야기하고 싶다면 션에게 자리를 피해 달라고 할 생각이었다.

하지만 수잔은 괜찮다는 듯 고개를 저으며 말했다.

"공작님이 도움이 될 수도 있잖아."

대체 뭐가 도움이 된다는 건지 모르겠네. 그렇게 생각하며 션과 눈을 마주치는데 수잔이 드디어 주머니 안에서 또 다른 작은 주머니를 꺼냈다. 그러더니 작은 주머니를 열어 그 안에서 또 작은 천에 감싼 것을 꺼냈다.

꽁꽁 잘도 숨겼네. 슬슬 나는 저게 옥쇄라고 해도 놀라지 않을 준비를 하고 있었다. 하지만 천을 풀어 헤치자 나온 건 반지였다.

"반지?"

그냥 테만 있는 반지가 아니라 무려 보석이 박힌 반지였다. 그리 크진 않았지만 보석처럼 보였다. 내가 산 거냐고 묻기도 전에 수잔이 션에게 물었다.

"지, 진짠가요?"

보석이 진짜일지 무서워서가 아니라 션이 무서워서 떠는 표정이었다. 그럼에도 그에게 물어볼 정도로 궁금했던 모양이다.

나는 가만히 서서 나를 쳐다보는 션에게 고개를 끄덕였다. 그러자 그가 인상을 쓰고 허리를 숙이더니 수잔이 들고 있는 보석을 들여다봤다.

힉 하고 수잔의 입에서 작은 신음이 흘러나왔다. 그녀는 자신을 향해 허리를 숙인 션을 위협적으로 느꼈는지 몸을 뒤로 뺐다가 재빨리 허리를 꼿꼿하게 세웠다.

그리고 굳은 표정으로 반지를 들고 서 있기 시작했다.

"진짜군."

그리 긴 시간이 아니었지만 수잔에게는 어마어마하게 긴 시간으로 느껴졌던 모양이다. 진짜라는 말에 수잔의 입에서 한숨과 같은 신음이 흘러나왔다.

탁하고 맥이 빠진 듯한 그녀는 다시 션을 보고 자세를 바로 세우더니 조심스럽게 물었다.

"가, 값어치는요? 비쌀까요?"

그러자 똑바로 선 션의 눈동자가 나를 향했다가 다시 수잔에게 돌아갔다. 뭘 고민하는 거지? 어리둥절해 하던 나는 그가 누구 기준으로 말해야 하는지 고민한다는 것을 깨달았다.

"얼마쯤 할까?"

진짜로 누구 기준으로 비싼지를 고민하고 있던 모양이다. 션은 내 질문에 곧바로 대답을 내놓았고 생각보다 그리 비싸지는 않았다.

이 저택의 모든 사람들의 일주일 식료품비 정도였다.

"세, 세상에."

하지만 수잔에게는 엄청난 금액이었던 모양이다. 하긴. 이 저택의 모든 사람은 스무 명 정도 된다. 스무 명의 일주일 식료품비면 예전의 나라면 엄청나다고 생각했을 거다.

하지만 지금은 얼마 안 된다고 생각하는 이유는 내가 굴리는 돈의 크기가 달라졌기 때문이겠지. 딱히 내가 부자라서가 아니라 영주라서 그렇다.

새삼스럽게 내가 생각보다 많이 변했다는 생각이 들었다. 그때 수잔이 나를 돌아보더니 어쩔 줄 몰라 하며 말했다.

"이거, 알란 씨가 준 거야."

알란이 뭘 줘? 내가 그렇게 생각한 순간 선이 가슴 앞으로 팔짱을 끼더니 못마땅한 표정을 지었다. 그리고 수잔에게 불쑥 말했다.

"유진 알란이 줬다고?"

무섭다. 션을 무서워하지 않는 나도 지금 그의 모습은 좀 무서웠다. 진짜로 화가 난 것처럼 보인다.

덕분에 수잔은 완전히 얼어붙어 버렸다. 나는 두 사람의 사이에 끼어든 다음 수잔에게 물었다.

"알란 씨가 선물한 거야?"

"그, 그게…… 응."

내가 수잔을 션에게서 떨어트려 놓자 그녀가 간신히 대답했다. 선물했다고? 왜? 내가 눈을 동그랗게 뜨자 수잔은 우물쭈물 이야기를 시작했다.

"그냥 오다가다 만나면 이야기했거든. 그 사람도 심심해 보였고, 나도 그 사람이 해 준 이야기가 재미있기도 했고."

유진은 수잔에게 자신 얘기가 아닌 이런저런 가십을 이야기해 주었고 수잔은 그걸 재미있게 들었다고. 그러던 것이 어느 순간부터 썸 타는 것처럼 되기 시작하더란다.

"담장 너머라고 식당이 있어. 거기 사장이 다른 식당이랑 싸운 이야기를 하는데, 갑자기 그러는 거야. 자기가 그 식당에 예약 없이 들어갈 수 있으니까 같이 가자고."

거기서 수잔은 정신이 번쩍 들었던 모양이다. 썸 타는 건 재미있지만 상대가 친구에게 구혼을 하러 온 남자가 되면 재미있는 게 아니라 불쾌해진다. 게다가 아무리 내가 유진에게 관심이 없다고 해도 수잔은 찝찝했다고 한다.

"누군가에게 구혼하러 와 놓고 다른 사람한테 찝쩍거리는 건 정상적인 인간이 아니지."

이제 수잔은 안정되어 보였다. 대신 유진을 향해 화를 내기 시작했다.

"그런데 오늘 아침에 이걸 주고 갔어. 기가 막혀서 진짜. 날 뭐로 보는 거야?"

나는 화를 내는 수잔 앞에서 어떻게 해야 할지 몰라 션을 쳐다봤다. 그는 완전히 남 일이라는 듯 가슴 앞으로 팔짱을 낀 채 벽에 삐딱하게 기대어 서 있었다.

어떻게 해야 할까. 나는 허리에 손을 얹으며 한숨을 내쉬었다.

마음 같아서야 유진을 쫓아내고 싶다. 하지만 이걸로 쫓아낼 수 있을까. 나는 수잔을 진정시키려 하며 물었다.

"내가 어떻게 했으면 좋겠어?"

그러자 수잔의 태도가 금세 가라앉았다. 그녀는 한숨을 내쉬며 말했다.

"어떻게 해 달라는 게 아냐. 그냥 말해야 할 것 같아서."

하기야 수잔이 어떻게 하라고 요구하기도 어려운 상황이긴 하다. 나는 알아서 하라는 말로 이해하고 물었다.

"일이 커지는 건 싫은 거지?"

"나는 그래. 하지만 내 의견뿐 아니라 네 의견도 중요하니까."

수잔은 내 기분을 걱정하고 있었다. 나는 눈을 동그랗게 떴다가 피식 웃었다.

놀랍게도 나는 아무 느낌도 없었다. 도미닉이나 유진에게 별다른 감정이 없어서 그런 모양이다. 내 머릿속은 어떻게 하면 두 남자를 원만하게 내 영지 밖으로 내쫓을지를 생각하고 있었다.

"알았어. 알려 줘서 고마워."

나는 그렇게 말하고 수잔을 서재 밖으로 내보냈다. 그리고 그녀의 뒤를 따라 서재를 빠져나가는 션의 손을 잡아 막았다.

"뭐 필요한 거 있어?"

천연덕스럽기도 하다. 그는 내가 왜 자신을 잡았는지 모르겠다는 표정을 짓고 있었다. 하지만 지난번에 프랭크의 코가 아무 이유 없이 부러지지 않았다고 생각하는 만큼 이번에도 션이 움직이는 게 마뜩잖다.

"설마 알란한테 가려는 건 아니겠지."

"내가?"

션은 왜 그렇게 생각했냐는 표정을 짓고 있었다. 어휴. 나는 한숨을 내쉬며 말했다.

"내 집에서 피는 안 봤으면 좋겠어."

그 말에 션이 억울하다는 표정을 지었다. 정말로 아무것도 모른다는 태도에 프랭크의 코가 부러진 게 진짜 그의 말대로였던가 하는 생각이 들었다.

그렇다면 그거와 별개로 션이 움직이지 않았으면 좋겠다. 나는 팔을 뻗어 그의 목을 끌어안았다. 그리고 몸을 기대며 물었다.

"피는 안 돼."

션은 한숨을 내쉬더니 내 허리를 끌어안았다. 그리고 내게 고개를 숙이며 물었다.

"자기방어는 제외인 거지?"

대체 어느 멍청한 놈이 그에게 덤빌지 매우 궁금하지만, 그래. 자기방어는 빼 줘야지.

내가 고개를 끄덕이자 션은 피식 웃었다.

"남작님."

션이 서재를 나가자마자 레슬리가 문을 두드리며 들어와도 되냐고 물었다. 나는 재빨리 입술을 문지르고 책상 앞에 앉았다.

"들어와요."

"말씀드릴 게 몇 가지 있어서요."

업무를 보고하려는 모양이다. 레슬리는 늘 들고 다니는 노트를 몇 장 넘기더니 말을 이었다.

"법원 쪽에 저택의 공사가 끝났다는 확인증을 보냈습니다. 그리고 며칠 안에 사람이 온다고 했고요."

알았다. 나는 고개를 끄덕였다.

누군가 내 저택이 폭발로 무너졌기 때문에 아이들을 돌볼 환경이 되지 않는다는 투서를 보냈다고 한다. 구빈 법원 쪽 사람들은 그걸로 저택을 확인해야 한다며 아이들을 보내지 않았고.

그래서 레슬리는 헬름에 돌아오자마자 공사가 끝났다는 확인증을 작성했다. 어떤 피해였고 어떻게 수리했는지를 작성했다.

그것 외에도 이 저택이 아이들을 돌볼 수 있는 환경이 되는지 사람이 와서 확인한다고 했다. 보통은 나같이 영주가 자신의 영지에서 고아들을 돌본다고 하면 이렇게까지 빡빡하게 확인하지 않는다고 한다.

하지만 이 저택은 아이들을 돌볼 환경이 아니라는 투서가 들어간 만큼 확인이 필요한 모양이다.

“어반 백작가에 항의서를 보냈고요.”

그건 내가 썼다. 션의 도움을 받아서. 레슬리는 내가 고개를 끄덕이자 다음 안건을 이야기했다.

“노선 마차는 내일 아침부터 시작할 예정입니다. 우선은 번화가를 중심으로 한 대만 시행할 거고요.”

아무래도 이용자가 얼마나 많을지 알 수 없기 때문에 가장 이용자가 많을 번화가를 중심으로 한 대만 시행하기로 했다.

“밀가루는 내일 도착할 겁니다. 도착하면 알려드릴까요?”

“그래요. 검수는 누가 하기로 했어요?”

“일차적으로 딕슨 씨가 합니다. 품질은 각 가게에서 나와서 검수하기로 했고요.”

일단은 그 정도면 될 것 같다. 나는 알겠다고 고개를 끄덕였다. 이제 끝인가? 그렇게 생각하는데 레슬리가 멈칫하더니 품에 손을 넣으며 말했다.

“그리고 이건 좀 조심스러운 이야기인데요.”

레슬리가 할 조심스러운 이야기가 있나? 나는 말없이 그녀가 꺼내는 것을 지켜보고 있었다. 하지만 레슬리가 작은 주머니를 꺼내자 저도 모르게 인상이 구겨졌다.

“설마, 그거 알란 씨가 준 거예요?”

"어, 어떻게 아세요?"

"레슬리도 받았어요?"

"아니, 제가 받은 건 아니에요."

레슬리는 재빨리 고개를 젓더니 반대쪽 주머니에서 같은 주머니를 또 하나 꺼냈다. 그리고 책상 위에 올려놓더니 말했다.

"알란 씨가 하녀 둘에게 각각 준 거라고 해요."

뭐라고?

나는 어이가 없어서 말을 잃고 책상 위의 작은 주머니를 노려보고 있었다. 이거, 내가 아는 그거 맞나?

손을 뻗어 주머니를 열자 안에는 작은 천에 감싼 게 나왔다. 그리고 천을 풀자…….

"오."

돌아 버리겠네.

같은 반지였다. 수잔이 받은 것과 똑같았다.

나는 다른 주머니도 열어 거기도 똑같은 반지가 있는 것을 확인했다. 이 자식, 대체 뭐 하는 자식이야? 왜 여자들한테 같은 반지를 주고 다녀?

"유진 알란한테 받은 거라고요?"

"네."

"레슬리가 받은 건 아니고요?"

"하녀 둘이 각각 받았어요. 저한테 따로 와서 이야기했고요."

그러니까 하녀들은 아직 유진이 자기 외에 다른 여자에게도 반지를 준 건 모른다는 말이다. 나는 한숨을 내쉬고 머리를 감쌌다.

이걸로 유진을 쫓아낼 수는 있다. 하지만 이걸로 내가 좋아하는 사람들이 상처받는 건 싫었다.

그렇다고 그 망할 자식을 조용히 내보내는 건 도저히 못 하겠다. 나는 고개를 들어 레슬리에게 물었다.

"누가 받은 건지 말해 줄 수 있어요?"

"남작님께서 알고 싶으시다면 당연히 말씀드려야죠."

하지만 그러지 않은 건 아마 내가 화를 낼까 봐 그런 걸 거다. 어쨌든 유진은 내게 구혼을 하러 왔고 자칫 잘못하면 하녀들이 주인에게 구혼하러 온 남자를 유혹하려 했다고 오해를 받을 수도 있다.

나는 똑같은 반지 두 개를 물끄러미 보다가 물었다.

"이거 동시에 받은 거 아니죠? 가장 먼저 받은 게 언제였어요?"

"수도에 다녀오자마자요. 긴히 할 말이 있다면서 제 방에 찾아왔더라고요. 그래서 반지를 받아 놨습니다."

그리고 이걸 나한테 어떻게 전해야 할지 고민하는데 두 번째 하녀가 레슬리를 찾아왔다고 한다. 그걸로 레슬리는 내게 말해도 되겠다는 생각이 들었고.

그 판단이 옳았다. 한 명만 받았다면 오해받기 쉬웠을 거다. 하지만 같은 반지를 세 명이나 받은 지금은 누가 문제인지 명확했다.

"사실은 반지를 받은 사람이 또 있어요."

나는 손으로 얼굴을 문지르며 말했다. 일이 쉬워지긴 했다. 하지만 나는 이 일로 세 사람의 자존심이 상할 거라는 것을 알았다. 그걸 레슬리도 알았고.

레슬리는 얼굴을 굳힌 채 서 있었다. 나는 한숨을 내쉬며 물었다.

"피해자들에게 알려 주는 게 나을까요? 아니면 모르게 처리하는 게 나을까요?"

나라면 알고 싶은 거다. 그래야 앞으로 이런 멍청한 짓거리에 속지 않도록 노력할 수 있으니까.

할머니가 그랬다. 누구나 실수는 한다고. 거기서 무엇을 배우느냐에 따라 어떤 사람이 되는지 결정되는 거라고.

"저라면……."

시선을 책상 위의 반지로 고정한 레슬리는 천천히 입을 열었다. 그녀는 망설이다가 말을 이었다.

"알고 싶을 거예요. 그래야 실수를 고칠 수 있을 테니까요."

레슬리의 생각도 나와 같았다. 나는 반지를 물끄러미 쳐다보다가 말했다.

"피해자들을 불러 줘요. 그리고 수잔도요."

세 번째 피해자가 수잔이라는 말에 레슬리의 얼굴에 잠깐 놀란 표정이 떠올랐다. 하지만 그녀는 금세 감정을 지우고 고개를 끄덕인 뒤 나갔다.

하지만 그녀는 금세 감정을 지우고 고개를 끄덕였다.

"아, 그리고요."

나는 서재 밖으로 나가려는 레슬리를 멈춰 세운 뒤 또 다른 부탁을 했다.

"하인들 중에 피해자가 또 있나 알아봐 줄래요?"

크리스틴과 도리스, 아이린 아주머니에게도 물어봐야겠다. 레슬리는 내 부탁에 바로 확인하겠다며 나갔다.

"이야기 좀 할까요."

그날 저녁, 나는 유진 알란에게 다가가 살짝 말을 걸었다. 그의 얼굴이 환해지는 게 보였다. 뭘 기대하는지 모르겠지만 그건 아니란다.

약간 떨어진 곳에서 도미닉과 션이 보였다. 그러고 보니 저 둘은 이야기하는 걸 못 봤다. 그래도 유진이나 프랭크는 션에게 말을 거는 시늉이라도 했는데.

"얼마든지요."

유진은 내가 이야기하자고 한 게 꽤나 신이 났는지 우쭐한 표정으로 도미닉과 션을 쳐다보더니 나를 따라왔다.

"단둘이 대화를 하는 건 처음이네요."

"그런가요?"

생각해 보면 도미닉과 유진은 둘 중 하나가 나와 단둘이 있겠다 싶으면 재빨리 끼어들곤 했다. 그건 션과 단둘이 있을 때도 마찬가지였지만 션과 단둘이 있을 땐 대화가 아니라 일을 해서 끼어들 일이 별로 없었나 보다.

뭐, 내 잘못은 아니지. 적당히 둘이 서로 양보했으면 나와 단둘이 이야기할 시간은 만들 수 있었을 거다. 치킨 게임을 했으니 이 모양인 거지.

"들어갈까요."

나는 안쪽의 응접실 문을 열며 말했다. 그러자 유진이 아차 하는 표정으로 문을 밀었다.

그리고 그대로 굳어 버렸다.

"들어가요."

나는 유진을 안으로 밀며 그렇게 말했다. 그리고 뒤를 돌아 나를 살피는 레슬리에게 신호를 보냈다.

응접실 안에는 세 명의 여자가 앉아 있었다. 수잔과 루시. 그리고 진.

루시와 진은 이 저택의 하녀다. 둘 다 이십 대 초반이고 마을에서 꽤 인기가 있다고 들었다.

"이, 이게 무슨……."

유진이 당황한 표정으로 나를 돌아보며 물었다. 뭐긴 뭐겠어, 이 멍청아. 나는 무표정한 얼굴로 내 자리에 앉으며 말했다.

"이야기 좀 하자고 했잖아요?"

루시와 진뿐만 아니라 수잔 역시 무표정한 얼굴로 유진을 쳐다보고 있었다. 때마침 레슬리가 우리를 위해 차를 가지고 들어왔다.

"아니, 저기……."

"필요한 게 있으면 부르세요."

유진이 뭔가 말하려 했지만 레슬리의 말에 막혀 사라졌다. 나는 레슬리가 나간 뒤 찻잔을 들어 올리며 물었다.

"할 말 없어요?"

꽤 많을 것 같은데. 유진은 나와 다른 사람들을 돌아보더니 눈알을 굴렸다. 뭐라고 말할지 고민하는 모양이다. 그리고 나를 향해 돌아서며 말했다.

"무슨 이야기를 하시는 건지 모르겠습니다."

진짜? 나는 찻잔을 입에 댄 채 눈만 들어 유진을 쳐다봤다. 그리고 차를 한 모금 마신 뒤 수잔과 루시, 진을 쳐다보며 말했다.

"여러분은 어때요? 할 말 없어요?"

"있어! 아니, 있어요!"

먼저 입을 연 건 수잔이었다. 그녀는 품에서 반지가 든 주머니를 꺼내더니 그걸 테이블에 탁 하고 소리 내어 내려놓았다. 그리고 유진을 향해 외쳤다.

"나한테 뭐라고 했어? 근사한 저녁을 먹자고? 꽃잎이 어쩌고저쩌고했잖아."

"그건……."

당황한 유진이 뭐라고 말하려는 순간 루시가 불쑥 입을 열었다.

"근사한 저녁을 먹자고 했어요?"

"그래!"

수잔의 대답에 이젠 루시도 유진을 노려보기 시작했다. 나는 모른 척 다시 차를 한 모금 마셨다. 그러면서 진을 쳐다보니 그녀 역시 유진을 노려보고 있었다.

"나한테도 그랬잖아요! 근사한 저녁을 먹자고!"

"아니, 그건……."

"나한테도 그랬지."

진까지 끼어들자 유진은 할 말을 잃은 것처럼 보였다. 나는 찻잔을 내려놓으며 물었다.

"그 근사한 저녁을 먹자는 곳이 대체 어디야?"

"담장 너머요."

"담장 너머라고 오리고기로 유명한 곳이 있어."

루시와 수잔의 대답이 동시에 흘러나왔다. 허어. 이쯤 되면 좀 소름이 돋는다. 근사한 저녁? 여러 여자에게 먹자고 할 수 있다. 로맨틱한 말? 여러 여자에게 말할 수 있다.

그런데 가자고 한 식당까지 똑같다고?

나는 역겹다는 표정으로 유진을 쳐다보기 시작했다. 너 좀 문제 있는 거 아니니? 하다못해 식당이라도 바꾸는 정성은 보였어야지.

"똑같은 식당에 똑같은 반지라."

나는 소파 등받이에 몸을 기대며 말했다. 유진은 뭔가를 말하려는 것처럼 입을 뻐끔거렸다. 하지만 자기를 노려보는 세 사람을 보고 어찌할 바를 모르더니 나를 쳐다보며 애원하듯 말했다.

"아니, 전 그냥 호의를 베푼 것뿐입니다. 그게 나쁜 건 아니잖습니까."

"뭐, 그게 나쁜 건 아니죠."

나는 그렇게 말하며 자세를 바로 했다. 유진의 표정도 밝아졌다. 하지만 그게 어느 상황이냐에 따라 다르다.

"알란 씨가 제게 구혼을 하러 온 게 아니라면 말이죠."

그제야 유진의 얼굴이 모래 씹은 표정으로 변했다. 정신 차려라. 네가 지금 여기서 할 수 있는 가장 좋은 행동은 사과란다.

하지만 그는 그럴 생각이 없어 보였다. 나는 다시 찻잔을 들어 올리며 말했다.

"제 사람들에게 사과하시고 조용히 떠나 주신다면 이번 일은 없었던 일로 하겠습니다."

그걸 수잔과 하녀들도 바랐다고 들었다. 어쨌든 주인에게 구혼하러 온 남자와 썸을 탔다는 게 그리 긍정적인 일은 아니니까.

아무리 유진이 꼬리를 쳤다고 해도 말이지.

내 제안에 유진의 얼굴이 일그러졌다. 그는 머뭇거리다가 물었다.

"제 부모님께는……."

"알려야죠."

네가 너네 집에 돌아가서 뭐라고 떠들 줄 알고? 내 대답에 다시 유진의 표정이 모래 씹은 표정이 됐다.

엄마 아빠가 그렇게 무서웠으면 예의 바르게 굴었어야지. 나는 차를 홀짝 마신 뒤 말했다.

"하세요, 사과."

"내가요? 지금?"

내가 너한테 엉덩이 춤을 추라고 했니, 부모님 욕을 하라고 했니. 사과하라는 말에 저렇게 질색하는 걸 보면 어떻게 자랐는지 대충 보인다.

나는 찻잔을 내려놓으며 말했다.

"사과 못 하겠어요?"

"불쌍해 보여서 좀 잘해 준 거 가지고 사과까지 해야 합니까?"

"후회하실 텐데요."

진짜로 후회할 텐데. 내가 피식 웃자 유진은 멈칫했다. 하지만 고집스럽게 말했다.

"남자가 돼서 여자들에게 호의 좀 보인 게 그렇게 큰일입니까? 혈기 왕성한 남자라면 그럴 수도 있죠."

뭘 잘했다고 뻔뻔해, 뻔뻔하길.

"그럼 지금 당장 나가 주셨으면 좋겠는데요."

나는 자리에서 일어나며 말했다. 두 번만 더 혈기 왕성했다면 아주 불륜도 하겠네. 내 경고에 유진의 얼굴이 분노로 붉어졌다.

그는 나를 따라 벌떡 일어나며 물었다.

"지금 절 쫓아내는 겁니까?"

"예의를 지키고 싶지 않다면 나가셔야죠."

"남작이야말로 후회할 텐데요."

"알란 상회에서 판매 거부라도 하게요?"

나는 우스운 마음에 저도 모르게 소리 내서 웃었다. 그러자 더욱 더 분노한 유진이 그대로 응접실 밖으로 나가 버렸다.

쾅! 세게 문 닫히는 소리에 레슬리가 달려왔다. 수잔은 걱정스러운 표정으로 물었다.

"괜찮을까?"

"뭐가?"

"알란 상회가 진짜로 판매 거부라도 하면 어떻게 하게?"

"상회가 거기밖에 없어? 다른 데랑 하면 되지?"

이 넓은 나라에 상회가 어디 알란 상회 하나뿐인가? 알란 상회의 사장이 제정신 박힌 인간이면 자기가 아들을 잘못 키웠다는 걸 알고 나한테 사과하겠지.

나는 어깨를 으쓱하고 괜찮냐고 확인하는 레슬리에게 말했다.

"사과 안 하고 갔어요. 알란 상회에 항의서 보내 주세요."

난 분명 기회를 줬다. 내 말에 레슬리가 한심하다는 표정을 짓더니 고개를 끄덕였다. 잠시 후 위층에서 쿵쾅쿵쾅거리는 발걸음 소리가 들리기 시작했다.

"아까 알란이 요란하게 올라가던데."

수잔과 하녀들이 나가자 이번에는 션이 다가왔다. 그는 걱정스러운 표정으로 나를 쳐다보고 있었다. 유진이 내게 해를 끼쳤을까 봐 걱정하는 모양이다.

"사과하라고 했는데 도망쳤어."

나는 별거 아니라는 표정으로 말했다. 션은 레슬리와 똑같이 한심하다는 표정을 짓더니 가슴 앞으로 팔짱을 끼며 말했다.

"사과하는 게 나았을 텐데."

"그러게. 상회 사장은 어때?"

"알란 씨? 괜찮은 사람이야. 결혼을 늦게 해서 저게 첫째이자 유일한 아들이라는 게 흠이지만."

그건 정말 흠이로군. 나는 그에게 항의서를 보내면 반응이 어떨지 물어보려고 입을 열었다.

하지만 그 순간 이 층에서부터 뭔가 요란한 것을 끌고 내려오는 소리가 나기 시작했다.

드륵, 쾅! 드륵, 쾅! 요란한 소리에 나뿐만 아니라 션도 한쪽 눈썹을 들어 올리더니 밖으로 나갔다.

"알란 씨, 이러시면……."

레슬리가 당황해서 유진을 만류하는 게 보였다. 하지만 유진은 레슬리를 밀치며 소리쳤다.

"저리 비켜! 네 주인이 꺼지래서 가는데 웬 참견이야!"

인성 끝내주네. 나는 유진 뒤에서 어쩔 줄 몰라하며 그를 따라다니는 그의 마부를 알아보고 눈을 가늘게 떴다.

그러니까 일부러 바닥에 흠을 만들려고 저러는 거다.

부잣집 도련님이라며 하는 짓은 하나같이 왜 저렇게 쫌생이인지 모르겠다. 나는 슬쩍 션에게 몸을 기울이며 물었다.

"저거 청구하면 처리해 줄까?"

"알란 씨가? 해 봐."

처리해 준다고 하면 이 김에 저택 바닥을 싹 갈아 버리게 그냥 냅둬야겠다. 나는 레슬리에게 말리지 말라고 눈짓을 보냈다.

어찌나 요란하게 소란을 피우는지 저택의 모든 사람들이 나와서 유진의 찌질한 짓을 구경하기 시작했다. 어이구, 더해라, 더해.

나는 한심해서 가슴 앞으로 팔짱을 끼고 유진을 구경했다. 조용히 사과하고 나가면 없던 일로 하겠다고 한 건 나나 수잔을 위해서 한 제안이 아니었다.

혼기 꽉 찬 부잣집 도련님이 구혼하러 와서 그 집 하녀들에게 찝쩍거리다가 쫓겨났다는 소문이 돌면 퍽이나 좋겠다. 나는 문을 열어 유진이 나가기 쉽도록 도와주었다.

그리고 어쩐지 기분 좋아 보이는 도미닉에게 다가가서 말했다.

"두 분이나 저렇게 시끄럽게 나갔으니 한동안은 조용하게 있어야 할 것 같아요."

나는 거기까지 말하고 어떻게 돌려서 가라고 말해야 할지 망설였다. 하지만 그것만으로도 도미닉은 내가 무슨 말을 할지 알아들었나 보다.

표정을 굳힌 그가 션을 쳐다보더니 말했다.

"함께 있기엔 웨스트 공작님이 더 시끄러울 텐데요."

앗, 이건 부인할 수 없다. 나는 뭐라고 말해야 할지 망설이다가 대답했다.

"그는 내게 구혼하는 게 아니거든요."

"그럼 뭘 하고 있는 거죠?"

"동업이죠."

도미닉은 내 말을 믿지 않는 것처럼 보였다. 하지만 동업하고 있다는 것도 맞는 말이다. 내가 최대한 뻔뻔한 표정을 짓자 도미닉은 한숨을 내쉬었다. 그러더니 의미심장하게 물었다.

"공작과의 결혼이 불가능하다는 건 아시죠?"

35

“남작님.”

한참 수도에서 온 구빈 법원 쪽 사람과 이야기하는데 레슬리가 들어오더니 내게 속삭였다.

“딕슨 씨가 찾아왔습니다.”

거의 끝나간다. 나는 직원을 향해 미소 지어 보이고 레슬리에게 속삭였다.

“급한 거예요?”

“길버트 딕슨 씨가 찾아왔어요.”

안 급한 거라면 멜라니가 왔을 것이다. 나는 여전히 웃는 얼굴로 직원과 이야기를 종료했다.

“그럼, 편안히 쉬다 가요. 난 일이 있어요.”

"아, 그럼요. 바쁘시겠죠. 일부러 시간을 내주셔서 정말 감사합니다."

직원은 내가 상대했다는 것만으로 이미 충분히 만족한 표정이었다. 이걸로 아이들을 데려오는 일이 더 이상 막히지 않았으면 좋겠는데.

나는 하녀에게 필요한 건 뭐든 말하라고 덧붙인 뒤 레슬리와 함께 응접실을 나왔다. 지난번에 이 저택이 아이들을 돌보기에 적합한지 확인하러 온다고 했던 그 직원이다.

직원 말로는 누군가 어셔 남작의 헬름 저택은 큰 폭발이 있었기 때문에 아이들이 머물기엔 합당하지 않다고 신고를 했단다. 아이들을 돌보기 위해선 아이들이 모두 들어갈 만한 식당과 제대로 된 식사를 준비해 줄 수 있는 주방이 필요하다고 한다.

그러니 신고를 한 사람은 그 규칙을 잘 알고 있는 사람일 거라는 거다.

"우드 부부일 것 같아요."

나는 레슬리와 함께 길버트가 기다리고 있는 응접실로 향하며 말했다. 그 정도로 잘 알고 내가 아이들을 데려오는 걸 방해할 사람이라면 우드 부부밖에 생각이 안 난다.

"알아볼까요?"

"어떻게요?"

"용병에게 의뢰를 하면 됩니다."

아, 그런 방법이 있었군. 나는 잠시 생각하다가 고개를 저었다. 우드 부부의 짓일 것 같지만 그렇다고 신고했다는 이유로 뭘 어떻게 할 수 있는 것도 아니지 않은가.

나는 길버트가 기다리고 있는 응접실 문을 열며 말했다.

"그냥 두세요. 좀 생각해 봐야겠어요."

"남작님."

"네?"

"문은 제가 열어야 합니다."

아차. 이건 매번 까먹는다. 레슬리나 하인들과 있을 때는 그 사람이 문을 열어야 한다. 누가 문을 여는 게 무슨 상관인가 싶지만 그게 예의라고 몇 번 혼이 났다.

나는 다음번에는 꼭 다른 사람에게 맡기겠다고 말하고 안으로 들어갔다. 그리고 기다리는 길버트에게 인사를 건넸다.

"오랜만이에요, 딕슨 씨. 절 찾으셨다고요."

"남작님."

길버트는 나를 보자마자 자리에서 벌떡 일어나서 인사했다. 그렇게까지 할 필요는 없는데. 하지만 나는 고개를 끄덕이고 그에게 자리를 권했다.

마을의 사람들이 늘어나고 헥터가 망치기 전과 비슷한 상태로 돌아가면서 언행을 조심해야겠다는 생각이 들었다. 나는 그냥 에버딘 어셔가 아니라 에버딘 어셔 남작이다.

길버트 딕슨은 나보다 훨씬 나이가 많지만 내 아랫사람이다. 나는 이제 아랫사람을 대하는 법에 익숙해져야 했다.

"어떻게 지냈어요? 멜라니는 잘 지내죠?"

평범하게 안부 인사를 나눈 뒤, 그레이스가 차를 내놓고 한쪽에 물러나자 길버트가 그녀에게 시선을 던졌다. 그레이스는 조금 떨어진 곳에 따로 둔 의자에 앉아서 노트를 펼치고 있었다.

"저 하녀는 뭘 하는 겁니까?"

"기록하고 있어요."

"무엇을요?"

"우리가 나눈 대화와 제가 어떤 행동을 했는지요."

길버트가 어리둥절한 표정을 지었다. 대체 뭐하러 그런 짓을 하느냐는 표정에 나는 빙그레 웃었다.

내가 살던 곳에서는 과거에 왕의 일거수일투족을 기록하는 사관이 있었다. 그게 내가 살던 때까지 남아 과거에 어떤 일이 일어났고 어떻게 행동했는지 연구할 수 있는 좋은 자료로 남아 있다고 들었다.

내가 어서 남작이 되어 헬름을 다스리기 시작하면서 가장 필요했던 건 바로 그거였다. 매년, 매달 영지에서 무슨 일이 일어났고 그 일을 영주와 영주관의 사람들이 어떻게 해결했는지 아무 기록이 없었기 때문이다.

간혹 아주 옛날 영주의 부인이 쓴 편지나 일기가 있기는 했지만 너무 오래돼서 크게 도움이 되지는 않았다.

그래서 내가 어떤 일을 하는지 적기로 했다. 그래야 나중에 나 같은 영주가 또 나타나도 도움을 받을 수 있을 테니까.

"굉장히 관대하고 좋은 생각인 것 같습니다."

내 설명에 길버트가 그렇게 말하며 감탄하는 표정으로 그레이스를 쳐다봤다. 그레이스는 쉴 새 없이 나와 길버트의 대화를 적고 있었다.

"그런데, 지금 우리의 대화도 기록될 텐데요. 괜찮습니까?"

이어진 길버트의 질문에 나는 그레이스를 쳐다봤다. 그녀 역시 괜찮겠냐는 표정을 짓고 있었다.

"불법이에요?"

내 질문에 그레이스는 물론 길버트도 당황했다. 그는 두 손을 흔들며 말했다.

"아니요, 그건 아닙니다. 아직은요."

아직은, 이라는 건 대체 무슨 소릴까. 나는 미간을 찡그리다가 고개를 끄덕이며 말했다.

"그럼 괜찮아요."

길버트는 그래도 걱정된다는 표정으로 그레이스를 쳐다봤다. 하지만 그렇다고 그레이스를 내보낼 생각은 없다. 그는 어쩔 수 없다는 표정으로 입을 열었다.

"대장장이 허슬 말입니다. 그러니까 데이브 허슬이요."

"네."

왜 그의 입에서 데이브의 이름이 나오는지 모르겠지만 나는 계속 이야기하라는 의미로 고개를 끄덕였다. 길버트는 목소리를 낮춰서 말을 이었다.

"누군가 노리고 있는 것 같습니다."

"누구요?"

내 질문에 길버트는 다시 당황했다. 어라? 나는 그가 왜 당황하는지 몰라 같이 당황하다가 곧 그가 말한 누군가가 나라는 것을 깨달았다.

"내가 허슬을 노린다고 생각했어요?"

"아, 아닙니까?"

"아닌데요."

날 뭐로 보고? 내가 어이없어하자 길버트의 얼굴이 붉어졌다. 잘못 집었다는 걸 창피해하는 건지, 날 의심한 걸 창피해하는 건지 모르겠다.

하지만 지금 길버트의 감정을 물어볼 때가 아니다. 나는 고개를 갸웃하며 물었다.

"무슨 일이 일어났는데요?"

"허슬이 두어 번 죽을 뻔했습니다."

한 번은 마차였다고 한다. 짐을 실은 마차가 술에 취해 비틀거리며 길을 건너는 데이브를 향해 빠르게 달려왔다고.

다행인지 불행인지 데이브는 마차를 보고 다리가 풀릴 정도로 취해 있었고 마차에 부딪히기 직전에 주저앉아서 아슬아슬하게 마차가 그의 앞으로 지나갔다고 한다.

"마차는 못 찾았겠네요?"

"네. 목격자도 마차의 색 정도밖에 기억을 못 하더군요."

"또 다른 건요?"

"지나가던 허슬의 머리 위로 의자가 떨어져 내렸습니다."

"이 층에서요?"

"그리고 빈 집이었죠."

허허. 이 정도면 확실하게 알겠다. 누군가 데이브를 죽이려 하고 있다. 그것도 사고로 위장해서.

나는 어이가 없어서 피식피식 웃으며 물었다.

"그게 나라고 생각했다는 거고요."

"죄, 죄송합니다."

"아니에요. 허슬이 한 짓을 생각하면 타당해요."

내가 길버트라 해도 날 의심했을 거다. 나는 잠시 생각하다가 말했다.

"허슬이 죽을 뻔한 게 최근 며칠 안에 일어난 거죠?"

"네, 맞습니다."

"난 최근 며칠 동안 마을에 내려간 적이 없어요. 그건 여기 사람들 모두가 증언해 줄 거예요."

나는 동의를 구하기 위해 그레이스를 쳐다봤다. 그녀는 곤란한 표정으로 나를 쳐다보고 있다가 작은 목소리로 물었다.

"죄송해요, 남작님. 증언을 어떻게 쓰나요?"

잠시 내가 그레이스에게 증언의 철자를 가르쳐 주느라 대화에 공백이 생겼다. 내가 다시 자리로 돌아오자 길버트가 진지한 표정으로 말했다.

"죄송합니다만, 남작님. 남작님을 의심하는 게 아닙니다. 하지만 남작님께서는 다른 사람의 손을 빌릴 수도 있지 않습니까."

"그건 오웬도 마찬가지죠."

내 반박에 길버트의 눈이 커졌다.

"어느 오웬을 말하시는 겁니까?"

"오웬이 많아요? 쉘리 오웬을 말하는 건데요."

"아, 그 오웬. 그녀가 왜 허슬을 죽이려 하죠?"

나와 허슬가 사이에 무슨 일이 있었는지 길버트는 몰랐던 모양이다. 나는 그에게 허슬 가족들이 저택에 왔다는 것을, 그리고 데이브의 배후에 쉘리가 있는 것 같다는 것을 이야기했다.

그러자 길버트의 표정이 심각해졌다.

"허슬이 자백하면 대장간은 손대지 않기로 하셨다고요? 그리고 그냥 보내 주셨고요?"

"오웬이 허슬을 의심할 것 같죠?"

길버트는 어이가 없다는 표정으로 고개를 끄덕였다. 그는 잠시 나를 쳐다보다가 물었다.

"그냥 보내면 오웬이 허슬을 노릴 걸 아셨습니까?"

"뭐, 반반이죠."

가능성은 반반이었다. 데이브가 쉘리의 지시를 받았을 가능성도 반. 데이브가 배신했다고 생각한 쉘리가 데이브를 죽이려 할 가능성도 반.

그게 전부 맞았을 뿐이다. 내 말에 길버트는 다시 심각한 표정으로 고개를 끄덕이며 물었다.

"그냥 두실 겁니까? 그러니까……."

거기까지 말한 그는 그레이스를 힐끔 쳐다보더니 목소리를 낮춰 말을 이었다.

"오웬이 허슬을 죽일 때까지요?"

"그럴 리가요."

그럴 생각은 없다. 나는 쉘리가 데이브를 죽이려 하면 그가 내게 쫓아올 줄 알았다. 하지만 죽을 뻔한 경험을 두 번이나 하고도 내게 오지 않는 걸 보니 죽음이 두렵지 않거나, 쉘리에게 충성하고 있거나, 쉘리가 생명 수당이라도 지불한 모양이다.

아니면 그게 쉘리의 짓이라는 걸 모를 정도로 멍청하거나.

"레슬리, 만 씨나 고든 씨를 불러 줄래요?"

나는 곧바로 레슬리를 불러 카렌이나 베르트를 이 자리로 불러와 달라고 부탁했다. 베르트도 지금 헬름에 있다. 그는 이번엔 훈련시킬 용병을 열 명이나 데려왔는데 저택에 더 이상 머물 곳이 없어서 그들은 전부 시내 여관에 묵고 있다.

그러니까 식당 이 층에.

"부르셨습니까?"

다행히 둘 다 저택에 있었나 보다. 보통은 둘 중 하나가 마을로 가서 용병들을 훈련시키는데.

나는 운이 좋았다고 생각하며 길버트에게 한 이야기를 둘에게 똑같이 전달했다. 그리고 누구에게랄 것도 없이 말했다.

"그래서, 용병을 한 명 고용하고 싶어."

"누가 허슬을 죽이려 하는지 찾으면 됩니까?"

"아니, 그럴 필요 없어."

용병에게 탐정 일까지 시킬 생각은 없다. 나는 무슨 일인가 하고 두 사람을 따라온 션을 보고 씩 웃었다.

"그냥 허슬을 감시해 주면 돼."

"그러다가 그를 죽이려는 사람을 발견하면 잡으면 되겠군요."

"그렇지."

"하지만 남작님."

카렌과 베르트와 대화하는데 길버트가 끼어들었다. 그는 망설이며 말했다.

"그러다가 허슬이 죽거나 다치기라도 하면요?"

그걸 왜 나한테 물어봐? 나는 어리둥절해서 길버트를 쳐다봤다. 그리고 카렌과 베르트를 쳐다보고 말했다.

"내가 허슬을 지켜야 하는 거야?"

"그 반대 아닙니까?"

카렌의 대답에 길버트가 끙하고 신음 소리를 냈다. 내가 오웬이 시키는 대로 하라고 한 것도 아니고 난 분명 기회를 줬다.

하지만 길버트가 허슬의 안위를 걱정한 건 좀 다른 이유였다. 그는 손을 들어 보이며 말했다.

"그게 아니라, 만약 허슬이 죽거나 말을 못 하게 되면 증언을 못 할 거 아닙니까."

"그러니까 허슬을 감시하라고 하는 거죠. 허슬을 누군가 해친다면, 그자를 잡아야 하니까요."

난 데이브의 생사는 별 관심 없다. 그가 날 죽이려 했는지 안 했는지는 그리 중요하지 않다.

뭐, 만약 정말 날 죽이는 데 동참했다면 중요하긴 하지.

하지만 지금 내게 중요한 건 데이브가 아니라 쉘리다. 그녀가 무슨 짓을 했건 지금 나는 살아 있고 영지가 가장 중요하니까.

나는 숨을 깊이 내쉬고 길버트에게 말했다.

"난 허슬을 잡고 싶은 게 아니에요. 그를 잡아 봤자 달라지는 건 없으니까요."

길버트는 그제야 내 목표가 쉘리 오웬이라는 것을 깨달은 모양이었다. 그는 나를 멍하니 쳐다보다가 고개를 숙였다. 그리고 두 손에 얼굴을 묻고 깊은숨을 내뱉었다.

왜 이러는 거지? 나는 어리둥절한 표정으로 주변을 둘러봤다. 하지만 길버트가 저러는 이유를 아는 사람은 아무도 없어 보였다.

"다행이네요."

그때, 길버트가 고개를 들며 말했다. 그의 안도한 표정 위에 약간 감격한 표정도 겹쳐져 있었다.

내가 쉘리를 잡겠다는 거에 이렇게 감격할 이유가 뭐가 있지? 그렇게 생각하는 순간, 딕슨 사람들이 쉘리에게 그리 감정이 좋지 않다는 게 떠올랐다.

"오웬은 헬름의 경제를 파탄 내는 데 일조했어요. 그냥 둘 수는 없죠."

"맞아요, 맞습니다."

이제 길버트는 내 말에 격하게 동조하고 있었다. 그는 진심으로 다행이라는 표정으로 자리에서 일어났다. 설마 그동안 내가 쉘리 오웬을 그대로 둘까 봐 걱정했나?

말도 안 된다는 생각이 들었지만 또 그렇게 말도 안 되는 걱정은 아니다. 쉘리 오웬은 상당한 돈을 벌었을 테고 그 돈을 받고 눈 감아 주는 사람은 분명 있을 테니까.

이건 단순한 가정이 아니다. 그녀는 이미 나를 찾아와서 돈은 자신이 벌 테니 나는 수도에 가서 여기 일을 모른 척하고 살라는 제안을 하지 않았던가.

새삼 생각하니 괘씸하네.

나는 떠나는 길버트를 배웅한 뒤 카렌과 베르트에게 데이브 허슬을 감시할 사람을 보내 달라고 부탁했다. 그리고 다시 서재로 들어갔다.

* * *

"로, 로안 경."

도미닉이 허바드 백작의 저택에 들어서자 그를 반긴 것은 캐서린의 또 다른 애인 크레이그 매닝 경이었다. 매닝 백작의 조카인 그는 도미닉보다 작위를 물려받을 가능성이 적었다.

"매닝 경, 캐서린과 내려가지 않았나 보지?"

도미닉은 크레이그에게 여유만만하게 인사를 건네며 지나쳤다. 캐서린은 사교 시즌이 지나면서 아이를 데리고 영지로 돌아가 있을 터였다.

그런데 크레이그가 여기, 수도의 허바드 저택에 있다는 건 캐서린이 그를 영지로 데려가지 않았다는 뜻이다.

그것 보라지. 도미닉은 가벼운 승리감을 느끼며 미소를 지었다.

캐서린 허바드 백작. 그녀는 많은 남자와 교제를 했지만 그중에서 장기적으로 만나는 남자는 도미닉뿐이었다. 최근에 캐서린과 만난 크레이그가 아무리 도미닉의 자리를 차지하려 해도 소용이 없었다.

크레이그가 허바드 백작의 영지에 가지 못하고 여기 남아 있다는 게 그 증거다. 캐서린의 영지에 있는 저택에는 도미닉의 방이 마련되어 있다.

하지만 크레이그는 아니라는 말이다.

에버딘 어셔 남작은 그를 거부했지만 그에게는 아직 허바드 백작이 있다. 여기서 좀 더 버티면서 혼기가 찬 여자가 또 있는지 알아봐야겠다.

도미닉은 그렇게 생각하며 계단을 향해 다가갔다.

"도미닉."

하지만 그가 계단에 다가가는 것과 동시에 이 층에서 캐서린이 모습을 드러냈다.

"캐서린. 그동안 잘 지내셨습니까?"

있을 줄은 몰랐는데. 도미닉은 당황을 감추며 인사를 건넸다. 사교 시즌이 지났으니 캐서린은 아이를 데리고 영지로 돌아가 있을 줄 알고 온 것이었다.

왜 아직 여기에 있는 거지? 그가 당황하며 크레이그를 돌아보자 그가 곤란한 표정으로 슬쩍 물러나는 게 보였다.

"친구는 잘 만나고 왔나?"

"네, 덕분에 아주 잘 만났습니다. 친구가 백작님의 안부를 묻더군요."

그래? 캐서린은 피식 웃었다. 그녀는 도미닉이 좋았다. 이 정도면 잘생겼고 몸에 밴 예의도 훌륭하다. 뭐, 외모는 마틴 웨스트가 제일이지만 그는 예의범절이 엉망이니 어쩔 수 없다.

그녀가 도미닉을 마음에 들어 하는 또 다른 이유는 그가 원하는 게 자신과 같다는 거였다. 결혼할 생각이 없는 것.

캐서린은 교제하는 모든 남자에게 초기에 확실하게 밝힌다. 그녀에게는 이미 후계자가 있고, 굳이 후계자를 만들기 위해서 남자와 결혼할 생각이 없다는 것을.

도미닉은 그걸 납득했다. 납득했다고 생각했다.

“어셔 남작이 내 안부를 묻더란 말이지?”

캐서린은 계단 가장 높은 곳에서 한 계단 내려오며 그렇게 물었다. 그녀는 알고 있다. 친구를 방문하러 간다던 도미닉이 어딜 갔는지. 왜 갔는지.

그대로 돌아오지 않았다면 도미닉이 생각을 바꾼 모양이라고 생각하려 했다. 그녀와 교제한 남자들은 다들 처음엔 결혼 생각이 없다고 한다.

결혼으로 져야 하는 의무 따위는 딱 질색이며 오히려 캐서린의 애인으로 사는 것에 만족한다고 말했다. 하지만 몇 개월, 몇 년이 지나면 다들 결혼을 조르는 것이다.

도미닉은 캐서린과 일 년 이상 만나면서 결혼을 조르지 않는 두 번째 사람이었다.

하지만 도미닉은 캐서린 몰래 다른 여자에게 구혼하려 했고 실패하자 시치미를 떼고 돌아왔다. 그게 캐서린을 실망시켰다.

“난 결혼하고 싶어 하는 걸 비난하지 않아.”

캐서린은 그녀가 알고 있다는 사실에 안색이 새파랗게 질린 도미닉을 보고 조용히 말했다. 사실이다. 그녀는 자신에게 결혼과 남편이 쓸모없다는 것을 알았지만 모든 사람에게 그렇다고 생각하지는 않았다.

특히나 도미닉이나 크레이그처럼 무능력하지만 외모는 쓸 만한 자들은 하루라도 젊을 때 능력 있는 사람을 만나 결혼하는 게 좋다. 그렇기 때문에 그녀도 자신과 교제하던 남자들이 결혼하고 싶다고 하면 그동안 즐거웠노라고 선물을 주고 보내 준다.

그게 그녀 나름의 예의였다.

하지만 도미닉은 그 예의를 저버렸다. 캐서린은 다시 한 계단 내려가며 말했다.

"네가 결혼하고 싶다고 했다면 난 축하하며 보내 줬을 거야. 그건 너도 알고 있겠지. 안 그래?"

도미닉이 캐서린 곁에 있는 동안 몇 명의 남자들이 캐서린을 떠나는 것을 봤다. 대부분 캐서린이 쫓아내는 거였지만 캐서린이 자신과 결혼하지 않는다는 것을 받아들이고 스스로 떠나는 자도 있었다.

다시 캐서린이 계단을 하나하나 천천히 내려왔다. 두 사람이 사이가 가까워질수록 도미닉은 뒤로 도망치고 싶은 감정을 억눌러야 했다.

"나가."

캐서린은 도미닉과의 사이에 계단을 몇 개 남겨 두고 그렇게 말했다. 감정이 느껴지지 않는 명령에 도미닉의 다리가 휘청했다.

그녀가 화를 냈다면 매달릴 생각이라도 했을 것이다. 하지만 캐서린의 얼굴에 떠오른 건 작은 경멸뿐이었다.

"지, 지금 말입니까?"

도미닉은 당황해서 물었다. 이렇게? 그의 방에 들어가 보지도 못하고?

복도 저편에 크레이그가 숨을 죽이고 지켜보는 게 보였다. 그의 라이벌 앞에서 이렇게 초라하게 쫓겨날 수는 없었다.

캐서린은 그가 몇 년이나 공을 들인 상대였다. 도미닉은 후들거리는 다리고 간신히 계단을 하나 올라가 캐서린에게 말했다.

"캐서린, 잠깐 이야기라도……."

"노리스!"

캐서린의 외침에 도미닉이 흠칫 놀랐다. 그녀의 부름을 받은 집사가 어느샌가 하인들과 함께 도미닉의 뒤에 다가와 있었다.

"넌 좀 다를 줄 알았는데."

다시 캐서린의 눈동자에 경멸이 어렸다. 결혼을 조르지도, 다른 여자에게 눈길을 주지도 않기에 좀 나을 줄 알았다. 하지만 그도 결국은 그저 그런 남자였던 거다.

실망감에 캐서린은 한숨을 내쉬고 몸을 돌렸다. 하인들에게 끌려나가는 도미닉이 애원했지만 관심도 없었다.

"캐서린."

그때, 크레이그가 캐서린에게 다가왔다. 그는 조심스럽게 그녀의 손을 잡고 미안한 표정으로 말했다.

"제가 괜히 알려드려서 캐서린의 기분을 상하게 했는지 모르겠네요."

"아니, 당연히 말해 줘야지."

크레이그는 도미닉이 어셔 남작에게 구혼하러 갔다는 것을 알려 준 것을 후회하고 있었다. 캐서린이 화를 낼 줄은 알았지만 아예 도미닉을 쫓아낼 줄은 몰랐다.

하지만 캐서린에게는 당연한 일이었다. 그녀는 아무도 붙잡지 않는다. 자신과 교제하면서 다른 여자에게 구혼한다는 건 그녀뿐 아니라 다른 여자에게도 무례한 짓이다.

그건 더 나아가서 다른 여자와 캐서린의 사이를 이간질하는 행위가 될 수 있다.

캐서린은 고작 남자 때문에 작위를 가진 사람과 척을 질 생각이 없었다. 도미닉을 좋아했지만 그는 그 정도로 가치가 있는 사람이 아니었다.

"크레이그, 당신도 결혼하고 싶다면 언제든지 떠나도 좋아."

누군가를 종속하고 누군가에게 종속되는 것. 캐서린에게 그 누군가는 그녀의 딸로 충분했다. 남자는 그녀의 인생에서 붙잡거나 붙잡힐 이유가 없는 존재였다.

그녀의 말에 크레이그는 잡은 캐서린의 손등에 입을 맞췄다. 그리고 조용히 말했다.

"그럴 리가요. 전 캐서린 곁에 있는 걸로 충분합니다. 당신을 사랑하니까요."

귀여운 소리를 한다. 캐서린은 주인을 바라보는 개처럼 자신을 바라보는 크레이그를 보고 피식 웃었다.

도미닉도 그녀를 그렇게 쳐다봤다. 캐서린은 다시 몸을 돌려 이층으로 올라가며 말했다.

"노리스에게 말해 둘 테니 도미닉의 방을 쓰고 싶다면 써도 좋아."

도미닉의 방은 이 저택에 있는 손님방 중 가장 좋은 방은 아니지만 캐서린의 침실과 가장 가깝다는 이점이 있었다. 그녀의 침실과 얼마나 가까운지로 캐서린의 애인들은 자신의 위치를 확인할 수 있었다.

"캐서린이 원한다면요."

크레이그의 말에 캐서린의 고개가 다시 그에게 돌아갔다. 깜찍하기도 하지. 그녀는 다시 피식 웃었다. 그리고 고개를 돌리며 말했다.

"싫으면 다른 사람에게 주지."

"아니, 아닙니다!"

깜짝 놀란 크레이그가 캐서린의 뒤를 따라붙었다. 하지만 그녀는 돌아보지 않았다. 그녀의 머릿속에는 이미 오늘 처리해야 할 서류로 가득 차 있었다.

* * *

"놀러 와."

나는 수잔을 끌어안으며 인사를 건넸다. 수잔과 크리스틴, 아이린 아주머니가 수도로 올라가는 날이다.

도리스도 올라가기로 했지만 그녀는 주기적으로 헬름과 수도를 오가기로 했다. 션은 내게도 원한다면 자신의 새로 지은 건물에 자리를 하나 내주겠다고 했기 때문이다.

수도의 신축 건물에 싸게 들어갈 수 있는 기회다. 게다가 마크나 엘리스가 원한다면 거기서 일을 하게 할 수도 있겠지. 어쩌면 몇 주 뒤에 오기로 한 고아원의 아이들도.

나는 션의 새 건물에 내 빵집을 차리기로 했고 수도 지점의 지점장으로 도리스를 임명했다. 지점장이라고 해도 그녀의 밑으로 직원이 한 명뿐인 작은 가게다.

하지만 도리스는 상당히 감격한 모양이었다. 나는 여전히 눈물을 글썽이는 도리스를 보고 씩 웃었다.

"그렇게 감격할 거 없어요. 엄청 힘들걸요?"

"하지만, 제가 직원을 둘 수 있을 줄은 몰랐어요."

예전에 직접 빵집을 했을 때도 도리스는 혼자서 일했다고 했다. 그러니 밑에 직원이 있다는 것만으로도 엄청 감격스러운 모양이다.

나는 도리스를 한 번 끌어안고 한 번 더 언제 돌아올지 날짜를 확인했다. 지금은 도리스가 내려오지만 이쪽 일이 좀 궤도에 오르면 나도 올라가서 확인할 생각이었다.

"다음에 꼭 놀러 와야 해. 알았지?"

친구들이 마차에 올라타자 나는 허리에 손을 얹으며 소리쳤다. 네 명이나 되는 사람들이 우르르 빠져나가니까 기분이 좀 이상했다.

그동안 서쪽 하늘 용병대가 몇 번이나 오갔지만 그때는 한 번도 느끼지 않았던 아쉬움이 가슴을 꽉 채웠다.

"여름에 올게."

크리스틴이 창문 밖으로 머리를 내밀고 말했다. 다들 그랬다. 여름에 휴가로 오겠다고. 그때 같이 호수로 놀러 가자고 그랬다.

나는 아쉬운 마음에 떠나는 마차를 한참이나 지켜보고 있었다. 진짜로 아쉬웠다. 가슴 한군데가 작게 구멍이 뚫린 느낌마저 들었다.

"영원히 헤어지는 게 아닌 거 알지?"

그때, 션이 내 뒤에서 걱정스럽게 물었다. 당연하지. 나는 그를 향해 돌아서서 톡 쏴붙였다.

"영원히 헤어지는 거면 여기에 그냥 서 있겠어?"

"에버딘."

나름대로 쏴붙인다고 쏴붙인 건데 그에게는 그렇게 보이지 않았나 보다. 션이 당황하더니 내게 다가왔다. 그리고 나를 끌어안으며 말했다.

"원한다면 언제든지 올라갈 수 있어."

"아, 알아."

코끝이 찡하게 아려왔다. 영원히 헤어지는 게 아닌 것도 알고 언제든지 만나러 갈 수 있는 것도 안다.

하지만 친구들이 떠나자 견딜 수 없이 외로워졌다. 내가 두려움 없이 아무것도 모르는 헬름에 올 수 있었던 건 모두 저 친구들 덕분이다.

내가 아무 기억도 없이 깨어나서 씩씩하게 살 수 있었던 것도 모두 저 친구들 덕분이다.

수잔과 크리스틴, 아이린 아주머니와 도리스는 어떻게 보면 친구보다는 자매에 가까웠다. 우리는 몰락해가는 거리에 남아 열심히 장사를 했고 함께 힘을 합쳐서 거리를 살렸다.

내가 헬름에 내려올 때도 나와 함께 와서 나를 도와줬다. 누가 이럴 수 있을까.

나는 션의 가슴에 얼굴을 묻고 훌쩍이기 시작했다. 가지 말라고 할걸. 마을에 가게를 내줄 테니 내 옆에서 계속 같이 살자고 할걸.

하지만 그러면 안 된다는 것을 안다. 영원히 함께 있는 사람은 없다. 아무리 친하고 아무리 좋아해도 언젠가는 헤어지기 마련이다.

할머니처럼.

"에버딘."

션은 내 등을 가만히 쓸며 나를 불렀다. 나를 위로해 줄 것처럼 입을 열었던 그가 다시 조용해졌다. 한참을 그렇게 있던 그는 불쑥 물었다.

"뭐 갖고 싶은 거 없어?"

"뭐?"

눈물이 쏙 들어갔다. 나는 전에도 한 번 겪었던 경험에 고개를 들어 그를 쳐다봤다. 농담하나 싶었는데 그는 진심으로 묻고 있었다.

"보석이나. 아니면 호수에 별장을 하나 지어 줄까?"

뭐라고? 나는 멍하니 션을 쳐다보다가 곧 그게 그 나름의 위로라는 것을 깨달았다. 전에도 이런 일이 있었지.

나는 어이가 없어서 그에게 떨어지며 말했다.

"진짜 위로 못 하는 거 알지?"

션은 안다는 표정을 지었다. 그러더니 다시 말했다.

"호수에 놀이 집을 짓고 싶어 했잖아."

션이 말하는 놀이 집은 일종의 별장이다. 돈이 많은 귀족들은 자기 영지에 있는 호수나 산 같은 데에 별장 같은 것을 지어 사용한다고 한다.

고작 하루나 이틀 정도 소풍 가기 위해 쓴다는 거다. 그런 사치를 한다니 믿을 수 없다고 생각했는데 션은 별거 아니라는 듯 내게 지어 주겠다고 하고 있었다.

"고작 날 위로하려고 집을 지어 주겠다고?"

말도 안 된다. 그의 동생들이 왜 하나같이 그 모양인지 알겠다. 하지만 션은 내가 왜 어이없어하는지 모르겠다는 표정으로 물었다.

"널 위로하는 게 왜 고작이야?"

그렇게 말할 줄은 몰랐다. 그는 얼떨떨한 나를 내려다보더니 씩 웃었다.

아, 진짜.

나는 저도 모르게 뒤로 물러났다. 갑자기 그렇게 웃는 건 진짜 반칙이다. 심장이 미친 듯이 뛰기 시작했다. 아니, 잠깐. 이거 혹시 병 같은 거 아닐까?

아무리 그래도 이쯤 하면 익숙해져야 하는 거 아니냐고.

"고작은 집에 붙어야지."

션은 내가 물러난 만큼 내게 다가오며 말했다. 그는 내 손을 잡더니 고개를 기울이며 나직하게 말했다.

"고작 집 한 채로 널 위로할 수 있다면 얼마든지 할 수 있어."

어휴. 나는 한숨을 내쉬고 션을 끌어안았다. 말만으로도 기쁘다. 정말로.

아, 물론 그는 말만이 아니라는 걸 안다. 지금 당장이라도 션은 내가 좋다고 말하면 바로 사람을 불러 호수 근처에 놀이 집을 짓게 하겠지. 그게 날 기쁘게 하면서 동시에 무섭게 만들었다.

"에버딘."

그때 션이 나를 한번 꽉 끌어안더니 놓으며 말했다. 응? 고개를 드는 것과 동시에 이쪽으로 다가오는 마차 소리가 들려왔다.

누군가 오고 있다. 나는 션에게서 떨어져서 몸을 돌렸다. 그러자 그리 멀지 않은 곳에서 존이 마차를 몰고 오는 게 보였다.

"남작님, 공작님."

존은 기분이 꽤 좋아 보였다. 그가 내 앞에서 이렇게 자신만만한 건 그리 자주 있는 일이 아니다. 나는 존이 몰고 온 마차로 시선을 던졌다.

저건 내 마차다. 그러니까 정확히 말하면 션이 내게 선물했던 마차 중 하나였다.

"잡았군."

그때 션이 불쑥 말했다. 뭘? 그를 돌아본 나는 션이 마차 쪽으로 시선을 고정하고 있는 것을 확인했다. 마차 안에 존이 잡아 온 뭔가가 있는 모양이었다.

다음 순간, 마차 안에서 바네사가 튀어나왔다. 그리고 두 손이 등 뒤로 묶인 익숙한 남자도.

"응?"

저 자식을 어디서 봤는데? 나는 어디선 본 듯한 얼굴에 고개를 갸웃했다. 왠지 모르게 보자마자 한 대 때려 주고 싶고 울화가 치미는 얼굴이었다.

"나와."

잡아 온 게 한 명이 아니었던 모양이다. 바네사는 남자를 존에게 넘기더니 다시 마차 안에서 또 다른 남자를 끄집어냈다. 이번 남자는 아는 자다.

"무슨 일이야?"

나는 바네사에게 끌려 나오는 데이브를 보고 존에게 물었다. 그리고 존이 붙잡고 있는 남자를 힐끔 쳐다봤다.

역시 한 대 걷어차고 싶다. 아니면 죽기 직전까지 패거나.

이상하다. 내가 이렇게까지 남을 미워한 적이 없는데. 이 남자랑 내가 아는 사이던가? 그렇게 생각한 순간, 남자가 누군지 생각났다.

"너, 너, 이 쓰레기!"

"악!"

다음 순간, 나는 저도 모르게 남자의 다리를 걷어차고 있었다. 퍽! 하는 소리와 함께 구두를 신은 내 발가락에 고통이 찾아왔다.

하지만 남자는 더 심했던 모양이다. 그는 신음도 내지 못하고 주저앉아 끙끙거리기 시작했다.

"뭐야?"

안 일어나? 한 대 더 걷어차려는데 션이 다가왔다. 그는 딱히 날 말리려는 기색 없이 궁금하다는 듯 물었다.

션은 그때 없었나? 나는 어떻게 이놈을 한 대 더 걷어찰 수 있을지 살피며 물었다.

"거스라고, 주점에 있던 놈이야. 그……."

뭐라고 해야 할지 모르겠다. 영지 밖의 여자들을 속여서 데려온 사기꾼이자 쓰레기. 그러지 않아도 이놈을 찾고 있었는데 대체 어디 숨었는지 통 보이지 않았었다.

"아."

션은 주점에 있던 놈이라는 설명만으로 무슨 소린지 알아들은 모양이었다. 그의 붉은 눈이 거스를 향했다. 그러자 고개를 들었던 거스가 흠칫 놀라 다시 고개를 숙였다.

"나라면 얼굴에 낙인을 찍어서 쫓아내겠어."

그의 말에 거스가 작게 힉 하고 신음을 내뱉었다. 그거 괜찮은 생각이다. 아예 낙인을 찍어서 마을에 걸어 놓고 싶다. 그래야 다시는 이런 자식 같은 놈이 안 나올 거 아닌가.

"저, 남작님."

그때 존이 내게 말을 걸었다. 뭐? 내가 휙 쳐다보자 존은 어깨를 움츠리더니 조심스럽게 말했다.

"제게 허슬을 감시하라고 하셨잖습니까?"

정확히 말하면 아무나 시간 비는 자에게 맡겨 달라고 베르트와 카렌에게 부탁했다. 서쪽 하늘 용병대의 실력은 그동안의 경험으로 믿을 만했고 데이브를 지키는 데 많은 돈을 쓰고 싶지 않았기 때문이다.

그게 자연스럽게 존이 된 모양이다. 거기에 바네사도 포함됐고.

나는 바네사를 쳐다보고 그녀가 못마땅한 표정으로 데이브를 끌고 다가오는 것을 확인했다. 잠깐.

"이 자식이야?"

내 질문에 존은 잠시 당황했다. 그는 션의 눈치를 보더니 조심스럽게 말했다.

"이 자가 허슬을 노리던 걸 잡았습니다."

"죽이려고 했다고?"

"아, 아니야!"

내가 묻는 것과 동시에 거스가 소리쳤다. 아니긴 뭘 아니야. 내가 그렇게 말하려는 순간 션이 내 손을 잡았다.

"응?"

나한테 할 말이라도 있나? 내가 션을 쳐다보는 순간 아래쪽에서 퍽! 하고 뭔가가 부딪치는 소리가 났다.

뭐야? 고개를 돌리자 거스가 몸을 말고 끙끙거리는 게 보였다. 그리고 션이 그에게 낮은 목소리로 말했다.

"예의 바르게 말해."

이건 또 뭐야? 나는 다시 고개를 돌려 션을 쳐다봤다. 그러자 그가 별거 아니라는 듯 말했다.

"피는 안 나왔어."

기가 막혀서 진짜. 션은 거스의 갈비뼈를 부러트려 놓고 눈썹 하나 까딱하지 않고 피는 안 나왔으니 된 거 아니냐고 주장했다.

이래서야 내가 벌을 주기 전에 죽겠다. 나는 조안이 거스의 상태를 확인하는 사이 따로 서재로 데려온 데이브에게 물었다.

"할 말 없어?"

데이브는 약간 겁에 질려 있었다. 존의 설명에 따르며 골목 안쪽에서 데이브를 칼로 찌르려던 거스를 존과 바네사가 잡았다고 했다. 그러니까 아무리 멍청한 데이브라고 해도 누군가 자신을 죽이려 한다는 것쯤은 안다는 말이다.

그러니 그 누군가에 대해 내게 말을 했으면 좋겠는데.

그렇게 생각하는데 데이브가 망설이다가 말했다.

"저기, 다 말을 하면 절 보호해 주실 겁니까?"

오, 협상까지? 나는 데이브가 나름대로 머리를 쓰는 모습에 피식 웃었다. 분명 내가 준 기회를 잡지 않고 떠난 건 그였다.

나는 등받이에 몸을 기대며 데이브를 쳐다봤다. 그리고 느긋하게 물었다.

"내가 왜?"

"뭐, 네?"

데이브가 당황하기 시작했다. 알겠다고 할 줄 알았나 보지? 나는 그의 단순함에 어이가 없어서 다시 웃었다. 그게 데이브에게는 긍정적으로 느껴졌나 보다.

"노, 농담이죠?"

데이브는 그렇게 말하며 나를 따라 웃기 시작했다. 웃어? 나는 여전히 피식피식 웃으며 말했다.

"아니, 진심인데."

다시 데이브의 얼굴에서 미소가 사라졌다. 진짜 묻고 싶다. 내가 왜 자신을 보호해 줄 거라고 믿은 걸까.

나는 허리를 바로 세우며 물었다.

"네가 말해 봐. 내가 왜 널 보호해 줘야 하지?"

"왜, 왜냐뇨? 제가 오웬 씨를 고발하면……."

"증인이 너 하나뿐이야?"

내 질문에 데이브의 말이 멈췄다. 하지만 그는 여전히 이해하지 못하고 있었다. 나는 책상 위에 손을 올리며 다시 말했다.

"내가 전에 기회를 준 건, 증인이 당신밖에 없기 때문이었잖아? 하지만 지금 내게는 당신 말고 증인이 또 있어. 그런데 왜 당신을 보호해 줘야 해?"

나는 말을 멈추고 데이브가 내 말을 이해했는지 잠시 기다렸다. 하지만 아직도 어려웠나 보다. 나는 한숨을 내쉰 뒤 그가 이해할 수 있도록 쉽게 말했다.

"거스는 안 그래도 수배 중인 녀석이잖아. 자기 죄를 덜기 위해 오웬에 대해 다 털어놓겠지. 안 그래?"

굳이 데이브를 보호해 주지 않아도 내게는 거스라는 또 다른 증인이 생겼다는 말이다. 그제야 무슨 소린지 이해했는지 데이브의 얼굴색이 점점 파랗게 질리기 시작했다.

"거스를 잡았으니까 가도 좋아."

나는 자리에서 일어나며 그렇게 말했다. 진심이다. 이제 데이브는 필요 없다. 하지만 그는 그렇게 생각하지 않았던 모양이다.

"자, 잠깐, 잠깐만요. 여, 영주님의 아버지가 무슨 짓을 했는지 알고 있습니다. 영주님이 모르는 걸 알고 있다고요."

"아버지가 날 죽이려 한 거 말이지."

나는 그를 쳐다보고 어깨를 으쓱했다. 그거 모르는 사람은 없다. 날 해치려고 이 저택의 주방을 폭발시켰고 그 사고에 휘말려 죽었으니까.

하지만 데이브가 말하는 건 수도에서의 일을 말하는 거겠지. 문제는 그게 내게 중요한 일이 아니라는 거다.

"이제 와서 무슨 소용이야? 아버지는 이미 죽었는데. 죽은 사람을 벌줄 수는 없잖아."

헥터가 숨겨 둔 재산은 전부 회수했고 그는 이미 죽어서 묻혀 있다. 게다가 나는 이미 헥터가 날 죽이고 싶어 했다는 것도 안다.

데이브가 알려 줄 정보에서 그 이상의 것을 알 거라는 기대가 들지 않았다.

그러자 데이브의 안색이 더욱더 안 좋아졌다. 그는 안절부절못하며 자리에서 일어나더니 물었다.

"그, 그럼, 정말 그냥 갑니까? 가면, 오웬 씨가 절 죽이려 할 텐데요?"

이젠 내가 이해를 못 하겠다. 나는 어리둥절한 표정으로 말했다.

"내가 분명 전에 기회를 줬잖아? 당신 목숨을 살리고 가족들의 생계를 구할 기회를. 그걸 차버린 건 당신 아냐?"

"하지만, 하지만……."

문득 메간이 불쌍해졌다. 이런 멍청한 작자도 아버지라고 대장장이가 되어서 망해 가는 아버지의 대장간을 운영하려고 고향으로 돌아왔다니.

심지어 그 대장간을 그녀의 어머니는 메간이 아니라 멍청한 아들에게 물려주고 싶어 한다. 나는 한숨을 내쉬고 허리에 손을 얹었다. 그리고 데이브에게 냉정하게 말했다.

"당신에게 줄 건 없어, 허슬. 하지만 오웬과 거스에 대해 이야기한다면 당신 혼자만 벌을 받지는 않겠지."

죄수의 딜레마다. 죄수를 잡아서 분리해 놓고 누가 먼저 자백할지 이야기하라고 하는 거다. 서로 신뢰를 가지고 있다면 아무도 말을 하지 않을 테고 모두 무죄로 풀려날 거다.

하지만 누구 한 명이라도 입을 여는 순간 그 한 명을 제외한 모든 사람이 다 잡혀 들어간다.

문제는, 거스는 데이브를 죽이려다가 현장범으로 잡혔고 아무 말도 안 해도 살인 미수로 벌을 받을 거라는 거다. 그리고 그 역시 데이브가 입을 다물 거라고 생각하지는 않겠지.

"수, 수도에서 돌아왔을 때 오웬 씨가 절 불렀습니다."

내가 말을 마치자마자 데이브는 생각할 것도 없다는 듯 곧장 셸리를 고발하기 시작했다. 나는 가슴 앞으로 팔짱을 끼고 그의 말을 듣다가 불쑥 물었다.

"오웬은 뭘 믿고 널 불렀는데? 네가 자기가 시키는 대로 할 거라고 생각한 이유가 뭔데?"

"그건, 그건……."

이번에도 데이브는 망설이기 시작했다. 나는 한숨을 내쉬고 몸을 돌리며 말했다.

“말 못 하겠으면 거스한테 갈게. 저놈은 뭐라고 하는지 보자고.”

“영주님의 아버지가 저를 수도로 보낸 것을 알고 있었거든요!”

다시 데이브가 소리쳤다. 나는 그대로 문을 열어 그레이스를 불렀다. 그리고 그녀에게 데이브가 하는 말을 모두 적으라고 한 뒤 다시 자리에 앉았다.

“괜찮으세요?”

데이브의 이야기가 끝난 뒤 하인을 남기고 나와 함께 서재를 나온 그레이스가 조심스럽게 물었다. 나는 안색이 하얗게 질린 그레이스를 보고 뭐라고 말해야 할지 고민했다.

방금 데이브는 헥터가 수도에서 이미 나를 몇 번이나 죽이려 했다는 것을 이야기했다. 헬름에서 헥터가 일으킨 폭발 사고도, 수도에 있었던 내 자살 사건으로 위장한 사건도 처음이 아니었다.

물론 헥터가 언제부터 날 죽이려 했는지는 데이브도 몰랐다. 하지만 그는 적어도 내가 그 거리에 살기 시작하기 전부터 헥터가 날 죽이려 했다고 고백했다.

“오늘 이야기는 아무에게도 이야기하지 마.”

나는 그레이스를 똑바로 쳐다보며 말했다. 위험한 이야기가 나올 것 같아서 레슬리 다음으로 믿을 수 있는 그레이스를 부른 거긴 하다.

그녀는 내 지시에 창백한 얼굴로 고개를 끄덕였다. 그러더니 쥐어 짜내는 목소리로 말했다.

"절대로, 죽을 때까지 아무에게도 말하지 않을게요."

내가 그 거리에 혼자 살기 시작한 건 내 생각대로 내가 원해서가 아니라 헥터가 쫓아냈기 때문이었다. 그는 나를 거리의 빈집으로 쫓아내면서 데이브를 감시로 붙였다고 했다.

헥터의 계획은 두 가지였는데 내가 포기하고 그가 시키는 대로 마틴과 결혼하거나 끝까지 버티다가 비명횡사하는 거였던 모양이다. 어느 쪽이어도 헥터는 돈을 얻을 수 있다.

나는 내가 처음 깨어났을 때 사람이 적고 건달들이 어슬렁거렸던 거리를 떠올리고 신음을 내뱉었다. 왜 이런 곳에 혼자 사는지 이상하게 생각했는데 일부러 헥터가 그런 곳으로 나를 내보냈던 거다.

하지만 헥터의 생각보다 나는 훨씬 조심스러웠고 그가 개입하기 전까지 내가 누군지, 어디서 왔는지 소문나지 않도록 조심했다고 한다.

음식조차 멀리 떨어진 거리에서 사 왔고 당장 필요한 옷 외에는 아무것도 사지 않았다고 했다. 그래서 그 집에 내 물건이랄 게 아무것도 없었던 거다.

결국 내가 생각보다 더 잘 버티자 참을성 없었던 헥터가 나섰다. 그는 데이브에게 자신이 나를 죽여 자살로 위장할 테니 자신이 떠나고 한 시간 뒤에 시체를 발견하라고 지시했다.

"하지만 남작님. 허슬 씨의 말을 믿는 건 아니시죠?"

데이브는 자신이 너무 빨리 발견했기 때문에 내가 살았다고 주장했다. 헥터가 시킨 대로 한 시간을 기다리지 않고 내가 너무 걱정

돼서 헥터가 떠나자마자 바로 들어왔다고 했다.

"당연하지."

나는 차분하게 말했다. 데이브 허슬은 내게 무수히 많은 거짓말을 했다. 이번에만 진실을 말했을 리가 없다.

게다가 내가 만났던 신을 생각하면 나는 아마도 진짜로 죽었던 거겠지.

"남작님."

지하에서 올라오던 카렌이 나를 발견하고 다가왔다. 데이브의 진술을 받는 동안 그녀가 거스의 진술을 받아 두겠다고 알려 왔길래 허락했다.

과연 카렌이 거스의 진술을 어떻게 받았을지 궁금하다. 설마 고문하진 않았겠지.

그녀의 뒤로 바네사가 따라오는 게 보였다.

"기록은 하인을 시켰어도 되는데."

나는 바네사가 들고 있는 노트를 쳐다보며 말했다. 그러자 카렌이 내게 노트를 주라는 듯 바네사에게 고갯짓했다. 그리고 별거 아니라는 듯 말했다.

"하인이 놀랄까 봐요."

진짜로 고문한 건 아니겠지. 나는 눈을 가늘게 뜨고 바네사에게 노트를 받아 펼쳤다. 그리고 엄청난 악필에 잠시 당황했다가 간신히 물었다.

"이건 뭐라고 쓴 거야?"

"뭐요?"

카렌은 내가 짚은 글자를 쳐다보더니 나처럼 읽지 못하고 바네사를 쳐다봤다. 그러자 그녀의 얼굴이 새빨갛게 달아올랐다.

"이건, 그러니까……."

놀랍게도 바네사도 자기 글씨를 읽지 못했다. 저런. 나는 그레이스를 불러 바네사가 쓴 노트를 건네주며 말했다.

"가서 르쉬드와 같이 다시 정리 좀 해 줘."

"알겠습니다."

카렌이 킬킬거리며 바네사에게 따라가라고 말했다. 나는 그레이스와 바네사가 떠나기를 기다렸다가 물었다.

"어때?"

"용병이라 그렇습니다. 글씨를 잘 쓸 필요는 없으니까요."

"아니, 그게 아니라."

나도 바네사가 악필이라는 걸로 그녀를 비난할 생각은 없다. 읽고 쓸 수 있다면 충분하다. 물론 바네사의 악필은 좀 심했지만.

"거스 말이야. 쓸 만한 이야기를 좀 해?"

"아, 그럼요."

카렌의 얼굴에 미소가 떠올랐다. 대체 거스를 고문, 아니 자백시키는 일을 어쩌다 카렌이 맡게 됐는지도 궁금하다.

내가 솔직하게 묻자 카렌은 신이 나서 말했다.

"나서는 사람이 많아서 동전 던지기로 결정했습니다."

의외로 평화적이네. 나는 우선 거스의 안전을 확인했다.

"팔다리는 붙어 있지?"

"그럼요. 코나 귀도 멀쩡하게 잘 붙어 있습니다."

그럼 됐다. 이제 가장 중요한 걸 물어볼 때였다.

"오웬을 잡아 와도 되겠어?"

카렌의 얼굴에 통쾌하다는 미소가 떠올랐다.

36

결론적으로 말하면 오웬은 못 잡았다. 길버트가 멜라니와 함께 그녀를 데리러 갔을 때 오웬의 집은 비어 있었기 때문이다.

몇 가지 옷과 약간의 금붙이만 뺀 모든 것이 그대로 남아 있었다. 그날 아침까지 그녀를 본 사람이 있다는 말에 나는 영지 주변을 확인했지만 찾지 못했다.

"영지 밖으로 도망친 모양이군."

내 이야기를 들은 션이 덤덤하게 말했다. 대체 어떻게 알고 도망친 걸까. 나는 그의 앞에 앉아서 고개를 돌리려 했다. 하지만 내 뒤에서 션이 턱으로 내 머리를 누르며 말했다.

"움직이지 마. 위험해."

말 위에서 움직이는 게 위험하긴 하다. 결국 나는 션의 얼굴을 보겠다는 것을 포기하고 정면을 바라보며 물었다.

"내가 잡으려 한다는 걸 어떻게 알았던 걸까?"

"누가 알려 준 거겠지. 살인 미수범을 잡아 왔다며."

존과 바네사가 거스와 데이브를 잡아 오는 걸 누군가 보고 오웬에게 알렸다는 말이다. 둘 다 잡혔으니 그녀는 내가 자신을 잡아 오라고 할 거라는 것도 알았을 거고.

그렇다면 몇 가지 옷과 약간의 금붙이만 가져간 게 이해가 된다. 내가 잡으러 오기 전에 최대한 빨리 영지 밖으로 달아나야 했을 테니까 급하게 떠난 거겠지.

"가진 모든 것을 버리고 도망칠 줄은 몰랐는데. 사형받을 거라고 생각한 걸까?"

그렇지 않고서야 가진 모든 것을 버리고 도망쳤을 리 없다. 하지만 션의 생각은 달랐던 모양이다. 그는 잡고 있던 고삐를 가볍게 잡아당기며 말했다.

"버린 건 아닐 거야. 재산은 일단 몸을 피한 뒤 가지러 올 수도 있지."

하지만 쉘리는 헬름에 모습을 보이는 순간 바로잡힐 거다. 나는 잠시 생각하다가 말했다.

"데이브가 거스가 잡혀갔다는 걸 알려 준 자가 오웬의 재산을 대신 처분해 줄 수도 있겠네."

"그렇지."

"엄청 믿는 사람인가 봐. 나였으면 그 재산 다 빼돌렸다."

등 뒤에서 션이 웃느라 그의 가슴 근육이 움직이는 게 느껴졌다.

나는 귓가에 들리는 그의 낮은 웃음소리에 저도 모르게 입술을 깨물었다.

웃음소리가 듣기 싫어서 그런 건 아니다. 오히려 굉장히 듣기 좋았다. 다만, 이렇게 가까운 곳에서 듣자니 기분이 이상해졌다.

다행히 말이 멈추자 그는 말에서 내려 나를 향해 돌아섰다. 날이 생각보다 쌀쌀했는지 션이 말에서 내리자마자 등 뒤에 썰렁하게 느껴졌다. 말을 탄 내내 약간 후끈하다고 느꼈던 건 그의 코트 안에 있었기 때문인 모양이다.

"바닥 조심해."

션은 내 허리에 손을 대며 말했다. 돌을 깐 대로와 달리 이쪽은 들판이라 흙이었다. 나는 레슬리의 조언대로 굽이 뾰족한 구두 대신 낮은 구두를 신은 것을 다행으로 생각하며 션에게 몸을 맡겼다.

그러자 눈 깜짝할 사이에 발에 푹신한 바닥이 느껴졌다. 흙이 부드러운 모양인데. 확실히 이렇게 무른 땅이라면 말이 나와 션을 태우고 가기 힘들 것 같다.

"걸을 수 있겠어? 안고 갈까?"

내가 바닥을 쳐다보며 조심스럽게 한 걸음 떼자 말을 나무에 메어 놓던 션이 물었다. 가끔 보면 이 남자는 나를 어린애로 생각하는 것 같다.

아니면 아주 몸이 약하다고 생각하거나.

나는 요리사가 준비해 준 도시락을 들고 있는 션의 손을 쳐다보며 당당하게 말했다.

"나 걸을 수 있거든?"

그래도 그는 물러나지 않았다. 션은 바구니를 들지 않는 반대편 손을 내밀더니 당연하다는 듯 말했다.

"넘어질까 봐 그래. 잡아."

아, 이건 좀 자존심 상한다. 나는 눈을 가늘게 뜨고 그를 쳐다보다가 불쑥 그의 손을 잡았다. 그리고 온몸으로 션을 잡아당겼다.

하지만 그는 꿈쩍도 하지 않았다. 심지어 휘청거리거나 놀라지도 않았다. 그저 한쪽 눈썹을 들어 올리더니 뭘 하는 거냐는 표정을 지었을 뿐이다.

그러더니 내 허리를 끌어안으며 말했다.

"안고 가?"

"아, 아니."

진짜로 한 손으로 날 안고 걸어가는 게 가능할 것 같아서 무섭다. 나는 결국 션의 손을 잡고 그와 부드러운 흙을 밟으며 호수 가까이 걸어가기 시작했다.

이 호수는 내 침실에서도 작게 보인다. 전부터 오고 싶었던 곳이기도 했다. 지금은 수도로 올라간 내 친구들은 한 번 놀러 왔었다고 했다.

나는 션과 함께 호수 가장자리를 천천히 걸었다.

"여기도 요정이 있을까?"

문득 의문이 들었다. 저택 뒤에 있는 숲에는 요정이 산다. 가끔 몸 상태가 안 좋을 때 희미하게 보이는 정도지만 우리는 서로 상부상조하면서 지내고 있다.

나는 그들에게 먹을 것을 제공하고 그들은 날 보호해 준다.

그렇다면 호수에도 있지 않을까.

이상하게 션은 아무 말도 없었다. 내가 고개를 들자 그는 심각한 표정으로 호수를 노려보다가 나를 호수에서 조금 먼 쪽으로 밀며 말했다.

"혹시 모르니까 못 보던 말이나 남자가 보이면 접근하지 마."

"여기 요정은 말과 남자야?"

"보통 호수의 요정은 말이나 남자의 모습으로 나타나거든."

아, 그래? 나는 신기한 기분으로 호수를 쳐다봤다. 이런 곳에 사는 요정은 인어일 줄 알았다. 아니, 인어는 바다라 상관없나?

"이쪽으로."

호수 어디선가 말이나 남자가 보일까 싶어서 주시하는데 션이 나를 약간 높은 곳으로 안내했다. 그러자 놀랍게도 정자가 보였다.

이런 정자가 있는 줄은 몰랐다. 내 어머니나 할머니가 세운 건가? 돌기둥을 세우고 위를 돔 형태로 올린 서양식 정자였다.

이런 걸 가제보라고 하던가? 나는 가제보 안에 놓인 테이블과 의자가 새 거라는 것을 깨닫고 션을 쳐다봤다.

"놀이 집을 지을까 했는데 그건 네 허락이 있어야 해서."

그는 별거 아니라는 듯 그렇게 말하더니 바구니를 열어 테이블보를 꺼냈다. 그리고 테이블 위에 씌우기 시작했다.

"잠깐, 이거 네가 세운 거야?"

나는 어이가 없어서 다시 가제보를 살폈다. 어쩐지 돌에 이끼가 하나도 없었다. 훨씬 전에 세운 거라면 이렇게 하얗게 있을 수 없다. 초록 이끼로 뒤덮여 있겠지.

그러자 션은 별거 아니라는 듯 어깨를 으쓱하며 말했다.

"오늘만 쓰고 없앨 거야."

"뭐? 왜?"

"네 허락 없이 세운 거니까."

너무 당연하다는 듯 말해서 오히려 내가 더 이상한 사람이 된 기분이었다. 나는 돌기둥 표면의 조각을 보고 다시 물었다.

"이걸 없앤다고?"

"오늘 소풍을 위해 세운 거니까."

"그런데 왜 이렇게 좋게, 아니, 그러니까, 이 조각 좀 봐!"

기둥은 진짜 훌륭했다. 길게 줄무늬가 기둥을 감싸듯 조각돼 있었고 천장에 닿은 부분의 조각은 레이스 모양이었다.

천장도 마찬가지다. 돔 형태의 천장은 안쪽도 올록볼록하게 조각이 되어 있었다. 게다가 모기장을 달아 놓을 수 있도록 고리까지 달려 있었다.

"그게 왜?"

션은 뭐가 문젠지 모르겠다는 표정을 짓고 있었다. 나는 답답한 마음에 기둥을 만지며 말했다.

"고작 오늘 하루 쓰려고 이렇게 멋지게 만들었다고?"

션은 여전히 모르겠다는 표정이었다. 그는 기둥을 만지는 내 손 위에 자기 손을 얹으며 말했다.

"너한테 하는 건데 당연히 가장 좋은 걸 해야지."

굉장히 이상한 기분이 들었다. 그는 나를 마치 공주님처럼 아니, 왕처럼 대우하고 있었다. 내게 해 주는 거라면 그게 고작 한 시간만 사용하는 거라고 해도 가장 좋은 것을 준비해 주려 했다.

이 남자는 나를 진짜로 좋아하는구나. 새삼스럽게도 그런 생각이 들었다.

나는 멍하니 션을 쳐다봤다. 대체 내 어디가 그렇게 좋은 걸까. 션은 잘생겼고 키도 크고 힘도 세다. 그는 가진 것이 아주 많았다.

나는 그가 내게 해 주는 것의 반의반도 해 줄 수가 없다. 그가 내게 구애를 하면서 했던 말처럼 나는 신경 쓸 게 너무 많았고 그에게 줄 수 있는 것도 적었다.

"내 어디가 좋아?"

말은 생각을 거치지 않고 바로 입으로 튀어나왔다. 불쑥 튀어나온 질문에 나뿐만 아니라 션도 당황하는 게 보였다. 그는 잠시 나를 쳐다보다가 말했다.

"모르겠어."

"뭐?"

"처음엔 예뻐서 좋다고 생각했거든."

그는 그렇게 말하더니 한숨을 내쉬었다. 바로 앞에서 예뻐서 좋다는 말을 들으니 좀 당황스럽다.

내가 예쁘거나 예쁘지 않아서가 아니다. 객관적으로 나는 내가 예쁘장하게 생겼다는 건 알았다. 그건 기억을 잃고 깨어났을 때 거울을 보자마자 한 생각이라 잘 알고 있다.

하지만 나는 눈에 확 띄게 예쁜 건 아니었다. 누가 봐도 예쁘다라고 할 수 있는 건 아네트 같은 애한테나 할 수 있는 말이다.

굳이 따지자면 평범 쪽에 가까웠으니 내가 왜 좋냐는 말에 예뻐서 좋다는 말을 들을 줄은 꿈에도 몰랐다.

"그런데 다음엔 성격이 마음에 들었어. 아니, 잠깐."

거기까지 말한 션이 손을 들어 올리더니 잠깐 생각을 하다가 다시 말했다.

"아냐, 가끔 진심으로 화가 날 때가 있어."

뭐라는 거야, 진짜.

나는 입을 딱 벌리고 션이 횡설수설하는 것을 쳐다보고 있었다. 그는 그를 만나서 처음으로 내게 횡설수설하는 모습을 보여 주고 있었다.

"너랑 대화하는 게 좋아. 그런데 그것도 가끔 엄청나게 화가 날 때가 있어."

션은 나를 좋아하는 이유를 말했다가 취소하기를 반복했다. 내가 하는 행동이, 걸음걸이가, 팔을 움직이는 것까지 다 좋다고 했다가 그게 신경을 건드린다고 말했다.

그러더니 내가 자기에게 말하는 말투가, 목소리가 좋았다고 말하다가 또 말하다 보면 짜증이 난다고 말했다.

"고집 센 것도 좋아. 하지만 그것도 날 열 받게 만들지."

지금 자기가 무슨 말을 하는 건지 알고 있는 건가? 그는 자신을 쳐다보는 나를 발견하더니 한숨을 내쉬었다. 그리고 진지하게 말했다.

"넌 나를 미치게 만들어. 하루에도 몇 번씩 돌아 버리게 만들다가 다음 순간 이런 감정도 있었나 싶을 정도로 기분 좋게 만들어."

땅속 깊은 곳까지 처박았다가 다음 순간 하늘 높이 띄워 버린다.

그의 말이 이해가 되기 시작했다. 나는 피식피식 웃기 시작했다.

나도 그랬다. 션은 나를 짜증 나서 팔짝팔짝 뛰게 만들었다가 다음 순간 행복하게 만들었다. 그래서 뭐가 좋냐고 하면 나 역시 확실한 건 그의 얼굴밖에 없다.

"나도 그래."

나는 킬킬대며 션의 어깨에 손을 얹었다. 그와 달리 나는 션의 얼굴이 객관적으로 아주 잘생겼다는 것을 안다. 하지만 그 밖의 모든 것은 다 마음에 안 들었다.

고집 센 것도, 자기 멋대로인 것도, 오만한 것도. 때때로 내게 너무 조심스러운 것도 마음에 들지 않았다.

하지만 동시에 그래서 좋았다. 션의 말대로 그 역시 나를 돌아 버리게 만들었다가 이런 감정도 있나 싶을 정도로 행복하게 만들었다.

션은 내게 입을 맞추려는 것처럼 고개를 숙였다. 그러더니 바로 앞에서 멈췄다.

나는 그가 내 허락을 기다린다는 것을 깨달았다. 그의 이런 점은 항상 나를 놀라게 만들었다. 나보다 키도 크고 힘도 센 사람이 내게 뭔가를 할 때마다 허락을 구한다는 게. 그리고 조심스럽게 대한다는 게.

생각해 보면 그는 늘 그랬다. 내 방에 들어갈 때도 내게 허락을 구했다. 몰래 내 침대 위에 올라가 있던 프랭크를 생각하면 션의 이런 부분은, 나에게 그는 안전하다는 느낌을 들게 했다.

나는 션의 목을 끌어안고 발을 들어 그의 입술에 입을 맞췄다. 내 허리를 잡고 있던 선의 손이 나를 끌어당기는 게 느껴졌다.

발이 땅에서 떨어졌다. 그는 나를 어딘가에 앉히더니 입술을 떼고 내 얼굴을 물끄러미 쳐다봤다. 그리고 말없이 웃었다.

이상한 기분이 들었다. 좋았는데 너무 좋아서 가슴이 조금 아팠다. 내가 이렇게 행복해도 되는 걸까, 하는 생각까지 들었다.

"에버딘."

다시 내 입술 위에 선의 입술이 내려앉았다. 그는 입술을 살짝 댄 채 조용히 물었다.

"어때? 여기에 놀이 집을 지어도 돼?"

아직 포기 안 했구나. 웃음이 흘러나왔다. 나는 키득거리며 대답했다.

"좋아."

"좋아."

선의 입가가 휘어지는 게 느껴졌다. 그는 자기 입술로 내 입술을 문지르더니 내 입술을 가볍게 물었다.

어느새 나는 테이블 위에 누워 있었다. 눈앞에서 선의 눈동자가 불타오르는 것처럼 보였다. 언제 이렇게 됐지?

"점심 먹어야지."

이대로 가면 도시락은 손도 못 댈 것 같다. 나는 웃으며 선을 밀어내기 위해 그의 가슴에 손을 댔다. 그러자 그가 곧바로 물러나더니 나를 일으켜 세웠다.

"맞아, 도시락이 있었지."

선 역시 웃으며 바구니를 열었다. 그는 언제 내게 그렇게 키스했냐는 듯 멀쩡한 얼굴을 하고 있었다. 오히려 내 뺨이 더 뜨거웠다.

우리는 구겨진 테이블보를 펴고 그 위에 바구니 안에서 음식을 꺼내 늘어놓았다. 션과 소풍을 간다고 했더니 요리사가 힘을 줬는지 먹음직스러운 음식들이 줄줄이 나왔다.

부드러운 흰 빵과 곁들여 먹을 치즈. 버터와 잼은 물론이고 얇게 썬 햄도 있었다. 뿐만 아니라 아예 잘라 먹을 수 있도록 커다란 구운 고깃덩어리와 소시지도 나왔다.

션은 바구니 안에서 잔을 꺼내더니 능숙하게 와인을 땄다. 그리고 내 잔에 조금 따라 주며 물었다.

"차로 줄까?"

"와인도 좀 마실래."

구혼자들이 왔을 때 저녁 식사 시간에 아주 조금 마셔 봤다. 그다지 내 취향은 아니었지만 이럴 때 홀짝이는 건 괜찮을 것 같다.

우리는 와인을 홀짝이며 음식과 헬름에 대해 이야기를 나눴다. 그중에는 호수에 대한 이야기도 있었다. 이 호수는 영지민들이 소풍 올 수 있게 가꾸고 싶다. 물론 이 생태계를 최대한 보전하는 선에서.

"괜찮겠는데. 여긴 수도에서 가까우니까 사람들이 휴가로 방문할 수도 있겠어."

션은 고개를 끄덕이며 내 의견에 동조했다. 그가 괜찮겠다고 하니 자신감이 생겼다. 물론 헬름이 관광지가 되는 건 그리 달갑지 않지만.

"사람들이 여길 오려고 할까?"

내 의심스럽다는 질문에 션은 당연하다는 표정으로 대꾸했다.

"수도와 가깝고 한적하잖아. 근교에서 휴가를 보내고 싶어 하는 사람이 많을 거야."

"귀족들이?"

내 질문에 션은 이번에는 이상하다는 표정으로 물었다.

"그럼 누가 휴가를 온다고 생각했는데?"

그제야 나는 휴가라는 게 귀족들에게나 있는 개념이라는 것을 깨달았다. 일반 사람들은 편도로 반나절이나 걸리는 거리를 오직 쉬기 위해 오가는 건 어려울 거다.

그게 조금 아쉽게 느껴졌다. 헬름의 사람들은 여름 휴가 같은 걸 사용할 수 있으면 좋겠다.

"수도가 어느 쪽이지?"

나는 이어서 주변을 둘러보며 물었다. 이쪽이던가? 우리가 온 길 쪽으로 고개를 돌리자 션이 거기서 삼십 도 정도 떨어진 곳을 가리키며 말했다.

"저쪽."

"바로 아네?"

"용병대에 있어서."

그는 별거 아니라는 듯 말했다. 용병단에 있었던 거랑 수도의 위치를 아는 게 무슨 상관인 거지? 내가 어리둥절해 하자 션은 내 얼굴을 보고 웃으며 말했다.

"이동을 많이 하거든. 해의 위치를 보고 내가 어디 있는지 아는 게 중요하지."

자신이 어디에 있는지 알고 목적지가 어느 방향인지 찾는 걸 자연스럽게 익혔다고 했다. 나는 나를 위해 햄을 잘라 주는 션을 쳐다보며 말했다.

"용병대에서 어린 시절을 보낸 게 도움이 됐어?"

"아마도."

그는 내 접시에 자른 스테이크를 얹어 주더니 먹으라는 듯 손짓했다. 고기 비율이 너무 많은 거 같지 않아? 나는 고기 조각을 포크로 찍으며 물었다.

"어떤 도움이 됐어?"

"여러 가지가 있지. 별자리나 해의 위치로 내 위치를 찾는 지식적인 측면도 있고. 다양한 사람들을 만나서 시야가 넓어지는 측면도 있고."

그러고 보면 그는 별걸 다 알았다. 나는 그가 마녀에 대해서도 알고 있던 것을 떠올리며 물었다.

"마녀에 대해선 어떻게 알았어?"

그러자 션은 말없이 내 손을 쳐다보기 시작했다. 내 접시에는 여전히 그가 얹어 준 고기가 그대로 남아 있었다. 이걸 먹어야 이야기를 해 주겠다는 말인가 보다.

그는 내가 고기를 한 조각 입에 넣고 씹기 시작하자 입을 열었다.

"용병 중 하나가 저주에 걸려서."

"저주라고?"

"용의 둥지를 뒤지다가 뭘 잘못 만졌다고 하더군."

잠깐, 뭐가 어쩌고 어째? 점점 더 션의 이야기는 내가 이해할 수 없는 저 먼 토끼와 거북이가 시합을 하고 호랑이가 담배 피우던 시절 이야기로 향하고 있었다.

나는 입을 딱 벌리고 그를 쳐다보다가 물었다.

"용이 있어?"

"사라진 지 오래됐어."

션은 어깨를 으쓱하더니 내 뒤를 가리키며 말했다.

"저 산도 원래 용이 살았다고 하더군."

"진짜?"

나는 몸을 돌려 내 침실 창문에서도 보이는 산을 쳐다봤다. 저기에 용이 살고 있다고? 다시 션을 쳐다보자 그는 별거 아니라는 듯 말했다.

"살았다는 이야기만 있어. 지금은 없을 거야."

"넌 요정도 없다고 했잖아."

그런데 우리 집 뒤에는 요정이 산다. 션은 내 비난에 잠시 입을 다물더니 산을 쳐다봤다. 그리고 침착하게 말했다.

"용의 이야기는 몇백 년 전의 이야기야. 그 후로 용을 봤다는 사람도 없고 용 연구가들도 용은 사라졌다고 하고 있지."

그건 다행이다. 저 산은 내 영지에서 아주 가까워 보인다. 만약 저기에 용이 산다면 나는 지척에 용을 두고 살고 있는 게 된다.

"용의 둥지라고?"

나는 그가 재촉하는 대로 고기를 한 조각 입에 넣으며 물었다. 용과 둥지라니, 좀 안 어울린다. 션 역시 그렇게 생각하는 모양이었다. 그는 바구니에서 찻잔을 꺼내 차를 따르며 말했다.

"용은 보석을 좋아한다는 말이 있거든. 용이 보석을 모아 놨다는 이야기 때문에 아직도 많은 모험가들이 용의 둥지를 찾아다니지."

"보석을 모아 놨다고?"

그건 혹한다. 내가 눈을 동그랗게 뜨고 자세를 고치자 션의 목 안쪽에서 낮은 웃음소리가 흘러나왔다. 그는 찻잔을 내 쪽으로 밀며 말했다.

"전설에 가까워. 학계에 발표된 용의 둥지도 확인된 것도 딱 두 개뿐이고. 거기서 발견된 건 보석이 아니라 거대한……."

거기까지 말한 션은 갑자기 말을 멈추더니 나를 살피기 시작했다. 학계도 있단 말이야? 용에 대해서? 나는 어이가 없어서 입을 딱 벌리고 그를 쳐다보고 있었다.

션은 말을 고르는 것처럼 잠시 멈췄다가 다시 입을 열었다.

"분변이었다더군."

"오."

나는 아주 잠깐 분변이 뭔가 하고 생각하다가 곧바로 인상을 썼다. 웩. 웩. 웩.

"기록에 의하면 용은 크니까. 그것도 양이 엄청나겠지."

"웩."

"덕분에 용의 주식이 뭐였는지 알아냈다고 하더군."

"인간이었대?"

내 말에 션은 농담이라도 들은 것처럼 웃음을 터트렸다. 나는 그가 찻잔을 든 채 장난꾸러기처럼 웃는 것을 보고 씩 웃었다.

용병대 사람들은 꽤 즐거웠을 것 같다. 지금도 이렇게 잘생겼는데 어렸을 때는 얼마나 귀여웠을까. 이렇게 생긴 남자애가 쫓아다니면서 장난을 쳐도 엄마 미소로 모른 척 넘어갈 수 있었을 것 같은데.

"아냐. 의외로 용은 인간과 먹는 게 비슷했다더군."

"잡식성이란 말이야?"

"화식을 했다는 말이지."

음식을 불에 익혀 먹었다는 말이다. 그건 의외다. 나는 놀라서 물었다.

"용이 불을 피울 수 있었단 말이야?"

"불을 피울 수 있었거나, 불을 뿜거나."

다시 한 번 나는 여기가 내가 살던 곳과 다르다는 것을 떠올렸다. 여긴 마법이 있다. 그러니까 입에서 불을 뿜는 용이 존재했을 수도 있겠지.

내가 살던 곳의 용은 좀 더 신성한 존재였다. 그리고 무엇보다 상상의 존재였다.

나는 어느새 쌀쌀해진 날씨 때문에 가볍게 몸을 떨고 찻잔을 들어 올렸다. 그리고 따듯한 차를 홀짝이며 물었다.

"불을 뿜었어?"

"기록에 의하면. 하늘을 날고 지축이 흔들릴 정도로 큰 소리로 울부짖었다더군. 그래서 학자들은 땅속에 뜨거운 물이 있는 이유가 용 때문이라고 생각하는 자도 있고."

"뜨거운 물?"

오늘 몰랐던 걸 많이 알게 된다. 나는 뜨거운 물이라는 말에 선을 향해 몸을 기울였다. 엄청나게 매력적인 단어였다. 뜨거운 물.

여기는 보일러가 없어서 뜨거운 물을 쓰려면 무조건 사람이 물을 끓여야 한다. 목욕이라도 하려면 하인들이 물을 끓여서 내 목욕실까지 물을 옮긴다.

그게 너무 번거로워서 수도에 있을 때는 아예 목욕실을 일 층, 주방 옆에 만들었었다.

하지만 뜨거운 물이 나온다니. 그거 그냥 온천이잖아?

"가끔 뜨거운 물이 솟아나는 곳이 있어. 용이 살았던 흔적이라는 사람도 있고 용 때문이 아니라 용이 뜨거운 걸 좋아해서 우연히 그런 데서 살았다는 사람도 있고."

어쨌든 온천과 용은 떼려야 뗄 수 없는 존재라는 말이다.

나는 고개를 돌려 용이 살았다던 산으로 시선을 던졌다. 저기서 용이 살았다는 말이지? 그리고 지금은 없지만 대신 온천이 있다는 말이다.

"저기까지 얼마나 걸릴까?"

내 질문에 자리에서 일어나던 션이 인상을 쓰며 산을 쳐다봤다. 그리고 자기 코트를 벗어 내 어깨에 덮어 주며 말했다.

"글쎄. 말로 두어 시간이면 될 것 같은데."

* * *

"어, 남작님."

션과 함께 다시 저택으로 돌아오자 용병들이 정원에 서서 뭔가를 마시다가 우리를 맞이했다. 여긴 어쩐 일이지? 이 저택에 머무는 용병은 카렌과 베르트뿐이다. 존과 바네사도 얼마 전에 시내에 있는 식당 이 층으로 거처를 옮겼다.

나는 어쩐 일이냐고 물어보려다가 그들이 손에 들고 있는 잔을 보고 아, 하고 고개를 끄덕였다. 막걸리가 완성돼서 먹어 보라고 부르라고 했다.

이 사람들이 괜찮다고 하면 식당에서도 팔 생각이었다.

"어때? 마실만 해?"

"특이한 술이네요."

내 질문에 존이 술을 홀짝이며 말했다. 나도 안다. 이곳 사람들이 마시는 술은 맥주고 막걸리와는 확연한 차이가 있다. 우선 색도 다르고 냄새도 다르다. 무엇보다 맛이 가장 큰 차이가 난다.

"설탕을 타신 겁니까? 좀 달짝지근한데요?"

카렌 역시 술을 홀짝이며 물었다. 나는 베르트도 홀짝이는 것을 보고 대답했다.

"아니야, 쌀로 만들어서 그래. 너무 많이 마시지는 마. 달짝지근해서 마음 놓고 마시면 훅 취한다?"

내가 알기로 맥주보다 막걸리의 알코올도수가 더 높은 걸로 안다. 물론 여기 맥주는 마셔 본 적이 없어서 여기도 그런지는 모르겠지만.

카렌과 베르트는 그런가? 하는 표정이었다. 하지만 존은 내 경고에 킬킬거리며 말했다.

"취하기 전에 배부터 부를 것 같은데요?"

그건 모르겠다. 술이라는 게 취하기 전에 배가 부를 수 있나? 난 술을 별로 안 좋아해서 배가 부르게 마셔 본 적이 없다.

하지만 용병들은 있나 보다. 나는 그들이 존의 말에 동의하듯 고개를 끄덕이는 것을 보고 물었다.

"그래서, 어때? 맥주 대신 마을에 유통시킬까 하는데."

"어, 음. 나쁘진 않습니다."

"하지만 달아서 안 좋아하는 사람도 있을 것 같은데요."

생각보다 의견이 다양했다. 괜찮을 것 같다는 사람. 마실 술이 없으니 이거라도 있으면 좋겠다는 사람. 달아서 별로라는 사람까지.

그때 베르트에게 막걸리를 한잔 건네받은 션이 한 모금 마시더니 말했다.

"디저트 술로 괜찮겠는데?"

"응?"

디저트 술이라고? 와인이나 꿀술처럼 간단하게 마시는 걸 말하는 거다. 와인과 막걸리가 비슷한가? 달짝지근하다는 걸 빼면 전혀 다르지 않나?

멍하니 있는 내게 션이 고개를 기울이며 물었다.

"색은 무조건 흰색이 나오는 건가?"

"그, 그렇지? 쌀이니까?"

복분자 같은 걸 넣으면 붉은색이 나오기도 한다. 나는 눈알을 굴리고 말했다.

"향이나 단맛을 추가하기 위해 과일을 넣기도 해. 그럼 색이 과일

색으로 변할걸?"

뿐만 아니라 밤 막걸리도 밤색이었던 기억이 난다. 내 말에 션이 씩 웃더니 말했다.

"디저트 술로 팔아 보면 어때? 네 말대로 과일을 넣어 색을 다양하게 하는 것도 괜찮을 것 같은데."

"디저트 술로? 여기 사람들이 그걸 마실까?"

나는 일하고 난 뒤 맥주 한잔하던 사람들에게 맥주 대신 마실 술을 제공해 주고 싶었을 뿐이다. 영지민들이 디저트 술을 마실 시간과 여유가 있을까? 그렇게 생각하는데 션이 다시 말했다.

"아니, 수도에서 말이야. 사교계도 괜찮고. 색을 추가해서 예술가들에게 팔아도 괜찮을 것 같은데."

막걸리를 귀족한테 판다고? 나는 믿을 수가 없어서 입을 딱 벌렸다. 진짜?

내가 살던 곳에선 찌그러진 주전자에 담아 찌그러진 대접에 마시던 술이다. 아, 물론 맛으로 치면 어디 가서 절대 부족하지 않다는 걸 안다.

한때 내가 살던 곳에선 집집마다 주조법이 따로 전해져 내려왔을 정도니까. 하지만 그걸 여기서 귀족들에게 팔겠다는 생각은 해본 적도 없었다.

그때 문득, 티 파티에 가져갔던 계란 토스트가 생각났다. 그것도 길거리에서 출근길에 사 먹던 거다. 하지만 귀족의 티 파티에서 반응이 괜찮았다.

"어, 그럴까?"

괜찮을지도 모르겠다는 생각이 들었다. 좀 특이한 술로 팔면 되지 않을까? 잘 팔리면 다음 농사도 쌀로 가면 되고, 안 팔리면 밀로 바꾸면 되겠다는 생각이 들었다.

그렇지 않아도 그 멍청한 상인에게 안 파는 대신 쌀이 엄청나게 남았고. 그게 수도에서 귀족들에게 팔리는 술이 된다면 영지민들의 사기가 오르지 않을까?

"수도에 유통하겠다면 몇몇 상인들을 소개해 주지."

션의 제안에 나는 고개를 끄덕였다. 그랬으면 좋겠다. 막걸리를 수도에 팔 수 있다면 훨씬 더 좋을 것 같다.

나는 이 사실을 레슬리에게 알리기 위해 재빨리 그녀를 서재로 불렀다. 그리고 붉은 산에 있는 용에 대해 묻기 위해 조안도 함께 불렀다.

"붉은 산이요?"

제일 먼저 용이 사는 붉은 산에 대해 묻자 레슬리와 조안은 어리둥절한 표정이었다. 조안이 제일 먼저 말했다.

"용이 살고 있대요."

"지금은 없다고 하던데요?"

"그건 모르는 거예요. 용은 한 번 잠들면 몇백, 몇천 년을 잔다고 하니까요."

엇, 그런가? 하지만 션은 없다고 했는데? 내가 입을 다물자 레슬리가 조안을 한번 쳐다보고 입을 열었다.

"요정 같은 거예요. 다들 옛날에나 있었고 사라졌다고 생각하지만 혹시나 하는 거죠."

실제로 요정은 존재한다는 걸 내가 입증해냈다. 나는 오늘 쒀 둔 묵을 떠올리고 고개를 끄덕였다. 그런 거라면 조심스러운 것도 이해는 된다.

"그 산은 누구 영지에 속해 있는지 알아요?"

내 영지는 아니다. 돌아오자마자 그걸 확인해서 안다. 레슬리는 내 질문에 잠시 생각하더니 말했다.

"거긴 아마 왕토일 거예요. 그 산을 넘어가면 길랜드가 나오거든요."

왕토. 왕의 땅이라는 뜻이다. 귀족의 영지가 아니라. 나는 곰곰이 생각하다가 물었다.

"정말 붉은 산에 아직도 용이 살고 있을까요?"

내 질문에 레슬리와 조안이 잠깐 당황했다. 두 사람은 서로를 쳐다보다가 조안이 먼저 나섰다.

"왜 그러시는데요?"

"션, 웨스트 공작 말이 붉은 산은 온천이 흐른다고 하더라고요."

"온천이요?"

아, 여긴 온천이 뭔지 모르나? 나는 간단하게 설명했다. 뜨거운 물이 흘러나온다고. 그러자 조안이 고개를 끄덕이며 말했다.

"들은 적이 있어요. 그쪽에 뜨거운 물이 나온다고요. 그게 용 때문이라는 말도요."

션이 한 말과 비슷하다. 나는 솔직하게 말했다.

"그게 탐나요."

"용이요?"

"아뇨, 뜨거운 물이요."

용이 탐 날 리가 없다. 아니, 있나? 용도 요정들처럼 나와 상부상조할 수 있다면 편하기야 하겠지. 하지만 션이 말했다. 용은 없다고. 사라진 편이 더 안전하기도 하고.

지금 내가 탐나는 건 온천이었다. 아무 짓도 안 해도 뜨거운 물이 나오는 거잖아? 엄청난 거다, 그거.

수도꼭지만 틀어도 뜨거운 물이 콸콸 나온다는 게 얼마나 대단한 건지 여기 와서 알았다. 나야 하인이 있으니 그들이 물을 데워서 방까지 가져온다지만 다른 사람들은 아니다.

헬름에서 사는 평범한 사람들은 직접 물을 끓여야 한다. 그리고 거기에는 시간과 노동, 연료가 든다.

"뜨거운 물이라면 그냥 끓이면 되잖아요?"

레슬리 역시 이해가 안 된다는 표정으로 물었다. 나는 두 사람을 향해 내 계획을 이야기했다.

"그쪽에 대중 목욕탕을 만들고 싶어요. 언제든지 사람들이 가서 뜨거운 물로 목욕할 수 있게요."

"대중, 목욕탕이요?"

대중 목욕탕이라는 개념이 낯설었는지 레슬리와 조안은 둘 다 당혹스러운 표정이었다. 그런가? 나는 여기 와서 목욕탕은 한 번도 못 봤다는 것을 깨달았다.

"커다란 욕조에 사람들이 들어가서 다 같이 목욕하는 거예요."

"사람들이라니, 누가요?"

"원하는 사람이라면 모두요."

"남녀노소 다요?"

레슬리는 이제 아예 경악하고 있었다. 물론 그건 아니다. 나는 손을 저으며 말했다.

"당연히 남녀는 나눠 놓죠."

그래도 여전히 조안과 레슬리는 말도 안 된다는 표정을 짓고 있었다. 으음. 두 사람이 보기엔 그렇게 말이 안 되나? 나는 내가 살던 곳의 찜질방을 떠올렸다.

괜찮을 것 같은데. 할머니는 목욕탕을 좋아하셨다. 욕조가 달린 화장실이 있는 집으로 이사 간 다음에도 한 달에 한 번씩은 꼭 목욕탕에 가셨다.

"아니면 수영장을 만들어도 괜찮을 거고요."

"수영장이요?"

이번에도 조안과 레슬리는 이상하다는 표정을 지었다. 아니, 여긴 수영도 안 하나? 나는 두 사람에게 조심스럽게 물었다.

"바다에 가 본 적 없어요?"

두 사람의 고개가 좌우로 움직였다. 없나 보다. 그럼 호수는?

"호수는요? 호수에 발을 담근 적도 없어요?"

"어릴 때는 해 봤죠."

"전 지금도 해요. 아무도 없는 밤에."

"조안!"

레슬리의 힐난에 조안이 웃음을 터트렸다. 나는 깔깔대는 조안의 웃음소리를 들으며 피식 웃었다.

"수영장이나 목욕탕이나. 아무래도 상관없어요. 한겨울에 연료도, 노동도 없이 뜨거운 물이 나오는 거잖아요. 얼마나 좋아요?"

그때까지만 해도 내 의견에 반신반의하던 조안과 레슬리가 연료도, 노동도 없이 뜨거운 물이 나온다는 말에 눈을 빛내기 시작했다.

"그건 그래요."

"한겨울에 뜨거운 물에 몸을 담글 수 있다니……."

"그래서 그 산이 탐이 나요. 정확하게는 거기서 흘러나오는 뜨거운 물이요."

레슬리가 알겠다는 듯 고개를 끄덕였다. 그녀는 펜을 잉크에 찍어 노트 위에 대며 물었다.

"거기서 물을 길어올까요? 하지만 그러면 오는 길에 식을 텐데요."

그건 그렇다. 저 산에서 여기까지는 말로 몇 시간이나 걸린다. 당연히 식겠지. 나는 고개를 저으며 말했다.

"국왕 폐하께 붉은 산까지 영지를 넓혀 달라고 부탁할까 해요."

"영지를요?"

"그걸 해 주실까요?"

안 해 주려나? 나는 고개를 갸웃했다. 지금까지 붉은 산은 왕토였고 영지와 영지 사이의 땅이라 아무도 관리하지 않았을 거다.

그걸 내가 관리하겠다고 하면 승낙해 주지 않을까?

"그럴 리가요."

내 생각에 레슬리가 곧바로 부인하고 나섰다. 그녀는 노트 위에 펜을 까딱거리며 말을 이었다.

"길랜드에서 가만히 있을 리가 없죠."

"지금까지 아무도 요청하지 않은 땅이었잖아요? 그런데 인제 와서 나설까요?"

"아무도 요청하지 않은 건 관리하는 게 골치 아팠기 때문이에요. 하지만 영주님이 탐을 낸다면 저쪽도 뭔가 득이 될 만한 게 있다고 판단해서 나설 거예요."

하지만 여기 사람들은 온천이 뭔지도 모르잖아. 그거 너무 심보가 못된 거 아냐? 나는 어이가 없어서 입을 딱 벌렸다.

"그럼 어떻게 되는 거예요? 길랜드 영주하고 붉은 산을 사이에 두고 싸우는 거예요?"

"보통은 국왕 폐하께서 더 자격 있는 사람에게 내려 주시는 걸로 알아요. 하지만 그 자격이라는 게……."

국왕 마음이라는 거겠지. 나는 인상을 쓰며 생각에 잠겼다. 내가 영지를 늘려 달라고 한다면 저쪽에 있는 길랜드 영주가 불만을 말할 거라는 말이지.

온천이 뭔지도 모르지만 내가 탐을 낸다는 이유로 자기도 탐을 낼 거고.

"용의 둥지는 어때요?"

나는 과연 길랜드의 영주가 온천을 이용할 수 있을지 생각하다가 물었다. 목욕이라는 게 그렇게 고차원적인 행동도 아니고 뜨거운 물을 보면 몸을 담그고 싶은 건 인간의 본능이다.

당연히 알겠지. 길랜드의 영주가 누군지 몰라도 그렇게까지 무시하지는 말자는 생각이 들었다.

"둥지요?"

레슬리와 조안은 어리둥절한 표정을 짓고 있었다. 나는 선에게 들은 이야기를 떠올리며 물었다.

"용의 둥지에 보석이 쌓여 있을 거라는 소문 때문에 다들 용의 둥지를 찾으려 한다면서요?"

"아, 맞아요. 하지만 실제로 보석이 발견된 경우는 없을걸요?"

"한 번인가 있었다고 들었는데."

조안이 불쑥 끼어들었다. 있다고? 내가 놀라서 쳐다보자 그녀가 자신 없는 목소리로 말했다.

"금화를 발견했다고 하던데요? 아주 예전에 들은 거라 기억이 잘 안 나네요. 하지만 그걸로 용 학자와 용 사냥꾼이 확 늘어났다고 들었어요."

과연. 둥지에서 아무것도 나오지 않았다면 모르지만 뭐라도 나왔으니 다들 둥지를 찾으려 저러는 거겠지. 나는 인상을 쓴 채 말했다.

"붉은 산에 용이 깨어날 거라거나 그런 전설 같은 건 없는 거죠?"

이번에는 레슬리와 내 시선이 조안을 향했다. 그녀는 잠시 생각하더니 고개를 절레절레 흔들며 말했다.

"네, 그런 전설은 들어 본 적이 없어요."

알겠다. 나는 고개를 끄덕이고 레슬리에게 말했다.

"수도에 다녀오려고 해요. 준비 좀 해 줄래요?"

"국왕 폐하를 뵈러요?"

"그것도 있고요."

겸사겸사할 일이 있다. 고아원의 아이들을 보고 내가 그 애들을 데려오려고 노력하고 있다는 것을 말해 주고 싶었다. 할머니가 돌아가셨을 때 내가 가장 듣고 싶었던 게 그거였거든.

누군가 나를 걱정하고 생각해 준다는 거.

"술을 팔 만한 곳을 알아볼까 해요. 웨스트 공작이 수도에서 귀족을 대상으로 팔아 보면 어떻냐고 해서요."

내 말에 레슬리와 조안이 멈칫하더니 고개를 끄덕였다. 두 사람 다, 막걸리를 마셔 봤다. 만들면서 내 입맛을 믿지 못해서 이 두 사람에게 맛을 보게 했다. 그리고 둘 다 맛있다고 말했었지.

그건 진심이었을 거다. 두 사람은 내게 최대한 진실만을 말해 주려 하고 나도 진실만을 원하니까. 내가 평범한 에버딘 어셔 양이 아니라 에버딘 어셔 남작인 이상, 내 기분을 생각해서 거짓말을 하는 건 아무에게도 도움이 되지 않는다.

"괜찮을 것 같아요."

"달콤하니까 좀 고급스러운 병에 담아서 디저트 술로 팔아도 좋겠네요."

션과 똑같은 소리를 하는 레슬리의 말에 나는 눈을 동그랗게 떴다. 아무래도 여기 사람들은 막걸리에 대한 편견이 없으니 좀 다른 견해로 볼 수 있는 모양이다.

비싸게 팔 수 있으면 좋지 뭐. 나는 그렇게 생각하고 회의를 끝냈다.

이틀 뒤, 레슬리가 챙겨 준 가방을 실은 마차가 헬름을 떠났다. 나는 그레이스와 나란히 앉아서 수도에 가자마자 해야 할 일을 확인하고 있었다.

"이건 집사님과 만난 사람 명단이에요. 이들 모두 남작님과 꼭 만나고 싶어 해요."

그레이스는 그동안 레슬리가 수도에 가서 누구와 만나고 무슨 일을 했는지 정리한 노트를 보면서 설명했다. 내가 레슬리를 통해 거래하기로 한 상회는 총 두 곳인데 안전하고 원활한 공급을 위해 한 곳에서만 모든 것을 구매하지 않기로 했었다.

그 상회의 대표가 내가 수도에 올라오면 꼭 만나고 싶다고 했다는 거다.

나는 이 사람들을 다 만날 시간이 있을지 진지하게 고민하며 명단을 살피기 시작했다. 그러자 맞은편에서 션이 느긋하게 말했다.

"다 만날 필요는 없어."

"그래?"

션도 수도에서 할 일이 있어서 같이 올라가기로 했다. 과연 진짜 할 일이 있어서인지, 내가 걱정되어서 인지는 모르겠지만.

문득 머릿속에 로안 경이 떠나기 전에 남기고 간 말이 떠올랐다.

나와 션이 결혼하는 건 불가능하다고 했었지.

그게 무슨 소릴까. 나는 물끄러미 션을 쳐다봤다. 그는 맞은편 좌석에 혼자 앉아 있었는데 창틀에 팔을 걸치고 약간 느긋하게 기대 있었다.

대체 왜 불가능하다는 걸까. 아무리 생각해도 모르겠다. 나와 션의 집안이 친척 간이기라도 하나? 여기도 친척끼리 결혼을 못 하던가? 아니면, 웨스트 공작가에서 날 거부하기라도 하나? 하지만 그의 부모님은 모두 어렸을 때 돌아가셨다고 들었다.

이유가 뭐지? 역시 도미닉에게 물어볼 걸 그랬다는 후회가 물밀듯이 들어왔다가 썰물처럼 빠져나갔다. 그건 좀 그렇다. 구혼을 거절하는 남자에게, 선과 그런 관계 아니라고 말해 놓고 그와 결혼 못 하는 이유가 뭐냐고 묻는 건 너무 속보이잖아.

가장 쉬운 건 선에게 묻는 거겠지만. 나는 거기까지 생각하고 그레이스를 쳐다봤다. 나중에, 단둘이 있을 때 물어봐야겠다.

"얘들아, 인사해야지."

마차가 수도에 도착하자마자 나는 선의 양해를 얻어 고아원으로 먼저 왔다. 어차피 가는 길이니까 들르자고 했지만 사실은 걱정이 됐다. 아이들이 어떻게 지내고 있는지.

하지만 그리 잘 지내지는 못했던 모양이다. 나는 아무 말 없이 나를 노려보는 아이들 앞에서 한숨을 내쉬었다.

좀 당황스럽지만 이해는 된다. 내가 자기들을 우드 부부의 집에서 쫓아내 고아원에 던져 놨다고 생각하겠지. 나는 품에서 편지를 꺼내며 아이들을 둘러보았다. 그리고 기억 속의 아이와 닮은 여자 아이에게 물었다.

"루실?"

분명 루실이라고 했다. 혹시나 싶어 꺼낸 봉투를 살펴보니 겉면에 루실이라고 또박또박 적혀 있는 게 보였다. 나는 움찔한 소녀에게 편지를 내밀며 말했다.

"앨리스가 전해 주래."

그러자 루실의 눈이 동그래지더니 편지를 향했다. 그녀는 편지를 받아도 되는지 몰라 고민하는 표정으로 내게 물었다.

“진짜로 앨리스가 당신과 있어? 요?”

어째 말하는 게 교육을 받기 시작한 마크와 비슷하다. 나는 깜짝 놀라서 다가오는 고아원 원장에게 손을 내밀어 말리고 말했다.

“앨리스가 나랑 있다고 편지에 안 썼어? 에버딘 어셔. 그게 나야.”

앨리스는 그전에도 루실에게 몇 번이나 편지를 썼다고 했다. 하지만 답장이 온 적은 딱 한 번뿐이었던 모양이다. 그것도 삐뚤빼뚤하고 철자가 다 틀린 글씨로 아주 짧게 왔다.

어쩔 수 없다고 레슬리가 말했었다. 편지를 보내는 건 그리 비싸지는 않지만 고아원에 사는 아이가 마음껏 보낼 수 있을 만큼 저렴하지도 않다고.

그러니까 그 딱 한 번의 답장이 루실은 정말 최선을 다한 거였다. 그걸 앨리스도 알고 있었기 때문에 답장이 없어도 몇 번이나 편지를 보낸 거겠지.

“아닌데. 앨리스는 어셔 사장님과 산다고 썼어.”

“루실!”

이어진 루실의 말에 원장이 그녀에게 소리쳤다. 하지만 나는 다시 손을 들어 원장에게 괜찮다는 것을 알린 뒤 말했다.

“그게 나야. 수도에 있을 때 내가 빵집을 했잖아. 기억하지?”

기억하는 모양이다. 루실이 천천히 고개를 끄덕였다. 그리고 그녀의 주변에 서 있던 다른 아이들도.

나는 조금 누그러진 아이들의 분위기에 빙그레 웃었다. 그리고 루실을 향해 말했다.

"미안해. 데려가겠다고 하고 너무 오래 걸려서. 우리 집이 좀 문제가 있어서 수리를 해야 했거든."

"나 알아! 폭발했다며?"

"한스! 말조심하지 못하겠니?"

방금 그건 마크보다 심했다. 나는 앨리스보다 작은 남자애를 보고 어깨를 으쓱했다. 그리고 다시 원장에게 괜찮다는 표정을 지어 보인 뒤 말했다.

"맞아. 너네한테만 하는 이야기지만 벽이 날아가서 수리하느라 시간이 좀 걸렸어."

순식간에 아이들의 눈이 빛나기 시작했다. 벽이 날아간 게 꽤 신기했던 모양이다. 생각해 보면 나도 이 나이 때에는 그랬던 것 같다.

나는 다시 아이들을 둘러본 뒤 검지를 입술에 대고 말했다.

"이 이야기는 우리끼리의 비밀이야. 그렇지 않아도 집이 폭발해서 너넬 데려가는 일이 늦어졌는데 벽 하나가 날아갔다는 소문이 퍼지면 더 늦어질 수도 있거든."

"지, 진짜?"

이번에는 루실이 물었다. 이건 진짜다. 나는 진지한 얼굴로 고개를 끄덕였다.

"저기, 남작님."

그때 루실보다 어린 여자애가 내게 다가왔다. 그러더니 원장의 눈치를 살피며 물었다.

"남작님 집에 가면 혼자 침대를 쓸 수 있어?"

이제 원장은 아예 두 손에 얼굴을 묻었다. 나는 그녀의 좌절한 모습을 보고 짐짓 엄숙하게 아이에게 물었다.

"여기선 침대를 여럿이서 쓰니?"

"응, 난 지금 린다랑 쓰는데……."

거기까지 말한 여자애가 내게 몸을 기울이며 속삭였다.

"린다는 이를 갈아서 시끄러워."

"나, 남작님."

그때 원장이 허둥지둥 내게 다가와 변명했다.

"갑자기 아이들이 늘어서 침대가 부족하거든요. 이 아이들만 같이 쓰는 게 아니라 열 살 이하의 아이들은 두 명씩 쓰게 했어요."

"괜찮아요. 갑자기 아이들을 맡겨서 제가 미안하죠."

심지어 몇 주 안에 다시 데려가겠다고 했으니 여분의 침대를 준비하지도 않았을 거다. 나는 어쩔 줄 몰라 하는 원장에게 괜찮다고 안심시켰다.

아이들의 행동을 보면 안다. 어느 누구도 원장의 눈치를 살피지 않았다. 그건 원장이 적어도 아이들을 학대하지는 않았다는 말이다.

게다가 교육도 내 책임이다. 나는 앨리스가 하녀들에게 글자를 배우고 있다는 것을 떠올렸다. 이 아이들이 헬름에 오면 아이들을 가르쳐 줄 선생님이 필요했다.

"아이들을 가르쳐 줄 교사를 구하고 싶은데."

고아원을 나와 수도의 어셔 저택으로 돌아가면서 나는 션에게 물었다. 션은 동생이 둘이나 있고 나보다 더 아는 사람이 많으니까 교사를 어떻게 고용해야 할지도 알고 있을 거다.

물론 그 동생 하나가 난봉꾼이라는 문제가 있지만 그게 교사 잘못은 아니겠지.

"아이들?"

션은 아이들이 누구냐는 표정으로 물었다. 누구긴 누구야. 방금 너랑 내가 본 고아원의 아이들이지. 내가 그렇게 대답하기 전에 그의 얼굴이 일그러지더니 믿을 수 없다는 듯 다시 물었다.

"고아들을 데려다가 교육까지 시켜 주게?"

여긴 의무 교육이란 것도 없나? 나는 어깨를 으쓱하며 말했다.

"읽고 쓸 줄은 알아야 할 거 아냐. 기본적인 예의범절도."

션의 입에서 한숨이 흘러나왔다. 그는 짜증스럽다는 듯 턱을 쓸었다. 그때까지 그레이스는 숨도 못 쉬고 어깨를 웅크리고 있었다.

션이 화가 났을까 봐 무서운 모양이다. 나는 션에게 몸을 내밀어 속삭였다.

"그러지 마. 그레이스가 겁먹었단 말이야."

그러자 션의 눈동자가 그레이스를 향했다. 그녀는 그의 붉은 눈이 자신을 향하자 재빨리 고개를 숙였다.

"네 하인이 겁먹는 게 나랑 무슨 상관이야?"

션은 그렇게 말하고 창밖으로 시선을 돌렸다. 왜 갑자기 심술이야? 내가 인상을 쓰자 그는 나를 힐끔 쳐다보더니 한숨을 내뱉었다. 그리고 못마땅하다는 듯 말했다.

"적당히 해. 안 그래도 바쁘잖아. 그러다가 쓰러지기라도 하면 어쩌려고 그래?"

응? 나는 션의 투덜거림에 가까운 말에 저도 모르게 그레이스를 쳐다봤다. 그녀 역시 나와 비슷한 표정을 짓고 있었다.

그러니까 이거, 지금 날 걱정해서 하는 말인 거지?

하지만 그걸 묻기 전에 마차가 느려졌다. 어느새 우리가 탄 마차는 수도의 어셔 저택에 도착해 있었다.

션은 내가 입을 열기도 전에 마차에서 내리더니 나를 향해 손을 내밀었다. 여전히 기분이 나쁘다는 표정이었지만 태도만은 부드러웠다.

"어차피 내 책임이라면 최소한은 해 주고 싶어."

나는 션의 손을 잡으며 말했다. 그의 손에 힘이 들어갔다.

읽고 쓰는 건 알아야 한다. 할머니는 늘 말했다. 사람은 죽을 때까지 배우고 공부해야 한다고. 시대는 계속 바뀌고 바뀐 시대에 적응하려면 배우고 공부할 수밖에 없다고 했다.

어차피 내가 돌봐 줘야 한다면 먹여 주고 재워 주는 게 아니라 좀 더 나은 삶을 살 수 있게 해 주고 싶었다. 특히나 앨리스에게는 더더욱.

나는 처음 만났을 때보다 훨씬 자란 앨리스를 떠올렸다. 처음 만났을 때 그녀는 열두세 살 정도로 보일 정도로 바짝 말랐고 더러웠다.

하지만 지금은 약간 작은 제 또래로 보인다. 게다가 하녀들에게 부탁해서 철자를 배우고 있다고 하지 않았던가.

나와 알게 된 것도 목욕을 하고 싶어서였었지. 나는 그런 앨리스가 좋았다. 안주하는 게 아니라 더 나아지려고 하는 모습이 나를 되돌아보게 했다. 나도 저렇게 열심히 살아야겠다는 자극을 줬다.

"싫으면 거절해도 돼."

나는 션의 손을 잡고 저택으로 들어가며 말했다. 이미 연락을 받은 하인이 우리를 기다리다가 고개를 숙여 인사했다.

션은 문 앞에 서서 내가 코트를 벗는 것을 도와주었다. 그리고 코트를 대기하던 하인에게 건네며 말했다.

"내가 어떻게 감히 네 요청을 거절할 수 있겠어."

하인이 움찔하더니 재빨리 뒤로 물러났다. 나는 발뒤꿈치를 들어 션의 뺨에 입을 맞추고 말했다.

"차 마시고 갈 거지?"

션의 표정이 이상해졌다. 그는 어리둥절한 표정과 뭔가 하고 싶은 말이 있는 표정으로 나를 쳐다보고 있었다.

"안 마시고 갈 거야?"

그냥 가려고? 여기까지 태워다 줬는데? 내 질문에 그는 허리에 손을 얹더니 한숨을 내쉬었다. 그리고 약간 힘이 빠진 목소리로 말했다.

"아니, 마시고 가야지."

뭘 실망하는 건지 모르겠네. 나는 션과 함께 차를 마신 뒤 그를 보내고 나서야 조용하고 황량한 저택 안에서 한숨을 내쉬었다.

피곤해 죽겠다. 반나절을 마차를 타는 건 정말 끔찍하다는 말밖에 할 말이 없다. 이곳의 바퀴는 전부 나무 바퀴고 거기에 고무를 씌운다는 생각은 전혀 못 하고 있기 때문이다.

바퀴에 고무를 씌우는 걸 어디서 주문 제작해야 하지? 아니, 그 이전에 여기에 고무로 바퀴를 만들 수 있는 기술이 있을까?

머리가 복잡해졌다. 내일 아침부터 바쁜데.

"일찍 주무세요."

내 목욕을 도와준 그레이스가 그렇게 말하며 침실을 나갔다. 내일 아침부터 돌아다녀야 한다. 우선 내가 살던 거리가 어떻게 됐는지 보기로 했다.

아침 식사는 도리스의 가게에서 해야지. 여긴 요리사가 없으니까.

거기까지 생각이 들자 션에게 같이 가자고 묻는 걸 잊어버렸다는 게 떠올랐다.

"아 참."

가서 내일 아침에 같이 나갈 거냐고 물어봐야겠다. 그렇게 생각하며 침대에서 일어나던 나는 여기가 헬름이 아니라 수도라는 것을, 션은 아까 자기 집으로 떠났다는 것을 떠올렸다.

"어?"

기분이 굉장히 이상했다. 그냥, 허탈했다. 예전에 친구들이 수도로 떠날 때와 약간 비슷한 기분이 들었다.

헬름에 있을 때는 아침에 일어나서, 자기 전에 항상 얼굴을 봤는데 여기서는 그럴 수가 없구나. 내일 아침에 일어나도 션을 보지 못할 거라는 생각에 기운이 쭉 빠졌다.

나는 그대로 이불 속으로 들어가 웅크렸다. 너무 조용했다. 레슬리는 저 멀리 헬름에. 친구들은 각자 거리에서.

그리고 선은 수도 저편의 자기 집에 있다는 게 허탈하고 외롭게 느껴졌다.

"사장님!"

이튿날 아침, 식사를 위해 빵집을 찾아가자 바쁘게 진열을 하던 도리스가 나를 발견하고 비명을 지르며 달려왔다. 나는 도리스에게 안긴 채 가게 안쪽에서 놀란 표정으로 쳐다보는 직원에게 손을 흔들었다.

도리스가 새로 고용한 직원인 모양이다. 이름이 뭐였더라. 그녀의 이름을 떠올리는데 도리스가 내게서 떨어져서 말했다.

"어서 오세요. 이쪽은 가게 직원 애니예요. 애니, 이 가게 사장님이자 어셔 남작님이셔."

애니의 눈이 커졌다. 내 이야기를 들었는지 그녀는 어셔 남작이라는 말을 듣자마자 재빨리 허리를 숙였다.

"그럴 필요 없어."

나는 키득거리며 애니를 말렸다. 그리고 그녀와 함께 가게 안쪽으로 들어가며 말했다.

"엄청 좋아졌네요."

"그렇죠? 저도 처음 봤을 때 깜짝 놀랐어요."

거리는 하나의 지붕을 공유하고 있었다. 어떤 면으로는 내가 살던 곳에 있던 쇼핑몰과 비슷했다. 쇼핑몰처럼 출입구가 여러 개로 들어가면 날씨와 상관없이 쇼핑을 할 수 있었다.

하지만 쇼핑몰과 달랐다. 쇼핑몰은 층마다 가게가 따로 있어서 일 층을 다 구경하고 이 층으로 올라가면 또 다른 가게가 나왔지만 여기는 일 층과 이 층이 같은 가게였다.

그러니까 이 층으로 올라가려면 각 가게에 들어가서 가게 내부의 계단을 통해 올라가야 한다는 말이다.

쉽게 설명하면 지붕 하나를 공유한 여러 개의 건물이다.

"비가 오거나 눈이 와도 이 안에 있으면 우산이 필요가 없어요."

도리스는 그렇게 말하며 나를 이 층의 가장 좋은 자리로 안내했다. 이른 아침이지만 가게 이곳저곳에는 아침 식사를 하기 위한 손님들로 차 있었다.

"장사는 어때요? 잘 돼요?"

나는 커다란 창문 덕분에 채광이 환한 가게 내부를 살펴보고 물었다. 뒤쪽에 있는 창문은 거리 바깥쪽으로 나 있어서 날씨를 볼 수가 있었다.

아무래도 이 건물이 전에 있던 건물보다 훨씬 큰 것 같은데. 나는 그렇게 생각하며 크기를 대충 가늠했다.

"굉장히요. 소문을 듣고 찾아온 사람도 많아요. 처음 열었을 때 사비나 씨가 기사를 내줬거든요."

그건 정말 고마운 일이다. 나는 사비나에게도 꼭 고맙다고 편지를 써야겠다고 생각하며 물었다.

"다른 사람들은 어때요? 잘 지내고 있어요?"

"아직 안 가 보셨어요?"

"여기가 처음이에요. 여기서 식사하려고 일어나자마자 왔어요."

내 대답에 도리스가 활짝 웃었다. 그녀는 잠시만 기다리라고 하더니 일 층으로 내려갔다.

그리고 몇 분 후에 계란 토스트와 차를 가지고 올라왔다.

"지금 팔고 있는 아침 메뉴예요."

모닝 세트로 차와 함께 식사가 될 만한 빵을 팔아 보라고 권했던 건 나였다. 그걸 계란 토스트로 할 줄은 몰랐지. 나는 포크와 나이프로 계란 토스트를 썰어 먹는 손님들을 둘러보고 포크를 집어 들었다.

"이건 너무 번거롭지 않아요? 채소와 햄을 다져 넣은 모닝 빵도 괜찮을 것 같은데요."

"모닝 빵이요?"

아, 여긴 모닝 빵이라고 안 하지. 나는 작게 자른 계란 토스트를 입에 넣으며 말했다.

"롤빵이요. 아, 그리고 이렇게 팔 거면 이 위에 치즈를 좀 갈아서 내도 괜찮을 거예요."

문제는 그러면 손이 간다는 거겠지만. 나는 재빨리 고려만 해 보라고 덧붙였다. 도리스는 내 제안을 눈을 반짝이며 들었다.

"에버딘, 어떻게 왔어?"

막 계란 토스트를 다 먹어 가는데 소식을 들었는지 아이린 아주머니와 수잔이 찾아왔다. 나는 자리에서 일어났다가 앉으라는 아이린 아주머니의 성화에 다시 앉으며 말했다.

"보고 싶어서 왔죠. 크리스틴은요?"

"크리스틴은 출장 갔어."

"출장?"

수잔의 말에 그게 무슨 소린가 하고 고개를 돌리자 아이린 아주머니가 웃으며 말했다.

"오늘 저녁때 올 거야. 웨딩드레스 주문을 받았거든."

오늘 신부의 집에 가서 옷을 확인하느라 늦을 거라고 했다. 그렇구나. 나는 차를 홀짝이며 고개를 끄덕였다.

다들 잘 지내고 있다는 건 편지를 받아서 안다. 하지만 이렇게 눈앞에서 보니까 감회가 새로웠다.

"식당은 어때요?"

내 질문에 아이린 아주머니가 신이 나서 식당 자랑을 시작했다. 직원을 두 명 두고 시작했는데 매일 스튜는 바닥을 보이도록 팔고 있다고 한다.

서쪽 하늘 용병대는 꾸준히 찾아오고 있고 요새는 다른 용병대도 오지만 싸움은 일어나지 않는다고.

"아예 여기에 상주하는 용병이 있어."

"용병이요?"

"공작님이 이 거리의 치안을 지키는 용병을 보냈거든. 문을 닫을 때까지 지키다가 그 사람이 문단속을 해 줘."

진짜 쇼핑몰 같다. 나는 신기한 기분으로 아이린 아주머니의 이야기를 들었다. 그녀는 식당이 얼마나 잘되는지 이야기하다가 물었다.

"그런데, 진짜 어쩐 일이야? 바쁘잖아."

바쁘긴 하다. 수도에 올라온 것도 벼르고 벼르다 온 거다. 나는 고개를 끄덕이며 말했다.

"진짜 보고 싶어서 왔어요. 상인들도 만나고요."

"상인들?"

"헬름에 밀가루를 공급하는 상회도 만나고, 수도에 술을 좀 팔까 해서요."

"술?"

내 말에 아이린 아주머니는 물론 수잔까지 그게 무슨 소리냐는 표정을 지었다. 아, 맞다. 이 사람들이 떠날 때쯤엔 헬름엔 마실 만한 술이 없었다.

그나마 유통되던 건 밀주였는데 위생상의 문제로 내가 막아 버렸다. 물론 엄청나게 비쌌다는 것도 한몫했지만.

나는 쌀로 만든 술을 팔까 해서 왔다고 설명했다. 달짝지근하고 약간은 걸쭉한 하얀 술이라는 말에 수잔이 제일 먼저 입을 열었다.

"쌀로 만들었다고?"

"헬름은 쌀이 많잖아."

좀 더 거칠게 말하면 남아돈다. 덕분에 그걸로 술을 만들기가 쉬웠다. 내가 살던 곳에선 예전에 쌀 소비가 너무 커서 금주령을 내렸을 정도인데.

"그게, 어, 그러니까, 먹을 만해?"

수잔이 조심스럽게 물었다. 하지만 내가 대답하기 전에 아이린 아주머니가 먼저 입을 열었다.

"괜찮을 것 같은데. 술은 곡주가 기본이니까."

"어, 그래요? 하지만 와인은……."

"그건 과실주고. 곡주가 있고 과실주가 있거든. 맥주도 곡주고."

수잔은 몰랐던 모양이다. 나는 술을 여기저기에 소개할 계획을 말했다. 귀족 사교계뿐 아니라 예술가들이나 전문직이 다닌다는 곳까지.

적어도 그중 하나는 막걸리를 마음에 들어 하겠지.

그때, 아이린 아주머니가 말했다.

"잘될 것 같지만 혹시라도 안 되면 나한테 가져와."

안 팔리면 자기가 팔아 주겠다는 거다. 어쩐지 든든하다. 안 팔린다고 해서 아이린 아주머니에게 넘길 생각은 없지만 이렇게 날 생각해 주는 사람이 있다는 게.

나는 씩 웃으며 말했다.

"아니죠. 잘 팔리면 가져다드릴게요. 아주 비싸게 파세요."

내 대답에 아이린 아주머니가 소리 내어 웃었다. 나는 다음 약속을 위해 도리스가 가져다준 차를 한잔 더 마시고 자리에서 일어났다.

물론 떠나기 전에 크리스틴을 포함한 네 사람을 이틀 후 저녁 식사에 초대하는 것도 잊지 않았다.

"잘 잤어?"

이튿날, 아침. 그레이스의 도움을 받아 머리를 빗고 옷을 갈아입은 뒤 식당으로 내려오자 션이 신문을 읽고 있다가 내게 인사를 건넸다.

응? 내가 수도에 올라온 게 꿈이었나? 나는 저도 모르게 식당과 창밖을 확인했다. 하지만 여긴 수도가 맞았다. 헬름보다 약간 작은 식당이나 담을 둘러막은 정원이 보였다.

몸을 돌리자 한 발짝 늦은 하인이 큰일 났다는 표정을 짓고 있었다. 션이 왔다는 것을 내게 알려 줬어야 했는데 내가 너무 일찍 내려온 모양이다.

"언제 왔어?"

나는 자리에서 일어난 션이 당겨 주는 의자에 앉으며 물었다. 설마 어제도 온 건 아니겠지? 어제는 도리스의 가게에 가서 식사를 하려고 일찍 일어나서 나갔다.

"방금. 아침을 같이 먹을까 하고."

그가 그렇게 말하는 것과 동시에 하인이 빵과 계란을 가져왔다. 빵은 갓 구웠는지 따끈따끈했고 부드러웠다.

이 빵과 오믈렛은 어디선 난 걸까. 이 저택은 요리사가 없다. 전에 있던 요리사는 레슬리가 해고했다고 들었다.

그래서 여기로 올 때 레슬리가 요리사도 데려가라고 주장했지만 내가 거절했다. 어차피 난 계속 약속이 있어서 점심 저녁은 나가서 먹을 거다. 아침만 해결하면 되는데 아침도 도리스네 빵집에서 해결하면 된다.

다행히 내가 묻기 전에 하인이 작게 설명했다.

"웨스트 공작님께서 가져오셨습니다."

뒤이어 또 다른 하인이 햄과 치즈, 잼과 버터를 가지고 들어왔다. 그러니까 오늘 아침 식사를 전부 션이 가져왔다는 뜻이다.

귀찮았겠는데. 나는 빵 바구니에서 작은 빵을 하나 집다가 멈칫했다. 어라?

"혹시 도리스한테 갔다 왔어?"

"도리스?"

션은 도리스가 누구냐는 표정을 짓더니 곧 고개를 끄덕이며 말했다.

"네 빵집에 갔다 왔냐는 질문이라면, 맞아."

빵 바구니에는 채소와 햄이 들어간 롤빵과 그냥 롤빵이 섞여 있었다. 수도에 채소와 햄이 들어간 롤빵을 파는 가게가 또 있다면 모르지만 어제 내가 이야기한 걸 도리스가 시도해 본 모양이다.

"아, 그래. 거기 직원이 네게 시식을 부탁한다고 했다더군."

션은 내가 롤빵을 작게 뜯자 생각났다는 듯 덧붙였다. 역시 도리스가 만든 모양이다. 나는 폭신폭신한 식감에 살짝 기름이 도는 빵을 천천히 씹었다. 맛있다. 양파와 당근을 아주 작게 다져서 햄과 함께 볶은 모양이다. 빵 속을 파내고 안에 계란을 넣어 구워 먹어도 맛있다.

"어때?"

그렇게 묻는 션은 아무것도 먹지 않고 있었다. 나는 맛있다고 말하려다가 나를 보고 빙그레 웃고 있는 그를 발견하고 멈칫했다.

내가 먹는 걸 구경하는 건가?

"맛있어. 먹어 봐."

내가 그렇게 말하자 션은 그제야 빵을 하나 집었다. 그리고 삶은 계란 윗부분을 톡톡 쳐서 껍질을 깨고 안을 파먹기 시작했다.

저렇게 먹는 거구나. 나는 그가 하는 대로 따라서 삶은 달걀을 먹기 시작했다. 이어서 하인이 내 잔에 차를 따랐다.

"우유?"

션이 식탁에 놓여 있던 우유 주전자를 들어 올리며 물었다. 내가 고개를 끄덕이자 그는 팔을 뻗어 내 잔에 우유를 부어 주었다.

키가 커서 그런가 팔도 길다. 내 팔로는 저기까지 안 닿을 것 같은데. 그런 생각을 하는데 션이 물었다.

"어제 사람들을 만났다며."

어제? 나는 색이 연해진 차를 홀짝이고 대답했다.

"응. 상회 대표랑 만났어."

"말하지 그랬어."

"응? 왜?"

내 질문에 션의 표정이 이상해졌다. 그는 나를 물끄러미 쳐다보다가 다시 빵에 잼을 바르며 말했다.

"같이 가려고 했지. 거리도 갔다 왔다며."

"아."

안 그래도 나도 그와 함께 가려고 했었다. 하지만 션은 자기 집으로 돌아갔고 이른 아침에 가서 그를 부를 수가 없었다.

나는 야채 롤빵을 우물우물 씹어 삼킨 뒤 말했다.

"너무 이른 아침이라. 아침부터 부르는 건 좀 그렇잖아."

"뭐가?"

응?

이번에는 내 표정이 아까 전의 션과 같아졌다. 그는 어리둥절해 하는 내게 잼을 바른 빵을 내밀며 말했다.

"네가 일어난 시간이면 나도 일어나 있어. 걱정 말고 불러. 아니면.”

아니면? 나는 션이 내민 빵을 받으며 그를 쳐다봤다. 그는 나를 한 번 쳐다보더니 한숨을 내쉬었다. 그리고 다시 빵을 집어 들며 말했다.

“아냐. 다음부턴 불러.”

다음부터라고 해도 말이지. 앞으론 그렇게 아침 일찍 나갈 일이 없다. 나는 빵에 버터만 발라 먹는 션을 물끄러미 지켜보다가 말했다.

“하지만 앞으론 네가 같이 갈 일이 없을걸? 이다음에 남은 건 친구들을 불러서 식사하는 거랑 상회 사람들을 만나는 것뿐이야.”

“상회? 어제도 만났다며.”

그건 대체 어디서 들은 걸까. 나는 약간 물러나 있는 하인들을 힐끔 쳐다봤다. 설마 쟤들이 이야기하지는 않았겠지.

“술 때문에.”

“아, 그건 내가 소개해 줄게.”

“응? 이미 만나기로 연락했는데?”

헬름에 있을 때 미리 편지를 쫙 돌렸다. 관심 있는 사람은 답장을 보내라고. 그 답장은 여기, 수도의 저택으로 받았고 제일 먼저 답장을 보낸 상회부터 만나 볼 생각이었다.

하지만 션은 그게 안 좋은 결정이라고 생각한 모양이었다. 내 이야기를 들은 그가 인상을 쓰며 말했다.

“어디, 어디에서 연락 왔는데?”

가장 빨리, 먼저 관심을 보인 곳은 한 군데였다. 거긴 내가 이 집에 도착했을 때 이미 답장이 도착해 있었으니까. 그리고 어제 점심쯤에 한 군데에서 또 답장이 왔다.

나는 하인을 시켜 서재에 있던 편지를 가져오라고 했고 그걸 그대로 션에게 건네주었다. 그러자 그는 아무것도 넣지 않은 차를 마신 뒤 편지를 살피기 시작했다.

"둘 다 버려."

그러더니 편지를 벽난로에 버리려는 듯 손을 내밀었다. 어허. 내가 눈을 부릅뜨자 그의 행동이 멈췄다. 그러더니 식탁 위에 올려놓으며 물었다.

"원래 계획은 사교계에 소개하려는 거 아니었어?"

"그러고 싶은데 그러려면 사람들을 초대해야 하잖아."

그럼 이 집을 꾸며야 한다. 그건 보름 안에 절대 안 끝난다. 사람도 부족하고 돈도 부족하다.

내 말에 션의 시선이 식당을 훑었다. 네가 봐도 그렇지? 이 집은 정리할 건 정리하고 남길 것만 남겨 놔서 좋게 말하면 깔끔하고 나쁘게 말하면 황량하다.

"그럼 내 집에서 해."

"응?"

"내 집에서 하라고."

아니, 못 알아들어서 물어본 게 아니었는데. 나는 멍하니 션을 쳐다보다가 의자 등받이에 몸을 기대며 말했다.

"아니, 난 왜 그래야 하냐고 물어본 건데?"

그제야 션도 좀 당황한 표정이었다. 그는 나를 물끄러미 쳐다보다가 얕게 한숨을 내쉬었다. 그러더니 몸을 내밀고 턱을 괴며 말했다.

"아네트가 전부터 파티를 열고 싶다고 했거든. 해가 지나기 전에 한 번쯤 할까 해서. 그때 내놓는 술을 네 술로 하면 될 것 같은데."

엇. 그건 좋을 것 같다. 나는 금세 혹해서 물었다.

"언제 열 건데?"

그러자 션의 눈동자가 살짝 옆으로 향하다가 다시 원상태로 돌아왔다. 잠깐.

뭔가 이상하다고 생각하는데 그가 말했다.

"글쎄. 보름 후로 생각하고 있는데."

진짜 아네트가 졸라서 여는 거 맞아? 나는 그를 향해 몸을 내밀며 물었다.

"션, 나 때문에 그러는 거라면……."

"싫으면 안 해도 돼."

내 말이 끝나기도 전에 션이 불쑥 말했다. 그렇게 말하면 또 할 말이 없는데.

션은 내가 입을 다물자 갑자기 벌떡 일어나더니 다시 자리에 앉았다. 그리고 나를 향해 몸을 내밀었다가 다음 순간에는 의자 등받이에 몸을 기대더니 한숨을 내쉬었다.

"아네트 때문에 하는 거야. 어차피 한 번쯤은 열어야 하는 거고, 파티에 술이 빠질 수는 없잖아. 술은 많으면 많을수록 좋으니까."

그건 그렇다. 고개를 끄덕이던 나는 그가 나를 위해 거짓말을 하고 있음을 깨달았다. 어쩌면 아네트가 파티를 열자고 부탁한 건 진짜일지도 모른다. 하지만 거기에 내 술을 내놓겠다고 한 건 확실히 날 위한 거다.

내가 부담을 갖지 않도록 일부러 저렇게 말하는 거다.

"좋아."

나는 그렇게 말하고 씩 웃었다. 그리고 션이 입을 열기 전에 재빨리 덧붙였다.

"하지만 상회는 만나 볼래."

션의 얼굴에도 미소가 떠올랐다. 딱히 그를 믿지 않는 건 아니다. 하지만 그의 도움에만 의지하고 싶지도 않고 할 수도 없다.

"좋아. 하지만 지금 여긴 버려."

그렇게 말하는 션의 손가락이 식탁 위에 놓인 편지를 짚었다. 그는 그걸 벽난로에 던져 넣고 싶다는 듯 끌고 가더니 나를 쳐다봤다.

"왜? 그렇게 별로야?"

"처음 보는 이름이야."

그게 왜? 내가 이해하지 못하자 션은 편지를 들어 올리며 설명했다.

"네 물건을 대신 파는 거잖아. 믿을 수 있는 곳이어야 하는데 내가 처음 본다는 건 생긴 지 얼마 안 됐다는 말이거든."

그러니 믿을 수 없다는 거다. 나는 팔을 뻗어 편지를 받아 들며 물었다.

"그럼 어디가 좋은데?"

"그리어, 알란이 유명하고."

둘 다 안다. 그리어와는 밀과 콩을 계약했다. 그리고 알란은 뭐,

헬름의 저택 바닥이 전부 알란 상회의 돈으로 바뀐다는 것만 말해 두자.

"브룩이 있고."

"브룩? 브룩 백작가의 그 브룩?"

"말했잖아. 브룩 백작 부인이 상회를 가져갔다고."

그게 무역까지 커졌다는 말을 들었던 기억이 난다. 생각해 보면 상회에서 시작했으니 아직 상회의 기능도 하고 있을 게 분명하다.

션은 상회 몇 개를 더 부르더니 찻잔을 들어 올리며 말했다.

"브룩 경에게 연락해 봐."

"브룩 경이 상회를 관리해?"

"아니, 상회는 백작 부인이 관리하지. 하지만 넌 브룩 경과 안면이 있잖아."

션은 차를 마신 뒤 이어서 말했다. 사업이란 그렇게 하는 거라고. 처음부터 아무것도 없는 사람과 사업을 할 곳은 없다.

방금 그가 처음 보는 상회는 제쳐 두라고 말한 것처럼. 그러니 나도 제랄딘과의 인맥을 이용해서 브룩 상회와 만나 보라는 거다.

"그렇구나."

무슨 말인지는 알겠다. 나는 찻잔을 감싸 쥔 채 그가 다시 식탁에 내려놓은 편지 두 장을 물끄러미 쳐다봤다.

내가 살던 곳도 그랬다. 다들 경력자를 원했다. 그게 내 마음을 좀 불편하게 했다.

저 사람들은 내 편지에 제일 먼저 연락한 사람들이다. 그건 저들이 션의 말대로 신뢰할 수 없는 사기꾼이라 그럴 수도 있지만 어쩌면 절박해서 일 수도 있다.

"그래도 만나 볼래."

"에버딘."

션의 미간에 주름이 생겼다. 그는 내가 집기 전에 먼저 편지를 집어 들더니 못마땅하다는 듯 말했다.

"만날 필요 없어. 시간 낭비야."

나는 자리에서 일어나 션에게 다가갔다. 그리고 그의 손에서 편지를 빼앗으며 말했다.

"그건 내가 결정하는 거지."

"그자들은 널 속이려고 할 거야."

그럴지도 모른다. 나는 어깨를 으쓱하며 말했다.

"만나는 것만으로 날 속이려면 마법이라도 써야 할걸?"

션의 입에서 한숨이 흘러나왔다. 그는 못마땅하다는 표정으로 말했다.

"시간 낭비하지 말라는 거야. 바쁘잖아."

바쁜 건 사실이다. 하지만 정말 그걸 시간 낭비라고 할 수 있을까. 나는 가슴 앞으로 팔짱을 끼며 말했다.

"그건 모르는 거지. 네가 추천한 곳이 믿을 수 있는 곳이겠지만 내게 맞는 곳인지는 모르잖아."

"맞는다는 게 무슨 소린데?"

"오래되고 큰 곳이라면 믿을 수는 있겠지만 내 의견이 반영이 안 될 수도 있지."

모든 술이 그렇지만 막걸리도 만드는 데 시간이 오래 걸린다. 게

다가 나는 사람이 직접 만드는 방법밖에 모른다.

즉, 소량을 만들 수밖에 없다는 뜻이다. 그걸 감안해 줄 수 있는지가 문제다.

큰 회사라면 소량 납품하는 곳보다 대량 납품하는 것을 더 우선하게 된다. 내가 뒤로 밀릴 수 있다는 말이다.

션은 내 설명에 한쪽 눈썹을 들어 올리더니 나를 잡아당기며 말했다.

"내가 있는데 감히 널 배제할 곳이 있을 리가."

나는 어이가 없어서 피식 웃었다. 날 도와주겠다는 말로 들린다. 그리고 그게 사실이겠지.

하지만 이건 내 술이고 내 영지의 일이다. 나는 앉아 있는 션의 어깨에 기대며 말했다.

"브룩 상회도 만나 볼 거야. 하지만 연락 온 곳도 다 만나 볼래."

"그럼 나랑 같이 만나."

션은 한숨을 내쉬며 말했다. 그러더니 재빨리 덧붙였다.

"적어도 그놈들이 어떤 생각인지는 알 수 있겠지."

날 위해서 같이 만나겠다는 거다. 나는 킬킬대며 물었다.

"아까는 시간 낭비라며?"

"네가 시간 낭비가 아니면 내게도 아니야."

이건 좀 감동이다. 나는 말없이 션을 쳐다봤다.

머릿속에 도미닉의 말이 다시 떠올랐다. 션과의 결혼이 불가능할 거라던. 지금 물어볼까. 그런 생각이 막 들었을 때 하인이 허둥지둥 들어오며 말했다.

"왕궁에서 사람이 왔습니다."

왕궁이라고? 제일 먼저 생각난 건 왕과 만나고 싶다고 요청했던 거였다. 그 답이 온 모양이다. 나는 션을 한 번 돌아보고 식당을 빠져나갔다.

"에버딘 어셔 남작님이십니까?"

왕궁에서 온 사람은 말쑥한 유니폼을 입고 있었다. 성에서 일하는 사람인 모양이다. 그는 내가 고개를 끄덕이자 장갑 낀 손으로 품에서 봉투를 조심스럽게 꺼냈다.

그리고 내게 내밀며 말했다.

"왕자 전하께서 보내신 겁니다."

왕자라고? 이 나라에 왕자와 공주가 있고 왕위는 왕자가 이을 예정이라는 건 알고 있다. 내가 어떻게 받아야 할지 몰라 망설이는데 어느새 따라왔는지 션이 다가가서 남자의 손에서 편지를 받아 들었다.

그리고 내게 건네며 남자에게 물었다.

"답을 바로 해야 하나?"

"아닙니다."

그럼 천천히 대답해도 되나? 나는 봉투를 뜯어 안을 살폈다. 그 사이 성에서 나온 남자는 나를 기다리는 것처럼 서 있었다.

가라고 해야 하나? 이런 걸 잘 모르겠단 말이지. 나는 션을 한 번 쳐다보고 그가 아무 말도 하지 않자 재빨리 편지를 읽었다.

내용은 간단했다. 왕은 현재 몸이 좋지 않아 대리청정 중인 왕자가 나를 만나 보겠다는 거였다. 시간은 삼 일 뒤.

"삼 일 뒤?"

내가 깜짝 놀라서 소리치자 하인이 별거 아니라는 듯 말했다.

"빈 시간에 만나 주시는 겁니다. 감사하십시오."

뭐야, 이 자식. 지가 왕자인 것처럼 이야기하고 있네. 그에게 차라도 권하려던 마음이 싹 사라졌다. 나는 머릿속에 스케줄을 확인하고 말했다.

"알겠다고 전하게."

그만 가라는 데도 남자는 이상하게 떠나지 않았다. 왜 이래? 무슨 할 말이라도 남았냐고 물어보려는데 션이 그에게 손을 내밀었다.

그러자 남자가 손바닥을 펼쳐 재빨리 션이 건네는 것을 받았다.

"뭐였어?"

나는 성에서 나온 남자가 떠나자마자 션에게 돌아서서 물었다. 동전처럼 보였다. 내 생각대로 션은 별거 아니라는 듯 말했다.

"수고비."

"수고비라니, 무슨 수고비?"

"성에서 여기까지 가져왔잖아. 수고비를 줘야지."

"성에서 여기까지 가져오는 게 저 사람 일 아냐?"

내 질문에 션이 이상한 표정으로 쳐다봤다. 그는 짧은 침묵 끝에 입을 열었다.

"저자는 일부러 시간을 끌다가 삼 일 뒤 아침에 가져올 수도 있었어."

"뭐?"

왜 그런 짓을 해? 내가 이해하지 못하자 션은 주머니에서 동전을 하나 꺼내 내밀었다.

"삼 일 뒤 아침이라고 해도 그는 전달했고 그 뒤는 전부 네 책임이지. 준비가 미흡했다 해도 왕자는 널 탓할 거야."

당연하다. 나는 편지를 펼쳐 보고 왕자가 몇 시까지 오라고 했는지 확인했다. 여기서 성까지 가는 데는 마차로 몇십 분 정도 걸리고 길이 막히는 것과 성안에서 또 이동 시간이 있을 걸 감안해서 나는 넉넉잡아 두 시간 전에는 출발해야 할 거다.

그러면 준비 시간까지 포함해서 서너 시간이 필요하다. 뿐만 아니라 왕자와 만나서 무슨 이야기를 어떻게 할지도 미리 준비해 둬야 한다.

그걸 당일 아침에 전달받으면 미흡해질 수밖에 없고, 왕자는 당연히 준비가 부족했던 내게 실망할 것이다.

여기서 내가 이해하지 못하는 건 저 편지를 전달한 자가 왜 일부러 내게 피해를 주려 하느냐는 것이다. 방금 전 션의 이야기는 마치 내가 수고비를 주지 않으면 다음부터는 저자가 일부러 내게 못되게 굴 거라는 것처럼 들린다.

"고작 그 정도 돈 때문에 날 엿 먹인다고? 왜?"

말도 안 된다. 션이 들고 있는 동전은 고작해야 한 끼 식사 값이다. 그것도 비싼 식당이 아니라 아이린 아주머니의 식당에서 한 끼를 먹는 정도.

그러자 션이 어깨를 으쓱했다. 그는 동전을 내 손에 쥐여 주며 말했다.

"고작 이 정도 돈 때문에 사람을 죽이기도 해, 에버딘."

나는 그가 쥐여 준 동전을 물끄러미 쳐다봤다. 그런 이야기를 들은 적이 있다. 고작 담배 한 갑 때문에 사람을 죽인 남자가 있다고.

또 어떤 미친놈은 고작 비닐 봉투 하나 때문에 사람을 죽이기도 했다. 그건 돈이 문제가 아니다. 피해자의 잘못도 아니다. 가해자가 나쁜 놈이기 때문이다.

션은 돌려서 말하고 있는 거다. 세상엔 내가 생각하지 못할 방식으로 나쁜 놈들이 많다는 것을. 심지어 그 나쁜 놈은 자기가 당연한 요구를 하고 있다고 생각할 거다.

그걸 내가 살던 곳에서는 두 글자로 표현했다. 진상.

"네가 상회와 만날 때, 나도 같이 있을 거야."

다시 이야기는 우리가 식당에서 하던 주제로 돌아왔다. 정신이 들었다.

그러니까 지금 션이 하려고 하는 말은 내가 만나려 하는 상회의 사람 중 누군가는 저런 진상일 수도 있다는 말이다. 나는 내가 만든 술을 상회에게 맡겨서 팔아야 하고, 신뢰할 수 없는 상회라면 일부러 내 술을 망칠 수도 있다

아이러니하게도 션의 그 설명 덕분에 여러 상회를 만나 봐야겠다는 내 결심은 더욱 굳건해졌다. 그렇다면 더더욱 브룩 상회나 알란 상회 같은 한 곳과만 거래할 수는 없다. 만약 피해를 입는다면 치명타다.

나는 곧바로 서재로 돌아가서 내게 답장을 보낸 상회 사람들에게 가능한 한 빨리 이야기를 해 보고 싶다는 편지를 보냈다.

37

"저는 시장을 국내로만 한정 짓지 않을 생각입니다."

로버트의 말에 에버딘의 고개가 기울어졌다. 그녀는 책상 앞에 앉아 책상을 사이에 두고 마주 앉은 로버트에게 물었다.

"한정 짓지 않겠다는 건 해외 수출이라도 하겠다는 말인가요?"

"물론이죠. 저는 남작님의 술이 얼마든지 해외에 수출할 수 있는 역량이 있다고 봅니다."

그럴듯한 로버트의 말에 에버딘은 저도 모르게 거짓말 좀 작작 하라고 하려다가 간신히 멈췄다. 막걸리가 해외에서 팔리지 않을 것 같아서 그러는 게 아니다.

이 남자는 막걸리를 먹어 보기는커녕 보지도 못했다. 그녀가 새로운 술을 만들었고 그걸 판매할 판매상을 찾는다는 소식에 연락해 온 몇몇 상인 중 하나였기 때문이다.

"어느 부분이요?"

에버딘의 질문에 로버트는 멈칫했다. 어느 부분이냐고? 대답은 바로 튀어나왔다.

"여러 부분에서죠. 다른 사람도 아닌 남작님이 직접 만든 술이지 않습니까? 그만큼 애착도 가지고 계실 거고요. 그걸 국내로만 한정하기는 남작님도 아쉬울 것 같은데요."

맞는 말이다. 하지만 에버딘의 질문에 대한 대답은 전혀 포함되어 있지 않았다. 에버딘은 피식 웃으며 다시 물었다.

"해외로 어떻게 수출할 생각인데요?"

"아는 사람 중에 무역 쪽에서 일하는 사람이 있습니다. 그 사람에게 맡길 생각입니다."

"어느 회사요?"

"네?"

"지인이 무역 쪽에서 일한다면서요. 어느 회사에서 일하냐고요."

당연하지만 나라와 나라 간에 무역을 할 경우 등록된 무역 회사를 통해야 한다. 그렇지 않으면 밀수다. 에버딘의 질문에 로버트가 눈에 띄게 당황했다.

그는 그녀가 그런 부분까지 물어볼 거라고는 생각하지 못했다. 적당히 해외에 팔 거라고 둘러치면 이동 시간이 있으니 당장 성과가 나오지 않아도 되기 때문에 한 말일 뿐이다.

로버트는 에버딘이 생각보다 호락호락하지 않다는 것을 깨달았다. 그녀는 그가 무역 회사의 이름을 대면 그 회사에 로버트의 지인이 진짜로 일하는지도 확인할 생각이었다.

젊은 여자 귀족이라고 해서 얕봤다. 로버트는 그렇게 생각하며 억지로 미소를 지었다.

그는 그런 귀족을 몇 번 봤다. 별것도 아닌 것을 대단하다고 착각해서 사업을 시작하겠다며 사람을 모으는 젊고 치기 어린 귀족들.

그런 사람들을 적당히 북돋운 다음 속여 먹는 건 아주 쉬웠다. 하지만 그는 본능적으로 에버딘은 적당히 북돋는 것도 속이는 것도 쉽지 않을 것 같다는 판단이 들었다.

"워낙 작은 회사라서요. 아마 이야기해도 모르실 겁니다."

로버트가 발을 뺐지만 에버딘은 계속해서 질문을 던졌다.

"하지만 그 사람과 연계해서 해외 수출까지 생각했다는 건 능력이 있는 사람이라는 말이잖아요? 어떤 사람인지 매우 궁금한데요."

곤란하다. 로버트는 망설이다가 에버딘이 채근하자 적당히 아는 사람의 이름을 내뱉었다.

"코, 코넬입니다."

"그럼 그 사람도 데려올래요? 같이 이야기하고 싶은데요."

에버딘은 보름 뒤에 헬름으로 내려갈 생각이니 그전에 만났으면 좋겠다고 덧붙였다. 그녀의 말에 로버트는 떨떠름한 표정으로 고개를 끄덕이고 저택을 빠져나왔다. 당연하지만 그는 코넬을 데리고 돌아올 생각이 없었다.

"어때?"

에버딘이 한숨을 내쉬자마자 어느새 들어왔는지 션이 책상 앞에서 있었다. 갑자기 나타난 그의 모습에 에버딘이 깜짝 놀라서 말했다.

"엄마야, 언제 왔어?"

"방금."

"어떻게 그렇게 발소리 하나 없이 걸어?"

에버딘은 믿을 수 없어서 그렇게 물으며 자리에서 일어났다. 하지만 그녀가 책상을 돌아 션에게 돌아가자 그는 어이가 없다는 표정으로 그녀를 쳐다보고 있었다.

"왜 그래?"

"그건 내가 할 말인데."

"뭐가?"

"소리 없이 걷는 거 말이야. 너야말로 발소리를 안 내잖아."

내가? 에버딘은 생각하지 못한 지적에 고개를 숙여 자신의 발을 내려다봤다. 자신이 발소리를 내지 않는 줄은 몰랐다.

하지만 그녀는 곧 이유를 깨달았다. 그녀의 오랜 버릇이었다. 예전에 살던 곳은 아파트나 빌라와 같은, 층층이 쌓인 건물이었다. 아래층에는 다른 가족이 살았고 위층에서 쿵쿵대고 걸어 다니면 층간 소음에 시달릴 수 있다.

그래서 그녀의 할머니는 그녀가 아주 어릴 때부터 주의를 주곤 했다. 아래층 사람들을 위해서 가볍게 걸어 다니라고.

그게 여기까지 와서 이어질 줄은 몰랐는데.

에버딘은 뭐라고 말해야 할지 고민하다가 적당히 넘기기로 했다. 그녀는 이런 식으로 자신이 가진 습관이나 정보에 대해 적당히 넘기는 법에 익숙해지고 있었다.

"날 걱정해서 온 거야?"

갑자기 원래대로 돌아온 이야기에도 션은 별다른 반응을 보이지 않았다. 그 역시 그녀가 이런 식으로 질문에 대답하지 않는 것에 익숙해지고 있었다.

대체 어떻게 알았는지 모를 정보들, 그리고 귀족으로 자랐다기엔 특이한 습관들. 에버딘은 그 모든 것들에 항상 슬쩍 넘어가거나 말의 주제를 돌리곤 했다.

그녀가 말하고 싶지 않다면 션 역시 굳이 캐낼 생각은 없었다. 누구나 남에게 말하고 싶지 않은 비밀이 한두 가지씩은 있는 법이다. 그도 에버딘에게 차마 말할 수 없는 것들이 있었다.

에버딘은 에버딘이면 됐다. 션은 지금 자신의 눈앞에 있는 에버딘이 좋았고 그녀가 사실은 다른 사람이라고 해도 딱히 달라질 건 없었다.

"궁금해서."

션의 건조한 대답에 에버딘은 피식 웃었다. 두 사람은 어제도 만났다. 에버딘이 그녀의 친구들을 저녁 식사에 초대하면서 션도 같이 초대했었다. 그때도 션은 그녀가 친구들과 오랜 시간을 보낼 수 있도록 친구들이 마실만 한 술을 가져와서 식사만 하고 떠나 주었다.

"별로야."

에버딘은 션의 옆에 서서 그의 몸에 자신의 몸을 기대며 말했다. 오늘까지 모두 다섯 명을 만나 봤지만 전부 별로였다. 결국 남은 건 브룩 상회뿐이라는 말이다.

그게 에버딘을 조금 부끄럽게 만들었다. 결국 션의 말대로 되지 않았던가. 그녀는 한숨을 내쉬며 말했다.

“말해도 돼.”

“뭘?”

“내가 뭐라고 그랬어. 라고 말해도 된다고.”

에버딘의 말에 션의 한쪽 눈썹이 올라갔다. 확실히 그는 그런 말을 할 자격이 있다. 하지만 션은 지금 이 상황에서 그런 말을 할 정도로 눈치가 없는 건 아니다.

게다가 그는 그런 식으로 자기가 옳았다는 것을 확인시키는 것보다 에버딘의 기분이 더 중요했다.

“브룩 경과 약속을 잡아 줄까?”

션의 위로에 에버딘은 웃음을 터트렸다. 믿을 수 없지만 이게 션의 위로였다. 에버딘은 그의 손을 잡으며 말했다.

“이미 약속 잡아 놨어. 아무래도 제일 큰 곳이라 그런가 바쁘시더라고.”

그래서 본의 아니게 브룩 백작 부인과는 가장 늦게 만나기로 했다. 에버딘의 말에 션은 저도 모르게 인상을 썼다.

에버딘에게 도움이 되고 싶다. 뭐든 그녀가 원하는 거라면 해 주고 싶었다.

그는 에버딘을 향해 돌아서며 물었다.

“내가 하면 어때?”

“뭐? 뭐를?”

"유통 말이야. 내가 하면 넌 네가 바라는 방식으로 믿을 수 있는 사람에게 해서 좋고, 난 수익을 얻어서 좋고. 안 그래?"

꽤 좋은 생각이다. 션의 얼굴에 미소가 떠올랐다. 물론 그는 유통 회사를 가지고 있지 않다는 문제가 있지만 그건 아주 사소한 문제일 뿐이었다.

유통 회사쯤이야 바로 만들면 된다.

하지만 에버딘에게는 아니었다. 그녀는 멍하니 션을 쳐다보다가 인상을 쓰며 물었다.

"유통 쪽에도 손대고 있었어?"

션은 에버딘의 질문에 거짓말을 하려다가 멈췄다. 거짓말을 하는 건 어렵지 않지만 하고 싶지 않았다. 그는 잠시 망설이다가 입을 열었다.

"하면 되지."

그건 그렇게 어려운 일이 아니다. 각 분야의 가장 실력 있고 유명한 사람을 스카웃해 오면 되니까.

하지만 에버딘에게는 아니었다. 션의 눈앞에서 에버딘의 눈이 커졌다가 원래대로 돌아갔다. 그녀는 그의 제안을 기뻐해야 할지 화내야 할지 몰라 망설이다가 가까스로 입을 열었다.

"고맙긴 한데……."

"알았어."

싫다는 거다. 에버딘의 입에서 거절이 나오기도 전에 션은 재빨리 물러났다. 그녀가 싫다면 그걸로 끝이다. 더 말할 필요도 없다.

하지만 에버딘은 션이 너무 빨리 물러나자 놀라서 물었다.

"그냥 한 말이었어?"

"아니, 진짜로 할 생각이었어. 하지만 널 부담스럽게 만들고 싶은 것도 아니야."

예전의 션이었다면 에버딘이 부담스러워하거나 말거나 상관하지 않고 밀어붙였을 것이다. 하지만 지금의 그는 그러고 싶지 않았다.

션은 에버딘이 기뻐하거나 행복해하는 걸 보고 싶은 거지 부담스러워하거나 죄책감을 갖는 걸 보고 싶어 하는 게 아니었다.

그런 션의 말에 에버딘은 다시 좀 놀랐다가 빙그레 웃었다. 그런 부분까지 신경 써준다는 게 그녀를 기쁘게 만들었다. 에버딘은 션의 팔에 손을 얹고 발뒤꿈치를 들었다.

그리고 그의 뺨에 입을 맞추려다가 그대로 멈춘 채 말했다.

"좀 숙여 봐."

지시에 가까운 부탁에 션의 얼굴에도 미소가 떠올랐다. 그는 그녀의 말대로 순순히 허리를 숙였고 에버딘의 입술이 자신의 입술에 닿자 반사적으로 그녀의 몸을 끌어안았다.

에버딘이 시작한 키스였지만 순식간에 주도권은 션에게 넘어갔다. 그는 정신없이 에버딘의 입술을 빨다가 그녀의 몸이 자신의 체중을 이기지 못하고 휘청거리자 본능적으로 그녀를 안아 올렸다.

다음 순간, 에버딘은 책상 위에 걸터앉아 있었다. 이쪽이 훨씬 높이가 맞는다. 션의 입술이 에버딘의 입술을 느리게 비비다가 떨어지기를 반복했다. 그는 그녀가 자신의 목을 끌어안는 것을 느끼고 목 안쪽으로 웃음을 터트렸다.

"브룩 백작 부인과 언제 만난다고?"

길고 느린 키스 끝에 션이 입술을 떼며 물었다. 그의 눈동자는 흥분한 탓에 평소보다 훨씬 더 붉게 빛나고 있었다. 마치 타오르는 불꽃 같은 색깔에 에버딘은 션의 눈에서 시선을 떼지 못한 채로 물었다.

"응?"

정신이 멍했다. 션은 그녀가 아직 정신을 차리지 못한 것을 깨닫고 다시 웃었다. 그리고 그녀의 입술에 가볍게 자신을 입술을 갖다 댄 다음 다시 물었다.

"브룩 백작 부인 말이야."

"어? 아, 음, 내일모레?"

"그럼 내일은 놀러 갈까?"

수도의 유명한 식당이나 소문이 괜찮은 공연을 보러 가도 좋다. 한적하게 시외로 나가도 좋지만 날이 쌀쌀해서 에버딘이 감기라도 걸릴까 봐 걱정이었다.

에버딘은 션의 제안에 바로 그러자고 하려다가 멈칫했다. 션과 놀러 가는 건 그녀도 바라던 일이다. 하지만 그럴 수가 없었다.

"안 돼. 내일 성에 가야 해."

왕자가 그녀를 만나겠다고 했다. 션은 잊고 있던 사실을 떠올리고 목 안쪽으로 신음을 삼켰다.

에버딘이 왕자를 만난다. 그게 그에게는 불쾌하고 걱정스럽게 다가왔다.

"왕자에 대해 경고를 할 게 있어."

금세 션의 행동이 진지해졌다. 그는 바로 서더니 책상에 걸터앉은 에버딘 앞에서 자세를 고쳤다.

에버딘은 별생각 없이 션을 쳐다보고 있었다. 다른 사람도 아닌 왕자다. 에버딘은 당연히 행동을 조심할 것이다.

하지만 션이 이렇게 주의를 준다는 건 뭔가 특이한 게 있다는 뜻이다. 왕자가 손버릇이 나쁘다거나, 더럽다거나 하는 게 아닐까. 에버딘의 머릿속에 그럴듯한 상상이 떠올랐다.

하지만 션이 입에서 나온 말은 그녀의 예상과 달랐다.

"그는……."

뭐라고 설명해야 할지 모르겠다. 션은 입을 열었다가 잠시 숨을 내쉬었다.

"마틴과 비슷해."

생각하지 못한 말에 에버딘의 눈이 커졌다. 마틴과 비슷하다고? 뭐가? 그녀의 머릿속에 수많은 의문이 떠올랐다. 잘생겼다는 뜻인가? 아니면 사생아라는 뜻인가? 그것도 아니면 이 여자 저 여자 만나고 다니는 바람둥이라는 뜻인가?

안타깝게도 그 모든 게 아니었다. 션은 가슴 앞으로 팔짱을 끼고 한숨을 내쉬었다. 불쑥 튀어나온 말이었는데 생각하면 할수록 왕자와 마틴이 비슷하게 느껴졌다.

둘 다 오만하고 건방졌다. 아랫사람을 함부로 다뤘으며 사람 귀한 줄을 몰랐다. 동시에 그럼에도 미움받지 않았다.

"그는, 네게 어려운 요구를 할 거야. 그리고 너는 그걸 들어줄 거고."

이해할 수 없는 션의 말에 에버딘은 눈을 동그랗게 뜨고 그를 쳐다봤다. 어려운 요구를 하는데 들어주게 된다고? 그녀는 머뭇거리며 말했다.

"음, 상대는 왕자잖아? 어려운 요구를 어렵다고 생각하지 않을 거고 보통 사람들은 왕자의 요구를 들어주려고 노력하지 않을까?"

"그런 문제가 아니라……."

션은 어디부터 설명해야 할지 몰라 인상을 썼다. 그리고 한숨을 내쉬며 말했다.

"나는 붉은 눈을 가졌지. 브룩은 붉은 손을 가졌고."

자연스럽게 에버딘은 제랄딘의 손을 떠올렸다. 그녀의 손은 팔뚝 중간까지 마치 멍이 든 것처럼 불그스름하게 물들어 있었다.

그걸 붉은 손이라고 하는구나. 에버딘은 그렇게 생각하며 말없이 션의 이야기를 기다렸다.

"왕자는, 붉은 심장을 가졌어."

에버딘의 머릿속에 전에 제랄딘이 그녀에게 해 준 이야기가 떠올랐다. 신이 노헤임을 세운 네 가문에게 선물을 줬다고 했다. 그 선물은 각 가문의 장자의 장자로 이어진다고. 그래서 노헤임의 계승권은 장자의 장자로 이어지게 된다는 것까지 들었었다.

"붉은 심장은 나와 비슷하지. 상대방을 조종할 수 있어."

션의 무거운 고백에 에버딘은 그를 멍하니 쳐다봤다. 조종한다고? 어떻게? 그렇게 의문이 떠오르는 것과 동시에 그녀의 머릿속에 그가 명령하자 마치 로봇처럼 션의 서재에서 나가던 마틴이 떠올랐다.

"나도 그렇게 될 거라는 거야?"

"그 반대야."

그렇게 말한 션은 못마땅한 신음을 내뱉었다. 차라리 남들처럼 왕자의 힘이 통한다면 상관없다. 하지만 만약 거기서 에버딘이 션에게 했던 것처럼 왕자의 힘을 거부한다면 일이 아주 커진다.

"네가 왕자가 널 조종하려 했는데 그걸 거부한다면……."

"그는 내가 자신의 힘이 통하지 않는다는 걸 알겠지."

맞다. 션이 고개를 끄덕였다. 하지만 에버딘은 여전히 그게 왜 문제인지 이해하지 못했다. 어리둥절해 하는 그녀의 표정을 본 션이 다시 설명했다.

"왕자의 힘은 조종하는 데 있지 않거든."

션의 힘은 남을 조종하는 데 있다. 상대방의 생사여탈권을 제외한 행동을 조종할 수 있다. 몇 대 전의 웨스트 공작은 평범한 사람을 조종해 정적을 암살할 수도 있었다.

브룩 백작의 경우는 죽은 사람도 살렸다.

하지만 그 힘은 시간이 지나고 세대를 거치면서 점점 약해졌다.

르벨 백작가에서 더 이상 능력을 가진 자가 나오지 않는다는 것도 션과 제랄딘에게는 그 증거로 느껴졌다. 이 힘은 점점 약해지고 있다. 언젠가 사라질 것이다. 어쩌면 두 사람의 후손은 이 저주와도 같은 선물에서 벗어날 수 있을지도 모른다.

그러나 왕은 아니었다.

"그는 붉은 심장을 가지고 있지. 남을 원하는 대로 조종할 수 있고 모든 사람의 사랑을 받아."

남을 조종하지만 사랑을 받는다고? 에버딘은 마법 같은 이야기에 무슨 말을 해야 할지 몰라 망설이다가 가까스로 한마디 던졌다.

“넌 그를 사랑하지 않는 것처럼 보이는데.”

“우리에겐 안 통하거든.”

션은 그렇게 말하며 쓰게 웃었다. 이 힘은 서로에게는 통하지 않는다. 션은 타인의 행동을 조종할 수 있지만 오직 단 두 사람. 제랄딘과 왕자에게만은 통하지 않는다.

제랄딘 역시 마찬가지다. 그녀의 붉은 손은 살아 있는 모든 사람을 치료할 수 있다. 딱 두 사람. 션과 왕자를 제외하고.

“그래서 그때 제랄딘이 날 만진 거구나?”

그제야 잊고 있던 퍼즐 조각이 합쳐졌다. 에버딘의 질문에 션은 잠시 어리둥절한 표정을 지었다. 내가 설명을 안 했던가? 그는 잠깐 생각하고 자신이 설명하지 않았다는 것을 깨달았다.

그 직후 일이 생겨서 이야기가 중단됐었다.

“맞아. 브룩 경은 남의 상처를 치료해 줄 수 있어.”

“좋은 능력이네.”

왕자와 션만 제외하면 제랄딘은 살아 있는 모든 사람을 치료해 줄 수 있다. 하지만 그건 제랄딘에게는 그리 좋은 능력이 아니다. 션은 굳은 표정으로 말했다.

“그 고통을 브룩 경이 가져간다는 걸 제외한다면 말이지.”

어. 에버딘의 행동이 멈췄다. 책상 위에 앉아 달랑거리던 다리도, 흥미롭다는 듯 까딱거리던 고개도. 션은 얼음처럼 굳어 버린 에버딘의 모습을 보고 한숨을 내쉬었다.

"괜찮아. 그래서 브룩 백작가도, 그 녀석도 감추고 있으니까."

그래서 제랄딘은 어릴 때부터 팔꿈치까지 올라오는 긴 장갑을 끼고 살았다. 눈 색으로 바로 티가 나는 션에 비해 장갑이나 신발로 가릴 수 있는 르벨 백작가와 브룩 백작가는 훨씬 편하다.

"너는?"

에버딘은 조심스럽게 물었다. 누군가를 치료할 때마다 그 고통을 자신이 대신 가져가야 한다면 션은 어떨까. 걱정스러운 그녀의 질문에 션은 씩 웃었다.

"괜찮아."

많은 의미가 함축된 말에 에버딘은 다시 입을 열었다. 하지만 션이 그보다 먼저 이야기를 시작했다.

"다시 본론으로 돌아오자면, 이 나라의 왕권이 강한 건 왕자의 그 능력 때문이야. 모든 사람이 왕을 사랑하는 나라에서 왕을 위협할 사람은 많지 않으니까."

그건 그렇다. 에버딘은 션의 설명에 고개를 끄덕였다. 그렇지 않아도 이상한 나라라고 생각했다. 보통 왕정제라면 왕과 귀족들로 힘이 양분되기 마련이다. 그리고 어느 쪽의 힘이 우세하다.

하지만 이 나라는 웨스트 공작가와 브룩 백작가라는 상당한 힘을 가진 양대 가문을 가지고도 왕권 역시 거기에 흔들리지 않고 있다.

그 이유가 왕자의 특수한 힘 때문이라면 이해가 된다. 아무리 웨스트 공작가와 브룩 백작가가 부유하고 힘이 있다고 해도 공작과 백작이 될 후계자를 제외한 모든 사람이 왕자를 사랑한다면 두려울 게 없을 거다.

"하지만 너와 제랄딘은 왕자를 사랑하지 않는 거잖아? 그럼 두 사람이 힘을 합쳐서 왕자를 압박할 수 있지 않아?"

"압박이라는 건 한 사람이 할 수 있는 게 아니지."

설령 션이 왕자를 압박하려 한다고 해도 왕자의 일거수일투족을 감시하거나 그의 명령에 따라 왕자를 해칠 수하가 필요하다. 하지만 그 수하들조차도 왕자를 사랑하게 된다면 아무 도움이 되지 않는다.

물론 그렇다 해도 왕자는 계속해서 제랄딘과 션을 견제하고 있다. 그는 션과 제랄딘이 어디에서 뭘 하고 있는지 실시간으로 보고를 받고 있다.

거기에 에버딘의 존재를 알게 된다면 어떻게 될까.

"너는 어느 쪽 집안도 아니지."

차라리 에버딘이 르벨 백작가의 사람이라면 나았을 것이다. 물론 르벨 백작가 내에서는 큰 소란이 일었겠지. 사라진 능력자가 다른 집안에서 태어났으니 집안 내의 계승 문제도 있고 집안끼리의 문제도 생긴다.

하지만 왕자에게는 그리 큰 문제가 아니다. 어쩌면 왕자에게는 더 좋은 일인지도 모른다. 신의 축복이 힘을 잃어가는 게 아니라는 증거가 될 테니까.

"왕자의 힘이 먹히지 않는 사람이 나타났다는 건 힘이 약해진다는 증거가 된다는 거지?"

에버딘의 말에 션은 고개를 끄덕였다. 제랄딘과 션은 바라던 바다. 그들은 이따위 힘이 없어도 아무 문제가 없다. 하지만 왕자는 아닐 것이다.

자칫 잘못하면 에버딘의 존재만으로 왕자는 위협적으로 느낄 수 있다. 그는 그렇지 않아도 나름대로 제랄딘과 션을 견제하고 있으니까.

"제랄딘은 어때?"

에버딘은 그녀가 힘이 통하지 않는다는 것을 제랄딘도 알고 있다는 것을 떠올리고 물었다. 지금까지야 션이 숨겨 주고 있었으니 문제가 없었지만 제랄딘도 알게 됐다.

만약 제랄딘이 왕자에게 가서 말했다면? 불길한 생각에 창백해지는 에버딘의 얼굴을 보고 션이 재빨리 말했다.

"일단은 입 다물고 있겠다고 했어."

제랄딘이 에버딘을 만나고 수도로 올라가기 전에 션이 부탁을 해 뒀다. 어떻게 된 일인지 정확히 알기 전까지는 아무에게도 말하지 말아 달라고.

에버딘이 혼수상태만 아니었다면 그도 제랄딘을 부르지 않았을 것이다. 그 정도로 션은 에버딘을 살리는 데 필사적이었다는 뜻이다.

"왕자를 좋아하는 척하면 되는 거지?"

에버딘의 질문에 션은 인상을 썼다. 그럴 수 있다면 좋다. 가장 좋은 건 왕자가 혹시라도 에버딘에게 힘을 쓰려 할 때 그 힘이 통하는 척하는 거겠지만.

"진짜로 그 산을 달라고 할 거야?"

션은 한숨을 내쉬며 물었다. 사실 그는 에버딘이 왕자를 만나는 것은 그리 걱정이 되지 않았다. 왕자는 에버딘에게 자신의 힘이 통하지 않는다는 것조차 깨닫지 못할 것이다.

그는 가끔 션과 제랄딘에게 자신의 힘이 통하지 않는다는 것을 깜빡깜빡할 때가 있으니까.

"용은 없다잖아. 그럼 뭐가 문제야?"

에버딘은 그렇게 말하며 몸을 돌려 책상에 놓인 서류를 찾았다. 용 학자에게 의뢰한 보고서다. 그녀는 수도에 올라오자마자 제일 먼저 용 학회를 찾아가서 붉은 산에 용이 살 가능성이 있는지를 물어봤다.

이게 바로 학자에게 받은 답변이었다. 붉은 산에 용은 없다. 사라진 지 최소 몇십 년은 됐을 거라는 답장이 적힌 편지가 션의 눈앞에서 팔랑거렸다.

"그래서가 아니라, 영지가 넓어지면 피곤해질 테니까 하는 말이야."

영지가 넓어지면 에버딘이 신경 써야 할 부분도 많아진다. 그 지역에 침범한 산적이나 몬스터를 몰아내야 하고 다른 영지의 영지민들이 들어오는 것도 막아야 한다.

게다가 그녀의 영지 내에서 상인들끼리 싸움이라도 나면 골치 아파진다.

션의 걱정스러운 설명에 에버딘은 어깨를 으쓱했다. 당연히 그녀도 그런 부분까지 다 생각했다. 그래도 붉은 산을 차지하는 게 더 이득이라고 생각했다.

"걱정 마."

에버딘은 그렇게 말하고 자신을 걱정스럽게 쳐다보는 션의 뺨을 감쌌다. 그녀는 붉은 산이 가지고 싶었다. 그녀의 경험상 산이나 호수, 온천 같은 건 영지 내에 있으면 이득이면 이득이지 절대 손해가 아니었으니까.

* * *

"어서 남작님, 이쪽으로 오십시오."

이튿날, 에버딘은 왕자와 약속한 시간보다 일찍 왕궁을 찾았다. 왕자, 크리스토퍼와 만나기로 했다는 용건을 말하자 그녀를 대기실에 방치해 둔 왕실 직원은 세 시간이 지난 뒤에야 그녀의 이름을 불렀다.

세 시간. 장장 세 시간이나 기다렸다. 덕분에 에버딘은 완전히 지쳐 있었다. 이게 대체 무슨 의도인 걸까.

그녀는 직원을 따라 왕자를 만나러 가면서 분노를 가라앉히려 애썼다. 아무리 상대가 왕자라 해도 사람을 이렇게 오래 기다리게 하는 건 예의에 어긋난다.

어쩌면 시험인지도 모른다. 그녀가 이런 짓을 당해도 자신에게 화를 내지 않을까 하는.

하지만 그러려면 우선 왕자가 에버딘에게 자신의 힘이 통하지 않을지도 모른다는 의심을 가져야 한다. 하지만 어제 션은 그런 사람은 아니라고 말했다.

션이 말하길, 크리스토퍼는 자신이 사랑받는다는 것에 대한 눈곱만큼의 의심도 하지 않는 자라고 했다. 그렇다면 에버딘을 의심해서 이런 짓을 한 건 아닐 것이다.

"왕자 전하. 어셔 남작이 도착했습니다."

그렇다면 남은 답은 한 가지. 에버딘은 직원의 말에 들어오라는 왕자의 허락이 떨어지자 자세를 바로 했다.

"어셔 남작, 내가 바빠서 말이야. 본론만 이야기하게."

크리스토퍼 왕자는 그냥 오만하고 재수 없는 자식이라는 거다.

에버딘은 자신이 들어가자마자 용건만 말하고 가라는 왕자의 태도에 어이가 없어서 입을 딱 벌렸다. 심지어 그는 자리를 권하지도 않았다.

적어도 세 시간이나 기다리게 한 것에 대한 사과 정도는 할 줄 알았는데 그것조차 할 생각이 없는 모양이다. 뭐 이런 자식이 다 있지? 에버딘이 그렇게 생각하는 것과 동시에 왕자가 그녀를 재촉했다.

"뭐해? 말하라니까?"

이게 진짜 왕자인가? 에버딘은 예전에 만났던 레베카 공주를 떠올렸다. 오래전이긴 했지만 그녀는 훨씬 예의를 알았고 언행이 무거웠다.

하지만 왕자는 책상에 앉아 에버딘을 쳐다보며 몸을 까딱거리더니 혀를 차며 말했다.

"아, 알아. 안다고. 날 만나서 영광이지? 그런 말 지겨우니까 빨리 본론만 말하고 가."

에버딘의 머릿속에 아까 떠오른 의문이 다시 떠올랐다.

뭐 이런 자식이 다 있지?

하지만 그걸 입 밖으로 내뱉을 수는 없다. 마음 같아서야 어디서 배워 먹은 버르장머리냐고 하고 싶지만 상대는 왕자다.

게다가 에버딘은 자신에게 그의 힘이 통하지 않는다는 것을 숨겨야 한다. 그녀는 억지로 미소를 지으며 말했다.

"만나서 영광입니다, 전하."

"아, 아. 안다고."

"붉은 산을 제 영지로 포함해 주십사 찾아왔습니다."

"엉? 붉은 산? 그게 뭐야?"

이번에도 에버딘은 당황했다. 그녀는 이미 크리스토퍼에게 만나고 싶다는 편지를 보냈을 때 이유를 적어서 보냈다. 뿐만 아니라 붉은 산의 위치와 왜 영지로 포함하고 싶은지도 같이 적었다.

물론 온천 때문이 아니라 용의 둥지를 조사하고 싶다는 이유였지만.

"용의 둥지를 찾기 위해 붉은 산을 조사하고 싶은데요."

에버딘의 설명에 크리스토퍼는 그제야 아, 하고 아는 체를 했다. 기억난다. 용이 산다던 붉은 산.

몇십 년 전만 해도 거기서 용이 나와서 공격할까 봐 무섭다며 아무도 원하지 않던 땅이다. 하지만 세월이 지나고 용이 사라졌을지도 모른다는 희망이 생기자 가끔 이렇게 용이 살았다는 산을 달라는 자들이 나오곤 했다.

"둥지, 둥지란 말이지."

그렇게 말하는 크리스토퍼의 머릿속에 붉은 산에 용이 남아 있을 가능성이 얼마나 되나 하는 생각이 떠올랐다. 아마도 사라졌을 것이다.

아직도 용이 살아 있을 거라고 믿는 건 무지몽매한 백성들뿐이다. 그럼에도 용의 둥지를 찾지 않는 건 비용이 만만치 않기 때문이다.

용의 둥지는 산 깊은 곳에 숨어 있다. 거길 찾으려면 사람도 돈도 시간도 많이 필요하다. 게다가 그렇게 해서 찾아봤자 기다리는 건 용이 모아 둔 금은보화가 아니라 푸짐하게 싸 둔 똥뿐일 가능성이 높다.

그렇기 때문에 크리스토퍼와 그의 아버지를 비롯한 선대 왕들이 굳이 용의 둥지를 찾으려 하지 않은 것이다.

그러니 어서 남작에게 넘겨도 된다. 하지만 크리스토퍼는 그렇게 쉽게 넘길 생각이 없었다. 내가 가지고 있는 쓰레기를 남이 보석이라고 착각한다면 그건 착각한 사람 잘못이다.

"안타깝게도 오늘 아침에 윈하우저도 그 붉은 산을 탐내서 말이야."

윈하우저가 누구지? 에버딘은 저도 모르게 어리둥절한 표정을 지었다. 그러자 왕자가 빙그레 웃으며 말했다.

"용의 둥지라는 건 모든 사람에게 매력적인 모양이지? 다들 가지고 있는 걸로 만족하고 살면 편할 텐데 말이야."

말도 안 되는 소리를 하네. 에버딘은 반사적으로 그렇게 생각했다. 사람은 향상심을 가지고 살아야 한다. 늘, 지금보다 더 나은 삶을 꿈꿀 수 있어야 한다.

그게 꼭 물질적인 것을 말하는 건 아니다. 지금보다 더 나은 지식. 지금보다 더 나은 경험. 그런 것들을 바랄 수도 있는 것이다. 에버딘은 모든 것을 다 가진 왕자의 한심한 소리에 반박하지 않으려 애쓰며 말했다.

"용의 둥지를 찾는 게 어릴 때부터 꿈이었거든요."

거짓말이지만 왕자는 믿는 표정으로 고개를 끄덕였다. 그 역시 에버딘을 한심하다고 생각하고 있었다. 그러고 보니 웨스트 공작이 이 여자를 마음에 들어 한다고 하던데 대체 어딜 보고 마음에 들어 하는지 모르겠다.

생긴 건 평범했고 돈이 많은 것도 아니며 이야기를 해 보니 좀 허황된 꿈을 꾸는 타입인 것 같다. 크리스토퍼는 쉽게 에버딘은 지켜볼 가치가 없는 계집이라고 판단을 내리며 말했다.

"어쨌든 윈하우저도 붉은 산을 원하니 나도 좀 더 생각해 봐야겠군. 내 땅을 주는 거잖나. 나도 그냥 줄 수는 없고 말이야."

쉽게 말해서 붉은 산을 영지로 주는 대신 뭔가를 달라는 말이다. 에버딘은 반사적으로 물었다.

"그 사람은 무엇을 드리기로 했나요?"

에버딘의 질문에 크리스토퍼는 이상하다는 표정으로 그녀를 쳐다봤다. 내가 뭘 잘못했나? 에버딘이 그렇게 생각한 순간, 크리스토퍼가 말했다.

"그걸 내가 알려 줘야 해?"

세상에. 에버딘의 입이 딱 벌어졌다. 그녀는 예전 세상에서 몇몇 이상한 사장을 만났다. 하지만 그중 누구도 크리스토퍼보다 더 이상한 놈은 없었다.

결국 에버딘은 아무 소득 없이 왕궁을 빠져나왔다. 그렇다 해도 아직 할 수 있는 일이 남아 있다. 윈하우저가 누군지, 왕자에게 무엇을 주기로 했는지 알아보는 것부터 시작하면 된다.

"어때?"

왕궁 건물을 빠져나오는 에버딘 앞에 션이 나타났다. 에버딘은 완벽한 차림새의 션을 보고 한숨을 내쉬었다.

이 남자는 어떻게 언제 어디에서 봐도 완벽한 걸까.

"왜? 안 좋아? 거절했어?"

당연히 왕자가 에버딘의 요청을 수락할 거라 생각한 션은 그녀의 한숨을 보고 당황해서 물었다. 에버딘은 그와 나란히 마차를 향해 걸으며 입을 열었다.

"라이벌이 나타났대."

"그건 예상한 거잖아."

그렇긴 하다. 에버딘은 윈하우저가 누군지 곰곰이 생각하다가 션에게 물었다.

"길랜드의 영주가 누군지 알아?"

붉은 산을 중심으로 헬름의 반대편에 있는 영지의 이름에 션은 씩 웃었다. 안다. 그는 어깨를 으쓱하며 말했다.

"제프 윈하우저가 나섰대?"

역시 윈하우저는 길랜드의 영주였다. 에버딘은 한숨을 내쉬었다. 당연히 라이벌이 나설 줄 알았다. 그리고 그 라이벌이 길랜드일 가능성이 크다는 것도 알았다.

하지만 가장 나쁜 상황을 상정하는 것과 실제로 뽑은 패가 가장 나쁜 패라는 것을 알게 되는 건 다르다. 그녀는 어깨를 늘어트리며 물었다.

"어떤 사람이야?"

제프 윈하우저. 길랜드 남작이다. 머리가 약간 벗겨진 장년의 남성으로 딱히 나쁘지도 좋지도 않은 그냥 평범한 귀족이다. 션의 설명에 에버딘은 인상을 쓴 채 그를 돌아보며 물었다.

"아는 사람이야?"

"아니. 이름만 들었어. 그도 붉은 산을 노린다는 거군."

"오늘 아침에 연락했대. 아니길 바랐는데."

"아닐 수도 있지."

에버딘에게 더 많은 것을 뜯어내기 위해 왕자가 거짓말을 한 걸 수도 있다. 하지만 에버딘은 그럴 가능성은 적다고 생각했다.

확인하면 금세 알 수 있는 일이다. 왕자가 굳이 그런 거짓말을 할 이유가 없다. 특히나 방금 그녀가 만나고 온 왕자의 성격이라면 더더욱.

"그동안 가만히 있더니 왜 갑자기 이래?"

에버딘은 짜증을 부리며 마차 문으로 손을 뻗었다. 그러자 션이 재빨리 그녀의 앞을 막아선 뒤 문을 열어 주며 말했다.

"네가 나선 걸 보고 확신이 생겼나 보지."

그동안은 아무도 나서지 않으니 혹시나 했던 거다. 혹시라도 용이 살아 있으면 어쩌나 하는 두려움.

하지만 에버딘이 먼저 용감하게 나섰고 에버딘이 나선 것을 보고 혹시나 하는 두려움이 반감됐을 거다.

에버딘은 션이 열어 준 문을 통해 마차 안으로 들어갔다. 그리고 풀썩 소리가 나도록 시트에 몸을 던진 뒤 가슴 앞으로 팔짱을 꼈다.

하지만 괜찮다. 그 정도는 예상했다. 그보다 중요한 건.

"대신 뭘 준다고 했을까?"

"왕자는 뭐래?"

"그것까지 자기가 알려 줘야 하냐고 하던데."

생각할수록 어이가 없다. 에버딘은 주먹을 꽉 쥐고 부르르 떨었다. 그럼 그걸 누가 알려 주리? 당연히 왕자가 알려 줘야 하는 거 아냐?

하지만 션은 그런 에버딘의 태도에 안심하고 있었다. 다른 사람들은 왕자의 곁에 가면 그에게 잘 보이려 전전긍긍하느라 아무것도 묻지 못하고 온다.

그러니 물어봤지만 대답을 듣지 못했고 그걸로 분노하는 에버딘의 모습은 역시 그녀에게 왕자의 힘이 미치지 못한다는 증거였다.

"그건 내가 알아볼게."

션은 그렇게 말하며 출발하라는 신호로 마차 천장을 세게 쳤다. 빠르게 마차가 움직이기 시작하자 에버딘은 끙하고 신음을 내뱉었다.

어차피 한 번은 확인했어야 하긴 한다. 왕자가 대답해 줬다 하더라도 그게 진짜인지는 확인해야 하니까.

하지만 여전히 왕자의 그 안하무인 태도는 화가 난다.

그녀는 자세를 고치며 한숨처럼 말했다.

"왕자가 싫어."

에버딘의 말에 션은 빙그레 웃었다. 그는 에버딘의 이런 점이 좋았다. 상대가 누구라 해도 쉽게 주눅이 들지 않는 점이.

처음 그와 만났을 때도 그랬다.

가끔은 이러다가 그녀가 부러질까 봐 두렵기도 했지만 그건 그가 뒤에서 받쳐 주면 된다.

"그 점에서 우린 동료로군."

션의 말에 에버딘 역시 빙그레 웃었다. 그러면서 동시에 그녀와 션이 싫어하니 제랄딘도 왕자를 그리 좋아하지는 않을 거라는 생각이 들었다.

"고아원에 들렀다 갈래."

에버딘은 그렇게 말하고 등받이에 몸을 기댔다.

아이들이 보고 싶었다. 그리고 그녀가 여전히 그들을 기억한다는 것도 알려 주고 싶었다.

션은 그 시간에 차라리 돌아가서 쉬라고 말하려다 마부에게 행선지를 말하고 한숨을 내쉬었다. 에버딘이 고아원의 아이들에게 책임감을 느끼고 있다는 것은 안다.

하지만 그 아이들은 어차피 헬름으로 올 아이들이다. 그것만으로도 에버딘은 할 만큼 했다. 여기서 굳이 그 애들에게 공을 들이는 게 이해가 되지 않았다.

그래 봤자 고아들이지 않은가. 하지만 션은 지금 자신의 생각을 입 밖에 내뱉는다면 에버딘이 분노할 거라는 것도 알았기 때문에 아무 말도 하지 않았다.

“극장을 지어 준다고 했다는군.”

그날 저녁. 윈하우저가 왕자에게 무엇을 주기로 했는지 알아보러 나갔던 션은 나갔을 때와 똑같이 성큼성큼 걸어와서 말했다.

아이들을 보고 오느라 시간을 많이 쓴 에버딘은 여전히 서재의 책상 앞에 앉아 서류를 확인하고 있었다. 그녀가 가지고 있는 재산을 확인했고 거기서 왕자에게 붉은 산을 얻는 대신 줄 수 있는 게 얼마인지 계산했다.

물론 많지는 않았다. 붉은 산에 온천 목욕탕을 만들려면 또 돈이 필요할 테니까.

“극장?”

“왕자 전용 극장을 지어 준다고 했다더군.”

“그게 대체…….”

말도 안 되는 소식에 에버딘은 입을 열었다가 다물었다. 이미 노헤임에는 왕립 극장이 있다. 그리고 거기엔 왕족 전용 좌석이 있고.

굳이 왕자 전용 극장을 만든다는 건 에버딘이 보기엔 충분히 사치였다. 하지만 크리스토퍼와 윈하우저는 그렇게 생각하지 않는 모양이었다.

아니면 사치라서 더 바라는지도 모른다.

“이해가 안 되네. 윈하우저는 용의 둥지에 보석이 없으면 어쩌려고 그러는 거지?”

어이가 없어서 벌떡 일어났던 에버딘은 한숨을 내쉬며 말했다.

극장을 짓는데 한두 푼이 드는 것도 아니고 음향기기까지 생각하면 저택을 짓는 것의 몇 배는 들어갈 것이다.

그래놓고 붉은 산에서 용의 둥지를 못 찾는 다거나, 둥지에 금은보화가 없다면 어쩌려고 저러는 걸까. 합당한 의문에 션은 어깨를 으쓱하며 말했다.

"있다고 믿는 거지."

"금은보화가 있다는 조사라도 했대?"

"아니, 그의 입장에선 더 확실한 게 있지."

조사보다 확실한 게 뭐지? 어리둥절해 하는 에버딘에게 션이 씩 웃으며 말했다.

"너."

에버딘이 나섰다는 것만으로 이미 충분히 붉은 산에 용의 둥지가 있을 거라고 믿는다는 거다. 말도 안 되는 논리에 에버딘은 입을 딱 벌렸다.

"내가 나섰으니 있을 거라고 믿는다고? 바보 아냐?"

"네가 믿는 구석이 있다고 생각하는 거지."

그건 더더욱 바보 같다. 에버딘은 대체 무엇 때문에 윈하우저가 자신을 믿는지 모르겠다고 생각했다. 동시에 그렇게 그녀를 믿는다면 그걸 이용할 수도 있겠다는 생각이 들었다.

"아니, 아니지."

이용하면 안 된다. 에버딘은 고개를 저었다. 그리고 션을 쳐다보며 물었다.

"윈하우저 남작과 만나 볼 수 있을까?"

이야기를 해 보고 싶다. 그녀는 용이 남긴 금은보화에는 관심이 없다. 어차피 온천은 산 밑에서 샘솟는 거고, 길랜드와 헬름 두 방향으로 흘러내리게 할 수 있다.

에버딘의 요청에 션은 한쪽 눈썹을 들어 올렸다. 그리고 별거 아니라는 듯 말했다.

“파티에 초대하도록 하지.”

파티? 무슨 파티? 어리둥절해 하던 에버딘은 곧 션이 말하는 파티가 그가 조만간 열 파티라는 것을 깨달았다. 아네트가 열어 달라고 부탁했다고 들었다.

그리고 그건 사실이다. 실제로 아네트는 몇 년 동안이나 파티를 열고 싶다고 부탁했다. 아직 성년이 아닌 그녀가 밤에 열리는 파티에 참가할 수 있는 방법은 그녀가 살고 있는 저택에서 파티를 여는 것뿐이기 때문이다.

덕분에 최근 아네트의 기분은 아주 좋았다. 웨스트햄튼의 저택에서는 파티를 몇 번 연 적이 있지만 그건 전부 용병들을 위한 파티였다.

수도에 있는 웨스트 공작에서 파티가 열리는 건 아네트가 태어난 뒤로는 처음이었다. 그녀는 집사의 뒤를 졸졸 따라다니며 그가 어떻게 홀을 꾸미고 악단을 고용하는지 사사건건 끼어들었다.

“악단은 오케스트라를 불러요. 네?”

“아가씨, 오케스트라는 백 명입니다.”

아무리 웨스트 저택의 홀이 넓다 해도 백 명이나 되는 오케스트라를 부를 수는 없다. 집사의 완곡한 거절에 아네트는 홀을 한번 둘러본 뒤 자신만만하게 말했다.

"그럼 반만 부르면 되잖아요."

꿍. 집사는 목 안쪽으로 신음을 삼켰다. 그러면서 동시에 그는 아네트가 왜 이렇게 흥분해 있는지 이해하고 있었다.

태어나서 처음으로 자기 집에서 연 파티다. 흥분하지 않을 수가 없다.

그가 아는 한 마틴과 션도 그랬다. 물론 션은 아네트처럼 집사의 뒤를 졸졸 쫓아다니면서 일일이 끼어들지는 않았지만.

"아 참, 그러고 보니 아까 요리사가 디저트 시식을 부탁했는데요. 저는 여길 봐야 하니 아가씨께서 대신 시식해 주시면 어떨까요?"

결국 집사는 완곡한 방법으로 아네트를 쫓아냈다. 디저트를 시식해 달라는 요청에 아네트는 고개를 끄덕이고 물러났다. 그리고 집사가 안도의 한숨을 내쉬려는 순간 다시 나타나서 물었다.

"내가 방해해서 날 보내는 거죠?"

"아니, 아닙니다. 아가씨. 아가씨와 함께 있는 건 언제나 제 기쁨이죠."

이건 거짓말이 아니다. 집사는 진심을 담아 미소를 지었다. 천하의 난봉꾼인 마틴과 존경할 만하지만 지배자인 션에 비하면 아네트는 좀 까다롭고 제멋대로긴 해도 귀여운 아가씨였다.

물론 좀 귀찮다는 것도 사실이지만.

"괜찮아요. 내가 귀찮게 군 건 사실이니까. 하지만 그만큼 파티가 중요하기 때문이에요."

아네트는 그렇게 말하고 재빨리 주방으로 떠났다. 집사는 멍하니 서서 사라지는 아네트를 바라보다가 웃음을 터트렸다.

이런 부분이 까다롭고 제멋대로긴 해도 아네트를 미워할 수 없게 만든다. 그는 진심으로 웨스트 공작가에 아네트가 있어서 다행이라고 생각했다.

만약 이 집안에 마틴과 션만 있었다면 분명 둘 중 하나가 상대방을 죽여 버렸을 것이다. 그리고 죽는 쪽은 마틴이 되겠지.

"디저트 맛보러 왔어."

주방으로 들어서자 아네트는 집사에게와 달리 반말로 자신의 목적을 알렸다. 요리사는 분주하게 오븐을 살피고 과일을 졸이느라 손을 떼지 못한 채 아네트를 맞이했다. 요리사 역시도 그녀를 친애하게 대했다.

"어서 오세요, 아가씨. 잠깐만 거기 계시겠어요? 케이크가 금방 나와요."

그렇지 않아도 아까부터 달콤한 냄새가 주방 밖까지 솔솔 새어 나오고 있었다. 아네트는 기대 가득한 표정으로 가까운 곳에 있는 의자에 앉았다.

곧 그녀의 시선이 밀가루와 과일이 널려 있는 식탁 위로 향했다. 그중에서도 병에 든 하얀 액체가 그녀의 시선을 끌었다.

"이건 뭐야?"

그렇게 말하는 아네트의 손은 이미 병에 있는 것을 컵에 따르고 있었다. 하얀색이 마치 밀가루를 푼 것처럼 보였다. 동시에 냄새가 시큼해서 아네트는 뭔가가 상했다고 생각했다.

윽. 그녀가 잔을 놓고 물러나는 것과 동시에 요리사가 말했다.

"아, 그거 이번에 내갈 술이에요."

"술이라고? 이게?"

술이라는 말을 들으니 어딘지 모르게 술 냄새가 나는 것도 같다. 그녀는 컵에 코를 대고 냄새를 킁킁 맡았다. 그러자 요리사가 재빨리 다가와서 컵을 빼앗으며 말했다.

"안 됩니다. 어르신 아시면 큰일 나요."

술은 스무 살부터. 그게 션의 지시였다. 아네트는 스무 살 전까지는 술을 마실 수 없었고 아주 가끔 션의 감독하에 한 모금 정도만 허락됐다.

에이. 아네트는 요리사가 너무 빨리 빼앗아 간 컵을 아쉽다는 듯 쳐다보며 한숨을 내뱉었다. 이럴 줄 알았으면 얼른 한 모금 마셔볼 걸.

하지만 술이라고는 생각도 못 했으니 어쩔 수 없다. 붉은색이나 보라색 술도 봤고 황금색이나 갈색, 어쩌면 검은색에 가까운 술도 봤지만 저런 하얀 술은 처음이다.

아네트는 금세 요리사가 오븐에서 꺼낸 네모난 케이크를 쳐다보며 물었다.

"무슨 술이 색이 하얘?"

"그러게 말이에요. 어르신 친구분이 새로 만든 술이라고 들었어요."

"친구라고?"

오라버니에게 친구가 있었나? 아네트의 머릿속에 션과 사업을 하거나 그의 지시를 받는 자들이 몇 명 떠올랐다. 하지만 요리사가 말한 친구는 그런 사람들이 아니었다.

"무슨 남작님이라고 들었는데요. 붉은 머리를 가진 여자분 말이에요."

에버딘 어셔. 요리사의 설명을 듣자마자 아네트의 머릿속에 에버딘의 얼굴이 뿅하고 떠올랐다. 또 그 여자다. 한동안 그 여자의 영지에서 머물렀던 아네트의 오라버니는 며칠 전에 수도로 올라왔다 싶더니 또 어셔 남작의 집에서 살다시피 하고 있다.

이래서야 션 웨스트가 누구 오라버니인지도 모르겠다. 아네트는 못마땅한 표정으로 눈앞의 더러운 식탁을 노려보기 시작했다.

마음에 안 든다. 어셔 남작이라면 가난하고 별것도 아닌 집안이지 않은가. 차라리 레베카 공주라면 몰라도 아무것도 아닌 고작해야 남작이 그녀의 오라버니를 빼앗아 가려 하다니.

아네트는 그게 용서할 수가 없었다.

*　　*　　*

삼 일 후, 웨스트 저택 앞은 문전성시를 이루고 있었다. 션이 공작이 된 뒤로 수도의 웨스트 저택에서는 처음으로 열린 파티였다. 꽤 급하게 초대했음에도 불참한 사람은 거의 없었다.

덕분에 저택 앞은 사람이 내리려는 마차와 지나가려는 마차로 병목현상이 일어났다. 어둠이 내려앉은 거리에 마차 앞에 매단 램프들로 그럴듯한 광경을 만들어 내고 있었다.

"남작님, 머리를 다시 봐 드릴게요."

테라스에 나가 저택 앞에 벌어진 혼란을 구경하던 에버딘은 그녀의 머리를 봐주겠다는 하녀를 향해 돌아섰다. 그녀는 션의 권유로 좀 일찍 도착했다.

오늘 아침을 좀 일찍이라고 할 수 있다면 말이다.

"지루하셨겠어요."

하녀는 에버딘의 머리를 살피며 붙임성 있게 말을 걸었다. 다들 쉬쉬하고 있지만 어셔 남작은 웨스트 공작이 이른 아침부터 와 있으라고 초대한 여성이다. 특별한 사람이라는 것은 어지간히 눈치가 없지 않는 한 알 수 있었다.

"괜찮아. 일할 걸 가져왔거든."

에버딘은 그렇게 말하며 한쪽에 놓인 테이블을 가리켰다. 하녀가 돌아보니 과연, 그 테이블 위에 서류가 한가득이었다.

이분도 공작님 못지않게 일 중독이네. 남의 집에 놀러 와서까지 일하는 사람은 처음 봤다. 하녀는 살짝 놀랐지만 금세 아무렇지 않은 척 말했다.

"시작하기 전에 요기를 좀 하시도록 다과를 가져올까요?"

괜찮다. 에버딘은 고개를 저었다. 솔직히 너무 긴장해서 아무것도 안 넘어갈 것 같았다. 오늘이 귀족들 앞에 막걸리를 내보이는 날이다.

물론 그들은 그녀가 만든 술이라는 걸 모를 테지만 그래서 더 긴장이 됐다. 오늘 반응을 보고 귀족들에게 어떻게 팔지를 결정해야 하니까.

운이 나쁘면 귀족들에게 파는 건 포기해야 할지도 모른다.

"으, 젠장."

이젠 손바닥에서 땀이 나기 시작한다. 에버딘은 장갑을 벗고 손바닥을 드레스에 문질렀다. 때마침 션이 그녀를 맞이하러 왔다가 그 모습을 보고 피식 웃었다.

"긴장돼?"

"응. 내가 발을 밟아도 화내지 마."

발이 어디로 나가는지도 모를 정신이라 션의 발을 밟을지도 모르겠다. 에버딘의 주의에 션은 다시 웃었다. 그는 에버딘에게 자신의 팔을 내밀었고 그녀는 바로 그의 팔 안쪽에 손을 얹었다.

"정 긴장되면 이렇게 생각해."

"응?"

두 사람이 계단을 내려가는 동안 션이 입을 열었다. 그는 딱히 남들 앞에서 긴장을 해 본 적이 없다. 하지만 어떻게 하면 도움이 되는지는 알았다.

"여차하면 한 대 때리자."

"뭐라고?"

말도 안 되는 조언에 에버딘의 입이 딱 벌어졌다. 하지만 덕분에 긴장이 풀어지긴 했다. 에버딘은 깔깔대고 웃으며 그와 함께 일 층으로 내려갔다.

"응?"

초대받은 사람들은 에버딘의 웃음소리에 동시에 계단을 향해 고개를 돌렸다. 이 층에서 내려온다는 건 웨스트 공작과 개인적으로 상당한 친분이 있다는 말이다. 굳이 이런 파티나 연회를 열었을 때뿐만이 아니라 저택의 이 층이란 주인의 생활 공간이기 때문이다.

사람들은 션의 에스코트를 받아 내려오는 에버딘을 보고 가볍게 놀랐고 곧 웨스트 공작이 어셔 남작과 친밀한 관계라던 소문을 떠올렸다.

"사업만 같이한다고 들었는데."

"젊은 남녀니까요. 무슨 일이 일어나도 놀랍지 않죠."

그렇긴 하다. 하지만 하필이면 웨스트 공작과 어셔 남작이라니. 사람들은 두 사람의 친밀한 모습에 기뻐해야 할지 불안해해야 할지 몰라 망설였다.

"전에 어셔 남작이 자살 소동을 벌인 적 있지 않아요?"

"웨스트 경 때문이었죠, 아마?"

묘한 관계다. 그 동생과의 결혼을 거부하느라 자살 시도를 벌였는데 형과는 친밀한 관계라니. 이야기를 나누던 두 부인은 에버딘과 션에게 다시 시선을 돌렸다.

그러자 곁에 서 있던 남자가 불쑥 끼어들었다.

"동생과는 결혼하기 싫어도 형과는 할 만한가 보군요."

멍청한 소리를 하는 자가 있네. 이야기하던 부인 둘은 저도 모르게 서로를 쳐다봤다. 그리고 끼어든 남자를 향해 물었다.

"웨스트 경과 친한가 봐요?"

"같은 클럽을 다닙니다. 가끔 카드 게임도 하고요."

"아."

그것만으로 충분하다. 두 부인은 그대로 몸을 돌려 남자에게서 떠나버렸다.

마틴은 사교계에서도 소문난 망나니다. 여성 편력이 심하다는 것만으로도 충분히 단점인데 아랫사람에게 무례하고 손버릇이 나쁘다는 소문도 있다.

그럼에도 마틴이 인기가 있는 건 사교계에서도 손꼽히는 외모와 웨스트 공작가의 부 덕분이었다. 남자가 마틴만큼이나 부유하고 잘생겼다면 또 모르지만 둘 다 아닌 게 한눈에 보이는 마당에 마틴과 친하다고 한다면 상대할 가치가 없는 건달일 뿐인 것이다.

부인들이 사람들이 많이 모인 쪽으로 향하는 사이, 에버딘은 계단을 내려와 션의 손을 놓고 그와 헤어졌다. 그녀는 어디까지나 이 파티의 손님이다. 션의 곁에서 그와 함께 파티의 호스트 역할을 할 생각은 없었다.

"오라버니."

계단 아래에서 기다리고 있던 아네트가 재빨리 션에게 다가왔다. 션은 아네트를 위해 팔을 내밀며 말했다.

"아네트."

오늘 아네트는 그의 동생이라고 하는 말이 아니라 객관적으로 예뻤다. 급하게 준비했음에도 아네트는 드레스도 새로 맞췄다.

션은 아네트의 차림을 물끄러미 쳐다보다가 툭 내뱉었다.

"예쁘네."

잠깐 긴장했던 아네트는 생각하지 못한 션의 칭찬에 어안이 벙벙해졌다. 물론 그녀의 오라버니는 한 번도 그녀에게 사치하지 말라거나 돈을 아끼라는 말을 한 적이 없다.

그러려면 그녀보다 마틴이 먼저 한 소리 들어야 했을 것이다.

그럼에도 아네트는 늘 션의 앞에서는 어딘지 모르게 주눅이 들었다. 그가 그녀보다 훨씬 나이가 많은 첫째 오빠라는 이유도 있었지만 틈을 주지 않는다는 게 더 큰 이유일 것이다.

변했다. 빙그레 웃으며 고맙다고 말하려던 아네트의 표정이 굳었다. 그녀의 오빠가 변한 이유는 아마도 어서 남작 때문일 것이다.

"어셔 남작도 예뻐?"

아네트는 저도 모르게 심술궂게 물었다. 그냥 감정 변화가 드문 큰 오빠를 당황하게 만들고 싶었다.

하지만 션은 당연하다는 듯 말했다.

"그래."

그 대답에 아네트는 멍하니 션을 쳐다봤다. 당황하거나 화를 낸다면, 그건 괜찮다. 하지만 저렇게 확신을 가지고 대답하는 건 다른 차원의 문제다.

아네트는 그녀의 큰 오라버니에게 소중한 사람이 생겼다는 걸 받아들일 수가 없었다. 션은 그런 사람이 없을 줄 알았다. 그는 가족들에게도 감정을 쉽게 보이지 않았고 평생을 그를 보필한 집사나 베르트와 카렌에게도 곁을 내주지 않았다.

그래서 누구와 결혼해도 지금과 똑같을 거라 생각했다. 딱히 그녀를 사랑해 주지는 않지만 동생으로는 대해 주는.

"그럼……."

아네트가 뭔가를 물어보려고 한순간 션의 앞에 초대받은 손님이 불쑥 나타나서 인사를 건넸다. 덕분에 아네트는 더 이상 션을 곤란하게 할 질문을 할 수가 없었다.

"어서 남작."

한편 홀의 한쪽에서는 뭘 해야 할지 몰라 멍하니 서 있는 에버딘에게 제랄딘이 다가갔다. 그녀는 자신의 얼굴을 보고 깜짝 놀라는 에버딘에게 씩 웃으며 말했다.

"웨스트 공작이 여기 있다고 하더군요."

쉽게 말해서 션이 에버딘과 함께 있어 달라고 부탁했다는 거다. 에버딘의 션의 배려와 제랄딘의 친절에 감사하며 말했다.

"고마워요. 그렇지 않아도 아는 사람이 적어서 어떻게 해야 하나 고민하던 터였어요."

기억을 잃어서 아는 사람이 거의 없는데 심지어 사교 시즌 동안 거리에서 빵집을 하다가 헬름으로 떠나 버렸다. 에버딘은 사교계에서 인맥을 만들 만한 기회가 없었다.

그 사실을 깨달은 제랄딘은 웃으며 그녀를 향해 자신의 왼팔을 내밀었다. 마치 남자처럼 그녀를 에스코트하겠다는 태도에 에버딘 역시 제랄딘의 팔 안쪽에 손을 얹으며 물었다.

"그런데, 누구와 함께 왔어요?"

"어머니와 함께 오려고 했는데 날이 추워서요."

브룩 백작 부인이 감기가 들까 봐 혼자 왔다는 말에 에버딘의 눈이 동그래졌다. 브룩 백작 부인의 몸이 약한가? 자연스럽게 그녀의 머릿속에 합당한 의문이 떠올랐다.

다행히 그건 아니었다. 제랄딘은 놀라는 에버딘을 보고 웃으며 말했다.

"얼마 전에 감기에 걸리셨다가 좀 나아지셨거든요. 낮은 괜찮은데 밤은 공기가 너무 차가우니까요."

"훌륭한 딸이군요."

"그렇지도 않아요. 오고 싶다고 하셨는데 억지로 떼어 놓고 왔으니까요. 어떻게 보면 불효죠."

제랄딘의 너스레에 에버딘은 웃음을 터트렸다. 그녀는 에버딘의 긴장이 풀어지는 것을 보고 홀을 천천히 걸으며 물었다.

"어머니와 약속을 잡았다면서요?"

그래서 더 브룩 백작 부인은 오늘 이 자리에 오고 싶어 했다. 만나기로 한 에버딘 어셔 남작을 미리 만나 보고 싶었던 것이다.

제랄딘의 질문에 에버딘은 어디까지 말해야 할지 고민하며 입을 열었다.

"네. 이 자리에 선보일 술을 백작 부인의 상회에 부탁드려 보면 어떨까 했어요."

"그래요?"

제랄딘의 눈이 반짝였다. 그것을 본 에버딘은 그녀도 용병대 사람들처럼 상당한 주당일지도 모른다는 생각이 들었다.

그녀의 술이 마음에 들었으면 좋겠다. 에버딘은 그렇게 생각하며 한숨을 내쉬었다. 그 모습을 본 제랄딘이 빙그레 웃으며 물었다.

"설마 제가 어머니께 좋게 이야기해 주길 바라는 건 아니겠죠?"

그녀에게 그런 부탁을 해 온 사람은 많다. 하지만 그때마다 제랄딘은 어머니는 어머니고 자신은 자신이라고 딱 잘라서 거절했다.

게다가 그녀가 아무리 좋게 말한다고 해도 브룩 백작 부인은 딸의 말보다 자신의 안목을 믿었다. 그게 그녀가 브룩 백작가로 시집 올 때 작은 가게였던 브룩 상회를 이 정도로 키워 낸 기반이기도 했다.

"오, 그건 아니에요."

다행히 에버딘은 제랄딘에게 그런 건 바라지도 않는다고 대답했다. 만약 에버딘이 사실 그렇다고 말했다면 제랄딘은 당황했을 것이다. 동시에 에버딘에게 실망을 금치 못했을 것이다.

하지만 에버딘 역시 제랄딘과 비슷한 생각을 하고 있었다. 브룩 상회는 브룩 백작 부인의 것이다. 그녀가 제랄딘에게 바랄 수 있는 건 브룩 백작 부인과 대화를 할 수 있도록 소개해 달라는 게 다다.

"그럼 뭔가요? 또 다른 고민거리가 있는 것 같은데요."

제랄딘의 재촉에 망설이던 에버딘은 홀 안을 가득 메운 사람들을 쳐다보며 한숨을 내쉬었다. 그녀의 말대로 또 다른 고민거리가 있다.

에버딘은 잠시 사람들을 둘러보다가 자신보다 머리 하나는 큰 제랄딘을 쳐다보며 말했다.

"사실은 윈하우저 남작과 대화를 하고 싶거든요."

"그런데요?"

"누군지 몰라요."

윈하우저라는 이름은 들어 봤지만 그가 누군지, 어떻게 생겼는지도 모른다. 에버딘의 솔직한 고백에 제랄딘은 저도 모르게 웃음을 터트렸다.

이 정도로 솔직하게 말하는 사람은 처음 봤다. 그녀는 사람들이 자신과 에버딘을 힐끔거리는 것을 아랑곳하지 않고 에버딘을 사람들이 많은 쪽으로 안내하며 말했다.

"그건 도와줄 수 있을 것 같군요. 전 윈하우저 남작을 알거든요."

"잘 알아요?"

"그건 아니지만 어서 남작을 소개해 줄 수 있을 정도는 됩니다."

제랄딘은 그렇게 말하며 재빨리 윈하우저를 찾았다. 저쪽에 있다. 살짝 머리가 벗겨진 남자. 그녀가 에버딘을 윈하우저에게 안내하는 사이 두 사람을 지켜보고 있던 사람들은 다시 에버딘에게 대해 이야기를 시작했다.

"브룩 경하고도 친한 사이인가 보군요."

"브룩 경과 웨스트 공작의 사이는 그리 좋지 않은 걸로 아는데 신기하네요."

"웨스트 공작과 친한 사람은 별로 없죠."

똑같이 성격이 나쁘지만 그나마 사교성은 좋은 마틴과 달리 션은 사교계에도 그리 얼굴을 내미는 타입이 아니었다. 덕분에 그와 알고 지내기는 해도 친하다고 말할 수 있는 사람은 없다.

사람들은 누군가의 지적에 잠시 입을 다물었다가 곧 레베카 공주를 떠올리고 말했다.

"그러고 보니 웨스트 공작의 혼담은 어떻게 됐나요?"

한때 사교계뿐 아니라 일반인들 사이에도 떠들썩했었다. 왕이 레베카 공주를 웨스트 공작과 결혼시키려 한다는 소문이었다.

하지만 어느 순간 사그라들었다. 물론 애초에 주변 사람들만 떠들고 다닌 이야기긴 했다. 웨스트 공작과 레베카 공주는 자신의 결혼 이야기에 대해서 한 마디도 하지 않았으니까.

"헛소문이었던 거 아닐까요?"

잠시 조용해진 틈을 타서 젊은 남성이 입을 열었다. 진짜였다면 지금 저렇게 웨스트 공작 옆에 어셔 남작이 있을 리가 없다.

다른 사람들도 남자의 말에 동조하며 고개를 끄덕였다.

"윈하우저 남작, 소개하고 싶은 사람이 있어요."

사람들을 헤치고 홀을 가로질러 맞은편으로 간 제랄딘은 어느 남자와 이야기를 하고 있는 윈하우저 남작을 발견하고 말을 걸었다.

살짝 벗겨진 머리 덕분에 찾기 쉬웠다. 제랄딘의 말에 반색을 하며 몸을 돌린 제프는 이어진 그녀의 말에 표정을 굳혔다.

"이쪽은 에버딘 어셔. 헬름 남작이죠. 이쪽은 제프 윈하우저. 길랜드의 남작입니다."

"만나서 반갑습니다."

에버딘은 재빨리 제프를 향해 손을 내밀며 말했다. 하지만 제프의 표정은 떨떠름했다. 어셔 남작이라니, 붉은 산을 두고 그와 경쟁을 하는 자다. 그런 자와 굳이 친하게 지낼 생각은 없었다.

하지만 여긴 웨스트 공작의 파티고 소개해 준 사람은 다름 아닌 브룩 경이다. 무례하게 굴 수도 없어서 제프는 에버딘의 손을 잡으며 다소 딱딱하게 대답했다.

"윈하우저요."

으음? 제랄딘은 딱딱한 제프의 태도에 잠시 당황했지만 재빨리 표정 관리를 했다. 다행히 에버딘은 제프가 원래 딱딱한 사람이라고 생각하고 그의 태도에도 아랑곳하지 않고 입을 열었다.

"그렇지 않아도 드리고 싶은 이야기가 있었어요. 제게 잠깐 시간을 내주실 수 있을까요?"

제프는 에버딘보다 열 살은 더 많아 보인다. 당연히 에버딘은 그녀가 배운 대로 예의 바르게 행동했을 뿐이다. 하지만 제프는 그녀의 예의를 다르게 해석했다. 그녀가 자신에게 굽실거린다고 생각한 것이다.

"붉은 산에 대해서라면 그럴 필요는 없을 것 같은데."

이건 또 뭐야? 에버딘은 제프의 건방진 태도에 잠시 입을 다물었다. 제랄딘 역시 놀라서 멈칫했다.

그 모습에 제프는 인심 쓴다는 표정으로 다시 입을 열었다.

"원한다면 붉은 산을 오갈 수 있는 통행권 정도는 주지. 내가 보석을 발견하는 걸 지켜보고 있으라고."

그러더니 그는 큰 소리로 웃으며 자리를 떠나 버렸다. 제랄딘은 대체 저자가 지금 무슨 소릴 하는 건가 하고 에버딘을 쳐다봤다.

그렇게 나온단 말이지? 에버딘은 인상을 쓴 채 떠나는 제프를 쳐다보고 있었다. 에버딘이 붉은 산을 원한다는 것을 확인한 그는 더더욱 여유가 넘쳐서 아는 사람마다 말을 걸고 있었다.

"무슨 일입니까?"

제랄딘의 질문에 에버딘은 그제야 정신을 차리고 그녀를 쳐다봤다. 별꼴을 다 보겠네. 그녀는 어이가 없어서 피식피식 웃기 시작했다.

"어서 남작?"

제랄딘은 피식피식 웃기 시작하는 에버딘을 보고 걱정스럽게 물었다. 너무 화가 나서 웃는 건가? 가끔 그런 사람이 있다. 화가 나면 웃어 버리는 사람.

하지만 에버딘은 그래서 웃는 게 아니었다. 제프의 멍청한 행동이 웃겨서 웃는 거였다.

"사실 얼마 전에 왕자님을 만나서 붉은 산까지 제 영지를 늘려 달라고 요청을 했거든요."

"그랬어요?"

붉은 산이라면 용이 살았다는 전설을 가진 산이다. 거기가 왕토로 남은 이유는 만약 용이 남아 있다면 그 용이 피해를 끼칠 경우 붉은 산을 영지로 둔 영주가 후처리를 해야 하기 때문이다.

어서 남작가뿐 아니라 윈하우저 남작가 역시 그 의무에서 도망치려 했고 결국 붉은 산은 왕토로 남았다.

"근데 윈하우저 남작도 저처럼 붉은 산을 원하는 모양이더라고요."

"설마 방금 윈하우저 남작에게 양보하라고 말하려 한 건 아니겠죠?"

"오, 그건 아니에요."

에버딘은 키득키득 웃으며 제랄딘과 나란히 걷기 시작했다.

"윈하우저 남작에게 같이 발굴하자고 하려고 했어요."

당연히 발굴한 것은 발굴한 자의 것이 되는 조건으로. 에버딘은 보석에 관심이 없으니 어차피 발굴은 윈하우저만 할 것이지만 그에게도 이점은 있다.

에버딘과 윈하우저가 공동으로 관리하게 되니 왕자에게 필요 이상의 뇌물을 바치지 않아도 되는 것이다. 하지만 방금 제프는 왕자에게 더 많은 뇌물을 바치는 한이 있더라도 붉은 산을 독식하겠다는 선택을 했다.

"설마 진짜 거기에 보석이 있을 거라고 생각하는 건 아니겠죠?"

제랄딘은 걱정스러운 표정으로 물었다.

그녀도 붉은 산에 용이 살았다는 전설은 알고 있다. 하지만 거기에 진짜 용이 남겨 둔 보석이 있다면 왕자가 제일 먼저 나섰을 거라는 게 제랄딘의 생각이었다.

제랄딘의 설명에 에버딘이 물었다.

"그럼 왕자님은 붉은 산에 보석이 없을 거라고 생각하고 있는 거네요?"

"하지만 있을 가능성도 버리지는 못할 거예요."

왕자는 욕심이 많다. 아니, 탐욕스럽다. 아마도 윈하우저와 에버딘이 내건 조건 중에 자신의 이득이 가장 큰 쪽을 택하겠지.

"어쩌면 당신과 윈하우저 남작을 경쟁시키려 할 거예요."

그러니 일부러 에버딘에게 윈하우저도 붉은 산을 원한다는 말을 한 것이다. 제랄딘의 지적에 에버딘의 표정이 굳었다.

그녀의 말대로라면 에버딘에게는 승산이 없다. 윈하우저는 이미 개인 극장을 지어 주겠다고 했고 에버딘은 그것보다 더 좋은 걸 줄 수 없으니까.

"보석을 찾으면 보석의 반을 바친다고 해 볼까요?"

에버딘의 질문에 제랄딘은 어깨를 으쓱했다. 잘 모르겠다. 하지만 왕자도 붉은 산에 보석이 있을 가능성을 그리 크게 보지 않는다면 그 제안을 거절하고 원하우저의 손을 들어 줄 것이다.

그러면 곤란하다. 에버딘은 다시 고민에 빠졌다. 그때, 홀 안쪽에서 션이 아네트와 함께 나와서 사람들에게 음식을 권했다.

"연회장 벽면을 따라 음식을 준비해 놨으니 마음껏 즐기시길 바랍니다. 특히, 오늘 이 자리를 위해 특별히 준비한 술이 있습니다."

특별히 준비한 술이라는 말에 사람들이 수군거리기 시작했다. 에버딘은 바짝 긴장한 채 사람들이 하인들이 따라 주는 우유색의 술을 홀짝이는 것을 지켜봤다.

"달짝지근한데요?"

"시큼하고 약간 밍밍한 것 같기도 한데. 설마 상한 건 아니겠죠?"

"예전에 다른 나라에서 비슷한 걸 먹어 본 적이 있어요. 우유를 발효해서 이런 걸 만들더군요. 좀 더 걸쭉했지만요."

"그럼 이것도 우유로 만든 걸까요?"

신기한 술이다. 사람들은 달짝지근하면서 하얀색의 술을 홀짝이며 자유롭게 이야기를 나눴다. 점차 에버딘의 막걸리는 사람들 사이에 우유 술이라는 별명이 자리 잡기 시작했다.

약간 싱겁긴 하지만 션의 말대로 디저트용 술로 적당했다. 에버딘은 막걸리를 고급스러운 유리잔에 담아 내놓는 모습에 입을 딱 벌렸지만 아무 말도 하지 않았다.

곧이어 집사의 신호를 받은 악단이 곡을 연주하기 시작했다. 아네트가 원하는 대로 오케스트라단은 아니었지만 이십여 명이나 되는 상당한 규모였다.

션은 손님을 초대한 주인으로서 자신이 먼저 춤을 춰야 한다는 것을 알고 있었다. 그리 마음에 들지는 않지만 이건 당연한 의무였다.

"아네트."

음악이 시작되자 션은 아네트와 함께 홀 가운데로 가서 동생을 마주 보았다. 사람들은 금세 두 사람을 위해 공간을 내주었다.

다행이다. 아네트는 션이 에버딘이 아닌 자신에게 첫 춤을 권했다는 사실에 안도했다. 에버딘과 션은 공식적으로 약혼한 사이가 아니니 당연한 일이지만 그런 사소한 걸로 안심할 정도로 아네트는 불안했다.

션과 아네트의 춤은 션에게는 이 정도면 충분하다 싶을 정도였고 아네트는 너무 짧다 싶을 때 끝이 났다. 주인 남매가 춤을 추자 곧바로 결혼한 지 얼마 안 됐거나 약혼한 커플들이 나와서 춤을 추기 시작했다.

"어서 경."

제랄딘은 빙그레 웃으며 에버딘에게 손을 내밀었다. 처음에는 그녀가 자신에게 춤을 청한다는 것을 깨닫지 못해서 어리둥절해 하던 에버딘은 잠시 후 깜짝 놀라서 물었다.

"누가 남자역인데요?"

"전 키가 더 큰 역이라고 말하는 걸 더 좋아합니다."

확실히 여자 쪽은 남자의 어깨를 잡고 남자 쪽은 여자의 허리를 잡아야 하니 남자 쪽은 키가 큰 편이 낫다. 에버딘은 자신만만한 제랄딘의 표정에 고개를 끄덕였다. 하지만 두 사람이 손을 잡기 전에 션이 나타났다.

"내가 먼저 하고 싶은데."

"키가 큰 역?"

에버딘의 질문에 션은 그게 무슨 소리냐는 표정을 지었고 제랄딘은 웃음을 터트렸다. 그녀는 에버딘의 손을 잡으며 물었다.

"지금 여기서 양보하면 헬름에 또 초대해 주실 건가요?"

"브룩 경은 언제든지 환영이죠."

그렇다면. 제랄딘은 씩 웃으며 에버딘의 손을 놓았다. 그리고 션을 뿌듯한 표정으로 쳐다봤다.

마음에 안 든다. 션은 에버딘의 손을 잡고 홀 한가운데로 나아갔다.

"나, 춤출 줄 몰라."

다른 사람들과 박자를 맞추기 위해 잠시 멈췄을 때 에버딘이 말했다. 정확히 말하면 자신이 춤을 출 수 있는지 모른다. 기억이 없기 때문이다.

션은 에버딘의 허리를 끌어안으며 말했다.

"내가 알아."

그가 할 줄 안다. 션은 그걸로 충분하다는 태도로 에버딘의 몸을 끌어당겼다. 두 사람의 몸이 딱 붙었다. 원래 이렇게 붙는 건가? 에버딘이 어리둥절해 하는 것과 동시에 션이 움직이기 시작했다.

그리고 그녀에게만 들리도록 속삭였다.

"브룩 경은 언제나 환영이라고?"

"내 친구잖아?"

"나는?"

에버딘은 션의 질문에 눈을 동그랗게 떴다. 이 남자, 진심으로 이러는 건가? 그녀는 그의 얼굴을 들여다보고 션이 제랄딘을 질투하고 있다는 것을 깨달았다.

"세상에, 션. 헬름에 네 방이 있거든?"

헬름의 저택에는 아예 션의 전용 방이 있다. 그가 헬름에 올 때마다 이용하는 방이. 헬름 저택에서 주인 가족의 방을 제외하면 가장 크고 좋은 방이다.

에버딘의 지적에 션의 얼굴에 미소가 떠올랐다. 헬름 저택에 그의 방이 있다. 그것만으로도 션의 기분이 금세 하늘 높이 떠올랐다.

"아네트."

션에게 순서를 양보한 제랄딘은 혼자 남은 아네트에게로 다가갔다. 아네트는 이미 수많은 남자들에게 둘러싸여 있었다.

양심도 없다. 제랄딘은 곧 서른을 앞두는 남자들을 노려보며 아네트에게 인사를 건넸다.

"초대해 줘서 고마워."

"제랄딘."

그렇지 않아도 짜증 나던 터다. 아네트는 자신과 한 마디라도 더 하려는 남자들을 뿌리치고 제랄딘과 함께 사람들 사이를 빠져나왔다.

"웨스트 공작이 춤추는 걸 보지 않아도 되겠어?"

"상대가 어서 남작이잖아."

그런데? 제랄딘은 뾰로통한 아네트의 대답에 어리둥절해하다가 물었다.

"오라버니가 어셔 남작과 춤추는 게 싫어?"

"싫은 건 아닌데."

오라버니에게는 어울리지 않는다는 생각이 든다. 어셔 남작가는 가난하고 에버딘은 엄청난 미인도 아니다. 그녀의 오라버니에게 전혀 도움이 되지 않는다.

아네트는 망설이다가 입을 열었다.

"오라버니는 한때 공주님과 혼담이 오갔던 사람이잖아? 고작 저런 여자와 춤을 추다니, 오라버니가 불쌍해."

이게 무슨 소리야? 깜짝 놀란 제랄딘의 걸음이 멈췄다. 그녀는 저도 모르게 아네트를 꾸짖었다.

"사람과 사람이 만나는 걸 보고 함부로 누군가를 불쌍하다고 말하면 안 돼."

아깝다거나 안 어울린다는 말도 무례하지만 할 수 있다. 하지만 불쌍하다는 건 무례한 걸 넘어선 발언이다. 제랄딘의 말에 아네트의 얼굴이 달아올랐다. 하지만 동시에 아네트는 에버딘이 더더욱 싫어졌다.

38

“어서 오게, 어셔 남작.”

두 번째로 들어온 왕궁이지만 처음과는 많이 달랐다. 나는 나를 맞이하기 위해 자리에서 일어나 손을 뻗는 레베카 공주를 보고 약간 얼떨떨해하며 인사를 건넸다.

“초대해 주셔서 감사합니다.”

레베카 공주가 나를 부른 건 어제. 션의 집에서 열린 파티까지 참석한 이튿날이라 오늘은 집에서 좀 쉴까 하던 참이었다.

갑자기 왕궁에서 사람이 나왔다고 해서 깜짝 놀랐는데 상대는 왕자가 아닌 레베카 공주. 그제야 나는 그녀가 예전에 내게 한번 궁에 놀러 오라고 했던 말이 떠올랐다.

그게 빈말인 줄 알았는데 진짜였던 모양이다.

"아 참, 그리고 이건 전에 드리기로 했던 것 대신 가져왔어요."

나는 들고 있던 바구니를 공주에게 내밀며 말했다. 전에 공주가 내게 뭘 가지고 오라고 했던 것 같은데 영 기억이 안 나서 다른 걸 가져왔다.

그러자 공주의 뒤에 서 있던 여자가 재빨리 앞으로 나와서 내 바구니를 받아 들었다.

"뭘 이런걸. 고맙게 받겠네."

레베카 공주는 하녀라고 하기엔 좋은 옷을 입은 여자가 받아 든 바구니 안을 들여다보며 인사를 건넸다. 저게 뭔지 궁금할 거다. 나는 똑같이 바구니 안을 들여다보는 여자에게 양해를 구하고 바구니 안에서 작은 병을 꺼내 말했다.

"이건 조청이에요. 꿀이나 잼과 비슷한 거예요."

어제 하루 종일 만들었다. 혹시 몰라서 가져온 엿기름이 있어서 다행이었지. 그러면서 동시에 이걸 헬름에서 팔아도 괜찮겠다는 생각이 들었다.

아니면 수도도 괜찮고.

어쩌면 막걸리보다 더 잘 팔릴지도 모른다.

"그리고 이건 엿이라는 건데요."

나는 조청을 담은 작은 유리병을 바구니에 넣어 두고 이번에는 종이 상자를 꺼내며 말했다.

"많이 끈적거리니까 조심해서 드세요."

"캐러멜 같은 건가?"

"비슷해요."

캐러멜도 액체를 졸여서 끈적이게 만들다가 너무 많이 졸이면 딱딱해지니까 비슷하다고 할 수 있다.

나는 과연 엿을 캐러멜보다 더 싸게 팔 수 있을지 잠시 고민하다가 고개를 저었다. 조청은 저 작은 통으로 하나를 만들기 위해서는 냄비 가득 식혜를 만들어야 한다. 그 식혜를 잼 정도의 점도가 될 때까지 끓이면 조청이 되고 조청을 더 끓이면 엿이 된다.

다음번엔 식당에 음료로 식혜를 내놔 볼까. 그렇게 생각하는데 레베카 공주가 내게 자리를 권하며 말했다.

"전부터 자네와 이렇게 단둘이 이야기를 해 보고 싶었지. 그런데 마침 자네가 며칠 전에 오라버니를 만났다고 하더군."

그래서 불렀다는 말이다. 나는 크리스토퍼와는 완전히 다른 레베카 공주의 태도에 미소를 지었다. 일단 앉으라고 권했다는 점에서 그녀는 된 사람이다.

"저야말로 절 기억해 주셔서 감사하죠. 어떻게 지내셨나요?"

"나야 늘 그렇지. 참, 길랜드에 몇 주 전에 비가 너무 많이 와서 고생했다던데 헬름은 무사한지 모르겠군."

이런 대화를 할 수 있다니. 점점 나는 레베카 공주에게 감동하고 있었다. 크리스토퍼 왕자는 영지는커녕 내 안부도 묻지 않았다. 나는 여자가 가져온 찻잔을 받아 들며 말했다.

"걱정해 주셔서 감사합니다. 헬름도 비가 오긴 했는데 그리 많지는 않다고 합니다."

대신 상당히 추워졌다고 들었다. 마지막 가을비였던 모양이다. 내 말에 레베카 공주는 다행이라는 표정으로 고개를 끄덕이더니 올해 농사는 잘됐는지, 영지에서 필요한 건 없는지 묻기 시작했다.

"필요한 게 있으면 말하게. 내가 도울 수 있는 거라면 얼마든지 돕겠네."

"감사합니다, 전하."

나는 예의상 하는 말인지 진심인지 모를 레베카 공주의 말에 감사를 표했다. 이게 예의상 하는 말이라고 해도 좋다. 크리스토퍼 왕자는 그 예의조차도 지키지 않았으니까.

"그런데, 내가 듣기로는 이틀 전 웨스트 공작이 파티를 열었다면서."

차를 한 모금 홀짝이고 곁들여 나온 케이크까지 적당히 맛을 보고 나자 공주가 주제를 바꿔 물었다. 나는 차를 마시다 말고 재빨리 자세를 바로 하며 말했다.

"네. 듣기론 웨스트 공작의 누이가 요청했다고 하더군요."

"아네트 웨스트 양 말이지. 좀 있으면 사교계 데뷔를 하던가."

귀족들의 사교계 데뷔는 남녀 모두 열일곱 살부터. 보통 늦어도 열아홉 살까지는 한다고 한다. 아네트는 아마도 열일곱 살이 되자마자 데뷔를 하겠지. 나는 말없이 고개를 끄덕였다.

레베카 공주는 찻잔을 들어 올리더니 홀짝 마셨다. 그리고 찻잔을 내려놓기 전에 나를 힐끔 쳐다보며 말했다.

"웨스트 공작과 춤을 췄다고 하던데."

"네, 맞습니다. 전하."

그게 무슨 문제라도? 그렇게 생각한 나는 곧 몇 달 전에 들었던 소문을 떠올렸다. 오래전이라 이젠 가물가물한 소문이지만 지금 이 순간엔 생각날 수밖에 없다.

웨스트 공작과 레베카 공주의 혼담이 오간다는 소문이었지. 동시에 도미닉의 저주와도 같던 말도 같이 떠올랐다. 션과의 결혼이 불가능하다고 했었다.

젠장.

나는 그제야 도미닉이 왜 그런 말을 했는지 깨달았다. 레베카 공주와의 혼담이 오가던 남자다. 즉, 왕실에서 그를 공주의 남편감으로 점찍어 놨다는 말이다. 션의 의사와 상관없이 왕은 그와 레베카 공주를 결혼시킬 생각인 거다.

"어서 남작?"

그때, 공주가 나를 불렀다. 내 표정이 굳었던 모양이라 나는 재빨리 자세를 바로 하고 그녀를 쳐다보며 말했다.

"죄송합니다, 전하. 잠깐 잊었던 게 생각이 나서……."

"나와 웨스트 공작의 혼담 말이지?"

눈치도 빠르다. 나는 레베카 공주의 예리한 말에 아니라고 말하려 했다. 하지만 그보다 먼저 그녀가 고개를 저으며 말했다.

"괜찮아, 신경 쓰지 말아. 나도 그 혼담이 내키는 게 아니니까 말일세."

"내키시지 않는다고요?"

왜? 나는 어리둥절해서 레베카 공주를 쳐다봤다. 그리고 조심스럽게 물었다.

"죄송합니다만, 전하. 웨스트 공작가는 유서 깊은 집안이 아니던가요?"

웨스트햄튼이 수도에서 좀 멀어서 그런 걸까. 내 질문에 레베카 공주는 신기하다는 듯 나를 쳐다보더니 웃으며 말했다.

"자네는 내가 웨스트 공작을 탐탁지 않아 한다고는 전혀 생각하지 않는군?"

션을 마음에 안 들어 한다고? 왜?

이해가 안 된다. 나는 뭐라고 말해야 할지 몰라서 다시 어리둥절한 표정을 지었다.

션은 잘생겼다. 그러니까 그냥 잘생겼다는 말이 아니라 멀리서 보면 조각으로 착각할 정도로 잘생겼다. 그리고 가까이에서 보면 이렇게 잘생긴 사람이 정말 존재하는 걸까라는 두려움에 불안감이 생길 정도로 잘생겼다.

게다가 몸은 또 얼마나 아니, 잠깐. 지금 이게 중요한 게 아니지.

집안도 괜찮다. 건국 집안 중 하나잖아. 건국 집안 중 유일한 공작인 걸 보면 가장 공로가 컸던 거 아니겠냐고. 하지만 뜻밖에도 레베카 공주는 그 모든 게 다 별로였던 모양이다.

그녀는 목소리를 낮추며 말했다.

"자네만 알고 있게."

"네, 전하."

"난 좀 고분고분한 남자가 좋아."

뭐라고? 나는 믿을 수 없는 레베카 공주의 고백에 눈을 동그랗게 떴다. 그리고 그녀의 표정을 확인했다.

진심이다. 그녀는 진짜로 션이 고분고분하지 않아서 별로라고 말하고 있었다.

아, 물론 그게 사실이긴 하다. 션은 고분고분하다는 말과 가장 멀리 떨어져 있는 존재일 것이다. 그와 나는 매번 의견 다툼을 하니까.

나는 뭐라고 해야 할지 몰라 망설이다가 가까스로 물었다.

"폐하께 말씀드려 보셨나요?"

"해 봤지."

레베카 공주는 씁쓸한 표정으로 고개를 끄덕였다. 그러니까 션이 고분고분하지 않아서 싫다는 게 진짜로 진짜인 모양이다.

"하지만 자네도 알지 않나. 원래대로라면 세느랄의 조지 왕자와 결혼했어야 했지만 그는……."

아니, 전혀 모르는데. 하지만 그렇게 말할 수 없어서 나는 아무 말도 하지 않았다. 그러자 공주는 내가 알고 있다고 생각했는지 조용히 말을 이었다.

"그래서 오라버니가 국내로 눈을 돌리신 거라네. 웨스트 공작가라면 괜찮은 집안이지. 내가 타국으로 가지 않아도 된다는 이점도 있고 말일세."

그렇겠지. 아무리 왕자와 결혼한다고 해도 다른 나라에 가서 살려면 그 나라의 문화와 언어도 새로 배워야 한다. 게다가 결국 그 결혼은 나라와 나라의 평화를 유지하기 위한 일종의 계약이다.

그렇다고 션과의 결혼이 계약이 아니라는 말은 아니지만.

나는 머릿속에 떠오르는 션과 레베카 공작의 결혼식에 인상을 쓰며 고개를 저었다. 싫다. 만약 그런 일이 일어난다면 션을 죽여 버릴 거야.

하지만 곧, 내가 그럴 자격이 있나 하는 생각이 들었다. 나는 그에게 아무것도 약속하지 않았다. 내게는 영지가 우선이고 영지민들을 헥터가 망치기 전처럼 살게 해 주는 게 먼저였다.

"문제는 웨스트 공작이 내 취향이 아니라는 거지만."

레베카 공주는 그렇게 말하고는 자신이 굉장한 농담을 했다는 듯 웃기 시작했다. 그러게. 나는 션을 두고 취향을 말할 수 있다는 점에 웃었다.

그는 취향이라는 것을 뛰어넘는 남자다. 난 내가 그렇게 크고 잘생기고 검은 남자를 좋아하는 줄 몰랐거든.

하지만 레베카 공주는 나와 같은 이유로 웃은 게 아니었던 모양이다. 그녀는 웃음을 멈추더니 고개를 숙이고 한숨을 내쉬었다.

그리고 내게 약간 지친 목소리로 말했다.

"자네도 내가 우습지? 한 나라의 공주가 되어서 취향이 아니라는 이유로 결혼을 거부하는 것이."

그건 아니다. 나는 내가 왜 웃었는지 말하려다가 입을 다물었다. 대신 다른 것을 물었다.

"혹시 좋아, 아니, 마음에 둔 분이 있으신 건가요?"

"그건 아닐세."

레베카 공주는 나를 쳐다보며 힘없이 웃었다. 무슨 상황인지 모르겠네. 딱히 좋아하는 사람이 있는 것도 아닌데 왜 취향이 아니라는 이유로 결혼하기 싫은 걸까.

아, 물론 이건 내가 할 말이 아니긴 하다.

내가 아무 말도 하지 않자 공주는 다시 입을 열었다.

"그래서 난 당신들 두 사람을 응원하고 있어. 혹시 모르잖아? 만에 하나라도 자네 두 사람에게 오라버니가 져 줄지도 모르지."

나와 션이 결혼하면 레베카 공주는 션과 결혼하지 않아도 되니 나와 션을 응원한다는 말이다. 나는 뭐라고 말해야 할지 몰라 망설이다가 솔직하게 말했다.

"저도 도움이 되고 싶지만, 제 영지가 엉망이라서요. 저와 웨스트 공작은 아무것도 약속하지 않은 상태입니다."

"그래? 그건 웨스트 공작도, 아니……."

놀랍다는 표정을 지은 레베카 공주는 뭔가를 말하려다가 멈췄다. 그러더니 곧바로 미소를 지으며 주제를 바꿨다.

"영지가 엉망이라니, 얼마 전에 자네가 붉은 산의 용을 찾겠다고 오라버니와 만났다고 들었는데."

어? 나는 생각하지 못한 레베카 공주의 말에 잠시 멈칫했다. 그 말을 나는 크리스토퍼 왕자가 할 줄 알았다. 레베카 공주가 아니라.

용의 둥지를 찾는 데는 돈이 많이 든다. 당연히 영지가 어느 정도 부유한 사람이 나서기 좋을 것이다. 그쪽이 둥지를 찾는 데 더 시간이 적게 걸릴 테고.

그래서 나는 왕자가 그걸 제일 먼저 확인할 거라 생각했다. 헬름이 용의 둥지를 찾을 만한 재력이 있느냐고. 하지만 그는 하지 않았고 공주는 했다.

설마 왕자는 헬름의 재정 상태를 속속들이 알고 공주는 몰라서 묻는 걸까? 하지만 그런 것까지 알 수가 있나?

나는 잠시 왕자와 공주 중 어느 쪽이 더 무서운 사람인지 고민했다. 동시에 레베카 공주에게 얼마나 거짓말을 해야 할지도.

"내가 곤란한 질문을 한 모양이군."

눈치 빠르게도 레베카 공주는 내가 망설이자 곧바로 한발 물러섰다. 나는 망설이다가 솔직하게 말했다.

"왕자 전하께선 그걸 확인하지 않으셨거든요. 그래서 전하께서 물어보실 줄은 몰랐습니다."

내 대답에 공주의 얼굴에 한순간 당황이 스쳐 지나갔다. 그녀는 억지로 미소를 지으며 입을 열었다.

"오라버니는 아버지를 대신해서 나라 전체를 살피고 계시니 말일세. 그런 걸 살피는 건 내 일이지."

즉, 크리스토퍼 왕자는 헬름의 재정을 알아서 안 물어본 게 아니라 그냥 아무 생각이 없었다는 말이다. 나는 레베카 공주가 자기 오빠를 두둔하고 있다는 것을 깨달았다.

이상한 일이다. 그 순간 내 눈에 레베카 공주와 메간이 겹쳐 보였다. 두 사람은 전혀 닮지 않았는데도.

"솔직히 말씀드릴게요."

레베카 공주에게서 메간이 생각난다는 이유로 나는 그녀에게 솔직해지기로 결심했다. 게다가 공주는 왕자가 포착하지 못한 지점을 짚었다.

왕자에게는 통했던 거짓말이 그녀에게는 통하지 않을 것이다.

"저는 용의 둥지나 용이 모아 둔 보석에는 아무 관심이 없어요. 제가 원하는 건 붉은 산에서 흘러 내려오는 뜨거운 물이에요."

"뜨거운 물?"

"연료도, 사람도 필요 없이 뜨겁게 끓은 물이 흘러 내려오는 거잖아요. 얼마나 놀라운 일이에요?"

"그건…… 그렇지."

내 설명에 레베카 공주가 잠시 생각하다가 고개를 끄덕였다. 하지만 그녀는 여전히 이해가 안 된다는 듯 물었다.

"하지만 뜨거운 물이라는 건 얼마든지 하인들을 시켜 물을 끓이면 되는 거잖나?"

"저는 그렇죠, 전하. 하지만 제 영지의 사람들은 아니잖아요."

그들은 물을 끓이기 위해 많은 시간과 돈이 필요하다. 온 가족이 다 한 번씩 목욕을 하려면 계속해서 누군가 물을 끓여서 보충해 줘야 한다. 일반 사람들이 그런 시간적 여유와 공간이 있을 리 없다.

나는 레베카 공주의 표정이 진지해진 것을 확인하고 천천히 설명했다.

"헬름에서 붉은 산까지 한 시간 정도 걸려요. 저는 헬름의 사람들이 한 달에 한 번 정도는 목욕을 했으면 좋겠어요."

최소 한 달에 한 번이다. 그게 위생을 위해서도, 건강을 위해서도 좋다. 온 가족이 나들이 삼아 붉은 산 근처로 가서 목욕을 하고 올 수 있다면 좋겠다.

내 설명에 레베카 공주는 시종일관 놀란 표정을 감추지 못했다. 목욕이라는 게 그렇게 생소하진 않을 텐데. 왜 그녀가 놀라는지 이해하지 못하는 내게 레베카 공주가 어느새 미소를 지어 보였다.

"내가 도와주지."

"도와주신다고요?"

아무 대가 없이? 내가 믿을 수 없다는 표정을 짓자 레베카 공주가 내게 손을 내밀며 말했다.

"설마 크리스토퍼 오라버니께 붉은 산의 물을 달라고 말할 생각은 아니겠지?"

그 생각도 해 봤다. 하지만 왕자를 만나 보고 나니 그러면 안 되겠다는 생각이 들었다.

왕자는 내가 물만 원한다고 하면 분명 물로 이득을 얻을 거라고 생각할 거다. 그리고 그 이득을 자신도 받을 생각을 하겠지.

그것 자체는 괜찮다. 자신의 땅으로 누군가 이득을 얻으려 한다면 그 이득을 나눠 받고 싶어 하는 건 사람의 당연한 욕심이니까. 문제는 내가 그 물로 어떤 이득을 얻을지 나도 잘 모르겠다는 점이다.

나는 온천을 만들어서 헬름의 사람들이 적어도 한 달에 한 번은 느긋한 목욕을 즐겼으면 좋겠다. 그게 이득이 되려면 꽤 오랜 시간이 필요할 거다. 어쩌면 헬름 사람들은 영영 온천에 익숙해지지 않을 수도 있고.

운이 나쁘면 윈하우저처럼 붉은 산의 물을 원하는 또 다른 라이벌을 만들어 낼지도 모른다.

나는 천천히 고개를 저었다. 왕자에게는 절대로 물을 원한다고 말할 생각이 없다.

"전 왕자님께 보석을 찾으면 찾은 보석의 반을 드리겠다고 하려 했어요."

내 대답에 레베카 공주가 소리 높여 웃었다. 우습나? 내가 당황하자 그녀는 재빨리 손사래를 치더니 웃음을 멈추고 말했다.

“남작은 아직 내 오라버니를 잘 모르는군.”

“보석의 반이 너무 적을까요? 그럼, 전부 다 드린다고 하면…….”

“그럼 오라버니는 남작을 의심할걸세.”

그건 그렇겠다. 기껏 찾아낸 보석을 왕자에게 모두 준다고 하는 거니까 왕자는 분명 다른 뭔가가 있다고 생각하겠지.

그럼 역시 보석의 반을 주는 게 가장 좋은 방법 아닐까? 그렇게 생각하는데 레베카 공주가 나를 찬찬히 쳐다보다가 입을 열었다.

“오라버니는 붉은 산에 용의 보석이 남아 있을 거라고 생각하지 않아.”

“전혀요?”

“글쎄. 어쩌면 아주 조금은 기대할지도 모르겠군.”

공주는 그렇게 말하고 소파 팔걸이에 몸을 기댔다. 그러더니 놀라울 정도로 냉정한 표정으로 말했다.

“하지만 오라버니는 보석을 기대하진 않을 걸세. 그는…….”

그는? 나는 가만히 공주의 다음 말을 기다렸다. 하지만 그녀는 잠시 멈칫하더니 한숨을 내쉬고 말했다.

“도와주지. 다음번에 오라버니가 자네와 윈하우저 남작을 부를 걸세. 그때 윈하우저 남작에게 져 주게.”

져 주라고? 붉은 산을 넘기라는 건가? 나는 그녀가 무슨 계획일지 잠시 기다렸다. 공주는 씩 웃더니 자리에서 일어났다. 그리고 내게 손을 내밀며 말했다.

“선물에 대한 보답이라고 생각하게.”

오늘 가져온 조청과 엿을 두고 말하는 모양이다. 나는 그만 가라는 완곡한 표현에 자리에서 일어나 공주의 손을 잡았다.

손등에 입을 맞춰야 하나? 그렇게 생각하는데 그녀는 담백하게 내 손을 놓더니 말했다.

“아, 그리고 조만간 웨스트 공작에게 날 찾아오라고 전해 주게. 우리 둘 사이에도 해결해야 할 일이 있으니.”

“해결이요?”

혼담을 없었던 일로 하겠다는 건가? 그럴 수 있나? 그렇게 생각하는데 공주가 피식 웃으며 말했다.

“걱정 말게. 자네와 웨스트 공작의 사이를 갈라놓으려 하는 건 아니니. 그가 아니면 웨스트 양이니 이야기를 좀 해 봐야지.”

“웨스트 양이면, 아네트요?”

이건 또 무슨 소리야? 내가 어리둥절한 표정을 짓자 공주의 표정이 굳었다. 그녀는 나를 물끄러미 쳐다보다가 한숨을 내쉬며 말했다.

“자네는 몰랐군. 미안하네. 괜한 말을 했어.”

“그가 아니면 아네트라니, 무슨 말씀이신가요?”

내 질문에 레베카 공주의 얼굴에 곤란한 표정이 떠올랐다. 그때 문이 열리면서 내 선물을 가져갔던 여자가 들어왔다.

“그건 공작에게 물어보게.”

아네트가 두 사람의 결혼과 무슨 상관이냐고 다시 묻고 싶었지만 들어온 여자 때문에 그럴 수가 없었다. 결국 나는 그대로 집으로 돌아왔다.

“져 주라고 했다고?”

그날 저녁, 나를 찾아온 션은 공주와 나눈 대화를 듣더니 되물었다. 그래, 그랬다. 윈하우저에게 져 주라고 했다.

“뭔가 생각이 있나 봐.”

“넌 그녀를 믿을 생각이고?”

글쎄. 나는 션의 질문에 다시 레베카 공주를 떠올렸다. 그녀가 마음에 든다. 왕자보다는 훨씬.

“공주가 날 엿 먹일 이유가 있을까?”

“글쎄.”

내 질문에 션 역시 잘 모르겠다는 반응을 보였다. 나는 문득 장난기가 생겨서 자세를 바로 하며 말했다.

“자기 남자를 빼앗아 가려고 해서 날 괴롭힐 수도 있지.”

“자기 남자?”

“공주랑 혼담이 오갔잖아.”

그제야 션은 자신이 레베카 공주와 혼담이 오갔다는 걸 떠올린 모양이다. 그가 “아.” 하고 알았다는 신음을 내뱉었다. 나는 어이가 없어서 말했다.

“설마 잊고 있었던 건 아니지?”

“아니, 그건 아니야.”

그래, 아니길 빈다. 아네트도 엮여 있으니까. 나는 잠시 션의 눈치를 살폈다. 물어보고 싶다. 아네트는 대체 왜 엮여 있는지.

물론 어느 정도 예상이 되긴 한다. 하지만 내 의심이 맞는지 확인하고 싶었다.

"물어봐."

눈치 빠르게도 션은 내가 자신의 눈치를 살핀다는 것을 깨닫고 말했다. 나는 자리에서 일어나 그가 앉아 있는 소파에 가서 옆자리에 앉았다. 그리고 션에게 몸을 돌리며 물었다.

"공주님이 네게 다음에 자길 찾아오라고 전해 달라고 했거든."

"그래."

"둘이 해결할 일이 있다고 말이야."

그러자 션이 한숨을 내쉬었다. 나는 그에게서 살짝 몸을 빼며 물었다.

"파담을 말하는 게 아닌 거지?"

그런 거였다면 아네트의 이름이 나올 이유가 없다. 아니, 아닌가? 오빠가 공주랑 파담하면 동생의 혼담에도 영향을 미치나?

어쩌면 그럴지도 모른다. 하지만 나는 션과 레베카 공주의 혼담을 왕실에서 추진했다는 것과 레베카 공주만큼 크리스토퍼 왕자도 미혼이라는 사실에 집중했다.

"혹시 말이야, 왕이 너랑 레베카 공주가 아니면 왕자와 아네트가 결혼하라고 했어?"

웨스트 공작가는 괜찮은 집안이다. 아니, 괜찮다는 말로는 부족하다. 상당히 부유하고 책에도 나오는 건국 공신 집안이다. 아네트가 왕비가 되는 게 이상하지 않을 정도로.

내 지적에 션의 인상이 일그러졌다. 문제는 션이 왕자를 별로 안 좋아한다는 점이겠지.

그리고 왕자의 나이가 아네트의 약 두 배라는 점도.

션은 아무 말도 하지 않았다. 그거라면 이해가 된다. 레베카 공주와 션의 혼담이 오갔던 것도, 션이 딱 잘라서 혼담을 거부할 수 없었던 것도.

"아네트는 알아?"

"아니."

아니군. 나는 어쩌면 왕자와 결혼해야 할지도 모른다는 말을 들으면 아네트가 어떤 반응을 보일지 생각했다. 좋아할까, 싫어할까? 나와 션과 달리 다른 사람들은 왕자를 좋아하게 된다고 했다.

그러니 어쩌면 아네트는 좋아할지도 모른다.

"그럼 레베카 공주랑 결혼할 거야?"

"에버딘."

션의 목소리에 경고가 담겼다. 그는 나를 향해 돌아앉더니 낮은 목소리로 으르렁대듯 말했다.

"둘 다 아니야."

그럼 어쩌게? 나는 아무 말 없이 션을 쳐다봤다. 션이 레베카 공주와 결혼하지 않으면 아네트가 왕자와 결혼해야 한다. 어느 쪽을 선택해도 그는 괴로울 것이다.

"그 멍청한 짓을 추진한 건 왕실이 아니라 왕자야. 그가 원하는 건 내 가문의 돈이고."

처음엔 약간 거칠었던 션의 말은 조금씩 안정적으로 변했다. 그는 한숨을 내쉬더니 내가 있는 소파 등받이에 팔을 뻗었다.

그리고 소파에 기대서는 나를 물끄러미 쳐다보기 시작했다.

"공주는 날 좋아하지 않아."

"그렇더라."

정확히 말하면 자기 취향이 아니라고 말했다. 그게 아직도 좀 놀랍다. 나는 션의 긴 팔과 넓은 어깨를 쳐다보고 어깨를 으쓱했다.

문득 이상한 생각이 들었다. 혹시 이 남자가 나한테만 잘생겨 보이나?

"그리고 나도 그녀를 좋아하지 않고."

"그럼 누가 좋은데?"

일부러 심술을 부려 본 건데 션의 입가가 부드럽게 휘었다. 그는 잠시 나를 쳐다보더니 다시 나직하게 입을 열었다.

"고집 세고 날 돌아 버리게 하는 여자가 좋아. 빨간 머리를 가졌고 자기가 하고 싶은 건 반드시 해야 하는 사람. 그리고."

그리고? 나는 아무 말도 하지 않았다. 션은 나를 향해 몸을 숙이더니 내 얼굴 위로 고개를 떨구며 속삭였다.

"내게 동생 좀 똑바로 키우라고 했던 사람."

내가 그런 소릴 했나? 나는 눈을 크게 떴다가 곧 키득거리기 시작했다. 그걸 기억하고 있을 줄은 몰랐는데.

잠시 멈췄던 션은 내가 웃기 시작하자 조심스럽게 내 이마에 입을 맞췄다. 그 행동이 내게 조금이나마 위안을 줬다.

"나 때문에 네가 피해를 입지 않았으면 좋겠어."

나는 솔직하게 말했다. 나는 션이 좋다. 가능하면 그가 아주 오래오래 내 곁에 있었으면 좋겠다. 하지만 그게 욕심이라면, 그래서 션이 피해를 입는다면 그것 역시 내게 상처가 될 거다.

션은 뭔가를 말하려는 듯 입을 열더니 다물었다. 그러더니 이번엔 내 코끝에 입을 맞추더니 말했다.

"너는 내 세계를 흔들어 놓고 있어. 나는 그게 마음에 들어."

방금 그 말은 정말 좋았다. 나는 션의 목을 끌어안고 그의 입술에 입을 맞췄다. 조금 안도가 됐다.

그의 마음에 들고 안 들고의 문제가 아니라 누군가 내가 하는 일들을 지지해 준다는 게.

나는 션의 허벅지 위로 올라가서 앉았다. 그리고 이제야 조금 높이가 맞는 그의 얼굴을 쳐다봤다.

"왜?"

션이 약간 쉰 목소리로 물었다. 그의 손이 내 등을 감싸고 있어서 약간 후끈하게 느껴졌다. 나는 그의 뺨을 감싸고 말했다.

"레베카 공주는 네가 고분고분하지 않아서 싫대."

그러자 션의 눈이 가늘어졌다. 그는 대체 그게 무슨 소리냐는 표정을 짓더니 곧 피식 웃으며 물었다.

"너는?"

나는? 그러게. 나는 생각을 안 해 봤다. 나는 션의 뺨을 감싼 채 그의 얼굴을 이리저리 흔들었다. 그래도 그는 아무 말도 하지 않았다. 그저 나를 뚫어져라 쳐다볼 뿐이었다.

션처럼 크고 무뚝뚝한 남자가 내 손안에서 이리저리 흔들린다는 건 생각보다 더 기분이 좋았다. 나는 문득 떠오른 생각에 불쑥 물었다.

"나 말고 또 다른 사람한테도 이렇게 해?"

"뭘?"

"이렇게 아무나 무릎에 앉히고 머리를 흔들게 두냐고."

선의 눈이 가늘어졌다. 그는 잠시 믿을 수 없다는 듯 나를 쳐다보더니 한숨을 내쉬고 자세를 고쳤다. 그 바람에 내 몸이 중심을 잃고 흔들렸지만 여전히 나는 그가 내 등에 손을 대고 있는 덕에 안전했다.

"내가 말 안 했던가?"

선이 나직하게 말했다. 뭘? 내가 표정만으로 묻자 그는 나를 잡아당기며 말했다.

"난 남과 닿아 있는 게 싫어."

"싫다고?"

"싫어."

"가족이나 친구도?"

"가족이나 친구도."

어째서? 이해할 수가 없다. 나는 할머니가 나를 끌어안아 주던 걸 생각했다. 따듯하고 할머니 냄새가 났다. 내가 나이가 듦에 따라 점점 가느다래진 그 팔은 마지막까지 나를 꽉 끌어안아 줬었다.

할머니 생각을 하자 코끝이 시큰해졌다. 나는 고개를 젓고 선에게 물었다.

"왜?"

"읽히거든."

말을 또 이렇게 하네. 나는 선을 향해 인상을 썼고 그는 헛기침을 하더니 다시 설명했다.

"다른 사람의 기분이 읽혀. 어떤 사람은 희미하게 생각이 읽히기도 해."

뭐라고? 나는 깜짝 놀라서 그에게서 떨어지기 위해 허우적대기 시작했다. 그럼 내가 그동안 션을 보면서 품었던 그 위험한 생각들을 다 읽었단 말이잖아?

하지만 내 몸은 그의 무릎 위에서 손톱만큼도 움직이지 못했다. 션은 내 몸을 단단히 잡은 채 재빨리 덧붙였다.

"너만 빼고."

"나, 나는 안 읽힌다고?"

"그래."

다행이긴 한데, 이건 그런 건가? 그와 제랄딘, 왕자의 힘이 내게 통하지 않은 거랑 같은 맥락인 건가? 나는 무엇을 어떻게 물어봐야 할지 몰라서 멍하니 션을 쳐다봤다. 그러자 그가 다시 설명하기 시작했다.

"대가 같은 거야. 브룩 경은 남의 상처를 치료해 주는 대신 고통을 돌려받지."

그렇다고 들었다. 내가 고개를 끄덕이자 션이 계속해서 설명했다.

"난 타인의 행동을 본인의 의지와 상관없이 조종할 수 있는 대신 사람들의 감정을 느껴. 내가 원하지 않아도 끊임없이 흘러들어 와. 특히……."

거기까지 말한 션이 입을 다물었다. 특히 뭐? 나는 조바심이 나서 그를 향해 몸을 기울였다. 덕분에 우리의 몸이 딱 달라붙었다.

션은 내 허리를 끌어안더니 감히 주제를 바꾸려고 시도했다.

"그리고 왕자는……."

"어허."

나는 재빨리 손가락을 들어 올리며 지적했다. 그러자 션이 피식 웃더니 말했다.

"특히 부정적인 감정을 강하게 느껴."

"부정적인 감정?"

"그래. 그리고 왕자는 다른 사람의 사랑을 받는 대신 사랑을 할 줄 모르지."

어느 쪽이 더 놀라운지 모르겠다. 션이 타임의 감정을 느낀다는 점인지, 왕자가 사랑을 할 줄 모른다는 점인지.

대체 언제부터 그랬냐고 묻고 싶었지만 묻기 전에 내 머릿속에 대답이 먼저 떠올랐다. 제랄딘은 어릴 때부터 그 능력 때문에 긴 장갑을 끼고 살았다고 했다. 그러니까 션도 어릴 때부터겠지.

가슴이 아팠다. 아주 작은 어린애가 타인의 자신을 향한 부정적인 감정을 강하게 느끼며 자란다는 게. 나는 그대로 션을 끌어안고 그의 어깨에 얼굴을 묻었다.

"에버딘."

션은 어쩔 줄 몰라 하는 게 느껴졌다. 그 목소리와 태도에 나는 더 슬퍼졌다.

그가 왜 남을 위로하는 게 익숙하지 않은지 알겠다. 표정이 늘 무뚝뚝한 이유도 알겠다. 나는 울지 않기 위해 애쓰며 속삭였다.

"당신은 좋은 사람이야."

션의 몸이 움찔하는 게 느껴졌다. 그는 잠시 후에 천천히 내 등을 쓰다듬기 시작했다. 그리고 유쾌하게 말했다.

"너한테 좋은 사람이 되려고 노력 중이지."

그건 그렇다. 처음 만났을 때는 아주아주 나쁜 놈 그 자체였지만. 나는 킬킬대며 고개를 들었다. 션은 내 얼굴을 보더니 이상하다는 듯 물었다.

"어느 쪽이 속상한 거야? 왕자가 사랑을 할 줄 모르는 거? 아니면 내가 부정적인 감정을 느끼는 거?"

둘 다 속상하다. 나는 그가 내가 왜 속상해했는지도 모르면서 위로하려 했다는 점에 미소를 지었다.

"굳이 고르자면 어린 션 웨스트가 부정적인 감정 속에서 자랐다는 게 제일 속상해."

내 대답에 션의 한쪽 눈썹이 올라갔다. 그는 내 등을 쓰다듬으며 나른한 목소리로 말했다.

"다 자란 션 웨스트는 안 불쌍하고?"

"내가 널 동정했으면 좋겠어?"

내 등을 쓰다듬던 그의 손이 딱 멈췄다. 션은 나를 물끄러미 쳐다보다가 신음처럼 말했다.

"젠장, 그래."

응? 진짜? 나는 나를 뚫어져라 쳐다보는 션을 보고 당황했다. 누군가에게 동정을 받고 싶다고? 션 웨스트가?

션은 내 당황한 모습에 한숨을 내쉬더니 내 어깨에 이마를 대고 나직하게 말했다.

"네 모든 관심이 나를 향했으면 좋겠어. 그 고아 녀석들이나 네 영지의 사람들을 생각하는 것까지 전부."

어, 어어? 진짜?

무슨 말을 해야 할지 모르겠다. 아니, 무슨 생각을 해야 할지도 모르겠다. 내 모든 관심이 다 자길 향했으면 좋겠다고? 멍하니 있는데 션이 다시 말했다.

"네가 아무 데도 안 가고 내 곁에만 있었으면 좋겠어."

이게 비유적인 말인지 말 그대로인지 모르겠다. 뭐라고 해야 할지 모르겠다. 내가 그럴 수 없다는 건 션이 더 잘 알 것이다.

나보다 더 오래 영주로 살았으니까.

잠시 뒤 션이 고개를 들더니 다시 소파 등받이에 몸을 기댔다. 그리고 나를 보며 미소를 지으며 말했다.

"걱정 마. 네가 싫어할 짓은 안 할 거야. 말했잖아. 난 지금 네게 잘 보이고 싶어서 좋은 사람이 되려고 노력 중이라고."

저기, 싫어할 짓이라뇨? 대체 무슨 짓을 생각하고 있었던 건데? 그렇게 묻고 싶었지만 물을 수가 없었다. 나는 션을 물끄러미 쳐다보다가 한숨을 내쉬었다.

"하루 종일 곁에 있을 순 없지만 내일 저녁은 같이 있을 수 있어."

"좋아."

션은 내게 고개를 내밀었고 나는 그의 뺨을 잡고 다시 그의 입술에 입을 맞췄다. 내가 고개를 들었을 때 그가 궁금하다는 듯 물었다.

"그런데 왜 내일 저녁이야? 오늘 저녁은 뭘 하는데?"

"아, 약속이 있어."

"무슨 약속?"

들으면 싫어할 텐데. 나는 오늘 만나기로 한 사람을 션이 그리 좋아하지 않다는 것을 떠올리고 조심스럽게 말했다.

"허바드 백작님과 만나기로 했어."

"왜?"

거봐. 허바드 백작이라는 말에 션의 미간에 주름이 생겼다. 나는 검지로 그의 미간을 꾹 눌러 주름을 펴며 말했다.

"몰라. 긴히 할 이야기가 있대."

그동안 허바드 백작과 편지를 주고받고 있었다는 말은 하지 말아야겠다. 나는 영지를 다스리다가 션에게 물어볼 수 없는 궁금증이 생기면 허바드 백작에게 편지를 보냈었다.

그녀는 항상 친절하게 답장을 보내줬었고.

아니, 말해야 하나? 나는 허바드 백작이라는 이름만으로 인상을 쓰는 션을 보고 조심스럽게 물었다.

"그런데 왜 그렇게 허바드 백작님을 싫어해?"

"싫어하는 게 아냐."

"그럼 왜 인상을 쓰는데?"

내가 다시 션의 미간을 꾹 누르자 그는 표정을 풀더니 덤덤하게 말했다.

"그녀와 마틴의 기묘한 관계 때문에."

"허바드 백작님이 마틴과 사귀고 있어?"

생각해 보니 그게 그렇게 이상하지 않다. 마틴은 생긴 것만은 잘 생겼거든. 도미닉도 괜찮게 생겼다.

그래서 난 오히려 허바드 백작이 션이 아니라 마틴을 고른 게 더 신기하다고 생각했다. 잘생긴 걸로 치면 션이 더 잘생기지 않았나?

"아니, 헤어졌어."

그렇게 말한 션은 자기 턱을 쓰다듬더니 못마땅한 어조로 말했다.

"헤어졌다고 생각해."

이건 또 무슨 소리야? 나는 눈을 동그랗게 떴다. 그러자 션이 한숨을 내쉬며 말했다.

"궁금하면 그녀에게 물어봐. 그녀와 마틴의 일이니까."

* * *

캐서린 허바드 백작과 마틴 웨스트 경의 일이라. 에버딘은 약속 시간보다 약간 이르게 허바드 백작의 저택에 도착해서 저택을 올려다봤다.

허바드 백작의 저택은 수도에 있는 다른 귀족들의 저택과 비슷했다. 삼 층짜리 건물이었고 뒤편에 마차를 둘 수 있는 공간을 포함해서 작은 정원을 가지고 있었다.

수도라는 한정된 공간인 만큼 아무리 부유한 귀족이라 해도 자기 영지의 저택처럼 크게 지을 수는 없다. 그러다 보니 기본이 삼 층이었고 때때로 사 층짜리 저택이 있기도 했다.

"어서 남작님, 어서 오십시오. 주인님께서 기다리고 계십니다."

에버딘이 준비해 간 명함을 건네자 집사는 고개를 끄덕이며 그녀를 맞이했다. 그리고 그녀를 대기용 응접실이 아니라 허바드 백작의 개인 응접실로 안내했다.

괜찮은 저택이다. 허바드 백작의 수도 저택은 그녀의 취향에 맞춰 화사하게 꾸며져 있었다. 가게 정리를 하느라 대부분의 장식품을 치워 버려 휑한 에버딘의 저택이나 오래된 고미술품으로 장식된 웨스트 공작의 저택과는 또 다른 멋이 있었다.

"어서 와요, 어서 경."

집사의 말대로 에버딘이 오기를 기다리고 있던 캐서린은 집사가 에버딘을 안내하자 자리에서 일어나며 그녀를 맞이했다.

이어서 하녀들이 간단한 쿠키와 케이크, 차를 가지고 들어왔다.

캐서린이 아쉬운 부탁을 해야 하는 입장이라 공을 들였다. 여차하면 그녀는 에버딘에게 식사도 하고 가라고 할 생각이었다.

"초대해 주셔서 감사합니다."

에버딘이 그렇게 말하자 따라온 그레이스가 들고 온 바구니를 내밀었다. 캐서린은 바구니 안에 든 것을 확인하고 이게 뭐냐는 표정으로 에버딘을 쳐다봤다.

"헬름에서 만든 걸 몇 가지 가져왔어요. 병에 든 건 술이고요."

에버딘의 설명에 캐서린은 물론 집사까지 신기하다는 표정으로 술병을 쳐다봤다. 색이 하얗다. 그녀는 곧 웨스트 공작의 파티에서 우유로 만든 듯한 술이 나왔다는 소식을 떠올렸다.

그리고 웨스트 공작과 어서 남작의 사이가 퍽 가까워 보인다던 소문도.

"그리고 병에 든 건 조청인데, 잼 같은 거예요. 설탕 대신 쓸 수 있어요."

"그렇군요. 고마워요."

이것도 희뿌연 색이라 캐서린은 신기하다는 표정으로 집사가 꺼낸 병을 쳐다보고 고개를 끄덕였다. 그러자 집사가 병을 바구니에 넣고 내 옆에 있던 그레이스에게 말했다.

"조청을 어떻게 쓰면 되는지 알려 주시겠습니까?"

방금 에버딘이 설탕 대신 쓸 수 있다고 말했다. 그럼에도 그레이스에게 물어보는 건 이 방에 캐서린과 에버딘 단둘만 남게 하자는 의미였다.

그레이스는 당황해서 에버딘을 쳐다봤다가 그녀가 고개를 끄덕이자 자리에서 일어났다.

"영지는 어때요?"

그레이스가 집사와 함께 나간 후, 캐서린이 물었다. 에버딘은 차를 한 모금 마시고 대답했다.

"괜찮아요. 덕분에 예전만큼은 아니지만 많이 원상 복귀되었어요. 신경 써 주셔서 감사합니다."

진짜로 그렇다. 영지 외곽에 살던 사람들이 자기 집으로 돌아갔고 그들이 하던 일도 조금 늦긴 했지만 다시 돌아가고 있다.

게다가 헬름의 경제를 갉아 먹던 쉘리 오웬과 몇몇 파렴치한 상인들을 쫓아냈으니 예전만큼은 아니어도 다들 희망이 생겨서 활발해졌다.

에버딘은 슬슬 쉘리 오웬의 재산을 어떻게 해야 할지 고민하고 있었다. 그녀를 잡으며 벌을 주고 벌금을 받아낼 생각이었다. 하지만 영지 밖으로 도망친 그녀의 행방이 묘연했다.

혹시 수도로 갔을까 싶어 서쪽 하늘 용병대에게 의뢰해 찾아봤지만 수도에서도 찾지 못했다는 소식을 들었다. 어쩌면 다른 영지로 도망쳤을지도 모른다.

그래도 에버딘은 느긋했다. 통행증의 기간이 지나면 그녀는 그걸 재발급받기 위해 다시 헬름으로 와야 한다. 아니, 그 이전에 가져간 약간의 돈으로 뭐 얼마나 버티겠는가.

"사람이 필요하진 않고요?"

캐서린의 질문에 에버딘은 잠시 망설였다. 확실히 사람은 부족하다. 당장 저택의 하인들의 수도 부족했지만 그녀의 일을 도와줄 사람도 부족했다.

세금을 걷거나 그녀의 지시를 전달할 사람이 없었다. 그런 사람조차 없으니 그녀와 함께 영지의 방향을 의논할 사람은 더더욱 없었다.

당장은 션이 있다. 하지만 그는 웨스트햄튼의 영지도 언제까지나 헬름을 도와줄 수는 없다. 에버딘은 그런 이유로 영지민들에게 교육이 필요하다고 느끼고 있었다.

"아직은 웨스트 공작이 많이 도와주고 있어요."

"오."

뜻밖의 이름이 에버딘의 입에서 흘러나오자 캐서린은 저도 모르게 신음을 내뱉었다. 웨스트 공작이 도와주고 있군. 최근의 소문에 의하면 당연한 일이지만 상대가 상대인지라 놀랄 수밖에 없었다.

그녀는 찻잔을 들어 올리며 말했다.

"웨스트 공작이 남작께는 잘해 주는 모양이군요."

다른 사람에게는 잘 안 해 준다는 말투라 에버딘은 잠시 캐서린을 쳐다봤다. 그녀의 머릿속에 캐서린과 마틴의 기묘한 관계 때문에 캐서린을 좋아하지 않는다던 션의 말이 떠올랐다.

물어봐도 되나? 에버딘은 찻잔을 내려놓으며 조심스럽게 물었다.

"웨스트 공작을 별로 안 좋아하시나요?"

안 좋아한다는 말은 너무 단순하다. 캐서린은 인상을 쓰려다가 멈칫했다. 그리고 에버딘에게 말했다.

"웨스트 공작도 절 싫어할걸요?"

"션, 웨스트 공작은 싫어하지 않는다고 했어요."

에버딘의 대답에 캐서린은 그녀의 생각보다 훨씬 더 에버딘과 웨스트 공작의 사이가 가깝다는 것을 깨달았다. 그렇다면 전부 말하는 게 나을지도 모른다.

그녀는 잠시 생각을 정리하느라 찻잔을 들어 올렸다. 그리고 차를 한 모금 마신 뒤 에버딘의 뒤를 쳐다봤다.

뭐가 있나? 에버딘은 고개를 돌려 자신의 뒤를 쳐다봤다. 캐서린의 초상화가 눈에 보였다. 아니, 아니다.

에버딘은 금세 그게 캐서린이 아니라는 것을 깨달았다. 캐서린과 매우 닮았지만 그녀가 아니었다. 좀 더 말랐고 좀 더 예리한 느낌이었다.

"어머니군요?"

"아마릴라 허바드 백작이셨죠."

캐서린은 그렇게 말하며 찻잔을 내려놓았다. 일부러 손님의 뒤에 어머니의 초상화를 걸어 놓았다. 그녀의 시선에 들어오도록.

몇몇 사람들은 그래서 그녀가 자신의 어머니를 매우 사랑한다고 감탄하곤 했다. 하지만 그 반대였다. 캐서린은 자신의 어머니를 싫어했다.

그리고 아이를 낳은 지금은 그녀를 싫어하지는 않지만 이해할 수가 없었다.

"내가 결혼하지 않고 아이를 낳은 건 아시죠?"

안다. 에버딘은 말없이 고개를 끄덕였다. 크리스틴에게 들었다. 이제 두 살이라고 했던가. 유일한 후계자이기도 하다고 했다.

"내 어머니는, 그러니까 십칠 대 허바드 백작은 꽤 고리타분한 사람이었죠."

고리타분하다고? 에버딘은 그게 무슨 의민지 몰라 여전히 입을 다물었다. 그러자 캐서린이 피식 웃으며 물었다.

"남작은 남작의 어머니를 어떻게 생각해요?"

어떻게 생각하냐니. 느닷없는 질문에 에버딘은 이번에는 말문이 막혀서 아무 말도 하지 못했다. 그녀는 어머니에 대한 기억이 하나도 없다.

여기서도 그렇고 저쪽에서도 그랬다. 그녀가 기억하는 어머니에 가까운 존재는 쪼글쪼글한 손으로 그녀를 안아 주던 할머니뿐이다.

하지만 그때, 에버딘의 머릿속에 신과의 대화가 떠올랐다. 신이 기억을 선택하라고 했을 때, 에버딘은 신에게 한 가지 질문을 했다.

에버딘의 어머니가 그녀를 사랑했을까.

그녀는 에버딘의 어머니를 이해할 수가 없었다. 그녀가 남작인데 대체 뭘 한 걸까. 왜 하나뿐인 자식이자 후계자를 저런 남편의 손에 남겨 두고 아무 보호 장치도 하지 않았던 걸까.

남편을 믿었던 걸까, 아니면 자식을 사랑하지 않았던 걸까.

차라리 남편을 믿었다고 한다면 나을 것 같았다. 그래서 물었다. 그녀의 어머니가 그녀를 사랑했냐고. 그거면 어머니를 미워하지 않고 살 수 있을 것 같았다. 다른 어떤 불만이나 궁금증도 그걸로 누를 수 있을 것 같았다.

에버딘은 잠시 침묵하다가 말했다.

"절 사랑하셨다는 것만 알아요."

신이 그랬다. 사랑했다고. 그거면 됐다. 할머니 밑에서 자란 저쪽 세상에서도 그녀가 가장 알고 싶은 건 그거였다. 그녀의 부모가 그녀를 사랑했을까.

에버딘의 대답에 캐서린은 피식 웃었다. 부럽다. 그녀의 그런 확신이. 캐서린은 그런 확신이 없었다.

"나는 가끔 궁금해요. 내 어머니가 날 정말 사랑하셨을까 하고."

캐서린의 어머니는 캐서린을 마음에 들어 하지 않았다. 이유는 단순했다. 캐서린이 자신이 원하는 만큼 예쁘지 않았기 때문이다.

그녀는 늘 캐서린의 생김새를 지적하곤 했다. 머리를 묶은 게 마음에 안 든다고 했고 옷을 왜 그렇게 입냐고 했다. 때로는 코가 너무 낮아서, 살이 쪄서, 웃지 않아서 꾸짖었다.

그리고 캐서린이 성인이 되자 이번에는 왜 결혼하지 않느냐고 그녀를 들들 볶았다.

"난 작위를 가진 여자들은 결혼할 필요가 없다고 생각해요. 후계자를 만드는 데 남자의 존재는 필요하지만 남편의 존재는 필요 없죠."

생각하지 못한 캐서린의 지적에 에버딘은 놀라 입을 딱 벌렸다가 곧 수긍했다. 맞는 말이다. 후계자를 만드는 데 굳이 결혼해야 할 필요는 없다.

"그렇잖아요? 보통 작위를 가진 남자들이 부인을 구하는 이유는 집안을 살피고 자기 자식을 키워 주길 바라서예요. 그리고 그녀가 확실하게 자기 자식을 낳아 주길 바라서고요."

"그렇죠."

"하지만 우린 그럴 필요가 없어요. 집안도 내가 살피고 자식도 내가 키우잖아요? 내 배로 낳은 자식이니 정말 내 자식인지 귀찮게 확인할 필요도 없고요."

거기까지 말한 캐서린은 찻잔을 들어 목을 축였다. 많은 작위를 가진 남자들은 상기의 이유로 부인을 필요로 하지만 작위를 가진 여자들은 같은 이유로 남편이 필요가 없다.

"내 어머니는 내가 책임감이 없다고 비난했어요. 마치 내가 불쌍한 남자들의 인생을 구제해 줘야 하는 의무라도 있는 것처럼요."

그렇게 말하면서도 여전히 캐서린은 자신의 어머니를 이해할 수가 없었다. 그녀의 어머니는 죽을 때까지 캐서린을 이기적이라고 욕했고 그녀가 결혼해 주지 않아서 불쌍한 남자가 총각으로 늙어 죽는다고 비난했다.

그렇다고 그녀의 어머니가 평생 수많은 남자를 데리고 산 것도 아니었다. 그녀는 살면서 딱 한 명의 남편만 뒀다. 아니, 섬겼다.

"가끔 궁금하더라고요. 내 아버지는 솔직히 말해서 전형적인 귀족이었거든요. 작위도 없고 사업을 하지도, 뭔가를 주도하지도 않았어요."

말 그대로 어머니의 돈으로 놀았다. 다른 귀족 부인들처럼 집안을 돌본 것도 아니고 자식을 키운 것도 아니었다. 다른 귀족의 남편들처럼 사업을 해서 돈을 불린 것도 아니었다.

그는 선대 허바드 백작의 돈으로 도박을 하고 클럽을 다니며 평생을 돈만 쓰다가 죽었다. 그것도 클럽에서.

한심한 죽음이었다. 캐서린은 아버지의 장례식을 떠올리며 혀를 찼다. 조문객은 많았지만 그녀가 보기엔 제대로 된 인간관계가 아니었다.

하나같이 그녀의 아버지에게 술을 얻어먹고 밥을 얻어먹던 거머리들뿐이었으니까. 심지어 어떤 치는 장례식에서도 아버지와의 친분을 들이대며 어머니에게 돈을 받으려 하기도 했다.

"그런데 내 어머니는 아버지를 끔찍하게 생각했어요. 죽을 때까지 아버지를 유세 경이라고 불렀죠."

유세는 캐서린의 아버지가 장가들기 전의 총각 적 성이다. 우스운 건 아버지의 장례식에 유세 자작가에서는 아무도 오지 않았다는 점이다.

캐서린은 다리를 꼬고 팔을 세워 턱을 괬다. 그리고 에버딘을 쳐다봤다.

남들에게는 한 번도 한 적 없는 이야기였다. 하지만 그녀는 어서 남작도 변변치 않은 아버지 때문에 고생했다는 것을 알고 있었다. 그래서 말할 수가 있었다.

"지금 전혀 상관없는 이야기인데 왜 하고 있나 하고 궁금하죠?"

캐서린과 웨스트 공작가의 관계가 그녀의 부모님과 무슨 관계인가 하고 궁금할 거라는 말이었다. 하지만 에버딘은 어느 정도 그녀를 이해하고 있었다.

캐서린의 생각대로 그녀도 쓸모없는 아버지 때문에 크게 고생을 했다. 동시에 대체 왜 어머니가 저런 작자와 결혼했을지 잠깐 고민한 적도 있었다.

물론 헥터는 젊었을 때 사교계에서 이름을 날리는 미남이었기 때문이지만, 어쨌든 에버딘은 캐서린의 고민을 이해할 수 있었다.

"아뇨, 흥미로웠어요."

에버딘의 대답에 캐서린은 빙그레 웃었다. 그리고 손을 내밀어 자신의 찻잔을 더듬었다. 별거 아닌 남편을 섬기는 어머니. 그녀는 남편을 섬기고 영지를 다스리며 귀족으로서 의무를 다하느라 과중한 업무에 시달려 정작 후계자이자 자식인 캐서린에게는 가혹했다.

나는 그렇게 살지 말아야지.

캐서린은 그렇게 다짐했다. 그리고 그 다짐을 잊지 않기 위해 개인 응접실에 어머니의 초상화를 걸어 놓았다.

"자, 나와 웨스트 공작가의 이야기를 하기 전에 한 가지 질문을 할게요."

캐서린은 창백한 표정을 하고 자신을 바라보는 아마릴라 허바드의 초상화를 보란 듯이 쳐다본 뒤 에버딘에게 물었다.

"웨스트 공작과 결혼할 건가요?"

여기서 그런 질문을 받을 줄은 몰랐다. 에버딘이 바로 대답하지 못하자 캐서린은 꼬았던 다리를 풀며 피식 웃었다. 그리고 목소리를 낮춰 물었다.

"그의 아이를 가질 생각은 있어요?"

"으음."

그것도 뭐라고 말하기 어려워서 에버딘은 저도 모르게 신음을 내뱉었다. 그녀에게는 후계자가 필요하니 언젠가는 아이를 가져야 할 것이다.

에버딘은 잠시 생각하다가 입을 열었다.

"아마도요."

"왜요?"

"왜라뇨?"

"왜 하필 웨스트 공작의 아이냐는 거예요. 그를 사랑해요?"

사랑. 에버딘의 얼굴이 달아올랐다가 굳었다. 그녀도 잘 모르겠다. 이게 사랑인가. 그녀에게 사랑은 생각하면 가슴이 찡하고, 아프고, 항상 보고 싶은 거였다. 할머니를 생각하면 그랬다.

하지만 션은 좀 달랐다. 그는 생각하면 심장이 뛰고 입가가 풀어졌다.

"아, 아마도요."

이번에도 추측성 대답이 흘러나왔다. 캐서린은 당황하는 에버딘을 보고 빙그레 웃었다. 그녀는 결혼하는 사람도, 사랑해서 결혼하는 사람도 비난할 생각은 없었다.

그런 사람이 있다면 자신 같은 사람도 있는 거다. 캐서린은 소파 등받이에 몸을 기대고 자신이 얼마나 션을 사랑하는지 생각하는 에버딘을 쳐다봤다.

그리고 천천히 입을 열었다.

"나는 후계자를 낳기로 결심했을 때 꼼꼼하게 남자를 골랐어요. 잘생기고 튼튼해야 했죠. 잔머리를 굴릴 줄 알았지만 너무 영리하면 안 됐어요. 애만 필요했으니까요."

그녀의 곁에 있는 남자들은 전부 외모, 건강 상태를 확인했다. 도미닉 역시 마찬가지였다. 그럼에도 그는 캐서린이 아이를 임신하는데 참여할 수 없었다.

"사실 처음 생각했던 건 웨스트 공작이었어요."

이어진 캐서린의 말에 에버딘의 눈이 커졌다. 그녀의 표정을 본 캐서린은 미안한 표정으로 손을 저으며 재빨리 덧붙였다.

"걱정 말아요. 아주 잠깐 생각했던 거니까. 그는 내 기준보다 너무 영리했거든요."

게다가 너무 무뚝뚝한 게 캐서린의 취향에 맞지 않았다. 도미닉이나 마틴의 또 다른 공통점이다. 사근사근한 것.

마틴은 잘생겼고 자기보다 강하다 싶은 사람들에게는 사근사근했다. 그리고 그녀의 제안을 받아들일 만큼은 멍청했다. 캐서린은 아이를 갖고 싶다고 말했을 때 마틴이 제일 먼저 한 말을 떠올렸다.

알아서 키울 거면 그러라고 했지. 멍청한 놈. 그 멍청함에 웃음이 흘러나와서 캐서린은 빙그레 웃었다.

"웨스트 공작이면 절대 받아들이지 않았을 거예요. 그는, 생각보다 결벽적인 부분이 있더라고요. 그건 당신이 나보다 더 잘 알겠죠."

그럴 거다. 에버딘은 션을 떠올리며 고개를 끄덕였다. 게다가 그는 보이는 것보다 훨씬 독점욕이 있었다. 자기 아이와 자기 여자가 자신과 함께 살지 않는다는 것을 이해하지 못할 것이다.

"남자는 약간 멍청한 게 좋아요. 영리하면 귀찮거든요."

캐서린은 그렇게 말하며 다시 다리를 꼬았다. 그녀는 마틴이 좋았다. 정말로. 잘생긴 얼굴에 잔머리를 굴릴 정도의 지능은 있지만 뭐가 장기적으로 자신에게 손해고 이득인지 구분 못 하는 멍청함까지, 그녀의 취향이었다.

"내가 마틴의 도움으로 그웬을, 그러니까 아이를 가졌을 때."

다시 소파 등받이에 몸을 기대며 캐서린은 말없이 듣고만 있는 에버딘을 쳐다봤다. 겉보기에 에버딘은 조용하고 내성적으로 보인다.

하지만 겉모습이 다는 아니다. 그녀는 에버딘을 처음 만났을 때 그녀가 눈을 빛내며 친구의 복수를 이야기하던 것을 기억했다.

"마틴은 아이에게 관심이 없었어요. 그는 모든 권리를 포기했죠."

그때가 생각나서 캐서린은 다시 웃었다. 어쩌면 그렇게 그녀의 예상대로 멍청하던지. 덕분에 마틴은 그웬돌린이 태어나는 순간도,

그 아이가 기던 순간과 일어난 순간도 보지 못했다.

아니, 한 번도 그웬돌린을 본 적이 없었다.

당연히 캐서린은 그웬돌린을 위해 마틴에게 그가 아버지로서 요구할 수 있는 모든 권리를 박탈하겠다는 서명을 받았다. 마틴은 늙거나 병들어도 그웬돌린에게 어떤 도움도 받을 수 없다. 심지어 그녀가 스무 살이 되기 전까지는 캐서린 없이는 단둘이 그웬돌린을 만날 수도 없었다.

"그걸 다 수긍했다고요?"

캐서린의 설명을 들은 에버딘은 어이가 없어서 물었다. 자기 딸인데 아이의 엄마 없이는 스무 살이 될 때까지 만나지 않겠다고 합의했다는 게 믿을 수가 없다.

"말했잖아요."

캐서린은 유쾌하게 말을 이었다.

"남자는 좀 멍청한 게 좋다고."

션이었다면 절대 그런 계약에 서명하지 않았을 것이다. 에버딘은 그렇게 생각하자마자 그가 가만히 있지 않았을 거라는 것을 알았다.

"웨스트 공작이 항의했군요?"

에버딘의 질문에 캐서린은 웃음을 터트렸다. 맞다. 웨스트 공작은 멍청한 제 동생과 달리 영리했다. 그는 말도 안 된다고 주장했으며 자신의 반푼이 사생아 동생을 그녀가 책임져야 한다고 거듭 말했다.

마틴보다 훨씬 영리한 웨스트 공작은 알았던 거다. 마틴이 캐서린의 아이에 대한 모든 권리를 포기한다면 그는 말 그대로 사교계에서 제대로 된 곳에 장가갈 기회가 사라진다는 것을.

거기까지 생각이 닫자 에버딘의 머릿속에 또 다른 의문이 떠올랐다. 그녀는 캐서린을 향해 몸을 내밀며 물었다.

"혹시 그래서 날, 아니, 크리스틴을 도와준 거예요?"

캐서린은 처음 만난 그녀를 돕겠다고 했다. 그냥 도운 게 아니라 적극적으로 그녀와 싸움을 벌여 주었다. 뿐만 아니라 에버딘이 궁금한 게 있어서 편지를 보낼 때마다 번번이 성의 있는 답장을 보내주었다.

에버딘의 질문에 캐서린은 한숨을 내쉬었다. 그녀는 웨스트 공작이 마틴을 어느 경험 많은 사람에게 장가를 보낼 줄 알았다.

하지만 웨스트 공작은 그녀의 말대로 너무 영리했고 자기 동생에게 최선을 다했다. 그러기 쉽지 않았을 텐데도.

"꼭 그래서인 건 아니에요."

물론 어느 정도는 맞다. 하지만 마틴은 이미 그녀가 그웬돌린을 낳기 전에도 사생아를 뒀다는 소문이 돌고 있었다. 그러니 그의 소문이 더러운 건 그녀의 잘못이 아니다.

"난 도와줘야 하는 사람은 돕는 게 좋다고 생각하거든요."

캐서린은 그렇게 말하고 에버딘을 초대한 이유를 말하기 위해 잠시 말을 골랐다. 어쩌다가 그녀의 가정사와 애정사를 이야기하게 됐지만 에버딘을 초대한 건 이런 이야기를 하기 위해서가 아니다.

물론 언젠가 해야 할 이야기긴 했다. 에버딘이 션과 아이를 낳는다면 그 아이는 그웬돌린의 사촌이 될 것이다. 아이들에게는 말하지 않는다고 해도 에버딘은 알고 있어야 한다.

"그래서 말인데, 전에 알던 사람이 내게 도움을 요청해서요. 조정을 하려고 남작을 초대했어요."

"조정이요?"

조정이라는 말에 에버딘이 눈을 깜빡였다. 무슨 조정? 어리둥절해하는 그녀에게 캐서린이 천천히 말했다.

"쉘리 오웬을 알죠?"

알다마다. 고개를 끄덕이려던 에버딘은 우뚝 멈췄다. 방금 캐서린이 조정을 한다고 했다. 그렇다면 설마…….

"그녀는 지금 내 영지에 있어요. 내게 도움을 요청했죠."

"무슨 도움이요?"

설마 벌을 받지 않게 해 달라는 건 아니겠지. 에버딘의 머릿속에 불길한 생각이 떠올랐다. 당연하게도 그건 안 된다.

그리고 다행히도 캐서린이 말하는 조정도 그게 아니었다.

"쉘리 오웬의 거주지 이전을 허가해 줄 생각 없어요?"

"그녀의 재산을 모두 가지고 말이죠?"

눈치가 빠르다. 에버딘이 단박에 알아듣자 캐서린은 미소를 지었다. 그녀는 고개를 끄덕이며 말했다.

"대신 오웬의 재산 반을 내게 준다고 했어요. 그걸 전부 남작에게 주죠."

캐서린 개인에게는 아무 이득도 없다. 쉘리가 준 돈을 전부 에버딘에게 넘기는 거니까. 하지만 영주로서는 나쁘지 않은 선택이다.

오웬은 남은 재산 반을 가지고 캐서린의 영지로 이주할 테고 정착하기 위해 많은 돈을 써야 할 것이다. 그 돈은 캐서린의 영지로 흘러갈 것이다.

"안 돼요."

놀랍게도 에버딘의 입에서 곧바로 거절이 흘러나왔다. 재산의 반을 주겠다고 했는데? 캐서린은 살짝 놀라서 물었다.

"오웬의 재산이 얼마나 되는지 알아요? 그건 분명히 남작에게 도움이 될 텐데요."

헬름의 재정 상태를 봤을 때 오웬의 재산을 반이 아니라 반의반이라도 가질 수 있다면 훨씬 도움이 될 것이다. 하지만 에버딘은 꿋꿋했다.

"어차피 행방불명된 지 오 년이 지나면 사망자로 처리할 수 있어요."

사망자로 처리하면 그 후손들에게 재산이 넘어간다. 하지만 오웬은 미혼이고 그 친척들은 지금 조사 중에 있다. 에버딘의 말에 캐서린은 빙그레 웃었다.

그렇게 생각할 수도 있다. 하지만 장장 오 년이다. 그 기간을 기다리는 동안 헬름의 경제 성장은 그만큼 늦어진다.

"하지만 너무 늦잖아요? 시간을 돈을 주고 산다고 생각해요."

그건 그렇다. 오웬의 재산이 오 년 동안 그대로 남아 있으리라는 보장은 어디에도 없다. 주인이 없으니 누군가 야금야금 훔쳐 갈 수도 있고 가장 큰 재산인 건물은 관리하는 사람이 없어 망가질 수도 있다.

오웬 재산의 반이라……. 에버딘은 그 금액이 헬름에 얼마나 큰 도움이 될지 생각했다. 그 돈이면 이주민들에게 지원금을 줄 수도 있고 아이들을 교육할 학교를 세울 수도 있다.

"하지만 신뢰는 돈을 주고 살 수 없죠."

천천히 생각한 에버딘은 고개를 저으며 말했다. 시간은 돈을 주고 살 수 있다. 하지만 신뢰는 아니다. 그녀의 말에 캐서린이 그게 무슨 소리냐는 표정을 지었다.

"허바드 백작, 제안은 정말 감사해요. 하지만 나는 백작과 달리 신임 영주예요."

그것도 그녀의 아버지가 크게 문제를 일으키고 들어온 영주다. 헬름의 사람들은 아직도 그녀를 믿지 않는 사람이 있다.

션이 예전에 그녀에게 말했다. 에버딘에게 필요한 건 그녀가 믿을 수 있는 사람이라고. 그리고 그녀가 믿을 수 있는 사람을 구하려면 상대도 그녀를 믿을 수 있어야 한다.

"내가 지금 여기서 백작의 제안을 받아들인다면, 분명 소문이 나겠죠. 헬름에요."

안 날 수가 없다. 오웬은 멀쩡하게 돌아와서 자기 재산을 가지고 떠날 테니까. 사람들은 대체 왜 그녀가 벌을 받지 않는지 어리둥절해 할 것이고 분통을 터트릴 것이다.

"그녀에게 피해를 입은 사람은 영지 사람들이에요. 그런데 그 사람들의 의견을 들어 보지도 않고 우리가, 윗선에서 적당히 조정해서 일을 끝내 버린다면 어떻게 될까요?"

캐서린은 괜찮을 거다. 그녀와 그녀의 영지는 피해를 입지 않았으니까. 오히려 그녀의 영지민들은 자기 영주님이 얼마나 똑똑한지 감탄하고 존경할지도 모른다.

하지만 에버딘은 아니다. 그녀는 온 지 얼마 되지 않아서 오웬과 작당하고 돈을 받는 대신 그녀를 다른 영지로 빼돌려 주는 게 된다.

"내 영지민들은 또다시 나를 믿지 않겠죠. 그 돈이 있어도 나를 믿지 않으니 내가 하는 모든 일들이 다 더뎌질 거예요. 어쩌면 오년보다 더요."

그건 돈보다 더 큰 손해다. 에버딘은 허리를 바로 세우고 어깨를 편 채 캐서린을 똑바로 쳐다보고 말을 이었다.

"제안을 감사합니다. 하지만 안 됩니다. 오웬에게도 전해 주세요."

생각보다 훨씬 냉정한 태도와 당연한 이유에 캐서린은 아무 말도 하지 못했다. 그녀는 소파 등받이에 몸을 기댄 그대로 에버딘의 말을 기다렸다.

"오웬은 헬름을 떠나도 좋아요. 하지만 동전 하나, 흙 한 줌도 가져갈 수 없어요."

팽팽한 긴장감이 캐서린의 개인 응접실에 가득 찼다. 누구 하나 손가락 하나라도 잘못 까딱이는 순간 쨍그랑하고 깨질 것 같은 긴장감이었다.

캐서린은 숨을 쉬는 것도 잊고 에버딘을 쳐다보고 있었다. 보통이 아니라고 생각했지만 이 정도로 단호할 줄은 몰랐다.

에버딘의 말이 옳았다. 캐서린의 이성 한구석은 그녀의 말을 인정했다. 에버딘은 신임 영주고 영지 사람들의 신뢰를 얻는 게 중요했다.

하지만.

캐서린의 남은 이성이 그건 너무 어수룩한 방법이라고 말하고 있었다. 영지민들이야 적당히 속이면 되는 거 아닌가.

“나도 남작 같은 때가 있었어요.”

캐서린은 그렇게 말하며 자세를 바로 했다. 신뢰, 믿음. 중요하다. 하지만 가진 게 없는 사람들이라고 모두가 착하고 순박하다고 생각하면 안 된다.

그녀는 에버딘을 조금 안타까워하며 입을 열었다.

“남작의 노력을 헬름의 사람들이 부응해 줬으면 좋겠지만 그러지 않을 거예요.”

에버딘이 무슨 짓을 해도 그녀를 비난하는 사람은 비난할 것이다. 미워할 사람은 미워하고 루머를 만들어 내는 사람은 만들어 낼 것이다.

캐서린의 말에 에버딘은 데이브를 떠올렸다. 그는 그녀를 배신했고 오웬을 편에서 그녀에 대한 악소문을 만들어 냈다.

그런 사람도 있는 법이다. 누군가가 보여 준 호의를 호의가 아니라 상대방이 멍청해서라고 생각하는 사람들.

“누군가 악하다고 해서 나도 악이 될 필요는 없죠.”

에버딘은 그렇게 말하고 할머니를 떠올렸다. 할머니가 그랬다. 누군가 나쁜 짓을 한다고 해서 그녀도 나쁜 짓을 해야 할 필요는 없다고.

사람들은 기억한다. 누가 나쁜 짓을 했는지.

우습게도 착한 짓은 기억하지 못해도 나쁜 짓은 모두가 기억한다. 그리고 그 기억은 차곡차곡 적립이 됐다가 중요한 순간에 번개와 같이 꽂힌다.

마치 오웬처럼.

“알았어요.”

캐서린은 에버딘의 굳은 의지에 순순히 고개를 끄덕였다. 에버딘이 그렇다면 그런 거다. 그녀는 에버딘이 마음에 들었고 그녀의 의지가 그렇다면 존중해줘야 한다고 생각했다.

“오웬에게는 내가 전하죠. 기분 나쁜 소식을 전해서 미안해요.”

“아니, 아니에요.”

캐서린의 사과에 에버딘은 재빨리 손을 내저었다. 기분 나쁜 소식은 아니다. 그녀가 캐서린의 입장이라 해도 캐서린과 비슷하게 행동했을 거다.

캐서린과 그녀의 영지는 피해를 입지 않았고 오웬과 친분이 있다면 당연히 이렇게 나설 수 있다. 오히려 헬름에서 동전 하나, 흙 한 줌도 가지고 나갈 수 없다는 말을 전하는 게 더 곤란해질 것이다.

어쨌든 캐서린은 중간에 낀 사람이니까.

“케이크 드세요. 남작을 초대했다고 해서 요리사가 오늘 아침부터 공들여 만든 거예요.”

신경 써서 준비했다는 말에 에버딘은 어색하게 웃어 보이고 포크를 들었다. 케이크는 맛있었다. 버터를 많이 넣어 부드러운 케이크 시트 위에 생크림을 얹었다.

게다가 이 계절에 찾기 어려운 신선한 산딸기를 얹었다. 그 정도로 에버딘을 위해 공을 들였다는 증거다. 덕분에 그녀의 기분이 조금 풀렸다.

동시에 에버딘은 캐서린이 대단하다고 생각했다. 그녀는 자신이 에버딘의 기분을 상하게 할 이야기를 해야 한다는 것을 알고 있었다. 그럼에도 에버딘의 기분을 풀어 주기 위해 이런 노력까지 하면서 오웬을 위해 나선 거다.

"그런데, 왜 오웬을 위해 이렇게까지 하세요?"

"몇 년 전에 도움을 받은 적이 있거든요."

캐서린이 어느 상인에게 사기를 당했을 때 오웬이 도와줬다. 그녀의 설명에 에버딘은 고개를 끄덕였다. 할머니의 말이 맞았다.

사람 일은 어떻게 될지 모른다. 별거 아니라고 생각하더라도 착한 일과 나쁜 일을 하면 언젠가는 그게 돌아오기 마련이다.

그리고 오웬은 몇 년 전에 했던 도움이 그녀가 저지른 악행으로 파 버린 자신의 무덤에서 숨구멍을 만들어 주었다.

"남작도 필요한 게 있으면 연락해요."

그 후로 몇 시간의 세상 사는 이야기를 끝낸 뒤, 캐서린은 자리에서 일어나는 에버딘에게 인사를 건넸다. 진심이다. 오웬을 위해 나섰던 만큼 그녀는 에버딘을 위해서도 나설 생각을 하고 있었다.

에버딘 역시 캐서린의 그런 점을 대단하다고 생각하며 고개를 끄덕였다. 앞으로 그녀는 오웬에게 일이 제대로 되지 않았다고 말해야 한다. 하지만 그런 티는 에버딘에게 전혀 내지 않고 있었다.

"멋진 분이네요."

다시 어셔 저택으로 돌아오는 길에 그레이스가 말했다. 그녀는 무릎 위에 캐서린의 집사가 챙겨 준 케이크가 담긴 바구니를 올려

놓고 있었다.

허바드 저택의 주방에서 차를 마시는 동안 그녀는 허바드 저택의 하녀들에게 허바드 백작이 얼마나 멋진 사람인지에 대한 이야기를 들었다.

물론 그녀 역시 지지 않고 어셔 남작이 얼마나 멋진지 이야기했다.

"대단한 분이지."

에버딘은 창밖으로 시선을 던지며 말했다. 캐서린 허바드가 도미닉을 쫓아냈다는 소문은 이미 들었다. 그래서 사람들에게 가차 없는 사람일 줄 알았다.

하지만 그녀는 전에도 에버딘과 크리스틴을 도와줬고 이번에도 오웬을 도와줬다. 그녀가 가차 없는 건 자신의 신뢰를 배신하는 사람뿐인 모양이다.

"에버딘."

저택으로 돌아가자 션이 그녀를 기다리고 있었다. 에버딘은 당연하다는 듯 서재에 앉아 있다가 그녀가 들어오자 자리에서 일어나는 션을 가만히 쳐다봤다.

"허바드 백작이 마틴과 사이에서 애 있는 거 알았지?"

알았다. 그가 처음부터 허바드 백작에게 직접 이야기를 들으라고 하지 않았던가. 그는 잠시 에버딘이 화가 났나 하고 생각했다.

하지만 에버딘은 캐서린과 마틴 사이에 아이가 있어서 화가 난 게 아니었다. 그녀는 션을 만났을 때 이미 마틴에게 사생아가 있다는 소문을 알고 있었다. 심지어 그가 수긍하지 않았던가.

"그런데 왜 마틴이 모든 권리를 포기하도록 내버려 둘 수 있어?"

아, 그쪽이었나. 안도감에 션의 몸에 힘이 빠져나갔다. 그는 자리에서 일어나려다 그대로 목을 젖혀 소파 등받이에 머리를 기댔다.

그리고 깊은 한숨을 내쉬었다.

"내가 그런 거 아냐."

그가 그 멍청한 계약을 알았을 때 이미 멍청한 마틴은 서명을 한 뒤였다. 심지어 멍청하게도 그에게 그 사실을 숨기려 했지.

션의 머릿속에서 멍청하다는 단어가 몇 번이나 떠올랐다가 가라앉았다. 그는 마틴의 행동과 그 계약으로 엄청나게 분노했다. 오죽하면 마틴이 형을 피해 한 달간 집에 들어오지 않았을 정도니 말 다 했다.

하지만 이미 끝난 계약이다. 불공정하다고 주장했지만 소용없었다. 마틴은 성인이고 캐서린은 그 계약의 모든 장단점을 설명했으며 무엇보다 캐서린과 결혼해 아이의 아버지가 되어야 한다고 하자 펄쩍 뛰었기 때문이다.

"너도 만나 봐서 알잖아. 백작이 어떤지."

허바드 백작은 분노해서 찾아온 션을 그럴 줄 알았다는 듯 만나지 않았다. 처음 세 번은 급한 일정이 생겼다며 자리를 피했고 뒤에 두 번은 갑자기 몸 상태가 안 좋아졌다고 만나지 않았다.

그가 그녀를 만날 수 있었던 건 최후통첩으로 아이를 웨스트가의 일원으로 넣겠다고 했을 때였다.

"그녀는 마틴과의 결혼을 거부했어. 아이에게 마틴이 어떤 식으로든 접근하는 걸 원하지 않더군."

그래서 그도 어쩔 수가 없었다. 마틴이 조금이라도 현명하게 굴었다면 좀 나았을지도 모른다. 하지만 마틴이 뭐가 문제냐고 구는 마당에 그가 할 수 있는 일은 더 이상 없었다.

심지어 허바드 백작은 웨스트가로부터 어떤 것도 요구하지 않겠다는 서약까지 했다. 물론 그 어떤 것에는 그웬돌린이 받을 수 있는 유산까지 포함이었다.

"그래서 뭐라고 했어?"

에버딘은 션의 앞에 서서 조심스럽게 물었다. 캐서린을 무슨 일을 했는지 알겠다. 그녀는 완전히 선을 그어 버린 거다.

그웬돌린은 캐서린만의 아이고 허바드 백작가의 사람이라는 것을. 웨스트 공작가는 아무 관계도 아니라는 것을.

"아무 말도."

션은 어깨를 으쓱했다. 그는 알겠다고 돌아섰다. 웨스트 공작가의 아이를 낳고도 아무것도 원하지 않는 사람은 드물다.

하지만 허바드 백작은 그 드문 사람 중 하나였고 완고했다. 션은 한숨을 내쉬고 자신의 앞에 선 에버딘을 쳐다보며 말했다.

"그렇다고 그 애가 내 집안사람이 아니라는 건 아니잖아."

허바드 백작이 아무리 웨스트가와 상관없다고 선을 그어도 그웬돌린은 마틴의 딸이다. 마틴이 다른 여자와 결혼을 해서 또 다른 자식을 낳고 말고와 상관없이.

션은 그웬돌린을 위한 저금을 마련해 놓았다. 딱히 허바드 백작을 위해서라거나 그녀의 자식을 위해서가 아니다. 그게 귀족으로,

그리고 못난 동생을 둔 형으로서 해야 할 일이기 때문이다.

"그걸 허바드 백작도 알아?"

허바드 백작의 자식을 위해 저금을 마련해 놓았다는 말에 에버딘은 션의 무릎에 앉으며 물었다. 가끔 그가 긋는 선이 신기하게 느껴졌다.

그는 자기 사람에게는 관대했다. 그리고 그 외에는 가혹하다 싶게 굴었다. 에버딘이 그 대표적인 사람이다. 그의 사람이 아닐 때는 마틴과 결혼할 뻔했지만 그의 선 안에 들어서자 마틴의 이야기조차 듣지 못하고 있다.

"글쎄. 모를걸. 알아도 상관없어."

션은 마틴과 다르다. 그는 당연히 해야 할 일을 할 뿐이다. 짜증나는 놈이지만 마틴은 웨스트가의 사람이고 그가 책임져야 한다. 허바드 백작의 자식 역시 마찬가지다.

에버딘은 션의 그런 책임감이 좋았다. 그리고 그녀는 몰랐지만 그런 부분이 전혀 다른 두 사람의 몇 안 되는 닮은 부분이기도 했다.

"오늘 뭐 했어?"

에버딘이 자연스럽게 션의 어깨에 머리를 기대며 물었다. 그는 한 손으로 에버딘의 몸을 감싸 안고 잠시 인상을 썼다.

그는 오늘 좀 바빴다. 사업 때문에 미팅도 있었고 영지에서 온 보고서 확인도 해야 했다. 하지만 그것보다 더 중요한 일이 있었다.

션의 눈동자가 아직 다 보지 못한 보고서로 향했다. 그는 오늘 우드 부부의 일을 처리했다. 정확히 말하면 그가 아니라 그가 지시한 용병들이 처리했지.

"음, 사람 좀 만나고. 영지 보고서도 확인하고."

선의 말에 에버딘의 시선이 테이블에 널린 종이로 향했다. 뭔가 길게 적혀 있다. 중간중간 표 같은 것도 있고. 바빴겠군. 그녀는 우드 부부의 일에 대해 선과 상의하려던 것을 포기했다.

그건 그녀의 일이다. 그녀가 알아서 하는 게 나을 거다.

* * *

"왕자님과 만났다며?"

이튿날, 에버딘과 만난 크리스틴은 자신이 들은 소문이 사실인지 확인했다. 에버딘 어셔 남작에 대한 소문은 무성했다. 그건 그녀가 의상실을 운영하기 때문일 것이다.

많은 사람들이 의상실을 찾았고 그중에는 자신이 속한 곳의 소문을 이야기하는 사람도 있었다. 당연히 귀족들도 마찬가지다.

"아, 붉은 산 때문에. 헬름 근처에 붉은 산이 하나 있잖아?"

기억난다. 크리스틴은 그녀가 헬름에서 머물 때 소풍 갔던 호수로 에버딘도 갔다는 이야기를 들으며 붉은 산을 떠올렸다. 그리 멀지 않아서 꽤 크게 보였었다.

거기는 어느 영지일지 궁금했는데 헬름도, 길랜드도 아니었던 모양이다. 그 붉은 산을 자신의 영지로 편입하고 싶어서 왕궁에 요청했더니 왕자가 불렀다는 설명에 크리스틴은 감탄을 금치 못했다.

허물없이 지내고 있지만 에버딘은 귀족이다. 그것도 영지를 가진. 그렇게 생각하자 크리스틴의 기분이 불편해졌다. 이렇게 허물없이 지내도 괜찮은 걸까.

그러자 그녀의 생각을 알아차린 에버딘이 재빨리 말했다.

"나도 엄청 부담스러웠어. 다른 사람도 아니고 왕자님이잖아?"

게다가 소문까지 날 줄은 몰랐다. 에버딘의 설명에 크리스틴은 간신히 안정감을 되찾고 고개를 끄덕였다. 그녀는 소문대로 진짜 붉은 산에 보석이 있는지 물었고 에버딘은 솔직하게 대답했다.

"보석 때문은 아니야. 엄밀히 말하면 거기서 나오는 뜨거운 물 때문인데. 어디에 말하지 마?"

우리끼리 비밀이라는 말에 크리스틴이 진지한 표정으로 고개를 끄덕였다. 의상실에서도 그녀는 대부분 듣는 입장이긴 했다. 어떤 귀족들은 바로 옆에서 크리스틴이 있다는 걸 알면서도 신경 쓰지 않고 위험한 이야기를 하곤 했다.

"뜨거운 물이 있으면 사람들이 목욕을 하기가 더 쉬워지잖아? 한 달에 한 번 정도 헬름 사람들이 여유 있게 목욕을 했으면 해서."

그렇구나. 크리스틴은 가볍게 감탄했다. 그런 쪽으로는 생각해 본 적도 없다. 하지만 에버딘은 헬름의 사람들을 위해 붉은 산을 차지하려 하고 있었다. 친구의 행동에 감탄한 그녀는 사람들 사이에 어떤 이야기가 오가는지 재빨리 설명했다.

다들 길랜드의 윈하우저가 차지할 거라고 생각하고 있었다. 헬름의 어서는 산을 탐색하기엔 자금이 부족할 거라는 게 사람들이 의견이었다.

"맞는 말이네."

에버딘은 고개를 끄덕이며 그렇다면 공주는 어떻게 자신을 도와주려는 건지 고민했다. 다른 사람들이 다 그렇게 생각한다면 그녀가 붉은 산을 차지할 가능성은 현저하게 내려간다.

그게 가능하기나 할까. 안타까운 한숨이 에버딘의 입에서 흘러나왔다. 그 한숨에 크리스틴은 친구를 위로하기 위해 오늘 아침에 들은 이야기를 했다.

"그리고 우드 부부 말이야."

"우드 부부?"

아이들을 돌볼 수 없게 된 뒤로 우드 부부는 그렇다고 마음을 고쳐먹지 않았다. 그들은 아무의 보호도 받지 못하는 거리의 고아들을 데려다가 도둑질을 시켰다.

"그 집 애 중 하나가 도둑질하다가 용병을 잘못 건드렸대."

고아들을 데려다가 도둑질을 시켰다는 것도 놀라운 데 용병을 잘못 건드렸다니? 에버딘은 크리스틴의 이야기를 따라갈 수가 없어서 멍한 표정을 지었다.

아이들을 돌볼 자격이 박탈됐는데 어떻게 그럴 수가 있지? 어리둥절해하는 그녀에게 크리스틴이 다시 설명했다.

"등록 안 된 고아들도 많거든. 그런 애들은 돌봐줘 봤자 돈이 안 나오니까 아무도 신경 안 쓰는데, 우드 부부가 데려다가 돌봐주는 대신……."

도둑질을 시켰다는 거다. 세상에. 에버딘의 입이 딱 벌어졌다. 미친 거 아냐? 놀라는 그녀를 위로하기 위해 크리스틴은 손을 뻗어 에버딘의 손을 잡았다.

그래도 결말은 해피엔딩이다. 감히 자신의 지갑에 손대려 한 소년을 잡은 용병은 소년을 때리지 않았다. 그대로 우드 부부의 집으로 동료들과 함께 찾아갔다고 한다.

"그래서?"

에버딘의 재촉에 크리스틴은 씩 웃었다.

"우드 부부는 감옥행. 아이들은 보호 시설로 들어갔대."

그나마 다행이다. 에버딘은 안도의 한숨을 내쉬었다. 이 추운 날씨에 아이들에게 도둑질을 시키다니, 인간도 아니다. 그녀가 분노하는 만큼 사람들도 분노했다.

"그 사람들, 전적이 있어서 꽤 오래 있을 거라더라."

이미 한 번 에버딘이 신고했기 때문이다. 그때는 자격만 박탈되고 말았지만 두 번째가 되면 전적이 있는 범죄자가 된다.

"다행이네."

에버딘은 진심으로 그렇게 생각했다. 그때 살짝 엘리스만 데려올지 고민했었다. 하지만 그녀가 그렇게 나섰기 때문에 우드 부부에게 전적이 생겼다.

크리스틴은 에버딘을 보고 미소를 지었다. 그녀도 에버딘이 우드 부부를 신고한다고 했을 때 대단하다고 생각하는 한편, 귀찮은 일에 잘도 나선다고 생각했다.

정작 고아원에서 자란 크리스틴조차도 우드 부부를 신고해야겠다는 생각은 하지 못했으니까.

하지만 에버딘의 행동이 옳았다. 그녀는 턱을 괴고 자신의 친구를 쳐다보다가 에버딘에 대한 또 다른 소문이 있음을 떠올리고 한숨을 내쉬었다.

"그리고 이건 네가 알아 둬야 할 것 같아서 말하는 건데."

웨스트 경과의 결혼을 거절하다 못해 자살 시도한 남작 영애. 그리고 고아들을 돌보던 부부를 신고한 빵집 주인. 제빵 길드와 싸웠고 작은 빵집의 구심점이 됐으며 지금은 남작이 되어 헬름으로 간 여자.

에버딘에 대한 소문은 무성했다. 너무 무성해서 대부분의 사람들은 그게 동일 인물이라는 것도 모를 정도였다. 오죽하면 크리스틴은 빵집 주인 어셔와 헬름의 영주 어셔 남작으로 소문을 구분해야 할 정도였다.

"혹시, 혹시 말이야."

크리스틴은 헬름의 어셔 남작에 대한 소문을 떠올리며 조심스럽게 입을 열었다. 귀족이라서가 아니라 친구라서 조심스러웠다.

그러고 보니 몇 달 전에 다른 사람들과 웨스트 공작과 에버딘이 서로 좋아하는 거 아니냐는 주제로 논쟁을 벌인 적이 있었다. 그때 논쟁했던 아이린, 수잔, 크리스틴과 도리스는 웨스트 공작이 에버딘을 좋아한다는 건 한마음으로 동의했다.

문제는 에버딘이 그를 좋아하느냐다.

"웨스트 공작님과 저기, 그런 관계야?"

"그런 관계?"

그런 관계는 또 뭐야? 에버딘이 어리둥절해하자 크리스틴은 인상을 썼다. 그런 관계가 무슨 관계긴. 그렇고 그런 사이냐는 거지.

다행히 에버딘은 금세 크리스틴의 말을 알아들었다. 그녀는 얼굴을 붉히며 말했다.

"결혼을 약속했냐면 그건 아냐."

"교제?"

비슷하다. 에버딘이 아무 말도 하지 않자 크리스틴은 인상을 쓰고 먼 곳을 쳐다봤다. 그녀는 이 소문이 어디서 퍼졌는지 알 것 같았다. 그래서 그걸 에버딘에게 말하는 게 과연 좋은 일인지 모르겠다는 생각이 들었다.

"그냥 알아만 둬."

크리스틴은 그렇게 말하고는 잠시 입을 다물었다. 그 모습에 에버딘이 불안해지기 시작했다. 대체 무슨 소리를 하려고 이러는 걸까.

걱정하는 그녀에게 크리스틴이 드디어 입을 열었다.

"네가 웨스트 공작님과 친밀한 관계라는 소문이 있거든."

그건 에버딘도 안다. 아마 그렇겠지. 션은 헬름에서 머물고 있고 그녀와 함께 수도로 올라왔다. 그리고 자기 저택에서 연 파티에서 에버딘의 술을 소개했다.

그것뿐만이 아니라. 그녀에게 구혼하러 온 삼인방이 있다. 그들이 소문을 퍼트렸을 가능성도 있다. 에버딘이 고개를 끄덕이자 크리스틴은 조심스럽게 입을 열었다.

"어떤 사람들은 너와 웨스트 공작님이 안 어울린다고 하나 보더라고."

"안 어울린다고?"

"뭐, 그냥 시샘이지."

그냥 시샘이라기엔 좀 악질이었다. 동생은 싫다고 자살까지 해놓고 형에게는 달라붙는다는 둥, 못생기고 가난한 게 잘난 남자가 생기자 창피한 줄도 모르고 덤벼댔다거나.

문제는 이런 욕의 수위가 아니었다. 오히려 욕 수위가 너무 높아서라면 에버딘에게 말하지 않았을 것이다.

크리스틴은 잠시 망설이다가 한숨을 내쉬었다. 에버딘에게 말해야겠다고 생각한 건 그녀에 대한 안 좋은 소문이 퍼져서가 아니라 퍼트리는 사람이 누군지 알 것 같아서였다.

"소문이 나오는 데가 문제야. 로열 주니어 클럽이거든."

"로열 주니어 클럽?"

그게 어디야? 어리둥절한 에버딘을 위해 크리스틴이 간단하게 설명했다.

"사교계에 데뷔하기 전 귀족 자녀들 모임이야. 미리 만나서 사교계 예법을 익히고 친분을 쌓는대."

지금으로서는 예법을 무시하고 친분을 이용해 악소문이나 퍼트리는 못된 애들 그룹이다. 크리스틴의 설명에 에버딘은 대체 그런 애들이 자신과 무슨 상관이길래 자신에 대한 안 좋은 소문을 퍼트리는지 어리둥절해 했다.

그녀는 사교계 데뷔전 귀족 자녀는 물론 데뷔한 사람들과도 딱히 친분이 없다. 있는 사람은 허바드 백작 정도. 그때 크리스틴이 지적했다.

"웨스트 양 말이야. 그 클럽에 있잖아."

그러니까 아네트가 주축이 되어 에버딘에 대한 안 좋은 소문을 퍼트리고 있다는 거다. 어째서? 에버딘은 더더욱 모르겠다는 표정을 지었다.

"나도 모르지."

크리스틴은 어깨를 으쓱했다. 그녀가 아는 거라곤 로열 주니어 클럽에서 그런 소문이 퍼지고 있다는 거고, 로열 주니어 클럽에서 그런 소문을 퍼트릴 만한 사람은 아네트 웨스트 양뿐이라는 거다.

꽤 합당한 이야기다. 아네트가 있는데 그녀의 오빠와 친한 사람에 대한 소문이 그렇게 악질적으로 난다면 최소한 아네트가 동의했다는 뜻이니까.

"알아 두는 게 좋을 거 같아서."

크리스틴의 걱정 어린 말에 에버딘은 고개를 끄덕였다. 무슨 일인지 알아봐야겠다. 우선 왕궁에 다녀와서.

다음날, 에버딘은 다시 왕궁을 찾았다. 며칠 사이에 왕궁에 세 번이나 오게 되다니, 다들 영광이라고 생각할 것이다.

하지만 그녀는 긴장으로 잔뜩 굳어 있었다. 레베카 공주가 그녀를 도와주겠다고 했다. 하지만 과연 어떻게 돕겠다는 걸까.

"어서 오게, 어셔 남작."

에버딘이 안내받은 응접실에는 이미 두 명이 앉아 있었다. 길랜드의 윈하우저 남작과 레베카 공주. 아직 왕자는 오지 않았다.

레베카 공주는 왕자를 위해 준비한 자리는 일부러 쳐다보지도 않았다. 그녀의 오라버니는 항상 늦는다. 짧게는 십 분. 길게는 반나절까지 늦은 적도 있다.

그래도 그는 한 번도 원망을 받은 적이 없었다. 왕자와 한 공간에 있는 순간, 모든 사람들이 그를 사랑하게 되기 때문에.

지금 레베카 공주의 맞은편에 앉아 인상을 구기고 있는 윈하우저 남작도 크리스토퍼 왕자가 들어오는 순간 몽롱한 표정을 지을 것이다. 그리고 지금 막 들어온 어셔 남작도.

가장 환장할 일은 평생을 크리스토퍼 왕자 가까이에서 지낸 레베카 공주조차도 그를 미워할 수가 없다는 점이다. 그녀는 왕자의 매력에 익숙했지만 고작해야 간도 쓸개도 빼놓을 듯이 굴지 않는 것이 최선이었다.

"오라버니께선 오고 계시는 중일세. 그 전에 내가 먼저 자네들과 이야기하겠다고 요청했지."

"영광입니다, 전하."

그렇게 말하는 윈하우저 남작의 얼굴이 가까스로 펴졌다. 레베카는 에버딘이 아무 표정도 없이 권하는 대로 앉는 것을 보고 입을 열었다.

"두 남작 다, 붉은 산을 원하고 있다고 들었네만."

"맞습니다, 전하."

"네, 전하."

윈하우저와 어셔의 입에서 동시에 대답이 흘러나왔다. 레베카는 두 사람을 번갈아 쳐다보며 미소를 지었다. 그녀의 시선이 아주 약간 더 에버딘에게 머물렀지만 윈하우저가 입을 여는 바람에 금세 원래대로 돌아갔다.

"용이 남긴 보석을 찾을 겁니다. 물론 발견하면 성에도 감사의 표시를 할 생각이고요."

젠장. 에버딘은 속으로 욕을 삼켰다. 그러면 결국 보석을 찾으면 반을 주겠다는 그녀의 제안은 아무 쓸모가 없게 된다. 윈하우저 남작은 개인 극장도 지어 주고 보석도 일부 바치겠다는 뜻이니까.

동시에 고작 에버딘의 존재만으로 붉은 산에 보석이 있을 거라 확신한다는 게 놀랍게 느껴졌다. 그녀도 붉은 산에 보석이 있다는 확신이 없다. 아니, 아예 없을 거라 생각한다.

그런데 윈하우저 남작은 에버딘이 나섰다는 이유만으로 철석같이 믿고 있는 것이다.

"나는 자네들이 어떤 목적으로 붉은 산을 원하는지는 관심이 없네. 원만하게 자네 둘을 조정해 주려는 것뿐이지. 그게 내 의무니까 말이야."

레베카 공주의 입에서 의무라는 단어가 매우 우아하게 흘러나왔다. 그녀는 무표정하게 다시 윈하우저와 어셔를 쳐다봤다. 그때, 에버딘이 들어온 문이 아닌 다른 문을 누군가 두드리더니 벌컥 열고 말했다.

"크리스토퍼 왕자님께서 도착하셨습니다."

방 안에 있던 모든 사람이 동시에 일어났다. 왕자는 귀찮다는 표정으로 성큼성큼 들어오더니 자기 자리에 앉았다. 그리고 여전히 서 있는 사람들에게 앉으라는 말없이 불쑥 물었다.

"뭘 주기로 했나?"

이상한 일이다. 레베카는 자신의 오라버니에게 짜증이 났다. 그가 같은 방에 있는데도 불구하고.

이런 적은 처음이라 레베카의 반응이 반 박자 늦었다. 물론 왕자는 전혀 눈치채지 못했다.

"설명 중이에요, 오라버니."

"얼른 해."

크리스토퍼는 레베카에게 짜증을 부리더니 따분하다는 듯, 다리 하나를 반대편 다리 위로 올려 버렸다. 그 사이에 레베카는 윈하우저 남작과 어셔 남작의 안색을 살피고 둘 다 왕자의 행동에 당황하고 있다는 것을 깨달았다.

처음 있는 일이다. 그녀는 재빨리 표정을 갈무리하고 두 남작에게 손짓해서 앉으라고 했다. 그리고 지금 이게 어떻게 된 일인지는 나중에 생각하기로 하고 입을 열었다.

"붉은 산은 길랜드와 헬름에 맞닿아 있지. 그래서 내 오라버니는 다른 한쪽이 피해를 입을까 걱정을 하셨다네."

거짓말이다. 그런 걱정을 한 건 크리스토퍼가 아니라 레베카였고 그녀가 크리스토퍼를 찾아가 그렇게 이야기하자 그는 그게 자신과 무슨 상관이냐며 짜증을 냈다.

하지만 레베카가 다시 크리스토퍼를 설득했다. 만약 피해를 입은 쪽이 피해 보상을 해 달라고 하면 골치 아파진다고. 크리스토퍼가 이 자리를 허락한 건 그래서였다. 귀찮아지는 게 싫어서.

"그래서 한 가지 제안을 하고자 하네."

"크흠."

레베카의 말이 끝나기가 무섭게 크리스토퍼가 헛기침을 했다. 그러자 레베카가 재빨리 덧붙였다.

"물론 오라버니께서 제안하신 거지."

뭐 이런 놈이 다 있지? 에버딘은 왕자가 모든 공을 가로채려 한다는 것을 깨닫고 인상을 썼다가 재빨리 원래대로 돌아왔다.

하지만 제프 윈하우저는 아니었다. 그는 인상을 쓴 채 크리스토퍼와 레베카를 번갈아 쳐다보고 있었다.

"붉은 산을 가지지 못한 사람은 붉은 산의 요소를 갖는 걸세."

"요, 요소라뇨?"

제프의 질문에 레베카와 크리스토퍼의 시선이 그를 향했다. 레베카는 부드럽게 말했다.

"나는 벌목의 권리를 가지면 어떨까 하는데."

"벌목할 권리요?"

"붉은 산을 가진 사람이 실수로 나무를 베어 버리면 상대방에게 그 보상을 하는 거지."

물이 아니라? 에버딘은 레베카의 말에 저도 모르게 입을 열었다가 다물었다. 레베카 공주는 그녀의 행동을 보고 빙그레 웃었다.

자신을 믿기로 한 모양이다. 레베카 공주의 말에 윈하우저 남작은 입을 딱 벌리고 그녀를 쳐다보다가 왕자를 쳐다봤다. 그리고 대뜸 물었다.

"왕자 전하께서도 동의하신 겁니까?"

누군가 자신에게 이런 식으로 따진 건 처음이라 크리스토퍼는 깜짝 놀랐다. 하지만 곧바로 레베카가 끼어들었다.

"앞서 말했듯이 오라버니께서 제안하신 거네."

물론 거짓말이다. 크리스토퍼는 다시 느긋하게 앉아 어서 남작과 윈하우저 남작을 쳐다보기 시작했다. 내가 뭔가 착각한 거겠지. 그는 윈하우저 남작이 자신에게 따졌을 리 없다고 생각하고 있었다.

"하지만, 하지만……."

제프가 못마땅하다는 듯 연신 하지만을 중얼거리자 에버딘은 그가 벌목한 권리를 자신에게 주기 싫어한다는 것을 알았다.

왜 그런 거지? 잠시 생각한 그녀는 금세 그 이유를 깨달을 수 있었다. 용의 둥지를 찾으려면 산 깊숙이 사람들을 끌고 들어가야 한다. 당연히 가는 길에 방해가 되는 나무를 베어야 할 것이다.

그거구나. 에버딘의 머릿속에 반짝하고 레베카가 무슨 계획인지 떠올랐다. 그녀는 레베카 공주를 쳐다보며 연기를 하기 시작했다.

"전하, 그건 너무 과한 것 같습니다. 얼마나 많은 나무를 벨지는 둥지를 찾기 전까지는 모르는 일이지 않습니까."

"맞습니다!"

윈하우저가 에버딘의 말에 동의하고 나섰다. 레베카는 에버딘을 한번 쳐다보고 윈하우저에게 곤란하다는 듯 말했다.

"그럼 어떻게 할까? 오라버니 생각은 어떠세요?"

레베카는 재빨리 공을 크리스토퍼에게 돌렸다. 지난번에 그녀의 오라버니를 설득하러 갔을 때 그녀는 나무 아니면 물이 좋겠다고 말했다. 그때의 대화를 크리스토퍼가 기억한다면 물을 주라고 하겠지.

하지만 안타깝게도 크리스토퍼는 그러지 못했다. 그는 멍청한 표정으로 자신의 동생을 쳐다보며 멍청한 소리를 냈다.

"엉?"

"나무가 싫다는데, 그럼 뭘 주는 게 좋을까요?"

레베카는 속으로 이를 갈며 크리스토퍼에게 다시 설명했다. 그리고 다음 순간 그녀는 자신이 오라버니에게 속으로나마 이를 갈았다는 사실에 놀랐다.

내가 오라버니를 싫어하고 있네?

놀라운 경험이었다. 자신의 오라버니를 한 대 때리고 싶다는 기분이 드는 건. 그녀는 놀란 표정을 지었다가 재빨리 표정을 갈무리했다. 다행히 이번에는 크리스토퍼도 기억해 냈다.

그는 짜증 난다는 듯 생각에 잠겼다가 내뱉었다. 그건 그에게 상당히 희귀한 경험이다. 크리스토퍼는 생각을 하지 않는다. 그런 귀찮은 일은 주변에서 다 알아서 해 주니까.

"그럼 물 줘, 물."

"그런 방법이 있군요."

레베카는 속으로 다시 이를 갈며 오라버니의 혜안에 감탄하는 시늉을 했다. 그리고 어서 남작과 윈하우저 남작을 향해 고개를 돌려 말했다.

"그럼 다른 쪽은 물 이용권을 가져가게."

"무, 물이라고요?"

제프의 머릿속이 빠르게 돌았다. 생각해 보니, 물은 그가 준비해서 가져가도 된다. 오히려 어쩔 수 없이 베어야 하는 나무보다 손해가 적을지도 모른다.

"좋습니다."

윈하우저 남작의 대답에 에버딘은 못마땅한 척 동의했다. 동시에 그녀는 윈하우저 남작과 왕자를 구워삶는 레베카 공주의 솜씨에 감탄했다. 그녀는 아무 불만 없이 붉은 산에서 물만을 빼냈으며 그것을 산을 갖지 못하는 자에게 넘기는 데 합의하도록 조종했다.

대단한 수완이다. 에버딘은 붉은 산을 윈하우저 남작에게 주겠다는 왕자의 선택에 어쩔 수 없이 따르는 시늉을 하며 생각했다.

레베카 공주는 에버딘뿐만 아니라 윈하우저 남작과 왕자도 만족할 방안을 제시했다. 심지어 그 공을 전부 크리스토퍼 왕자에게 돌리기까지 했다.

이런 사람이 크리스토퍼 왕자의 밑에서 모든 공을 그에게 돌리려면 짜증 나지 않을까. 어쩐지 에버딘은 역사 속에서 형의 왕위를 찬탈한 동생의 심정이 이해가 되기 시작했다.

"내, 물 이용료는 충분히 주지."

에버딘이 인사를 하고 방을 나서자 같이 나온 윈하우저 남작이 그렇게 말하더니 크게 웃으며 떠났다. 자신이 이겼다고 생각한 그는 기분이 아주 좋았다.

왕자에게 개인 극장을 지어 주기로 했지만 붉은 산에서 발견할 보석에 비하면 새 발의 피다. 그의 머릿속은 금세 잔뜩 쌓여 있는 금은보화로 가득 찼다.

"어셔 남작."

잠시 뒤, 레베카 공주가 조심스럽게 에버딘을 불렀다. 그녀는 에버딘이 자신을 알아보자 재빨리 손짓해서 그녀를 빈방으로 데리고 들어갔다.

그리고 문을 닫은 뒤 그 문에 등을 대고 서서 에버딘에게 속삭였다.

"윈하우저 남작에게 물 이용료는 무조건 받게."

에버딘은 물론 그럴 생각이었다. 그녀는 왜 레베카 공주가 물 이용료를 받으라고 하는지 알 것 같아서 씩 웃으며 말했다.

"안 받으면 처음부터 목적은 물이었다는 걸 그가 알아차릴까 봐서요?"

레베카 공주의 얼굴에도 미소가 떠올랐다. 맞다. 그녀는 어서 남작이 자신의 의도를 알아차렸다는 사실에 안도하며 말했다.

"그 정도로 눈치가 빠를 것 같지는 않지만 나중에라도 속았다고 하면 곤란하거든."

그것도 그렇다. 에버딘은 상대가 공주라는 것도 잊고 깔깔대고 웃었다. 그녀가 웃는 것을 본 레베카 공주도 저도 모르게 소리 내어 웃기 시작했다.

"한 가지만 여쭤봐도 될까요?"

한참을 웃은 에버딘은 웃음이 잦아들자 조심스럽게 물었다. 전부터 궁금했다. 왜 레베카 공주가 자신을 도와주려 하는지.

레베카 역시 에버딘에게 궁금한 게 있었기 때문에 말없이 고개를 끄덕였다.

"왜 절 도와주신 건가요? 저와 웨스트 공작의 결혼을 위해서요?"

"그건 아니야."

물론 어서 남작이 웨스트 공작과 결혼한다면 레베카 공주에게 좀 더 일이 유리하게 흘러갈 것이다. 하지만 꼭 그래서만은 아니었다.

그녀는 빙그레 웃으며 말을 이었다.

“자네가 그랬잖나. 자네의 영지민들을 위해 뜨거운 물을 갖고 싶다고.”

그랬다. 에버딘은 헬름의 사람들에게 목욕의 여유를 주고 싶었다. 하지만 대부분의 사람은 그걸 이해하지 못했다.

“자넨 자네의 영지민들을 생각하지. 난 그게 좋아. 마음에 들어.”

흔히 노블레스 오블리주라고 하지만 그것과 애민정신은 좀 다르다. 노블레스 오블리주는 높은 신분에 상응하는 도덕적 의무를 뜻하지만 애민정신은 말 그대로 자기 백성을 사랑하는 거다.

레베카 공주는 어릴 때부터 노블레스 오블리주를 배웠지만 그것보다 더 강한 의무감이 왕족인 자신들에게 필요하다고 생각하고 있었다.

“나라는 귀족들만으로 성립이 되지 않아. 백성들이 필요하지. 그들은 하찮고 무지성적인 존재가 아니라…….”

거기까지 말한 레베카 공주는 뭐라고 말해야 할지 몰라 망설였다. 존중해야 한다? 그건 좀 이상하다. 귀족이고 왕족인 그녀에게는 백성을 존중한다는 게 바로 떠오르지 않았다.

그때 에버딘이 불쑥 입을 열었다.

“가르치고 이끌어야 하는 존재라는 말이죠.”

다행히 에버딘은 레베카 공주가 무슨 말을 하는지 알았다. 그녀가 살던 곳에는 애민정신이라는 게 있었다. 그리고 홍익인간이라는 것도.

"그래, 맞아."

레베카 공주는 에버딘의 말에 동의하며 그녀를 새삼 다시 쳐다봤다. 다른 사람들과 이런 대화를 나눠 본 적이 별로 없다. 예전에 비슷한 대화를 했는데 그녀와 이야기하던 귀족이 그녀를 이해하지 못했기 때문이다.

하지만 어서 남작은 이해하고 있었다.

"나도 하나 묻지."

레베카 공주는 약간의 기대감을 갖고 입을 열었다. 그녀도 에버딘에게 궁금한 점이 있었다.

"내가 자네를 도와준다고 했을 때, 왜 나를 믿었지?"

왜냐니? 에버딘은 어리둥절한 표정을 지었다. 솔직히 말하면 믿을 사람이 그녀밖에 없었다. 하지만 좀 더 깊이 들어가면 그녀를 믿어 봐야겠다는 생각이 드는 이유가 있긴 했다.

"전하께선 왕자 전하께서 안 하신 질문을 하셨거든요."

"어떤 질문?"

레베카 공주의 미간에 주름이 생겼다. 그녀의 곁에 있는 시녀 유라이 경이라면 재빨리 그러지 말라고 했을 것이다.

하지만 에버딘은 신경 쓰지 않고 말했다.

"제게 용의 둥지를 찾을 재정적 여유가 있는지 확인하셨죠."

크리스토퍼는 하지 않았다. 에버딘의 재정적 여유 따위는 관심이 없었다는 말이다. 그건 더 나아가 붉은 산을 넘겨 자신이 받을 이익에만 관심이 있고 그것으로 어서 남작이 어떤 피해를 입고 헬름이 어떻게 돼도 상관하지 않았다는 뜻이다.

레베카 공주는 한 번 믿어 볼 가치가 있었다. 에버딘의 입가에 미소가 떠올랐다. 그리고 그건 레베카도 마찬가지였다.

"다음에 또 만나고 싶군, 어서 남작."

레베카는 그렇게 말하며 에버딘의 손을 한 번 잡았다가 놓았다.

"공주 전하."

에버딘은 공주가 자신의 손을 떼기 전에 재빨리 입을 열었다.

"헬름에 놀러 오세요. 꼭 초대하고 싶어요."

온천이라는 걸 레베카 공주에게 보여 주고 싶었다. 그리고 좀 더 대화를 하고 싶었다.

레베카는 에버딘도 자신처럼 그녀와 좀 더 대화하고 싶어 한다는 것을 깨달았다.

기분이 이상했다. 레베카는 가만히 에버딘의 손을 잡은 채 그녀를 쳐다봤다. 아무도 그녀를 이해하지 못한다고 생각했다. 그리고 아무도 그녀에게 관심이 없다고 생각했다.

어쩌면 그래, 공주를 향한 관심은 있겠지. 하지만 그녀가 무슨 생각을 하고 어떤 지식을 익히고 어떤 마음가짐으로 사는지, 왜 그런 행동을 하는지 궁금해 하는 사람은 없다고 생각했다.

레베카 공주는 자신이 오로지 크리스토퍼 왕자의 뒤에서 그를 보조해 주는 역할로서만 존재하는 것처럼 느껴졌었다.

하지만 그런 그녀를 어서 남작이 알아봤다. 크리스토퍼는 하지 않은 질문, 다른 생각, 다른 의도는 그녀는 알아보고 동의해 주었다.

레베카 공주가 아니라 레베카라는 한 사람을 알아봐 주었다는 생각이 들었다.

"그래. 가지."

레베카는 그렇게 말하고 아쉬워하며 에버딘의 손을 놓았다. 그녀가 어셔 경이 아니라 어셔 남작이라 다행이라는 생각이 들었다.

어셔 경이였다면 웨스트 공작과 결혼할 경우 웨스트햄튼으로 떠나야 했을 테니까.

"어서 오십시오. 남작님."

왕궁을 떠난 에버딘은 곧바로 웨스트 저택을 찾았다. 션의 집사는 에버딘을 보자마자 고개를 꾸벅하고 그녀를 안으로 들였다. 그리고 안타깝다는 표정으로 말했다.

"주인님께서 출타 중이신데요. 오셨다고 전할까요?"

"아니에요. 전 웨스트 양을 만나러 왔어요."

아가씨를? 집사는 잠깐 멈칫하더니 곧바로 표정 관리를 하며 말했다.

"여쭤보고 오겠습니다."

아네트는 집에 있었다. 그녀는 막 들어온 참이었고 또 나갈 예정이었다. 오늘은 가깝게 지내는 헨리 백작가에 가서 자고 오기로 했다.

헨리 백작가는 이틀 뒤에 영지로 떠난다. 아네트와 친구인 리디아 헨리와 밤새 떠들고 놀 생각이었다.

"어셔 남작이요?"

예상하지 못한 손님의 등장에 아네트의 미간에 주름이 생겼다.

왜 찾아왔지? 순간 그녀의 머릿속에 자신이 최근 어셔 남작에 대해 안 좋은 이야기를 하고 다녔다는 게 떠올랐다.

하지만 그녀는 곧 뻔뻔하게 생각했다. 그래서? 없는 이야기를 한 것도 아니잖아? 그녀는 잘못한 게 하나도 없다.

"들여보내세요."

아네트의 말에 집사는 고개를 끄덕이고 내려갔다가 다시 에버딘을 데리고 올라왔다. 따지기라도 하게? 에버딘의 얼굴을 본 아네트의 표정이 굳었다. 그녀는 가슴 앞으로 팔짱을 끼고 일부러 턱을 들어 올리며 말했다.

"왜 왔어?"

"확인할 게 있어서."

"그럼 빨리해. 나 바빠."

명백한 적의에 에버딘은 피식 웃었다. 또래가 그랬다면 화가 났을지 모르지만 상대는 아직 미성년자다. 에버딘은 자리를 권하지도 않는 아네트를 보고 그대로 서서 물었다.

"내 욕을 하고 다닌다며?"

"누가 그래?"

"아니야?"

아니다. 아네트는 그렇게 말하려다 멈췄다. 그녀는 있는 그대로의 사실을 말하는 것뿐이다. 하지만 그게 욕이 아니라고 하는 건 거짓말이다.

거짓말하는 건 별로 어렵지 않다. 문제는, 그녀가 잘못한 것도 없는데 거짓말을 하긴 싫다는 거였다.

"아니야?"

에버딘은 다시 물으며 아네트를 향해 한 걸음 다가갔다. 그러자 저도 모르게 뒤로 물러났던 아네트가 다시 턱을 들어 올리며 말했다.

"했어. 왜?"

"왜 그랬는데?"

"왜 그랬는지 몰라서 물어?"

"모르겠는데."

진짜로 모르겠다. 에버딘은 허리에 손을 얹고 아네트를 쳐다봤다. 왜 그녀의 욕을 하고 다닌 걸까. 에버딘은 아네트에게 나쁜 짓을 한 기억이 없었다. 그리고 그녀가 그런 짓을 할 만큼 두 사람의 사이가 나쁘지 않다고 생각했다.

전혀 모르겠다는 태도에 아네트의 얼굴이 분노로 붉어졌다. 창피한 줄도 모르네? 그녀는 당당하게 말했다.

"오라버니한테 네가 가당키나 해? 가난하고, 집안도 별 볼 일 없고, 못생긴 주제에!"

믿을 수 없는 비난에 에버딘은 저도 모르게 입을 딱 벌렸다. 진짜로? 그녀는 어이가 없어서 아네트를 쳐다보다가 한숨을 내쉬었다.

멍청한 왕자와 남작을 공주님과 편 먹어서 잘 구슬려 뒤통수치고 왔는데 어린애랑 싸울 수도 없다. 그녀는 잠시 아네트를 쳐다보다가 입을 열었다.

"네가 이러는 건 션이 네 말을 전혀 안 듣기 때문이겠지. 그가 네 의견보다 내 의견을 더 중요시한다는 걸 네가 더 잘 알기 때문이고."

무슨 소릴 하는 거야? 에버딘의 말을 듣던 아네트의 얼굴이 다시 붉어지기 시작했다. 정곡이다. 분노로 붉어졌던 아까와 달리 이제 아네트의 얼굴은 수치심과 분노로 달아오르기 시작했다.

그녀는 정곡을 찔린 부끄러움에 벌컥 소리쳤다.

"애한테 협박하는 거야? 나이도 많은 게 그러고 싶어?"

"아닌데."

에버딘은 여전히 무표정한 얼굴이었다. 그러면서 동시에 아네트가 얼마나 영리한지, 그리고 얼마나 순진한지 깨달았다.

그녀는 어리다는 이유로 자신이 한 짓에서 도망칠 수 있다는 것을 알 정도로 영리했고 동시에 자신이 한 짓이 어떤 여파를 불러일으킬지 모를 정도로 순진했다.

"션이 네가 그런 짓을 하고 다니는 걸 알아?"

에버딘의 질문에 아네트가 눈에 띄게 멈칫했다. 하지만 그녀는 곧 에버딘을 비웃으며 물었다.

"왜? 이르기라도 하게?"

생각해 보면 션은 에버딘과 만난 뒤로 계속 그녀의 곁에 있었다. 아네트가 이러는 걸 모를 것이다.

동시에 에버딘은 아네트의 가족이 션과 마틴뿐이라는 것을 떠올렸다. 가족을 빼앗겼다고 생각했을지도 모른다. 그런 생각이 들었다.

"난 말 안 해."

에버딘은 화를 눌러 참으며 말했다. 아네트에게 화가 났고 동시에 그녀가 가여웠다. 물론 아직은 화가 난 게 좀 더 컸다. 그녀는 숨을 깊이 내쉰 뒤 경고처럼 말을 이었다.

"하지만 네가 쓴 그 무기는 언젠가 돌아와서 널 공격할 거야."

39

"남작님, 전 사표를 내겠습니다."

수도에서 헬름으로 내려온 지 며칠이 지났다. 느긋하게 서재의 난로 앞에 다리를 쭉 뻗고 길버트가 보낸 보고서를 확인하는 데 요리사가 들이닥쳤다.

이건 또 뭐야? 나는 난로를 향해 다리를 쭉 뻗은 자세 그대로 요리사를 쳐다봤다. 약간 마르고 신경질적으로 생긴 그녀의 이름은 클라우디아. 아이린 아주머니가 헬름에 있을 때 나를 위해 직접 뽑아 몇 가지 요리를 가르쳐 준 사람이다.

"왜요?"

나는 다리를 오므리며 물었다. 하지만 클라우디아는 내 자세 따위는 아무 관심도 없다는 듯 안으로 성큼성큼 들어오더니 진저리를 치며 말했다.

"아이들 말이에요! 갑자기 네 명이나 늘어났잖아요? 저 혼자서는 그 많은 요리를 만들 수가 없어요. 오늘 아침에 드신 오믈렛도 말이에요."

오늘 아침에 먹은 오믈렛? 맛있었다. 약간 과하게 익긴 했지만 그게 뭐 어때서? 난 맛있게 먹었다.

션은 어땠을지 모르겠네. 그는 조금 있다가 내려오겠다고 했다. 웨스트햄튼에 다녀와야겠다고 했지.

수도에서 웨스트햄튼에 다녀오려면 두어 달은 걸린다. 덕분에 나는 곁에 션이 없는 생활에 익숙해지려 애쓰고 있었다. 그게 가능할지 모르겠네.

"그렇게 푹 익은 오믈렛이라니, 그런 요리를 남작님과 공작님 식탁에 올리다니! 도저히 용납이 안 돼요!"

멍하니 션을 생각하는데 클라우디아가 다시 소리쳤다.

아니, 난 용납이 됐는데. 나는 멍하니 클라우디아를 쳐다보다가 불쑥 물었다.

"그러니까 그게 갑자기 사람이 늘어나서 바빠지는 바람에 그랬다는 거예요?"

"맞아요! 바로 그 말이에요! 이대로라면 앞으로 아침으로 제대로 내갈 수 있는 건 빵뿐일지도 몰라요!"

빵도 괜찮은데. 따듯하게 구워서 잼 발라 먹으면 맛있지. 하지만 클라우디아는 그게 견딜 수가 없었나 보다. 그러고 보니 아이린 아주머니도 그녀가 책임감을 과중하게 느끼는 타입이라고 했었지.

그게 아이린 아주머니의 추천 이유 중 하나기도 했다.

"조금만 참아요. 주방 하인을 구하는 중이니까."

"그 말은 집사님께도 들었어요. 하지만 내일 아침에도 과하게 익은 오믈렛을 만들면……."

이제 클라우디아는 아예 울 것 같은 표정이었다. 오믈렛이 좀 더 익은 거 가지고 뭐 그러냐 싶긴 하지만 사람마다 중요하게 여기는 게 있는 법이지.

할머니는 주무시기 전에 꼭 자리끼를 두곤 했다. 그게 없으면 자다가도 일어나서 가져다 두셨지.

나는 할머니를 떠올리고 음 하고 잠시 생각했다. 그럼 어떻게 해야 할까. 다른 곳도 아니고 이 저택에서 일할 주방 하인이라 레슬리가 좀 꼼꼼하게 보고 있다는 말은 들었다.

요리 실력은 물론이고 믿을 수 있는 사람이어야 한다고.

"설거지나 밑 준비는 다른 하인들도 도와주면 되지 않나요?"

"그, 그렇긴 하지만요."

내 질문에 클라우디아의 입에서 한숨이 흘러나왔다. 그녀는 어깨를 늘어트리며 말했다.

"그 사람들은 자기 일이 따로 있잖아요. 매번 부탁하는 것도 좀 그래요."

그건 그렇겠다. 어디까지나 하인들이 돕는 건 돕는 거지, 자기 일을 하는 게 아니다. 나는 한숨을 내쉬며 중얼거렸다.

"그러게요. 빈 일손이 흔한 것도 아니고……."

아니, 잠깐. 있다. 빈 일손.

나는 문득 떠오른 생각에 자리에서 벌떡 일어났다. 있다. 그것도 무려 네 명이나.

"재료를 씻거나 감자 껍질을 벗기는 정도만 할 수 있어도 되는 거죠?"

"식당에서 데려오려는 생각이시면 그건 어려울 거예요. 그쪽도 최근에 많이 바빠져서 사람을 더 구한다고 들었거든요."

그건 아니다. 나는 클라우디아의 말대로 엄청나게 바빠진 식당을 떠올리고 웃었다. 술을 팔기 시작하는 게 답이었다. 식당은 막걸리를 조금씩 팔기 시작했고 덕분에 마을 사람들 대부분이 식당으로 몰렸다.

그래서 식당도 사람을 구하고 있고, 그래서 내 집에서도 주방 하녀를 구하기가 더 어려워졌다. 영주의 저택에서 상주하며 일하느냐, 집에서 통근하면서 식당에서 일하느냐를 선택해야 하거든.

괜찮은 실력을 가진 사람들은 대부분 가정이 있는 여자였고 그들은 자식 때문에 집에서 통근하기를 바랐다.

"아이들은 어때요?"

나는 씩 웃으며 물었다. 엘리스를 제외한 다른 네 명은 각각 열다섯 살, 열네 살, 열두 살, 그리고 열 살이다. 전부 채소를 씻고 감자 껍질을 벗기는 정도는 할 수 있다는 말이다.

"애들에게 일을 시키라고요?"

"어려운 일은 말고요. 간단한 것만 시켜요. 빵 반죽을 한다거나, 수저로 감자 껍질을 벗긴다거나 하는 거요."

물론 하루에 몇 시간 이상 일하면 안 된다. 엘리스와 마크처럼.

나는 다시 의자에 앉으며 말했다.

"엘리스와 마크도 하루에 몇 시간, 집안일을 돕는 걸로 알고 있는데요?"

"그렇죠. 사실, 그동안 주방 일을 도와준 건 그 애들이에요."

"그럼 어려울 것도 없네요. 다른 네 명도 엘리스와 마크처럼 일을 시키세요."

"그래도 괜찮을까요?"

안 될 건 또 뭔가? 여기 아이들은 어릴 때부터 집안일을 하면서 자란다고 들었다. 열두 살쯤 되면 가업을 돕기도 한다고.

내가 살던 곳도 마찬가지였다. 나는 열 살부터 할머니 대신 설거지를 했고 쌀을 씻었다. 열두 살부터는 라면을 끓였고 계란프라이 정도는 했다.

그렇다면 수도에서 데려온 네 명의 아이들도 마찬가지다.

나는 고개를 끄덕이며 말했다.

"레슬리에게 말해 둘게요."

감자 껍질을 벗기는 일이래도 여섯 명이나 있으면 큰 도움이 되겠지. 나는 클라우디아에게 레슬리를 불러 달라고 말하고 다시 보고서를 들었다. 이건 오늘 안에 확인하고 내일 아침에 답장을 써 줘야 한다.

"죄송합니다, 남작님."

클라우디아가 불러온 레슬리는 굳은 표정으로 내게 사과를 했다. 잠깐, 어디까지 읽었지? 나는 길버트의 보고서 중에 읽은 문장을 확인하고 고개를 들었다.

"제 선에서 끝냈어야 하는 건데. 클라우디아가 남작님께 직접 이야기할 줄이야……."

자기 일을 제대로 하지 못했다는 충격은 레슬리도 받은 모양이다. 나는 내게 클라우디아가 항의하는 것을 막지 못했다는 충격으로 어두운 표정을 하고 있는 레슬리를 보고 입을 열었다가 다물었다.

그걸 레슬리 잘못이라고 할 수 있나? 클라우디아는 답답해서 나를 찾아온 것뿐이다.

문제는 그녀의 문제를 해결해 주거나 참도록 설득하는 게 레슬리의 일이라는 거지만.

그렇군. 나는 곧바로 레슬리가 왜 저렇게 당황하는지 깨달았다. 그녀 입장에선 그럴 수도 있겠다. 나는 자리에서 일어나며 말했다.

"하지만 레슬리와 마찬가지로 클라우디아도 내 사람이잖아요. 레슬리랑 나랑 같이 문제를 해결해야죠."

그러자 레슬리의 얼굴에 복잡한 표정이 떠올랐다. 놀란 것 같으면서 동시에 내가 자신을 위로해 준다는 것을 알고 있다는 표정이었다.

아니, 위로하는 게 아니라 진짜로 그렇게 생각하는 건데. 나는 그렇게 말하려다가 어차피 믿지 않을 것 같아서 주제를 바꿨다.

"이 집엔 노는 손이 네 명이나 있잖아요? 클라우디아가 바쁘다고 하니까 그 애들이 클라우디아의 일을 도와줄 수 있도록 해 주세요."

"노는 손이요? 아이들 말씀이세요?"

"네, 엘리스와 마크도 하루에 네 시간씩 집안일을 돕고 있죠?"

오전에는 집안일을 돕고 오후에는 공부를 하거나 자기 시간을 갖는다고 들었다. 내 질문에 레슬리는 그제야 알겠다는 표정으로 고개를 끄덕이며 말했다.

"그렇네요. 마을의 다른 집들도 아이들에게 집안일을 시키니까요."

"집안일을 돕는 게 그 애들에게도 도움이 될 거고요."

자기가 이 집의 일원이라는 생각을 갖게 하겠지. 내 설명에 레슬리를 고개를 끄덕였다. 나는 다시 자리에 앉으며 말했다.

"적당히 분배해 주세요. 한 가지 일만 하지 않도록 이요."

평범한 집이었다면 다양한 일을 하게 될 거다. 요리뿐 아니라 청소, 빨래 등등. 그 아이들에게도 그렇게 해 주고 싶었다.

"아, 그리고."

또 한 가지. 나는 책상 위에 놓인 교사 이력서를 힐끔 쳐다본 뒤 레슬리에게 물었다.

"가정교사의 방은 준비되고 있나요?"

"네. 교실로 사용할 일 층 음악실도 정리해 놨습니다."

완벽하다. 레슬리는 내가 미소를 짓자 책상 위에 놓인 이력서를 확인하고 물었다.

"아직 결정 못 하셨어요?"

"네. 레슬리가 골라 준 사람 모두 훌륭하더라고요."

일차적으로 선이 추천서를 받아다 준 교사의 이력서는 이차적으로 레슬리가 선별해 주었다. 나는 세 명의 교사 중에서 한 명을 이번 주 안에 선택해야 한다.

레슬리는 내 책상을 힐끔 보더니 물었다.

"막심이라는 사람은 어때요?"

마흔 살의 교사로 수도에서 일반 학교의 교사라고 했다. 나는 그의 이력서를 다시 한 번 살펴보고 으음 하고 신음을 내뱉었다.

잘 모르겠다. 이력은 좋았다. 하지만 이것만으로는 잘 모르겠다는 생각이 들었다.

"이 사람은 어때요?"

나는 제일 뒤에 있던 이력서를 들며 물었다. 이쪽은 훨씬 어리다. 게다가 이력이랄 것도 별로 없었다. 이런 사람을 왜 추천한 걸까.

내 질문에 레슬리는 이력서를 확인하더니 곤란하다는 표정으로 말했다.

"추천서가 굉장히 많은 사람이에요. 그래서 골랐어요."

신기하네. 추천서가 많다는 건 여기선 좋은 거다. 추천서를 써 줄만 한 힘 있는 사람이 많다는 뜻이니까. 하지만 내가 살던 곳은 추천서라는 게 그리 큰 영향을 미치지 않는 곳이었다.

누군가 어딘가에 취직을 하려면 제일 먼저 실력이 중요했고 실력 외의 것으로 취직이 된다면 그건 낙하산이다. 그런데 여기선 내가 있던 곳 기준으로는 모든 게 낙하산이었다.

실력보다 믿을 수 있다는 게 선행되어야 해서 그렇겠지.

"정 못 고르시겠으면 세 명 다 불러서 면접을 보시면 어때요?"

"그래도 되나요?"

"그럼요. 마차만 보내 주면 되죠. 하루 머물게 하고 숙식은 여기서 제공하면 되니까요."

그런 방법이 있었군. 나는 고개를 끄덕이며 그렇게 해 달라고 부탁했다. 가장 골치를 썩이던 문제가 하나 해결됐다. 이제 또 다른 문제를 해결해야 한다.

영지를 다스린다는 건 집안일과 비슷했다. 늘 할 일이 쌓여 있는데 그걸 해결한다고 크게 티가 나는 건 아니다. 하지만 해결하지 않으면 일이 멈춰 버리니 일하지 않은 티는 엄청나게 난다.

레슬리가 편지를 보내겠다며 나가자 나는 다시 발 받침대에 발을 올려놓고 길버트의 보고서를 읽기 시작했다. 겨울이 왔으니 숲의 짐승들이 민가를 습격하기 전에 사냥꾼을 고용해야 할 거라는 조언이 적혀 있었다.

사냥꾼이라. 다행히 나는 아는 사냥꾼이 있다.

"남작님."

다음날, 응접실에 앉아서 편지를 확인하는데 엘리스가 편지를 들고 들어왔다. 응? 오늘 우편배달부가 한 번 왔다 가지 않았나?

"왕궁에서 온 거예요."

엘리스의 뒤로 레슬리가 따라오며 말했다. 왕궁이라고? 나는 엘리스와 레슬리에게서 페이퍼나이프를 각각 받아서 봉투를 뜯었다.

"아, 역시."

붉은 산의 소유를 윈하우저 남작에게 이전하고 붉은 산의 물 이용권은 내게 이전한다는 공문이었다. 이걸 그냥 편지로 주고 갔단 말이야? 보통 이런 건 왕궁에서 나온 사람이 공문을 길게 펼쳐서 멋들어지게 읽어 주지 않나?

"이걸 가져온 사람은?"

"길랜드도 가야 한다고 서둘러 떠났어요."

그렇군. 가져온 공문을 멋들어지게 읽는 건 여기가 아니라 길랜드에 가서 할 모양이다. 왕자뿐 아니라 공문을 전달하는 사람조차도 붉은 산의 물을 얼마나 별거 아니라고 생각하는지 알겠다.

상관없지. 나는 억지로 미소를 감추느라 굳은 표정으로 고개를 끄덕였다. 이제 거기 있는 물은 다 내 거다. 이제 겨울이니 뜨거운 목욕이 아주 중요해지겠지.

그렇게 생각하는데 내 표정을 오해했는지 엘리스가 나를 위로하고 나섰다.

"붉은 산에 보석이 없을 수도 있어요."

착하기도 하지. 나는 웃으며 엘리스를 끌어안았다. 그리고 작은 목소리로 말했다.

"너한테만 알려 줄게, 엘리스. 아무에게도 말하면 안 돼."

"뭐, 뭐를요?"

엘리스의 눈이 불안과 호기심으로 동그래졌다. 나는 레슬리를 한 번 쳐다본 뒤 엘리스에게 다시 속삭였다.

"내가 처음부터 노린 건 붉은 산에서 나오는 물이야."

"보석이 아니라요?"

"보석이 있으면 좋지만, 그걸 찾느라 사용할 비용을 생각하면 그렇게 이득일지 알 수가 없잖아."

없으면 확실히 문제지만 있으면 있는 대로 문제다. 사용한 비용에 비해 얼마 안 되면 오히려 손해고, 또 너무 많으면 그건 그것대로 노리는 사람들이 생겨날 거다.

오히려 이 정도가 딱 좋았다. 아니, 너무 완벽했다. 나는 엘리스를 끌어안고 내가 왜 붉은 산의 물을 원했는지 설명했다.

"거기서 뜨거운 물이 나온대. 물을 끓일 필요 없이 목욕을 할 수 있다는 말이지."

이제 엘리스는 놀라움과 감탄으로 환해진 얼굴을 하고 있었다. 그녀도 목욕을 좋아한다. 어쩌면 내가 데려온 아이들 중에서 가장 좋아할 거다.

나는 엘리스의 몸을 놓고 뒤로 물러나며 말했다.

"다음에 같이 가자. 거기에 모두가 사용할 수 있는 목욕 시설을 만들 생각이거든."

"좋아요."

어쩌면 엘리스의 의견이 도움이 될지도 모른다. 내가 살던 곳엔 온천 수영장이라는 곳도 있었다. 수영장인데 물이 따듯해서 겨울에도 수영을 즐길 수 있다고 들었다.

한 번도 못 가 봤지만.

"다른 아이들은 어때?"

나는 자세를 바로 하고 앉으며 물었다. 엘리스를 부른 건 다른 아이들이 어떻게 지내는지 묻기 위해서였다. 엘리스와 마크 외에도 수도에서 데려온 우드 부부의 집에 있다가 고아원으로 갔던 아이들.

지미, 루이즈, 올리버, 코넬, 루실, 마니.

지미와 루이즈는 수도에 남았다. 각각 잡화점과 대장간에서 허드렛일을 하고 있다. 다른 직장을 구해 주겠다고 말해 봤는데 둘 다 지금 하는 일이 좋다고 했다. 심지어 지미는 처음으로 수를 헤아리는 법을 배웠다고 뿌듯해하고 있었지.

교육. 나는 한숨을 내쉬었다. 아이들에게 뭔가를 가르쳐야 한다. 글을 읽거나 셈을 하는 법을. 그리고 더 나아가면 뭔가 도움이 될 만한 지식을 가르쳐 줄 수 있겠지.

"오늘 편지를 보냈습니다."

레슬리가 내 생각을 읽은 것처럼 말했다. 어제 교사들의 면접을 보기로 그녀와 결정했다. 이제 그들이 오면 직접 만나 보고 결정하면 된다.

그 사이, 엘리스가 뭔가를 생각하는 듯하더니 대답했다.

"괜찮아요."

"잘 지내고 있어? 더 필요한 건 없고?"

"네."

아이들은 오자마자 옷을 한 벌씩 지어 주었다. 고아원에서 가져온 옷은 다들 입고 있는 한 벌뿐이었기 때문이다. 어떻게 그럴 수 있냐고 당황했는데 우드 부부의 집에서 나올 때 우드 부부가 아무것도 내주지 않았다고 했다.

그 작자들을 가만두지 말았어야 했는데. 나는 인상을 쓰다가 어느 용병을 잘못 건드려 된통 당했다던 소식을 떠올리고 표정을 풀었다.

"너는 어때?"

나는 감정을 다스리고 물었다. 내가 궁금한 건 엘리스의 심정이었다. 엘리스는 마크와 함께 나와 먼저 헬름으로 왔다. 그러니 늦게 온 다른 아이들과 어색해지지는 않았을까 걱정이 됐다.

엘리스의 표정이 잠깐 굳었다가 원래대로 돌아갔다. 지금 그 표정은 뭐지? 그렇게 물어보려는 데 그녀가 재빨리 말했다.

"좋아요."

"너도 불편하거나 필요한 건 없고?"

"네, 없어요."

엘리스는 항상 괜찮다. 필요한 건 없다고 말한다. 마크에 비하면 얜 너무 어른스러워서 걱정이 된다.

나는 오늘 아침에 공을 사 달라고 부탁하던 마크를 떠올리고 인상을 썼다. 공은 평범한 집에서 사기엔 좀 비싸다. 그래서 짐승의 내장, 예를 들면 돼지 방광 같은 걸 바느질해서 사용한다고 한다.

그런데 마크는 돼지 방광이 아니라 정확하게 공을 사 주면 안 되냐고 했었지. 생각해 본다고 했지만 고민 중이었다. 그런 좋은 물건을 사 주면 마을의 다른 아이들과 위화감이 생길 수가 있어서.

마을 아이들과 다 함께 쓰겠다고 약속하면 사 준다고 할까.

"좋아. 이제 그만 가도 돼."

나는 그렇게 말하고 테이블에 내려놓았던 편지를 들어 올렸다. 그러자 엘리스가 뭔가 할 말이 있는 것처럼 머뭇거리는 게 느껴졌다.

"왜? 할 말 있어?"

내가 편지를 뜯다 말고 묻자 엘리스가 고개를 저었다. 할 말이 있어서 그런 거 아니었나? 그녀는 뭔가를 망설이는 것처럼 가만히 앉아 있더니 나가 보겠다며 자리에서 일어났다.

"무슨 일이에요?"

내가 모르는 곳에서 엘리스에게 무슨 일이라도 있었나? 그렇게 묻자 레슬리 역시 이상하다는 표정으로 고개를 저었다.

"글쎄요. 오히려 마크면 모를까, 엘리스는 잘 지내고 있어요."

"마크는 문제가 있어요?"

"문제라기보다는 새로 온 아이들하고 가볍게 다투기도 하는 모양이에요. 그 또래라면 다 그렇죠."

"엘리스는요?"

"전혀요. 오히려 새로 온 아이들을 잘 돌봐 주고 있어서 다들 칭찬하고 있는걸요. 모든 아이가 엘리스 같으면 좋겠어요."

다행이다. 나는 별생각 없이 고개를 끄덕였다. 하지만 레슬리가 나간 다음에 이상한 점을 발견했다.

모든 아이가 엘리스 같으면 좋겠다고? 그렇게 완벽한 애가 있을 수 있나? 뭔가 좀 이상하다는 생각이 들었다.

하지만 어쩌면 레슬리가 나를 안심시키기 위해 좋은 이야기만 한 걸 수도 있지. 나는 거기까지만 생각하고 인상을 쓴 채 다시 편지로 시선을 돌렸다.

내가 그때 레슬리의 말을 다시 떠올린 것은 다음 날, 점심시간이 한참 지난 뒤였다. 점심을 먹고 바로 일하면 졸리니까 산책을 한 시간이나 한 게 문제였던지 출출해지기 시작했다.

주방에 먹을 게 있지 않을까. 떡은 지난번에 다 먹었고. 어쩌면 클라우디아가 만들어 둔 과자가 있을지도 모른다. 나는 천천히 주방으로 걸어가기 시작했다.

"응?"

주방에 가까워질수록 불길한 냄새가 강해졌다. 이 냄새는 뭔가를 태운 거다. 설마 클라우디아가 뭘 태웠나? 그 책임감 강한 요리사가?

나는 클라우디아의 자존심과 내 오늘 저녁 식사를 위해 발소리를 죽이고 주방 문을 살짝 열었다. 불쑥 들어갔다가 클라우디아가 날 보고 수치심에 또 그만두겠다고 하면 곤란하다.

"앗, 뜨거!"

주방 안에는 아무도 없었다. 엘리스만 빼고.

오븐 안에 넣어 둔 냄비 안에 있던 게 탔는지 엘리스가 허둥지둥 오븐 안에 손을 넣었다가 깜짝 놀라 뛰어오르는 게 보였다. 나는 깜짝 놀라서 주방으로 뛰어들며 소리쳤다.

"괜찮아?"

"사, 사장님."

당황하긴 당황한 모양이다. 평소 엘리스는 나를 남작님이라고 부른다. 하지만 경황이 없을 때는 버릇처럼 사장님이라는 호칭이 튀어나오곤 했다.

나는 재빨리 엘리스의 손을 잡아 수도꼭지 아래로 가져갔다. 그리고 물을 틀며 그녀의 손을 확인했다.

약간 붉어져 있긴 하지만 다행히 크게 다친 것 같진 않다. 나는 그녀의 손에 물집이 없는 것을 확인하고 혀를 차며 물었다.

"조심해야지. 태운 건 태운 거고."

"어, 어떻게……."

어떻게 자기가 음식를 태웠는지 아냐는 질문에 나는 어깨를 으쓱해 보였다. 주방 밖까지 냄새가 난다. 하지만 이걸 말하면 얘는 기절할지도 모른다.

그나저나 왜 주방에 엘리스 혼자 있는 걸까. 나는 주방 안을 다시 한 번 확인하고 엘리스에게 물었다.

"클라우디아는?"

"자, 잠깐 쉬러 가셨어요. 저녁 하기 전에 조금 쉬신다고……."

이런 대저택의 요리사는 바쁘다. 누구보다 먼저 일어나서 아침 식사를 준비하고 식사가 끝나자마자 다음 식사를 준비해야 한다. 저녁때도 저녁 식사가 끝나면 정리까지 해야 하니 피곤할 것이다.

나는 오븐 안을 확인하고 까맣게 재가 되어 버린 뭔가를 보고 인상을 썼다.

"뭘 하고 있었니?"

그제야 엘리스는 오븐 안의 것이 새까맣게 탔다는 것을 다시 떠올린 모양이다. 그녀의 얼굴이 일그러지더니 어찌할 바를 모르며 발을 동동 구르기 시작했다.

"어, 어떡해. 어떡해."

"이게 뭔데?"

"케, 케이크요……."

저런. 나는 완전히 숯덩어리로 변해 버린 케이크를 다시 확인했다. 케이크라고 말해 주지 않는다면 내가 모르는 괴물이 토해 놓고 간 지옥의 광석처럼 보인다.

엘리스는 어쩔 줄 몰라 하며 내게 사과하기 시작했다.

"죄송해요. 제가 봤어야 했는데……."

"괜찮아, 괜찮아. 요리야 다시 하면 되지. 클라우디아가 오븐 안을 보라고 했구나?"

엘리스는 한 번도 뭔가를 태운 적이 없다. 수도의 빵집에 있을 때도 그녀에게 오븐 안을 확인하다가 갈색으로 변하면 나를 부르러 오라고 했었는데 한 번도 늦은 적이 없었다.

익숙해져서 약간 마음을 놓은 모양이지? 나는 그렇게 생각하며 웃었다. 하지만 엘리스는 아니었다.

"그게……."

나는 엘리스가 어쩔 줄 몰라 하는 것을 보고 그녀가 클라우디아에게 혼날까 봐 걱정하는 거라고 생각했다.

"괜찮아. 아직 시간 좀 있으니까 다시 하면 돼. 내가 클라우디아에게 말해 줄게."

하지만 여전히 엘리스의 표정은 밝아지지 않았다. 나는 걱정스러운 마음에 조심스럽게 물었다.

"클라우디아가 널 심하게 혼내니?"

"아니에요! 그건 아니에요!"

그러길 빈다. 나는 심각한 표정으로 엘리스를 쳐다봤고 그녀는 나를 쳐다보다가 어쩔 수 없다는 듯 입을 열었다.

"사실은, 이건 요리사님이 저한테 시키신 게 아니에요. 요리사님은 저한테 양파 껍질을 까라고 하셨거든요."

뭐라고? 근데 왜 네가 하고 있어? 머릿속에 기분 나쁜 상상이 떠올랐다. 하인들에게 시켰는데 하인들이 엘리스에게 떠넘겼나?

내가 처음 헬름에 왔을 때 다른 하녀들에게 그랬던 것처럼?

"원래는 루실에게 시켰는데요. 그게……."

루실이 엘리스에게 떠넘겼을 것 같지는 않은데? 나는 미간에 주름을 만들지 않으려 애쓰며 엘리스의 다음 말을 기다렸다.

그녀는 두 손을 맞잡더니 망설이며 말했다.

"제가 루실에게 대신 보겠다고 했어요."

"어째서?"

양파 껍질도 까고 오븐 안도 보겠다고? 불가능한 일은 아니지만 혼자 눈물 콧물 흘리며 양파를 까면서 오븐까지 확인하기는 어려울 거다.

게다가 혼자 일하는 것보다 같이 하는 게 덜 심심하고 재미있기도 할 테고. 그래서 클라우디아도 같이하라고 한 거겠지.

"루실이 놀았으면 해서요."

"응? 왜?"

이 집의 아이들은 규칙이 있다. 하루에 네 시간 이하의 집안일을 돕고 네 시간 이상의 공부를 해야 한다. 그리고 여덟 시간의 잠을 자야 하고 남은 시간은 자유 시간이다.

즉, 네 시간 이하의 집안일과 네 시간 이상의 공부와 여덟 시간의 잠만 자면 언제든지 놀아도 된다는 말이다. 아, 물론 밥은 제때 먹어야겠지.

나는 루실이 놀았으면 했다는 엘리스의 말이 이해가 되지 않아서 그녀를 물끄러미 쳐다봤다. 그러자 엘리스가 망설이다가 다시 입을 열었다.

"여기에 적응하는 걸 도와주고 싶어서요."

"루실이 자기가 할 일을 안 하고 노는 게 어떻게 여기에 적응하는 건데?"

"루실은 이렇게 큰 저택에 사는 건 처음이니까……."

"엘리스, 넌 아니니?"

이상한 소리를 하네? 나는 여전히 이해가 되지 않아서 엘리스를 쳐다보다가 그녀를 데리고 식탁으로 향했다. 주방에는 식사 시간에 늦거나 쉬는 시간에 하인들이 차를 마실 수 있도록 식탁이 놓여 있다.

나는 엘리스를 의자에 앉히고 바로 옆에 앉아서 그녀의 얼굴을 들여다보았다.

"엘리스, 네가 놀길 바라서 일을 대신해 준 게 루실뿐이니?"

약간 긴 침묵이 엘리스의 주변을 맴돌았다. 역시 아니구나. 나는 한숨을 내쉬고 다시 물었다.

"다른 애들이 널 괴롭히니?"

"그건 아니에요!"

클라우디아가 심하게 혼내냐고 물었을 때와 똑같은 반응이 튀어나왔다. 그건 아니군. 좋아.

나는 흠 하고 신음을 내뱉은 뒤 자리에서 일어나 컵을 꺼냈다. 그리고 주전자 안에 차가 남아 있는지 확인한 뒤 엘리스의 컵과 내 컵에 차를 따랐다.

그리고 숯을 만들어 낸 냄비를 싱크대에 담가 버린 뒤 컵을 가지고 다시 자리로 돌아와서 물었다.

“네 자의로 하는 거란 말이지?”

“자, 자의요?”

자의가 무슨 말인지 모르는 모양이다. 나는 다시 물었다.

“네가 다른 아이들을 돕고 싶어서 그러는 거란 말이지?”

“네.”

“다른 애들이 네게 부탁한 것도 아니고?”

“처, 처음엔 그랬는데요…….”

나중엔 엘리스가 나서서 자신이 할 테니 가서 놀라고 했다고 한다. 나는 가만히 엘리스를 쳐다보다가 물었다.

“왜?”

“네? 저, 저기, 다른 애들이 적응했으면 해서…….”

“아니, 내 말은. 그래서 네가 얻는 건 뭔데?”

다른 애들보다 집안일 기술을 더 빨리 익히고 싶어서 다른 애들의 일을 대신하는 거라면 이해가 안 되는 건 아니다. 나는 내 질문을 이해하지 못하는 엘리스를 물끄러미 쳐다보다가 다시 물었다.

“다른 애들을 도와줘서 네가 얻는 건 뭐니, 엘리스? 보람? 감사? 아니면 일의 숙련도?”

엘리스는 아무 말도 하지 않았다. 머릿속에 레슬리의 말이 떠올랐다. 다들 엘리스를 칭찬한다고 했지.

이게 좋은 건가? 열다섯 살 먹은 여자애가 놀고 싶거나 쉬고 싶은 자기 욕망을 다 누르고 남을 도와주려는 게? 심지어 엘리스는 스스로 글을 배우고 싶다고 하녀들에게 부탁해서 공부도 하고 있다.

"글공부는 어떻게 됐어?"

내 질문에 이번에도 엘리스는 아무 말도 하지 않았다. 나는 조심스럽게 다시 물었다.

"글공부가 하기 싫어졌어?"

"그건 아니에요."

그럼 그건 문제다. 공부를 하기 싫어하는 애가 이런 짓을 해도 문제지만 엘리스처럼 공부를 하고 싶어 하던 애가 그런 걸 다 포기하고 이런 짓을 했다는 건 더 문제다.

나는 고개를 숙인 엘리스를 턱을 괴고 가만히 쳐다보다가 다시 물었다.

"주변 사람들이 네가 다른 아이들을 도와줬으면 좋겠다고 했니?"

"그런 건 아닌데요……."

"그럼? 네가 다른 애들을 도와주면 널 칭찬하고 좋아하던?"

이건 맞았나 보다. 엘리스가 말없이 고개를 끄덕였다. 나는 한숨을 내쉬고 다시 입을 열었다.

"그럼 넌 이득이 하나도 없는 거네? 네 도움을 받은 아이들도 마찬가지고?"

"다, 다른 애들은 왜요?"

"다른 애들은 집안일 경험을 쌓는 거잖아. 이런 식으로 네가 다 해 준다고 생각해 봐."

나중에 클라우디아가 엘리스의 도움을 받은 아이들이 일하는 걸 보고 한마디 할 거다. 대체 뭘 배웠냐고.

전에 내가 마크에게는 일을 시키지 않고 엘리스에게만 일을 시키는 것을 두고 화낸 것과 똑같은 상황이다. 다른 아이들은 일을 배울 기회를 잃게 된다. 결국 아무도 이득을 보지 못하는 상황이라는 거다.

내 설명을 들은 엘리스가 입을 딱 벌렸다. 나는 그녀가 자신이 무슨 짓을 한 건지 깨닫기를 바라며 잠시 기다렸다.

"죄, 죄송해요……."

"엘리스, 난 그냥 일손이 부족해서 너희들을 일을 시키는 게 아냐. 너희들에게 일을 시키는 건 너희가 살면서 당연히 할 줄 알아야 하는 걸 미리 경험시키려고 하는 거야."

사람은 살면서 자기 의식주 정도는 챙길 수 있어야 한다. 그게 할머니의 지론이었다. 자기 손으로 밥은 해 먹을 수 있어야 하고 빨래는 물론 간단한 수리도 할 수 있어야 한다. 청소, 정리도 당연하다.

꼭 이 집에 데려온 아이들을 하인으로 고용하지 않더라도 다른 일을 한다면 나가서 살아야 할 테니 기본적인 집안일은 할 줄 알아야 한다. 그게 제대로 된 성인이라면 당연한 거고 나는 엘리스를 비롯한 다른 아이들이 제대로 된 성인으로 자라도록 도와주고 싶었다.

"혹시 누군가 네 행동을 두고 착하다고 칭찬한다면."

나는 그렇게 말하며 자리에서 일어났다. 얼른 저 탄 냄비를 처리해야 한다. 그리고 케이크도. 나는 차갑게 식은 탄 냄비를 들어 올리며 말했다.

"한 대 때려 버려. 그 사람은 네가 자기한테 편리하니까 그렇게 말하는 것뿐이야."

엘리스의 얼굴에 충격받은 표정이 떠올랐다. 나는 그녀가 왜 충격받았는지 알 것 같아서 한숨을 내쉬었다.

나도 그랬다. 엘리스처럼 어렵고 힘들게 자라서 내게 잘해 주고 좋은 말을 해 주는 사람은 전부 좋은 사람이고 날 도와주려 하는 거라고 생각했다.

하지만 세상엔 다양한 사람이 있고 악의 없이 남에게 피해를 줄 수도 있다. 예를 들면 이런 거다. 할머니가 돌아가시고 나서 혼자 남은 내가 안 됐다고 마흔 살 홀아비를 내게 소개해 준 이웃 사는 아주머니 같은 분들.

그분들이 악의가 없는 건 알지만 받는 사람은 기분이 더러워지는 호의들.

"가서 베이킹 소다 좀 가져와."

나는 탄 냄비에 다시 물을 받은 뒤 오븐 위에 올리며 엘리스에게 말했다. 그리고 엘리스가 가져온 베이킹 소다를 냄비 안에 듬뿍 털어 넣었다.

"뭐, 뭐 하는 거예요?"

엘리스가 호기심 어린 표정으로 물었다. 나는 선반에서 케이크 반죽을 만들 넓은 그릇을 꺼내며 말했다.

"탄 걸 벗겨 내려고. 그래야 여기에 똑같은 케이크를 만들 수 있잖아."

클라우디아가 만든 케이크는 겨울 사과를 넣어 만든 사과 케이크였던 모양이다. 나는 엘리스에게 클라우디아가 케이크를 어떻게 만들었는지 꼬치꼬치 캐물었다.

"사과를 잘라서 졸였어요. 그리고 냄비 바닥에 깔고 반죽을 부어서 구웠던 거 같아요."

"계란은 몇 개 들어갔어?"

"두, 두 개요. 아, 버터도 들어갔어요."

전에 먹어 본 적 있다. 클라우디아의 자신작 중 하나다. 사과를 잘라 졸인 뒤 냄비 밑에 원하는 모양으로 깐다. 그리고 케이크 반죽을 부어서 오븐에 굽는 거다.

완성됐을 때 냄비를 뒤집으면 냄비 바닥에서 익은 부분이 위로 올라오는데 사과 조각을 깔아 만든 모양이 장식이 되곤 했다.

"사과부터 자르자."

엘리스가 사과 껍질을 벗겨 내는 동안 나는 냄비를 하나 꺼내 거기에 버터를 중탕하기 시작했다. 그리고 커다란 그릇에 중탕한 버터를 넣어 휘저으며 설탕을 넣었다.

"다 썰었어요."

"이리 가져와."

그사이 엘리스가 사과를 다 잘랐다. 나는 다시 냄비를 하나 더 꺼내 사과와 설탕을 담았다. 그리고 타지 않게 졸이기 시작했다.

"계란 하나씩 넣으면서 저어."

그 사이, 엘리스는 내 지시대로 설탕이 녹은 버터에 계란을 넣어 휘저었다. 그쯤 되자 탄 냄비에 담은 베이킹 소다 물이 펄펄 끓으면서 탄 부분이 벗겨지기 시작했다.

"이제 이걸 식혔다가 닦아 낼 거야."

나는 탄 부분이 조금씩 떨어져 나가는 것을 본 엘리스가 눈을 동그랗게 뜨는 것을 보고 웃으며 말했다. 이번에 처음 실수한 엘리스와 달리 나는 어릴 때 이런 실수를 많이 했다.

된장찌개를 데우다가 태워 먹은 적도 있었고 라면을 끓여놓고 숙제를 하다가 홀랑 태워 먹은 적도 있었다. 덕분에 탄 냄비를 원래대로 돌려놓는 데는 이골이 나 있다.

"우유 넣을까?"

마지막으로 버터와 설탕, 계란을 넣은 반죽에 밀가루를 넣고 나서 나는 힘겹게 반죽을 휘젓는 엘리스를 보고 물었다. 약간 묽어야 하지 않을까?

그 사이 설탕에 졸인 사과를 오븐에서 내려놓은 것은 말할 것도 없다. 우리는 반죽에 우유를 아주 약간 추가한 뒤 다시 싱크대로 돌아왔다. 그리고 팔을 걷어붙이고 따듯해진 탄 냄비 속 물에 수세미를 집어넣고 문지르기 시작했다.

"벗겨져요!"

엘리스의 말대로 냄비의 탄 부분이 벗겨지기 시작했다. 처음에 큰 덩어리는 너무 쉽게 뚝 떨어져 나왔는데, 맨 밑에 달라붙은 부분은 박박 문질러야 닦을 수 있었다.

"잘했어."

나는 깨끗해진 냄비를 보고 엘리스의 어깨를 끌어안으며 칭찬했다. 펄펄 끓은 베이킹 소다 물 도움을 받았지만 그래도 박박 문질렀다. 아마 내일쯤이면 엘리스의 팔은 떨어져 나갈 것처럼 아플 거다.

마무리는 엘리스의 기억을 더듬어 사과를 냄비 바닥에 깔고 반죽을 부은 뒤 오븐 안에 넣는 거였다. 우리는 오븐 안쪽에서 냄비 케이크가 제대로 익기를 바라며 아무 말 없이 서 있었다.

그사이에 나는 엘리스에게 뭐라고 말해야 할지 생각을 정리하고 있었다. 엘리스가 착한 건 좋다. 세상엔 착한 사람이 더 늘어나야 하니까.

하지만 착한 것과 멍청한 건 다른 거다. 나는 오븐 안에서 케이크가 부푸는 것을 확인한 뒤 입을 열었다.

"다시는 다른 애들을 이유 없이 돕지 않기로 약속하자."

다행히 내 제안에 엘리스가 진지하게 고개를 끄덕였다.

"어머, 남작님? 뭐 필요한 거라도 있으세요?"

그때, 클라우디아가 주방으로 들어오더니 나를 보고 물었다. 케이크가 얼마나 익었을까? 나는 엘리스에게 어서 오븐을 확인하라고 눈짓한 뒤 재빨리 클라우디아에게 다가가며 말했다.

"좀 출출해서요."

"뭐라도 드릴까요?"

그러다가 오븐에 굽고 있는 케이크를 준다고 하면 곤란하다. 나는 재빨리 나섰다.

"아, 괜찮아요. 생각해 보니 어차피 곧 저녁 먹을 시간이네요."

"저녁을 좀 일찍 준비할까요?"

"그러면 좋고요."

정신없이 탄 냄비를 씻고 새로 케이크를 구웠더니 입맛이 사라졌다. 하지만 나는 엘리스가 냄비를 태웠다는 것을 숨겨 주기 위해 저녁 식사를 좀 일찍 하겠다고 말했다.

그러자 클라우디아가 엘리스에게 돌아서며 물었다.

"양파는 다 깠니?"

"네."

"루실은 어디 갔어?"

이제 진실의 시간이다. 나는 엘리스에게 솔직히 말하라고 눈짓했다. 그녀는 아마 거짓말을 하려고 했던지 내 표정을 보더니 멈칫했다.

"너랑 같이 양파 까면서 오븐 확인하라고 했잖아? 벌써 갔니?"

이어진 클라우디아의 재촉에 엘리스는 나를 한 번 쳐다보더니 그녀에게 고개를 돌렸다. 그리고 시무룩한 표정으로 고개를 숙이며 말했다.

"제가 할 테니까 나가서 다른 애들과 놀라고 했어요."

이제 자리를 비켜 줘야 할 것 같다. 나는 슬그머니 일어나서 주방 밖으로 나갔다. 왜 기운이 하나도 없지? 나는 약간 흐느적거리며 이 층 침실로 올라가다가 이유를 깨달았다.

난 입맛이 사라진 거지 배가 찬 게 아니다. 기운이 없을 만도 하다.

"남작님."

침실에 가서 소파에 구겨져 있는데 레슬리가 찾아왔다. 그녀는 신발만 벗고 긴 소파에 구겨져 있는 나를 보더니 눈썹 하나 까딱하지 않고 말했다.

"곧 식사 시간인 건 알지만 클라우디아가 꼭 전해 드리라고 해서요."

클라우디아가? 고개만 들어서 레슬리를 쳐다보자 그녀가 쟁반을 들고 서 있는 게 보였다. 나는 레슬리가 쟁반을 테이블에 내려놓는 것을 시선만으로 따라가며 물었다.

"뭔데요?"

"치즈를 갈아 넣은 샐러드예요. 이 정도는 드셔도 괜찮을 거라고 하네요."

접시에 한입 크기만 하게 찢어놓은 채소 위로 와인 식초를 뿌리고 치즈를 눈처럼 갈아 올린 게 보였다. 꼭 내가 급하게 케이크를 만드느라 입맛이 사라진 걸 아는 것처럼 준비했네.

나는 주섬주섬 일어나서 포크를 들었다. 맛있네. 배가 고팠던 탓에 샐러드는 정말 눈 깜짝할 사이에 사라졌다. 게다가 와인 식초의 톡 쏘는 맛 덕분에 입맛도 살아났다.

내가 아쉽다는 듯 입을 닦자 레슬리가 웃으며 말했다.

"클라우디아가 감사하다고도 전해 달랍니다."

"뭐가요?"

"엘리스 말이에요. 어떻게 해야 할지 고민하고 있었대요."

아.

내가 아이들을 데려다 일을 시키라고 했으니 나보다 클라우디아가 엘리스의 행동을 먼저 눈치채고 있었을 거다. 그리고 어떻게 접근해야 할지 고민하고 있었던 거다.

나는 어깨를 으쓱하며 말했다.

"보고 있었나 보네요. 그냥 들어와도 됐는데."

"이미 남작님께서 이야기하고 계시더라고요."

"레슬리도 같이 봤어요?"

그건 생각도 못 했는데. 깜짝 놀란 내게 레슬리가 웃으며 말했다.

"주방에서 탄 냄새가 났잖아요."

"아."

그렇군. 그건 이 집에 사는 사람들의 트라우마일 거다. 나는 한숨을 내쉬었다. 그리고 어깨를 늘어트리며 물었다.

"클라우디아가 신경 쓸 정도로 엘리스의 행동이 문제가 있었나봐요?"

"그 정도는 아닌데요."

레슬리는 내 질문에 잠시 멈칫하더니 망설이기 시작했다. 이 이야기를 해도 되나 말아야 하나 고민하는 것 같아서 나는 그녀에게 맞은편 의자를 권하며 물었다.

"뭔데요?"

"별 게 아닌 일이라서요. 이걸 굳이 남작님께서 아셔야 할 일인가 하고 생각하고 있었어요."

"헬름에서 일어나는 일이에요?"

"네."

"헬름에 사는 사람들 일이고요?"

"그렇죠."

"그럼 내가 알아야죠."

나랑 상관없는 저기 길랜드의 일도 일단은 옆 영지라는 이유로 내가 알아 둬야 한다. 그럼 당연히 내 영지의 일은 알아야지.

내 재촉에 레슬리가 이런 것까지 아실 필요는 없는데, 하고 중얼거리며 입을 열었다.

"저택의 아이들과 마을의 아이들 사이가 안 좋은 모양이에요."

원래 애들은 별거 아닌 걸로 편을 갈라서 놀거나 싸운다. 마을의 아이들에게 저택의 아이들은 갑자기 나타난 세력이니 거부감을 느낄 수도 있다.

누가 시비를 걸기라도 했나? 나는 대수롭지 않게 생각했다. 하지만 레슬리는 아니었던 모양이다. 그녀는 자기 잘못이라는 표정으로 말했다.

"그래서 마을에서 사람들이 혼냈던 모양이에요. 엘리스가 그걸 봤고요."

"애들끼리 싸웠다고 어른이 가서 혼냈다고요?"

나는 믿을 수가 없어서 물었다. 애들끼리 싸운 걸로 어른이 끼어드는 게 여기도 있을 줄은 몰랐는데.

레슬리는 내가 어이없어하자 자신도 어이없다는 듯 웃었다.

"같은 마을 아이라면 모르지만, 그 애들은……."

"보호자가 없다고 생각하는 거군요."

그건 좀 열 받는다. 나는 레슬리 앞에서 화를 내지 않기 위해 주먹을 쥐었다. 그러니까 우리 애들은 보호자가 없으니 자기들이 뭐라고 해도 찍소리도 못할 걸 알고 쫓아갔다는 거다.

너무 비열하다.

그 애들이 내 자식이었다면 그럴 수 있었을까.

아마 못했을 거다. 나는 단번에 사람들이 영주의 자식에게는 한

마디도 못했을 거라는 것을 알 수 있었다.

"게다가 애들이 망가트린 걸 제가 보상해 준 적도 있거든요."

"애들이 망가트렸다고요?"

"공을 가지고 놀다가 망가트린 모양이에요."

"아."

신음이 흘러나왔다. 마크가 왜 공을 사 달라고 졸랐는지 어렴풋하게 알 것 같았다. 나는 인상을 쓰지 않으려 애쓰며 물었다.

"저택 안에 아이들이 쓸 만한 공이 없나요?"

레슬리는 그런 질문을 할 줄 알았다는 표정이었다. 그녀는 걱정 말라는 듯 말했다.

"마을의 아이들에게 공을 새로 사 주면서 저택에도 아이들이 가지고 놀 공을 샀습니다."

"그거 가죽 공은 아니죠?"

"네. 아이들이 가지고 놀 거니까요. 평범한 돼지 방광이에요."

그럼 이미 저택에는 공이 있다는 말이다. 왜 가죽 공을 사 주면 안 되냐고 조른 걸까. 나는 알겠다는 표정으로 고개를 끄덕인 뒤 물었다.

"마크는 지금 어디 있어요?"

"지금이라면 아마 철자를 쓰고 있을 거예요. 아이들에게 매일 철자 쓰는 걸 시키거든요."

아, 공부. 나는 이어서 물었다.

"선생님들은 어때요? 온대요?"

"두 명은 바로 출발하겠다고 연락이 왔습니다. 한 명은 조금 늦게 온다고 하고요."

"알았어요."

일단 마크와 이야기를 좀 해 봐야겠다. 식사 전에. 내가 막 자리에서 일어나는 데 레슬리가 재빨리 입을 열었다.

"그리고 이건 전부터 생각하고 있던 건데요."

"뭔데요?"

레슬리의 생각이라면 뭐든 환영이다. 그녀는 나보다 훨씬 긴 저택의 경험을 가지고 있으니까. 내가 자신을 향해 돌아서자 레슬리는 약간 긴장해서 말했다.

"수도에서 의사 선생님을 한 분 데려오면 어떨까 싶어요."

"아, 마을엔 의사가 없죠?"

우리에게 있는 건 조안뿐이다. 그녀는 의사가 아니라 약초사에 가깝고. 확실히 아이들이 자라면서 의사는 분명 필요할 거다.

마을에도.

나는 아주 잠깐 테사를 떠올렸다가 고개를 저었다. 그녀는 큰 병원에서 션의 주치의와 일하고 있다. 그래서 아네트의 주치의이기도 하고.

그런 사람을 불러오려면 상당한 돈을 줘야 할 거다. 테사를 오래 고용할 만한 돈이 있는지도 모르겠고.

"제안을 하나 하자면요."

내가 고민에 잠겨있자 레슬리가 다시 입을 열었다.

"나이 든 의사 중에는 은퇴해서 한적한 마을에 살고 싶어 하는 경우도 있어요."

그 한적한 마을이 헬름이라는 뜻인가 보다.

"아는 사람 있어요?"

"한번 알아보겠습니다."

그러면 좋겠다. 나는 한숨을 내쉬며 레슬리의 손을 잡았다. 그리고 간절하게 말했다.

"난 진짜 레슬리가 없으면 어떻게 살았을지 모르겠어요."

진심이다. 내 생활의 반은 레슬리의 손에서 굴러간다. 그리고 반은 내 손이거나 션의 손이겠지. 션은 아직 수도에 있으니 지금은 레슬리의 손에서 전부 굴러간다고 해도 되겠고.

내 감사에 레슬리의 얼굴에 미소가 떠올랐다. 그녀는 고개를 끄덕이고 다 먹은 그릇을 쟁반에 담아 가지고 떠났다.

이제 마크와 이야기해야겠군. 나는 아주 약간 뭘 먹었다는 이유만으로 느낌이 달라진 몸을 이끌고 일 층의 음악실, 아니, 공부실을 찾았다.

"마크."

마크는 다행히 공부실에 있었다. 그리고 다른 아이들도.

아이들은 공부실 여기저기에 아무렇게나 앉아 있었다. 어떤 아이는 책상 위에 올라가 있기도 했고 어떤 아이는 바닥에 누워 있기도 했다.

그나마 양호한 애는 의자에 거꾸로 앉아 있는 정도였다.

나는 바닥에 엎드려 종이에 뭔가를 쓰는 마크를 발견했다. 오, 철자 쓰기를 연습하는 건가?

약간 감탄하면서 내려다보니 마크는 철자가 아니라 낙서를 하고 있었다.

"어……."

나를 발견한 아이들이 그제야 내 눈치를 보며 슬금슬금 일어나기 시작했다. 나는 아이들을 돌아보다가 루실을 발견하고 물었다.

"루실, 주방에서 클라우디아가 네게 뭔가를 시키지 않았니?"

루실의 얼굴이 일그러졌다. 그녀는 당황하더니 기어들어 가는 목소리로 말했다.

"엘리스가 자기가 한다고 해서……."

"그래서 뭐 했어?"

딱히 논 것도 아닌 것 같다. 나는 아이들이 아무것도 안 하고 하릴없이 시간을 보낸 흔적을 발견하고 인상을 썼다.

이건 별로 좋지 않다. 이 애들은 남들보다 훨씬 뒤처져 있다. 집안일뿐만 아니라 직장을 잡기 위한 공부도.

다른 아이들은 어릴 때부터 가업을 보고 배운다. 엘리스 나이쯤 되면 이미 부모님의 일을 돕는 아이도 있다. 하지만 이 아이들은 아니다.

우드 부부의 집에서 나름대로 집안일을 하긴 했지만 거의 눈치로 배운 거라 체계적으로 다시 배울 필요가 있다고 레슬리가 말했다.

"고, 공부를……."

루실이 더듬더듬 말했지만 나는 여기 있는 애들 중 반은 자기 노트가 어디 있는지도 모른다는 것에 손가락 하나를 걸 수도 있다. 나는 주변을 둘러보며 말했다.

"노트 하나씩 줬던 것 같은데. 한번 보자."

그러자 아이들이 부산해지기 시작했다. 다들 자기 노트를 어디에 던져 놨는지 잊어버렸는지 여기저기를 뒤지는 게 보였다.

"잃어버린 거 아냐?"

"너 그때 거기로 가지고 나갔었잖아."

그중에는 심지어 어디서 잃어버렸는지 소곤대는 애들도 있었다. 절실하게 깨달았다. 이 애들에게 필요한 건 교사다. 나는 하루빨리 교사가 오기를 기도하며 말했다.

"그럼 딱히 꼭 놀고 싶거나 공부를 하고 싶어서 엘리스의 제안을 받아들인 건 아니란 말이네."

내 말에 아이들이 행동을 멈췄다. 나는 손가락으로 의자와 책상을 가리키며 말을 이었다.

"앉아 봐. 다들 이야기 좀 하자."

고아원에 있으면서 이야기 좀 하자는 말을 들어 본 모양인지 아이들은 약간 부산스럽게 의자를 찾아 앉았다. 그리고 긴장한 표정으로 나를 쳐다보기 시작했다.

"그동안 엘리스가 자기 일을 대신해 준 적 있는 사람?"

내 질문에 놀랍게도 모든 아이들이 손을 들었다. 그랬겠지. 엘리스는 아주, 아주 바빴을 거다. 나는 한숨을 내쉬고 다시 물었다.

"그래서 엘리스에게 고마운 사람?"

이번에도 아이들은 모두 손을 들었다. 아, 물론 이번에도 엉거주춤 들었다. 나는 아이들을 돌아보다가 다시 물었다.

"솔직히 대답해. 엘리스에게 고마운 사람?"

이번에는 아무도 손을 들지 않았다. 이것 봐. 이게 문제다. 사람은 원하는 도움이 있고 원하지 않는 도움이 있다. 엘리스는 원하지 않은 도움을 준 거고.

그건 착한 것도, 줏대 없는 것도 아니다. 그냥 시간 낭비를 한 거다.

이걸 어떻게 해야 할까. 엘리스도 엘리스지만 엘리스의 도움을 필요하지도 않으면서 받은 애들도 문제다. 나는 혼날까 봐 긴장한 아이들을 둘러보다가 마크를 발견했다.

"마크, 전에 우드 씨의 심부름을 한 적 있지?"

내 질문에 마크는 무슨 심부름이냐는 표정을 지었다가 곧 내게 돌을 던졌던 사건을 떠올리고 굳었다. 나는 아이들을 돌아보며 말했다.

"다른 애들에게 무슨 심부름이었고 어떤 대가를 받기로 했는지 설명해 줄래?"

이제 마크의 얼굴은 빨갛게 달아오르기 시작했다. 엘리스보다 딱 한 살 어리지만 마크는 엘리스를 비롯한 이곳의 모든 아이들 중에서 가장 컸다.

그는 내 재촉에 엉거주춤 일어나더니 더듬거리며 설명했다.

"어, 우, 우드 씨가, 그, 에, 엘리스를 괴롭히면, 괴롭히면, 그러니까 돈을 준다고……."

"얼마?"

얼마인지도 중요하다. 내 질문에 마크의 얼굴이 터질 것처럼 달아올랐다. 그는 빵 한 쪽 사 먹을 만한 금액을 내뱉었고 나는 이어서 물었다.

“그래서 그 돈은 받았니?”

“아, 아니요.”

“대신 치안관에게 잡혔지. 치안관들이 널 어쩌려고 했지?”

마크의 얼굴은 이제 딱딱하게 굳어 있었다. 그는 나를 한 번 쳐다보더니 고개를 살짝 돌려 아이들을 쳐다봤다. 그리고 재빨리 내게 시선을 고정하며 작게 말했다.

“제 손을 자르거나, 노역장에 보내려고 했어요.”

“헉!”

“정말?”

금세 다른 아이들의 입에서 놀란 신음 소리가 흘러나왔다. 나는 자신의 흑역사를 다른 아이들 앞에서 발표한 마크의 용기를 북돋아 주기 위해 재빨리 입을 열었다.

“잘했어, 마크. 자기 실수를 남들과 공유하기 어려웠을 텐데. 대단하네.”

덕분에 마크의 얼굴이 약간 풀어졌다. 나는 다시 아이들을 돌아보며 물었다.

“마크와 비슷한 경험 있는 사람?”

분명 있을 거다. 이런 아이들은 이런 경험을 무수히 한다. 그러니까 별거 아닌 대가를 받기로 약속하고 엄청난 짓을 했다가 생각하지 못한 대가를 받는 경험들.

내 생각대로 웅성거리던 아이들이 손을 들었다. 대부분 비슷했다. 돈을 받기로 하고 일을 했는데 돈은커녕 매만 맞고 쫓겨났다거나 도둑으로 몰린 경험들.

나는 약간 경쟁하듯 안 좋은 경험을 이야기하는 아이들 앞에서 침전되어 있었다. 문득 내가 옳은 선택을 한 걸까라는 의문이 들었다.

이 애들은 나보다 훨씬 더 안 좋은 삶을 살아왔다. 내가 겪은 것보다 더 거친 경험을 했다.

내가 주제넘게 이 아이들을 돌봐 주겠다고 나선 건 아닐까. 문득, 뭐 하러 저 아이들에게 신경을 쓰냐고 화를 내던 선이 생각났다.

그가 지금 이 자리에 있다면 뭐라고 할까. 내가 말했잖아, 라고 할까.

"그럴 리가."

그는 그럴 사람이 아니다. 나는 점점 더 목소리가 커지는 아이들을 진정시키기 위해 고개를 저어 불안을 털어내고 말했다.

"내 이야기는, 모든 일에는 대가가 있다는 거야. 그 대가가 너희가 생각하는 것과 다를 수도 있다는 거고."

아이들의 목소리가 잦아들었다. 나는 마크를 쳐다보고 루실에게 시선을 돌렸다. 그리고 그녀에게 물었다.

"네 일을 엘리스가 대신해 주면 너는 어떤 대가를 치러야 할 것 같니?"

"에, 엘리스는 그냥 해 준다고 했어. 나한테 못되게 굴지 않을 거야."

"뭐, 엘리스는 그렇겠지."

내가 말하는 건 엘리스와 상관없는 대가다. 나는 가슴 앞으로 팔짱을 끼고 삐딱하게 서서 아이들을 돌아봤다. 그리고 이 애들이 이해하길 바라며 설명했다.

"나는 너희에게 가능한 제대로 된 생활을 주고 싶어. 가족과 사는 다른 아이들만큼은 아니더라도 말이야."

가족과 사는 다른 아이들이라는 말에 공부실이 쥐 죽은 듯 조용해졌다. 아이들의 소곤거림이나 지루해졌는지 의자를 까딱거리던 소리도 사라졌다.

나는 다시 루실을 쳐다보며 말했다.

"가족과 사는 아이들이라면 간단한 집안일을 할 줄 알 거야. 얼마나 구워야 파이가 다 익는지, 단추는 어떻게 꿰매야 하는지. 빗질은 어떻게 해야 하는지."

너희는 그거 다 할 줄 아니? 내가 돌아보자 가장 어린 마니가 불쑥 소리쳤다.

"나 빗질은 할 줄 알아!"

"그건 다행이네. 대단한 일이기도 하고."

나는 마니를 향해 미소를 지어 보였다. 그리고 재빨리 물었다.

"셈하는 법은 어때? 그건 할 줄 아니?"

마니의 입이 닫혔다. 그렇다고 들었다. 간단한 계산도 가르쳐 주지 않았다고.

그런데, 고아원에서도 안 가르쳐 줬나? 그렇게 생각한 순간 코넬이 손을 들고 말했다.

"저기, 일 더하기 일은 알아."

다시 옆에서 마크가 알아요, 라고 말해야 한다고 속삭였다. 하지만 나는 애써 모른 척하고 말했다.

"나는 너희가 여기서 그런 걸 배웠으면 좋겠어. 오븐 안에 들어있던 시간과 겉의 색을 보고 케이크가 익었는지 같은 거."

루실의 얼굴이 붉어졌다. 나는 루실의 얼굴색도 모른 척하고 말을 이었다.

"만약 너희가 엘리스의 도움을 무조건적으로 받아들인다면 그런 걸 배울 기회를 놓치는 거겠지."

"전 몰라도 되는데요!"

그때, 올리버가 소리쳤다. 그는 다른 아이들을 돌아보며 보란 듯이 말을 이었다.

"케이크 굽는 법을 알아서 뭐에 써요? 그런 건 계집애들이나 하는 거라고요!"

오, 여기도 멍청한 소리를 하는 애가 있긴 하구나. 나는 약간 신기해서 올리버를 쳐다봤다. 그리고 고개를 끄덕이며 말했다.

"좋아. 그럼 오늘 저녁 식사에 나오는 케이크는 계집애들만 먹자."

"취소해, 올리버!"

"입 좀 닥치고 있으랬지!"

순식간에 마크와 코넬의 입에서 올리버를 향한 공격이 흘러나왔다. 나는 올리버가 사과할 시간을 주느라 잠시 기다렸다가 그에게 물었다.

"바느질은 어때? 그건 계집애들 일이니?"

“그것도 계집애들 일이지.”

“좋아. 그럼 다음 새 옷 역시 계집애들만 주면 되겠구나.”

다음 순간, 공부실에 루실이 환호성을 질렀다. 이 그룹에서 여자애는 루실과 엘리스뿐이다. 남자애들은 올리버, 마크, 코넬, 마니까지 모두 네 명.

나는 어쩔 수 없지 않냐는 표정으로 어깨를 으쓱했다. 그러자 코넬이 소리쳤다.

“올리버!”

너 때문이야! 그런 비난 속에도 올리버의 어깨를 움츠러들지 않았다. 그때, 마크가 올리버에게 다가가서 협박하듯 말했다.

“당장 취소하지 않으면 바늘과 실로 네 입을 꼬매 버릴 줄 알아!”

꼬매는 게 아니라 꿰매는 거지만 그냥 두자. 나는 아무 말도 하지 않고 가만히 서 있었다. 그러자 마크의 재촉을 받은 올리버가 어쩔 수 없다는 듯 말했다.

“아니야. 바느질은 남자애들도 해.”

올리버라는 애가 어떤 애인지 알겠다. 나는 그가 눈앞의 주먹에 쉽게 굴종하는 것을 보고 피식 웃으며 물었다.

“사과는?”

“사과? 무슨 사과?”

“말실수를 했으니 사과해야지.”

올리버의 얼굴에 그런 것도 사과를 해야 하냐는 표정이 떠올랐다. 하지만 그는 어쨌든 사과를 하긴 했다.

“자, 잘못했어.”

"좋아, 그럼 케이크는 어때?"

이어진 내 질문에 마크가 올리버의 멱살을 잡으며 말했다.

"아니라고 해! 사과도 하고!"

"아, 좀 있어 봐!"

자존심이 상했던지 올리버가 마크의 손을 뿌리쳤다. 하지만 내 눈치를 살피며 말했다.

"아니야. 케이크도 남자애들도 해."

"사과."

"자, 잘못했어."

좋아. 나는 아이들이 이제 됐지 않냐는 표정으로 나를 쳐다보는 것을 보고 미소를 지었다. 이제부터 이걸 규칙으로 삼아야겠다.

누군가 멍청한 소리를 한다면 그 말 그대로 해 주는 거.

40

"웨스트 공작님."

노헤임의 수도 노헬에 겨울이 찾아오면서 사교계도 잠잠해졌다. 많은 귀족들이 자기 영지로 돌아갔기 때문이다.

하지만 돌아갈 영지가 없거나 영지 경영과 상관없는 귀족들은 여전히 수도에 남아 있었다. 메틀러 경 역시 그런 사람이었다.

작위를 이을 누나와 달리 동생인 티모시 메틀러는 영지에 있는 기간보다 수도에 남아 있는 기간이 더 길었다. 그는 남성 귀족 클럽에서 빈둥거리다가 션을 발견하고 재빨리 다가갔다.

"축하드립니다."

션의 붉은 눈이 티모시를 향했다. 뭘 축하하냐는 눈빛이었지만 티모시에게는 내게 말을 걸다니 널 당장 저주해 죽이겠다는 눈빛으로 보였다.

“아, 그게, 소문을 들었습니다만.”

웨스트 공작의 붉은 눈은 상대를 저주할 수 있다. 그런 소문이 있다. 실제로 저주받았다는 사람은 없지만.

티모시는 실제로 저주받은 사람은 없다는 부분을 필사적으로 떠올리며 손을 들어 올렸다. 그리고 자신이 그에게 공격할 의도가 없음을 알리기 위해 열심히 흔들기 시작했다.

“무슨 소문?”

낮은 목소리가 션의 입에서 흘러나왔다. 평소라면 그냥 넘겨 버렸을 것이다. 그는 당장이라도 헬름으로 떠나고 싶어 안달이 난 상태였다.

그러지 못하는 건 크리스토퍼 왕자와 레베카 공주를 만나 해결할 문제가 있기 때문이었고.

“아, 저기…… 결혼 소식을 들었는데요.”

션의 한쪽 눈썹이 올라갔다. 그와 에버딘의 결혼을 말한 걸까? 하지만 크리스토퍼 왕자를 찾아가 레베카 공주와의 혼담을 거두어 달라고 한 게 고작해야 어제다.

그런 소문이 돈다면 이쪽은 환영이지만 에버딘이 그런 소문을 돌게 할 리가 없다는 생각이 들었다.

“그게, 그, 공작님과 공주님 말입니다.”

크리스토퍼. 션의 미간에 주름이 생겼다. 덕분에 티모시는 힉 하고 작게 신음을 내뱉으며 뒤로 물러났다. 그리고 재빨리 손을 저으며 말했다.

"아니, 아닙니다."

션이 뭐라고 하기도 전에 티모시는 그대로 후다닥 도망쳐 버렸다. 멍청한 놈. 션은 도망치는 메틀러 경에게서 시선을 거뒀다.

아직도 그런 소문이 돌고 있군. 션은 가볍게 혀를 찼다. 웨스트 공작이 레베카 공주와 결혼할지도 모른다는 소문이 퍼진 건 지난해부터다. 그리고 몇 달 전에 왕자가 그를 불러 레베카 공주와 결혼하는 게 어떠냐고 권했었다

덕분에 션은 지난해부터 그런 소문을 퍼트린 게 누군지 알 수 있었다. 레베카 공주는 결혼을 원하지 않는다고 말했으니 크리스토퍼 왕자겠지.

어쩌면 왕자의 의중을 알아차린 왕자의 부하가 멋대로 낸 소문일지도 모르지만 결국은 마찬가지다.

"어서 와."

준비된 방으로 들어서자 약속한 사람이 아닌 다른 사람이 그를 기다리고 있었다. 션은 소파에 긴 다리를 쭉 뻗고 앉아 있는 제랄딘을 보고 한쪽 눈썹을 들어 올리며 말했다.

"여긴 남성 클럽인데."

"아버지가 들여보내 주셨지."

그 브룩 백작은 현재 클럽의 게임룸에서 친구와 카드놀이를 하고 있다. 그러니 션이 클럽에서 브룩 백작과 만나기로 했다는 건 아무도 모를 것이다.

흠. 션은 느릿하게 제랄딘의 맞은편에 앉았다. 그녀가 대신 왔다는 건, 브룩가에서는 이 만남을 비밀리에 붙이고 싶다는 뜻이다.

"왕족과의 혼사 문제겠지."
"그건 당연하잖아."
왕국에 두 개뿐인 공작가와 왕족의 혼사다. 당연히 모든 가문에서 관심 게 지켜볼 것이다. 그리고 대부분 찬성하겠지. 왕자의 의지니까.
"반대하는군."
션의 질문에 제랄딘은 따분하다는 듯 고개를 끄덕였다. 이건 어쩔 수 없다. 웨스트 공작가와 왕족이 결합하면 두 가문의 힘이 커진다.
르벨 가문이 한창때라면 브룩 가문과 힘을 합쳐 왕자와 웨스트 가문의 힘을 견제할 수 있겠지만 지금은 그것도 어렵다. 르벨 가문은 가장 먼저 쇠퇴하기 시작했으니까.
"우리 쪽은 환영할 수 없어. 그건 이해해 주길 바라."
알고 있다. 션은 말없이 다리를 꼬았다. 그 모습에 제랄딘이 인상을 쓰며 물었다.
"설마 결정된 건 아니겠지?"
그러지 않았길 빈다. 제랄딘의 바람대로 션은 이번에도 말없이 고개를 끄덕였다. 다행이군. 제랄딘은 속으로 안도의 한숨을 내쉬고 말했다.
"거절해."
레베카 공주와의 결혼이라면 이미 거절했다. 하지만 션은 브룩가에서 어디까지 나올 수 있는지 알아보기 위해 그녀를 떠봤다.
"명분은?"

명분? 제랄딘은 어이가 없어서 입을 딱 벌리고 션을 쳐다봤다. 그리고 짜증을 내며 말했다.

"그녀를 살리려고 나한테까지 도움을 요청해 놓고 명분을 찾는 거야?"

쉽다. 사랑하는 여자가 있다고 하면 된다. 물론 그 명분이 통할지 통하지 않을지는 모르지만.

션 역시 명분이 통하지 않을 거라고 생각하고 있었다. 그는 가슴 앞으로 팔짱을 끼고 제랄딘을 비웃으며 말했다.

"혼사를 거절한 내 집안이 수도 코앞 있는 헬름의 영주와 결혼하는 걸 왕자가 잘도 허락하겠군."

그건 그렇다. 제랄딘은 머리를 감싸며 신음을 내뱉었다. 그녀는 여기에 올 때까지만 해도 일이 쉬울 거라 생각했다. 그녀보다 왕자를 싫어하는 사람을 고르라면 그건 바로 웨스트 공작이 될 테니까.

하지만 션의 말도 일리가 있었다. 레베카 공주와의 결혼을 거절한 웨스트 공작이 수도 바로 옆에 있는 헬름의 영주와 결혼하는 것을 허락할 리가 없다.

애초에 크리스토퍼 왕자가 왕가와 웨스트 가문을 합치려 하는 건 웨스트가를 견제하는 것과 동시에 그 가문의 부와 힘을 흡수하려 하기 위해서다.

가질 수 없다면 망가트려야 한다. 그게 왕자의 모토인 이상, 혼담을 거절한다면 웨스트 공작가는 최소 몇 년, 어쩌면 션이 살아 있는 내내 상당히 귀찮아질 것이다.

"꼭 결혼해야 하는 건 아니잖아?"

이어진 제랄딘의 질문에 션은 그녀에게 미쳤냐는 표정을 지어 보였다. 그리고 잔인하게 웃으며 물었다.

"내게 허바드 백작 같은 짓을 하라고 하는 건가?"

그런 일은 두 번은 없다. 웨스트가의 아이는 그의 시야가 닿는 곳에서 자라야 한다. 그건 에버딘 역시 마찬가지다.

끙하고 제랄딘의 입에서 신음이 흘러나왔다.

쉬울 줄 알고 찾아왔는데 그녀의 생각보다 훨씬 복잡하게 얽혀 있었다. 웨스트 공작이 눈을 딱 감고 에버딘을 포기하면 되는 일이지만, 그녀는 그가 절대 그럴 리 없다고 생각했다.

"왕자가 바라는 건 없어? 최대한 우리 쪽도 협조해 주지."

금은보화를 바란다면 브룩가에서도 도와주겠다는 뜻이다. 제랄딘의 제안에 션은 피식 웃었다. 그는 그녀를 향해 손을 펼쳐 보이며 말했다.

"나와 레베카 공주가 결혼하지 않을 거라면 아네트를 달라더군."

"아네트를? 왜…… 잠깐!"

말도 안 되는 소리에 제랄딘이 자리에서 벌떡 일어났다. 아네트는 크리스토퍼 왕자보다 열 살이 넘게 어리다. 심지어 아직 사교계에 데뷔하지도 않았다.

"미쳤군."

"역사적으로 봤을 때, 그렇게 미친 제안은 아니지."

정작 션은 냉정했다. 아홉 살에 서른 살의 남자와 결혼한 여자도 있다.

하지만 제랄딘이 미쳤다고 한 건 그런 이유뿐만이 아니었다. 그녀는 다시 자리에 앉아 못마땅한 표정으로 소파 손잡이를 손끝으로 톡톡 치기 시작했다. 그리고 한숨을 내쉬며 말했다.

"왕자에게 여자가 있어."

"자작가의 여식이지."

알고 있었다는 말투에 제랄딘이 눈을 부라렸다. 알고 있었는데 그래? 하지만 선은 당연하지 않냐는 표정이었다.

"한 번도 밖에 내보인 적 없어. 그 말은 결혼을 생각하지 않는 상대라는 말이지."

왕가와 가까운 사람들은 다 알고 있는 사실이다. 동시에 아무도 입 밖에 내지 않는 사실이기도 했다.

원래대로 흘러갔다면 왕자는 타국의 공주를 왕자비로 맞이하고 자작가의 여식은 정부로 남거나 한미한 집안에 시집보내 그 집안에 작위를 하나 더 주었을 것이다.

하지만 레베카 공주와 마찬가지로 크리스토퍼 왕자와 결혼을 약속한 타국의 공주 역시 사망했고, 크리스토퍼 왕자의 상대가 국내 안에서 물망에 오른 것이다.

"아네트도 알아?"

"자신이 왕자비가 될 수 있다는 거? 아니면, 왕자에게 여자가 있다는 거?"

어느 쪽도 아네트에게 말하기 어려운 이야기다. 제랄딘은 젠장하고 욕을 내뱉은 뒤 손을 들어 올리며 말했다.

"내가 실언했군."

잠시 침묵이 흘렀다. 제랄딘은 선이 소파에 앉아 이 대화가 매우 불편하다는 티를 팍팍 내는 것을 지켜보다가 물었다.

"어쩌면 아네트가 기쁘게 받아들일 수도 있어."

그 순간, 션은 세상에서 가장 우스운 농담을 들었다는 듯 소리 내어 웃었다. 그는 자신이 소리 내어 웃는 것을 처음 보고 당황하는 제랄딘을 향해 비웃으며 물었다.

"어쩌면이 아니라 확실하겠지. 그 애에게는 통할 테니까."

모든 사람에게 사랑을 받는 왕자의 능력. 그건 몇몇 사람을 제외한 모든 사람에게 통한다. 그 몇몇 사람에 아네트가 들어가지 않는다는 것을 제랄딘 역시 잘 알고 있었다.

또 바보 같은 소리를 했다. 그녀는 부끄러움에 얼굴을 붉히다가 뜻밖의 사실을 깨닫고 놀라서 물었다.

"동생을 아끼는군?"

션은 이번에야말로 멍청한 소리를 한다는 표정을 지어 보였다. 아네트는 그의 동생이다. 당연히 아낀다. 그 나름대로.

"아니, 뭐. 마틴의 동생이기도 하잖아."

그래서 마틴보다 덜 싫어할 뿐이지 그리 아끼지 않는 줄 알았다. 웨스트가에게는 안 좋은 소식이지만 아네트 개인에게는 좋은 소식이었다.

"그리고 내 동생이지."

싫어하는 남자와 같은 피가 흐르고 싫어하는 여자를 닮았지만, 아네트는 션의 동생이었다. 그녀가 죽을 때까지 그가 책임져야 할.

"그럼 어떻게 할 거야?"

"글쎄. 광산을 넘길까?"

션의 자조스러운 대답에 제랄딘은 한숨을 내쉬었다. 하지만 션은 진심이었다. 그렇게 하면 왕자도 그와 에버딘의 결혼을 허락하겠지.

"레베카 공주가 첫째였다면 좋았을 텐데."

제랄딘의 입에서 못마땅한 투덜거림이 튀어나왔다. 현재 노헤임의 왕과 귀족의 힘은 잘 유지되고 있다. 레베카 공주라면 크리스토퍼 왕자처럼 웨스트 공작가의 부와 힘에 눈이 멀어 균형을 깨려는 짓은 하지 않았을 것이다.

아주 잠깐, 션의 머릿속에 위험한 생각이 스쳐 지나갔다. 위험할 뿐 아니라 미친 생각이었다. 그의 가문뿐 아니라 에버딘의 목숨까지 걸어야 하니, 미친 생각이 확실했다.

션은 재빨리 머리를 흔들어 미친 생각을 털어 내고 자리에서 일어났다. 그리고 왜 일어났냐는 표정으로 쳐다보는 제랄딘에게 투박하게 말했다.

"여차하면 용의 둥지라도 뒤져 보석을 넘기지 뭐."

그 정도면 왕자도 그를 더 이상 귀찮게 하지 않을 것이다. 하지만 제랄딘은 다르게 생각했다. 과연 그 욕심 많은 왕자가 용의 둥지를 뒤질 수 있는 재력과 힘을 가진 자를 얌전히 수도 옆에 살게 할까?

"마르시아, 들었어?"

마르시아 홀트. 홀트 자작 영애인 마르시아는 갑자기 들이닥친 친구에게 놀라 고개를 번쩍 들었다. 그녀는 쥐고 있던 체스 말을 판

위에 엎어 놓으며 물었다.

"뭐를?"

혼자 게임을 하고 있었던 모양이다. 데비는 혼자 체스를 두고 있는 친구를 보고 그녀가 아무것도 모른다는 것을 깨달았다.

이걸 어째. 데비의 표정이 파랗게 질렸다. 그녀는 조심스럽게 마르시아에게 다가가 그녀의 옆에 무릎을 꿇고 앉았다. 그리고 친구의 손을 잡으며 말했다.

"아직 결정된 건 아니니까 바꿀 수 있을지도 몰라."

"무슨 소릴 하는 거야?"

"왕자 전하께서……."

친구의 입에서 왕자가 나오자 마르시아의 눈살이 찌푸려졌다. 전하께서 왜? 그녀가 그렇게 묻기 전에 데비가 속삭였다.

"웨스트 양과 혼담이 오간다는 소문이 있어."

"웨스트 양?"

성 뒤에 경이 아니라 양이나 군이 붙는다는 건 아직 사교계에 데뷔하지 않았다는 말이다. 그 말은, 많아 봤자 열여섯 살이라는 말이고.

말도 안 된다. 마르시아는 데비가 잡은 자신의 손을 빼내며 날카롭게 말했다.

"말도 안 되는 소리를 하는구나."

마르시아는 그런 소문은커녕 귀띔조차 들은 적이 없다. 만약 왕자가 마르시아 외의 여자와 만난다면 바로 누군가가 그녀에게 알려줬을 것이다. 그게 지금 데비가 하는 행동이지만 마르시아의 믿음은 굳건했다.

자신이 왕자의 연인이라 질투하는 건지도 모른다. 그래서 이런 말도 안 되는 소문도 가져오는 게 아닐까. 그렇게 생각하는 마르시아에게 데비가 다시 말했다.

"정말이야. 그동안 웨스트 공작이 왕자 전하와 비밀리에 만났었대."

그럴 리가 없다. 마르시아는 친구의 말에 자리에서 벌떡 일어나며 말했다.

"웨스트 공작은 공작이니 전하와 의논할 일이 많았겠지. 그런 섣부른 판단으로 내 눈을 어지럽히려 하는 거라면 큰 실수 하는 거야."

마르시아의 반발에 데비는 한숨을 내쉬었다. 그녀는 마르시아와 왕자의 사이를 이간질하려는 건 아니다. 그저, 마르시아가 걱정되는 것뿐이다.

"지금이라면 막을 수 있을지도 몰라서, 그래서 알려 주려는 거야."

"거짓말."

마르시아는 데비를 향해 손을 들어 보였다. 그녀를 걱정하는 척하면서 그녀와 왕자 전하를 이간질하려는 거다. 마르시아는 그렇게 생각하며 손가락으로 문을 가리켰다.

"나가 줘. 연락도 없이 찾아오다니, 너무 무례하지 않아?"

"마르시아."

"이만 떠나 줬으면 좋겠어."

데비가 몇 번 더 마르시아를 설득하려 했지만 소용없었다. 그녀는 결국 집사를 부르는 마르시아의 단호한 모습에 쫓겨나다시피 홀트 자작가를 빠져나와야만 했다.

그럴 리 없다. 데비가 나간 뒤, 다시 자리에 앉은 마르시아는 체스 말을 손에 쥐며 고개를 흔들었다. 전하는 그녀에게 왕자비 자리를 약속했다.

백작도, 후작도 아닌 자작가의 그녀가 왕자비가 될 수 있는 기회를 준다 했다. 그건 그녀의 일생일대의 행운이다.

원래 크리스토퍼 왕자는 베르지나의 공주와 약혼했다. 하지만 공주가 열두 살이 되던 해에 전염병으로 사망했고 다른 공주들은 이미 결혼을 했거나 결혼을 약속한 상태였기 때문에 노헤임의 귀족들에게까지 기회가 돌아온 것이다.

그 기회도 원래대로라면 공작과 후작 영애에게까지만 갔을 것이다. 하다못해 백작 영애에게까지도 갔을 수도 있다. 하지만 자작 영애인 마르시아에게 왔다는 건 천운이 몇 번이나 겹친 것이나 다름이 없다.

마르시아는 그 기회를 놓칠 생각이 없었다.

그것도 아직 사교계에 데뷔하지도 않은 어린애에게는 더더욱.

* * *

“올리버인가 올리브인가 나오라고 해!”

같은 시각, 헬름. 영주의 저택 뒷문에서 남자가 난동을 피우고 있었다. 잡화점의 콜이었다. 그를 알아본 그레이스가 허둥지둥 나가서 물었다.

"무슨 일이에요?"

"그레이스! 여기 올리버인가 올리브인가 하는 고아 놈 하나 있지? 그 자식 어디 있어?"

"콜, 여긴 영주님의 저택이에요. 목소리 낮춰요."

어디 감히 영주의 집에서 난동을 부리냐는 힐난에 콜의 목소리와 행동이 조금 조용해졌다. 하지만 그는 여전히 올리버를 찾고 있었다.

"올리버라는 애가 여기 산다며? 어디 있어? 그 도둑놈 데려와."

"도둑이요? 올리버가?"

도대체 무슨 소릴 하는 거지? 그레이스는 어리둥절해서 콜이 무슨 소리를 하는 건지 물었다. 하지만 그때, 마침 이 층 서재에서 일을 하고 있던 에버딘이 소란을 듣고 내려왔다.

"무슨 일이야?"

"남작님."

에버딘의 난입에 그레이스가 깜짝 놀라서 고개를 숙였다. 그리고 좀 더 빨리 콜을 조용히 시키지 않은 것을 후회했다. 뭔지 몰라도 콜이 영주에게 할 말이 있어서 찾아온 건 아닌 모양이다.

그렇다면 에버딘이 귀찮지 않도록 그녀가 잘 처리했어야 했다.

"여, 영주님."

콜 역시 에버딘을 알아봤다. 붉은 머리카락에 약간 작은 체구. 그리고 창백한 피부까지. 이런 시골에서 저렇게 창백한 피부는 흔치 않다.

그는 재빨리 고개를 숙였지만 에버딘은 콜의 인사에는 별 관심이 없었다.

"올리버가 도둑이라며? 무슨 일인데?"

영주가 관심을 보였다. 콜은 이게 좋은 일이라고 생각했다. 영주가 불쌍하다고 데려온 고아들이 마을을 망치고 있다. 거리마다 사건을 일으키고 영지민들의 아이들을 괴롭히고 있다.

그는 그 작은 악마들을 헬름에서 쫓아내야 한다고 생각하는 사람 중 하나였다.

"도둑질을 했습니다! 제 가게에서 숨겨 둔, 그러니까……."

문제는 뭘 훔쳤는가다. 콜이 버벅거리기 시작했다. 그의 가게에 그가 부인 몰래 숨겨 둔 술이 사라졌다. 그게 평범한 막걸리라면 별 문제가 되지 않았을 것이다.

하지만 그가 숨겨 둔 술은 에버딘이 금지한 밀주였고, 그걸 도둑맞았다고 말하는 건 자신이 밀주를 가지고 있었다는 뜻이 된다.

"뭘 훔쳤는데?"

에버딘은 버벅거리기 시작하는 콜에게 인상을 쓰며 물었다. 그녀 역시 일부 영지민들이 그녀의 저택에 사는 고아들을 못마땅해한다는 것을 알고 있었다.

동시에 지금 콜의 주장이 말이 안 된다는 것도.

올리버를 비롯한 저택의 아이들은 헬름으로 온 지 한 달도 안 됐다. 그리고 토박이인 잡화점 주인이 숨겨 둔 걸 찾아서 훔쳤다고?

"저뿐만이 아닙니다!"

결국 사실대로 말하기 곤란해지자 콜은 또 다른 피해 사실을 떠들기 시작했다.

"프란네는 문이 부서졌습니다. 에이미네는 닭을 도둑맞았고요."

"증거는?"

에버딘의 입에서 차가운 질문이 흘러나왔다. 그녀는 늘어트리고 있던 손을 허리에 얹고 다시 물었다.

"그 아이들이 문을 부수고 닭을 훔쳤다는 증거가 있나?"

"즈, 증거요?"

잠시 어리둥절해하던 콜은 번개처럼 소리쳤다.

"문을 부순 건 마을 아이들이 증언할 겁니다! 닭은, 닭은 새벽이 오기 전에 훔친 거니 본 사람이 없지요!"

"또 다른 피해는?"

증인이 있다는 말에도 에버딘은 눈 하나 까딱하지 않았다. 그녀의 질문에 콜은 머리를 굴렸다. 피해가 있긴 하다. 하지만 하나같이 다 자잘한 거였다.

서리를 하거나 동네 아이들과 싸운 정도였다. 혹은 자신을 혼낸 어른들에게 욕을 하고 도망치거나.

이런 것들 가지고 피해라고 주장할 수 없다는 것을 에버딘보다 콜이 더 잘 알았다. 그가 영주 앞에서 거짓말을 할 수 있을지 고민하는 사이, 소란을 듣고 아이들이 다가왔다.

"쉿, 너희들, 저리 가."

아이들을 제일 먼저 발견한 그레이스가 그들을 쫓아내려 했다. 하지만 콜의 눈에 올리버가 들어왔다. 그는 재빨리 올리버를 향해 다가가며 소리쳤다.

"이 도둑놈!"

자신을 향한 명백한 적의에 올리버가 후다닥 도망치기 시작했다. 그와 함께 무슨 일인가 하고 내려왔던 다른 아이들도.

그때 에버딘이 소리쳤다.

"올리버, 이리 와!"

달아나던 올리버의 몸이 멈췄다. 하지만 콜은 아니었다. 그는 그대로 올리버의 머리카락을 낚아채더니 잡아당기기 시작했다.

"아아, 아아!"

"너 이 자식, 이래서 근본도 없는 자식은……."

"콜."

에버딘은 감히 자신의 집에서 자신의 아이들을 공격하는 콜에게 경고를 보냈다. 여긴 그녀의 집이다. 그녀의 영지고 그녀의 아이들이다.

"놔."

에버딘의 경고에도 콜은 올리버를 놓지 않았다. 안 놔? 그녀는 콜을 노려보며 그에게 다가갔다. 그리고 손을 올리며 물었다.

"나도 당신 머리채를 한번 잡아 볼까?"

그제야 콜의 손이 올리버에서 떨어져 나갔다. 에버딘은 자기 머리를 감싸 쥐며 울상을 짓는 올리버를 한 번 쳐다본 뒤 다시 콜을 쳐다보며 물었다.

"그래서, 도둑맞은 게 뭔데?"

아직도 그는 도둑맞은 게 뭔지 말을 하지 않고 있었다. 콜은 영주가 자신이 아니라 수도에서 데려온 고아의 편을 든다는 사실에 화가 나서 소리쳤다.

"유품입니다! 어머님의 유품!"

"뭔데?"

다시 에버딘이 물었다. 어머니의 유품이 뭐냐는 질문에 콜의 입이 다시 다물어졌다. 그는 망설이다가 쥐어짜듯 말했다.

"브, 브로치……."

"어떻게 생긴 거지?"

일이 점점 커지고 있었다. 콜은 어찌할 바를 몰라 그레이스를 쳐다봤다. 하지만 그가 거짓말을 한다고는 생각하지 못한 그녀는 왜 콜이 당황하는지 몰라 어리둥절한 표정을 짓고 있었다.

"그레이스."

그때, 에버딘이 그레이스를 불렀다.

"네, 남작님."

"가서 딕슨 씨를 불러와."

"디, 딕슨 씨를요?"

마을 보안관을 왜? 어리둥절해하는 콜과 그레이스에게 에버딘이 침착하게 말했다.

"어머니의 유품이 사라졌다잖아. 범인을 찾아야지."

"아, 아니……."

당황한 콜이 에버딘을 말리기 위해 입을 열었다. 하지만 그 순간, 그녀가 그를 쳐다보며 물었다.

"설마 거짓말은 아니겠지?"

일은 콜의 생각보다 커졌다. 그는 차마 아니라고도, 그렇다고도 대답하지 못하고 입을 다물었다.

"도둑이요?"

잠시 후, 길버트와 멜라니가 저택에 도착해 물었다. 콜의 금고에 도둑이 들었다는 말에 두 사람은 깜짝 놀라고 있었다.

이 마을은 가난하다. 전보다 훨씬 나아지긴 했지만 다른 영지에 비하면 가난한 건 사실이었다.

하지만 그렇다고 해도 도둑이 든 적은 한 번도 없다. 아니, 그러니까 영주가 나서야 할 정도의 도둑이 있었던 적은 없었다는 뜻이다.

바로 지난달에 빈집에 든 도둑을 길버트가 잡은 적이 있었으니까. 하지만 그 집은 오웬 저택이었고, 지금은 사라진 그 집주인이 마을에서 평판이 별로 좋지 않았기 때문에 길버트가 미리 순찰하고 있었다.

그 외의 도둑이라고 할 만한 건 서리하는 아이들 정도다. 하지만 여러 명이서 과일을 몰래 하나 먹는 정도였고 그 정도는 마을 자체적으로 눈감아 주고 있었다.

예외가 있다면 저택에 사는 고아들이지만.

"뭐가 사라졌나?"

길버트는 헬름의 몇몇 사람들이 저택의 고아들에게 유독 가혹했다는 사실을 떠올리며 콜에게 물었다. 다른, 부모가 있는 아이였다면 눈감아 줬을 일을 저택의 고아들에게는 자비 없이 죄를 물곤 했다.

똑같이 서리를 해도 저택의 고아들은 잡히면 호되게 혼이 나거나 욕을 먹었다. 한 번은 멜라니가 발견하고 그쯤 해 두고 보내 주라고 했을 정도였다.

"어머니의 유품이라는군."

콜이 대답하기 전에 에버딘이 입을 열었다. 그녀는 무표정한 얼굴로 그렇게 말하며 콜을 쳐다봤다. 그리고 길버트에게 시선을 돌리며 덧붙였다.

"어머니의 브로치."

"보석?"

비싼 거냐는 말에 안절부절못하던 콜의 얼굴이 하얗게 질렸다. 그는 고개를 절레절레 흔들며 말했다.

"아, 아니, 아니야. 그냥 평범한 브로치야. 별것 아니라고."

"하지만 어머니의 유품이지. 금고에 보관할 정도로 소중했고."

에버딘의 말에 콜의 얼굴이 하얗게 질렸다. 그것을 본 멜라니와 길버트의 시선이 부딪쳤다.

뭔가가 이상했다. 콜의 표정뿐만이 아니라 영주의 태도 역시 그러했다. 멜라니는 조심스럽게 콜에게 물었다.

"범인이 올리버라고 생각하신다는 거죠?"

"아니, 그게, 나는 그런 줄 알았는데……."

에버딘은 자신과 길버트의 눈치를 보는 콜을 두고 자리에서 일어났다. 그리고 멜라니와 길버트에게 물었다.

"올리버와 이야기하고 싶겠죠? 브로치를 훔쳤다는 의심을 받는 용의자니까?"

용의자라는 어려운 단어에 콜의 눈이 커졌다. 그는 어찌할 바를 몰라 저도 모르게 소리쳤다.

"그, 그 녀석이 자기가 훔쳤다고 할 리가 없죠!"

"그래서 이야기해 보라는 거지. 올리버가 훔쳤는지, 또 다른 누가 훔쳤는지 알아봐야 할 거 아냐."

냉정하게 말한 에버딘은 멜라니를 데리고 응접실 밖으로 나왔다. 그러자 멜라니가 걱정스러운 표정으로 물었다.

"남작님, 설마 남작님도 올리버를 의심하시는 건가요?"

그동안 저택의 고아들이 마을에서 많은 사고를 치긴 했지만 사고의 경중이나 빈도로 보자면 마을 아이들이 더 심했다. 멜라니는 아이들을 돌보는 남작이 아이들을 의심하는 걸까 봐 걱정하고 있었다.

당연히 그건 아니다. 에버딘은 어깨를 으쓱하며 말했다.

"하지만 콜은 올리버가 훔쳤다고 우기고 있으니까. 이야기는 해봐야지. 그리고 콜의 가족들과도."

"콜의 가족들이요?"

"그 금고에 진짜 뭐가 있었는지 물어봐야 하지 않겠어?"

그제야 멜라니는 에버딘도 그녀와 똑같은 의심을 하고 있다는 것을 깨달았다. 콜의 태도는 확실히 이상했다. 브로치라는 말만 나오면 안절부절못했고 올리버가 도둑이라고 주장하며 찾아온 것 치고는 올리버와 대면하는 것도 거부했다.

"그럼 제가 마을에 가서……."

콜의 부인과 이야기해 보겠습니다. 멜라니가 그렇게 말하려는데 에버딘이 손을 들어 보였다. 그러자 복도 저편에서 레슬리가 다가와서 작은 목소리로 말했다.

“콜 가족이 도착했습니다.”

벌써 콜 가족을 불러들였다는 말에 멜라니는 깜짝 놀라서 에버딘을 쳐다봤다. 행동이 빠르다. 그녀의 표정에 에버딘이 씩 웃으며 말했다.

“어머니의 유품이라잖아? 빨리 찾아 줘야지.”

모든 영지민들에게 자기 영주는 어려운 상대지만 멜라니는 그 순간, 콜이 큰 실수를 했음을 깨달았다. 어셔 남작은 이번 일을 절대 그냥 넘길 생각이 없는 게 분명했다.

“어머님의 유품이요?”

마틸다 콜은 보안관 멜라니의 질문에 당황해서 되물었다. 갑자기 영주님이 부르신다고 해서 부랴부랴 가게를 닫고 왔는데 느닷없이 남편의 어머니가 남긴 유품이 뭔지를 묻는다니, 이해할 수가 없었다.

“콜 씨가 금고 안에 넣어 뒀다고 하던데요.”

“금고요? 말도 안 되는 소리. 금고에 있는 건 고작해야…….”

그놈의 술이지! 그렇게 말하려던 마틸다는 눈앞에 어셔 남작이 있다는 사실을 깨닫고 입을 다물었다. 젊은 새 영주가 오자마자 한 일이 마을에 밀주를 금지하는 일이었다.

그 사건으로 마을 남자들이 얼마나 투덜거렸는지 모른다. 하지만 마틸다를 비롯한 여자들은 환영이었다. 그놈의 술. 작작 마시고 그 시간에 밭이라도 한번 보면 얼마나 좋냐고 싸우던 게 몇 달 전의 일이다.

"장물은 아니겠지?"

남편에 이어 부인까지 금고 안에 있는 게 뭔지 말하지 못하자 참다못한 에버딘이 불쑥 물었다. 잡화점 부부가 동시에 입을 다물 이유라면 장물이 생각날 수밖에 없다.

"아니, 아닙니다."

다행히 마틸다는 깜짝 놀라서 손을 저으며 부인했다. 장물은 아니다. 하지만 뭐라고 말해야 남편이 벌을 받지 않을지 알 수가 없었다. 그녀는 차마 말을 하지 못하고 에버딘의 눈치만 살피기 시작했다.

장물은 아니군. 에버딘은 뭔지 알겠냐는 표정으로 멜라니를 쳐다보다가 마틸다의 옆에 앉은 그녀의 아들을 발견했다.

졸린가? 콜 부부의 아들, 지미는 졸린 것처럼 멍한 표정을 짓고 있었다. 영주의 집에 와서 저런 표정을 짓는 영주민은 많지 않다.

"저기, 영주님."

가만히 지미를 쳐다보는 에버딘에게 멜라니가 조심스럽게 말을 걸었다. 그녀는 마틸다와 지미에게 들리지 않도록 에버딘에게 가까이 다가가서 속삭였다.

"아마 술일 겁니다."

술이라고? 에버딘은 이해할 수가 없어서 멜라니와 마틸다를 쳐다봤다. 술이라면 헬름에도 있다. 식당에 팔고 있고.

그걸 굳이 왜 금고에 숨겨 두고 마신단 말인가. 이해하지 못하는 그녀에게 멜라니가 다시 속삭였다.

"전에 금지하신 밀주 말입니다. 그거일 겁니다."

금고에서 사라진 게 밀주라면 콜 부부가 뭐가 사라졌는지 제대로 말하지 못하는 게 이해가 된다. 헬름의 경제 사정은 빤하다. 금고에 귀금속을 넣어 둘 사람은 오웬 정도다.

에버딘은 멜라니의 조언에 다시 마틸다를 쳐다봤다. 그리고 대뜸 물었다.

"금고에 있는 술을 치운 건 콜 부인, 당신인가?"

"네, 네?"

마틸다의 얼굴이 하얗게 질렸다. 그녀는 에버딘의 얼굴을 쳐다보며 말을 잇지 못했다. 그녀는 남편이 금고에 술을 숨겨 두고 있다는 것을 알고 있었다.

언젠가 저놈의 술을 치워 버린다고 벼르기도 했다. 하지만 그 사실을 영주도 알 줄은 몰랐다.

"아니, 아닙니다."

"그럼 너구나, 지미."

마틸다의 부인에 에버딘의 시선이 이번에는 멍한 표정으로 앉아 있던 지미를 향했다. 그녀의 말에 마틸다가 깜짝 놀라서 자신의 아들을 쳐다봤다.

"얼마나 마셨니?"

이어진 에버딘의 질문에 이번에는 멜라니도 놀라서 지미를 살피기 시작했다. 졸린 듯 멍한 표정이라 그녀도 지미가 졸리거나 어디 아픈 건지도 모르겠다고 생각했다.

하지만 잡화점 금고 안의 술이 사라졌고 마틸다의 소행이 아니라면 범인은 지미뿐이다.

"지미, 너 술 마셨니?"

마틸다의 비명과 같은 타박과 함께 지미가 헤 하고 웃기 시작했다. 소년은 가려운 것처럼 몸을 긁으며 느릿하게 말했다.

"아니, 아닌데요."

아니긴 개뿔. 멜라니는 지미의 상태를 살피기 위해 소년에게 다가갔다가 술 냄새를 맡고 인상을 썼다.

"지미!"

이어진 마틸다의 힐난에 지미가 엉거주춤 자리에서 일어났다. 그 순간, 마틸다가 지미의 귀를 잡아당기며 소리쳤다.

"쪼끄마한 게 술을 마셔?"

"아야! 아야야!"

그제야 지미의 정신이 돌아오기 시작했다. 에버딘은 엄마한테서 달아나려는 지미와 아들을 혼내는 마틸다를 눈을 동그랗게 뜨고 쳐다보다가 피식 웃었다.

그리고 멜라니를 돌아보며 말했다.

"이제 프란의 문을 부순 사람과 닭을 훔친 사람만 찾으면 되겠군."

이건 또 무슨 소리야? 영주의 말에 멜라니가 어리둥절한 표정을 지었다. 그때 지미가 마틸다의 손에서 벗어나서 에버딘에게 달려오며 소리쳤다.

"저, 문을 누가 부쉈는지 알아요!"

다시 에버딘과 멜라니의 시선이 지미를 향했다. 덕분에 지미는 마틸다에게 혼이 나는 걸 미룰 수 있었다.

한 시간 뒤, 마을의 식당에 길버트와 멜라니를 비롯한 마을 사람들이 모였다. 뒤늦게 저택 사람들과 함께 식당에 도착한 콜은 마을 사람들 대부분이 모여 있는 것을 보고 흠칫 놀랐다.

"무슨 일이야?"

"모르겠는데. 갑자기 오라고 해서 왔거든."

다들 왜 갑자기 식당에 모이라고 했는지 이해할 수 없어서 어리둥절해 하고 있었다. 그때, 식당 문이 열리고 저택 사람들이 식당에 들어섰다.

"영주님."

꽤 큰 식당이지만 마을 사람 전부가 앉아 있기엔 역부족이라 반 정도는 문 쪽에 서 있어야 한다. 가장 문에 가까운 곳에 서 있는 사람이 에버딘을 발견하고 허둥지둥 엎드렸다.

"됐어요. 일어나요."

에버딘은 재빨리 사람들을 만류하고 식당 안쪽으로 들어갔다. 그리고 웅성거리는 사람들을 가만히 둘러보기 시작했다.

그것만으로 사람들의 웅성거림이 잦아들었다. 그래야 할 거다. 영주가 무슨 말을 하는지 들으려면.

"여기에 다들 모이라고 한 건."

거기까지 말한 에버딘은 사람들 뒤에 서 있는 콜에게 시선을 던졌다. 그리고 계속해서 말을 이었다.

"저기 있는 잡화점의 콜 씨가 금고에 있던 어머니의 유품을 도둑맞았다고 했기 때문이에요."

"도둑?"

"어머니의 유품이라고?"

순식간에 다시 식당 안이 소란스러워졌다. 에버딘은 다시 사람들이 잠잠해지기를 기다렸다가 입을 열었다.

"콜 씨는 내 집에 있는 올리버라는 소년이 훔쳤다고 주장했지만 올리버는 콜 씨의 금고에 손댄 적이 없다고 주장하고 있거든요."

"그야 그렇겠죠! 도둑이 도둑인 걸 인정할 리가요!"

에버딘의 말에 누군가 그렇게 소리쳤다. 에버딘은 소리친 사람을 찾아 그녀가 콜이 말한 프란이라는 것을 확인했다.

적어도 그녀의 아이들을 싫어하는 사람이 콜 하나만이 아니라는 말이다. 어이없는 상황에 에버딘의 입에서 한숨이 흘러나왔다.

"그밖에 피해가 더 있다고 하더군요. 누군가의 집 문이 부서졌고……."

"범인이 누군지 다 알고 있죠!"

"닭을 잃어버린 사람도 있고요."

순식간에 다시 식당 안이 소란스러워졌다. 에버딘은 이번에도 사람들이 잠잠해지길 기다렸지만 이번에는 좀 달랐다.

다들 자기가 어떤 피해를 입었는지, 그리고 그 범인이 누구인지 이야기를 하기 시작했다. 대부분 저택의 고아들을 지목하고 있었고 자기 자식이 고아들과 어울리는 바람에 버릇이 나빠졌다는 사람도 있었다.

"조용! 조용!"

결국 참다못한 멜라니가 식탁을 탕탕 내리침으로써 사람들의 소란을 잠재웠다. 그러자 그녀에게 감사의 눈빛을 보낸 에버딘이 마을 사람들을 돌아보며 입을 열었다.

"다들 불만이 꽤 많군요."

에버딘의 말에 몇몇 사람들이 다시 불만을 토로하기 시작했다. 이번에도 멜라니가 바닥을 탕탕 굴러서 사람들을 잠재웠다. 그러자 에버딘은 한숨을 내쉬고 허리에 손을 얹었다.

"좋아요. 그럼 헬름에 고아는 전부 추방하는 걸로 하죠. 그걸로 만족하나요?"

식당 안이 싸늘해졌다. 하지만 어디에나 멍청한 놈들은 있다. 제일 먼저 콜이 소리쳤다.

"좋습니다!"

에버딘의 시선이 사람들 맨 뒤에 선 콜의 얼굴을 향했다. 그녀는 그를 싸늘하게 쳐다보며 말했다.

"내일 아침까지 부모가 없는 사람들은 다들 떠나세요."

다시 식당 안이 웅성거리기 시작했다. 부모가 없다는 걸로 치면 이 마을에 멀쩡히 남아 있을 수 있는 사람은 없다. 에버딘은 웅성거리는 사람들을 돌아보며 다시 말했다.

"어딘가에 부모가 살아 있는 사람은 남아도 좋아요. 이상."

"자, 잠깐만요."

약간이나마 머리가 돌아가는 자들은 에버딘이 자리를 떠나려 하자 그녀를 붙잡았다. 이게 아니다. 뭔가 이상했다.

"부모가 없는 사람들이라니, 어른도 마찬가지입니까?"

"고아의 뜻이 뭐죠?"

에버딘의 질문에 사람들이 멈칫했다. 다들 망설이자 에버딘에게서 가장 가까운 곳에 있던 여자가 입을 열었다.

"부모가 없는 아이죠."

"아이란 뭔데요?"

"서, 성인이 되지 않은 사람을 말하는 거 아닌가요?"

"성인은 몇 살이죠?"

계속된 에버딘의 질문에 다시 식당이 조용해졌다. 노헤임의 성인은 기본적으로 열일곱 살이다. 에버딘은 사람들이 조용해지자 콜에게 물었다.

"콜, 자네의 아들이 올해 몇 살이지?"

콜의 얼굴이 하얗게 변했다. 그는 에버딘이 자신에게서 눈을 떼지 않자 어쩔 수 없이 대답했다.

"여, 열두 살입니다."

"흠, 자네 아들은 오 년 동안 자네와 자네 부인이 살아 있길 기도해야겠군."

그제야 콜은 에버딘이 무슨 말을 하는지 이해했다. 헬름의 모든 고아를 추방하겠다는 건 저택의 고아들을 말하는 게 아니었다. 헬름에 살고 있는 모든 사람들도 포함된 이야기였다.

"아, 아니, 전, 전 그러니까……."

깜짝 놀란 콜이 변명을 하려 했지만 뭐라고 해야 할지 떠오르지 않았다. 허둥지둥하는 그를 대신해서 프란이 말했다.

"영주님, 저흰 고아라고 쫓아내자는 게 아닙니다. 너무 사고 치는 아이들을 감싸 줄 수 없다는 거죠."

"그러니 쫓아내자?"

에버딘의 말에 프란이 고개를 끄덕였다. 그녀는 프란의 얼굴을 쳐다보고 다시 식당 안을 돌아보았다. 그러자 이번에도 많은 사람들이 프란의 의견이 동의하듯 고개를 끄덕이고 있었다.

"사고 치는 아이들을 쫓아내자는 의견에 다들 동의하는 거죠?"

하지만 이번에는 그렇다고 대답하는 사람이 없었다. 에버딘은 한심한 작태에 다시 한숨을 내쉬었다.

아이들은 원래 사고를 친다. 그게 당연한 거다. 그들은 아직 어떤 자리에서 어떤 예의를 지키고 어떻게 말을 해야 하는지 모른다. 이성보다 본성이 더 클 때고 자신의 능력을 과대평가하는 경향이 있다.

그걸 조절하고 가르치고 길러내는 게 사회의 역할이다.

"그럼 우선 프란의 집 문을 박살 낸 못된 아이부터 쫓아내죠."

에버딘이 그렇게 말하자 프란의 얼굴이 놀란 표정이 떠올랐다. 그녀는 영주가 자신의 집 문이 부서진 것을 안다는 사실을 놀라야 할지, 그 범인이 누군지 안다는 것에 놀라야 할지 몰라 멍하니 서 있었다.

분명 저택의 고아 녀석들일 것이다. 그녀는 그렇게 생각했고 잡화점의 콜 역시 수긍했다.

"그렇지, 프란? 자네의 집 문을 부순 아이라면, 쫓아낼 만큼 못된 아이겠지?"

에버딘이 프란에게 물었다. 그녀는 뭐라고 대답해야 할지 몰라 주변을 두리번거리다가 저도 모르게 고개를 끄덕였다.

"에, 예. 예, 그렇죠."

"로버."

프란이 대답하자마자 에버딘이 누군가를 불렀다. 구두를 만드는 로버는 자신의 이름이 불리자 깜짝 놀라 눈을 동그랗게 떴다. 그는 프란의 집 문을 부수지 않았다. 하지만 에버딘이 부른 건 그가 아니었다.

에버딘은 사람들의 시선으로 로버가 어디 있는지 찾아냈다. 그리고 로버를 향해 말했다.

"자네 큰아들을 쫓아낼 준비를 하게."

"아, 안 됩니다!"

깜짝 놀란 로버가 에버딘 앞으로 달려 나왔다. 멜라니가 에버딘을 보호하기 위해 앞을 가로막았지만 그는 에버딘을 공격하려는 게 아니었다.

그대로 에버딘의 앞에 멈춘 로버가 믿을 수 없다는 듯 소리쳤다.

"왜, 왜 제 아들입니까?"

"방금 프란의 말을 들었잖아. 사고 친 아이들은 쫓아내자고."

"누, 누가 그랬습니까? 제 아들이, 그, 그 녀석이 그랬다고요?"

다시 에버딘의 시선이 콜을 향했다. 사람들의 시선이 그녀를 따라 콜을 향하자 그가 깜짝 놀라서 소리쳤다.

"아, 아니야! 내가 안 그랬어!"

에버딘은 콜의 아들이 그렇게 말했다고 말하려다가 말았다. 이들은 아이들 문제를 어른들 문제로 끌고 왔다. 그렇다면 어른들이 끝내야 한다. 그걸 아이들 문제로 넘겨 버릴 수는 없다.

"이렇게 하면 어떨까, 로버."

에버딘은 테이블에 몸을 기대며 느긋하게 입을 열었다. 그 자연스럽고 여유로운 태도가 그녀가 자신의 말에 얼마나 자신이 있는지 보여 줬다.

덕분에 사람들은 그들의 영주가 확실한 증거를 가지고 있다는 것을 알 수 있었다.

"아이들을 따로 불러서 물어볼 거야. 프란의 문을 누가 망가트렸는지. 그리고 가장 많은 지목을 받은 아이를 쫓아내는 거지. 그 부모도 같이."

이번에는 로버뿐 아니라 몇몇 어른들의 얼굴도 창백해졌다. 다들 자기 자식이 프란의 문을 망가트렸을 가능성이 있다고 생각하고 있었다.

"당신들이 말했지. 문제 많은 사고 치는 아이는 쫓아내야 한다고."

에버딘은 거기서 멈추지 않고 계속해서 입을 열었다. 처음엔 고아를 전부 쫓아내야 한다고 말했다가 그게 자기 자식들에게도 해당될 수 있다고 생각하자 말을 바꿨다.

에버딘의 머릿속에 그 순간, 허바드 백작의 조언이 떠올랐다. 모든 사람이 그녀의 노력에 부응해 주지 않을 거라고 했었다.

"그렇다면 그 문제 많은 아이는 기존에 살던 부모가 있는 아이들도 해당이 되어야지. 안 그래?"

그렇긴 하다. 하지만 마을 사람들의 얼굴에는 억울하다는 표정이 떠올랐다. 그 표정을 보자 에버딘은 묘한 기분이 들었다.

이들도 나름대로 억울한 부분이 있을 것이다. 멍청한 영주의 대리 때문에 마을은 몰락 직전까지 갔고 새로 온 영주는 너무 젊고 경험도 없었다. 게다가 갑자기 수도에서 고아들을 잔뜩 데리고 왔으니 대체 뭘 하려는 건지 불안했겠지.

에버딘은 다시 한숨을 내쉬었다. 사람은 누구나 이기적이다. 자기 자신, 자기 가족, 자기 집을 위주로 생각하게 된다.

그녀는 영주라서 마을 단위로 생각하는 것뿐이지, 평범한 마을 사람이었다면 콜이나 프란처럼 행동했을지도 모른다.

아니, 그렇지 않다. 에버딘은 곧바로 고개를 흔들었다. 그렇다고 모든 마을 사람이 콜이나 프란처럼 행동하는 건 아니다. 방금 전에도 저택의 아이들을 쫓아내라는 말에 동조하지 않은 사람도 분명 있었다. 그녀도 분명 그럴 것이다.

에버딘은 헬름의 사람들에게 실망하는 것을 조금 늦추기로 했다. 그리고 다시 입을 열었다.

"사람은 누구나 죽어요. 자기 부모의 수명만큼 자신이 어찌할 수 없는 건 없고."

에버딘 역시 할 수 있었다면 더 오래 살고 더 튼튼하며 더 자신을 사랑해 줄 부모를 선택했을 것이다. 하지만 그러지 못했다. 그리고 그건 저택의 고아들도 마찬가지였다.

어쩌면 헬름 사람들도 그렇고.

"자신도 어쩔 수 없는 일로 남을 비난하지 말았으면 좋겠어요."

다시 에버딘이 사람들 앞에서 존댓말을 사용하기 시작하자 마을 사람들은 약간 안도했다. 영주의 화가 풀렸다는 뜻이다.

사람들은 식당 안에 서서 에버딘의 말을 곰곰이 생각했다. 사람의 수명은 어떻게 할 수 있는 게 아니다. 부모를 선택할 수 있는 것 역시 마찬가지다.

영주의 말이 맞았다. 자신도 어쩔 수 없는 일로 자신보다 어리고 약한 자를 비난하는 것 못난 짓이다. 심지어 보호받을 곳이 없는 아이들을 대상으로 그러는 건 못난 짓 이상이다.

"저, 그럼 영주님."

그때 약간 뒤에 서 있던 마을 사람이 입을 열었다. 에버딘은 그녀가 과일 가게 주인이라는 것을 알아봤다.

"부모가 있는 아이들은 도둑질을 하면 부모가 보상해 주거든요. 그 아이들이 도둑질을 하면 어떻게 하죠?"

맞다. 사람들은 금세 과일 가게 주인의 질문에 동의해서 고개를 끄덕였다. 에버딘은 별거 아니라는 듯 어깨를 으쓱하며 말했다.

"내가 주지. 그 애들은 내 책임이니까."

"저도 그 애들이 나무를 부러트려서……."

"영주님, 제 가게에서도 그 아이들이……."

영주가 보상해 주겠다는 말에 사람들이 우르르 입을 열었다. 에버딘은 재빨리 덧붙였다.

"단, 확인해 볼 거예요. 진짜 그 아이들이 훔쳤는지. 만약 아이들에게 누명을 씌우는 거라면……."

다시 에버딘의 시선이 콜을 향했다. 그녀의 시선이 멀어져서 안도하고 있던 콜은 다시 바짝 긴장해서 얼굴이 하얗게 굳었다.

"그에 해당하는 벌을 받을 각오를 해야겠죠."

다시 식당 안이 조용해졌다. 에버딘은 주위를 둘러보고 더 이상 발언하는 사람이 없는 것을 확인하고 식당을 나섰다.

"프란."

멜라니는 나가는 영주를 쳐다보는 프란에게 다가가 말을 걸었다.

"당신 집 문을 망가트린 아이는 로버네 맥이에요."

로버의 둘째 아들이다. 멜라니의 말에 프란의 얼굴에 놀란 표정이 떠올랐다. 당연히 저택의 고아일 줄 알았는데.

"그리고 닭을 훔쳐 간 건 여우일 거예요. 겨울이 돼서 산짐승들이 마을 근처까지 내려오고 있거든요."

이어진 멜라니의 말에 다시 식당 안이 조용해졌다. 다들 저택의 고아들이 문제라고 했지만 실제로 그 애들이 일으킨 사건을 얼마 되지 않았다.

낮에는 집안일을 돕고 밤에는 공부를 해야 하는 아이들이다. 마을에 사는 아이들보다 마을에서 사고 칠 기회가 적으면 적었지, 많을 리가 없다.

"그, 그럼 내 금고의 술을 가져간 건 누구야?"

그때, 콜이 끼어들었다. 술이라고? 누군가 어이가 없어서 소리쳤다.

"어머니의 유품이라며?"

"그, 그건……."

"고작 술을 어머니의 유품이라고 거짓말을 한 거야?"

"영주님 앞에서 밀주를 숨겨 두고 있었다고 말할 수는 없잖아!"

"영주님 앞에서 거짓말하는 건 괜찮고?"

사람들의 비난에 콜이 입을 다물었다. 멜라니는 조용히 다가가서 말했다.

"콜, 당신의 술을 훔쳐 가서 마신 건 당신 아들이에요. 지미가 완전히 취해 있더군요."

순식간에 콜의 얼굴이 새빨갛게 달아올랐다. 그리고 그에게 동조했던 프란의 얼굴도.

이게 뭐람? 사람들은 어이가 없어서 콜을 향해 혀를 차고 식당을 우르르 빠져나가기 시작했다. 금세 텅 빈 식당에 콜만 남았다.

*　　*　　*

"웨스트 양."

연극을 보기 위해 극장을 찾은 아네트 앞에 한 남성이 나타났다. 이 남자가 누구더라. 한번 본 기억은 있지만 이름은 생각나지 않는다. 남자의 이름을 기억하기 위해 재빨리 머리를 굴리는 아네트에게 남자가 말했다.

"언제 한 번 산책이나 하러 가시죠."

"제가요?"

이름도 생각 안 나는 남자인데 산책을 하자니 당황스러울 수밖에 없다. 어리둥절해 하는 아네트에게 남자가 씩 웃으며 말했다.

"같은 입장이니 이야기가 통할 것 같거든요."

"같은 입장이라니, 무슨……."

그때, 브레이디 부인이 도착했다. 코트를 맡기느라 잠시 아네트와 떨어졌던 그녀는 아네트 앞에 웬 남자가 서 있는 것을 보고 서둘러 다가가서 물었다.

"무슨 일이죠?"

"아, 아네트 양에게 데이트 신청이나 할까 하고 말입니다."

데이트라고? 브레이디 부인의 눈매가 날카로워졌다. 이성에게 데이트 신청을 할 때는 적어도 자신의 이름과 집안을 밝혀야 한다. 하지만 이 남자는 브레이디 부인에게는커녕 아네트에게도 밝히지 않고 있었다.

브레이디 부인은 아네트의 몸을 한쪽 팔로 가리며 물었다.

"데이트 신청을 하려거든 이름을 밝히고 편지로 물어야 하지 않나요?"

그게 기본적인 예의다. 하지만 남자는 기본적인 예의에는 신경 쓰지 않고 있었다. 그는 어딘지 모르게 기분 나쁘게 싱글벙글 웃으며 말했다.

"뭘 그런 걸 따집니까. 다 그렇고 그런 사람들이."

이게 대체 무슨 소린지 모르겠다. 어리둥절한 아네트를 쳐다본 브레이디 부인은 아네트 역시 남자가 무슨 말을 하는지 이해하지 못한다는 것을 깨달았다.

그녀는 재빨리 남자에게 단호하게 말했다.

"그만 물러나 줬으면 좋겠는데요."

아네트 웨스트는 그녀의 책임이었다. 웨스트 공작, 그가 그녀에게 동생의 교육과 안전을 부탁했다.

브레이디 부인은 아네트의 명예와 안전을 위해서라면 자신의 목숨도 바칠 수 있었다. 이런 질 나쁜 남자가 아네트에게 접근하지 못하는 막는 것도 그녀의 임무였다.

"나중에 연락해요."

남자는 마지막까지 끈질겼다. 그는 굳은 아네트에게 억지로 자신의 명함을 건네주고 떠나 버렸다.

이런 건 처음이었다. 아네트는 저렇게 질 낮은 남자의 접근 자체가 처음이었기 때문에 당황해서 완전히 굳어 있었다. 그 모습에 브레이디 부인이 그녀를 자리로 이끌며 벌컥 화를 냈다.

"뭐 저런 질 낮은 남자가 다 있담? 웨스트 양, 명함 이리 줘요."

명함? 그제야 아네트는 남자가 억지로 자신의 손에 쥐여 준 명함으로 시선을 돌렸다. 저 남자는 심지어 귀족도 아니었다. 이름 뒤에 경이나 작위가 붙어 있지 않았다.

그동안 아네트에게 접근하는 남자들은 적어도 아버지가 귀족인 남자들이었다. 대부분 작위를 물려받을 수 있는 자들이었고 가끔은 둘째나 셋째라서 작위를 물려받을 수 없더라도 부유한 집의 자식이었다.

하지만 방금 그녀에게 자기소개도 없이 나타나서 데이트를 하자고 한 남자는 그 어느 쪽도 아니었다.

"아는 자는 아니겠죠?"

브레이디 부인의 힐난에 아네트는 하얗게 질린 표정으로 고개를 절레절레 흔들었다. 그 태도에 브레이디 부인도 더 이상은 아무 말도 할 수가 없었다.

재수가 없었나 보다. 어쩌면 미친 사람이었을지도 모른다. 넋을 놓고 본 탓에 내용도 기억나지 않는 연극 관람이 끝날 때쯤에야 아네트는 마음을 다잡을 수가 있었다. 하지만 질 낮은 자들의 접근은 그걸로 끝나지 않았다.

"웨스트 양, 시간 좀 내주시죠."

이번에는 로열 주니어 클럽이었다. 사교 시즌은 끝났지만 아직 영지로 내려가지 않은 클럽 회원들끼리 간단하게 차나 한잔하자고 모인 자리였다.

평소라면 그녀의 얼굴조차 제대로 보지 못했을 남작의 아들이 대뜸 아네트에게 말을 걸었다.

"니즐란 경. 무슨 일이죠?"

아네트는 어리둥절해서 물었다. 그러다가 주변을 둘러보니 어쩐지 다들 이상한 표정으로 그녀를 쳐다보며 수군거리는 게 보였다.

그렇지 않아도 최근 사람들의 태도나 표정이 약간 이상해졌다고 느끼던 차였다. 가끔 하녀들이 수군거리다가 그녀를 보자마자 화들짝 놀라며 흩어지기도 했다.

그럴 때마다 기분 탓이라고 생각했는데 점점 그게 아닐지도 모른다는 생각이 들기 시작했다.

"우리가 좀 더 친해질 수 있겠다는 생각이 들어서요."

"우리가요?"

왜? 아네트는 이해할 수가 없어서 눈을 동그랗게 떴다. 그녀는 공작 영애고 터너 니즐란은 남작의 둘째 아들이다. 둘 다 작위를 얻을 가능성은 없지만 그렇다고 해서 그가 아네트의 상대가 될 수 있냐고 하면 그건 아니다.

니즐란 경이 지금 아네트와 대화할 수 있는 건 오로지 여기사 로열 주니어 클럽이기 때문이다. 두 사람이 사교계로 나간다면 아네트는 상급 귀족의 세계로, 터너는 하급 귀족의 세계로 나뉘게 된다.

하지만 그는 자신이 아네트와 사귈 수 있는 것처럼 굴고 있었다. 터너의 그런 태도가 아네트는 당황스러웠다.

"알고 있잖습니까?"

그렇게 말하며 터너가 아네트를 향해 몸을 기울였다. 뭐야? 깜짝 놀라 뒤로 물러나는 아네트의 귀에 터너의 목소리가 들려왔다.

"지금까지 잘도 숨겨 왔군요. 자신이 서녀라는 걸."

서녀라고? 아네트의 몸이 얼어붙었다. 그녀가 첩의 자식이라고? 말도 안 된다.

다음 순간, 아네트의 몸이 분노로 확 타올랐다. 그녀의 어머니는 첩 따위가 아니다. 비록 아버지가 재혼하신 거긴 하지만 션 오라버니의 어머니이자 웨스트 공작이 사망 후 결혼했고 그 후 몇 년 뒤 아네트가 태어났다.

"어디서 감히!"

아네트는 그렇게 소리치면 찰싹하고 터너의 뺨을 때렸다. 건방진 자식. 이건 아네트와 터너의 문제가 아니다. 아네트의 어머니는 정식으로 결혼 후에 아네트를 낳았다. 그러니 집안 문제가 될 것이다.

"당장 사과해!"

아네트의 고함에도 터너는 뻔뻔했다. 아니, 오히려 아네트의 행동에 어이가 없다는 듯 대꾸했다.

"첩 딸을 첩 딸이라고 하는 게 뭐가 문제야?"

"니즐란 경!"

터너의 말에 아네트가 소리를 지르려는 순간, 주변에 있던 사람들이 몰려와서 두 사람을 떼어 놓았다. 몇몇 사람들은 터너를 끌고 가 버렸고 몇몇 사람들은 아네트를 데리고 응접실 밖으로 나가기 시작했다.

"뭐 저런 사람이 다 있어?"

화가 나서 어쩔 줄 몰라 하는 아네트를 본 소녀들이 시선을 부딪쳤다. 다들 같은 생각을 하고 있었다. 웨스트 양이 아직 소문을 못 들었구나.

"아네트."

결국 아네트와 가장 가까이에 있던 로지가 입을 열었다. 그녀는 다른 소녀들을 한번 둘러본 뒤 아네트에게 간곡하게 말했다.

"가서 공작님과 이야기하는 게 좋겠어."

"무슨, 무슨 소리야?"

타인이 말해 주기엔 너무 잔혹한 소문이다. 하지만 그렇게 생각하지 않는 사람도 있었다. 가장 끝에 있던 소녀가 불쑥 입을 열었다.

"웨스트 양 어머니가 아버지의 정부였다는 소문이 있어요."

"셀마!"

깜짝 놀란 로지가 셀마를 힐난했다. 하지만 이미 늦었다. 셀마의 이야기에 아네트는 깜짝 놀라서 그녀를 쳐다봤다. 그리고 자신을 잡고 있던 소녀들을 뿌리치며 말했다.

"어떻게 그런 소리를…… 말도 안 되는 소리예요!"

"난 그런 소문이 있다는 걸 알려 주는 것뿐이에요."

말도 안 되는 헛소문이다. 그런 헛소문을 그녀에게 들이댄다는 것 자체가 아네트는 용서할 수가 없었다. 그녀는 화가 나서 셀마의 앞에 바짝 다가가서 말했다.

"난 분명하게 두 분이 결혼하신 다음에 태어났어요. 그런 헛소문을 퍼트리면 우리 집안에서 가만있지 않을 거예요!"

글쎄. 아네트의 협박에도 셀마는 걱정하지 않는 것처럼 보였다. 그녀는 어깨를 으쓱하며 말했다.

"하지만 당신 오라버니는 아니잖아요? 당신 어머니와 아버지는 선대 웨스트 공작님이 살아계실 때 웨스트 경을 낳았고요."

"마, 마틴 오라버니의 아버지는 돌아가셨어요!"

그게 아네트가 알고 있는 이야기였다. 서로 각자 결혼한 아네트의 어머니와 아버지는 각자 아이를 하나씩 낳고 배우자가 사망하자 몇 년 뒤 만나 가정을 꾸렸다.

그리고 아직 어린 션 웨스트 공작을 위해 부부는 웨스트 공작가에 들어와 션을 도와주었다. 그게 아네트가 알고 있는 이야기다.

하지만 소문은 달랐다. 선대 웨스트 공작과 결혼한 아네트의 아버지는 파렴치하고 뻔뻔하게도 바람을 피웠으며 정부에게서 마틴을 낳았다. 그리고 선대 웨스트 공작이 사망하자 수치도 모르고 정부를 부인 삼아 아네트를 낳았다는 것이다.

담담한 셀마의 설명에 아네트의 얼굴이 새빨갛게 달아올랐다.

그거야말로 말도 안 된다. 그녀는 션의 성격을 안다. 그는 그렇게 마음이 넓은 사람이 아니었다.

자기 어머니를 두고 바람피운 아버지와 정부의 자식을 자기 집 안으로 들일 사람이 아니었다.

하지만 동시에, 아네트는 그제야 션이 자신과 마틴을 탐탁지 않아 하는 이유를 알 것 같았다. 마치 비어 있던 퍼즐 조각을 찾은 것처럼 션이 그녀를 멀리했던 이유가 딱 맞아떨어졌다.

"그리고 설령 그렇다 해도!"

새빨개진 얼굴로 아네트는 자신 앞에 선 소녀들을 손가락질하며 소리쳤다.

"그런 헛소문을 입에 담다니! 귀족 영애로서 부끄럽지도 않아요?"

누가 정부를 삼았네, 누가 사생아를 낳았네 하는 이야기는 확실히 귀족이 입에 담기엔 천박한 이야기다. 하지만 동시에 어느 누구의 입에나 오르내릴 만큼 흥미진진한 이야기기도 했다.

"웨스트 양이 그런 말 하면 안 되지 않나요?"

화난 아네트 앞에서 다시 셀마가 입을 열었다. 그녀는 똑똑히 기억하고 있다. 아네트가 웨스트 공작과 친하다고 소문난 어셔 남작에 대해 어떻게 이야기했는지.

"내가 뭘!"

화가 난 아네트는 셀마가 무슨 이야기를 하는지 모르고 소리쳤다. 그러자 그녀가 침착하게 말했다.

"어셔 남작님에 대해 말한 게 있잖아요. 적어도 우린 남의 이야기를 악의적으로 떠들고 다니진 않았어요."

순식간에 아네트의 얼굴이 새빨갛게 달아올랐다. 이번에는 분노가 아니라 수치로.

그 모습에 셀마는 한숨을 내쉬었다. 그녀는 아네트가 어서 남작에 대해 악의적으로 이야기하기 전부터 아네트를 불안하게 생각했다.

웨스트 공작가의 하나뿐인 아가씨. 누구나 돌아볼 정도의 외모. 아네트는 모든 것을 가지고 있다. 그만큼 자신감도 어마어마했다.

하지만 사람이란 누구나 단점이 하나씩은 있는 법이다. 그게 지금 아네트를 둘러싼 소문처럼 출생의 비밀을 말하는 건 아니다. 아네트는 너무 오만하다는 단점을 가지고 있었다.

셀마와 로지는 아네트가 나쁜 사람이라고는 생각하지 않았다. 하지만 오만하면 언젠가는 큰코다치기 마련이다. 두 사람은 서로를 한 번 쳐다본 뒤 아네트에게 말했다.

"오늘은 그만 돌아가는 게 좋겠어요."

"그래요. 공작님과 이야기하는 게 좋겠어요."

로지와 셀마는 웨스트 공작에게 이야기해서 공식적으로 소문을 부인하라는 뜻이었다. 하지만 아네트에게는 전혀 다르게 들렸다.

"애들아, 따라와."

며칠 뒤, 에버딘은 아이들이 친해지도록 하기 위해 저택의 아이들을 데리고 마을로 내려갔다. 식당 안에도 미리 레슬리가 불러 모은 동네 아이들이 옹기종기 앉아 있었다.

점심 식사 시간이 지난 터라 식당 안은 한가했다. 하지만 무슨 일 때문에 영주가 마을 아이들을 모두 모았는지 궁금해하는 사람 몇 명이 식당 안에서 어슬렁거리고 있었다.

"뭐야, 여긴 우리 구역이야!"

"여기가 왜 너네 구역인데?"

에버딘이 저택의 아이들을 데리고 식당으로 들어가자 기다리고 있던 마을의 아이들과 얼굴이 부딪쳤다. 금세 두 아이들은 으르렁거리기 시작했다.

영역 싸움하는 고양이들 같네. 에버딘은 짐을 들고 따라 들어오는 하인을 가리키며 아이들에게 말했다.

"뭐해? 돕지 않고?"

같이 짐을 나르라는 말이다. 이미 에버딘을 따라온 저택의 아이들을 후다닥 따라 나가서 마차에서 짐을 내리고 있었다. 그 뒤를 마을의 아이들이 경쟁하듯 따라붙었다.

"남작님."

주방 쪽에서 미리 연락을 받은 식당 직원, 소니아가 걱정스러운 표정으로 나왔다. 그녀는 앞치마에 손을 닦으며 말했다.

"분부하신 대로 쌀을 찌고 있어요."

"어쩌면 한 냄비 더 해야 할 수도 있어."

저택의 아이들을 포함하면 헬름에 있는 미성년인 아이들은 스무 명이 좀 넘는다. 한 냄비로는 스무 명이 먹기는 좀 부족할 수도 있다.

에버딘의 말에 소니아가 걱정스럽게 물었다.

"진짜 여기서 해도 괜찮을까요?"

다음 장사 준비를 해야 하긴 하지만 그래서 걱정하는 건 아니었다.

여기가 마을 한복판에 있는 식당이기 때문이다. 그렇지 않아도 오다가다 술 한잔, 간식 한번 먹겠다며 사람들이 들르는 곳이다.

에버딘이 아이들과 함께 들이닥치자 구경하는 사람의 수가 점점 늘어나기 시작했다.

"여기가 안성맞춤이야."

일부러 여기서 하는 거다. 마을 사람들 보라고. 아이들을 비난하던 어른들은 창피한 줄 알라고 일침을 놓긴 했지만, 그 고랑이 완전히 메워진 건 아니다.

에버딘은 하인과 아이들을 지시해 식당의 테이블을 정리하고 가져온 절구 두 개를 식당 한가운데에 놓았다. 그리고 주방 안쪽에서 가져온 냄비를 그대로 절구 안으로 뒤집었다.

"어!"

깜짝 놀라는 아이들의 눈앞에서 냄비에 한 밥이 절구 안으로 들어갔다. 하얀 밥이 절구 안에서 모락모락 김을 내뿜고 있었다.

곧이어 소니아가 두 번째 냄비를 가져와서 두 번째 절구에 밥을 집어넣었다. 에버딘은 절구 사이에 서서 아이들을 돌아보았다.

이미 아이들은 저택과 마을 편으로 갈라져 있었다. 그러면 안 되지. 그녀는 나이와 성별을 적당히 섞어 아이들을 두 팀으로 나누었다. 그리고 각 팀의 가장 큰 아이들에게 절굿공이를 주며 말했다.

"이걸 먼저 떡을 만드는 팀이 이기는 거야."

떡이라고? 이걸로? 아이들은 모두 어리둥절해서 에버딘을 쳐다봤다. 그러자 에버딘이 마크의 절굿공이를 가져다가 시범을 보이며 말했다.

"이렇게."

"그렇게 하면 떡이 된다고요?"

"여러 번 치대야 하니까 돌아가면서 해."

거기까지만 설명한 뒤 에버딘은 절굿공이를 마크에게 건네고 물러났다. 잠시 에버딘과 상대방의 눈치를 살피던 아이들은 누가 먼저라고 할 것 없이 절구 안의 밥을 찧기 시작했다.

쿵! 쿵! 쿵! 하고 절굿공이로 정구를 찧는 소리가 울려 퍼지기 시작했다. 에버딘은 소니아가 준비한 의자에 앉아 아이들이 경쟁적으로 절구를 찧는 것을 지켜보기 시작했다.

"저러다 싸우는 건 아니겠죠?"

소니아의 질문에 에버딘의 입가에 미소가 떠올랐다. 원래 애들이란 싸우면서 크는 법이다. 그걸 어른이 어떻게 지도하느냐가 중요하다.

"저렇게 하다 보면 힘을 다 쓸 테니 싸울 힘이 안 남아 나겠지."

에버딘의 말대로 아이들은 경쟁적으로 밥을 찧었고 금세 밥이 뭉치기 시작했다.

"힘내!"

"이겨라! 이겨라!"

요란한 소리에 지나가던 마을 사람들이 무슨 일인가 하고 식당 안을 들여다보기 시작했다. 몇몇 사람들은 창문밖에 달라붙었고 몇몇 사람들은 식당 안으로 들어서기도 했다.

"톰! 좀 더 힘내!"

소식을 듣고 쫓아온 톰의 아버지가 톰을 응원하기 시작했다. 덕분에 톰이 마지막으로 힘을 쥐어짜다가 다음 순서에게 절굿공이를 넘겼다.

"잘했어."

헥헥대는 아들의 어깨를 두드려 준 톰의 아버지, 해리는 다음 순서인 올리버를 보고 잠깐 망설였다. 아이들이 무슨 시합을 한다길래 보러 온 것뿐이다.

하지만 이왕 왔으니 아들의 팀이 이기는지 보고 싶었다. 그는 에버딘의 곁으로 다가가서 정중하게 인사를 건네고 물었다.

"영주님께서 준비하신 겁니까?"

"아이들이 친해졌으면 해서."

그렇게 말한 에버딘은 소니아가 가져다준 컵을 들어 올리며 재빨리 덧붙였다.

"그리고 재미있잖아?"

그건 그렇다. 해리는 잠시 절굿공이를 열심히 움직이는 소년을 보다가 물었다.

"저 녀석은 이름이 뭡니까?"

"올리버?"

저택에 사는 고아 중 하나다. 해리는 잠시 올리버, 하고 중얼거리더니 주먹을 흔들며 소리쳤다.

"올리버! 힘내!"

순간, 올리버가 흠칫 놀라서 에버딘과 해리를 돌아보았다. 그는 마을의 어른이 자신을 응원했다는 사실을 믿을 수 없다는 표정으로 에버딘과 해리를 번갈아 쳐다보기 시작했다.

"아, 뭐해? 얼른 해야지!"

다시 해리가 소리치자 올리버는 다시 절구를 들여다보았다. 톰이 열심히 찧어댄 덕분에 톰의 팀은 마크의 팀보다 조금 더 빨리 떡이 되어 가고 있었다.

"올리버! 올리버!"

뒤에서 같은 팀 아이들이 응원하는 소리가 들리자 올리버가 움직이기 시작했다. 얼굴이 새빨갛게 달아오를 정도로 열심히 하는 올리버의 모습에 구경하고 있던 다른 마을 사람들도 한마디씩 거들었다.

"올리버, 힘내라!"

"벤! 지면 안 돼!"

아이들의 응원 소리로 가득 찼던 식당 안에 금세 어른들의 응원 소리가 섞였다. 에버딘은 그 모습을 보고 빙그레 웃으며 소니아에게 말했다.

"밥을 좀 더 해야겠는데."

"얼마나 더 할까요?"

"어른들도 먹어야 하니까 아까만큼 해 줘."

혹시 몰라서 쌀을 불려 놨다. 소니아가 주방으로 가서 밥을 하는 사이 아이들의 경쟁은 끝을 향해 달려가고 있었다.

결국 우승은 마크의 팀이 가져갔다. 간발의 차로 마크의 팀이 더 빨리 떡을 완성했기 때문이다. 에버딘은 환호성을 지르고 실망하는 아이들 사이에서 식탁을 정리하고 완성된 떡을 식탁 위에 옮겼다.

"이리 줘 봐!"

보고 있던 해리가 톰의 팀에게 다가가서 절굿공이를 빼앗았다. 그리고 힘있게 떡을 치기 시작했다. 이미 아이들이 열심히 치댄 떡이다. 어른이 두어 번 힘있게 치대자 금세 완성했다.

"됐다! 잘했어."

해리는 그렇게 말하며 아들과 올리버의 어깨를 두드려 주었다. 졌지만 다들 열심히 했다. 아이들의 열정적인 시합이 재미있기도 했고.

이제 남은 건 이 떡으로 뭘 할 것인가다. 그는 이 떡으로 뭘 할건지 묻기 위해 고개를 들었다. 하지만 그때 소니아가 주방에서 다 된 밥을 가지고 나왔다.

"안 끝났습니까?"

해리의 질문에 시합이 끝났다며 떠나던 마을 사람들의 발걸음이 멈췄다. 다시 돌아본 그들을 향해 에버딘이 씩 웃으며 말했다.

"이왕 한 거, 다 같이 먹어야지."

이번에는 어른들의 시합이 시작됐다. 구경하던 사람들이 두 팔을 걷어붙이고 서로 하겠다며 나섰다. 덕분에 아이들은 다시 두 팀으로 나뉘어 응원하기 시작했다.

그 사이, 에버딘은 마크와 톰, 올리버 같은 큰 아이들을 데리고 떡을 빚었다. 그리 예쁘고 섬세한 모양은 아니었다. 그냥 손바닥으로 밀어 굵고 길게 밀어냈다.

"이겼다! 이겼다!"

두 번째는 어른들이라 시합이 더 빨리 끝났다. 간발의 차이로 진 팀은 아쉬워하면서도 재미있었다고 웃었고 이긴 팀은 자기들 힘이 이 정도라며 으스댔다.

그 모습을 어느새 모여든 마을 사람들이 즐거워하며 구경하고 있었다. 에버딘은 아이들과 함께 만든 가래떡에 나무 꼬챙이를 꿰어 사람들에게 하나씩 나눠 줬다.

"꼭 소시지 같아."

올리버는 나무 꼬챙이에 길게 꽂은 가래떡을 보고 신기하다는 듯 말했다. 식당에서 가끔 디저트로 구운 떡을 팔기는 했다. 하지만 그건 납작하고 약간 작았다면 지금 영주가 나눠 준 떡은 길고 둥근 게 꼭 소시지처럼 생겼다.

"먹는 법도."

톰이 웃으며 끼어들었다. 소시지를 나뭇가지에 꿰어 모닥불에 구워 먹는 걸 연상한 것이다. 에버딘은 사람들을 이끌고 식당 앞마당으로 가서 사람들이 시합에 열중하는 동안 식당 직원들이 피워 놓은 모닥불을 보여 주었다.

그렇지 않아도 쌀쌀한 날씨라 모닥불의 온기가 훈훈하게 느껴졌다. 아이들은 신이 나서 하나씩 받은 가래떡을 모닥불에 굽기 시작했다.

"재미있었습니다."

뒤로 물러나서 사람들이 즐거워하며 떡을 먹는 모습을 구경하는 에버딘에게 해리가 다가와서 말했다. 몇몇 사람들이 집에서 감자와 고구마를 가져다가 같이 굽고 있었다.

에버딘의 주최로 시작된 아이들은 시합은 어느새 작은 마을의 축제 같은 분위기가 되어 있었다. 에버딘은 주방에서 가져온 따듯한 차가 담긴 컵을 두 손으로 감싸며 말했다.

"나도."

솔직히 말하면 에버딘도 이렇게까지 잘 될 줄은 몰랐다. 아이들이 친해질 계기를 만들 수 있다면 충분하다고 생각하고 시작한 일이다.

그녀의 눈에 프란이 저택의 아이들에게 따듯한 차가 담긴 컵을 나눠 주는 게 보였다. 어쩐지 기분이 좀 이상해서 에버딘은 고개를 숙였다.

"헬름은 많은 일이 있었죠."

그때 해리가 다시 입을 열었다. 그는 톰을 데리고 영지 밖으로 떠나야 할지 고민하던 때를 떠올리고 있었다. 그때만 해도 헬름에서 다시 이렇게 웃으며 살 수 있을 거라고는 생각도 못 했다.

"다음에 또 이런 재미있는 일을 할 수 있을까요?"

그랬으면 좋겠다. 해리는 밝아진 아들의 표정과 아들만큼이나 밝은 마을 사람들을 쳐다보며 물었다. 마을 사람들뿐만이 아니다.

늘 마을에서 말수 없이 자기들끼리만 뭉쳐 있던 저택의 아이들도 사람들 사이에 섞여서 큰 소리로 떠들고 있었다.

"당연하지."

에버딘은 차를 홀짝이며 말했다. 다음엔 또 재미있는 걸 할 거다. 다 같이 모여서 또 떡을 만들어도 괜찮고 큰 냄비에 비빔밥을 만들어 먹어도 재미있을 것 같다.

식구라는 말이 있다. 가족과 비슷하지만 좀 다른 말이다. 한 집 안에서 같이 끼니를 먹는 사람을 식구라고 한다.

에버딘은 지금 이 모습이 식구에 가깝다고 생각했다. 그녀는 자리에서 일어나며 해리에게 말했다.

"그게 내 일이잖아."

〈다음 권에서 계속〉